【东方文化集成】

《东方文化集成》为季羡林教授所倡导,由北京大学东方学研究院《东方文化集成》编委会组织撰写出版。

这是一项迎接二十一世纪东方文化复兴和再创辉煌的世界性文化工程。

诺贝尔文学奖东方获奖作家研究（上册）

孟昭毅　主编

东方文化集成

东方文化综合编

孟昭毅=主编

诺贝尔文学奖东方获奖作家研究（上册）

线装书局

图书在版编目（CIP）数据

诺贝尔文学奖东方获奖作家研究：全 2 册 / 孟昭毅
主编 . -- 北京：线装书局，2021.7
（东方文化集成 / 季羡林主编 . 东方文化综合编）
ISBN 978-7-5120-4399-2

Ⅰ . ①诺… Ⅱ . ①孟… Ⅲ . ①文学研究—东方国家
Ⅳ . ① I300.6

中国版本图书馆 CIP 数据核字 (2021) 第 017474 号

东方文化集成

东方文化综合编

诺贝尔文学奖东方获奖作家研究

主　　编：	孟昭毅
出 品 人：	王利明
项目主持：	李　媛
责任编辑：	李春艳
出版发行：	线装书局
地　　址：	北京市丰台区方庄日月天地大厦 B 座 17 层（100078）
电　　话：	010-58077126（发行部）010-58076938（总编室）
网　　址：	www.zgxzsj.com
经　　销：	新华书店
印　　制：	河北清静堂印刷有限公司
开　　本：	850mm×1168mm　1/32
印　　张：	24.5
字　　数：	550 千字
版　　次：	2021 年 7 月第 1 版第 1 次印刷
定　　价：	98.00 元（全 2 册）

线装书局官方微信

《东方文化集成》编辑委员会

名誉顾问
杜德桥　英国大学汉语研究所所长、教授
冉云华　加拿大麦克马斯特大学教授
池田大作　日本创价学会名誉会长　北京大学名誉教授
王庚武　新加坡东亚政治经济研究所所长、教授　香港大学前校长
马悦然　瑞典皇家科学院院士、教授　诺贝尔奖瑞典文化学院评审委员会委员
杜维明　美国哈佛大学教授　哈佛燕京学社前主任　北京大学研究教授
安乐哲　美国夏威夷大学教授
罗亚娜　斯洛文尼亚卢布亚大学汉学系主任、教授　欧洲中国哲学研究会会长
林祥雄　炎黄国际文化协会会长

特别顾问　陈嘉厚　张殿英

顾　问（按姓氏笔画为序）
王　镛　卢蔚秋　刘　烜　孙承熙　仲跻昆　李中华
李　谋　李先汉　吴同瑞　金景一　张广达　张岂之
姚秉彦　赵常庆　梁立基　袁行霈　麻子英　黄宝生
楼宇烈

《东方文化集成》总编委会
创始主编　季羡林
执行编委　张玉安　严绍璗　王邦维　唐孟生　裴晓睿
　　　　　　李　政

《东方文化集成》分编委会

东方文化综合编
主编 张光璘 孟昭毅 编委 郁龙余 侯传文 黎跃进

中华文化编
主编 张 帆 编委 方 铭 任蜜林 潘建国

日本文化编
主编 严绍璗 编委 王新生 王广生 马小兵

朝鲜、韩国、蒙古文化编
主编 陈岗龙 编委 王元周 李宗勋

东南亚文化编
主编 李晨阳 裴晓睿 编委 罗 杰 史 阳

南亚文化编
主编 薛克翘 编委 陈 明 周广荣

伊朗、阿富汗文化编
主编 王一丹 编委 钱雪梅

西亚、北非文化编
主编 林丰民 编委 王林聪 吴冰冰 黄 慧

中亚文化编
主编 吴宏伟

古代东方文化编
主编 拱玉书 编委 李 政

《东方文化集成》编辑部
主任 唐孟生 副主任 李 政
编辑部成员 张良村 岳远坤 樊津芳

编委会声明

为铭记季羡林等多位已故前辈对《东方文化集成》的历史贡献,为表达对他们的怀念,编委会特决定,在编委和顾问名单中保留他们的名字,不做变动。

《东方文化集成》总序

季羡林

我们正处在一个新的"世纪末"中。所谓"世纪"和"世纪末",本来是人为地创造出来的。非若大自然中的春、夏、秋、冬,秩序井然,不可更易,而且每岁皆然,决不失信。"世纪"则不同,没有耶稣,何来"世纪"?没有"世纪",何来"世纪末"?道理极明白易懂。然而一旦创造了出来,它就产生了影响,就有了威力。上一个"世纪末",19世纪的"世纪末",在西方文学艺术等意识形态领域中就出现过许多怪异现象,甚至有了"世纪末病"这样的名词,这是众所周知的事实,无待辩论与争论。

当前这一个"世纪末"怎样呢?

我看也不例外。世界上许多国家和地区都出现了政治方面天翻地覆的变化,不能不令人感到吃惊。就是在意识形态领域内,也不平静。文化或文明的辩论或争论就很突出。平常时候,人们非不关心文化问题,只是时机似乎没到,争论不算激烈。而今一到世纪之末,人们非常敏感起来,似乎是憬然醒悟,于是东西各国的文人学士讨论文化的兴趣突然浓烈起来,写的文章和开的会议突然多了起来。许多不同的意见,如悬河泄水,滔滔不绝,五光十色,纷然杂陈。这样就形成了所谓"文化热"。

在这一股难以抗御的"文化热"中,我以孤陋寡闻的"野狐"之身,虽无意随喜,却实已被卷入其中。我是一个有话不说辄如骨鲠在喉的人,在许多会议上,在许多文章中,大放厥词,多次谈到我对文化,特别是东方文化与西方文化的联系,以及东方文化在未来的新世纪中所起的作用和所占的地位等等的看法,颇引起了一些不同的反响。

为说明问题计，现无妨把我个人对文化和与文化有关的一些问题的看法简要加以阐述。我认为，在过去若干千千年的人类历史上，民族和国家，不论大小久暂，几乎都在广义的文化方面做出了自己的贡献。这些贡献大小不同，性质不同，内容不同，影响不同，深浅不同，长短不同；但其为贡献则一也。人类的文化宝库是众多的民族或国家共同建造成的。使用一个文绉绉的术语，就是"文化多元主义"。主张世界上只有一个民族创造了文化，是法西斯分子的话，为我们所不能取。

文化有一个很突出的特点，就是，文化一旦产生，立即向外扩散，也就是我们常说的"文化交流"。文化决不独占山头，进行割据，从而称王称霸，自以为"老子天下第一"，世袭珍藏，把自己孤立起来。文化是"天下为公"的。不管肤色，不择远近，传播扩散。人类到了今天，之所以能随时进步，对大自然，对社会，对自己内心认识得越来越深入细致，为自己谋的福利越来越大，重要原因之一就是文化交流。

文化虽然千差万殊，各有各的特点，但却又能形成体系。特点相同、相似或相近的文化，组成了一个体系。据我个人的分法，纷纭复杂的文化，根据其共同之点，共可分为四个体系：中国文化体系，印度文化体系，阿拉伯伊斯兰文化体系，自古希腊、罗马一直到今天欧美的文化体系。再扩而大之，全人类文化又可以分为两大文化体系：前三者共同组成东方文化体系，后一者为西方文化体系。人类并没有创造出第三个大文化体系。

东西两大文化体系有其共同点，也有不同之处。既然同为文化，当然有其共同点，兹不具论。其不同之处则亦颇显著。其最基本的差异的根源，我认为就在于思维方式之不同。东方主综合，西方主分析，倘若仔细推究，这种差异在在有所表现，不论是在人文社会科学中，还是在理工学科中。我这个观点曾招致不少的争论。赞成者有之，否定者有之，想同我商榷者有之，持保留意见者亦有之。我总觉得，许多人（包括我自己在内）对东西方文化了解研究得都还不够深透，有的人连我的想法了解得也还不够全面，不够实事求是，却唯争论是尚，所以我一概置之不答。

有人也许认为，我和我们这种对文化和东西文化差异的看法，是当代或近代的产物。我自己过去就有过这种看法。实则不然。法国伊朗学者阿里·玛扎海里所著《丝绸之路》这一部巨著中有许多关于中国古代发明创造的论述，大多数为我们所不知。我在这里不详细介绍。我只引几段古代波斯人和阿拉伯人论述中国文化和希腊文化的话：

由扎希兹转载的一种萨珊王朝（226—Ca. 640年）的说法是："希腊人除了理论之外从未创造过任何东西。他们未传授过任何艺术。中国人则相反。他们确实传授了所有的工艺，但他们确实没有任何科学理论。"（329页）

羡林按：最后一句话不符合事实，中国也是有理论的。这就等于黑格尔说：中国没有哲学。完全是隔膜的外行话。

书中还说：在萨珊王朝之后，费尔多西、赛利比和比鲁尼等人都把丝绸织物、钢、砂浆、泥浆的发现一股脑儿地归于耶摩和耶摩赛德。但我们对于丝织物和钢刀的中国起源论坚信不疑。对于诸如泥浆——水泥等其余问题，它们有99%的可能性也是起源于中国。我们这样一来就可以理解安息——萨珊——阿拉伯——土库曼语中一句话的重大意义："希腊人只有一只眼睛，唯有中国人才有两只眼睛。"约萨法·巴尔巴罗于1471年和1474年在波斯就曾听到过这样的说法。他同时还听说过这样一句学问深奥的表达形式："希腊人仅懂得理论，唯有中国人才拥有技术。"（376页）

关于一只眼睛和两只眼睛的说法，我还要补充一点：其他人同样也介绍了另外一种说法，它无疑是起源于摩尼教：

"除了以他们的两只眼睛观察一切的中国人和仅以一只眼睛观察的希腊人之外，其他的所有民族都是瞎子。"（329页）

我之所以这样不厌其烦地引这许多话，绝不是因为外国人夸中国人有两只眼睛而沾沾自喜，睥睨一切。令我感兴趣的是，在这样漫长的时间以前，在波斯和阿拉伯地区就有了这样的说法。我们今天不能不佩服他们观察的细致与深刻，一下子就说到点子上。除了说中国没有理论我不能同意之外，别的意见我是完全同意的。在当时的世界上，确实只是中国和希腊有显著、突出、辉煌的文化。现在中国那一小撮言必称希腊的学者们或什么"者们"，可以憬然醒悟了。

但是这也还不是令我最感兴趣的问题。我最浓烈的兴奋点在于，正如我在上面所说的那样，畅谈东西文化之分，极富于近现代的摩登色彩。波斯和阿拉伯传说都证明：东西文化之分的说法，古已有之，于今为烈而已。其次，令我感到欣慰的是，文化的东西二分法，我并非始作俑者，古代的"老外"已先我言之矣。令我更感到欣慰的是我讲的东西方思维方式是东西文化的基础。波斯和阿拉伯古代的说法，我认为完全证实了我的看法。分析出理论，综合出技术，难道不是这样子吗？

时至今日，古希腊连那一只眼睛也早已闭上，欧洲国家继承并发扬了古希腊辉煌的文化，使欧洲文化光照寰宇。工业革命以后，技术也跟了上来，普天之下，莫非欧风。欧美人昏昏然陶醉于自己的胜利之中，以"天之骄子"自命，好像有了两三只眼睛。但他们完全忘记了历史，忽视了当前的危机。而中国呢，则在长时期内，由于内因和外因的缘故，似乎把两只眼睛都已闭上。古代灿烂文化不绝如缕。初则骄横自大，如清初诸帝那样，继则震于西方的船坚炮利，同样昏昏然拜倒在西方的什么裙下，一直到了今天，微有苏醒之意，正在奋发图强中。

从上面谈到的历史事实中，我得出了一个结论：上下五千年，纵横十万里，东西文化的变迁是"三十年河东，三十年河西"。这本来是两句老生常谈，是老百姓的话，并不是我的发明创造。我提出来说明东西文化的关系，国内外都有赞成者，国内外也有反对者，甚至激烈反对者。我窃以为这两句话只说明了一个事实。中国古代哲学讲变易，佛家讲无常，连辩证法也讲事物时时都在变化中。大自然、人类社会和人类内心，无不证明这两句话的正确。我不过捡来利用而已。《三国演义》开宗明义就说："话说天下大势，分久必合，合久必分。"说的不也就是这个浅显的道理吗？

可是东西方都有人昧于这个浅显的道理。特别是在西方，颇有人在有意识或无意识中，觉得自己的辉煌文化会万岁千秋地辉煌下去的。中国追随者也大有人在。他们根本没有意识到，文化也像世间的万事万物一样，不会永驻的，也是有一个诞生、发展、成长、衰竭、消逝的过程的。

但是，中国有一句俗话：是非自在人心。人是能够辨是非，明事理的。以自己的文化自傲的西方人也不例外。在第一次世界大战以前，西方这种人简直如凤毛麟角。一战爆发，惊醒了某一些有识之士。事实上在一战爆发前，就有人有了预感。德国学者奥斯瓦尔德·斯宾格尔（Oswald Spengler）在1911年就预感到世界大战迫在眉睫。后来大战果然爆发。从1917年起，斯宾格尔就开始写《西方的没落》。书一出版，立即洛阳纸贵。他的基本想法是：文化都可以分为四个阶段：一，青春；二，生长；三，成熟；四，衰败。尽管他的推论方法，收集资料，还难免有主观唯心的色彩。但是，他毕竟有这一份勇气，有这一份睿智，敢预言当时如日中天的，他认为在世界历史上八个文化中唯一还有活力的文化也会"没落"。我们不能不对他表示敬意。美中不足的是，他还没有认识到东方文化和西方文化的存在和交流关系。（参阅齐世荣等译《西方的没落》上下册，商务印书馆，1995年）

在西方，继斯宾格尔而起的是英国历史学家汤因比（Arnold J. Toynbee, 1889—1975年）。他自称是受到了前者的影响。二人同样反对"欧洲中心主义"，是他们有先见卓识之处。汤因比继承了斯宾格尔的意见，认为文化——他称之为"文明"——都有生长一直到灭亡的过程。他把人类历史上的文明分为21种，有时又分为26种。这些意见都表述在他的巨著《历史研究》中（1934—1961年），共12卷。他比斯宾格尔高明之处，是引入东方文化的讨论。到了70年代，他同日本社会活动家池田大作对话时，更进一步加以发挥，寄希望于东方文化。（参阅《展望二十一世纪》，国际文化出版公司，1985年）

我并不认为，斯宾格尔和汤因比——继他们之后欧美一些国家还有一批哲学家和历史学家、社会学家，赞成他们的意见，我在这里不具引——等的看法都百分之百正确。但在举世昏昏，特别是欧美人昏昏的情况下，唯独他们闪耀出一点灵光,是十分难能可贵的。他们的看法从大体上来看,我认为是正确的。如果借用上面提到的古代波斯和阿拉伯人的说法,我就想说:希腊人及其后代的那一只眼睛,后来逐渐变成了两只眼睛;可物极必反,现在快闭上了。中国人的两只眼睛,闭上了一阵,现在又要睁开了。

闭上眼睛的欧美人士,绝大多数一点也不了解东方,而且压根儿也没有了解的愿望。我最近多次听人说到,西方至今还有人认为中国人还缠小脚,拖辫子,抽大烟,养小老婆。甚至连文人学士还有不知道鲁迅为何许人者。在这样地球越变越小,信息爆炸的时代,西方之"文明人"竟还如此昏聩,真不能不令人大为惊异。反观我们中国,情况恰恰相反。欧美的一切,我们几乎都加以崇拜。汉堡包、肯德基、比萨饼,甚至莫须有的加州牛肉面,只要加一个洋字,立即产生大魅力,群众趋之若鹜。连起名字,有的都带有点洋味。个人名字与店铺名字,莫不皆然。至于化妆品,外国进口的本来就多。中国自造的也多冠以洋名,以广招徕。爱国之士,无不痛心疾首,谴责这种崇洋媚外的风气和行为。然而,从一分为二的观点上来看,也有其有利的一面。孙子说:"知己知彼,百战不殆。"专就东西而论,现在的情况是,我们对西方几乎是了若指掌,而西方对东方则如上面所说的那样,是一团漆黑。将来一旦有事,哪一方面占有利条件和地位,昭如日月矣。

对西方的文化,鲁迅先生曾主张"拿来主义"。这个主义至今也没有过时。过去我们拿来,今天我们仍然拿来,只要拿得不过头,不把西方文化的糟粕和垃圾一并拿来,就是好事,就会对我们国家的建设有利。但是,根据我上面讲的情况,我觉得,今天,在拿来主义的同时,我们应该提倡"送去主义",而且应该定为重点。为了全体人类的福利,为了全体人类的未来,我们有义务要送去的,但我们决不会把糟粕和垃圾送给西方。不管他们接受,还是不接受,我们总是要送的。《诗经·大雅》说:"投我以桃,报之以李。"西方文化给人类带来了一些好处。我们中国人,我们东方人,是懂得感恩图报的民族。我们决不会白吃白拿。

那么,报些什么东西呢?送去些什么东西呢?送去的一定是我们东方文化中的精华。送去要有针对性,针对的就是我在上面提到的那一个西方文化产生的"危机"。光说"危机",过于抽象。具体地说,应该说是"弊端"。近几百年以来,西方文化产生的弊端颇多,举其大者,如环境污染、大气污染、臭氧层破坏、生态平衡破坏、物种灭绝、人口爆炸、新疾病丛生、淡水资源匮乏,等等。此等弊端,如不纠正,则人类前途岌岌可危。弊端产生的根源,与西方文化的分析的思维方式有紧密联系。西方对为人类提供生存所需的大自然分析不息,穷追不息,提出了"征服自然"的口号。"天何言哉!"然而"天"——大自然却是能惩罚的,惩罚的结果就产生了上述诸种弊端。

拯救之方,我认为是有的,这就是"改弦更张"、"改恶向善",而这一点只有东方文化能做到。东方文化的基本思维方式是综合,表现在哲学上就是"天人合一",张载的《西铭》是一篇表现"天人合一"思想最精辟的文章:"乾称父,坤称母,予兹藐焉,乃混然中处。故天地之塞吾其体,天地之帅吾其性。民吾同胞,物吾与也。"(下略)印度哲学中的"梵我一如",也表达了同样的思想。总之,东方文化主张人与大自然是朋友,不是敌人,不能讲什么"征服"。只有在了解大自然,热爱大自然的条件下,才能伸手向大自然索取人类衣、食、住、行所需要的一切。也只有这样,人类的前途才有保障。

我们要送给西方的就是这种我们文化中的精华。这就是我们"送去主义"的重要内容。

我们的"李"送了出去,接受不接受呢?实际上,我们还没有正式地送,大规模地送。连我们东方人自己,其中当然包括中国人,还不知道,还不承认自己的这种宝贝,我们盲目追随西方,也同样向自然界开过战,我们也同样有那一些弊端,立即要求西方接受,不也太过分了吗?不过,倘若稍稍留意,人们就会发现,现在世界各国,不管出于什么动机,也不管是根据什么哲学,注意到上述弊端而又力求改变的人越来越多了。今年《日本经济新闻》刊载了高木韧生的文章,说21世纪科研重点将是"人类生存战略"。

这的确是见道之言。我体会，这里所说的"科研"包括文理两个方面。作者把科研提高到"人类生存"这个高度来看，不能不谓之有先见之明，应该受到我们大家的最高的赞扬。至于惊呼人口爆炸的文章，慨叹新疾病产生的议论，让人警惕环境污染、臭氧层破坏、生态平衡的破坏、淡水资源的匮乏等等的号召，几乎天天可见。人类变得聪明起来了，人类前途不是漆黑一片了。我想，世界各国每一个有心人，无不为之欢欣鼓舞。我这一个望九之年的耄耋老人，也为之手舞足蹈了。

我在上面刺刺不休说了那么多话，画龙点睛，不出一点：我曾在一次国际学术讨论会上说过一篇短话，题目叫做"只有东方文化能够拯救人类"。我在上面说的千言万语，其核心就是这一句短短的话。至于已经来到我们门前的21世纪究竟是什么样子？西方文化究竟如何演变？东方文化究竟能起什么具体的不是空洞的作用？人类的前途究竟何去何从？所有这一切问题，都有待于历史发展的进程来加以证明。从前我读过一个近视眼猜匾的笑话。现在新的一个世纪还没有来临，匾还没有挂出来，上面有什么字，我们还不能知道。不管自诩眼睛多么好，看得多么远，在这一块尚未挂出来的匾前，我们都是近视眼。

在这样的情况下，我认为，我们最重要的任务就是学习，就是了解。我们责怪西方不了解东方文化，不了解东方，不了解中国，难道我们自己就了解吗？如果是一个诚实的人，他就应该坦率地承认，我们中国人自己也并不全了解中国，并不全了解东方，并不全了解东方文化。实在说，这是一出无声的悲剧。

了解的唯一途径就是学习，而学习首先必须有资料。对我们知识分子来说，学习资料首先是文字，也就是书籍。环顾当今世界，在"欧洲中心论"还有市场的情况下，在西方某一些人还昏昏然没有睁开眼睛的时候，有关东方的书籍，极少极少。有之，亦多有偏见，不能客观。西方如此，东方也不例外。即使我们有学习的愿望，也是欲学无书。当然，东方各国的情况不尽相同，各国刊出书籍的多寡也不尽相同。但总之是很少的。有的小一点的国家,简直形同空白。有个别东方国家几乎毫无人知,它们的存在在一团迷雾中,若明若暗,似有似无。这也是一出无声的悲剧。

就是为了这个缘故,我们这一批人不自量力——或者更明确地说是认真"量"过了自己的"力",倡议编纂这一套巨大空前的《东方文化集成》。虽然,我们目前的队伍,由于历史造成的原因,还不是太大;我们的基础还不是太雄厚;但是,我们相信主观能动性。我们想"挽狂澜于既倒",我们决非徒托空言。世界人民、东方人民、中国人民的需要,是我们的动力。东方人民和西方人民的相互了解,是我们的愿望。东方人民和西方人民越来越变得聪明,是我们的追求。我们老、中、青三结合,而对著作的要求则是高水平的。我们希望,能通过这个活动,既提高了中国对东方文化的研究水平,又能培养出一批学有专长的人才,收得一举两得之效。

我们既反对"欧洲中心主义",我们反对民族歧视。但我们也并不张扬"东方中心主义"。如果说到或者想到,在21世纪东方文化将首领风骚的话,那也是出于我们对历史发展的观察与预见,并不出于什么"主义"。本着这种精神,我们对东方几十个国家一视同仁。国家不论大小,人口不论多寡,历史不论久暂,地位不论轻重,我们都平等对待,决不抬高与贬低,拜倒与歧视。每一个东方国家都在我们丛书中占有地位。但国家毕竟不同,资料毕竟多寡悬殊,我们也无法强求统一。有的国家占的篇幅多一点,有的少一点,这是实事求是,与歧视毫无关联。我们虔诚希望,在即将来临的21世纪中,中国的两只眼睛都能睁开,而且睁得大大的,明亮而睿智。西方的一只眼睛能变成两只,也同样睁开,而且睁得大大的,明亮而且睿智。世界上各个民族也都有了两只眼睛,都要睁得大大的,明亮而且睿智。我们共同学习,努力互相了解。我们坚决相信,只要能做到这一步,人类会越来越能相互了解,世界和平越来越成为可能,人类的日子会越来越好过,不管还需要多么长的时间,人类有朝一日总会共同进入太平盛世,共同进入大同之域。

1996年3月20日

目 录

（上 册）

《东方文化集成》编辑委员会 ················· 1
《东方文化集成》总序 ················ 季羡林 3

绪 论 ····················· 1

第一章　泰戈尔研究 ················ 11
第一节　创作与"世界主义思想" ············ 12
　一、创作思想述评 ··················· 12
　二、世界主义思想生成 ················ 18
第二节　象征剧的美学意蕴 ··············· 27
　一、象征剧的叙事与寓意 ··············· 28
　二、象征剧的印度文化渊源 ·············· 34
　三、象征剧的西方象征主义影响 ············ 38
第三节　后期政治抒情诗解读 ·············· 42
　一、政治抒情诗的创作心理 ·············· 42
　二、政治抒情诗的审美心理学 ············· 46

第四节 文学评论的比较文学意识 49
　一、"世界的诗人"和"世界公民"的视野 50
　二、从"印度文学"走向"世界文学" 55
第五节 泰戈尔在中国的影响 61
　一、泰戈尔与中国现代学人 62
　二、泰戈尔作品的翻译与研究 70

第二章 阿格农研究 81

第一节 作家生平及生活空间 85
第二节 创作生涯及演变轨迹 96
第三节 小说里的艺术世界 132
　一、《婚礼华盖》：在过去岁月里徘徊 133
　二、《宿客》：传统犹太社区的凋敝及渺茫希望 142
　三、《只在昨日》：阿格农小说世界的崩溃 154
第四节 阿格农研究在中国 159

第三章 川端康成研究 175

第一节 生平创作与文艺思想 176
　一、从孤绝少年到文坛新秀 176
　二、文学活动与文艺思想 182
第二节 世界声誉及文学评价 190
　一、回归传统与走向世界 190
　二、巅峰时刻的终结 192
第三节 《雪国》的写作特色 195
　一、成书过程、作品内容及影响意义 195
　二、火热的驹子 198
　三、冰凉的叶子 203

第四节　《名人》的中日文化分析 208
　一、《名人》的独特性 208
　二、吴清源与《名人》.................................... 210
　三、"中"的精神 213
　四、《名人》的中国文化因素及川端的思考 215
第五节　《睡美人》的救赎主题 219
　一、关于"睡眠" 219
　二、"江口"探源 221
　三、"睡美人"的本质 224
　四、佛教救赎主题 227
第六节　川端文学在中国的译介、评价与影响 229
　一、1978 年之前中国的川端文学翻译与研究 230
　二、1979 年及 20 世纪 80 年代 231
　三、20 世纪 90 年代 234
　四、21 世纪以后 238

第四章　沃莱·索因卡研究 243

第一节　生平及创作历程 244
　一、早期创作（1946–1959）.............................. 246
　二、中期创作（1960–1974）.............................. 248
　三、后期创作（1975 至今）.............................. 253
第二节　文艺思想及艺术追求 261
　一、早期企盼欧洲现代文明拯救非洲 262
　二、中期宣扬传统与现实、非洲与西方融合 264
　三、后期呼吁回归传统、走向非洲中心主义 267
第三节　鲜明独特的民族特色 269
　一、丰富多彩的约鲁巴宗教神话 270

二、深奥复杂的再生循环与轮回观 272
　　三、鲜明独特的非洲民间艺术技巧 276
　　四、富于非洲特色的精彩语言 279
第四节　戏剧经典的文化诗学阐释 282
　　一、批判反思、认清自我 283
　　二、超越发展、走向世界 290
第五节　索因卡在中国的译介与接受 297
　　一、译介与研究的起步（1979–1986） 298
　　二、译介与研究的缓慢升温（1987–1999） 301
　　三、译介与研究的逐渐加热（2000–2015） 310
　　四、译介与研究的不足与前景 322

第五章　纳吉布·马哈福兹研究 329

第一节　笔耕不辍与艺术探索 331
第二节　政治生活与执着信仰 339
　　一、核心的政治生活 339
　　二、信仰的执着追求 351
第三节　欲望本能与艺术融合 360
第四节　马哈福兹在埃及和中国的研究 381
　　一、起步晚，但成果丰富多样 383
　　二、研究形式多样，争议较大 384
　　三、队伍不断扩大，主题不断深化 385
　　四、中国马哈福兹的研究分期 385
第五节　结语与余论 389

（下　册）

第六章　纳丁·戈迪默研究 ... 395
第一节　创作历程与思想倾向 ... 397
一、第一阶段：自然选择阶段 ... 399
二、第二阶段：族群归属阶段 ... 409
三、第三阶段：多元对话反思阶段 ... 417
第二节　《贝多芬是 1/16 黑人》多重思考 ... 428
第三节　访谈录：作家与世界的对话 ... 442
第四节　纳丁·戈迪默研究在中国 ... 450

第七章　大江健三郎研究 ... 465
第一节　生存状态与思想养成 ... 470
第二节　初登文坛与介入现实 ... 478
第三节　直面危机与忧患的创作 ... 486
第四节　大江健三郎与中国 ... 526

第八章　库切研究 ... 531
第一节　认同危机与流散生涯 ... 533
第二节　长篇小说创作解析 ... 548
第三节　亦实亦虚的自传作品 ... 572
第四节　中国库切研究综述 ... 577

第九章　奥尔罕·帕慕克研究 ... 601
第一节　"呼愁"：帕慕克文学之根 ... 606
一、虚的空间：西方版画作品里的伊斯坦布尔 ... 607

二、实的空间:"呼愁"是土耳其人的集体记忆 610
第二节 《我的名字叫红》中的"自我" 616
一、奥斯曼细密画空间与观念的"自我" 617
二、意大利肖像画的空间与现实的"自我" 621
三、橄榄之路即土耳其的"自我"之路 624
第三节 在东西文化的十字路口 632
一、对良知的守候 634
二、对民主的追求 636
三、对民族性的认同 640
四、尊重传统,吸收西方精华 642
第四节 帕慕克研究在中国 651
一、帕慕克访华前的译介 652
二、帕慕克访华的对话 654
三、帕慕克访华后的研究 662

第十章 莫言研究 667
第一节 "红高粱美学" 668
第二节 "感官魔幻主义" 684
第三节 民间文化 700
第四节 中国式生命哲学 720
第五节 莫言的意义与影响 730

后 记 733

绪论

瑞典文学院会议室的大厅中间长年摆放着一个长条形会议桌,周围是瑞典国王古斯塔夫三世御赐的18个带编号的院士座椅。迄今历经227年,换人不换椅。每位院士坐在固定的座位上,都知道这个座椅不平凡的历史,内心深处自然升出的历史责任感和庄严感,会令他们丝毫不敢苟且、怠慢自己神圣的投票权。因为从他们手中将诞生诺贝尔奖得主不朽的名单,其中包括迄今为止获得诺贝尔文学奖的10位东方作家,即亚洲和非洲地区的作家。

第一届诺贝尔奖文学委员会成立于1902年。主席和委员都是每三年选一次,选票须过半数方可当选,但允许他们无限期地重新当选,即连任。委员会的5名评委是从18位院士中选出来的,专门从事诺贝尔文学奖的评选工作。院士的学术经历很多元,但都是术业有专攻的知名专家学者,现在全部院士都是瑞典本国人。由他们之中选出的5名评委将把自己认为符合获奖条件的人选写在事先准备好的小纸条上,投进会议室桌上一个金色的广口的小圆桶里。在诺贝尔文学奖评选的一百多年的历史上,前一半时间,获奖作家的分布不够平衡,与诺贝尔遗嘱中不分国家和种族的原则显然是相悖的。因为那一时期评选委员会特别青睐欧美作家,即使是印度的泰戈尔也是因为在英国用英语翻译了自己的孟加拉语诗歌并"成为西方文学的组成部分"才于1913年获奖。其他亚洲、非洲、拉丁美洲和大洋洲则很少有作家获奖。这种不均衡状态使人一度对诺贝尔文学奖的公平性与合理性产生怀疑。第二次世界大战以后情况逐渐有所改变,尤其是近20年来,瑞典文学院正努力扩展诺贝尔文学奖辐射的地理区域与文化范围。自1901年起至2015年止,印度的罗宾德拉纳特·泰戈尔(1913)、以色列的阿格农(1966)、日本的川端康成(1968)、尼日利亚的沃莱·索因卡(1986)、埃及的纳吉布·马哈福兹(1988)、南非的纳丁·戈迪默(1991)、日本的大江健三郎(1994)、南非的库切(2003)、土耳其的奥尔罕·帕慕克(2006)和中国的莫言(2012),这些东方作家相继出现在获奖名单上。这种结果基本上达到了颁奖委员会的预期效果,"尽量使获奖者遍布全球",也基本上改变了诺贝尔奖给人造成的欧洲中心主义的印象,从而表明诺贝尔文学奖不仅是一种荣誉,更重要的是要用物质的力量促进文学创作的目的。

诺贝尔于1896年12月10日逝世后,我国上海的《万国公报》《时务报》《申报》和香港的《循环日报》等近代报刊,就在1897年上半年先后报道了他的去世及其遗嘱的新闻,其生平义举在中国民众中产生了影响。诺贝尔最早的遗嘱是1896年自己起草的。因为他没有请法律顾问来写他的遗嘱,因此一些地方表述比较模糊,也不易全面理解。例如,诺贝尔说的"文学院"也未必指的就一定是瑞典文学院。因为从1786年开始,古斯塔夫三世国王除去建立了瑞典文学院以外,瑞典还有8个皇家院校也都是这位崇尚文化的国王设立的,只有瑞典文学院没有"皇家"字号。另外,在他最初的遗嘱中并未提及文学奖,只是在最后的遗嘱中才加进了这项奖金。这很可能因为在诺贝尔兄弟几人学习的知识中,人文科学知识对他们的影响不亚于自然科学,尤其是诺贝尔在生前结交过许多文学界名人所致。因此,诺贝尔在遗嘱中希望"赠予在文学上能创作有理想主义倾向的最出色作品的人",希望诺贝尔奖能够帮助这些作家进一步发展,事实上这很难实现。因为在评选标准上,评委的理解是有弹性空间的。例如,20世纪早期的评奖政策倾向于"理想主义"作品,像列夫·托尔斯泰这样的现实主义大师则被排除在外。20世纪80年代,又因为"实用主义"的政策,1982年诺贝尔文学奖被授予并非无名之辈的加西亚·马尔克斯。评委们所能做到的就是1963年瑞典文学院的新规定,即诺贝尔奖只能颁发给在世的人,这无疑给了许多年轻的奋斗者以无限希望。

诺贝尔奖文学委员会经常标榜自己是不考虑政治因素的,只关注作品的质量和原则性,事实上实行起来很困难,以致1989年出现院士愤而辞职,一去不复返的情况。起因是伊朗宗教领袖霍梅尼下令追杀《撒旦诗篇》的作者、英籍印度裔作家萨尔曼·拉什迪。追杀举动的残酷性令世界震惊,瑞典各文化团体尤其是作家纷纷发表抗议声明。瑞典文学院院士的基本道义倾向虽然支持拉什迪,但多数院士仍以"学院不应干预政治"为由,拒绝以文学院名义发表声明。因此导致持有不同意见的三名院士公开宣布退出学院。其实,正如有人评价说,对于瑞典文学院而言,非政治也是一种政治,女性写作不就是一种政治吗,应该承认所有的作品几乎都能从政治角度进行解读,只是要探讨读者的立场而已。对于东方获得诺贝尔奖的10位作家而言,他们的经典作品享誉世界,当之无愧,名副其实。这是他们的创作活动应得的评价,文学委员会的评委是不会做出草率决定的。他们不会考虑东西方文学平衡,只注重作品的原则性和文学性;他们也不会考虑语言问题;他们会通过聘请语言专家和文学评论家进行翻译、评价,给出意见。评委们积极努力地去理解母语体系以外的语言文学的价值,其中包括中国文学、阿拉伯文学、日本文学、印度尼西亚文学和印度次大陆的一些语言文学等。东方获奖作家的出现基本表明这一系列的规则仍在有效地运行中。

诺贝尔文学奖尽管在世界学界诟病不少,但是客观上说,它仍然是几乎所有作家都企盼与争取的奋斗目标。因为迄今为止,世界上还没有任何一项文学奖在名气、威望和奖金数额等方面可与诺贝尔文学奖相比。随着社会现实和审美趣味的变化,一代又一代文学新人的创作都会在诺贝尔文学奖的评奖历史上有各种反映。但是,无论在什么情况下,都不要指望诺贝尔文学奖能运用它的作用来影响文学的发展方向。反之,诺贝尔文学奖也不会受任何金钱、任何势力的左右,它会沿着自己的传统走向未来。因此,在获奖作家中除10位亚非作家和几位拉美作家获奖外,其他百余位获奖者都是西方作家的情势下,东方(含中国)能有众多的作家获得如此高的荣誉,真的是弥足珍贵,可喜可贺。这10位作家从第一位获奖作家泰戈尔起到最后一位获奖作家莫言止,整整经历了一百年。这一百年间,除近现代作家泰戈尔以外,其他都属于当代作家。这一百年正是东方从传统社会走向现代社会的剧变时期。尤其是在当代社会转型期的50多年的时间里有9位东方作家获此殊荣,而其中4位是非洲作家,这种现象所反映的规律性问题和未来文学发展的大趋势,值得深入探讨与研究。

这100年里,人类经历了两次血腥的世界大战,随后是对物质生产和消费社会的极度追求。这一切无不伴随着人类对自然和社会的征服欲。人类观念的繁衍进步杂糅着对生态平衡的破坏,犹如坐上了永不休止的过山车。人类在不断的兴奋、渴望、迷惘、眷恋、倦怠、反思、前瞻、困惑等思绪中挣扎。这100年的经历几乎超过了人类有史以来的所有身心体验的总和。人类的政治、经济、文化向着越来越多元化的方向发展。

这10位诺贝尔文学奖东方获奖作家的代表作品正是这种世界发展浪潮中的东方各种社会生活的缩影;也是东方各个民族人生经历的真实写照。这些书写有了文学史上史诗意义般的性质,真正积淀为东方各民族的集体记忆,成为世界史上东方学的宝贵财富。

这100年正是东西方文化冲突与东方内部文化板块之间撞击最激烈的时期。东方文化在西方强势文化的殖民扩张之下,曾表现出文化启蒙和文化自强的双重主题,但它始终难以摆脱西方物质利益诱惑和西方物质力量笼罩这双重罗网的操控。于是东方民族表现出挣扎在"西方中心"和"自我边缘"交感区域的痛苦命运。那些在民族民主运动中取得民族独立的国家和民族在摆脱殖民枷锁之后,又必须直面"后殖民主义"的影响,一时难以找到恰到好处又恰如其分的文化定位。其文化发展呈现出现代性与传统性纠结缠绕的双重性难题。这10位诺贝尔文学奖东方获奖作家都在自己的作品里充分表达了这种思想探索与行动无奈。这些书写有了如此真实的政治诉求和情感体验,因此,在文本和文学史的表达上格外令人感奋不已。

这100年正处于东方社会转型的关键时期,也正是这10位诺贝尔文学奖东方获奖作家必须进行文化选择的时期。这种选择最需要的是直面社会现实的文化自觉精神和民族文化定力。在社会转型过程中,东方社会面对全球化进程中日益强大的西方文化的同化力量,如何保持文化个性,避免被西方文化霸权所吞噬,已成为关系到东方国家生存的重要而又重大的课题。对于许多东方国家而言,在实现现代化的过程中坚守民族文化传统,是一种艰难而又必然的选择。这种两难的处境反映在这些东方获奖作家的作品中,成为历久不衰的鲜明主题。

泰戈尔的长篇小说代表作《戈拉》(1910)，就借助印度"西化派"和"民族派"之争来反映近现代印度民族解放运动的焦点问题和基本特征。阿格农的代表作长篇小说《婚礼华盖》(1931)以传统的叙事艺术，想象出现代信仰的虔诚问题，意在说明，现代世界已无法复制古代世界的安宁与和谐。川端康成的代表作《雪国》(1948)将西方意识流和自由联想等创作技巧融入日本民族的审美传统之中，取得了极高的文学成就。索因卡最有代表性的创作之一《路》(1965)反映了古老的非洲戏剧艺术传统与现代的欧洲戏剧艺术技巧对作者的双重熏陶，是西非约鲁巴族文化基因与西方现代戏剧精神的有机融合。马哈福兹的代表作《宫间街》三部曲(1952)是一部家族小说。它通过一个埃及商人家庭三代人的生活和命运反映了埃及现代史上传统与现代的思想碰撞。

进入20世纪90年代以后，东方获得诺贝尔文学奖的作家正处于当代东方社会发展过程中传统与现代化的对峙进入更深刻的时期。戈迪默获奖的决定性作品是长篇小说《七月的人民》(1981)。它以现实主义手法描写了南非新旧政权交替的真空时期，种族隔离制度对未来南非社会的影响。大江健三郎的代表作长篇小说《万延元年的足球队》(1967)，写出作家不懈探索东方文化底蕴与西方存在主义巧妙结合成的"东方存在主义"的内涵和主旨。库切的代表作长篇小说《耻》(1999)以南非种族隔离制度为国家之耻，叙写了社会各种"耻"文化的现象，具有传统与现代对立的反思精神。奥尔罕·帕慕克的代表作长篇小说《我的名字叫红》(1998)，通过东方传统的细密画和西方的绘画透视法之间的融通，表现了东西方文化碰撞、交流、融合的故事，其实质正是作者和伊斯坦布尔身处东西方两种文化冲突中的真实写照。莫言的《生死疲劳》(2005)在继承传统的基础上,吸收西方经验,将中国20世纪文学史不断提出"人在历史中的命运"的口号落到了实处,成为作者整合中西文化精神的大胆尝试。

重新审视百年来,东方获得诺贝尔文学奖的这些作家的代表作,能够清楚地发现,这些处于社会从传统向现代转型时期的作家,他们在时代的大潮里苦苦地拷问与思索,努力寻找自己的身份、民族、国家、文化、信仰等各种认同,并用形象思维的方式,抒写了自己的真实体会。无论他们运用了西方何种样式的写作技巧与方法,本质上都是在表达传统文化给予他们内心深深的历史印迹。无论他们作品的外表与形式发生何种变化,他们都在作品深层内涵里展示自己那颗东方民族的赤诚之心。

文艺创作依靠的是形象思维,形象是形成于思想的具体影像。思维作为精神活动,其本质具有社会性,一定的思维活动总是同一定的社会文化密切相关的。一个民族或国家的社会文化状态、传统和特质,会直接影响、制约着人们特定的思维活动;同时也会影响、制约着人们的思维方式。它使不同民族、不同国家的人们在思维结构上具有了自身的特点,而彼此间又有了联系与区别。此外,思维结构还有维护社会文化传统的作用,反之社会文化传统会给思维结构打上鲜明的时代和民族烙印。在人们的思维活动中总是沉积着某些社会文化传统的历史遗存。因此,诺贝尔文学奖东方获奖作家的形象思维就有了几乎相同或相近的社会文化传统的历史遗存。人们也会在这些相同或相近的历史遗存中发现共通的文化心理结构,找到共同的东方精神的认同和所在。

正是由于他们的形象思维以社会存在和社会实践为基

础,因此具有相同或相近社会历史经验的作家在时代精神的感召下,形成了某些思维活动的聚合点,具体而言即诺贝尔文学奖东方获奖作家形成了共同的创作倾向。对这 10 位作家的创作历程和文艺思想、写作特征和艺术风格、学术史上的地位和译介影响等方面进行文本分析和理论探索,就是我们编著此书的基本立场和根本宗旨,也是对中国正在崛起的东方学研究的一种积极响应。

第一章 泰戈尔研究

第一节 创作与"世界主义思想"

罗宾德拉纳特·泰戈尔(1861-1941),是伟大的诗人和作家,也是印度近代思想史上与甘地齐名的两大巨擘;还是印度文学史上与迦梨陀娑齐名的两颗巨星之一。他于1913年获得诺贝尔文学奖,成为亚洲第一个获此殊荣的作家。

一、创作思想述评

泰戈尔在他一生漫长的80年中,写有66部诗集(2300余首),4部长篇小说,8部中篇小说,150余篇短篇小说,36部剧本,还有许多游记、书简、回忆录及有关文学、哲学、教育、宗教、社会方面的论文和著作。他还谱写了两千多首歌曲,绘有两千多幅画。

泰戈尔祖父是最早去英国访问的印度人之一,是19世纪梵社的重要支持者,致力于反对偶像崇拜、种姓制度、寡妇自焚殉节等社会改革活动。其父对吠陀和奥义书很有研究,是哲学家和宗教改革者。泰戈尔是兄弟姐妹14人中最小的一个。其大哥是诗人,又是介绍西方哲学的哲学家,五哥是音乐家、剧作家,姐姐是当时第一个用孟加拉语写长篇小说的女作家。泰戈尔就在这样一个既扎根于印度教哲学思想土壤,又深受西方文化影响,并富有文学艺术教养的家庭里,度过了童年。他虽然进过东方学院、师范学院和孟加拉学院,但并没有在学校里完成正规的学习。他13岁时开始写作最初的诗作,17岁时按照父亲意愿去了英国学法律,后改学英国文学,并研究西方音乐,两年后回国专门从事文学创作。

泰戈尔的诗歌和小说主要反映了印度人民在帝国主义、封建制度双重压迫下要求改变自己命运的愿望,描写了他们的反抗和斗争。作品充满爱国主义和人道主义精神,同时又富有民族风格和民族特色,具有很高的艺术成就,深为广大人民所喜爱。他一生辛苦勤劳的创作活动给印度文学和世界文学宝库增添了可贵的遗产。泰戈尔的文学创作主要分为三个时期:

第一,早期创作。他从童年时代就开始写诗和剧本。1877年他16岁时即发表第一首长诗《诗人的故事》并受到好评。1878年赴英国学习法律,对英国文学和音乐有浓厚兴趣。1880年提前回国,1881年他的第一个诗集《黄昏之歌》出版,从此开始了正式的创作生涯。特别是从1890年至1901年他在父亲的庄园里度过,广泛地接触了印度农村社会现实,目睹了英国殖民主义者的专横暴虐,封建地主的残酷剥削。他非常同情处境艰难的农民,开始积极探索社会发展的出路。这一时期他虽然也创作了不少诗集和剧本,但最能代表他早期创作成就的是六七十篇短篇小说和一部故事诗。这部名为"故事诗集"的故事诗主要取材于历史事件,重点歌颂了反对异族压迫和封建暴君统治的英雄业绩。部分作品反映了地主对农民的剥削和残害,如《两亩地》等。短篇小说描写的社会范围很广,主要以反对封建主义为主题,集中批判封建婚姻制度和种姓制度,表现妇女生活的悲惨,如《摩诃摩耶》等。

短篇小说中《摩诃摩耶》的思想内容很有代表性。24岁的姑娘摩诃摩耶和男青年真诚相爱,但她的家庭因种姓的关系却强迫她嫁给一个垂死的婆罗门,并在火葬场上举行婚礼。婚后第二天,她就成了寡妇,并被迫和丈夫一起火葬。只是由于突然出现的狂风暴雨,她才侥幸没被烧死,可是她美丽的脸庞上已留有烧伤的疤痕。她逃到男友家里,要他发誓永远不揭开她的面纱。一个月后的一个月夜,其男友终于忍耐不住地揭开面纱。她发觉后一言未语地转身离去。作者强烈谴责了封建包办婚姻的危害和寡妇殉葬制度的野蛮,表达了人们渴求恋爱自由的迫切愿望。

第二,中期创作。20世纪初至20年代,是他一生创作最丰富也是最重要的时期。作品广泛而深刻地反映了印度现实中最迫切的社会问题。优秀的代表作品有长篇小说《沉船》(1906)和《戈拉》(1910)。《沉船》是泰戈尔的代表作之一,小说情节曲折动人,富有传奇色彩。作品通过大学生罗梅西的曲折复杂的恋爱和婚姻故事的描述,揭示出封建婚姻制度与争取恋爱自由的青年男女之间的尖锐矛盾,具有强烈的反封建倾向。男主人公罗梅西是印度资产阶级知识分子的形象,他有反封建的思想,但行动软弱、妥协,无力冲破束缚自己的封建罗网。小说明确指出青年男女如果不坚决反对封建婚姻制度,是得不到真正的恋爱自由和幸福婚姻的。

《戈拉》写于1907-1909年,1910年正式出版,是泰戈尔最优秀的小说,也是印度近代批判现实主义文学的代表作之一,主要表现了泰戈尔反帝反封建的创作倾向和世界主义思想的萌生。

这部作品的中心人物戈拉是泰戈尔塑造的一个印度资产阶级民族主义者和爱国主义者的典型。作为一位激进的爱国知识分子,他有强烈的爱国心和民族主义志向。他不断提升自己的思想,从一个学校及其附近一带的孩子王,逐渐发展为印度爱国者协会主席、印度教青年教徒的领袖。戈拉坚信自己的祖国一定会得到独立和自由,并采取积极的行动为之奋斗,他生活的唯一目标就是要救民于水火、解放祖国。他的一生经历坎坷,为人正直不阿,宁死不屈,曾三次面对面地和英国殖民者进行斗争,并被捕入狱,但他从未向英国殖民者屈服过。这种没有丝毫奴颜婢膝的精神是殖民地人民最可贵的品质。印度评论家S.K.班纳吉说:"戈拉就像是渴望自由、愤怒地为反抗自己社会和政治上的奴隶地位而斗争的印度心灵的化身。"

戈拉的性格也表现出一定的矛盾性。他怀有宗教偏见,错误地认为造成印度一切灾难的根源是人民群众的愚昧无知,是由于知识分子脱离了群众以及忘记了印度的光荣历史。因此他主张当前的任务是唤醒人民,使他们相信自己的力量,恢复对祖国的信仰,尊敬和热爱自己的祖国。他认为要达到这个目的,就必须无条件地遵守印度教的一切传统,因为只有这样,群众才不会忘记印度光荣的过去,才不会崇洋媚外,才不会失去自己的民族自信心。因此,他为印度教的一切传统,包括种姓制度、偶像崇拜、妇女无权等落后陋习辩护,并身体力行,严格遵守印度教的教规。他企图复归传统种族观念和印度教规以振兴国家民族的做法是行不通的。这不仅造成他自己深刻的内心矛盾,而且还造成他和自己亲人之间的隔阂。尤其在他爱上信奉梵教的姑娘苏查丽妲之后,他的内心更加矛盾、痛苦。最终,现实教育使他放弃了偏见,树立了为全印度人民造福的思想。小说最后戈拉终于认识到:印度人民要独立,就要同时反封建,就要冲破种姓制度的束缚,不分宗教信仰,团结一致才能战胜敌人。

泰戈尔通过《戈拉》这部作品歌颂了新印度教徒的代表戈

拉反对殖民主义压迫、热爱祖国的思想,歌颂了他对祖国必然获得自由的坚定信念,同时也批判了他维护种姓制度,遵守印度教各种腐朽传统的错误做法。泰戈尔通过戈拉这一艺术形象,表达了他自己反对帝国主义、反对复古主义和种姓制度的主张,并在这一人物身上显露出自己世界主义的思想萌芽。

20世纪初,泰戈尔已是一位著作丰厚、颇有声望的大诗人。他决定采取学访而非旅游的方式,公开会见西方健在的著名学者。1912年3月27日,他与儿子和儿媳一行踏上前往英国伦敦的轮船。旅途中为度过闲暇时光,他安逸地坐在甲板上随手用英文翻译着1910年出版的孟加拉文版《吉檀迦利》,聊以自慰。此外,他还将以前发表的《奉献集》《祭品集》《怀念集》里的一些诗也翻译出来。正是这些后来以《吉檀迦利》为名结集出版的103首英文诗,使他有朝一日获得了世界声誉。

泰戈尔到伦敦后不久,就来到英国画家、时任皇家美术学院院长的罗森斯坦处。他曾于1910年到过印度,并结识了泰戈尔,一直对泰戈尔的诗歌情有独钟,他们之间的友谊一直保持到泰戈尔逝世。这次罗森斯坦在读完泰戈尔带来的译作之后,兴奋不已,认为这是一种"崭新类型的诗,是神秘主义高水平的伟大诗作"。同时,他又将诗作推荐给著名诗人叶芝,立即受到叶芝的高度激赏。在罗森斯坦的周旋下,英文版的《吉檀迦利》旋即于1912年11月在英国出版,好评如潮。诗集中蕴含的深刻哲理、洋溢的抒情气息、优美华丽的诗句和散文诗的奇妙旋律,一时间轰动了整个西方世界。当时瑞典文学院正在讨论该年度诺贝尔文学奖候选人,英国作家和皇家学会成员斯塔杰·穆尔首先提名泰戈尔参评。评选委员会主席赫迦尔奈起初不赞同,但是由于《吉檀迦利》很快被社会认同与推崇,泰戈尔的提名终于获得了瑞典文学院数名院士的支持。1913年

9月,泰戈尔从英国伦敦载誉返回他心爱的桑蒂尼克坦。他的英国之行虽然取得了巨大成功,赢得了崇高的荣誉,但是他并未被"这个盛了洋酒的镀金杯灌醉"。

1913年冬,瑞典文学院经过充分而周密的论证,终于决定将本年度的诺贝尔文学奖授予泰戈尔,表彰他"那含义深远、清新而美丽的诗歌",认为"他运用完美的技巧、自己的英语词汇,使他诗意盎然的思想成为西方文学的组成部分"。这是诺贝尔文学奖自颁奖以来第一次授予东方人,也是第一次授给一位非白种人。消息传到印度时,举国上下一片惊讶和兴奋,加尔各答大学不久也授予泰戈尔名誉文学博士学位。在获得诺贝尔文学奖以后,泰戈尔将自己获得的全部奖金都用于了桑蒂尼克坦学校的建设。

《吉檀迦利》是孟加拉语"献诗"的意思。这些诗是献给"神"的。这个神是抽象的,而不是具体的,它与万物化成一体,是个人格化的"泛神"。诗中利用人道主义思想对"梵我合一的"泛神论进行整合,使得他心目中的神不再是超自然的精神主宰,而是"最高人格"的化身。当人与"最高人格"结合就达到人神合一的理想境界,即"圆满"。这是一部优秀的宗教抒情诗集,基于诗人对宗教哲学泛神论思想的独特理解,诗人从泛爱主义思想出发歌颂了具有悠久优秀文化的祖国,热爱这个国家的那些爱好和平、追求自由的劳动人民,赞扬了祖国那些雄伟美丽的山川。整部诗集始终贯穿着爱国主义思想。这一时期他创作的诗集主要还有《新月集》《园丁集》《飞鸟集》等,它们也都是宗教哲理诗集。其基调和《吉檀迦利》类似,但影响却相去甚远。

第三,后期创作。20世纪20年代到40年代印度社会激荡,泰戈尔的创作进入最后阶段。由于印度人民的日益觉醒,反殖反帝斗争的日益高涨,尤其是1930年访问苏联两个星期后归来,泰戈尔思想有了新的发展,创作了一些政治抒情诗。这些抒情诗大体可分为三类。第一类是反战维护世界和平的,如《非洲集》谴责帝国主义的野蛮掠夺;《敬礼佛陀的人》讽刺日本军队侵略中国;《忏悔》反对瓜分世界的"慕尼黑条约"。第二类是揭露殖民社会和封建落后现象的,如《劳动者》。第三类是总结自我思想的,如《生辰集》等。这些作品表现了诗人晚年很高的精神境界与明确的世界主义理想。此外,在后期他还创作了虽然富有哲理色彩,但是仍具有比较明显的反帝斗争思想的象征剧《摩克多塔拉》(1925)和《红夹竹桃》(1926)等。

泰戈尔对中国怀有崇高的友谊,他一贯强调印中两国人民团结友好合作的必要性,早在1881年就写了《死亡的贸易》一文,谴责英国向中国倾销鸦片毒害中国人民的罪行。1916年他在日本发表讲话抨击日本帝国主义侵略中国的行动。1937年日本帝国主义发动全面侵华战争后,他屡次发表公开信、谈话和诗篇,斥责日本帝国主义、支持和同情中国人民的正义斗争。泰戈尔的作品早在1915年就介绍到中国。中国作家郭沫若、郑振铎、谢冰心、徐志摩等人的早期创作大多受过他的影响,其实这也是他实现世界主义理想的重要组成部分。

二、世界主义思想生成

印度当代学者维希瓦纳特·纳拉万教授在自己的力作《泰戈尔评传》中深刻地指出:"任何对泰戈尔的全部贡献加以评价的尝试,都必须包括对他的哲学世界观、宗教思想和教育观点的研究,而不能单单着眼于他在文学、艺术上的成就。"在我们重新阐释泰戈尔思想的全部意义时,更感到这是切中肯綮的认识。当我们努力认识当代人类精神的一致性及泰戈尔思想的统一性时,则更能发现他的哲学世界观、宗教思想和教育观点,在逐渐形成的过程中越来越清晰地显现出的一条主线,即公共知识分子的世界主义思想。

印度是个多灾多难的国度,尽管它富饶美丽、人民辛劳善良,但是这并未成为它可以进入人间天堂的资本。异族入侵、长期的分裂、相对短暂的统一,使这个历史悠久的国家直至20世纪前后仍处于十分可悲的生存境地。政治上遭受殖民者的压迫,经济上受到它们的盘剥,人民陷入贫穷、愚昧的水深火热之中。就在人们几乎忘记了自己光荣的历史,对未来似乎也丧失希望而漠不关心的时刻,一些先知先觉的大哲,如罗姆莫罕·罗易(1774-1833)、斯里·罗摩克里希纳(1836-1886)和斯瓦米·维卡南达(即辨喜,原名挪伦特拉那特·达德,1863-1902)等社会活动家和印度教改革家,将自己振聋发聩的启蒙思想千方百计地灌输到广大人民中去,即使只有少量的社会各阶层的人物接受并实践了这些思想,但是只要惊醒了甘地和泰戈尔两位闻名于世的伟人,就足以表明他们的思想威力。

罗姆莫罕·罗易生于孟加拉一个笃信宗教的贵族家庭,早年曾在巴特拿学习波斯文和阿拉伯文,接触伊斯兰教义和希腊古典哲学。曾游历过波斯、阿拉伯、中国、缅甸等,虽定居加尔各答,却是个视野开阔的学者。作为印度启蒙思想家、近代社会的改革家,他曾于1825年组织了著名的启蒙社团"梵社",并提出一系列改革社会的主张。而泰戈尔家族从其祖父德瓦尔伽纳塔·泰戈尔开始就是罗易进行改革的可靠朋友和坚定的支持者。直至罗易在1833年去世后"梵社"濒临垮掉时,还是他捐款使之得以维持下去。德瓦尔伽纳塔的长子代温德拉纳特即罗宾德拉纳特·泰戈尔的父亲。"虽然,他是德瓦尔伽纳塔的后裔,实际上他是拉贾·罗姆摩亨姆·罗易(即罗姆莫罕·罗易)的道德和精神的继承者。他完成了拉贾·罗姆摩亨姆·罗易未竟的事业。他的品德对罗宾德拉纳特的精神发展产生了不可磨灭的影响"。① 因此,泰戈尔在为原始梵社做秘书时也接受了他的一些主张。由此观之,泰戈尔思想直接或间接地受到了罗易的影响。原始梵社的信徒认为自己是印度教的特殊分支,泰戈尔认为他们是"有神论印度教徒"。尽管梵社是印度的宗教,却有一种世界性的观点。泰戈尔早年在大众梵社堂(一称公共梵社)朗读题为"认识自我"的文章中说:"今天的印度教必须敞开它神圣、神秘的真理。它必须向整个世界传播世界主义的福音。今天,通过梵教的拯救之路,印度教正在履行它的使命。"② 在泰戈尔给罗姆莫罕·罗易的颂词中曾写道:"有一段时间,罗摩·摩罕·罗易(即罗姆莫罕·罗易)立足于人类的共同要求,试图将印度与世界其他部分合为一体。他的见解并未因陈规陋习的存在而黯然失色……罗摩·摩罕在时、空这两个方面延伸了印度意识。他看到,无坚不摧的时间现在也没有停下来,它擎着胜利的旗帜奔向未来,所有的人都只能行进在这面旗帜之下。(1933)"③ 赞颂罗易这位杰出先驱的话,同样可以用来认识和评价泰戈尔自己,他就是行进在这面旗帜之下的众多追随者之一。完全可以理解其中被延伸了的"印度意识",就是泰戈尔世界主义思想的重要来源。

作为父亲的代温德拉纳特对泰戈尔的影响不仅在于对罗易思想的继承上,而且他身上养成的对宗教的虔诚、对艺术的

---

① [印]克里希那·克里巴拉尼:《泰戈尔传》,倪培耕译,漓江出版社,1984年,第27页。
② 此处引文原文刊载于1919年的《真理追求者》,转载于《今日印度》,2011年5月特刊。
③ [印]维希瓦纳特·纳拉万:《泰戈尔评传》,刘文哲、何文安译,重庆出版社,1985年,第6-7页。

敏感、对实践的重视三种主要气质同样给予了泰戈尔潜移默化的濡染和熏陶。他少年时代的历练、青年时代的向往、成年时期的击打、晚年的奋进,其中不乏艺术追求、现实教育、民族斗争、改革实践、世界召唤等种种内心的矛盾与苦斗,种种生活的艰辛与曲折,都不同程度地印上了祖、父两代人的影子。泰戈尔和祖父、父亲三代人不仅目睹了孟加拉乃至整个印度民族的觉醒,民族资本的崛起,以及席卷全国的社会改革和民族独立运动,而且不同程度地成为重要的参加者。由于泰戈尔的学术和思想的同一性,所以他不仅是一位追求美与和谐的作家和艺术家,更是一位关注人生的思想家和社会活动家。作为公共知识分子,他的服务空间逐渐扩大,在理想与现实的双重追求中,他完成了自己由孟加拉诗人向世界诗人的过渡,完成了思想中由泛爱主义向世界主义的深化。

泰戈尔曾先后十二次远渡重洋,访问五大洲近三十个国家和地区,积极从事和平运动,反对法西斯,支持各国人民的正义事业。这些非凡的经历成就了泰戈尔作为"世界的诗人"的世界主义思想的成熟。他在不懈地追求人性完美的同时完善了自己世界主义思想的内涵。评论家认为:"罗宾德拉纳特是一个非常协调的人。人性的每一个方面在他的行为、他的艺术中都有充分的表述。《奥义书》中高尚的理想主义,佛陀的慈悲与智慧,西方思想中的理论性,毗湿奴教义中的慈爱,耶稣的人道主义,不同国家不同时代的神秘主义大诗人的深沉……这一切在罗宾德拉纳特的世界观和处世之道中都占有各自的地位。炽热的爱国主义并没有妨碍他将世界看作一个'全人类的小巢'。"① 此外,他还始终坚信:"每一民族的职责是,保持自

---

① [印]维希瓦纳特·纳拉万:《泰戈尔评传》,刘文哲、何文安译,重庆出版社,1985年,第12页。

己心灵的永不熄灭的明灯,以作为世界光明的一个部分。熄灭任何一盏民族的灯,就意味着剥夺它在世界庆典里的应有位置。"① 由此可以看出,泰戈尔的民族主义有时是用世界主义价值取向来反映的,而他的世界主义有时又往往用民族主义的形式表达出来。这样他就从一个普通的民族文学艺术家发展成为一个服务于整个世界的公共知识分子。

泰戈尔认为:"在印度,当我们能够在我们的生活中同化西方文明中永恒的东西时,我们将处于协调两个伟大世界的地位。那么,令人恼恨的单方面的统治将会结束。更重要的是,我们不得不承认印度的历史并不属于一个特定的种族,而是属于一个创造过程。世界上不同的种族对这个过程都做出了贡献,其中有达罗毗荼人和雅利安人,古希腊人和波斯人,西方和中亚的伊斯兰教教徒。现在终于轮到英国人忠于这个历史了,他们为历史带来了生活的献礼。我们既没有权利也没有力量排除他们参与建设印度的命运。所以我说的民族,更多的是同人类历史有关,而不是同印度历史特别有关。"② 泰戈尔心目中"西方文明中永恒的东西"即他后文中提及的"它产生了胸怀开阔的人,具有伟大思想的思想家和伟大业绩的实行家。它产生了伟大的文学"。他敬佩这些人对正义和自由的热爱,以及他们的思想活力、创造力和人性。另外泰戈尔强调民族历史"属于一个创造过程",而且是由世界上多个不同种族共同完成这一创造过程的观点。这是因为他已经觉察到西方正在抑制其压迫的民族天赋,防止他们会利用知识来解放自己。他指出这种强权式的"民族主义是一种席卷当今人类世界并吞噬它

---

① [印]克里希那·克里巴拉尼:《泰戈尔传》,倪培耕译,漓江出版社,1984年,第334页。

② [印]泰戈尔:《泰戈尔集》,倪培耕编译,上海远东出版社,1998年,第324–325页。

的道德活力的残酷瘟疫"。他感到在这样的世界上,只有发扬更崇高的人性,才能使世界和谐。这些哲学观点无不滋生着世界主义的思想萌芽,浸润着世界主义的营养。

我们承认泰戈尔所说的"印度的历史并不属于一个特定的种族,而是属于一个创造过程",就等于承认当今世界的历史更"属于一个创造过程"。只是这一过程所遭遇的困难更多更复杂,也更难解决。因为人类不仅要克服自然给他们带来的各种灾害,还要解决人类自身由于人性缺陷所带来的人为灾难。这是泰戈尔的世界主义思想的由来。因此,他针对西方民族主义的强权政治,提出:"人类历史的目标既不是含糊不清的世界主义,也不是狂热的民族自我盲目崇拜。印度一直在努力完成它的任务,一方面调节社会分歧,另一方面承认精神团结。""但是我们认为我们的任务尚未完成。世界洪流荡涤着我国,新的东西已经引进,更大规模的调整有待于进行。"[1] 毫无疑义,泰戈尔认为的清晰的世界主义观点应该是:"现在已经到了这一时刻,我们必须将世界的问题当作我们自己的问题。我们必须使我们的文明精神与全球所有国家的历史和谐配合。"[2] 尽管印度当前无论是想完全恢复到吠陀时代的信仰复兴者,还是想照搬欧洲功利和消费主义的模仿者都不会赞同泰戈尔这种世界主义观点,但是,"罗宾德拉纳特把世界的命运看作自己的命运。如果世界的某个地方存在着非正义或压迫的话,那么他会深深感到痛苦。存在于他身上这种世界意识使他在自己的国度里不得不蒙受一些误解。""现在他已超越了印度的国界,成为一个世界公民。这并不是因为他已名扬天下,而是因

---

[1] [印]泰戈尔:《泰戈尔集》,倪培耕编译,上海远东出版社,1998年,第320页。
[2] 《印度文摘》,1988年第12期,第3页。

为他与世界紧紧联在一起。"[1] 正是因为作为"世界的诗人"的泰戈尔和世界的紧密接触和联系,使他的世界主义思想越来越根深蒂固。

泰戈尔在题为"世界文学"的文章里指出:"你们切不可以认为,我将成为你们在世界文学领域里的带路人。我们应该根据各自的力量,在这条路上前进。我只是想强调指出,大地不是我的、你的或是他的大地,把大地分成你的我的的做法是极其无知的。同样,文学也不是我的、你的或他的创作。然而,我们往往如此无知地看待文学。我们的目的是,去掉那些无知和狭隘,从世界文学中观察世界的人。我们要在每一作家的作品里看到整体,要在这种整体里看到整个人类为表现自己所做的努力,现在是立下这样的决心的时候了。"[2] 泰戈尔对世界文学的这种清晰认识和理解以及所表现出来的教育思想,是他积极倡导的东西方之间要紧密合作的精神在文学研究领域的体现。评论家普遍认为,泰戈尔的理性是由整个世界文明培育成熟的,他的成就奠基于东西方文人学者的友谊之上。因而,在他的思想深处一直孕育着"世界意识",并始终贯穿他文学研究和教育实践的全过程。这种"世界意识"由朦胧生发到根深蒂固的发展,最终形成了他的世界主义思想。

泰戈尔一向主张民族间的文化要相互交流,东西方二者不可偏废。这种"世界意识"很早就在他幼小的心灵里萌动,因为"罗宾德拉纳特就诞生在这种东方和西方的精神文明的气氛中,并在那间喧闹的,永远挤满那些不断地唱歌、写诗,讨论神学、哲学和文学问题的人们的乔拉圣科的小屋里度过了

---

[1] [印]克里希那·克里巴拉尼:《泰戈尔传》,倪培耕译,漓江出版社,1984年,第289页。

[2] [印]泰戈尔:《泰戈尔论文学》,倪培耕译,上海译文出版社,1988年,第55页。

他的童年"①。这种来自家庭的教育是多样性的。1878年,青年时代的泰戈尔第一次去英国伦敦求学,请了一位教师教拉丁文。这位平日沉迷于理论研究的教师认为:"每一个时代的占支配地位的思想意识总会在整个世界的不同人类社会里反映出来,不管这些不同的社会之间存在什么样的外部联系。"这种来自学院派的教育是世界性的。泰戈尔在日后的《回忆录》中,曾这样写道:"今天我不能不相信它。我坚信,人类的思想是通过一种深奥的媒介联系着的,社会的某一方面的变革会影响到另一方面。"②可见,从那个时期开始,人类互相联系、互相影响的"世界意识",就通过不同的教育渠道深深植根于泰戈尔的理性,这块东西方文化杂糅的沃土之中了。

　　泰戈尔在筹建国际大学并实践他的教育理论时,正值他的"世界意识"逐渐形成文化心理定式的过渡时期,也是他的"世界主义"付诸行动的重要时节。1898年,他想在父亲早年于西孟加拉邦比尔布姆县买下的后被称为桑蒂尼克坦(意为"和平之乡")的七英亩荒地上创办一所小型的实验学校,以吸收不同种姓的儿童入学。这一教育设想就是从他的"世界意识"中最先派生出来的。1902年,他又在一篇著名的论文中呼吁,印度既不是印度教的,也不是穆斯林的,更不是英国人的,不同种族、不同信仰的人应该会集在团结的旗帜下。这种思想又于1912年反映在泰戈尔作词并谱曲的印度国歌中。歌词欢呼要用"爱的花环"把东西方人们编织在一起。即使是在第一次世界大战前夕,泰戈尔也丝毫没有放弃要在桑蒂尼克坦建立一个在世界各国间传播信任与友谊,交流思想文化的学术机构的努力。就这样,泰戈尔的"世界意识"通过教育实践过程,

---

① [印]S.C.圣笈多:《泰戈尔评传》,董红钧译,湖南人民出版社,1984年,第5页。
② [印]克里希那·克里巴拉尼:《泰戈尔传》,倪培耕译,漓江出版社,1984年,第97页。

由启悟升华为世界主义,最后经实验成为现实。桑蒂尼克坦的实验学校最后终于发展成一所世界性大学——国际大学。其座右铭为一句古老的吠陀箴言、梵文诗:"整个世界相会在一个鸟巢里。"

泰戈尔这种世界主义思想不仅反映在他的思想发展的过程中,而且以一定的审美价值取向表现在他的代表作品里,尤其是在他的"世界主义"的观点形成期所写的代表作长篇小说《戈拉》和诺贝尔文学奖获奖诗集《吉檀迦利》里。由于对美和爱的追求构成了这些作品的主题,因此他的书面语言已不再是仅仅承担着民族文化重负的一种载体,而表现出一种超越语言的文化普遍性和同一性。

1906年到1909年在杂志上连载的小说《戈拉》,除却热爱祖国的鲜明主题之外,另一个重要的思想倾向就是不同种姓、不同宗教信仰的人民应该消除隔阂,相互交流文化与思想。小说主人公戈拉最初是个坚定的印度教徒,当他得知自己的爱尔兰血统和基督教徒出身以后,以前的信念发生了根本的变化,即自己既不是印度教徒,也不是基督教徒,而是一个"人"。这种"人的宗教"促使戈拉的思想发生转变,恰如其分地表现了小说的这一主旨,表达了作者正确的思想倾向和宗教观,是作者文化心理结构深层的一种自然显现。正是因为他的世界主义思想,他的小说才表现了人类的伟大,这一点不仅跨过了地区界线,也超越了国家界线。1911年,即泰戈尔50岁那年,他将自己的一些诗编纂成集,即《吉檀迦利》。其第三十五首诗里写道:"在那里,知识是自由的;在那里,世界还没有被狭小的国家的墙隔成片段;在那里,话是从真理的深处说出;在那里,不懈的努力向着'完美'伸臂;在那里,理智的清泉没有沉没在积习的荒漠之中;在那里,心灵是受你的指引,走向那不断放宽的思想与行为——进入那自由的天国,我的父呵,让我的国家觉醒起来罢。"① 如何才能进入"那自由的天国",泰戈尔基于自己的世界主义思想认为,"广泛地展开各民族间的文化交流,建立彼此间的了解,使所有的人都重视'人的价值',来完成一种'世界文化',那么,人类就可以逐渐进入'自由的天国'"②。在他的想象中,"自由的天国"是天堂,那么在他的实践中,国际大学即是通向"天国"的一架金桥,他的世界主义思想可以通过这种努力得到验证。

泰戈尔在文学艺术创作活动中是"世界的诗人",在社会政治活动中是"世界公民",在思想意识深层的表现上是"世界主义",这使他的创作活动和思想行动表面上看并非总表现出明显的统一性,但是在这令人眼花缭乱的丰富多彩的背后,总有一种东西若隐若现,那就是在他生命过程中,从萌芽到成熟的世界主义思想。其本质是面对政治全球化、经济一体化的焦虑。作为一名公共知识分子,他要寻求一种人类生存在这个世界上的互相关联与和谐共存的潜能。这种认识越到他晚年越深刻,这种探索越到他晚年越努力,最终成就了泰戈尔世界伟人的地位。

第二节 象征剧的美学意蕴

罗宾德拉纳特·泰戈尔的诗名蜚声世界,其卓越的戏剧艺术成就也理应受到世人重视。他创作了80多部戏剧,种类繁

---

① [印]泰戈尔:《吉檀迦利》,谢冰心译,人民文学出版社,1984年,第21页。
② 张光璘编,《论泰戈尔》,中国社会科学院、北京大学南亚研究所,1983年,第89页。

多，内容浩博，其中的象征剧或运用象征手法写成的社会问题剧中的叙事内涵，颇具探讨意义。

这些统称为象征剧的传世之作，无论是表现意志冲突、心理冲突，还是信仰冲突、人与环境冲突；也不论这些冲突的表现形式是否适合演出；几乎都努力以诗情画意、歌舞并茂的美学情味，调和由于象征的运用所造成的呆板基调，并表现出诗学意义上的叙述。作者竭力在自己的剧本中摒弃那些因袭性的象征，千方百计地创造一些新颖的、适合于表现他所要表达的特殊意义的象征。他认为"不必追求细节；不必看重细节；因为最重要的东西就是这普遍的灵魂"①。艺术家虽然要通过艺术表现形式来实现这一灵魂，但叙事成分是无论如何也少不了的。这就为阐释他象征剧中那种朦胧绰约的象征美，提供了捷径。我们试图穿透这种象征美所形成的迷雾，对其象征剧中的那些象征指向和美学内涵以及叙事意义，进行溯本求源式的考察，以便得出一些有益的结论，发现一个勇于探索一切真理的博大灵魂。

一、象征剧的叙事与寓意

著名东方学家季羡林先生在论及泰戈尔的戏剧时曾切中肯綮地指出："一方面，他写了不少具有现实意义的作品。在另一方面，他还写了一些象征剧，像《红夹竹桃》、《暗室之王》等等，这里面也出现劳动人民，甚至工人；但是这些剧本究竟何所指，实在无从确定。"② 印度当代著名评论家圣·笈多认为："在罗

---

① ［印］泰戈尔：《一个艺术家的宗教观——泰戈尔讲演集》，康绍邦译，上海三联书店，1989年，第51页。
② 《文艺报》，1961年第5期。

宾德拉纳特的四部象征主义的创作中,《春之循环》和《红夹竹桃》显然是属于比喻的,而其他两部——《邮局》和《暗室之王》则属于正统的象征主义戏剧。"① 而泰戈尔的孙女婿、著名文艺评论家 K. 克里巴拉尼则更为深刻地指出:"他(泰戈尔)那种潜意识心灵,通过一个象征性戏剧,获得了戏剧性的表达。他于 1922 年 1 月初写了剧本《摩克多塔拉》。"② 泰戈尔的象征剧得到中印评论家首肯的主要有上述几部,这其中有多少叙事成分被如何表现出来,正是我们所要探讨发现的。

《暗室之王》(1910 年,又译《国王》)是第一部比较重要的象征剧。在这部哲理性很强的观念剧中,王后苏达莎娜象征了渴望超越尘世局限,向往无限境界,欲与神相会的人类有限的灵魂。她对未知世界的憧憬,使之在心绪不宁中铸成大错,误把花环交给了假国王,因而历经磨难,引起一系列冲突。真国王在一间暗室中,可以和王后交谈,却无人可以看见他的身形,谈话内容涉及无限与有限之间的关系。无形的国王象征了神所代表的无限,暗室则似乎象征了人类可以在其中和神统一起来的内在意识,一个有限与无限共存的居所。王后与国王的结合,意味着人类灵魂在自身追求中认识到神的作用,象征着一种人神合一的理想境界的实现。剧中赋予人类追求以象征物的神秘表现方式,使人觉察作家想象力的典雅以及构思的高超。但是,任何剧本内容都是要被表达出来的,由此而形成的表演于是乎就具备了叙事的本质特征,即使是《暗室之王》这样的象征剧自然也难以例外。

《邮局》(1911)是曾被介绍到世界许多国家的象征剧,也

---

① [印]S.C. 圣笈多:《泰戈尔评传》,董红钧译,湖南人民出版社,1984 年,第 167 页。
② [印]克里希那·克里巴拉尼:《泰戈尔传》,倪培耕译,漓江出版社,1984 年,第 371 页译者注。

是泰戈尔最受欢迎的剧作之一。剧中人阿马尔是马陀夫的养子,因病重,医生不允许他走出户外。向往外面世界的阿马尔只能通过窗口企盼着。他想成为一只自由的小松鼠;想和工人一样外出寻找工作;还想成为一个卖奶酪的挤奶人。更夫的锣声不仅使他欢悦,还让他知道国王新设了邮局,并带给他想得到国王来信的希望。除却不理解阿马尔的村夫以外,所有人都喜欢他。病情日益加重的阿马尔终于未及国王到来便去世了。泰戈尔在给友人的信中解释说:"阿马尔代表着那个灵魂接受了宽阔道路的召唤的人——他从那些谨慎持重的人所认可的习惯势力的舒适的包围中,从由德高望重的人所建立起来的僵死的观念的围墙中寻找自由。""但是邮局就在他的窗前,阿马尔等待着国王的亲笔来信,等待信中给他带来解脱的信息。终于,关闭的大门被国王的御医打开了,于是被囤积财富的世界和世俗的教条称之为'死'的那种东西在精神自由的世界中把他唤醒了。"① 剧中人阿马尔象征了生活于尘世、仿佛戴着枷锁的人类。出于人类对自由的本能追求,他渴望汇入外部世界的生命溪流中去。处于幕后始终未出场的国王则是神的象征,阿马尔临终前仍在盼望着国王的信,暗指他在禁锢中企盼得到神的救助,以取得自由的信息。结局暗示了他在消亡中获取了绝对自由。这种解脱虽不免有些消极,但毕竟表现了人类在精神上极度渴求自由的象征意义。这种象征剧中的叙事尽管不是十分的清晰明白,但它毕竟向人们展示了某些叙事上的实际意义。

含义深远而又不失其魅力的象征剧《春之循环》(1915)几乎没有连贯系统可供叙述的情节。序幕描述国王因发现自

---

① [印]S.C.圣笈多:《泰戈尔评传》,董红钧译,湖南人民出版社,1984年,第180页。

己头发开始变白而大为惊骇。剧中人并未向他提出富有哲理意义的劝慰,而是演出了庆祝春季到来的音乐剧。其中的人物大多是与春天有关的自然现象,并被高度人格化。一群身上披挂着树枝和柑叶的少男少女,以春天使者的身份,尽力去寻觅冬天老人,要为他脱去冬装,最后才发觉冬天原来就是春天。即使是孟加拉戏剧家 P. 古哈萨库尔塔也不得不承认,"《春之轮回》从逻辑上是无法领会的,因为它使我们的心脱离了一切似是而非的东西,使我们看到、听到和感觉到的比用任何普通感官能所能看到、听到和感觉到的东西都多"①。泰戈尔自己在解释这部剧的主题时说:"在每年四季的戏里,'冬天'这位老人的假面具揭去了,'春天'的景色极美丽地显现出来,这样我们看见老的永远是新的。"②剧的象征意义在于要向人们说明,将青春活力按照循环的规律注入自然界和人类,就能使生命充满运动和希望,这种激活力可使万物常新。春之降临,犹如新生儿的第一声啼哭,是灵魂对宇宙呼唤的回应。冬与春、暮年与青春,是构成宇宙间永恒不变的生与死的自然规律。作家认为这是不能以任何的有限来抗拒的、存在于无限之中的真理。此剧的叙事性存在于剧情对故事的表达之中。因为自然和人的行为总称即是事实,而对任何事物的描述、判断和思考即是表达,而事实和表达的关系便是叙事关系。剧情表达出来的真理即是事实,因此可以说此剧的叙事是存在于剧情中的。

《摩克多塔拉》(1921)是具有鲜明政治指向的象征剧。摩克多塔拉意为"自由的瀑布"。以国王罗那吉特为首的巫多尔古特族的统治者不顾下游西布特拉伊人民的死活,利用先

---

① [印]S.C.圣笈多:《泰戈尔评传》,董红钧译,湖南人民出版社,1984年,第165页。
② [印]泰戈尔:《春之循环序》《泰戈尔剧作集》(一),瞿菊农译,中国戏剧出版社,1959年。

进的机械筑闸坝截断摩克多塔拉瀑布之水,妄想以此征服下游人民。富有正义感的阿比吉特王子反对这种不义行为,最后不惜牺牲自己,在人民的支持下摧毁闸坝。自由的瀑布又重新向前奔流。其象征意义明显在于反对任何利用机器文明掠夺异族人民、征服弱者的行动。印度正义和自由的力量犹如摩克多塔拉瀑布一样,不可阻挡。王子的形象说明,只有为正义和自由之爱而斗争的信念和行动,才能完善崇高伟大的精神境界。剧中有超凡人格和精神力量的出家人塔南乔耶象征了主张非暴力运动的圣雄甘地。他号召人民无畏地、非暴力地反对压迫者的非正义行为,并取得胜利。剧作以打开水闸的同时,必须解放囚禁的心灵为喻,暗示出摧毁外部世界枷锁的同时,必须砸碎自我心灵上的桎梏,才能获得全身心自由解放的道理。此剧是泰戈尔象征剧中叙事性最明显的一部。从本质上分析任何戏剧文本都存在着真实与虚构的悖论,它表明叙事本质的虚构性与叙事表现的真实性存在着矛盾,但此举在象征性的掩盖下,还是较为完整地叙述了一个故事。

《红夹竹桃》(1924)堪称是泰戈尔有代表性的象征剧。在雅克夏,国王深居简出,利用有孔的屏风遮断人们的视线,运用警棍和宗教迷信实行铁腕统治。多年之后,一位美丽高傲的少女南迪妮戴着红夹竹桃编织的花环,四处寻找恋人蓝震。国王为其美丽而倾倒,出于嫉妒把蓝震抓到王宫,在和国王的搏斗中,蓝震重伤而死。国王终于人性复苏,意识到自己的罪恶,真诚忏悔。国王召见南迪妮,希望她帮助他向自己开战。随后他砍倒御旗,向倒戈反对他的御林军宣战,泰然赴死。他听到了真正的生命之谜召唤的信息。泰戈尔在向友人解释此剧的意义时说:"嫩迪妮(即南迪妮)是生活的感触,是生活欢乐情绪的化身,伦詹(即蓝震)是工作欢乐情绪的化身,爱的情感在他们两者的结合中具体化了。结合中的爱,爱中的结合,两者如此和谐,致使贪婪的倾轧在和谐面前,仿佛给符咒镇住而溃散。"① 由此看来,国王无疑是贪婪和倾轧等不义之举的总代表,他的骤变虽然缺乏思想基础,显得突兀,但确实是一种顿悟的产物。泰戈尔将《红夹竹桃》视为能表达他对人性的概念的一种理解而创作的剧本。他曾写道:"人生,无限在有限的血脉中的神圣的真髓,在女性的心中有其最终的宝库。……这种信念给我带来了喜悦,鼓舞着我以黑暗的阴影为背景,把想到的一切倾注在画面上……绘出南迪妮的肖像。"② 这些象征意义表明作者的一种忧虑,即鲜活的自由精神和自主思想,同残酷现实社会专制压迫之间的冲突。由于科技进步,个人与社会、自由与专制的冲突等,都会愈演愈烈,作家渴望通过在剧中歌颂人性的努力来予以解决。在这颇具代表性的象征剧里,作者使本质属虚构的象征具有叙事意义。

诗人和剧作家的责任就是要使读者和观众认识到象征物表象后面的潜在意义,其中包括叙事的意义。泰戈尔尤其擅长运用象征的艺术表现方法,通过并不十分明晰的叙事内涵,透露自己探索人生、社会、自然等问题的哲理性思考以及艺术家的审美价值观。他认为:"文学也应该通过优美的形式来表现自己,它应借助于比喻、韵律和暗示方式来表现,不能像哲学和科学毫无修饰地表现。"③ 因此,他的象征剧所表现的叙事内涵具有了某种不确定性。剧本属文学范畴,自然也应符合上述要求。他在《我的回忆》里曾说:"《大自然的报复》(诗剧)

---

① [印]克里希那·克里巴拉尼:《泰戈尔传》,倪培耕译,漓江出版社,1984年,第380-381页译者注。
② [印]维希瓦纳特·纳拉万:《泰戈尔评传》,刘文哲、何文安译,重庆出版社,1985年,第169页。
③ [印]克里希那·克里巴拉尼:《泰戈尔传》,倪培耕译,漓江出版社,1984年,第5页。

可以看成是我未来全部创作的入门,或者说得更确切些,它是我一切著作所涉及的主题——在有限之中达到无限境界的愉悦。"① 诚然,他在有限与无限之中,强调的是能表现无限的有限,即那些能表现无限的具有象征意义和产生象征联想的现实事物和人。只有在明确这些象征意义之后,叙述"现实事物和人"的内涵才会凸显出来。他在回答"艺术是什么"的问题时说道:"我们的生命中也有有限的一面,那就是我们每前进一步都在消耗自我;但我们的生命中还有无限的一面,那就是我们的抱负、欢乐和献身精神。人这无限的一面必然以某些不朽的象征之物显现出来,在那儿,它追求完美无缺。因而,它拒绝一切浅薄、软弱和不协调之物。"② 这就是泰戈尔象征剧重要的美学精髓,这就是其中的叙事因素。

泰戈尔象征剧格外强调主题和哲理"内在"的逻辑性,有意忽视情节结构的形式逻辑,不注重塑造人物性格,不注重叙述某些事物,刻意追求的是戏剧人物写意性的美,而不是写实性的美。这些美学意蕴是他长期学习、兼容印度戏剧传统和西方戏剧艺术精华的结果。

二、象征剧的印度文化渊源

印度古代戏剧中,有一种将抽象概念化为人物,并使之成为演员能够演出的栩栩如生的戏剧类型。这是一种既有象征指向,又有叙事意义的艺术表现方法,具有明显的寓教于乐的美学功用。如果说泰戈尔对历史悠久、演技高超的古代戏剧传统有所继承的话,就是从概念人物化的戏剧表现方法中汲取

---

① [印]克里希那·克里巴拉尼:《泰戈尔传》,倪培耕译,漓江出版社,1984年,第2页。
② 康绍邦:《一个艺术家的宗教观——泰戈尔讲演集》,三联书店,1989年,第56页。

了某些营养,融入自己的象征剧中。

印度古代以概念为人物的戏剧类型,源于公元一二世纪的佛教诗人和戏剧家马鸣的创作。1911年,德国分两次出版了吕德教授校刊的、曾在中国新疆吐鲁番发现的3部梵语的、残破的贝叶写本《佛教戏剧残本》。其中一部卷末题名为"金眼之子马鸣著舍利弗世俗剧"。另两部也是宣传佛教的,但残缺过甚,虽没有剧名和作者题名,一般也归于马鸣名下。其中一剧,人物名称都是些概念,只加入一个佛,尚可视为现实中的人物。这些登场人物有"觉"(智慧),"称"(名声),"定"(坚定)。剧中将宗教哲学原理化为有血有肉的并能在舞台上表演情节的人物,具有叙事的内涵和意义。或许因为这类戏剧的舞台效果比较差而难以流传;或许由于这种演出要求剧作家具备独特的、多层次的艺术构思而难以创作。总之,这种戏剧艺术作为一种传统,此后断续了千余年。

公元11世纪,克里希那弥湿罗写了同一类型的6幕剧本《觉月初升》。剧情主要描写"原人"和妻子"幻觉"生下一子"心"(国王)。"心"有两个妻子,"有为"和"无为",又分别生子"痴迷"和"明辨"。兄弟俩为争夺王权和国土发生战争。属于"痴迷"一方的有"爱欲"、"愤怒"、"贪婪"、"欺诈"、"自私"等,属于"明辨"一方的有"理智"、"求实"、"仁慈"、"和平"、"忍耐"等,最后正义战胜邪恶,"明辨"一方获胜。英国著名梵文学家A.A.麦唐纳教授则明确指出:"这是一篇讽喻剧,其中所有的人物都是抽象的观念或象征的形体。其主要力量寄托于它的道德的及哲学的诗歌的效力上,但是其所托喻的人物不能说具有任何戏剧力量的表现。"① 其实,此剧的叙事意义表现了印度古代叙

---

① [英]A.A.麦唐纳:《印度文化史》,上海文化出版社,1984年影印版,第96页。

事传统的核心思想,即正义战胜非正义。

继后,这类以抽象概念为戏剧人物,用以图解宗教哲学原理的作品仍不断出现。如13世纪名护的五幕剧《征服痴迷记》,16世纪菩提婆·首格罗的五幕剧《正义胜利记》,迦维迦尔纳布罗的十幕剧《支登耶月升起》、17世纪高古罗纳特的五幕剧《甘露的产生》、18世纪吠陀迦维的两部七幕剧《生命的欢乐》和《知识姻缘》。这类剧作将观念化的、富有想象力的、抒情的成分杂糅一体,善于以象征意蕴为其主干,而叙事内涵并不明显。金克木先生曾指出这类用抽象概念作为剧中人的戏剧传统,与马鸣的《舍利弗》和戒日王的《龙喜记》等相似戏剧类型的区别,"其主要不同点是,本身是一出戏,而概念名称则是为了点明其意义。用美学术语也许可以说,这是象征主义艺术创作方法的一个分支。剧中出现的人和物是现实的现象又具有象征的意义"。而且他还进一步明确地指出:"在本世纪初期为我们所熟知的戏剧中,比利时梅特林克的《青鸟》和印度泰戈尔的一些诗剧都用过这种方法。"①

泰戈尔的一些诗剧之所以也采用这种缺乏叙事内涵的象征的艺术手法,是和他对这类戏剧的美学本质的理解分不开的。他认为:"艺术的主旨,也在于表现人格,而不在于表现抽象的与分析性的事物。""一切抽象的观念,在真正的艺术中都是格格不入的。这些抽象观念如果想让艺术接受,就必须披上人格化的外衣。"② 作家试图在戏剧中引出某种真知灼见,或表达某个观点。艺术形象理当被视为是一些启发性的轮廓,读者和观众自然会依靠自己的想象力、理解力,在其中填充上颜色。原来那些抽象的概念,经人格化处理之后,有了情感色彩,成为

---

① 金克木:《印度文化论集》,中国社会科学出版社,1983年版,第160页。
② 克里希那·克里巴拉尼:《泰戈尔传》,倪培耕译,漓江出版社,1984年,第96页。

鲜活的舞台形象，具有了某种叙事意义，于是变成可以被人接受的作者观念的一种载体。在此基础上，泰戈尔的象征剧和某些传统戏剧产生了沟通，有了契合点。

泰戈尔曾将其诗句比作一条河流，夏日奔流不息，雨季汪洋恣肆，冬天萧条冷落。他补充说，在冬季他由诗歌转向戏剧创作的原因即在于此。在那样的季节里，激情似乎已被"冻结"，葱茏的诗意难以充分表达。于是他采用了戏剧这种不那么需要奔放激情的艺术表达方式。实际上，他的象征剧大多是在冬季里写成，一般不大符合传统的或常规的审美标准。通常在戏剧文学中被视为重要的戏剧要素，如性格化、情节结构、社会意义、人物冲突等，往往难以作为考察泰戈尔象征剧的美学准则。这并非由于他有意忽视这些戏剧美学特征，而是因为他的创作重心在于希望通过象征剧这种形式，超越有限时空的限制，表达自己深藏若虚思想中所蕴含的睿智和哲理。因为作家思想的强烈主观性和表现手法上的抽象性，以及塑造事物时的象征性，其象征剧的叙事因素中也不乏印度文化传统中的某些神秘主义色彩。

这种神秘主义色彩植根于印度古代传统的哲学思想。印度哲学史上有句名言："你就是它。""你"泛指自我，"它"泛指宇宙，在这里指的是"梵"。对于人自身而言，我就是梵，我是梵的异名，梵是最高的我，即是说人与"梵"是统一体。从《梨俱吠陀》到《奥义书》和《吠檀多经》，所形成的传统的泛神论思想始终主张，宇宙万物本是同体，只是名色纷杂，这就是印度的术语"梵"。印度传统哲学还认为，人的实质和自然的实质没有差别，二者都是世界"梵"的一个组成部分，互相依存，互相关联。既然梵我合一，相互之间的和谐关系即成为作家关注的最重要的问题，因为真理的全貌就表现在有限与无限，即生存与追求的调和之中。泰戈尔在回忆往事时指出:"钻研《奥义书》,使我的家庭与史前时期的印度建立起密切联系。孩童时代,我几乎每天以纯正的发音朗读《奥义书》的诗行。"① 可见他早就接受了泛神论的影响。而他的象征剧针对人世间那些不和谐的关系,利用一种艺术加工的方式对其进行调整。他竭力想把"爱"的精神渗透到象征剧中,描写对象虽然往往是现实的事物和人物,却常被赋予象征意义,使这些形象更具普遍性,但有时也令人有扑朔迷离的神秘感觉。他自己也毫不隐讳地承认:"我的宗教生活像我的诗歌生活一样,沿神秘的路线发展。"② 由此可见,泰戈尔象征剧在叙事过程中流露出的神秘主义倾向,也是他艺术思想的一种反映。印度文学专家倪培耕先生曾指出:"没有一个东方或西方的诗人像他那样在自己的写作中受他前辈那么大的影响。"③ 这种评价无疑是中肯的。

三、象征剧的西方象征主义影响

泰戈尔的象征剧尽管与西方象征主义文学有某些区别,但仍然可以发现它受其影响的痕迹。季羡林先生曾经指出:"泰戈尔的戏剧曾受到过古典梵文剧本的影响,以及一些西方文学的影响。西方戏剧家,像易卜生、梅特林克等反而给了他影响。他那些剧本里的人物,很多都是无血无肉的影子。……那些象征剧本动人的成分就更少。"④ 显然,泰戈尔是个善于汲取他人营养的作家,不论是传统的还是西方的,只要有益于自己

---

① [印]泰戈尔:《泰戈尔散文选》,百花文艺出版社,1994年,第134页。
② 康绍邦:《一个艺术家的宗教观——泰戈尔讲演集》,三联书店,1989年,第12页。
③ [印]克里希那·克里巴拉尼:《泰戈尔传》,倪培耕译,漓江出版社,1984年,第145页译者注。
④ 《社会科学战线》,1981年第2期。

的创作概不例外。

象征主义是西方产生最早的现代主义流派之一。和泰戈尔有某些关联的梅特林克、易卜生、叶芝等,都曾有象征主义倾向的作品问世。象征一词源于古希腊文,原意为"拼凑","比较",由此派生出在某种符号与所代表的事物之间进行比对的含义,后又引申为以一物代表另一物。进入文学艺术领域的象征和其所象征的事物之间具有某种联系,舞台上出现的现象和动作变化,也视为传达某些信息的符号。当这些符号作用于观众的感官,并引起认识上的和感情上的反应之后,就形成一种艺术效果。在这一点上,象征和戏剧二者合流而成为一种象征美的载体。

泰戈尔熟知的20世纪英语世界名列前茅的诗圣叶芝,就是一位后期象征主义诗人。他的诗富于象征性、哲理性,具有超自然的神秘感和鲜明的个性特征。其著名的姊妹诗篇《驶向拜占庭》和《拜占庭》,将抽象的观念和丰富的形象结合起来,标志着他的象征主义创作进入巅峰期。诗中主要的象征体拜占庭,代表了他所崇拜的贵族文明与文化,是永恒艺术世界的象征。作家成功地运用了象征手法,表现了要摆脱物欲和时间限制而走向理性和不朽的意愿。泰戈尔曾赞赏说:"他的诗歌没有落入回声般的俗套,而是真心的袒露。""他在山川感知的鲜活境界,只有想象才能抵达。"他获得成功依凭的是:"优美细腻的歌韵,与自然密不可分的联系,新奇的表现手法和充满自信的自由想象。"① 泰戈尔理解叶芝,二人相通之处在于都是从想象力发展为象征主义的,都是用理智控制自己的想象力和激情的,即是说都强调一种理智的象征,诱发人们针对一系

---

① [印]泰戈尔:《泰戈尔散文选》,百花文艺出版社,1994年,第120、122页。

列的象征体进行哲理思辨,继而使之成为纯理智的一部分,并与这些象征相融合。正是由于叶芝的理解和推崇,泰戈尔的才华才能够较早地得到西方世界的承认,并获得诺贝尔文学奖。

后期象征主义不仅限于诗歌,也逐渐深入戏剧领域,并表现得如鱼得水般的自由。最著名的象征主义戏剧大师梅特林克和泰戈尔相同,也善于利用有形的叙事情节展示演员的演技,表现并影射某种抽象的东西。演员和舞台首先代表了人物和地点,与此同时,也代表了作家、艺术家的美学价值观。他的童话剧《青鸟》就是一出内蕴深邃、富有哲理性的象征剧。剧中叙述了小兄妹蒂蒂尔和米蒂尔在梦幻中寻找青鸟的故事,反映了人们对光明、幸福和生之欢乐的追求。在冲破梦幻与现实界限的描写中,主人公将梦幻中寻找到的"青鸟"带到现实中来。剧中的"青鸟"有多层象征意义。它体现了大自然的奥秘,是人类幸福在精神上的寄托和物质上的渴求。既是现实的需要,又是对未来的美好憧憬。作者用青鸟这样具体的事物叙事,来表示抽象的观念,意在说明人类幸福是客观存在。它似乎离人们很远,难以发现,但是可以找到,即使会得而复失,也能再次找到。剧中运用这种象征手法,似乎比直接表现主旨更富于艺术美的效果。泰戈尔的《春之循环》、《摩克多塔拉》等剧和《青鸟》有异曲同工之妙。戏剧的基调都较为明朗、乐观,都不大注意戏剧叙事的结构和细节,都不是直接地描写生活,而是将象征手法运用到戏剧中去,并赋予各种无形的事物以具体可感的形态,但又不是沿袭陈旧的拟人手法,而是根据它们各自的特征,给予它们以生命和鲜明的个性,叙事内容带有神秘色彩和哲理意义。

易卜生在创作了举世闻名的"社会问题剧"之后,一度创作了《野鸭》、《罗斯默庄》、《海达·加布勒》等象征主义戏剧。

金克木先生在论述这一问题时指出:"打开第四面墙,给人看的戏(如易卜生的一部分作品)会导致后来的完全不同的发展(如易卜生的另一部分作品),即从现实主义出来的自然主义会引向自己的对立面,从浪漫主义出来的象征主义。"① 《野鸭》是易卜生第一部,也是最著名的象征主义戏剧。剧中受伤的野鸭象征了主人公雅尔玛在遭受现实生活打击之后,陷入庸俗生活泥淖的悲惨境地。《罗斯默庄》则将象征主义和神秘主义联系在一起,营造了一种独特的美学氛围。罗斯默庄有一匹神秘的白马,它一出现就有死亡事件发生,是恐怖的象征。《海达·加布勒》中经常出现的艾勒特·洛夫博格,他头发中缀着葡萄叶,虽有纵酒狂欢的意义,但主要象征了丰富和强烈的感情,勇敢而不流于习俗的性格。但这些象征剧也有它丰富的叙事内涵,只是表现方法不同而已。泰戈尔的象征剧和易卜生的象征主义戏剧虽然表现形式不尽相同,但都注重探讨抽象的人生问题,而较少描写外部的矛盾冲突。从而强化了内在心理活动的展现,弱化了戏剧内容的叙事因素。这样处理除却社会历史和文化背景的原因以外,也有艺术自身发展规律的规范,即浪漫主义中的想象力,无疑会强化象征剧中的象征主义倾向。这是不以作家个人的主观意志为转移的客观规律。

泰戈尔的象征剧明显受到西方一些戏剧家的象征主义因素的影响,因此,可以认为它的存在不是孤立的现象,而是世界象征主义潮流中之一部分。西方有些评论家认为,泰戈尔象征剧缺乏西方美学追求的那种戏剧的紧张性,因而认为"它们常常缺乏吸引力","也很少像梅特林克(他在很大程度上依靠了他对充满着神秘暗示的宫殿、宝塔、河流和森林的爱好)那样

---

① 金克木:《印度文化论集》,中国社会科学出版社,1983年,第160页。

利用自然或环境的象征物","一个著名的评论家曾经把梅特林克称为一个没有希望的精神上的跛子。毫无疑问,凡读过《暗室之王》或《邮局》的读者是不可能用这样的话来评论泰戈尔的"。① 或许就是由于上述原因,泰戈尔的象征剧对西方人来说是陌生的。但他的确培育了具有自己独特艺术个性的、具有印度传统色彩的象征剧。

西方学者在论及印度艺术的理想时指出:"印度的艺术是不像有意识的美的追求,像找求一件有价值的东西是为了这东西的缘故;他的大努力常常倾向于一种观念的实现,从有限达到无限。"② 因此,印度的象征剧中叙事因素有被弱化的倾向,但是,却仍然顽强地存在着。

第三节 后期政治抒情诗解读

泰戈尔是印度近代具有世界影响力的作家。他后期的政治抒情诗反映了诗人思想和心理的变化,从心理分析的角度论及这些创作,人们会发现诗人在将生活转化为艺术的过程中,是如何以敏锐的感受力和丰富的想象力完成艺术创造性思维的。

一、政治抒情诗的创作心理

泰戈尔在前、中期创作了大量歌颂自然风光、人生追求与

---

① [印]S.C.圣笈多:《泰戈尔评传》,董红钧译,湖南人民出版社,1984年,第182页。
② 《小说月报》,第十三卷第二号,1923年。

幸福爱情的抒情诗,坦露出诗人宁静致远、淡泊明志的内心世界,以及忧国忧民的情怀。诗人自20世纪20年代开始进入创作后期以来,非但没有江郎才尽,反而文思泉涌,写出大量具有强烈政治倾向的抒情诗。这主要是诗人"把现实世界的丰富多彩的图形印入心灵里"并"加以创造性的再现"的结果。①

　　动荡的现实世界引起诗人对自己创作的深刻反思。泰戈尔诞生于1861年,时值英国维多利亚女王宣告英国正式接管印度的第4个年头,即印度沦为英国属地的第4年。他逝世于印度民族独立的前六年(1941年)。他的一生是在英国殖民统治和封建制度的双重阴影下度过的。面对惨痛的生活现实,年轻的诗人渴望通过抒写热情诗句来改变祖国的现状。步入中年以后,他一度有过大胆改革教育的设想,还积极参加反对英国分割孟加拉的民族自治运动。不久,妻儿相继去世的不幸和不被世人理解的境遇,曾一度减弱了他的创作激情。但是进入创作后期的诗人,从印度人民反对帝国主义、争取民族独立与解放的伟大斗争中,从苏联社会主义革命和中国抗击日本侵略等壮举中,认识到人民的伟大历史作用,思想深受启发。于是先后十二次远渡重洋,访问五大洲,积极投身和平运动,反对侵略战争。与此同时,诗人对自己过去用文艺作品表达追求与拼搏的多半生进行了积极、深刻的反思。他深深地感到:"一个新世纪的红色黎明正在破晓。"这种"在方法上,即在体验的方式上,亦即在心理上不同于科学"的艺术思维,很明显,是社会因素影响的结果。这个时期,"他的那些以战争、屠杀和暴力的恐惧为背景"的政治抒情,无一不"富有生活气息,充满着对

---

①　中国社会科学院外国文学研究所编:《外国理论家、作家论形象思维》,中国社会科学出版社,1979年,第44、69页。

美好事物、和平和正义终将胜利的信念"①。这正是诗人经过深刻的反思,在选择创作素材时的一种自然而然的心理反应,也是诗人在自我反思中政治视野不断扩大,进步的思维认识方法不断升华的标志。

后期政治抒情诗不仅是泰戈尔对前、中期诗歌创作进行反思后,在创作心理上的修正,而且更是他的人道主义激情在新形势下,触发了他的创作意识的反映。激情是创作心理的原动力之一,作家创作心理的任何变化,都必然伴随着强烈的激情。它"可以唤起作家更为丰富,更为活跃的艺术想象,促使作家产生强烈的创作冲动,有感而发,进入文学创作的最佳境界"②。作为一个伟大的人道主义诗人,泰戈尔从未缺少过激情。他以极富感情色彩的笔调"抒写与人类问题以及人类的苦难和英雄主义直接有关的诗篇是很自然的"③。诗人创作的前期,写下不少反对封建婚姻制度与种姓制度,同情广大下层妇女和贫苦农民的诗。中期,他的内心世界虽然处于矛盾斗争中,但仍创作了不少鼓励为祖国独立而战,歌颂运动领袖的爱国歌曲,即使在被普遍认为具有宗教神秘色彩,并使之荣获诺贝尔文学奖的抒情诗集《吉檀迦利》中,也能发现潜藏于诗人深层意识中,追求光明的渴望和强烈的爱国热情。后期政治抒情诗即是在前、中期人道主义创作激情的基础上嬗变而写成的。诗人从精神世界中探求拯救祖国与人民的理想途径,从同情人民、认识人民的历史作用,进而到从内心反省自己的不足。这种创作心态贯穿了诗人后期政治抒情诗创作的全过程。"那

---

① 中国印度文学研究会编:《印度文学研究集刊(第1辑)》,上海译文出版社,1984年,第344页。
② 张怀瑾主编:《文学导论》,天津教育出版社,1987年,第206页。
③ [印]S.C.圣笈多:《泰戈尔评传》,董红钧译,湖南人民出版社,1984年,第114页。

些像火焰一样炽热,像利刃一般锋利的诗句","内容充满斗争,调子激昂慷慨,同以前的诗人判若两人"。① 这种变化明显说明诗人积极参与政治活动以后,心理感受层次逐渐加深,原来蕴蓄在深层意识里的政治激情,在新形势的撞击下形成了新的艺术思维。

著名心理学家库利科夫斯基在论述抒情诗的心理学时指出:"抒情诗引起的不是思想活动,而是情感活动。"这种情感活动就是形象思维过程,是人的旧有思维信息的再现。泰戈尔后期之所以能够创作出政治抒情诗,主要因为他的思想深处再现了过去曾摄取到的艺术形象。

事实上,殖民主义和封建主义的双重压迫给印度人民带来的双重苦难,以及人民所表现出来的伟大力量和优秀品质,都曾给诗人以各种强弱不同的刺激,在诗人脑海里留下许多深浅不一的印痕。随着生活阅历的增加,头脑中储存的这类信息也日益丰富。这些未经改造整理、杂乱无章的印痕,潜藏在记忆深处,没有被记住的迹象。当泰戈尔以"世界的诗人"的眼光观察第二次世界大战前动荡的社会现实时,外界的刺激使深埋在诗人记忆之库底层的信息开始活动起来,自动浮升而出,重现脑际。诗人没有将它视为无足轻重的零星感受,而是通过分析推理,运用诗的语言塑造成凝聚着他的情感和思想的艺术形象。此时,诗人的精神活动已经达到正常的理性活动阶段。正如亚里士多德所说:"一切可以想象的东西本质都是记忆里的东西"②,诗人形象思维的基础,同样是对生活本质的理解和记忆。在他摄取形象、孕育形象、把握形象、再现与创

---

① 季羡林:《中印文化关系史论文集》,三联书店,1982 年,第 412 页、413 页。
② 中国社会科学院外国文学研究所编:《外国理论家、作家论形象思维》,中国社会科学出版社,1979 年,第 8 页。

造形象的思维过程完成以后,这种想象已完全进入理性阶段,"它愈和理性结合,就愈高贵。到了极境,就出现了真正的诗,也就是真正的哲学"①。这样,诗人后期的政治抒情诗就随着诗人再现以往形象的过程诞生了。

二、政治抒情诗的审美心理学

"任何美学实质上都回避不了心理学。"分析泰戈尔后期政治抒情诗的具体内容和美学价值,便能发现诗人创作心理的变化和思想的进步。

在后期政治抒情诗中,大量主张和平、反对法西斯侵略战争的诗篇,表明诗人对霸权主义本质的认识不断加深。1936年,第二次世界大战的阴云扩散到非洲,诗人写了著名诗篇《非洲》,猛烈谴责意大利法西斯屠杀无辜人民,诅咒这些野兽的暴行。在国内外血与火的洗礼中,诗人愈加清醒,创作意识更加自觉。1937年写出的大胆揭露战争罪恶的《边沿集》,勇敢地呼吁人民"准备战争吧,反抗那披着人皮的野兽!"一反以往"光风霁月"的诗风,表达出"怒目金刚"的义愤,这无疑是诗人创作心理上的一大变化。同年,诗人利用自己"世界的诗人"的影响,写文章、作演讲,积极支持中国人民的抗日斗争。他针对日军在屠杀中国人民之前,假惺惺地到佛寺祈祷的举动,挥毫写下了著名的反战诗篇《敬礼佛陀的人》,有力地揭穿了日本侵略者假慈悲真屠杀的丑恶面目。在1936年献给加拿大人民的《号召》一诗中,诗人鼓励人民要"宣告保卫自由的战争"。由于诗人憎恶法西斯势力,对霸权主义的认识日渐深

---

① 张怀瑾主编:《文学导论》,天津教育出版社,1987年,第34页。

刻,创作心理也随之发生变化,内心充满"须眉戟张"的创作热情。这都是他在深刻认识客观现实之后,以新的创作意识选取素材,完成了艺术构思的结果。

在前、中期的诗篇里,诗人虽然对农民有了一定认识,但仍然认为较高尚、有知识的人才是领导农民前进的力量。当他真正体验到人民有推翻统治者的力量之后,才从思想上转变为探索真理、审视自我的诗人,才真正感到自己的渺小。1930年,诗人冲破一切阻力访问了苏联。一个多民族的积弱国家从沉睡中苏醒过来,打破沉重的封建枷锁,重建自己新生活的伟大创举,使诗人感到无比振奋。同时,诗人也深感自己以往种种探索的盲目性,因而"羞愧得无地自容"。1935年,泰戈尔看到一个妇女为他盖房时所表现出的劳动美,在写《山达尔女人》一诗赞美劳动妇女的同时,又"感到深深的羞愧"。这种羞愧感正是诗人不断反省、不断探索自我、探索人生的一种心理飞跃,是一种创作之后的平静感与和谐感。即使在即将告别人世的1941年,诗人仍在《劳动者》一诗中,歌颂普通劳动者,从他们求生存、图发展而不知疲倦的奋斗中,探索人民的伟大力量和永恒的创造精神。他在同年写成的《生辰集》第十首诗中,赞扬农民、工人和渔民,承认"是他们在推进整个世界前进"。在思想的探索中,诗人也感到"还不曾找到走进人们心灵的门路",是"生活的藩篱限制了我"。诗人正是在不断地求索真理的过程中,由于思想日益成熟,创作冲动日趋频繁,才真正可能创作出这样饱含政治热情的诗歌。泰戈尔"随着年岁的增长,认识日益扩展,感受次第加深,在如何理解人民在历史上的作用这一点上得出了接近历史唯物主义的结论"①。可惜的是,诗

---

① 何乃英:《泰戈尔传略》,天津人民出版社,1983年,第179页。

人在大胆探索真理的漫长历程中,艰难地完成了自我否定,刚刚进行创作心理和创作意识的自我重建,并准备走向艺术创作的新天地时,就告别了文坛,消失了自己的声音。

泰戈尔后期政治抒情诗中,那些细心观察生活现象,不断总结生活经验的诗篇,是诗人探求世界和真理的认识逐渐升华的结晶,从另一侧面反映了诗人的创作心理。1932年以后,印度争取民族解放的斗争进入了更加艰难的时期。许多为自由而战的青年被投入集中营、被暗杀。即使像圣雄甘地那样的民众领袖也遭到逮捕,诗人的支援声明也被禁止全文发表。这样严酷的现实动摇了诗人对"爱的福音"和上帝教诲的信奉,他责问上帝:"那些毒污了你的空气的,那些扑灭了你的光明的,你能宽恕他们,你能爱他们?"这是诗人晚年对多年不可解的疑难问题提出的质问,是他意识深层里爱与恨两股力量搏斗的反映。正如一位著名评论家所指出的:"这些诗歌揭示了长期密藏在罗宾德拉纳特(即泰戈尔)式的想象力核心里的一部矛盾的历史。"[①] 遗憾的是,他未能指出诗人对祖国的爱,对人民的关心。在事实与真理面前,诗人对社会丑恶现象的恨,战胜了泛爱主义,奠定了后期政治抒情诗的基调,诗人在人间最后几个月的弥留之际,尽管不能再动笔,但仍口述诗句责问上帝,表现了诗人对自己意识深层中积淀的唯心主义泛神论思想的否定,以及集一生探索"和谐与统一"的哲学与美学思想在创作心理上的升华。他毕生追求的是人、自然、宇宙的和谐、统一,可是看到的却是灾难、死亡和战争。最终,他追求和平、恬静、幸福的幻景消失了。诗人临终前还孜孜不倦地探求永恒的真理,他深知真理的严酷性,宁愿"为换得真理的可怕

---

① 张怀瑾主编:《泰戈尔评传》,湖南人民出版社,1984年,第143页。

价值,在死亡之中偿还一切的负债"。诗人在最后一刻,创作意识仍然十分清晰,面对死亡的召唤,内心异常平静,用诗升华了自己的智慧和理想。

泰戈尔后期政治抒情诗中强烈的政治倾向性,是复杂的创作心理的形成物。由于诗人对现实世界有种种独特的感受,就把这些信息纳入了文学形象之中,借诗来表达这种感受,并渴望影响读者和社会,从而形成区别于他人的创作心理和个性。通过这些政治抒情诗,人们可以洞察诗人热爱祖国、关心人民的深层意识,能窥见他积极求索真理的精神奥秘,把握住他潜意识中关注现实的思维精华。诗人在诗中虽然未能给人们指出一条光明的坦途,但是分析他的创作心理,人们可以发现诗人曾经求索过、奋斗过、表现过,其心理是充实的。他把那些由于受外界事物影响而形成的,并储存在头脑中的不连续的模糊意象,片段的短暂印象,以独特的创作个性,组合、再现成完整的不朽形象,从而形成政治抒情诗中丰富的内涵。

第四节 文学评论的比较文学意识

印度近代最伟大的作家泰戈尔素以思想博大精深、才华卓世超凡著称。他在文学、戏剧、绘画、音乐、宗教等诸多文化领域内的造诣,令人可望而不可即。在20世纪以来的东西方文化交流日益频繁紧密的历史背景下,以比较文学的视点审视泰戈尔文学研究的探索实践、理论建树和思想意识,不能不做出如下的价值判断:泰戈尔"筚路蓝缕,以启山林",是为印度比较文学研究开疆拓土的先驱。

一、"世界的诗人"和"世界公民"的视野

泰戈尔在孟加拉有"世界的诗人"之称。他致力于诗歌、戏剧、小说创作60余年,影响远播世界,无愧于这一赞誉。他在创立国际大学时垦拓维艰的奋斗中,焕发出"世界的诗人"那种学贯东西、高瞻周览的睿智目光。在当时印度学界还没有比较文学称谓的情势下,泰戈尔不避流言,在这一领域大胆耕耘,其精神与气度难能可贵。

泰戈尔的许多作品都是用英语和孟加拉语两种语言创作的。他1913年获得诺贝尔文学奖的著名宗教哲理诗集《吉檀迦利》就是用英语写成的。诚如瑞典文学院在他获奖的评语中说:"他运用完美的技巧,自己的英语词汇,使他诗意盎然的思想成为西方文学的组成部分。"[①] 他通过自己的作品使东西方思想得以沟通,从而成为真正的"世界的诗人"。其实,早在20世纪初,泰戈尔就运用印度古典文艺理论和西方文艺理论,综合探讨了许多关于美学和文艺学的理论问题。其中不乏比较文学性质的评论文章,迈开走向"世界的诗人"的第一步。他自觉不自觉地运用比较文学的研究方法来评论文学,为印度比较文学的创立奠下了尝试性的基石。

泰戈尔于1902年写就的《沙恭达罗》一文,是一篇不折不扣的具有比较文学平行研究性质的论文。其中,对莎士比亚的《暴风雨》和迦梨陀娑的《沙恭达罗》这两部剧作进行的比较,已超越了文学比附的肤浅层面,在比较的基础上深入探讨了文学潜在的美学特质。文中论述道:"对比的批评分析不是毫无用处的:若把这两部作品加以对照,那么首先引人注目的不

---

① 信德等编著:《诺贝尔文学奖金获奖作家传》,江西人民出版社,1984年,第82页。

是两者的相似之处,而是它们的不同之点,这种差异有助于我们理解两个剧本的思想。""本文将论述它们在形式上的类似和内容上的差异",并格外"注意到两者在意境上的巨大差异"。在对这两部剧本中戏剧冲突的深刻性,以及剧中女主人公米兰达和沙恭达罗的处境、经历、性格、爱情和女性美等进行了多层次的比较之后,不仅指出两剧在上述诸方面的迥然不同,并且得出深刻而明确的结论:"在《暴风雨》中,暴力主宰一切;而在《沙恭达罗》中,则是宁静支配一切。在《暴风雨》中胜利靠武力取得,而在《沙恭达罗》中胜利靠善来赢得。《暴风雨》在半途就突然中止,而《沙恭达罗》达到了完美的境界。米兰达以自己的纯朴使人感到可爱,但这种纯朴出于无知和无经验;沙恭达罗的纯朴则是经历了背信弃义、痛苦、忍受和仁慈的纯朴,她的纯朴,是因经历而变得聪慧的纯朴,是深沉的纯朴,是永久不变的纯朴。"这个结论切中肯綮地点出东西方文化传统中两个显著差异:相比较而言,东方更为强调宁静淡泊与和谐,西方则更侧重于动荡浓烈与冲突。在这样大文化氛围中成熟起来的女性,东方着重表现她们的"善"中之美,而西方则尽力再现她们的"真"中之美。这种观点颇有见地。

1904年,泰戈尔发表的《罗摩衍那》一文也涉足比较文学研究领域。他比较论述了印度两大史诗和古希腊荷马史诗的异同,认为这些史诗都属于一个时代的集体创作,署名的作者"只不过是标志而已",并指出东西方史诗产生的相同的民族文学底蕴:"像我国的《罗摩衍那》和《摩诃婆罗多》一样,古代希腊的《伊利亚特》和《奥德赛》也是那种情况。它们产生于整个希腊的中心,并蛰居于其中。……那些诗句像河流的源泉从各自国家的深渊底部奔突出来,滋润着自己的国家。"泰戈尔还进一步将形成这种相似点的原因置于世界大文化框架内进行考察，并归因于"古代雅利安文明的一股潮流流向欧洲，另一股潮流流向印度。在欧洲的潮流里有两部史诗，在印度潮流里也有两部史诗，它们保持着各自的故事和音乐"。他确信这两种不同风格与内容的史诗是同源的，是产生于同源文化背景中的文学同步发展的结果。这种思想无疑直接影响了泰戈尔关于世界文学交流这一课题的诸多设想。他还在文章中不无遗憾地指出："我们无法确切地说，希腊在自己的史诗里是否表现了自己的整个自然，但确定无疑的是，印度在《罗摩衍那》和《摩诃婆罗多》里是毫无保留地投入了自己的一切。"其实，"显示出永久的魅力"的古希腊荷马史诗和印度两大史诗一样，同样"毫无保留"地，全面而又深刻地反映了史诗赖以产生并得以流传的"整个自然"，包括整个自然环境和社会环境，这是毫无疑义的。泰戈尔之所以如此评价，不无谦逊之意，因为自己"对希腊来说是外国人"，是以荷马史诗为参照物来评价印度史诗的。

在1903年写的《舞台》一文里，泰戈尔以戏剧舞台的各种艺术表现技巧为批评标准，对《沙恭达罗》为代表的印度戏剧和"舶来品"的歌剧进行比较分析。他认为"依照英国的模子创作格局，这种'舶来品'的歌剧是一种沉重的东西"，对表演者是一种束缚。在《诗人的传记》一文里，他从英国诗人丁尼生和意大利诗人但丁论起，也谈及印度的瓦尔米基和迦梨陀娑，意在说明诗人的传记和诗人的创作有着千丝万缕的内在联系。1904年，泰戈尔又在《古代文学》一文中，从不同时期的文学作品中对印度史诗《罗摩衍那》的相同主题或题材所采取的不同艺术表现手法和素材处理的比较研究中，探索了同一主题在流传过程中表现出的不同思想内涵，并分析了产生这种现象的深刻社会原因。这篇文章为印度比较文学的主题学研究开了先河。论文《历史小说》(1905)在比较分析了英国小说家司各特的《艾凡赫》和印度孟加拉语小说家般吉姆·钱德拉的《妻树》之后,提出了自己对历史小说的独到见解。泰戈尔沿袭印度古典文艺理论中的"情味"说,提出"历史情味"这一具有全新美学内涵的名词,并以此分析了莎士比亚剧本《安东尼和克莉奥佩特拉》,颇像目前港台一些比较文学学者,用某一系统的文学理论分析其他文化传统中文学的阐发研究,而当时这种研究方法尚处于雏形阶段,在印度更无先例。1911年,泰戈尔在《生活的回忆》一书的《英国文学》一文中,从多元宏观的角度,历数了英国传统作家的作品,以及他们对印度文学的影响。他以类似目前接受美学的观点,评述了印度读者对英国文学传统有选择性地吸收,并指出这种现象是因为"欧洲的社会情况与我们的社会情况有着天壤之别"的缘故。

由此观之,泰戈尔在20世纪初的10年里,对比较文学研究的领域进行了大量具有探讨性的实践,并已表现出一定程度的自觉性。进入20年代,诺贝尔文学奖的获得,使这位"世界的诗人"进而成为"世界公民",他积极参与许多政治生活,同时着力于创作长篇小说和中篇小说,因而用比较文学方法研究文学的理论性文章大为减少。直至晚年,他才有一些相关比较文学性质的论文问世。

1935年,泰戈尔著名的文学理论论著《文学的道路》出版。其中涉及比较文学研究范畴的论文不少。他在《现实》一文中,以现实性为评论标尺,比较了印度和英国诗人的优劣。他认为迦梨陀娑和般·钱·查特吉值得推崇,而华滋华斯、济慈和雪莱的作品现实性何在,令人产生怀疑。《文学的革新》一文则涉及接受美学和读者反映批评理论之类的一些问题。他指出当英国在印度发展教育事业时,印度人所熟悉的"那种文学的内容不管有多少异国情调,然而它的理想是属于所有时代的"。即是说受过英国教育的印度审美对象是可以接受英国文学中的合理内核的。他还进一步指出:"尽管荷马史诗的故事情节是希腊的,但它所包含的诗歌创作的理想是具有普遍意义的。因此,酷爱文学的印度人也从希腊诗歌中汲取了情味。……萨拉特先生所创作的小说是有关孟加拉人的小说,他小说的普遍的理想在广阔的范围里呼唤着所有人。"泰戈尔认为文学作品中的共同情味是其所以能够超越时空给人以享受的关键。这种情味就狭义而言即是文学作品的美学价值。他自己也坦诚地承认:"多年以来,我执着地谈论着情味文学的奥秘,人们可以从我这个时期的文章里认识它。"他认为:"伟大文学的一个特点是前所未有的,或者具有独创性。"在此前提下,文学必须革新,既要创造跨越国界与语言界限的"情味文学",也要独创出具有民族特色的"情味文学"。这种文学研究的目光是深邃的,是对"情味"的进一步阐发,具有"他山之石,可以攻玉"的作用。在同一本书的《现代诗歌》一文中,他认为"现代"不是客观时间上的概念,而是主观上的概念。因而,他不仅以"个人情感的奔放"作为衡量诗歌是否"现代"的标志,纵向比较了华滋华斯、雪莱、济慈的创作,而且通过跨语言界限的横向比较指出同是现代诗人,艾略特的诗不同于布里吉斯的诗。他还对李白的五言诗、七言诗《山中问答》、《秋浦歌》(十三)、《夏日山中》、《长干行》等进行了深层分析,其结论是:"与中国诗歌比较,英国诗人的现代诗歌显得不够质朴自然,而且沾有污泥。"原因在于"不管是科学,还是艺术,它的沟通工具只能是客观(冷眼旁观)的心,欧洲在科学里得到了那颗心,但在文学里却没有得到"。由于英国诗歌未能抓住事物的真实,"他们的心今天是不健康的,摇摆不定的,颠倒错乱的"①。泰戈尔针对不同国家的诗人所写的"现代"诗歌中诸多方面的差异,从文心论及人心,使这篇论文具有了较高的比较文学价值。

泰戈尔自觉不自觉地运用比较文学的研究方法,对国内外不同的文学现象、作家进行了大量的评论,这是他以"世界的诗人"和"世界公民"的资格,对比较文学领域进行的尝试性实践和理论探索,虽然这种涉足时断时续,轨迹也模模糊糊,处于自觉与不自觉之间,但是他与比较文学结下的不解之缘却是有目共睹的。

二、从"印度文学"走向"世界文学"

泰戈尔在进行文学研究时,始终没有忘记把印度文学放在"世界文学"的多维视野中和世界文化的整体坐标中进行。他在许多学术论文中运用了比较文学的研究方法。这些理论研究文章,不少在形式上并没有把印度文学与某些外国文学进行对应性比较,但实际上却涉及了比较文学的内容。因为他以敏锐的目光扫视着域外文学的同时,又从印度文学传统出发,将其会通,找到对话的途径,推出许多具有远见卓识的观点。我们不难得出有不少文章可划入比较文学研究范畴的结论。

泰戈尔将自己毕生的精力"贡献给人类团结事业。他曾尝试着把人类不同的思想和文化熔于一炉"②。他有关"世界文学"的构想,追根溯源,皆出于此。泰戈尔自幼酷爱诗歌。他

---

① [印]泰戈尔:《泰戈尔论文学》,倪培耕译,上海译文出版社,1988年。
② [印]梅特丽耶·黛维夫人:《家庭中的泰戈尔》,季羡林译,漓江出版社,1985年,第169页。

"既爱好迦梨陀娑、胜天和其他毗湿奴教派诗人的作品,也爱好拜伦、雪莱、华兹华斯、济慈和布朗宁的作品"①。如此广博的文学视野对他影响很大,对他日后构想"世界文学"有启迪作用。他还"通过英语,坚持通读了英国文学和欧洲文学著作"②。查询他当时为《婆罗蒂》杂志撰写的文章题目,即可发现其中不少是具有比较文学性质的。如《撒克逊和盎格鲁撒克逊文学》、《但丁和他的诗》、《歌德》等。他十八九岁时,随其兄前往英国学习,发表于《婆罗蒂》上的书信表明,"他对生活在西方和印度两种社会里的妇女地位做了比较,并力图指出,同样的女性,在一个社会里是力量的源泉,而在另一个社会里则是软弱的象征"③。这可能是他接触西方文化以后,最早得出的带有比较性的结论。评论家们普遍认为:"有三种主要文学影响着罗宾德拉纳特诗歌创作的发展,它们是梵文古典文学,中世纪毗湿奴虔诚诗歌和西方文学……这三股不同的文学潮流汇合在一起,在罗宾德拉纳特的诗里形成了一个神圣的汇合处。"④正是因为这三股文学潮流"汇合处"的湍急融汇的优秀水质,才培育出泰戈尔渴望"世界文学"的理想之花。在使他成名的那些诗歌中,就已依稀可辨他构筑"世界文学"框架的努力。

在泰戈尔25岁时发表的重要诗集《刚与柔》中,就有英国诗人雪莱、勃朗宁夫人、史文朋、胡德,法国作家雨果和一位不知名的日本诗人等许多作家作品的译文。他不仅从中汲取了丰富的营养,而且眼界豁然开朗,认识到在魅力无穷的印度文学王国之外,还有另一个更为丰富多彩的文学大世界。1889

---

① 黄宝生:《印度现代文学》,外国文学出版社,1981年,第25页。
② [印]泰戈尔:《泰戈尔论文学》,倪培耕译,上海译文出版社,1988年,第83、101页。
③ [印]泰戈尔:《泰戈尔论文学》,倪培耕译,上海译文出版社,1988年,第83、101页。
④ [印]泰戈尔:《泰戈尔论文学》,倪培耕译,上海译文出版社,1988年,第80页。

年,他写出深受莎士比亚戏剧结构影响的剧作《国王与王后》。许多评论家都指出,他以后几年写成的《秋天节日》《忏悔》、《暗室之王》等戏剧中的格调,是从西方戏剧,尤其是英国戏剧中借鉴来的。我国精通孟加拉语和泰戈尔文学的专家石真先生曾指出:"泰翁对我们的古典诗歌是十分称赞的,诗人虽然不懂汉语,但是他读了不少英语翻译的屈原、李白、杜甫和白居易的诗篇,并且时常在著作和讲话里征引。"① 作为世界文学重要组成部分的英国文学,他很熟悉;对德国和美国文学,他也不乏了解;至于东方的中国文学、日本文学,他也很喜爱。这些文学的影响,加速了他探求世界文学的步伐,帮助他完成了世界文学的构想,最终使他能够自由驰骋于世界文学的广阔天地。

泰戈尔在大量探索比较文学研究的基础上,在自己对于"世界文学"有切身感受和深刻理解的前提下,厚积薄发,从大量感性认识中抉剔出有关"世界文学"的理论性真谛,自觉、系统地提出了一整套"世界文学",即有关"比较文学"的理论。

1907年,他发表了令比较文学家也为之赞叹的论文《世界文学》。文中异常明确地宣称:"本文所评论的内容,在英语中称为 Comparative Literature(比较文学),印度语叫'世界文学'。"② 泰戈尔对为什么会出现世界文学(比较文学)的问题有自己的真知灼见。他认为,人类有超越时空界限的共同心态,这就是人性。"在整个人类里,完整地获得自己的人性是人类心灵的天生属性,人在其中得到了真正的快乐"。人性之所以光彩照人、令人目眩并为人所动,是因为它在以完美至善的形式有力地表现着自己。泰戈尔进一步阐明人在两种潮流中表现着自己,其一即"人的文学"。因为只有在文学里,"自我表

---

① 张光璘:《论泰戈尔》,中国社会科学院、北京大学南亚研究所,1982年,第118页。
② [印]泰戈尔:《泰戈尔论文学》,倪培耕译,上海译文出版社,1988年,第53页。

现对人来说不存在任何障碍",因而自然而然地"人就在自己需要的世界旁边,建立起一个超脱需要的文学世界"。由于时间的过滤,文学世界中缺乏生命力的东西渐渐被淘汰了。唯有那些"所有人能够从中看到自己的东西,方能在不同时代和不同人身上立于不败之地"。经过历史长河筛选而存留下来的精品,才能够成为一切民族和一切人的精神财富,形成一个共同的文学世界。其中所传达的则是人类相通的情感,探索的是人共同的创作规律。如此这般,"文学确立起关于人的本性和人的表达的一个永恒的理想。……如果我们根据这个理想来研究文学,那么我们就不得不依赖整个人类的思想智慧"。这就是泰戈尔关于"世界文学"的构想。他还为"世界文学"做了个非常恰当的比喻,"全人类犹同世上的泥瓦匠,他们在建造文学神庙,不同时代和不同国家的作家则是他们的帮工"。这里所说的"文学神庙"自然指的是"世界文学"。人们在这个文学世界中创造着,"在这无穷无尽的创造的尽头,存在着一个终极的理想",即"世界文学"所要探讨的普遍的规律性的问题。在全文的最后,泰戈尔进一步指出,对于"世界文学"的研究虽属初创时期,但必须明确:"我们的目的是,去掉那些无知的狭隘,从世界文学中观察世界的人。我们要在每一作家的作品里看到整体,要在这种整体里看到整个人类为表现自己所作的努力,现在是立下这样的决心的时候了。"在这篇文章中,泰戈尔不仅相当明确地提出了关于"世界文学"的构想,而且详尽地阐释了"世界文学"产生的可能性、必要性和未来前景。它不仅是对印度比较文学产生的发展所做的巨大贡献,也是对当时以西方为中心的国际比较文学理论界的一种补充,因为它是东方比较文学理论的足音。

继而,泰戈尔又在《美和文学》一文中,定向性地阐发了

"世界文学"的构想。他将"世界义学"中的普遍性问题,上升到美学高度来进行分析。他认为从"世界文学"看出,"学会从整体去观察美,才是美感的最终目的"①。文学中的许多规律性问题,只有以高屋建瓴之势给予观察、审视之后,才能真正发现它的价值,而"在整个世界里对美的欣赏的这种描述,通过快感把握美的历史,在人类的文学里被完美地保存着"。文学中的美是具有世界意义的,这是"世界文学"赖以存在的根基和它作为一种理论的内核。人类正是通过美感在享受和创造着文学世界,"我们的快乐通过美感将扩展到整个世界",这是人性在文学中表现它所要到达的一种目标。反之,"世界文学"则通过美感才能达到认识人性的目的,而每一个"世界文学的读者,漫步在文学这条康庄大道上,了解和感受到整个人类心灵在追求什么,获得了什么以及真实如何在美和善中体现等等,并一次得到满足"。泰戈尔对比较文学研究中美的本质的认识,足以使当代的比较文学理论研究者望其项背。

  泰戈尔不仅进行了大量的比较文学研究实践,并且对比较文学理论的探讨也有建树,他于1908年在加尔各答市的高等学府里公开创设了题为"比较文学"(世界文学)的讲座。美国比较文学专家李达三先生认为泰戈尔"像他的前辈歌德,有着'世界文学'观的论调"。泰戈尔认为,"凡只知道一种文学的人,根本算不得是知道文学"。只有"传播与英国相异的西方文学之势",比较文学的实现才成为可能。因为文学之间的比较研究若无参照物便不可能进行,而只有一个参照系,那种比较也必然流于狭隘与肤浅。如果比较既没有在广阔的文化历史关联的背景下进行,也没有对同中有异、异中有同的文

---

① [印]泰戈尔:《泰戈尔论文学》,倪培耕译,上海译文出版社,1988年,第57页。

学现象进行比较性的美学评估,那么这种比较难以有理论深度并难以得出可靠性的结论,它不能称为比较文学的比较。

泰戈尔关于"世界文学"的理论,由初时的构想,到最后形成思维定式,经历了数十年的漫长岁月。1914年5月,他在写给外国作家塔斯杰·穆尔的信中,重申并提高了自己对于"世界文学"的认识:"任何国家的文学不主要是为本国享用,它的价值在于它对外国来说也是十分必需的。我认为,西方通过《圣经》的媒介,幸运地获得了吸收东方精神的机会。……西方文学对我们来说也起着同样的作用。"① 他在信中接着指出,东西方任何文学作品中的纯艺术因素都会被互相弃绝,"然而那些崇高的人性和非凡的真理,能够比较容易地到达遥远的国度和跨越时代"。他提倡的关于世界文学的理论,终极目的就是要通过文学比较,探寻出人类的共同人性和真理,只有它们才是超越时空的。泰戈尔关于世界文学的理论构想在这里奠下最后一块基石,并以一种理论定位的方式引导着国内外的比较文学家从这里的登堂入室,踏上比较文学这一新兴学科的更高台阶。

总而言之,泰戈尔与比较文学这种"剪不断,理还乱"的关系,是他积极倡导的东西方之间要紧密合作的精神在文学研究领域的体现。评论家普遍认为,泰戈尔的理性是由整个世界文明培育成熟的,他的成就奠基于东西方文人学者的友谊之上。因而在他的思想深处潜藏着"世界意识",并始终贯穿他文学研究的全过程。这种"世界意识"由朦胧生发到根深蒂固地发展,是他与比较文学结下不解之缘的根源。

统观泰戈尔与比较文学的关系,显而易见,他是以"世界

---

① [印]克里希那·克里巴拉尼:《泰戈尔传》,倪培耕译,漓江出版社,1984年,第295页。

的诗人"、"世界公民"的资格,在"世界意识"的支配下进行比较文学研究的。他从多维视野的角度努力探寻印度文学与世界各民族文学之间的多层次联系,从实践到理论都进行了大胆尝试,经历了称为比较文学学者的必由之路。泰戈尔在当时这一新兴学科的求索中几乎寄托了自己全部的精神生活,甚至会令当今的比较文学研究者也感奋不已。

第五节 泰戈尔在中国的影响

泰戈尔是对中国现代文学影响最大的外国作家之一。据不完全统计,在他1924年访问中国之前,泰戈尔作品(文章和书)的中译主要有:诗歌54种(含复译),剧本14种,小说27种,论著40种。泰戈尔访华以后,这股译介之风虽有所减弱,但至1984年其作品的中译仍有:诗歌14种(含复译),剧本4种,小说24种,论著12种。2000年出版了24卷本《泰戈尔全集》,2015年又出版了全部译自孟加拉语的《泰戈尔作品全集》。可见泰戈尔的巨大影响。中国现代颇受泰戈尔影响的诗人徐志摩,对当时文坛的"泰戈尔热",不无夸张地描述道:"泰戈尔在中国,不仅已得普遍的知名,竟是受普遍的景仰。问他爱念谁的英文诗,十余岁的小学生,就坚信不疑地会说泰戈尔。在新诗界中,除了几位最有名的神形毕肖泰戈尔的私淑弟子以外,十首作品里至少有八九首是受他直接或间接的影响的。这是可惊的状况,一个外国的诗人,能有这样普及的引力。"①

---

① 《小说月报》第十四卷,第九号,1923年9月10日。

一、泰戈尔与中国现代学人

1913年,学人钱智修在《东方杂志》第10卷第4号上刊发了《台峨尔的人生观》一文,首次向中国读者介绍了泰戈尔的世界观。1915年10月,陈独秀在《青年杂志》上刊登了根据泰戈尔诗集《吉檀迦利》选译的古文诗《赞歌》。这不仅是最早的译诗,而且也是最早评价泰戈尔的文章之一。陈独秀在译者注中高度评价说:"达噶尔,印度当代之诗人提倡东洋之精神文明者。曾受诺贝尔和平奖金(应为文学奖金),驰名欧洲。印度青年尊为先觉,其诗富于宗教哲学之理想。"①1916年天风、无我合译的《雏恋》(《归家》)、《卖果者言(喀布尔人)》、《盲妇》先后发表于当年《妇女杂志》的第3卷6期至9期。1918年,诗人刘半农在《新青年》5卷2期、3期上发表了泰戈尔译诗《诗二章》、《海滨》、《同情》。同年底,韵梅翻译了泰戈尔的剧本《邮局》,载于《时事新报》的《学灯》副刊上。进入20世纪30年代,这股译介之风更为一发不可收。

泰戈尔在此背景下于1924年访问中国。获悉他将来华访问的消息之后,北京、上海等地的多家报刊纷纷登载各种介绍性的文章和欢迎文章,将他视为恢复和发展中印两国传统友谊和文化的友好使者。从上海开始,泰戈尔在华近50天,先后访问了上海、杭州、南京、济南、北京、太原、武汉7座城市,所到之处受到梁启超、胡适之、郑振铎、徐志摩、梁漱溟、梅兰芳、齐白石、沈钧儒等的接待。孙中山邀请他赴广州,但未能成行。归国前,宋庆龄与之见面,并为他主持了隆重的欢送会。泰戈尔熟悉中国古典诗歌,读过不少英译的屈原、李白、杜甫、白居

---

① 《青年杂志》(第2卷1期更名为《新青年》)第一卷第二号,1915年10月15日。

易的诗,并时常在其讲话中征引,以示钦佩与赞赏。他还对中国绘画倍感兴趣,中国画家齐白石等与之交流过创作体会。泰戈尔还表现了对中国戏剧《洛神》演出的极大兴趣,在赞美的同时,对有些布景的设置提出了宝贵意见。

泰戈尔访问中国期间,北京文化界还为他举行了64岁生日的庆典活动。在祝寿会上,梁启超赠给他一个中国名字:竺震旦。这个将两个国名联起来的名字,象征了中印两国人民世世代代团结友好。最后,中国友人用英语演出了他创作的名剧《齐德拉》。林徽因扮演女主角齐德拉,张歆海扮演王子阿俊那,徐志摩演爱神。泰戈尔能在异国他乡看到友人上演自己创作的戏剧,激动的心情是可以想见的。他离开北京前夕,曾用毛笔将他创作的一首孟加拉文的诗写在一柄纨扇上,送给梅兰芳,以表示对其表演艺术的敬佩。泰戈尔在中国的演说中,多次赞扬中国文化、艺术的巨大成就,强调中印友谊,"希望中印两国人士为精神之结合,共谋发扬东方文化"[①]。出色地完成了他在讲演中表示的"他要重新开辟中印交通道路"的历史重任。1925年,印度国际大学将他在中国的演讲整理为《泰戈尔在华演讲集》出版,在印度产生广泛影响。

泰戈尔的作品在20世纪20年代已享誉中国。30年代,除《小说月报》、《学灯》、《觉悟》、《文学周报》、《东方杂志》等报纸杂志大量译介了他各种体裁的作品以外,许多出版社还出版了他的作品。如剧本《春之循环》(1921,商务印书馆)、论著《人格》(1921,大同图书馆)、诗集《飞鸟集》(1922,商务印书馆)、论著《生命之实现》(1922,商务印书馆)、《泰戈尔短篇小说集》(1923,商务印书馆)、诗集《新月集》(1924,泰东图书

---

① 《申报》,1924年5月20日。

局)等。这些作品极大地促进了新文学运动的发展,尤其是在新诗领域影响深远。郭沫若、冰心、徐志摩等著名作家都深受其惠。"在新诗界中,除了几位最有名的神形毕肖的泰戈尔的私淑弟子以外,十首作品里至少有八九首是受他直接或间接的影响。"① 这种说法虽不无过誉之嫌,但至少是部分地反映了当时新文学运动诗坛的实际情况。

泰戈尔访华将中印两国的文学文化交流推向一个新的历史发展时期,重新激活了中国知识界全面研究印度文学、哲学、历史、社会、文化等的热情。早在 1907 年,鲁迅先生就曾高度赞扬印度梵语文学所取得的巨大成就,并指出对中国的影响。他评价说:"天竺古有《韦陀》(《吠陀》)四种,瑰丽幽敻,称世界大文;其《摩呵波罗多》暨《罗摩衍那》二赋,亦至美妙。厥后有诗人加黎陀萨(kalidasa)者出,以传奇鸣世,间杂抒情之篇……"② 他还指出:"尝闻天竺寓言之富,如大林深泉,他国艺文,往往蒙其影响。即翻为华言之佛经中,亦随在可见。"③ 承其余绪,又有一批有关印度文学、哲学、佛学的研究论文,在各种杂志上发表。20 世纪 20 年代末 30 年代初,继 1916 年北京大学开设印度哲学课以后,又有一些大学开设了印度文学、语言、佛学等课程。

当时的文坛,尽管对泰戈尔的哲学和文艺思想有诸家峰起、百家争鸣之势,但对其作品的艺术性,尤其是诗歌中那种自由、清新、质朴的风格,几乎一致交口称誉。这对正处于开创时期的中国新诗,无异于吹进一股沁人心肺的清馨之风,人们学习、背诵、模仿,其影响很快在中国诗坛上显露出来。

---

① 《小说月报》第十四卷,第九号,1923 年 9 月 10 日。
② 鲁迅:《鲁迅全集》第 1 集,人民文学出版社,1973 年,第 56 页。
③ 鲁迅:《鲁迅全集》第 7 集,人民文学出版社,1973 年,第 458 页。

在中国新诗界,郭沫若是受泰戈尔影响最早,也是较深的一位诗人。1914年,郭沫若在日本留学,风靡日本的泰戈尔的文名也吹进了他的耳郭。他在读到油印的英译泰戈尔诗集《新月集》中的《云和波》、《婴儿的路》、《睡眠的偷儿》等诗篇以后,即被那纯真净美的诗的意境所深深吸引。他豁然开朗般地发现,泰戈尔诗之所以具有如此巨大的艺术魅力,原因主要在于,"第一是诗的容易懂;第二是诗的散文式;第三是诗的清新隽永"①。从此,泰戈尔的名字便深深地印在他的脑海里。1916年秋天,他又在冈山大学图书馆意外地发现了泰戈尔的《吉檀迦利》、《园丁集》、《伽毗百吟》以及《暗室之王》等书。他追述当时的情景道:"我真好像探得了我'生命的生命',探得了我'生命的泉水'一样。每天学校一下课后,便跑到一间幽暗的阅书室去,坐在室隅,面壁捧书而默诵,时而感激的眼泪而暗记,一种恬静的悲哀荡漾在我的身之内外。我享受着涅槃的快乐。"②在对泰戈尔诗如此崇拜、陶醉的心态中,在提倡以浅白的语言改革旧体诗的国情下,郭沫若终于以模仿泰戈尔诗风为先导,开始了自己漫长的文学生涯。当时他"做的诗是崇尚清淡、简括",可称之为"泰戈尔式"。

泰戈尔前期的诗风清新平和,光风霁月,在描绘大自然绚丽的景色的同时,表达了诗人自由的、不受拘束而重在表现自我的思想倾向,如《暮歌》、《晨歌》、《孤独》、《瀑布的醒来》等。郭沫若第一阶段的诗由于受泰戈尔的影响,也力求清淡、朴素,以描绘自然风光来张扬个性,抒发自己朦胧微妙的感受。他的诗在意象塑造上与泰戈尔前期的诗,有颇多相似之处。如《鹭鸶》、《新月与白云》、《鸣蝉》、《岸上》、《春愁》等,无不具有泰戈

---

① 《创造周刊》第二十三号,1923年10月。
② 《创造周刊》第二十三号,1923年10月。

尔田园诗式的质朴和优美。

泰戈尔的剧本《春之循环》曾于1921年由郑振铎校对后出版。这是一部没有什么戏剧冲突、淡化情节,而重在表现一定哲理的戏剧。其中有这样一首诗:"午夜的天空有无数的星辰,在天空中悬着没有什么意义。如果他们下降到地上,也许可以用来做街灯。"这首诗曾启发了郭沫若的想象力,使他写出脍炙人口的诗篇《天上的街市》:"远远的街灯亮了,好像是闪着无数的明星。天上的明星现了,好像是点着无数的街灯。……我想他们(牛郎织女)此刻,定然在天街闲游。不信,请看那朵流星,是他们提着灯笼在走。"

诗中以奔放驰骋的激情,将天上的明星与地上的街灯联系在一起,并融入中国民间牛郎织女的传说,别具一格而又引人入胜地将天上的流星比作牛郎织女会面时提的灯笼,使这首诗在吸收借鉴泰戈尔奇特的艺术构思、丰富的想象时巧夺天工,平添了许多本民族的审美情趣。正如郭沫若先生自己所承认的:"我接近了泰戈尔、雪莱、莎士比亚、海涅、歌德、席勒,更间接地和北欧文学、法国文学、俄国文学,都得到接近的机会。这些便在我的文学基底上种下了根,固而不知不觉地便发出了枝干来。"① 他"接近了"泰戈尔以后,在自己匠心独运的沃土上"种下了根","发出了枝干来"的现象,屡见不鲜。

郭沫若先生在留日期间即轻轻唱出新诗运动的最强音。至1921年结集出版诗集《女神》标志着他已成为新诗运动的急先锋。这其中难以否认泰戈尔的启迪之功。当他完全投身于五四运动以后,他内心迸发的激情化作烈焰焚烧、死而复生的凤凰,于是熔铸热血写下《凤凰涅槃》一诗。早在1914年留

---

① 郭沫若:《沫若文集》第7卷,人民文学出版社,1958年,第12页。

日期间,他就大量阅读了印度的文学作品和哲学著作,并由泰戈尔认知了印度中古诗人格比尔,也接受了古代印度婆罗门教经典《奥义书》的影响,形成了他的泛神论思想。所以这首诗虽不属"泰戈尔式"之作,但是泰戈尔的泛神论思想带着新鲜的活力,夹裹惠特曼诗的犷、豪放的风格,融汇梅特林克的象征、神秘的意蕴,转化成郭沫若诗歌的血肉。《凤凰涅槃》描绘了一个理想的社会,没有你我的区分,没有你我的界限,我就是你,你就是我,也就是他,一切是那么和谐。这样一个亲密团结、融洽无间的"生动"、"自由"、"光明"、"欢乐"、"悠久"的新社会,即凤凰涅槃时所达到的最高境界,与泰戈尔诗中普遍存在的那种梵我合一、神人统一的泛神论意境,是何等的相似。在《星空》和《瓶》等诗中,那种泛神的思想倾向,表现得尤为明显,虽然它们在新诗发展史上的影响不及《凤凰涅槃》,但是其中泰戈尔泛神论思想影响的痕迹却是很深的。郭沫若先生也曾直言不讳地自述道:"因为喜欢泰戈尔,又因为喜欢歌德,便和哲学上的泛神论的思想接近了。——或者可以说我本来是有些泛神论的倾向,所以才特别喜欢有那些倾向的诗人的。我由泰戈尔的诗认识了印度古诗人伽毕尔,接近了印度古代的《乌邦尼塞德》(*Upanjisad*)的思想。"①

　　著名女作家谢冰心是五四时期勇于追求个性自由的新女性,但是封建专制的重压,使她感到现实犹如一道漆黑的围墙,而人生只不过是其中奔走呼号的灵魂,很难得到圈外的自由。正值她处于理想与现实的矛盾与困惑之中,并竭力探寻人生目的与生命价值的时刻,泰戈尔作品中的哲理使她久旱的心田得到了甘霖。他那种"梵的现实","赞美人生与精神不朽"的

---

① 郭沫若:《沫若文集》第7卷,人民文学出版社,1958年,第58页。

境界,"扩大自我以融于宇宙"的热爱现实人生的思想,无不深深打动她年轻的心房。促使她去积极追求,以期得到"生如夏花之绚烂,死为秋叶之静美"的人生。她在1920年发表的题为"遥寄印度哲人泰戈尔"的散文中,充分表现了自己阅读其作品后的真实感受:"在去年秋风萧瑟、月明星稀的一个晚上,一本书无意中将你介绍给我,我读完了你的传略和诗文,心中不作别想,只深深觉得澄澈……凄美。"① 冰心早期的诗受泰戈尔《飞鸟集》的影响很深。《飞鸟集》中诗的形式自由、短小,犹如日本的俳句一样,注重描写诗人那种敏锐的、刹那间的思想感受,以及对人生哲理的感悟。冰心觉得这种抒情哲理小诗,恰恰最能触及和表现自己面对动荡的现实人生所生发出的飘忽不定的情怀。于是,她巧妙地运用这种小诗的写法,将自己1919年冬以后那些"零碎的思想",精心捕捉住,不时地用三言两语记录下来,先在《晨报》的"新文艺"栏发表,后整理、结集为《繁星》和《春水》,于1923年前后出版。这300余首前无标题的格言式的自由体小诗,以清新自然、和谐明丽的笔调,抒写了作者对自然景物的新奇感受,以及对人生哲理睿智的思考。诗中歌颂了母爱、人类爱、自然之爱,意蕴隽永的文笔,显示出女性作家特有的纤细情感和审美意识。这些诗在"五四"新诗坛别具一格,很有影响。冰心于1979年写的《纪念印度伟大诗人泰戈尔》一文中,清楚地写道:"我接触泰戈尔的著作,是在1919年'五四'运动以后。我从中文和英文的译本中,看到了这位作家的伟大心灵,缜密的文思和流丽的词句,这些都把我年轻的心抓住了。我在1921年以后写的所谓'短诗'的《繁星》和《春水》,就是受着他的《离群之鸟》这本短诗集的启发。"②

① 冰心:《冰心著译选集》上册,海峡文艺出版社,1986年,第33页。
② 冰心:《冰心著译选集》下册,海峡文艺出版社,1986年,第265页。

泰戈尔在访华期间,就一再吁请中国学者到印度去研究和讲学。归国后又在印度大力提倡中国语言文学、中国文化等有关中国的学术研究,并在他创办的国际大学(1921)内设立中国学院。首任院长谭云山即为中国第一个赴印度从事文化交流的学者,他将毕生精力投入这项伟业之中,虽客死他乡终无悔意。前后去印度访问的学者艺术家主要有徐志摩、许地山、高剑父、陶行知、徐悲鸿、常任侠等。

20世纪40年代中期,在中印两国热衷于中印文化交流的学者鼎力推动下,中印学会先后在印度和中国成立。泰戈尔和蔡元培(1868-1940)分别担任两国的会长。中印学会在帮助印度国际大学建立中国学院一事上立有殊勋,并使有志之士可以赴印度学习深造。据现有材料,第一个由中印学会选送到国际大学学习的是魏凤江。1933年,年仅22岁的魏凤江在上海立达学院毕业后,由谭云山推荐,蔡元培同意,只身赴印度国际大学攻读印度历史和文学。他在泰戈尔身边生活学习了近6年的时间,深得其真传。泰戈尔对他关怀备至,令他终生难忘,并从中印文化交流的角度对他说:"中国光辉灿烂的文化是我们国际大学要研究的重要学科。……你是第一只从你祖国飞来的幼燕,欢迎你到圣地尼克坦(国际大学所在地),同我们一起生活学习吧。"① 泰戈尔之所以说这样的话,是因为他曾选择了"整个世界相会在一个鸟巢里"这句古老的梵文诗,作为国际大学的座右铭,以表示任何人都可以在国际大学里,汲取到全人类最优秀的文化营养。1939年1月,魏凤江学成归来,返回中国。近半个世纪的风风雨雨,使得中印两国人民重新认识到要进一步团结起来。1987年4月,应印度前总理拉吉夫·甘

---

① 魏凤江:《我的老师泰戈尔》第26页,贵州人民出版社,1986年版。

地的邀请，魏凤江以民间大使的身份重访印度，所到之处受到热烈欢迎，表现了中印两国人民渴望旧谊新交的迫切心情。

二、泰戈尔作品的翻译与研究

自20世纪50年代开始，中国在继续译介泰戈尔的作品的同时，进入泰戈尔研究阶段。最近十几年，在出版的一百几十种印度文学作品中，泰戈尔的作品就有35种之多（内容包括他的长中短篇小说、诗歌、剧本、散文和文学论著）。据统计，仅在1980年至1986年7年里共出版他的作品22种，总发行量230万册，这在亚洲作家中占第一位了。

刘安武先生是北京大学资深教授，也是中国著名印度文学研究专家和印度近现代文学翻译家。他翻译印度近现代文学的视域极为广阔，包括短篇小说、长篇小说、剧本、诗歌、文学史和理论批评等方面，其中尤以短篇小说和剧本成就最突出。

刘安武翻译的剧本主要是印度泰戈尔的创作。泰戈尔是近百年来在中国译介作品最多的几个外国作家之一。早在20世纪20年代前半期、50年代、80年代至90年代就曾在中国形成数次译介其作品的高潮。但是直至2000年8月，由河北教育出版社出版的刘安武、倪培耕、白开元三人主译的《泰戈尔全集》，才终于将泰戈尔作品的翻译进行了总结式收集，其中有三分之二是第一次译介给中国读者的。在这部长达24卷，近1000万字的《泰戈尔全集》的编辑出版过程中，刘安武的功劳是不能埋没的。他不仅付出了巨大的劳动和工作热情，对已有的译作进行了仔细的校正与修改，而且新译了不少剧本。主要有《国王与王后》、《拜贡特的巨著》、《天堂的笑剧》、《国王》、《邮局》、《南迪妮》、《独身者协会》、《太阳女》、《时代之旅》、《邦苏莉》

10个剧本,共约50万字。其中,《拜贡特的巨著》《天堂的笑剧》《独身者协会》《时代之旅》《邦苏莉》5部剧本在中国是首次译出,可见刘安武在译介泰戈尔作品时所表现出的极大热情。当然,在刚刚开始翻译泰戈尔戏剧时,刘安武还有不少被动的因素。当时在他主编《泰戈尔全集》时,许多译者都愿意翻译小说体裁的作品,而不愿意翻译戏剧体裁的作品,不仅因为翻译有一定的难度,并且也很难找到泰戈尔的印地语戏剧的译本。在这种情况下,刘安武勇挑重担,在开始并不懂如何欣赏剧本的情况下,坚持翻译,最终在翻译实践的过程中发现了泰戈尔戏剧中的诸多美学因素。

在此前,中国关于泰戈尔戏剧的翻译相对而言是不多的。1958年3月新文艺出版社出版了石真根据1953年加尔各答国际大学出版的孟加拉语本译出的《摩克多塔拉》。此外,1958年8月至1959年9月间,中国戏剧出版社出版了根据英文版译出的四卷本《泰戈尔剧作集》。其中,第一卷收入瞿菊农译的《春之循环》,第二卷收入冯金辛译的《邮局》《红夹竹桃》,第三卷收入林天斗译的《牺牲》《修道者》《国王与王后》,第四卷收入谢冰心译的《齐德拉》和《暗室之王》。《泰戈尔剧作集》所收录的8个剧本中,除《红夹竹桃》和《暗室之王》两剧是分别根据伦敦麦克米伦有限出版公司1948年和1949年新版英译单行本之外,其余6个剧本都是翻译出版过的,这次又根据伦敦麦克米伦有限出版公司1955年出版的英译本《泰戈尔诗歌戏剧集》进行了重译。直至刘安武等人主编的河北教育出版社出版的《泰戈尔全集》问世之前,四卷本《泰戈尔剧作集》是唯一一套泰戈尔剧作的中文版选集。作为“中国大百科全书(戏剧卷)”亚洲、非洲戏剧副主编的刘安武,早就对印度戏剧,尤其是泰戈尔的戏剧创作给予了极大的关注,这次他有机会在主编《泰戈尔全集》时,将泰戈尔戏剧进行了编选,并对其中的 10 部又根据印地语版本进行了重译和新译,纠正了过去根据英文转译的错误,是非常有必要的,也是非常明智之举。他将泰戈尔戏剧的翻译推向一个新的高度,为今后评论与研究泰戈尔的剧本准备了更加完整全面、更加翔实可靠、更加准确原始的文献资料,其精益求精的译学精神难能可贵。

为了能让中国广大读者更全面、深刻地了解泰戈尔其人及其戏剧创作,刘安武还在《泰戈尔全集》的戏剧部分,以"序言"的形式写了一篇长文《论泰戈尔的戏剧》。在这篇论文中,他全面、充分地介绍和评价了泰戈尔戏剧创作的内容特点,重点评论与阐释了其中有代表性的名剧,如《国王与王后》《国王》《邮局》《南迪妮》和《太阳女》等,表现出作者对泰戈尔戏剧,尤其是那些难懂其意义的象征剧,那种独到而准确的理解。另外,该论文还对印度的戏剧传统以及孟加拉语的发展状况进行了相当客观的论述,并直言不讳地指出中国多年来在泰戈尔戏剧研究和翻译等方面实际存在的问题,还进一步提出了解决办法。这不仅对泰戈尔作品的中译起了良好的促进作用,而且对理解泰戈尔的全部作品都有极大的启发意义。正如《印度文学文化论》一书中所说:"不难想见,24 卷本《泰戈尔全集》的出版必将使中国的泰戈尔研究向前迈出一大步,必将丰富和发展我国的印度学研究。从这一点上说,刘先生(刘安武)等人在这方面的工作非同凡响,意义重大,是泽被后世之举。"①

除此之外,印度文学专家、资深翻译家董友忱先生几十年来孜孜不倦从事译介泰戈尔作品的工作。他分别翻译了泰戈

---

① 唐仁虎、刘曙雄:《印度文学文化论》,北京大学出版社,2000 年,第 9 页。

尔用孟加拉语创作的短、中、长篇小说37篇。董友忱早年毕业于圣彼得堡大学东方系。21世纪以来,曾多次到印度各大学访问讲学。他曾写道:"我是很喜欢泰戈尔的作品的,我更景仰泰戈尔的伟大人格。早在大学攻读孟加拉语文学时,我就深深地爱上了他的作品。我喜爱他那清新隽永的诗歌,我更喜爱他那充满崇高人道主义精神的小说。因此,二十几年来我一直利用业余时间研究和学习他的作品。"① 他翻译的作品包括短篇小说《女乞丐》《河边台阶的诉说》《小媳妇》《拉姆卡乃的愚蠢》《破裂》《达拉普罗松诺的光荣》《移交财产》《一夜》《活着还是死了》《普通小说》《素芭》《莫哈玛娅》《报答》《隔阂》《判决》《笔记本》《乌云和太阳》《赎罪》《深夜》《姐姐》、《客人》《加冕》《丢失的珠宝》《拜堂相见》《焦盖绍尔家的婚礼》《女邻居》《履行诺言》《海蒙蒂》《兄弟痣》《一号》《偷来的财宝》《老鼠的聚餐》等32篇。中篇小说《被毁之巢》一部。长篇小说《沉船》《家庭与世界》《王后市场》《贤哲王》四部。

此外,董友忱还翻译了泰戈尔的诗歌《画与歌集》《刚与柔集》《心声集》《春收集》和《莫胡亚集》(后四个诗集中的大部分)。泰戈尔的剧本《大自然的报复》《根本错误》《秋天的节日》《古鲁》《迁居》《讽刺剧本集》(包括《考学生》《肚子和后背》《迎接》《治病》《喜欢思考的人》《富有和贫穷》、《病人的朋友》《声誉的烦恼》《雅利安人和非雅利安人》《大家庭》《精细研讨》《操办丧事》《诙谐的人》《师尊的话》14个短剧)、《赎罪》《牺牲》等剧本。以及泰戈尔散文《随想录》中的《脚走出来的路》《阴郁的一天》《话语》《云使》《竹笛》、《黄昏和黎明》《顾老大宅第》《一瞬目光》《一天》《忘情的悲

---

① [印]泰戈尔:《家庭与世界》前言,董友忱译,山东文艺出版社,第3页。

痛》《十七年》《最初的悲痛》《问》《小议》，以及泰戈尔的书信《俄国书简》。董友忱教授还曾经主编《泰戈尔小说全译》（7卷本，华文出版社2005年出版），选编过《泰戈尔诗歌精选》（6卷本，外语教学与研究出版社出版）。他还与郁龙余教授一起主编过《泰戈尔作品鉴赏辞典》等。尤为值得一提的是，以董友忱为主编，以中国国际广播电台孟加拉语译审白开元为诗歌卷副主编、以中国国际广播电台孟加拉语译审、口译石景武为戏剧卷副主编、以中国国际广播电台孟加拉语部主任于广悦为散文卷副主编的《泰戈尔作品全集》，于2015年10月由人民出版社出版，并于2016年5月5日泰戈尔诞辰155周年之际正式首发。该作品集全部直接译自孟加拉语原文，收录了泰戈尔的全部作品。全集共18卷33册1600万字，是目前世界上最翔实、最全面的关于泰戈尔作品的中文译本。全集由中国国际广播电台孟加拉语部、中共中央党校、外交部等多家单位的孟加拉语专家，译审历时5年合作翻译付梓，并得到国家"十二五"重点出版项目的资助。

北京大学南亚学系教授唐仁虎在泰戈尔翻译和研究方面也颇有建树，他从印地语译本翻译了泰戈尔的长篇小说《戈拉》（漓江出版社，1998年3月）、长篇小说《眼中沙》[①]。唐仁虎翻译《戈拉》，也属于对已有译本的外国文学作品的重译。重译往往成为费力不讨好的工作，在初译本已经具有一定的影响力的情况下尤其如此。重译的形成有两种情况："第一，同一时期的不同译者不约而同，或有意重复翻译同一作品，形成面貌和品质不同的译作。第二，译者不满足于首译，在借鉴和继承前译本的基础上进行重新翻译，并改正误译，从而推出新的

---

① ［印］泰戈尔:《泰戈尔全集》第12卷，河北教育出版社，2000年。

译本。"唐仁虎的复译就属于第二种情况。

《戈拉》是泰戈尔的长篇小说代表作,在印度被认为是现代的《摩诃婆罗多》,享有很高的地位。因此,中国的翻译家很早就注意到这部作品并进行了译介。在1998年之前,《戈拉》已有两个中译本,黄星圻译本1959年由人民文学出版社出版,刘寿康译本由人民文学出版社1984年出版。这两个译本在它们产生的时代也属于翻译的精品,承担了中印文化文学交流的重要作用。但遗憾的是,由于条件所限,两种译本都是从英译本转译的,从忠实于原作的标准来衡量,存在不少的问题。唐仁虎曾认真比照了现有的《戈拉》的四种版本中第13章同一部分的翻译,四种译文中英译本的问题最多。黄星圻先生根据英语译本译为1段,317字,刘寿康先生根据英语译本译为1段,303字,唐仁虎根据印地语译本的译文,共6段,976字。2005年黄志坤、赵元春根据孟加拉语原文译出的,共6段,935字。可见,唐仁虎在1998年重新翻译《戈拉》,是为了更忠实地介绍泰戈尔的这部重要作品,2005年才有了直接从孟加拉语译介的版本,经比较阅读会发现,唐仁虎的翻译达到了高度的"信"。

作为一个学者型翻译家,唐仁虎除了翻译,还强调深入的研究。他对于泰戈尔不仅仅是进行了翻译介绍,还对这位作家进行了深入的研究,发表相关论文10余篇,并出版著作《泰戈尔文学作品研究》(合著)与《中印文学专题比较研究》。《泰戈尔文学作品研究》是我国第一部全面研究泰戈尔创作的著作。全书分为泰戈尔的诗歌研究、小说研究、戏剧研究、文艺思想研究,还包括了泰戈尔与中国的关系研究,在泰戈尔研究方面做出了重要的探索。

2016年底,获得杰出印度文学奖的郁龙余先生对泰戈尔也有诸多研究。2003年,郁龙余参与北京大学唐仁虎教授主持的教育部"九五"博士点研究项目《泰戈尔及其作品研究》(昆仑出版社),撰写第三章《泰戈尔诗歌的创作历程》和第四章《泰戈尔诗歌中的文化因素》。书中分析泰戈尔诗歌中的自然观、真理观,浓厚的宗教意识和神秘的美学思想,以及对凡事包容、凡事调和的和谐原则和泛爱论的哲学理解。他写道:"任何事物之间在本质上是一种和谐统一的关系,对立和矛盾也实际存在,但同一性是绝对的,永恒的。事物运动发展的动力主要不是靠对立和矛盾之间的斗争,而主要靠爱。唯有爱才能化解矛盾,使对立的双方联合起来,促进万事万物的前进和发展。这就是与他的和谐原则相一致的泛爱论。"①

2008年,郁龙余主编《泰戈尔诗歌精选》(外语教学与研究出版社)六种,包括爱情诗、哲理诗、神秘诗、生命诗、自然诗和儿童诗,孟加拉语文学和泰戈尔研究专家董友忱教授选编。郁龙余在"序"中写道:"善良、正直是诗人永恒的本质。睿智、深邃和奔放是诗人不死的魂魄。泰戈尔赢得一代又一代中国人的尊敬和喜爱。"②

2011年1月,郁龙余邀请印度"莲花奖"得主、印度研究中心顾问谭中和诺贝尔经济学奖获得者阿马蒂亚·森,共同撰写"文明对话与文化比较"专栏文章,发表于《深圳大学学报》。该组文章围绕1924年泰戈尔访华引发争议,从提出问题到阐释、解答问题,互为发明,逐步深入,体现这一课题研究的最新进展。作为特邀编者和作者,郁龙余在《1924年泰戈尔访华引发争议的根本原因——答国际知名学者阿莫尔多·沈之问》中

---

① 唐仁虎等:《泰戈尔文学作品研究》,昆仑出版社,2003年,第234页。
② 郁龙余、董友忱主编:《泰戈尔诗歌精选·生命诗》,外语教学与研究出版社,2008年,第5页。

借阿马蒂亚·森之问,探寻泰戈尔访华引起激烈争论的深层次原因。他指出原因在于中印两国独立解放的道路不同,中国走的是革命道路,印度走的是非暴力道路;打倒推翻的对象不同,中国要打倒推翻反动政府,印度要赶走英国殖民者;对传统文化的态度不同,中国是彻底批判传统文化,印度以传统文化为武器。"泰戈尔的倡导、维护东方传统文化的身份,与中国社会的前进方向,显得极不协调。这就是1924年泰戈尔访华引发争议并导致一系列不愉快事件的根本原因"。①

2016年,郁龙余、黄蓉等著《中国外国文学研究的学术历程·印度文学研究的学术历程》(重庆出版社)中,郁龙余在此书"绪论"中说:"1958至1959年,出版了四卷本《泰戈尔剧作集》,1961年,又出版了十卷本的《泰戈尔作品集》。2000年,24卷本的《泰戈尔全集》出版是泰戈尔的作品译介过程中的一个高潮,它收集了泰戈尔的全部诗歌、小说,绝大部分的剧本和论述等内容,这套书籍所包括的泰戈尔的作品最多最全。最近,在之前翻译出版的基础上,一套更为全面的、作品多译自孟加拉语的《泰戈尔作品全集》正在翻译编辑之中。直至今日,仍然有各种版本的泰戈尔诗歌出版,可以说,泰戈尔是一位深受中国读者喜爱的外国诗人,当泰戈尔的全部作品呈现在中国读者面前的时候,人们对这位作家的了解将会更全面,更能体会他和他作品的魅力。"②第二章"泰戈尔及孟加拉语文学研究"从"诗圣泰戈尔及其作品研究"和"泰戈尔中国接受史述评"来回顾泰戈尔作品在中国的研究情况。2016年7月,郁龙余

---

① 郁龙余:《1924年泰戈尔访华引发争议的根本原因——答国际知名学者阿莫尔多·沈之问》,《深圳大学学报》(人文社会科学版)2011年1月,第16页。
② 郁龙余、黄蓉等:《中国外国文学研究的学术历程·印度文学研究的学术历程》,"绪论",重庆出版社,第8—9页。

撰文《〈泰戈尔作品全集〉中文版面世的意义》在中国外国文学学会全国理事会暨"新世纪外国文学与当代中外文学互动关系"学术研讨会上发表,并刊载于《湖南科技学院学报》2016年第37卷第8期。文中指出:"在中国百年泰戈尔接受史上,其作品的翻译出版起到至关重要的作用。"

在中国国内泰戈尔研究方面做出贡献的还有青岛大学侯传文教授。他从本科、硕士、博士阶段的求学过程中都与泰戈尔结下不解之缘。先后出版过《寂园飞鸟——泰戈尔传》(1998)、《〈泰戈尔诗选〉导读》(2001)等。2010年由中国社会科学出版社出版的《话语转型与诗学对话——泰戈尔诗学比较研究》一书,以泰戈尔诗学本身为研究对象,探讨了其诗学思想的发展历程和逻辑体系。全书纵向比较研究了泰戈尔诗学对印度传统诗学的继承和发展,横向比较研究了泰戈尔诗学与中国诗学、西方诗学的关联。全书架构宏阔,阐发细腻,是国内深度研究泰戈尔不可多得的著作,代表了当前中国泰戈尔诗学研究的水平!

此外,国内将泰戈尔视为"世界公民"的研究多集中于泰戈尔与中国的关系上,尤其以谭中、魏丽明的《泰戈尔与中国》以及孙宜学的《诗人的精神——泰戈尔在中国》为代表。另外,中国社会科学院研究员刘建曾经写过《泰戈尔与苏联》一文,该文章以1930年泰戈尔访问苏联为历史事实依据,重点探讨泰戈尔对苏联十月革命的态度以及他对在这一社会变革中"人性"的讨论。四川大学南亚研究所的尹锡南研究员曾经撰写《泰戈尔与维多利亚·奥坎波的跨文化情愫》以及《泰戈尔诗歌在西班牙语世界的传播与接受》两篇文章,为我们研究泰戈尔与西班牙语文学发展的关系打开了思路。北京大学魏丽明教授的著作《"万世的旅人"泰戈尔——从湿婆、耶稣、莎士比亚》以专门的一章来介绍泰戈尔文学创作所受到的英国文学尤其是莎士比亚的影响。

泰戈尔不仅在中国颇有影响,而且还是一位有世界影响的大作家。1878年至1932年间,泰戈尔的足迹遍至欧亚非美四大洲,特别是1913年泰戈尔获得诺贝尔文学奖后,东西方国家争相邀请泰戈尔,1912年至1931年的20年间,泰戈尔曾先后6次访问英国、到访美国5次、法国德国各3次。1916年,泰戈尔踏上日本的土地,1924年泰戈尔到访中国。泰戈尔每到一处,发表演说,与当地文化名人、民众沟通交流,在很多国家和地区一度引起思想文化界的大地震。由于泰戈尔的家族发展与英国有密不可分的关系,而且泰戈尔最初也是从英国评论家的认可中走向世界的,泰戈尔与英国的关系尤为引人注目。因此,在国际上泰戈尔的研究者们多以事实史料为依据,深入分析泰戈尔的对外交流与世界主义思想,产生了不少研究成果。

作为一个"世界的诗人",泰戈尔探索了20世纪以来人类进入现代社会许多哲人和作家都在思考的一个共同的人类命题,即我们是谁;我们从哪里来;我们又向哪里去;我们如何才能抵达幸福的彼岸。泰戈尔在自己浩繁的作品里,始终以东方古老的精义阐释着现代人所面临的困惑与迷惘。在人类远航的海洋上,他像指引航行的灯塔,为人类感知多彩的世界指出了方向,也为东方世界认识自我树立了一座丰碑。

第二章 阿格农研究

1966年，阿格农与另外一位犹太裔作家共同获得诺贝尔文学奖，获奖理由是"深刻而独具特色的叙事艺术，并从犹太民族的生命汲取主题"①。他一生著述颇丰，尤以小说成就最为卓著。尽管有研究者认为阿格农的作品"以短篇小说为主"②，但他的中、长篇小说似乎更引人瞩目。他的代表性小说《但愿斜坡变平原》、《大海深处》、《伊铎和伊南古语》、《订婚记》、《婚礼华盖》、《一个简单的故事》、《宿客》、《只在昨日》、《直到今日》、《史拉》（未完成）都无愧于世界小说艺术宝库中的精品。

阿格农取得的巨大文学成就使他成为学术界研究的重要课题之一。对阿格农作品的评论已经成为一项研究者口中的"研究产业"③。但这一"产业"远没有想象中的景气。囿于阿格农创作语言的特殊性，在很长一段时间内对他的研究还仅限于本国或少数几个国家内，即便获得诺贝尔文学奖之后，他的"产业"影响力依然有限。

1993年，关于阿格农在美国的境遇有这样一段话："不像大多数诺贝尔文学奖获得者那样——他们的作品迅速成为文学关注焦点，并马上被翻译成他国语言，阿格农很少持续成为国际关注的目标：在他获得国际最高文学奖金之后已经25年

---

① ［以］阿格农：《婚礼华盖》，徐新等译，漓江出版社，1995年，第548页。
② ［以］阿格农：《逾越节的求爱——现代外国短篇小说集》，钱鸿嘉、潘庆舲等译，福建人民出版社，1981年，第171页。
③ Pavlovski, Lindaed., Twentieth-Century Literary Criticism Volume 151, Detroit, New York, ect. Thomson Gale, 2004. 2.

了,他的一些主要作品仍然停留在原语言上。"① 该文还指出,阿格农在获得诺贝尔文学奖之后,曾引起美国学者的广泛关注。在1966-1970年间,巴鲁奇·霍奇曼、罗伯特·奥特等人都发表了相关评论文章,肖肯图书公司出版了部分阿格农作品的英译本,包括2部中篇和21部短篇。这一时期还产生了具有持久价值和意义的两部英文研究著作——阿诺德·邦德与巴鲁奇·霍奇曼对阿格农生平、创作的重要研究。但其后阿格农研究在美国逐渐陷入停滞。该书引用犹太裔美国作家辛西娅·奥齐克的话指出,阿格农研究是一项"文学研究产业",但需要加一个限定词"在以色列"。② 因而至少在1970-1993年间,美国的阿格农研究很"不景气"。

但联系另外一段话:"阿格农的多面性写作,同时再加上希伯来语在英美大学里逐渐成为一门可接受的语言,也实实在在地增加了人们对现代希伯来文学的兴趣。……从20世纪70年代起到21世纪初,伴随着当时的学术潮流,关于阿格农的批评方法达到了著名阿格农学者阿兰·闵兹所说的'复调'程度。"③ 这似乎又表明阿格农研究一直以来都很热闹。中国国内研究者的一段资料也印证了这种"热闹":"阿格农一生曾多次获奖,享有现代希伯来文学经典作家之美誉。在以色列,他的作品不仅收入中学语文教材,许多大学也纷纷开设专门课程进行研究。一批专题论述阿格农的硕士、博士论文也已面世。"④ 这表明阿格农研究在以色列果实累累。

---

① Nitza, Ben-Dov. Agnon's Art of Indirection: Uncovering Latent Content in the Fiction of S. Y. Agnon, Leiden; New York; Koln: E. J. Brill, 1993. 1.
② Nitza, Ben-Dov. Agnon's Art of Indirection: Uncovering Latent Content in the Fiction of S. Y. Agnon, Leiden; New York; Koln: E. J. Brill, 1993. 2.
③ Pavlovski, Lindaed., Twentieth-Century Literary Criticism Volume 151, Detroit, New York, ect. Thomson Gale, 2004. 2.
④ 徐新:《阿格农及其佳作大海深处》,《当代外国文学》,1990年第2期,第171页。

一方面是不景气，另一方面是所谓的"热闹"，阿格农研究的这种阴晴不定的状况跟他的创作语言有很大关系。国内研究者钟志清曾指出："阿格农的语言传统主要来自圣经文学和拉比文学……他的希伯来语不仅含蓄优美、意味深长，而且睿智幽默、妙趣横生，夹杂着大量的外来语，反讽意味很强，但在理解与翻译上难度很大，包括以色列文学系的学生有时都未免对阿格农望之却步。"①奥齐克也指出，数十年来，研究阿格农的学者们"坚持认为不通过希伯来语而试图通过其他语言来研究阿格农是毫无用处的。那些翻译阿格农的观念也被一再批判。不言而喻，实际翻译中遇到的难题自然超乎想象，学者们认定不具备专业知识是无法认读阿格农的。阿格农作品中，圣经和塔穆德的余韵和精妙、历史和文本的多个层面、典故和难以捉摸的重复以及模式是如此多样、复杂和重叠。即使一位老练的希伯来读者也会望而却步"②。因而，"由于阿格农是用希伯来语进行创作的，他的作品全都致力于探讨犹太民族的历史、文化、语言，这在一定程度上影响了他的国际知名度"③。随之而来是阿格农研究没有受到应有的重视。阿格农的早期创作除了德国等少数东欧国家有人注意外，少有他国研究者涉足。这也就不难理解为什么在"1966年阿格农获得诺贝尔文学奖之前，他的作品没有翻译为英文的时候，他在西方世界里几乎默默无闻"④。

综上所述，采取一条折中的路线来看待阿格农研究现状

---

① 钟志清:《当代以色列作家研究》，人民文学出版社，2006年，第34页。
② Sheets, Anna J. ed., Short Story Criticism Volume 30. Detroit London: Gale Research, 1999. 2.
③ Sheets, Anna J. ed., Short Story Criticism Volume 30. Detroit London: Gale Research, 1999. 1.
④ Pavlovski, Lindaed., Twentieth-Century Literary Criticism Volume 151, Detroit, New York, ect. Thomson Gale, 2004. 2.

似乎更为合适：在以色列，它的确已形成了一种"产业"；但在以色列以外，阿格农研究尽管热闹，但缺乏持久的连续性，并没有表现出与"产业"十分相符的特征。

第一节　作家生平及生活空间

诺贝尔奖评价阿格农是从"犹太民族的生命"中汲取主题，那么这个"生命"首先指的就是阿格农一生平凡而不平常的生命历程。他生活在一个急剧动荡的时代。在他的一生中，世界上发生了无数举足轻重的大事——两次世界大战、令人发指的犹太集体大屠杀、以色列建国，等等，但他并没有过多卷入事件之中，始终保持着一种冷静而超然的态度面对这一切。在他成熟期的作品里，读者能够深切地感受到他是在有意无意地保持着与事件本身的距离。这种距离感为作者和作品之间提供了一个缓冲区——一个想象的中立空间，阿格农在这个空间里像上帝一样展示着自己的存在，或幽默或讽刺，总是在与作品里的人物进行各种各样的交流，并不时地与读者开各种玩笑。这种距离感造成的"局外人"与"局内人"之间的张力，使他可以从容不迫地处理自己的素材、题材，也使他总能以一位客观冷静的"故事讲述者"的姿态出现。

就国外研究资料来看，关于阿格农生平没有研究著作出现。夏洛德·费思琪的《S.Y.阿格农》从书名来看当属阿格农生平研究，但仅在引言部分对生平进行了简单介绍。谢克德的《撒母耳·约瑟夫·阿格农：一个革命的传统主义者》也只是在第一章里简略地概述了生平。除此之外，几乎每一部研究阿格农的著作中都只有类似的简单介绍,如《阿格农的小说》《锁柄上:阿格农小说的主题》等。另有诺贝尔文学奖相关网站上的介绍以及一些短论性质的文章,如格鲁斯的《撒母耳·约瑟夫·阿格农的生平和作品》,也简单概述了阿格农的生平。即便是对生平研究下功夫相对较多的阿诺德·邦德,涉及阿格农生平的写作也并不算多。在563页的研究专著中,涉及生平传记的仅28页。在众多简略介绍中,许多基本事实上还存在分歧和争议,如阿格农离开布察兹到达雅法的时间就存在不同版本的说法。作家生平传记的薄弱大致有两个原因:一是资料匮乏,生平考证困难;二是作家本人的生活经历较为简单,没有太多可写的。作为一位生前就已经闻名天下的作家,寻找阿格农的传记材料应该不是很困难的事情,更何况不少研究者和他同属一个时代,与他交往甚密,如柯兹威尔、格鲁斯、谢克德、邦德等人。阿格农也曾开玩笑地讲到柯兹威尔,他本人负责写作,而柯兹威尔则负责告诉读者阿格农写了什么。因而,阿格农生平传记的薄弱应该属于第二个原因。

在经历了青年时期的一段"激情燃烧的岁月"之后,阿格农的生活早早地步入了正轨。就像邦德所说的那样,他成了自己作品中的一位人物。他努力维持着自己的公众形象,努力地按照人们所期许的那样活着。邦德曾指出:"1931年之后阿格农的文化史或传记几乎没有什么可以添加的。在此之前,我们可以追溯某些事件和人物对阿格农产生的影响,但是在此之后,阿格农已经四十多岁了,他已成为一位文化名人,常常受邀请在公众面前露面,发表一些对政治事务的圣哲言论,或者去称颂一些去世的名人朋友。"[①]1931年的时候,阿格农43岁,离

---

① Band, Arnold J., Nostalgia And Nightmare. A Study in the Fiction of S.Y. Agnon, Berkeley and Los Angeles:University of California Press, 1968. 27.

去世还有39年。但他早早地就关上了大门,静静地躲进了自己的艺术世界里。

阿格农是一位生活在复杂世界中的单纯者,这种看似单纯使他得以从纷繁芜杂的世界里脱身而出,保持着一颗冷静而机智的心,智慧地面对这一切。他的单纯绝对不是简单,而是一种包含智慧的洞察。这种洞察源于他的天赋,源于他所受到的犹太教教育,更源于他孜孜不倦的艺术追求。与阿格农明晰而简单的生活经历相比,他的作品却表现出与之不匹配的复杂,他那并不传奇的一生却能谱写出带有传奇色彩的不平凡作品,这显然更需要靠内在的力量。这种内在的力量源自犹太传统赋予他的犹太人身份,源自个人—民族之间对应的张力,这些因素的合力赋予了阿格农简单生活以无穷的力量和魅力。

阿格农原名撒母耳·约瑟夫·扎克科斯(Shmuel Yosef Czaczkes),按照邦德的说法,他出生于"1888年7月17日"的布察兹,当时布察兹正处于奥匈帝国统治之下。阿格农出生的日子很特殊,这天是"犹太历埃波(Av)月初九,是第一二圣殿被毁的日子,也是犹太人从西班牙向外流散的日子,还是弥赛亚降生的日子"①。但邦德又在注释里补充说:尽管阿格农总是说埃波月的第9天是自己的生日,但是他自己也说过,根据奥地利护照,他出生于1888年8月8日。谢克德的描述是:"他(阿格农)说自己生在埃波月初九,按照传统说法,那天是圣殿被毁日,弥赛亚将要出生的日子。他还认为,到达以色列的日子、发表第一首希伯来诗歌的周年纪念日都在篝火节那天,而这天处于逾越节和五旬节期之间的哀悼周里,是充满了反抗

---

① Band, Arnold J., Nostalgia And Nightmare. A Study in the Fiction of S.Y. Agnon, Berkeley and Los Angeles:University of California Press, 1968. 5.

和欢欣鼓舞的一天。"① 结合其他研究者的材料,阿格农的出生时间是存有争议的。

阿格农的故乡布察兹是一个传统犹太小镇,具有浓厚的犹太教文化气息。但到阿格农出生时,这里已经开始受到哈斯卡拉运动、复国主义、无政府主义等思潮的影响。这一时期的加利西亚文化复兴对青年时代的阿格农影响较大。由于童年的记忆和对传统的眷恋,布察兹地区不仅为阿格农小说提供了背景因素,更成为阿格农乡愁的载体,寄托了阿格农对过去、对传统的无限眷恋。当世俗化侵入布察兹地区后,对这里的乡愁又转换成噩梦,折磨着阿格农的主人公以及阿格农本人。

阿格农出身犹太教家庭,他称自己的祖先属于利未族。父亲是一位皮毛商人,精通犹太传统知识和律法,曾接受过拉比学校的教育。外祖父也是一位商人,在当地颇有威望。他们希望阿格农以后能够成为一名拉比。母亲懂德语,喜爱德国文学,给了他德国文学的启蒙。阿格农早期主要接受犹太传统教育,三到九岁之间曾先后在三个不同的犹太小学里学习圣经和塔穆德,之后的教育主要由父亲完成,他根据自己的兴趣教孩子认识了许多传统作家、作品。但阿格农的早期教育更多依靠自学。他家里有父亲建立的小型图书馆,布察兹有藏书丰富的犹太老会堂,这都为他自学提供了条件。12岁时他又跟随施穆尔·伊萨克哈·史塔克拉比在老会堂里学习。在父亲所属的哈西德派会堂里,他又学习了哈西德派著作并聆听了哈西德信徒的故事。20世纪初,他开始接触现代希伯来、意第绪文学作品。

1907年逾越节过后,阿格农前往雅法,于篝火节到达。对

---

① Shaked, Gershon. Modern Hebrew Fiction. translated by YaelLotan,Indiana University Press,2000. 81.

于此次离开,有逃避兵役、复国主义感召、见世面、到民族复兴之地体验生活等说法,但不管原因如何,他从此开始了第一次巴勒斯坦的生活。在这段时间里雅法是其主要的活动场所。哈尔金说,阿格农"部分时间在雅法,部分时间在耶路撒冷"①。而按照邦德的说法是,阿格农在巴勒斯坦的时间大部分都是在雅法度过的,但他常常去其他的地方,主要是耶路撒冷和加利利②。哈尔夫说他"定居在雅法"③,但到1911年④时,他又在耶路撒冷居住了一段时间。

　　雅法时期的生活在阿格农一生中具有极为重要的意义。谢克德曾这样评价:"阿格农一生中最大的变动是他的阿利亚——移居以色列地。这次移居是他生活中经历世俗性变化的表达。不仅是信仰上的激变,也是个人和社会生活的一次激变。"⑤ 他的故乡布察兹是一个外省小城,传统气息较为浓厚,但毕竟是一个人口只有万余人的小城⑥,与外界有联系但很间接,而莱姆堡的希伯来语作家又很少,雅法却是一个聚集了众多犹太移民的地方,尤其是来自沙俄的犹太人。

　　在雅法,他遇到了"第二阿利亚"的先驱者们,但他并不属于一个典型的"阿利亚"作家。在此期间,他担任过许多组织的秘书,并当过《时代》的编辑。1908年,他在这份刊物上发

---

① Halkin, Hillel. To This Day. The Toby Press, 2009.11.
② Band, Arnold J., Nostalgia And Nightmare. A Study in the Fiction of S.Y. Agnon, Berkeley and Los Angeles: University of California Press, 1968.18.
③ Harshav, Barbara. Only Yesterday, Princeton and Oxfore: Princeton University Press, 2000.xxviii.
④ 参见 Harold Fisch 的阿格农年表:1911年,定居耶路撒冷;邦德也指出在1911年的时候,他像布伦纳一样在耶路撒冷住了很长时间。
⑤ Shaked, Gershon. Shmuel Yosef Agnon: A Revolutionary Traditionlist. Green, Jerrey M. Trans. New York: New York University Press, 1989.7.
⑥ 谢客德《一个革命的保守主义者》第19页说到:1900年的时候,布察兹有11755名居民,其中57.3%是犹太人。

表了雅法时期的第一篇小说《弃妇》，小说题目与他后来采用的姓"阿格农"直接相关。他跟当时的许多重要人物都有交往，他们包括斯穆哈·本-锡安、布伦纳、宾亚敏拉比、设罗姆·茨玛、亚瑟·鲁品、伊沙克·本·兹维、设罗姆·拉维以及 A.D. 格尔顿等。受他们影响，他开始大量涉猎斯堪的纳维亚和俄罗斯作家的作品。在生活习惯上，他放弃了犹太人的正统装扮以及早年养成的宗教习惯。从这时候到 1924 年，他暂时过上了世俗人的生活。可能就当时而言，他并没有感到多少遗憾，但过了若干年后，世俗生活成为他反思的一个对象。1911 年，他前往耶路撒冷。在那里他经常拜访老城和新城里的各种宗教团体，特别是伯拉第斯拉发的哈西德教派。邦德说："他对哈西德信徒的渊博知识和深切感情很可能源自这段时期，而不是来自布察兹的儿童时期。"①

　　由于对待犹太传统的态度、语言、国家不同，"阿利亚"的移民者之间相处得并不是很愉快。这种情况在俄国犹太人与东欧加利西亚犹太人之间尤为明显。邦德就曾指出："阿格农在巴勒斯坦度过了第二阿利亚时期的令人兴奋的日子，但是从多种意义而言，这并不是他的第二阿利亚。他更像一个身处俄国人中间的加利西亚人，他的发音、言谈举止、性格脾气常常是遭人嘲笑的对象。他嘲讽的语调、不切实际的想象力以及习惯性的自我戏剧化，不是总会得到人们的喜爱的。在这些来耕种土地的强壮劳动者中间，他是与众不同的。他出身于外省中产阶级，带着复国主义理想来到雅法，但是从来没有想要成为

---

① Band, Arnold J., Nostalgia And Nightmare. A Study in the Fiction of S.Y. Agnon, Berkeley and Los Angeles: University of California Press, 1968.19.

一名体力劳动者。"① 这种情况对阿格农而言是相当糟糕的,不过对他的影响也是极其深远的。他在小说中表现出不同地区犹太人的差异,可能就受教于这段时期的遭遇。

1913年,阿格农接受鲁品劝告,离开巴勒斯坦前往柏林去感受西方大都市的文化氛围。9月,他和鲁品参加了在维也纳举行的第11届犹太复国主义大会,遇到了希伯来诗人比阿里克。此后不久,他返回家乡布察兹,探望生病的父亲,一周后又返回柏林。11月13日,父亲去世,他再次返回家乡,但在葬礼举行后一天才到达,这也成为他一生中最难以忘却的迟到之一。

在柏林头几年,阿格农为埃利斯贝格做编辑工作,并担任家庭教师来维持生活,后来他结识了萨尔曼·肖肯,生活逐渐稳定。他与肖肯的关系非常重要,有研究者曾指出:"阿格农在现代希伯来文学上的独特性部分需要通过他与萨尔曼·肖肯以及肖肯出版公司之间的关系才能真正的理解。"② 1913—1917年间,他结识了不少犹太名人,如马丁·布伯、格舒姆·斯科雷姆、纳坦·毕尔恩鲍姆,更重要的是还邂逅了未来的妻子——以斯帖·马克斯。

战争期间,阿格农的行动受到限制。作为一个德国的奥地利人,他去其他城市时需要办理相关证件,否则食宿就是问题。为了躲避兵役,他必须在1916年9月征兵之前提供一份体检报告。不少研究者都提到,他通过吃药、喝咖啡、吸烟、熬夜等方法来折磨自己,最终体验没通过,但却因此患了肾病住进医院。住院期间,他一直跟肖肯保持着通信。在信中,他表

---

① Band, Arnold J., Nostalgia And Nightmare. A Study in the Fiction of S.Y. Agnon, Berkeley and Los Angeles: University of California Press, 1968.16-17.
② Alan Mintz and Anne Golomb Hoffman, ed., A Book That Lost and Other Stories, New York: Schocken Books, 1995.21.

现出对福楼拜的特殊感情,盛赞他对自己创作的贡献。他还要肖肯送去了中世纪史诗《罗兰之歌》以及雅各·布克哈特关于文艺复兴的著作。除此之外,他提到的作家还有巴尔扎克、陀思妥耶夫斯基、凯勒、罗曼·罗兰。在这些作家中间,他又表现出对凯勒的偏爱。在医院住了四五个月后,他前往妹妹罗萨家休养。1917年夏末,他去了沃纳茨。沃纳茨没有犹太人,但在临近地区,他第一次遇到了德国早期的犹太居民,看到了许多废弃的犹太会堂,发现了许多珍稀的希伯来语古籍。

1918年战争结束,肖肯为阿格农在慕尼黑提供了一份工作。阿格农厌倦了战争带来的混乱和匮乏,原本打算去斯堪的纳维亚旅行,但慕尼黑浓厚的艺术气息具有不可抗拒的诱惑力,遂于1919年初移居慕尼黑,在那里一直住到"至圣日"前夕。在柏林度过节日后他又返回慕尼黑,定居在斯滕伯格。除了和西格蒙德·弗洛伊德的侄女合作一本儿童读物外,他大部分时间都在进行创作。在此期间,他和以斯帖·马克斯结婚。战后德国住房紧张,夫妇俩最终在威斯巴登的郊区找到一所房子,一直住到1921年秋天,后来他们又移居汉堡附近。威斯巴登—汉堡期间,阿格农的女儿爱慕娜和儿子沙罗姆·毛德科亥(后来改名为海姆达特)出生。

1924年的一场大火结束了阿格农的德国生活。这次火灾毁灭了他即将出版的作品以及辛辛苦苦建成的图书馆。这个图书馆收藏了他在德国11年来收集的所有稀有书籍。尽管他和家人幸免于难,但火灾强化了阿格农"毁灭与丧失"的意识。随后,他把妻儿送到岳父家避难,几个月后,独自离开德国,经维也纳、特里埃斯特以及亚历山大里亚前往耶路撒冷,10月31日到达。

德国时期对阿格农而言的作用是不言而喻的。青少年时期的布察兹尽管有新空气的吹入,但是整体而言还是传统的隔托小镇;而巴勒斯坦的新空气还是由犹太人带去的,尽管这些犹太人可能不是来自一个地区,但在本质上许多方面仍保持着犹太人的作风和习惯,更何况巴勒斯坦是一个百废待兴的地区,贫瘠,落后,和现代都市生活根本不沾边。德国则完全不一样,20世纪初期的德国在政治、军事、文化等方面都居于世界领先地位。如果说阿格农创作兼具了欧洲文化与犹太文化特质,那么他所得到的欧洲文化营养应主要归功于德国时期的生活。

从1924年返回以色列到1970年去世,除了四次短暂离开外,他一直定居在这里。在近半个世纪里,巴勒斯坦地区经历了英国托管、第二次世界大战、以色列建国、中东战争等,但他却越来越沉迷于自己营造的世界里,他简单地生活着、写作着,笔触还恋恋不舍地停留在东欧加利西亚地区和第二阿利亚时期的雅法。在返回耶路撒冷之后,他开始正式采用"阿格农"作为自己的姓,并重新恢复了犹太教的正统生活。1927年地震后,阿格农一家迁往耶路撒冷郊区塔普特。1929年8月,四处打劫的阿拉伯人洗劫了这里,他和家人幸免于难,但是房子,特别是图书馆付之一炬。这已是家园第二次被毁。他经常把家园的两次被毁与犹太历史上圣殿的两次被毁联系起来,使自己与民族之间建立了一种对应性联系。

1930年1月初,阿格农离开巴勒斯坦前往德国莱比锡与肖肯商谈出书事宜。肖肯决定出版四卷本的《阿格农作品选集》,以此开创肖肯柏林出版公司的新局面。在此期间,他抽空进行了一次加利西亚的感伤之旅,在布察兹逗留了约一周时间。这是16年里第一次回家,也是最后一次。选集出版工作结束后,他于犹太教新年过后返回耶路撒冷。1931年秋天,阿格农一家重新搬回塔普特的新家。四卷本的《阿格农选集》在柏林出版,收录了1929年以前已经发表过或已经完成的作品。1931年以后,他的生活趋于平静,创作已趋于成熟,他需要做的就是把所经历和思考的一切全部形诸文字,进行构思、创作。在生活中,他也越来越像自己笔下的人物,他用作品描写了世界,同时设定了自己。1970年2月17日,阿格农死于耶路撒冷。

邦德指出:"自1931年定居耶路撒冷以来,阿格农经历了30年代末期的阿拉伯人暴乱、第二次世界大战、1946—1947年的'恐怖'时期和1948年围攻耶路撒冷,但是无论任何时候,他都不是一个战士,也没有成为战争的牺牲品。表面上看,他的成熟期和那些在巴勒斯坦、以色列的同代人几乎没有多少共性。他经历过非常困难的政治时期,但是毫无损伤地安然度过;他的家庭从欧洲迁到巴勒斯坦,孩子们长大、结婚,并为他添了孙子。这一时期最重大的事件发生在1951年,他以诺贝尔文学奖候选人的身份前往瑞典。后来,他得了严重的心脏病,卧床数周。但是像被神祝福过一样,老年的他仍有能力继续写作,并于1966年摘取诺贝尔文学奖。"①

相比于外界的喧嚣,阿格农始终保持着一种平静而淡然的处世态度,这种淡然在第二次到达耶路撒冷之后变得更加稳定。他以以色列作家的身份获得诺贝尔文学奖,却因其复国主义思想而受到了阿拉伯世界的诟病。但总体而言,他并不是个狂热的人,他的复国主义顶多是一种与马丁·布伯相类似的文化复国主义。在其小说中,他对复国主义的态度也是暧昧而难以捉摸的。在他看来,精神的、宗教的复国要远比政治的复国来得更纯粹。他向往的是坐在圣殿里,和自己的同胞一起歌

---

① Band, Arnold J., Nostalgia And Nightmare. A Study in the Fiction of S.Y. Agnon, Berkeley and Los Angeles:University of California Press, 1968. 28.

唱那消逝已久的圣歌；但圣殿已毁，圣歌已空音绝响，同胞也已烟消云散，因此，他更愿意做的就是用自己的笔重现那遥远的过去和已经消失的圣殿荣耀。经过了30多年的流散、回归、再流散，他也认定耶路撒冷才真的是心之所系的家，他愿意安心地住在圣城里，坐在圣殿的脚下，去吟诵那略带寂寞的歌。

从政治层面上看，阿格农并不是一个热心政治的人，尽管他结识了很多以色列建国的领袖人物，他也完全有可能在第一次到达巴勒斯坦的时候，选择与那些强有力的复国主义先驱一起战斗，但他没有成为以色列的开国元勋。如果熟悉阿格农作品，甚至还可以发现他对政治充满了揶揄与嘲弄。从这个意义上讲，阿格农生活在耶路撒冷，但他的心却在另外一个世界，一个自我建构的理想世界。在这个世界里传统的布察兹和耶路撒冷在某种意义上画上了等号。

通过阿格农的生平研究大致勾勒出了他一生的轨迹和生活经历，这些生活经历和轨迹最终都融入了他的小说创作中。布察兹时期的童年、青年生活让他充分浸润了东欧传统犹太社区文化，形成了其传统文化之根。在后来的小说创作中，以布察兹为代表的东欧犹太社区反复出现，成为流散地传统的代表，也成为小说里最重要的象征意象之一。同时，家庭教育对阿格农的成长也起了重要的作用，在家人的支持下，他才能无所顾忌地从事文学创作；对父母、祖父的感情成为他内心最深刻的情感体验，父亲、母亲、祖父这些形象在他的小说里都承担了无比重要的作用，蕴含了丰富的内容。雅法时期的生活让阿格农充分接触了第二阿利亚，阿格农小说中对先驱者们生活的生动刻画，对他们心理状态的把握，都源于这段经历。在德国，阿格农充分汲取了犹太传统文化和西方文化，前者通过马丁·布伯，后者通过德国当时的文化氛围和国际地位，这里的一切最终让他对东西方文化有了更为充分的认识。他以犹太传统起步，又经历了德国文化的洗礼，这造就了他的双重性，而这种双重性又因他自身的加利西亚犹太人的性格，均衡地统一在小说里，使其小说呈现出不很明显但又确实存在的东西方文学交融的特征。耶路撒冷时期的生活对阿格农的晚期小说创作产生了深远影响，托管时期的巴勒斯坦是他晚期小说中最为着力描写的对象。总之，阿格农的生平因素与小说世界存在着相互渗透的关系，直到阿格农的世界与小说世界的界限逐渐地模糊和消失。

第二节 创作生涯及演变轨迹

在漫长的创作生涯里，阿格农创作了大量的长、中、短篇小说。生前有两部作品集《阿格农小说选》(1931–1952)、《阿格农作品选》(1953–1962)问世。去世后，肖肯公司又把他未完成的长篇小说《史拉》以及其他一些未出版的小说、书信整理出版。在这些作品里，他以东欧加利西亚、德国、巴勒斯坦为背景，围绕着流散地与圣地两个基本聚焦点，一方面生动再现了东欧犹太社区的兴衰，另一方面又对以色列建国前犹太人在巴勒斯坦地区的生活和斗争进行了生动的刻画和记述，使作品几乎成为犹太民族的近现代"史诗"。但他的伟大之处在于他的独特视角和理解问题的方法。他对东欧犹太社区的描写更多地来自童年记忆以及哈西德民间故事，对"一战"后东欧犹太社区和"第二阿利亚"时期以色列的描写更多依赖自己的所见、所闻、所感。他摆脱了哈斯卡拉式的启蒙风格，从犹太社区内部展示犹太传统魅力,抨击了世俗化下犹太传统的堕落,再现了带有个体性的"第二阿利亚"历史,以充满"乡愁和梦魇"的情感展现了近现代以来犹太民族的灵魂。他的作品不追求客观真实的东欧犹太历史,也不是狂热的复国主义情绪鼓动下的爱国宣言,体现的是一个出身传统犹太社区的犹太人面对纷繁芜杂的20世纪,对民族传统当下性的独特认识和思考。

就阿格农一生的创作而言,布察兹时期是萌芽期;在第一次居住巴勒斯坦期间,他找到了自己的声音,确立了"阿格农式"风格,代表性作品是《但愿斜坡变平原》;居住德国期间,他对自己的风格进行巩固和加强。由于大火烧掉了他原本准备发表的一部长篇小说,这一时期的风格还无法进行准确定位。但到第二次前往巴勒斯坦,他的作品进入成熟期。以1931年的《婚礼华盖》为标志,阿格农步入了伟大作家的行列。

阿格农的创作始于布察兹时期,他正式发表的第一篇希伯来语作品是《小英雄》(1904),诗歌《约瑟夫·德拉·雷纳》(1903)是他发表的第一篇意第绪语作品。他在幼年时期就表现出很强的写作冲动。这一时期的创作只能看作"学徒"阶段,大部分作品算不上真正的创作。至于这一时期的成就,他提到"其中一部分作品深为民众欢迎,曾被谱成曲子在人们口中吟唱"①。从文学艺术角度来看,这一时期阿格农的创作水准的确不高,但是如果从文学史角度来看,这一时期又具有极为重要的价值。它是阿格农创作的起点和尝试期,作为"前阿格农"②时期的重要阶段,对理解他的创作、梳理其发展脉络都具有重

---

① [以]阿格农:《婚礼华盖》,徐新等译,漓江出版社,1995年,第8页。
② "阿格农"这一笔名直到1924年才正式使用,真正的阿格农风格确立于1912年的《但愿斜坡变平原》。

要意义。

阿格农在该时期的创作主要散见于当时加利西亚地区发行的刊物上。当时的加利西亚出版业异常活跃,各种各样的期刊为了不同目的相继粉墨登场。但是值得注意的是,由于年轻的阿格农习惯采用笔名,而这些笔名又是如此之多,以至于哪些作品属于他的很难搞清楚。他在成名后,对这些幼稚作品显然是不屑一顾的,只有极少数作品进入他后来的作品集中。这就导致统计早期创作情况变得较为复杂。一些学者如哈伯曼(A.M.Habermann)、多夫·撒旦、阿诺德·邦德经过深入考察,大致查找出了这一时期的部分作品。这些作品按类型可大致分为三类:诗歌、故事、新闻报道和短论,使用的语言有意第绪语和希伯来语。

希伯来诗歌共13首。其中《小英雄》《宁静》《耶路撒冷》、《在光明节烛光的照耀下》《逾越节前》《逾越节前夕》《问题》、《我的住棚节》《在黑暗的住所里》都是为特定犹太节日所作。《献诗》、《出于仇恨》、《一滴泪》、《合上眼睑》是感伤宣泄作品。阿诺德认为这些诗歌大部分都因循守旧,缺乏热情和自信。只有《小英雄》别具一格,创造了一个令人感兴趣的场景。篝火节时一个孩子站在哈西德会堂的一条长凳上,向四面八方的恶魔射箭。极其怪诞的环境以及孩子天真的英雄主义给诗歌带来了一种清新的魅力。

意第绪诗歌有12首。《约瑟夫·德拉·雷纳拉比》根据民间故事写成,共三十节的叙事诗讲述了信奉卡巴拉神秘主义的犹太拉比试图征服魔鬼,诗歌遵循的是意第绪流行诗歌传统。《一个简单的故事》、《穷人》描写的都是穷人的悲惨生活。其他还有《五旬节午夜的献礼》、《会堂里》、《节日之后》、《痛悼节晚上》。这四首诗里诗人把自己封闭在一个没有生命的空间里,而生机总是在门外、窗外或者黎明之后。《白天与黑夜之间》是一系列组诗,原有4首,现存3首,每首都没有题目,充满了病态浪漫。《纪念碑》用华丽的意象为被害的同胞谱写了一首挽歌,诗歌迸发出令人感动的修辞力量。其他还有2首:《不要想》《什么???》(为女朋友生日而作)。

以新闻报道和短论形式发表的作品包括希伯来语作品5篇和意第绪语作品2篇。值得注意的有4篇:希伯来语报道《开罗》表面上报道开罗犹太人的生活,但是突然就发展成对布察兹生活的攻击,对妓女、皮条客、俄罗斯政治迫害的抨击。意第绪语连载文章《从城市的一角到另一角》花费了大量时间捉弄读者,他提到了一位无耻之徒,却有意隐瞒名字。意第绪语文学评论《伊比利亚希伯来诗人》是关于希伯来诗人摩尔代海·茨维·玛尼的。引言部分附带讨论了人类的精神以及四种类型的艺术家气质:诗人、雕塑家、画家和音乐家。中心部分是玛尼的传记,传记摘自舍因胡兹的文章。结尾部分以翻译为例考察了诗人自身的特质。希伯来语专栏作品《死亡之城》把死亡与自己的家乡布察兹联系在一起,写法十分大胆。

希伯来语故事共有20篇,这些故事很少涉及复国主义主题,大都是短小素描,按照事情本来的面目去写,并不刻意揭示悲剧根源。其中5篇又以意第绪语版本发表。第一首希伯来语故事是《深思》,故事主人公格达利亚·哈诺克是一个小村镇的贫穷商贩,披着祷告头巾,带着经文匣,但他却不能专心祷告,因为他质疑上帝的公正性。其他19篇包括:《信》《国王与王后的故事》《秋末》《为了主人》《女儿的不幸》《礼物》《托拉之光》《暴怒》《贼》《房主》《打碎的盘子》《皮条客》《捐赠托拉之前》《好脾气》《改宗者》《死后》《阿夫鲁姆·雷布什和他的儿子们》《一个总是错的人和一个从不会错的人》《灯笼》。

意第绪故事大都发表于1906年8月到1907年6月之间，共有12篇。有5篇意第绪语故事同时也有希伯来语版本（前为意第绪语，后为希伯来语）：《打碎的盘子》——《打碎的盘子》、《怜悯》——《女儿的不幸》、《礼物》——《礼物》《房主》——《房主》。其中《灯笼》（1907）作为意第绪语故事《死亡之舞》（写于1906–1907年间，发表于1911年）的一部分发表。其他小说还有《舍巴特节第十五天的水果》《晚年》。

阿格农在该时期的创作尽管稚嫩，但是却埋下了一颗有望长成参天大树的种子。在对这一时期创作进行评价之时，不能拔高其文学性，但也需要注意到此期创作的前瞻性和孕育性。这一时期，阿格农已广泛涉猎多个文学创作领域：诗歌、小说和新闻报道，由诗歌起步，逐步转向小说创作。从使用语言来看，他用双语写作，但意第绪语水平要远胜于希伯来语。从创作风格来看，侧重对现实的批判、揭露和讽刺，但越到后来，浪漫主义倾向越明显。孤独的诗人、不完美的爱情、浪漫的死是其着力表现的内容，颓废、诡异的心理描写沾染许多现代主义色彩。从创作手法看，对比式的讽刺和象征手法是阿格农的两个重要修辞手段，这些方面在以后的创作中都有所发展。

1907年到达雅法后，阿格农放弃用意第绪语写作，改用希伯来语创作，该时期是阿格农风格形成的雏形期。1908年发表的《弃妇》和1912年《但愿斜坡变平原》"奠定了他在希伯来文学领域的重要地位，成为他一生最重要的转折点"[①]。从《但愿斜坡变平原》开始，读者们"首度听到了真正的阿格农的

---

① 格尚·谢克德：《现代希伯来小说史》，钟志清译，商务印书馆，2009年，第106页。

声音"①,"标志着阿格农创作的一个新起点"②。

参考阿诺德的研究成果,该时期阿格农共创作了16篇希伯来小说:《弃妇》(1908)、《米利暗的井》(1909)、《灵魂的攀升》(1909)、《妹妹》(1910)、《提示利月》(1911)、《羊圈》(1910)、《民间故事:死者的祭品》(1912)、《但愿斜坡变平原》(1912)、《托拉与伟大》(1912)、《民间故事:弃妇》(1913)、《夜晚》(1913)、《亚阿克夫·纳胡姆的梦》(1913)、《逾越节晚宴》(1913,另国内有译为《逾越节的求爱》)、《设罗莫·亚阿克夫的床》(1913)、《伐木人》(1912)、《黑色华盖》(1913)。

就作品内容而言,除了继续延续布察兹后期《死亡之舞》的方向描写青年诗人敏感的内心世界和炽热的创作激情外,阿格农开始把笔触深入更为复杂的男女关系之中。这种关系不仅包括男女之间恋情,还包括了对婚姻问题的集中探讨。爱情延展至婚姻,是阿格农小说主题上的一大特色。单相思的畸恋以及相爱却不能相属的爱情依然是表达的主要内容。

《弃妇》讲述了一个凄美的爱情故事,涉及了两对情人和一次不受祝福的婚姻。阿黑俄泽把女儿狄娜许配给一个波兰年轻学者耶和兹科尔,并为女婿建造了一所会堂,请本-尤里为会堂造一个托拉约柜。狄娜被本-尤里欢快的歌声吸引。约柜建成,本-尤里躺在花园里睡觉,狄娜在邪恶念头驱使下把约柜从窗台上推了下去。人们发现了被亵渎的约柜,愤怒地谴责了本-尤里。本-尤里在悲愤交加之下从耶路撒冷消失了。狄娜向拉比承认了错误,拉比原谅了她。但一切似乎都无可挽回地走向悲剧。婚礼在异常的气氛中举行,婚后两人各怀

---

① Nobel Prize Library : Shmuel Yosef Agnon, Ivo Andric. New York: Alexis Gregory; CRM Publishing, 1971. 105.
② [以]阿格农:《婚礼华盖》,徐新等译,漓江出版社,1995年,第9页。

心事。新娘想着她的本-尤里,新郎则想着远在波兰的情人佛拉德乐。最后两人又在拉比的主持下离婚了。阿黑俄泽带着女儿离开了耶路撒冷,耶和兹科尔返回了波兰。拉比也在可怕而神秘的梦之后,离开了耶路撒冷,不知所踪。两对情人、三对关系,造成了小说复杂的结构和悲剧性的结局。阿格农小说中的三角乃至四角的男女关系在《弃妇》中得到了充分体现。正如有研究者指出的那样:"《弃妇》预示了他终生迷恋的三角关系主题。"[①] 而这种男女之间的三角关系在他"60多篇短篇小说和一些长篇小说中"都有体现。就这一意义上讲,《弃妇》开拓了阿格农小说的新领域,奠定了阿格农爱情婚姻主题小说的基调——多角关系、不能实现的爱情、悲剧性婚姻。《弃妇》不能代表典型的阿格农风格,但这部小说摆脱了哈斯卡拉式的启蒙口吻,代之以犹太社区内部的观察视角,受到了布伦纳等人的称赞。

这篇小说的开篇尤其引人注目,是阿格农小说经典的开篇之一。它直接把传统的"米德拉什写作形式"[②] 借用过来,使小说一开始就表现出浓重的犹太传统气息。

"据说,一根恩典之线旋转着从以色列人的行为中抽出。那位光芒四射的至高者——感谢上帝——满含恩典和仁慈地坐在那里,(用那根线)一股一股地织着祈祷披巾,为的是让犹太会众们能够用披巾来打扮自己。于是,他们马上就变得光彩夺目,包括那些流散地的人们也是如此,他们就像回到了父亲的家里、君主的圣殿里和圣城耶路撒冷里一样。当那位不可言

[①] Aberbach, David. At the Handles of the Lock: Themes in the Fiction of S. J. Agnon, New York: Oxford University Press, 1984. 19.

[②] Shaked, Gershon. Shmuel Yosef Agnon: A Revolutionary Traditionalist. Green, Jerrey M. Trans. New York: New York University Press, 1989. 29.

说者看到他们既没有任何污迹,甚至在压迫者的国度里也能保持虔诚时,他就像往常那样靠近他们并说道:'我的佳偶,你甚美丽,你甚美丽。'这就是每个犹太人都能感受到的至大、至能、至高、至爱的秘密。"①

但是当线断的时候,恶魔就会像风一样侵入,把衣服撕裂;所有犹太人会一丝不挂,蒙受耻辱。接着以色列的会众悲伤、哀号、四处流浪,像雅歌里的舒拉密女一样患上相思病。这种对上帝的相思病想要得到疗治,只有让一个高尚灵魂贬低自己来唤起人们去做善事,从而修复那美丽的恩典之线。

阿格农利用这种传统形式作为开篇,使读者暂时性地忘掉现实中的无信仰状态,从而进入《弃妇》的信仰世界,也使一个世俗的爱情故事和神圣传统建立了联系:爱情故事被神圣化,被赋予了传统的犹太形式。"世俗和神圣相互交织,读者不知道是神圣圣化了世俗还是世俗圣化了神圣。确实世俗和神圣之间的关系以及每一个人物虚构的或真实的地位可能是小说的中心主题"。② 这也是这篇小说之所以受到布伦纳等人热情赞扬的重要原因之一——它复活了传统的犹太故事形式,讲述的却是带有现代色彩的故事。当然,1908年《弃妇》存在的问题依然是不容忽视的,但它为阿格农寻找合适的"犹太式表达"做出了重要贡献。

阿格农在该时期最重要的作品是《但愿斜坡变平原》,它体现了典型的阿格农风格,为作者赢来的不仅是巨大声誉,更让人们看到了一位伟大作家的潜质。布伦纳自费以单行本形

---

① Alan Mintz and Anne Golomb Hoffman, ed., A Book That Lost and Other Stories, New York: Schocken Books, 1995.35.
② Shaked, Gershon. Shmuel Yosef Agnon: A Revolutionary Traditionlist. Green, Jerrey M. Trans. New York: New York University Press, 1989.30.

式出版了这部作品,很快销售一空。小说中夫妻恩爱但结局依然。哈伊姆和特察妮是一对恩爱夫妻,但结婚10年还没有孩子。按照律法,哈伊姆应该同妻子离婚,但他不想也没有那样做。后来生意场上失利导致他债台高筑。哈伊姆被迫靠乞讨渡过难关。城市拉比给他写了推荐信,号召所有人都慷慨解囊,帮助这位破产的犹太商人。当哈伊姆攒够了钱准备回家时,一个乞丐买走了他的推荐信。后来,他到了拉什考维茨附近的集市,想为以后的生意做一下准备,但他在酒店里喝了很多酒,醉倒了。醒来之后,钱和经文匣全丢了。他又回到路上再次乞讨。买走信的乞丐因为暴饮丧命,人们在他身上发现了信。于是拉比宣布哈伊姆死亡,他的妻子可以再嫁。最后,哈伊姆回家看到妻子已经再婚并已怀孕,陷入巨大痛苦之中。他四处躲藏,从一个地方流浪到另一个地方,只求一死,因为这是唯一的解决办法。一个墓地看守人收留了他,哈伊姆白天帮他干活,晚上就睡在挖好的坟墓里。一天他发现守墓人在刻一个漂亮的墓碑,上面的名字是"Menashe Hayim"。看守人告诉他这是一个妇女为她丈夫定制的。哈伊姆向看守人讲述了自己的故事。几天后,带着知道妻子依然爱他的幸福,哈伊姆死了。看守人把妻子为他定制的墓碑从别的坟墓(他妻子一直以为那个人就是哈伊姆)移到他的坟前。尽管没有子嗣,但他的名字永远不会被遗忘,因为他的妻子会来给他扫墓。在这个可怕的故事里,阿格农讲述了一对恩爱夫妻的毁灭。在阿格农的爱情婚姻主题小说里,毁灭是司空见惯的结局,这种毁灭要么是死亡要么是离散。从《弃妇》《但愿斜坡变平原》开始,再到《一个简单的故事》《伊铎和伊南古语》《费尔南》,这一主题不断地以各种不同的表现形式出现。阿格农对爱情以及家庭婚姻关系的关注,形成了一个小说系列,这一系列到《史拉》达到了顶峰。

雅法时期的创作成就集中体现在《但愿斜坡变平原》中。这部小说无论放在哪个时期的创作中看，都算得上是阿格农小说中的精品。1912年时阿格农只有24岁，再加上他自己所说的创作时间只有4天，使这部小说令人匪夷所思。这是阿格农由爱情故事转向婚姻题材创作的第一部作品，这种转向马上就取得了巨大成功。雅法时期的大部分作品都带有阿格农同时代犹太作家的现代气质，这种气质来自欧洲文学的熏陶，阿格农通过这部小说又重新回到了犹太传统风格，摆脱了欧洲文学的限定，找到了自己的声音。"犹太式"、"犹太情感"是这部小说最大的特色。

小说的背景带有犹太传统民间故事的色彩。它发生在东欧的犹太社区，讲述的是一对住在布察兹的犹太夫妇莫纳什·哈伊姆与科冷黛尔·特察妮悲欢离合的故事。哈伊姆经历了一系列的巧合和苦难，最终回到了家里，但他深爱着的妻子已经嫁人，离家之后再也回不了家的叙述模式使这部小说带上了悲剧色彩。哈伊姆也成为阿格农作品笔下的第一个"离开家再也回不去"的主人公，也是阿格农小说里第一例"悲剧人物"。

就作品的形式而言，小说在许多方面都取得了突破。阿格农把民间故事穿插进情节的尝试，取得了成功。这些插入的民间故事尽管有各自的独立性，但在作者精心组织下，每个故事都与周围段落形成直接联系。哈西德信徒相信他们的创始人巴尔·舍姆·托夫具有行奇迹的力量，这一故事与哈伊姆不相信奇迹形成了对比；在库兹尼茨拉比和盗贼的故事里，乞讨不是一种受到谴责的罪行，但是这安慰不了哈伊姆，因为对他而言乞讨就是一种最严重的堕落；乞丐和恩兹尔先生之间的滑稽闹剧，也是一种戏剧性穿插，起到了缓和小说气氛的作用。

通过穿插故事来丰富作品内容,推动作品情节发展,这种方式在古代文学作品里是经常看到的;但阿格农是在现当代文学语境里复活了它,并赋予了新意。与穿插故事相适应的是叙述者角度的转换,作者作为"故事讲述者"的身份在这部作品里表现得淋漓尽致。阿格农具有讲故事的天赋,这种天赋从布察兹的民间故事创作中初现端倪,经过雅法阶段的锤炼,到这部小说里已经臻于成熟。在小说中,叙述者经常进入故事的叙述中,插入故作天真的评论,以此唤起读者对希伯来、意第绪民间故事的回忆,大大拓展了读者的想象空间。在小说里,对哈伊姆在拉什科威茨集市落难的描写,作者引导哈伊姆发现妻子已经再婚的感人段落,都已成为希伯来文学史上的经典。阿格农通过对重要细节的熟练安排与把握,使读者在阅读中逐渐地被吸引进故事里,使读者沉迷于小说的虚构现实中。

在这部作品里还能发现阿格农卓越的修辞才能——象征。象征在布察兹时期的作品里就已经出现,但那个时候阿格农对象征的使用似乎缺乏足够的信心和技巧。在《米利暗的井》《提示利月》中也出现了大量象征,但这些作品本身存在不少问题,影响了象征作为修辞的展示和表达。在《但愿斜坡变平原》中,阿格农把象征运用得得心应手,随心所欲。在故事发展到高潮时,很自然地就出现了直觉性的象征构思,这种象征构思依附于日常的现实性细节描写之上,是阿格农创作技巧不断提高的重要表现。到了后来的《行为之书》里,这一文学技巧的运用变得更自觉,更有系统性,象征往往经过阿格农预先的精心构思之后才投入创作之中去。

《但愿斜坡变平原》中的象征使现实性的细节描写之下蕴含了另外一个意义和情感空间,由此产生了故事的两个层面:表层的现实主义描写和深层的情感和意义,二者共同构筑了小说的意义层次。因而,象征已经不仅仅是一种修辞,更是一种结构方式和意义扩展方式;不仅仅具有语言层面上的价值,更具有作品整体层面上的意义。

在小说里,象征的表现方式多种多样。比如墓碑,当哈伊姆离开布察兹前往一个他再也回不去的未知世界时,它们在路边出现了,不仅预示了哈伊姆不能返回,也意味着他的必然结局——死亡。再如城市与森林,二者分别象征自然和文明,从一个逃往另一个或者选择其中的一个都会产生新的价值意义。又如从商店门柱上摘掉门柱圣卷这一行为,门柱圣卷是装着圣经篇章的套子,预示着对住宅的赐福,摘掉之后意味着上帝祝福的消失。这些看似无关紧要的细节构成了象征的第一个层次,扩展了故事的具体意义。更重要的象征是小说有里具有决定意义的情节本身。卖信是主人公对身份的自我毁灭;疯狂而混乱的集市、主人公的暴饮暴食象征着主人公走向堕落和毁灭的边缘。小说里一系列存在着相互关联的巧合更具有神秘主义的象征性,比如买走信的乞丐的死亡以及哈伊姆刚好来到了那个乞丐埋葬的坟墓,这实际上暗示着乞丐就是另一个哈伊姆。

总之,依靠《但愿斜坡变平原》中对传统民间故事以及现代小说叙述的融合,阿格农找到了适合自己的表达方式。他在犹太性与西方化、情感与宗教价值之间找到了写作的着力点。

同布察兹时期相比,无论从主题还是风格上看,雅法时期的创作都显得方向性更强、更集中。如果说布察兹时期只是一个开始的话——创作面面俱到而无特色,那么,雅法时期就是阿格农风格形成的重要尝试期——阿格农把注意力收缩到了浪漫爱情、民间故事两大创作主题上来,风格也从雅法早期的滥情逐渐过渡到后期的冷静客观。在这中间,犹太传统民间故事类型的创作起到了至关重要的作用。谢克德曾指出,犹太传统和讲究平衡的传统风格成了一堵防护墙,正是有这些民间故事类型的创作,才逐渐地去掉了阿格农作品中情感过度的一面,并逐步地把阿格农引入犹太式的、讲虔诚故事式的表达之中①。民间故事类型的创作也在经历了德国时期的锤炼之后真正地过渡为阿格农自己的风格。

整体而言,与《但愿斜坡变平原》相比,雅法时期的其他作品没有达到成熟期标准,但与布察兹时期相比,阿格农的进步是惊人的。布察兹时期的作品只有很少一部分进入后来的阿格农作品选集里,雅法时期大部分作品经过修改后都保留了下来。1912年的《但愿斜坡变平原》取得了巨大成就,但它的出现有一定突兀性。这不仅指阿格农自己供认写成这部作品只花了他4天时间,还指这部作品并不意味着阿格农创作出现了彻底转折——自此以后,阿格农的作品就完全"阿格农式"了,1912年的其他作品以及1913–1931年间的许多作品都还没有达到真正的"阿格农风格"。邦德的话是可信的:"这一时期阿格农的许多作品都是实验性的,作品有天赋,但是作家显然不成熟,他还没有找到自己的声音。这5年里的大部分作品在以后的日子里或者进行了彻底修改或者就简单地抹去了:它们经不起自我批评。"②谢克德对该时期的评价也很适度。他认为阿格农在该时期的大部分作品都带有印象派风格,模仿其他作家的痕迹较为明显。除了《弃妇》《但愿斜坡变平原》外,其他作品都是在为以后的创作做准备。创作仍然处于

---

① Shaked, Gershon. Shmuel Yosef Agnon: A Revolutionary Traditionlist. Green, Jerrey M. Trans. New York: New York University Press, 1989.46.
② Band, Arnold J., Nostalgia And Nightmare. A Study in the Fiction of S.Y. Agnon, Berkeley and Los Angeles:University of California Press, 1968. 82.

探索阶段,风格还没有稳定下来。但他也认定,同布察兹时期相比,创作的天赋已经明白无误地显露出来了。因而,1913年以后阿格农在风格上并没有趋于稳定,《但愿斜坡变平原》并没有标志着阿格农风格的最终定型,真正的阿格农风格还需要经过德国的进一步锤炼之后才真正成型。

到了德国之后,通过进一步接触哈西德民间故事、拉比传说,阿格农的民间故事创作最终走向成熟,爱情婚姻题材作为一个基本创作领域被保留下来,但其中的感伤、滥情成分逐渐被剔除殆尽。正如研究者们所认为的那样,犹太传统以及犹太民间故事的讲述风格最终起到了决定性作用。这种传统风格帮助阿格农打败了滥情的写作风格,使之逐步回归传统①。

德国时期的生活对阿格农而言非常重要。它大大刺激了青年时期阿格农近似封闭的世界,为他的创作提供了丰富的素材。阿格农在布察兹和雅法时,这两个城市都属于边缘外省城市,远离文化中心,因而对当时的阿格农而言,身临其境地感受主流文学思潮仅仅是一种奢望。德国则完全不同,阿格农逗留德国的1913-1924年期间,前卫的表现主义正大行其道,里尔克、斯蒂芬·乔治、霍夫曼斯塔尔、托马斯·曼以及格哈特·霍普特等作家倍受欢迎,新学派、新思想层出不穷。更为有利的因素是,阿格农旅居德国期间,犹太人正享受着前所未有的优待,德国犹太人已经逐渐融入德国的政治、经济生活之中。这一切都不能不对阿格农产生一定的有益影响。到阿格农1920年结婚的时候,他已经在德国的三大文化中心城市柏林、莱比锡、慕尼黑居住过。

但正如邦德所言,阿格农在多大程度上消化了这些令人

---

① Shaked, Gershon. Shmuel Yosef Agnon: A Revolutionary Traditionalist. Green, Jerrey M. Trans. New York: New York University Press, 1989.46.

激动的新元素，是很难确定的。他对音乐、绘画、雕塑从来都不感兴趣；在艺术领域里，他只钟情于文学，在文学领域里他主要关注小说[①]。而且早在布察兹时期阿格农就已经读过斯堪的纳维亚作家以及德国、俄国作家的作品。即使收缩范围，只研究阿格农在这一时期的作品也未必会得出一个更准确的结论。因为这一时期发表的60多个故事只是他全部创作的一小部分，大部分作品都在1924年汉堡的大火中被毁了，其中包括一部长篇小说《生命的纽带》(也有译为《永生》)。所以当考察这一时期创作的时候，只能聚焦在两部作品集上。1921年，阿格农在柏林出版了民间故事集《在虔诚者中间》，包括《弃妇》、《司书的故事》、《盛衰沉浮》、《伐木人》等，1922年，他又出版了《锁柄上》，这是一部爱情故事集。

在德国时期以及耶路撒冷早期阿格农创作的主要方向是民间故事。在现代希伯来文学史上，利用民间故事作为文学素材进行创作不是始自阿格农。这一方式在希伯来和意第绪文学史上都有着悠久历史。在近代意第绪文学里，它大概形成于19世纪50年代；在近代希伯来文学里形成的稍晚一点。犹太作家佩雷茨和波迪车夫斯基对这一方式的发展做出了重要贡献，他们的创作达到了较高的艺术水准。阿格农延续的正是这一传统。早在布察兹时期，他就开始了这一类型的创作，但那一时期的创作是零散不成型的；在雅法后期阿格农加大了民间故事类型的创作；到达柏林之后，他发现这里更适宜创作这种类型。当时的一些德国犹太人对东欧犹太传奇故事中的民间传统很感兴趣。肖肯让阿格农为自己收集犹太传统珍稀典籍，马丁·布伯与阿格农合作编订哈西德民间故事选集，这都使

[①] Band, Arnold J., Nostalgia And Nightmare. A Study in the Fiction of S.Y. Agnon, Berkeley and Los Angeles: University of California Press, 1968. 93.

他能够更深入地接触犹太传统民间故事，为他创作提供了更为丰富的素材和灵感，也促使他的民间故事创作进一步成熟。

在德国文学里，民间故事是一种被认可的文学类型。德国的格林兄弟使民间文学登上了大雅之堂。返回乡村、返回传统都意味着对各种各样现代文明的反叛，符合当时德国文坛反对自然主义，呼唤新文学的需要。因此德国为阿格农提供了一个发挥讲故事特长的理想场所。阿格农的有些作品，在希伯来文语发表之前，它的德语译本就已经赢得了非常多的读者。1931年《阿格农作品选集》中，90%以上的作品都可以被称为民间故事，而这些故事大部分都写作于德国期间。这些民间故事创作已经不同于雅法时期，更是布察兹时期不能比拟的。它们不仅在形式上臻于完美，更显示了阿格农令人赞叹的处理材料的能力。后来阿格农对这些故事或者改编或者重述，使它们都贴上了如假包换的阿格农式标签。这些颇具凯勒和斯蒂夫特气质的作品最终催生出了民间故事创作的巅峰之作《婚礼华盖》。

1919年的《被弃者》是《婚礼华盖》之前阿格农最具犹太色彩的民间故事。阿格农从布察兹开始创作这部作品，其间经历了雅法时期的《灵魂的攀升》，及至11年后才出现了这篇小说。实际上《灵魂的攀升》已经体现出较高的艺术水准，但阿格农还是不很满意，于是才有了这篇小说的出现。《被弃者》是阿格农计划写的三部曲中的一部分，但这个三部曲一直没有完成。

《被弃者》继承了《灵魂攀升》中的基本情节元素——哈西德派与正统派之间的对立和斗争，但又进行了扩充，使小说变得更加神秘、曲折。故事的背景与《灵魂的攀升》一样都发生于哈西德派与正统派纷争的早期，地点在施布什。不过情节更曲折,作品更具西方文学中的悲剧性,可以说是一篇犹太文学与西方文学完美结合的作品。这种结合在《但愿斜坡变平原》中已经显露出来,一方面是犹太式的故事讲述,另一方面隐含的是主人公无法抗拒的命运,一种"俄狄浦斯"式的宿命。这也是阿格农带有"悲剧色彩"民间故事的一种共同特点。有研究者把《但愿斜坡变平原》与《卡斯特桥市长》做比较,指出了二者具有的共性:"他们都持续地聚焦于主人公的衰落、崩溃上,明显地印证了亚里士多德的'情节的统一性'。同时,两个故事都是以'羞耻和恐惧'的行为为开端(运用了多罗提亚·克罗克的悲剧模式),在看似无法控制的偶然性和命运的唆使下引发了一系列戏剧性的巧合,最终导致了不可避免的悲剧性灾难结局。"①

《被弃者》与《但愿斜坡变平原》相比表现出了同样的艺术特质。这种特质使它带上雅法时期的色彩,而联系到主人公格舒姆的忧郁,这种色彩越发浓烈了。但二者的区别也是明显的,《被弃者》通过哈西德与正统派之间的纷争这一主题来表现人物的悲剧性,作品的民间故事性更强,神秘主义色彩更为外露。而《但愿斜坡变平原》的现实性要更重一些。就目前掌握的资料来看,研究者们很少注意到两部作品之间的关联,但细致分析还是可以发现这是阿格农民间故事创作类型的一个方向。

小说的起因是严厉的阿维戈多对哈西德扎迪克尤里尔的驱逐。尤里尔来到城里,阿维戈多让当地的治安官赶走了他。尤里尔发出一个严厉诅咒:阿维戈多家必将出现一个被弃者(nidah)。阿维戈多的女儿爱德乐正卧病在床,医生对此束手

---

① Pavlovski, Lindaed., *Twentieth-Century Literary Criticism Volume 151, Detroit, New York, ect.*: Thomson Gale, 2004.4.

无策。绝望中她的丈夫摩书拉姆前往乡下找尤里尔给妻子治病。阿维戈多害怕哈西德奇迹出现,人心思变,就向上帝祈祷,要女儿死去,祈祷果然应验。阿维戈多又写信给神学院的外孙格舒姆,告诉他要警惕哈西德派。但格舒姆因为母亲的死陷入了无尽的悲伤和自责之中,他甚至开始质疑上帝的公正性。在外祖父家里,格舒姆到处都能感受到母亲的存在。后来发生的事也逐渐改变了格舒姆对哈西德派的看法。最后外祖父在不知情的情况下为他聘请了一位哈西德信徒当老师,哈西德派的生活方式影响了格舒姆,他开始体验到了哈西德式的狂喜。一天晚上,当他正在会堂里背诵《雅歌》时陷入了狂喜之中,瘫在地上死了,尤里尔先生的诅咒应验了。

《被弃者》描写的是犹太社团内部的纷争。"波兰"系列故事处理的则是犹太人与外族人的关系,描述了他们在波兰的处境。邦德指出,在主题素材和处理方式上,"波兰"系列故事在整个时期都具有征候性。随着这一类型的十几个故事的发表,阿格农在读者心目中的形象逐步被确立起来,阿格农维护这一形象的努力贯穿了整个写作生涯,直到这一形象变成了他的面具,最后与他本人的性格融合在一起①。"波兰"系列的14个故事曾单独发表过,其中的《妥拉之光》和《死亡之舞》最早发表于1907年的布察兹。"波兰"系列这一名称首次出现于1916年的作品选《波兰犹太人之书》,但这本小说集都是德语作品。1919年这一系列包含有5个希伯来语故事。1925年扩充至14个,题名为"波兰:传奇故事",1931年收录选集时沿用了1925年的名字。

《公义之路》处理的是犹太人与基督教世界的关系,小说

---

① Band, Arnold J., Nostalgia And Nightmare. A Study in the Fiction of S.Y. Agnon, Berkeley and Los Angeles:University of California Press, 1968. 99–100.

充满了魔幻的神秘氛围。"基督"成为异教世界的象征。故事发生在波兰一个城市,讲的是一个老醋贩,他的祖先曾经是酒商。妻儿死后,他独自一人住在破烂的房子里,卖醋为生;生活没有多少乐趣,连宗教祈祷也被他忽略了。他活着的唯一愿望就是希望在有生之年前往以色列地。为此他把挣得的一半钱都储存起来,每个周五都把钱放进街道上基督雕像两手之间的容器里,他觉得这里是最安全的。钱足够多时,他用石头砸那个容器,几个牧师正好在场,抓住了他。审讯在荒谬中进行,因为他只是一个简单的人,不明白他的钱为什么应该属于教堂。当他坚持要自己的钱时,他被投入了监狱。晚上他做了一个梦,梦到监狱的门开了,一个双手捧着装钱容器的人像微笑着进来,向他许诺如果醋贩能抱住他,就能到达以色列地。他抱住了他,两个人就在房间里飞了起来。但老人觉得抱的只是一块冰冷的石头,他就掉了下来,摔在了地板上。第二天早上守卫发现牢房没人了。原来在黎明前,一群天使把他带到了耶路撒冷,在那里人们埋葬了他。

这个故事已经远远超出了单纯的民间故事,老醋贩的悲惨处境、他对传统的忽略、基督教徒对犹太人的迫害、天使的拯救等故事元素用现实的、非现实的方式融合在一起。老醋贩不名一文又痛失亲人,不仅没有像父亲那样优秀,还使父亲蒙羞,甚而忽视了祈祷。在他身上唯一保持下来的仅有前往以色列地的理想。故事的关键点在于他存钱的地方和基督对他的拯救。阿诺德认为,阿格农可能在讽刺两种态度:世俗复国主义对异教世界善意和理性的依赖;天真的犹太人认为通过教堂可以完成救赎。在故事里,基督教夺走了他前往圣地的盘缠,而基督仅仅是一尊冰冷的石像,它们都救赎不了老人。如果没有天使们的帮忙,他唯一的理想可能也要落空。在这一系列以迫害为主题的民间故事里，主人公的单纯甚至愚昧与异教世界的残酷无情形成了鲜明的对比，这种对比形成了极其强烈的反讽力量。

撒母耳·沃瑟斯曾经引用一位加利西亚犹太地理学家和历史学家布拉沃的话来称赞阿格农对波兰犹太人的描写："S.Y. 阿格农不仅是一个诗人，还是一个锲而不舍的研究者，是那个时代的一名专家，他熟悉人们的言语、行为、信仰和习俗。历史学家用系统的形式排列各种各样的材料，而阿格农用故事把它们明白地表达出来……每一个细节都能找到历史的根据，或者是书写的或者是口传的。"① 阿格农自己也曾把自己对波兰犹太人的关注与历史学家进行了对比，指出自己是"出于热切地渴望知道我的祖先在流放地、在波兰、立陶宛、阿什肯纳兹、土耳其是怎么生活的"②。阿格农的描述只是一种文学虚构，但他的虚构又从来不是天马行空，他总是在试图营造一种真实，在尽量逼近现实中又不断偏离现实，从而创造出另一个新现实，这是他创作追求的一种美学效果和原则。阿格农居住在德国的大都市里，布察兹已不再是他的家，但是加利西亚和它独特的犹太风俗却重新清晰起来。这种远距离的审美，更能点燃阿格农心中的梦想和激情。传统的犹太社区是在上帝统治之下充满奇迹和虔诚的地方，这些为阿格农提供了一个创作的切入点，使阿格农自然而然地进入一个幻想和神秘的世界。波兰系列故事在 20 世纪 20 年代为阿格农赢得了大量的希伯来语、德语读者。在这些故事里，叙述者被塑造成一个虔

---

① Werses, Shumel. *Relations between Jews and Poles in Agnon's Work*. Jerusalem: The Magnes Press and The Hebrew University, 1994.9.
② Werses, Shumel. *Relations between Jews and Poles in Agnon's Work*. Jerusalem: The Magnes Press and The Hebrew University, 1994. 11.

诚的故事讲述者,主题、情节牢牢地控制在作者手中。首次完美体现于《但愿斜坡变平原》中的风格在这里进一步增强了。

《司书的故事》到1919年才首次以单篇形式发表,是阿格农最有魅力、最发人深省的短篇小说之一。在《死亡之舞》(1907)和《米利暗的井》(1910)中,故事雏形已经出现。在《死亡之舞》中,诗人的遗物中有这篇故事。在《米利暗的井》中,司书雷法埃尔的故事包含在主人公海姆达特所写的"鲁兹"中,在这里雷法埃尔的故事首次被称为"司书的故事"。但这两个版本都比1919年版要短得多,而且采用希伯来语和意第绪语两种语言写作,风格是阿格农早期的浪漫主义。在这两个故事里,故事一开始雷法埃尔的妻子米利暗就已经死了,故事的主体是他为了纪念妻子而努力抄写妥拉,直至在极度亢奋中披着妥拉经卷和婚礼长袍狂舞而死,死时他想象着妻子正与他共舞。20年代初的版本接近1931年版和1953年版。

小说兼具民间故事和爱情故事两种元素,在小说重新加工的过程中,民间故事的成分逐渐抵制了作品中过度的滥情主义,虔诚客观的传统叙述与浪漫主观的风格之间形成了一种相互钳制的张力,最终达到了平衡。在早期版本中,爱情占据更重要的地位,随着民间故事风格的增强以及犹太教精神的融入,作品形成了对妥拉的神圣之爱和对妻子的世俗之爱之间的对立。这里的雷法埃尔有《弃妇》中本–尤里的影子,他们同样的都是进行着神圣工作。本–尤里痴迷于制作约柜,而雷法埃尔痴迷于祈祷、抄写经卷,所以他们都没有时间兼顾其他。相比于本–尤里,雷法埃尔更具悲剧性。本–尤里是悲哀的,因为他是被爱的,他没有意识到自己的痴迷会对狄娜产生伤害。雷法埃尔则完全牺牲掉了他与米利暗之间的世俗之爱,牺牲掉了他们之间甜蜜的爱情和婚姻,投身到对妥拉的爱之中了。在这里阿格农把虔诚与死亡、不孕悲惨地联系在一起,隐含的是对犹太教的一种质疑。这种质疑在《弃妇》、《但愿斜坡变平原》中都有所体现。

阿格农在该时期的民间故事创作已经逐渐地脱离了雅法时期的滥情与浪漫,开始逐步地寻求传统民间故事与现代小说之间的平衡。其结果是雅法时期的浪漫因素变得内敛或者消失,而传统民间故事的客观冷静叙述开始形成。在雅法时期的短篇故事里,故事情节相对简单,哥特式的风格表现得较为显著,而在1931年版的这些故事里,故事情节较为复杂,涉及的主题更为深刻。哥特式风格依然存在,但是脱离了浪漫的单纯恐怖的描写,而是渗透进了更为客观的因素。阿格农把笔触深入了东欧犹太社区,描写犹太人的生活以及与异教世界的关系,强调的是犹太传统因素的文学化。而在另外一些小说里,情感性表达渗透进民间故事叙事之中。前一个类型代表了阿格农单纯虔诚叙述的风格,作品的犹太气息显著;后一个类型把情感和个人体验融入了民间故事创作之中,使作品本身表现出一定混杂性。它们介于民间故事和现代叙述之间,更能代表阿格农的典型风格。

《她的黄金时代》(1923)、《跛子奥瓦迪亚》(1921)都涉及了爱情,是该时期爱情小说的代表。男人和女人通过爱情实现自我不是阿格农喜爱的主题。《跛子奥瓦迪亚》中爱情成为一种羞辱主人公的方式,带有幻想、痛苦、负罪感。《她的黄金时代》中,尽管男女主人公找到了自己的爱情,但是这种爱情也是非常态的,不被周围人接受。

《她的黄金时代》是阿格农的代表作品之一,发表于1923年,是这一时期爱情婚姻题材小说的一个高峰,"作品的老练与近似孩童的天真保持着出色的平衡"①。故事采用第一人称、以女孩迪尔查的口吻讲述,故事结尾叙述者告诉读者,在她和丈夫等待第一个孩子出生时,她写下了自己的故事。故事刻意采用和模仿圣经的风格和语调,创造了纯真爱情小说的氛围,使读者很容易联想到圣经里的《路得记》。小说讲述的是一段禁忌之爱。迪尔查爱上了母亲以前的恋人阿卡维亚·马扎儿,最后和他结了婚。在阿格农小说里,爱情总是反常态的,《雅歌》中的爱情只会成为一个潜在的反讽文本,上帝与人之间的不和谐关系注定爱情不会成为一段美丽的童话。

小说发生在施布什,更像是一部中产阶级小说。闵茨、李、马扎儿的父母都属于稳定的中产阶级,他们对婚姻的态度反映的是中产阶级的婚姻观——以物质为基础。迪尔查与马扎儿的婚姻直接冲击了这一基础,他们完成了上一代没有实现的婚姻理想。但反对中产阶级婚姻观的时候,他们同样违犯了犹太教的律法。在故事中,阿格农通过迪尔查的梦直接把这种违禁表达了出来,梦中一位老人指斥女孩与其母亲前情人结婚,这很容易同乱伦联系起来。在小说中,迪尔查一再暗示她和母亲在外表上和言谈举止上非常相似。因而,她似乎就是母亲的替代品和爱的延续,母亲与马扎儿没有实现的爱情在酷似母亲的女儿身上实现了。两代人共同爱一个对象,这种异常的恋爱关系在川端康成的《千羽鹤》中也有表现,菊治爱上了父亲的女人太田夫人,但更为复杂的是随后他又爱上了太田夫人的女儿。

作品中这种异常的男女关系不能不使人联想到弗洛伊德的精神分析理论。而联系到阿格农与弗洛伊德多少存在的一

---

① Band, Arnold J., Nostalgia And Nightmare. A Study in the Fiction of S.Y. Agnon, Berkeley and Los Angeles:University of California Press, 1968.115.

点联系——在德国期间阿格农曾与弗洛伊德的侄女共同编写过儿童故事集,这样的联想也变得合情合理。有研究者就曾具体指出了《在她的黄金时代》跟弗洛伊德《少女多拉的故事》之间存在的关系,认为尽管没有确切的证据表明阿格农曾经看过弗洛伊德关于多拉的病例分析,阿格农后来为了维持自己的形象也拒绝承认读过弗洛伊德,但是在诺贝尔获奖词里他承认年轻时他读过所有手边能找到的德语作品。而在阿格农 1913—1924 年旅居德国期间,弗洛伊德是阿格农所在的文化圈里人们津津乐道的话题。弗洛伊德关于少女多拉的分析首次发表于 1905 年的专业期刊上,经过了 3 次重版之后,到 1923 年成为德国很容易见到的书籍。这段时期也正是阿格农构思和创作《在她的黄金时代》的时间。

在作品中,整个事件都出自一个正在走向成熟的女孩之口。阿格农冷静、客观的叙述风格表现得非常突出。他不允许女叙述者理解情节或表述自己看法,而是让她用坦率、单纯的态度报告这些事件。叙述者是单纯的,围绕着叙述者,阿格农熟练地组织着叙述,语气、风格、处境、象征都在他精心控制和组织之下,这种冷静得近似无情的文风成为阿格农叙事的一大特色。

叙述者的单纯造成了故事本身的神秘和不可解,相对简单的叙述者面对的却是相对复杂的事件。叙述者的单纯使她不能告诉读者太多信息,但事件本身又预示了许许多多的信息。这在无形中让事件的意义变得繁复,使读者变得不自信。故事中人物之间的关系被一种神秘而不可捉摸的力量操纵着,迪尔查似乎命中注定要嫁给马扎儿。她与马扎儿、她的母亲李与马扎儿之间存在某种神秘的对应,这种对应通过日记里的回顾以及马扎儿与迪尔查之间的谈话完成。在这种对应里，读者能感觉到死去的李无所不在的影子。这种间接的描写方式把生者与死者之间的相似性进行并置，从而在活着的人身上复活已经死去的人物，达到了起死回生的表达效果。如果拿这部小说中已经不在但又无处不在的李与《史拉》中的史拉进行比较，可以发现二者在表达方式上有惊人的相似性。史拉在故事进行不到一半的时候，突然消失了。但她埋藏在赫伯斯特的记忆里，隐现在他们之间发生故事的每一处熟悉的场所里。记忆和经历让一个消失的女人如梦魇一般挥之不去地活在赫伯斯特的世界里。她已经不知所终，但她的气息和痕迹又无时无刻地萦绕在赫伯斯特的心头。这种间接描写导致不在场的人物在场，是阿格农小说叙述技巧真正无与伦比的特点之一。《一个简单的故事》里的布鲁姆也是如此，她在小说一半的时候同样也消失了，有关她的描写全都是间接的，但这种间接存在也使她无处不在地影响着海示尔的生活。

这种不可改变的命运力量是神秘的、潜意识的，它甚至可能导致主人公的毁灭。尽管与古希腊操纵俄狄浦斯走向乱伦的力量在表现方式上不同，但二者几乎是同源的，最终结果都导致乱伦。但叙述者似乎对这些并不在意，面对一个几乎和父亲一样大的恋人，面对母亲情人这一尴尬身份，迪尔查似乎只在意自己的感情。如果她有一点懊悔的话，那也仅仅是受那个梦的影响。这个梦反映了她潜意识里的忧虑和担心，在潜意识里她意识到这种乱伦和她以一种小女孩式的心态面对这一切的负罪感。但潜意识的思考不是迪尔查擅长的，她并不是一个哈姆雷特式的思考型人物。她想得少，做得多，并且固执地坚持自己的理想。迪尔查的天真简单与强大的中产阶级的道德相遇，最终带来的是令人意外的幸福、自我实现和通过将要出生的孩子而带来的对未来的期许，最终矫正了李与马扎儿的悲剧。这是第一次也是阿格农一生中少数几次爱情取得胜利的作品。与此形成鲜明对比的是阿格农其他作品中的男性主人公，如海示尔。他也以单纯著称，但畏葸不前，瞻前顾后，在延宕中丧失了太多的机会和勇气。尽管他似乎更有力量，更有可能走向浪漫主义的爱情，但面对中产阶级的道德和原则，他彻底地屈从和投降了。

扭转这一切的关键在哪里呢？为什么一个看似单纯的主人公取得了最后的胜利，甚至她根本就不具备浪漫主义式的反叛力量。在阿格农作品中，虔诚世界的单纯者通常是值得赞扬，并最终获得回报，如余德尔，但在那个世界里虔诚者的回报是来自上帝的恩典和奇迹。一旦涉及现代世俗世界，奇迹就已经不可能发生了。单纯的主人公往往被社会挤压得无法立足，要么灭亡，要么妥协，哈伊姆灭亡了，海示尔妥协了。但是在《她的黄金时代》里这个柔弱的单纯者在中产阶级社会里取得了胜利。其中的原因可能有以下几个方面：首先，迪尔查是一位女性，而且是一位积极主动争取幸福的女性。在阿格农小说里，女性形象是强大的，男性往往是软弱无能的。其次，迪尔查没有一个强有力的妈妈，这个可能是问题的关键。在面对几乎与海示尔相同处境时，她没有受到母亲的挤压。而实际上，迪尔查本身就是母亲李的影子，上一代人李的柔弱和悲剧造就了下一代女儿作为母亲替身的强势。在阿格农的中产阶级世界里，母亲一般而言都是强大的，而父亲往往比较中庸。迪尔查的处境改变了母亲的弱势，而又遇到了父亲的中庸，这让她有了成功的可能。

阿格农在《她的黄金时代》建立了一种典型的情节模式，这一模式对希伯来的文学产生了深远的影响，以色列著名作家如A.B.耶何舒雅、阿摩斯·奥兹都公开承认这部小说对他们产生了重要影响。

《跛子奥瓦迪亚》在1931年版选集中被收在"爱情故事"中的"其他故事"里,这个故事很容易让读者联想到辛格的《傻瓜吉姆佩尔》,两部小说在情节、人物性格方面有如此多的共同点。有研究者就指出,他们可能来自同一原型——门德勒《瘸子费施科》中的费施科[①]。两部小说都描写的是社会中另类的、孤独的人物,也描写了他们略带喜剧但是充满苦涩的悲剧生涯;但在这些畸形人物身上,却体现出了具有神圣性的单纯和质朴。这种单纯的神圣性,又能让人联想到俄国"圣愚"身上具有的那种神秘性。但相比较而言,阿格农的讽刺力度要更大一些,他的习惯性讽刺经常渗入叙述之中,而辛格用的是第一人称叙事,叙述口吻是天真而单纯,他把一个喜剧性故事演绎得具有催人泪下的悲剧性效果。

在这篇小说中带有神圣性单纯的主人公叫奥瓦迪亚,是个挑水工,驼背,跛足,经常受到周围人的折磨和羞辱。但他从来不向老天抱怨。他能从自己的缺陷中找到赞美上帝的理由:因为如果他和别人一样,他就得和一个不知道是否贞洁的女人订婚,他就得天天地不放心。但他依然没有逃脱这种悲哀的宿命,他的未婚妻色里尔显然不能让他放心。她是一个店主的女管家,非常放纵,订婚后仍然没有一丝收敛。一次,奥瓦迪亚悄悄地来到城里的舞会上,要求未婚妻离开那里,却遭到了她的羞辱。而周围的年轻人也参与进来,他们夺走拐杖,把他打倒在地。奥瓦迪亚受到惊吓,又挨了打,昏了过去,不得不被送往医院。在医院里他受到了优待。护士彬彬有礼,医生关心他。尽管规章制度简单粗暴,但他迅速适应了医院生活。他的

---

① Shaked, Gershon. The New Tradition: Essays on Modern Hebrew Literature. Hebrew Union College Press, 2006. 183.

伤好了，但还是坚持在那里待了一年。在这段时间里，色里尔从来没有看过他，反而更加沉溺于与雇主虔诚而有学者气质的儿子约尔以及学徒勒武文的情欲之中。她引诱前者，受到后者的讹诈，并因为后者而怀孕。当怀孕被发现后，她被辞退了。奥瓦迪亚从医院出来找自己的爱人时，受到了城里人的谴责，谴责他的恰恰就是那些污秽不堪的人，他们在粗俗中依然标榜着自我的正直。由于奥瓦迪亚的单纯和无知，他没有弄清楚他们究竟说了什么。最后在一所房子的门廊里奥瓦迪亚找到了色里尔，她正在照顾那个她不想要的孩子。奥瓦迪亚被眼前的景象惊呆了，不敢把刚买的糖果递给她，而是把它们放到了孩子手里。故事到此结束。而在《傻瓜吉姆佩尔》中，吉姆佩尔不仅抚养了不是亲生的孩子，还一直把不贞洁的妻子照顾到死。在故事结尾，他流浪世界各地，见证了无数的谎言之后，他认定所有的事情都有可能发生，这个世界实际上不存在谎言。辛格用一种假天真的语气，把自己降低到同吉姆佩尔一样的思维上，从而无情而无声地控诉了这个充满欺骗的世界。

跛子奥瓦迪亚在身体上是残疾的，在精神上是脆弱的，他只想得到一点点的幸福，但得到的是同胞们的攻击和辱骂。而他的同胞们也乐于看到他的这种脆弱，因为这样的话他们就有了调笑的话资。他们欺骗他，凌辱他，在舞会上他们把这种残忍发挥到极致。他的未婚妻色里尔、店主儿子耶胡大·约尔、学徒勒武文从不同层面表现出了人性的残暴、贪欲。小说中的感情世界弥漫着肉欲色彩，传达的不是爱和交流，而是施虐和暴力。这篇小说显然已不是真正的"爱情"所能含纳的，把它放入爱情故事里，显然是对爱的一种反讽和揶揄。

在这一时期《我们老的和少的》（1920）表现出了与众不同的特点。它不是爱情故事，也几乎不属于民间故事，而是对青年时期布察兹生活的回忆。它的价值在于它是阿格农最长的讽刺性小说,在1953年版阿格农选集第3卷里超过了75页,而且它也衔接了雅法时期把个人经历融入创作的写作方法。但在雅法时期,阿格农与个人经验保持着零距离,他是直接把正在发生或刚刚发生的个人体验糅进了作品之中,是一种近距离的身临其境的叙述,因而也缺乏足够的反思和沉淀。德国和耶路撒冷早期的创作则试图拉远距离来审视过去的经历,这涉及对过去和现在两段时间的并置和再创造技巧,因此它逼迫作者对自己做出判断。随着作者年龄的增长和风格的变化,他也会对过去的看法发生改变,因而也会导致对这些故事进行大幅修订。

"我们老的和少的"语涉双关,指涉的是《圣经·出埃及记》(10:9),法老问摩西:"但那要去(沙漠里)的是谁呢?"摩西回答说:"我们要和我们老的少的、儿子女儿同去,且把羊群牛群一同带去,因为我们务要向耶和华守节。"它还跟犹·莱·戈登于1882年在彼得堡写的一首诗歌《让我们老老少少一起去吧》相关。戈登的诗歌表达的是"民族统一和加强历史民族语言的巨大期望",指出"我们是同一个民族,我们有同一个上帝,我们从同一口井旁流散",现在让我们"老的和少的,带着睿智或银币,或带着老人和青春的岁月,在我们圣地的旗帜下聚集在一起","让我们老老少少一块去吧","我们将像昔日那样生活在我们的国土上"[①]。戈登本意是号召犹太人在上帝的旗帜下大批地移民以色列地,是对当时俄国发生的一系列屠杀事件的回应。阿格农利用这个题目正面地讽刺了施布什复国主义组织对当地屠杀的反应。

---

① 约瑟夫·克劳斯纳:《近代希伯来文学简史》,陆培勇译,三联书店上海分店,1991年,第79-80页。

阿格农是一位精通喜剧性描写的作家,在这篇小说里,他通过喜剧性的环境、漫画式的人物、对信仰和传统的反讽性颠覆、荒唐可笑的名字等,对复国主义领导者们进行了挖苦和嘲讽。对这些人而言,他们最大的成就就是演讲,那些追随者也都是充满了盲目和天真的人。尽管作品的条理性不是那么清晰,但是个别章节还是敏锐地揭示了布察兹生活中的某些方面,显示了强烈的讽刺性。1907年初夏,复国主义候选人大卫德孙在选举中失利,施布什年轻的复国主义者们集会送别这位失败的英雄。在车站,他们听说临近城市皮舍维茨犹太人要受到当地反犹匪徒的攻击。出于突然激发出来的义愤,年轻人们爬上火车去拯救他们邻近城市的兄弟。但无意义的争吵、对复国主义事务的讨论以及流言蜚语最终分散了复国主义者们起初的动机。在和流氓的简短冲突中,除了俄国难民亚历山大之外没有一个年轻人进行反抗。结果一个犹太人被打死,亚历山大被警察逮捕。但这一事件也在闲聊中、歌声中以及不久要在皮舍维茨召开一次复国主义抗议集会的倡议中变得烟消云散了。随后作品回到了施布什,最后4章描写了皮舍维茨的欢庆。在后来的部分里,小说讽刺的对象发生了变化,从对年轻复国主义者的讽刺彻底转到了其他事件:屠夫的儿子高德和药剂师席尔瓦之间的荒谬冲突,高潮是一次没有发生的决斗;对施布什长官蒙塔格的强烈讽刺。尽管阿格农的原意可能是对复国主义者软弱的政治行动予以喜剧性的嘲弄,但由于这些个人因素的注入以及对主题的偏离,讽刺效果被分散了。

作品中作者很少把自己当作讽刺的对象,在大多数情况下,他都是一个独立于作品世界之外的旁观者,高于他所叙述的世界。这无形中让这一形象有点面目可憎。由于阿格农过于严肃的态度和几近忏悔的语气,再加上游离于作品世界之外的上帝般的姿态,使作者的插话变得有点极不协调,影响了喜剧效果的表达。在小说中他比自己的朋友们要更早知道危险逼近皮舍维茨的消息;在和流氓的遭遇战中,德可瑟尔就躲在他身后;他还努力地阻止了决斗的发生;他从警察手里营救亚历山大。最后,他关于复国主义者庆典的文章发表在报纸上,让他高兴的是,与文章一起的还有一张大卫德孙先生的照片。大卫德孙曾预言年轻的叙述者会成为一个作家。

在这部作品里,读者又看到了类似阿格农生平传记的记述。作者在叙述中插入了大量的自传性评论,这些评论与作品的讽刺混合在一起,使整部作品表现出含混性。叙述者像许多年轻的复国主义者那样,出身中产阶级家庭,对父母感到深深的失望。他的外祖父期望他成为施布什拉比,但他把时间都浪费在哈西德的小册子上了。父亲希望他成为一名伟大的塔穆德学者,但是他整日把时间花在徒劳的复国主义运动上。外祖父是一位看起来比父亲更有统治力的人物,母亲是一个有同情心的人。外祖父在城里非常出名。这个男孩害怕外祖父生气甚于父亲,特别是在他逾越节和五旬节期间把头发剪了的时候。这些情节在另一部自传性作品集《我祖辈居住的地方》中都不陌生。作者在布察兹的童年经历被复杂的情感暗示控制着,这种暗示包含了深切的负罪感;这种负罪感又与对复国主义运动的讽刺不可分地交织在一起。他与同代人的关系、父亲及外祖父对他的失望、他对布察兹的抵触以及阿格农在旅居德国期间没有回过家乡的事实(除了看望生病的父亲和在父亲死后在那里度过一周的哀悼期)都使这部作品不仅仅是一部讽刺作品,更像是阿格农的一次个人忏悔的完美尝试。

阿格农定居耶路撒冷之后,小说创作彻底步入成熟期。

1931年阿格农选集前四卷出版,除了部分小说之外,他对1931年以前发表的小说都进行了增删、润色,打上了成熟期的阿格农式标签。自此之后,他的修改就从来没有中断过。这使得研究者们几乎无法通过作品本身来把握作家创作风格的演变。阿格农成熟期的成就主要体现在《行为之书》系列和4部长篇小说里。

《行为之书》系列小说于1932年首次发表,令阿格农的许多希伯来语读者感到异常困惑,他们已经熟悉阿格农20世纪20年代以来的作品。这些民间故事类型作品塑造的作者形象是一位善于讲故事的人,是一位传统虔诚故事的现代倡导者,是18世纪和19世纪早期哈西德故事讲述者的化身。尽管阿格农在1931年之前的创作中也有现代主义的成分,但他抹杀掉了它们在作品中的存在。

从布察兹时期的《死亡之城》《灯笼》《死亡之舞》,再到雅法时期的《米利暗的井》《提示利月》《黑色华盖》,现代性元素不仅作为一种艺术技巧,更是作为一种精神性气质渗透到创作中去。这些作品包含了"一战"前阿格农试验性的、唯我的现代性创作模式。但这些作品大都没有收入选集中,或者在收入选集时进行了过多变动:阿格农去掉了其中哥特式和浪漫的现代成分,代之以虔诚、客观叙述者相一致的风格。在这样的情况下,读者所熟悉的阿格农实际上是一个经过了自我掩饰和删改后的阿格农。

因而,当《行为之书》的第一批小说于20世纪30年代出现在期刊上时,评论家和读者们都震惊了,他们都相信那个虔诚故事的讲述者陷入了现代派的、欧化的风格主义中去了。而这种欧化的、现代派的作品与当时的社会思潮和日益高涨的民族情绪是格格不入的,是当时读者不容易接受的。对他们而言,那些带有浓厚传统色彩的民间故事是对当时犹太民族主义情绪和复国主义的间接表达,也更能激起他们的历史感和民族情绪,而这些现代主义作品显然不具有这样的优势。因而,从读者角度而言,阿格农这些现代主义色彩的小说是对欧洲或"西方"模式的回归,是在读者期待视野之外尝试的另一种表达方式。

《行为之书》系列小说是这一时期阿格农最特别的成就。这些小说的发表,一方面弥补了阿格农小说世界的缺憾:作为一个现代作家,没有典型的现代主义作品。过去小说里尽管有现代性因素,但这跟独立的作品还有差距。另一方面,阿格农开始在读者心目中塑造了另一种新形象。这一形象在其早期已经初现端倪,但因为后来转向了"单纯的故事讲述者"而悬置了。因为这一形象与表现主义大师卡夫卡极为相像,这些作品往往又被冠之以"卡夫卡式"。这些作品开始并未得到读者们的认可,直到20世纪40年代末,经过评论家柯兹威尔的努力,这些故事才逐渐被读者接受。

在当时的希伯来文学忙于主流化、意识形态化(前面阿格农也有作品表现出这种倾向)的时候,这些作品表现出了极大的超脱性。它们不仅表现了犹太人的苦闷和焦虑,更以此为契机反映了人类整体生存处境的荒诞与困惑。这些故事立足于犹太传统,衔接的是人类的灵魂挣扎与苦闷。越来越多的读者特别是年青一代透过阿格农睿智、冷静的散文风格逐渐领悟到其中包含着的灵魂晦暗和苦涩,瞥见了20世纪以来人们一直忽略的"灵魂的黑夜"。

这些新作品的"新"仅仅是相比于1931年阿格农作品选集的前四卷。而小说中的梦境、寓言和象征等技巧并不是这一时期特有的。正如前面指出过的那样,在布察兹时期,这些技巧在作品中已经表现出来；到雅法时期,这些技巧表现得更为明显。但在过去的创作中,这些技巧纯属修辞性质,对作品主旨不起决定性作用,它们总是淹没于民间故事和传说的讲述中。在《行为之书》系列中,这些技巧取得了本体性的地位,离开这些技巧,小说将无法理解。阿格农创作的这种发展轨迹暗合的是传统小说向现代小说发展的历程:就传统小说而言,技巧是服务于内容的,是从属性的,而在现代小说中技巧取得了本体性地位,它们不仅承担着怎么表达的任务,还意味着表达了什么。在《行为之书》系列中,阿格农把这些修辞发展成了一种具有高度凝练性和暗示性的叙述技巧,产生了更为广阔的意义空间。

但阿格农与卡夫卡之间存在的共性更多的是一种印象式的。就本质而言,阿格农是不同于卡夫卡的,因为相比之下,阿格农的怀疑和困惑具有双重性。一方面他具有卡夫卡式的广阔人类意识,就这一意义而言,作者是一位具有人道主义传统的西方人;但另一方面(这一方面是主要的),这种困惑和怀疑主要是来自虔诚的、传统的犹太人对这个世界的反应。相比较卡夫卡生活的德国犹太文化圈,阿格农所代表的是虔诚而传统的犹太文化阶层。换言之,对阿格农而言,他是从犹太传统内部出发去触摸整个人类,特别是西方社会的现代困境,而卡夫卡没有牢固的文化根基,他是处在西方与犹太夹层中因找不到家而产生的困惑与焦虑。卡夫卡是一个无家可归的现代人,而阿格农是一个有家却不能回的传统犹太人,这是二者的最大差别。

在阿格农的这一系列作品里,焦虑、讽刺不再隐藏在故事背后,而是夸张地不加掩饰地铺陈在读者面前。阿格农频繁地采用第一人称叙事,使这些有具体时空背景的现代故事更像是曾经经历过的真实事件,也引导读者相信这些故事是真实的。这实际上也是阿格农现代性叙事的一大特点,他总是在现实基础上融合进现代性的情绪,在无限逼近现实的过程中偏离现实,在微妙的偏离中寻找意义的空间。在这一系列小说里,叙述者常常是一个过度敏感、带有神经质的男性形象,在他身上汇合了海示尔、库默等一切阿格农小说中出现过的善良、软弱的男性主人公的特质。在叙述中,回忆、梦境、幻想和现实熔为一炉,展现的是背负沉重压力和负罪感的主人公面对纷繁芜杂的世界时产生的现代性情绪。

阿格农的这些小说都有自己独特的结构,但每一个结构都努力地把敏感的读者卷入叙述者的精神困境之中。他刻意地引导读者进入自己描写的世界,让读者进入作品而不是逼迫读者在阅读中或阅读后进行思考,这也是他与卡夫卡的显著不同之处。在卡夫卡小说里,读者始终感受到的是异化和排斥感。作者不指望读者相信故事是真的,反而通过荒诞的情节、荒诞的人物(如《变形记》)把读者推开,明白无误地告诉读者,故事的表层结构是假的。这就迫使读者去思考去了解,一旦读者的思考和了解不到位,他就不可能明白故事的真正意图;而即便思考和理解到位,也不可能得到一个确定的答案。陌生化的手法、陌生化的效果是卡夫卡的主要表达方式。而阿格农的现代主义小说是建构在现实主义基础之上,现代主义仍然披着真实性的面纱,作者一再营造小说的真实背景,使读者相信这是叙述者真实的个人体验,特别是第一人称叙述者"我"的使用,更进一步表明了小说的真实性。

阿格农在《行为之书》系列小说中正式地解放了青年时代创作中的现代性因素,使它们能以独立的完整形式出现。这些小说大都采用第一人称叙述,描述了梦魇一样的故事,丰富了阿格农小说的艺术世界。这一时期的爱情婚姻小说也由描写爱情转入了对婚姻的探讨,这种探讨又涉及了离婚这一命题,表现出阿格农家庭小说的深入。除此之外,随着阿格农年纪的增长,随着故乡越来越成为一种记忆,他又创作了一批具有自传色彩的童年故事,东欧加利西亚成为一个寄托作者乡愁的地方。民间故事也出现了变体,这些故事不再集中于东欧加利西亚地区,不再是传统的犹太民间故事,而是部分地转向了儿童文学、寓言等形式的创作,显示了阿格农创作的复杂性和艺术性。总之,从这一时期开始,阿格农创作越来越复杂,越来越呈现多样化的态势,各种文学类型之间不再那么单纯,混合型创作成为主流。他的尝试摸索期已过,他的创作已经步入多元和成熟。

1931年,他还发表了第一部长篇小说《婚礼华盖》。1939年,阿格农的第二部长篇小说《宿客》发表。1945年,阿格农发表了第三部长篇小说《只在昨日》。这部小说为他赢得了1946年的乌斯什锦奖。阿格农的最后一部长篇小说是《史拉》,还差结尾部分没有写完,在阿格农死后的1971年整理出版。这4部长篇小说代表了阿格农小说艺术的最高成就。它们综合运用了中短篇小说里出现的各种元素,如爱情婚姻、民间故事、现代寓言,突破了传统现实主义的限制,熔现代主义、现实主义于一炉,集古代经典与现代文学于一体,形成了独特的叙事技巧和策略,奠定了阿格农在世界文学史上的地位。

阿格农的创作真正摆脱了哈斯卡拉文学对希伯来文学的不良影响,使希伯来文学重新发出自己的声音。他的创作融合了西方文学与犹太文学传统,为现代希伯来文学发展找到了一条新的发展的道路。阿格农一丝不苟地从事着创作工作,对自己的作品从不感到满足,他总是反复地对已经写成甚至发表过的作品进行修改、再修改,以至于他的许多作品都有多个版本,而这些版本之间的差别也都非常大。他的一丝不苟为自己赢得了很多荣誉,他共获得过2次比阿里克奖(1934、1951)、1次乌希士金奖(1946)、2次以色列国家奖(1954、1958),1966年他获得了诺贝尔文学奖。以色列政府在他住所附近竖起一张告示牌,上面写着:"肃静,阿格农在写作",表达了这个国家对他的敬重和热爱。

第三节 小说里的艺术世界

阿格农多次说过,他的创作是一个整体,小说之间可以相互补充相互说明。联系前两章的论述也可以发现,阿格农小说专注于以色列地和东欧加利西亚两个地区,通过探讨传统在过去、现代、将来的命运,构筑了自己的小说世界。巴鲁奇·霍奇曼曾把阿格农的这些小说按照时间分为四个类型:古代世界的小说(《婚礼华盖》),那时和现在之间(《宿客》),现在和那时之间(《只在昨日》),现代世界的小说(主要是《行为之书》系列)四个类型,认为它们共同构成了阿格农小说的艺术世界。其中《婚礼华盖》发生在过去的东欧加利西亚地区,是在过去里展示过去,《宿客》也发生在东欧加利西亚地区,试图在现在寻找过去;《只在昨日》发生在以色列地,它试图摆脱过去并寻找未来,但库默的悲剧表明,没有了过去也就没有了未来。《行为之书》把目光收敛到叙述者内心,在探讨现代犹太人对待传统的焦虑、烦躁、无根的同时,反映了20世纪具有普遍意义的现代"精神病"。在巴鲁奇列举的这些作品里,《婚礼华盖》《宿客》《只在昨日》代表了阿格农小说创作的最高成就,也是他最具代表性的三部作品。

一、《婚礼华盖》:在过去岁月里徘徊

就一般读者的印象而言,阿格农更多是以一位"宗教故事讲述者"的面目出现,这主要得益于他的民间故事创作。阿格农的民间故事创作贯穿一生,他的许多作品都以犹太民间故事为创作素材,那些不以民间故事为创作素材的作品也多少带有民间文学的某些特色,比如中间插入的某些故事片段以及叙述者的讲述语气等。阿格农的最后一部未完成的长篇小说《史拉》就是一个很好的例子。在这部纯粹描写现代人情感生活的作品里,主人公史拉依然带有民间文学的传奇色彩,特别是她离奇的身世。因而,这也就决定了阿格农民间故事创作类型是其创作风格中的最基本元素,也决定了对其进行研究的重要性。

阿格农民间故事为主题的创作主要得益于两个时期的生活:童年时期的布察兹和德国居住时期。在前一个阶段,阿格农受到了传统东欧犹太社区文化的熏陶,对哈西德民间故事耳濡目染,较为感性地了解了数百年来流传于东欧加利西亚地区的犹太民间故事。这些故事可能来自父母等长辈的讲述,也可能来自阿格农自己的阅读。在德国时期,阿格农受肖肯委托收集珍稀古犹太文献典籍,与马丁·布伯二人合作编写哈西德故事选集,这让他更充分地接触了犹太传统故事这一创作资源。除此之外,阿格农与妥拉、塔穆德的密切关系也是他民间故事创作的另一源头。妥拉包含了丰富的古代口传文学,如神话、类史诗等资源,塔穆德也是民间故事的宝库。这些都为

阿格农民间故事类型的创作提供了有利条件。

《婚礼华盖》是阿格农的第一篇长篇小说，代表了阿格农民间文学创作的最高成就，集中体现了阿格农对东欧传统犹太社区充满"乡愁"的眷恋。它集短篇小说与长篇小说的特点于一身，全面地表现了阿格农民间文学创作的特点和风格。它不仅体现了阿格农讲故事的天赋，反映了他与传统之间的密切联系，还具有独特的"小说"结构。这种结构可以说是对东西方小说原始形式的一种复归。在《堂吉诃德》《十日谈》、《一千零一夜》《五卷书》等早期的东西方文学作品中这一结构都有着广泛体现，《婚礼华盖》在20世纪重新回归了这一形式，并赋予其更鲜活的生命力。

小说题目"*Hakhnasat kala*"的意思是"把新娘带到（婚礼华盖）下面"，或者说，"根据犹太传统习俗把她嫁出去"。按照犹太习俗，把新娘带到婚礼华盖下面仅仅是结婚过程中的一部分，这一过程还包含新娘父亲选择女婿、双方家庭达成一份协议书（该协议规定新娘父亲要负担嫁妆、婚礼开支以及婚后新郎继续学习的费用，而倘若新郎要离婚或者新娘成为寡妇，新郎父亲要支付保证金）以及实际的婚礼庆典。在犹太人的传统观念里，婚姻不仅是个体间的结合，还是两个家庭的联合，由此组成最基本的社会关系。婚姻完全由父母安排，家长权威毋庸置疑，罗曼蒂克的爱情并不是结合的主要因素，但是可以在婚后发展。在犹太人看来，婚礼是上帝在场下的一种神圣仪式，配偶实际上已经是上帝安排好了的。小说还有一个长长的副标题，这是阿格农模仿某些传统犹太民间故事选集里的做法。副标题是：布罗迪的哈西德信徒余德尔先生的漫游、他三个谦虚的女儿以及对定居在凯撒陛下国度的以色列的孩子们即我们兄弟们的伟大事迹的记述，副标题概括了小说的情节线索。

《婚礼华盖》的世界充满了虔诚、快乐的气氛。"寻找过去,探索曾经存在过的生活方式是这部作品的基本元素。在《婚礼华盖》中阿格农就是加利西亚犹太人的档案保管员,是现已被摧毁文明的保存者。"① 这些尽管被邦德看作流于表面化的观点,却很精当地把作品的表层内容表达了出来。小说中贫穷而虔诚的哈西德信徒余德尔为了三个待嫁的闺女,在加利西亚四处流浪(实际上就是乞讨)筹措嫁妆。而伴随他的行程,阿格农为读者展示了一幅"绚丽的犹太历史画卷"。形形色色的人、许许多多的故事,附着在貌似简单的线索之上,形成了一个统一、虔诚的和谐世界。一般而言,研究者都认为《婚礼华盖》重现了19世纪早期阿格农出生地东欧加利西亚的现实,但阿格农并不是对加利西亚的历史性重建,而是附加了作者无限想象。这一想象中的世界笼罩在妥拉的光环之下,虔诚是它的主要特征。小说中,余德尔除了妥拉,心无旁骛,是虔诚的典型。

余德尔的虔诚通过开始一章打下基调,又通过游历生活进行扩展和丰富。每到一处,请求施舍固然是重要内容,但对上帝和妥拉的爱依然是他主要的关心对象。比如,当他听完努塔讲的"努塔的哥哥雅各·参孙的出世及其结局"之后,他开始反省,认为自己离乡背井,没有时间研习妥拉,不能与会众一起祈祷是错误的,他开始鄙弃甚至决定放弃这次旅行了。他大段地反思:"消逝的时间啊,我本该在学经堂里度过的时间啊,你怎么能在没有妥拉的陪伴下离我而去呢?流逝的夜晚啊,让我的躯体在漫漫寒夜里从妥拉那里获得双份快乐的夜晚啊,你怎么就在没有妥拉的情况下流逝了呢?我今天在这个

---

① Riley, Carolyn ed., Contemporary Literary Criticism Volume4, Detroit, Michigan: Gale Research Company, 1975.12.

村庄,明天在那个村庄,不管哪里,都没有妥拉相伴。如果在家里,我早已经开始研习妥拉了。"但接踵而至的关于婚礼华盖的诫命又让他倍感折磨。他想到了上帝,如果见到上帝,他该怎么做,怎么说?上帝不就是要敬畏的吗?"而你却偏偏要追逐你那些想象和虚幻,忘了时间,忘了利用时间的意义。暂且不说晚上,白天不是用作研习《妥拉》又是用作什么的呢?况且,正如有谚语所说的那样:'哪一天晚上听不到读《妥拉》的声音呢?'但是,你是怎样度过夜晚的时光的呢?你只顾吃啊、喝啊、睡啊、玩啊、闲扯啊,只顾追求金钱了。"余德尔想了很多,最后开始拿出拉比的祈祷书,开始忏悔起来,读啊读,直读得泪流满面。"上帝送来一股寒风,把他的泪水都冻住了"。

这种因为游历而耽误了研习《妥拉》的懊恼心态在小说中间部分达到高峰。在小说的第 17 章,余德尔终于决定把女儿的婚事交给上帝,自己在一家条件很好的客栈里开了一个房间,夜以继日地研习《妥拉》。也正是在客栈的停留让许多人关注到他的存在,并认为他是一个富翁,随之,拉比信中的话实现了,"上帝会为他找一个合适的女婿"。

余德尔的虔诚还表现在对以色列地的眷恋上。在小说第 10 章,余德尔经过那些仿照以色列地建造的犹太乡村时逗留了很长时间。对以色列地的向往在小说结尾明确地表达出来,这位虔诚的哈西德圣徒最后的归宿是以色列地。他最后前往以色列地,做了许多现世和来世都能得到善报的事情,"在圣灵感应下,他写了许多著作"。

如果说余德尔是在研习《妥拉》的诫命中完成了虔诚形象的塑造,那么其他人物通过热情好客、善待同胞的方式表现了他们的虔诚。富足好客的伊弗雷姆最为典型,他把善待同胞做到了极致。伊弗雷姆属于神圣的阿什肯纳兹家族后裔,这一家族世世代代都保持着圣洁的品行。他们热心助人,一心想着为上帝增添荣耀,从来不吝惜金钱。到了伊弗雷姆,家里就一贫如洗了。但财富是属于上帝的,世人只是保管者,上帝眷顾那些慷慨大方、喜爱妥拉甚于一切的人。在伊弗雷姆成年时,他又成了一个富翁。他继承了先辈的光荣传统,在富裕之后意识到人生的目的不是吃喝,满足物质欲望,而应该是弘扬妥拉的美名。他"平时绝不喝肉汤,只喝水,并且滴酒不沾;他把酒留在周五晚上敬神以及周六晚上安息日结束典礼上喝,逾越节头两晚他也会喝上四杯酒;在这有限的几次饮酒中,他也不喝烈酒,只喝葡萄酒。他还长时间地斋戒,以削弱亚当偷吃禁果之后就依附于人身的食欲"。

尽管他对自己很吝啬,但是他近乎完美地履行着殷勤待客的诫命。伊弗雷姆的屋门总是向穷人敞开,在他为女儿举办的婚宴上,穷人和富人同桌进食。他的妻子也密切地配合着他的善行。只要有乞丐上门,她都会像对待客人那样把他领进屋里,有时她还把无家可归的人请进家里吃饭。伊弗雷姆家总会空着一把椅子,这样穷人来了就能吃得自在,满意。尽管他是一个有洁癖的人,但是有一次他竟能很从容地与一位满身生了痂的人一起吃饭。他的家人四处寻找穷人到家里吃饭,因为如果没有这些客人,伊弗雷姆就会实行斋戒。

约书亚·埃里沙是另一种类型的虔诚,他一贫如洗,穷困程度超过了余德尔。他衣衫褴褛,住在一间阴暗潮湿的地下室里,四面墙壁都是裂缝,爬满各种虫子;因为穷,他总是吃不饱饭,面带饥色,好像一直在斋戒一样。但在履行"殷勤待客"诫命时,他一点也不含糊,早早地等候在余德尔身边,因为怕别人赶在他前面请走余德尔。他唯一招待客人的食物是土豆,而这些土豆也是他从前一天的食粮中节省出来的。因为想到要招待余德尔,他忍住两天不吃东西,把这些口粮留给客人。

除了殷勤待客的犹太人,余德尔还遇到了其他一些圣洁信徒,比如作品提到人类世界三十六位隐居圣贤之一的老人,他的虔诚程度甚至让余德尔都自愧弗如。他对安息日的理解是如此的纯粹和彻底,他的行为更是让读者见识到什么是真正的虔诚。安息日期间,他没睡过一次觉,通宵达旦地祈祷,除了希伯来语,其他语言一概不说。

尽管从内容上讲小说描写了一个和谐统一的犹太传统世界,但在讲述方式上阿格农过多采用了戏仿的手法和戏谑的语调,导致作品整体上表现出滑稽可笑的风格。在小说里,几乎每一页都有令人捧腹的场景。对作品世界附着的讽刺、嘲弄,研究者们都倾向于认为,阿格农把现在带到了过去,所以他不相信这个世界的和谐与统一,因而通过这种戏仿、戏谑人为地制造了这个世界的矛盾因素,从而拉开了与这个世界的距离。但是无可否认的是,这些手法和语调在带来不协调因素的同时,也给这个世界蒙上了一层喜剧性面纱,使这个世界充满欢声笑语,充满温情。换言之,阿格农的讽刺和戏谑是维持在柔和的范围之内的,并不改变这个世界的本质。

进而言之,在《婚礼华盖》世界里,作品人物并没有感觉那些"荒谬"的行为有多么可笑,这种笑更多地来自读者和作者。读者在笑的同时,也意味着自己所处世界里虔诚与单纯的丧失,他们已经体会不到这些荒谬行为背后隐藏的虔诚与圣洁了。而作者采用这种手法,也在有意识强化这一观念:现代世界已无法再寻觅古代世界的安宁与和谐。如果再联系阿格农一贯的主张,过去的总是比现在的好,这种看法就找到了思想上的依据。因而就《婚礼华盖》而言,戏仿与戏谑没有改变故事世界的性质,相反它在增强作品喜剧性的同时,把反讽的矛头对准了现代世界。撒旦、邦德等研究者倾向于不接受阿格农描写的虔诚世界,倾向于质疑它,而从来没有想到他们的这种倾向和质疑本身就形成了一种反讽。最后,这种戏仿手法和戏谑语调本身就是犹太民间故事创作所固有的。二者造成的温柔讽刺以及随之而生的喜剧效果,更让阿格农的创作具备了犹太传统民间故事的特色。

《婚礼华盖》的结构也需要特别注意。从表面上看,他采用了一种类似流浪汉小说的情节线索,以主人公的游历为线索贯穿全篇,在这条主线上又附着了各种各样的插话、故事。这种结构原本在东方早期民间故事里较为流行,比如印度的《五卷书》后来又流传至欧洲,对欧洲早期小说如《十日谈》等产生了影响。在希伯来圣经、塔木德中,这一叙事结构也大放异彩。《婚礼华盖》再次采用了这种结构,但增添了新意。首先,貌似偏离主线的插话、故事大都是以犹太人的生活,特别是婚姻、爱情作为主题的,主题上的关联使得二者之间形成一个紧密的整体。在扩充作品内容、丰富作品情节的同时,使二者之间形成了一种情节上的张力。其次,《婚礼华盖》的结尾中,余德尔漫游遇到的人物几乎全部都参加了余德尔女儿的婚礼,这又类似于戏剧、联欢会中全体演员出席的舞台谢幕,在赋予作品大团圆结局的同时,又使得作品结构上臻于完美。这是早期小说不具备的。

阿格农在小说中采用的主要手法就是戏仿。这里的戏仿指的就是滑稽性模仿,不深究其深层意义,只使用表面意义。阿格农戏仿的对象主要是圣经、塔木德以及传统哈西德故事,他或者用双关,或者用典故,在神圣与世俗之间建立了一种对应的颠覆性关系,在赋予对象多重理解的同时增强了作品的喜剧性。

谢克德曾经用互文性理论研究阿格农小说,他指出:"为了理解阿格农作品,人们必须把他的作品作为神圣传统的一个链条来读,同时还要把它作为传统文学的'反文本'。不熟悉阿格农所指的文本传统,就读不懂阿格农的表述。"① "互文性的典故总是带有戏仿性,这就使当前的世俗的现代文本成为过去的传统的神圣文本的反模式。在传统模式与新的反模式之间存在的持续性张力成为风格与主题产生歧义的源泉。神圣模式被世俗化,但是同时世俗的反模式有时候似乎又被神圣化。这就是为什么这些文本存在进行'书写性'解读的可能性。"② 这就使它们"能够进行多样性有时候甚至是矛盾的解读,矛盾使各种各样的阿格农文本织成互文性的矩阵"③。尽管谢克德是以《弃妇》、《但愿斜坡变平原》作为案例加以说明的,但《婚礼华盖》对传统文本的戏仿表现得更为充分。小说中处处可见对传统文本的借用,这些借用往往又没有忠于原意,都带有某种程度的夸张或扭曲;再加上更多地方出现的对潜在传统文本的暗示,这都在无形中扩大了作品的想象和意义空间。

从第一章的标题开始,阿格农就开始了调侃、戏谑式的模仿。按照邦德的解释,第1章的5个标题是由第1版中5个短章的标题构成:"曾经有个哈西德信徒"、"三姐妹"、"女人的智慧"、"信的原文"、"恐惧不会越过他的头"(徐新译的《婚礼华盖》中为"永远敬畏上帝")。其中第5个标题"恐惧不会越过

---

① Shaked, Gershon. Shmuel Yosef Agnon: A Revolutionary Traditionlist. Green, Jerrey M. Trans. New York: New York University Press, 1989.25.
② Shaked, Gershon. Shmuel Yosef Agnon: A Revolutionary Traditionlist. Green, Jerrey M. Trans. New York: New York University Press, 1989.26.
③ Shaked, Gershon. Shmuel Yosef Agnon: A Revolutionary Traditionlist. Green, Jerrey M. Trans. New York: New York University Press, 1989.27.

他的头"（Umora lo ya'ale'al rosho）最能体现阿格农文学技巧的喜剧性，它是《士师记》（13：5）："不可用剃头刀剃他的头"的双关语。这里阿格农用希伯来字母"aleph"代替"he"，从而把"剃头刀"（morah）变成了"恐惧"（mora），这反映了余德尔对现实和神意可爱而荒谬的解释。通过这样的标题，使读者对接下来的诙谐语调有了预先准备。从本书的副标题（以标准的民间故事集的形式概括了随后要发生的故事）开始，小说的大部分章节的标题都带有滑稽可笑的色彩，都能使希伯来读者想起圣经的诗句或拉比谚语。通过反复地戏仿传统哈西德文学的措辞来描写哈西德信徒近乎荒谬的过分思索以及排斥物质欲望的努力，产生了一种强烈的反讽效果。

小说介绍余德尔时有意地模仿了传统哈西德故事以及经过了佩雷茨、波迪车夫斯基、耶胡大·斯坦伯格等作家加工过的现代哈西德民间故事。"接下来的故事是关于一个虔诚的人"（ma'ase behasid ehad）是希伯来语读者熟悉的经典的传统故事开篇。带有民间故事色彩的插入语"愿上帝怜悯我们"（rahamana litslan）也是传统故事里经常见到的。小说开头第一段关于余德尔的介绍是描写典型哈西德信徒常用的词语的借用和重新组合，是接近于模仿的戏仿。第一段的结尾这位哈西德信徒的所有努力都是为了"为上帝做一把椅子"，他是为荣耀上帝而生的；他的行为是要为神在尘世提供一个落脚点，潜在的对应文本是哈西德派教义。

阿格农通过这种戏仿手法，在表达出对过去怀念的同时又深深流露出一种幻灭感。这种戏谑是虔诚与可笑、余德尔的信仰世界与作者、读者无信仰世界之间存在鸿沟的一种表现，在表面的喜剧之下，隐藏的是对现代人悲剧的揭示。

《婚礼华盖》把这种对过去曾经存在的东欧犹太文化的眷

恋表现得尤为深刻。至于阿格农在作品中充满讽刺和揶揄的口吻,除了前述的解释——与作品保持距离,从而把现在这一视角带入过去外,还有第二种解释方法,即阿格农的风格本来就是如此,这种幽默风格本身就是讲述犹太民间故事所必需的。讽刺,特别是这种温柔讽刺所产生的喜剧效果,更让阿格农的小说世界充满温情。

二、《宿客》:传统犹太社区的凋敝及渺茫希望

《宿客》是阿格农的三部长篇代表作之一,也是其中颇具悲剧色彩的作品。谢克德称:"在《宿客》里,阿格农的艺术创造力到达了顶峰。"① 这部小说创作于1939年,大致与《行为之书》系列的一些作品同期,因而这也意味着《宿客》无可避免地带有《行为之书》系列小说的一些色彩。

如果说《婚礼华盖》描绘的是过去的东欧犹太小镇,那么《宿客》则直面"一战"后"现在"的东欧犹太社区。在前者中,尽管阿格农也采用了戏仿、讽刺的手法,使余德尔显得荒谬可笑,但整体而言那个曾经存在的传统世界是和谐统一的,是阿格农的理想所在,可笑与戏谑反而提升了传统东欧犹太社区的温馨与魅力。到了《宿客》,阿格农设计的叙述者显然就是要寻找《婚礼华盖》中存在过的虔诚世界,因而他回到了自己的故乡施布什——一个东欧犹太小镇,这个小镇在《婚礼华盖》中叫"布察兹"。但在这里他看到的不再是一个充满童年美好记忆的世界,而是一个破败不堪、传统濒临断裂的地方。

在《婚礼华盖》世界里,物质极为匮乏,余德尔很穷,穷得

---

① Shaked, Gershon. Shmuel Yosef Agnon: A Revolutionary Traditionlist. Green, Jerrey M. Trans. New York: New York University Press, 1989.137.

要靠乞讨才能把女儿嫁出去,还有比余德尔更穷的人,他们连饭都吃不饱。但就是在这样一个物质极为匮乏的世界里,弥漫的是虔诚的气息,这个世界里普遍流行的是以妥拉教诲为准则的生活模式。虽然《婚礼华盖》的世界是出于作者对过去曾经存在过的东欧犹太文化的主观性理解而塑造出的一个虔诚世界,与现实世界有出入。但这恰恰表明了阿格农心目中的东欧犹太文化及其价值观念。《宿客》完全展示了另外一个不同世界,或者说除了在地域上与《婚礼华盖》有关联外,这个世界里的一切全颠倒了过来。在战争、死亡、残疾、穷困的无情折磨下,人们受到重创的不仅仅是肉体,灵魂也随之堕落、消逝。

从小镇的名字"施布什"开始,衰败的气息就扑面而来。"施布什"是对"布察兹(Buczacz)"发音(即 bishush 或者 bitshutsh)的语音变位,在希伯来语里有"错误"或"腐败"的意思。在雅法时期的作品中,阿格农已经采用过这一称谓。而后来的作品中,凡是涉及布察兹"现在"状态时都一律命名为"施布什",典型的如《一个简单的故事》。在这部小说里,施布什尽管已经丧失了灵魂,到处充满着中产阶级的铜臭和价值观,但人们对犹太教和妥拉还保持着表面的尊重。

"施布什"东欧犹太小镇的衰落主要是通过叙述者的眼光展示出来的。当叙述者到达车站时,想象中的热闹沸腾的车站空空如也,叙述者连一辆马车也找不到,只能步行回家,而这也使他能够全景式地展示触目惊心的家乡面貌。

"两层、三层或四层的大型房屋全都没有了,仅留下一片遗址。甚至'国王井'(波兰国王索比埃斯基凯旋归来时曾经喝过这口井里的水)的台阶也被破坏了,纪念牌也被打碎了;铭刻他名字的金色字母已经褪色,生长在上面的苔藓像血一样,好像死亡天使曾经在上面磨过自己的刀。街角处,没有玩耍的男孩和女孩，没有歌声，没有笑声；井不知疲倦地流着水，一直流到街道里，好像是人们把水洒在濒死的街坊身上一样。所有的一切都发生了改变，甚至房子之间的距离也是如此。儿时记忆中的一切全消失了，在返回之前所做的梦里的一切也都消失了。"① 与街区凋敝相适应的是，作为小城里的信仰中心犹太老会堂和大会堂也都遭到了破坏。会堂里的蜡烛没有几根，老会堂的书架上也没有多少书，装饰妥拉的银质饰品被剥掉，用去筹措战时的军费。

凋敝的环境下，人们的处境也每况愈下，小说的每个人物带来的都是具有悲剧性色彩的过去，"疾病和死亡"是其中的主题。小城仍然处于战争的创伤中，无论是人们的生活还是心理都还处在创伤的阴影中。越来越多的人逃离了小城，死人不断增多，葬礼和哀悼经常能够看到。到大会堂里参加礼拜的人寥寥无几，祈祷的诗歌篇章也被人们忽略了，而仅有的祈祷诵读也是哀悼死者的卡迪什。叙述者首先遇到的两个人古莫维茨和丹尼尔·巴奇：前者是个瘸子，还有一个手臂是橡胶的；后者有一条木腿，是战后小城经济衰落的受害者，他曾经富裕过，但这一切在战争中都没有了，为了能够生存，为了填饱肚子，他失掉了自己的一条腿。在作品中，叙述者和丹尼尔·巴奇进行了多次谈话，人的悲惨几乎成了中心话题。而更为可怕的是，这里多年来没有出生过一个婴儿。青年时期阿格农作品《死亡之城》营造的死气沉沉的布察兹形象在这部作品里几近成为现实。

与人类肉体的创伤相比，人类精神上受到的创伤更大。叙述者遇到了各种类型的人，除了极少数老一代虔诚信徒之

---

① Louvish, Misha. A Guest for the Night, New York: Herzl Press; Schocken Books, 1968.2.

外(非常之少,严格意义上只有舍罗摩先生与哈伊姆先生保持了传统式的虔诚),他们都以不同的方式表现出对传统的质疑或者丢弃。在赎罪日,老会堂和大会堂里参加祈祷的人寥寥可数。叙述者为了吸引人们到会堂祈祷,恢复传统的犹太教生活方式,自费为老会堂生火取暖,一度把人们拉回了会堂。但随着春天的来临,天气逐渐转暖,去会堂的人越来越少,最后除了叙述者和打扫卫生的哈伊姆先生之外完全没人了。这足以说明,在生存压力之下,人们选择了世俗的生活,而不是妥拉、犹太教。当然这也意味着饱受折磨的施布什人对宗教已经近似麻木,他们对通过犹太教的上帝来拯救自己已经没有太大热情了。这也应了城市拉比对小城的评价,这个小城镇已经堕落了。

在这些对传统麻木的施布什人当中,丹尼尔·巴奇最为典型。他表现出了对上帝的极度怀疑,在与叙述者多次的讨论中,他都以无比极端的方式攻击和诋毁了上帝的力量。他质疑赎罪日的作用,对犹太教的神正论持绝对怀疑态度。他也是施布什居民中唯一一个公然愤怒地指斥和反抗上帝控制下人类命运和既定秩序的人。在第一章中他告诉叙述者:"我不相信赎罪日有一种扬善惩恶的力量……我是一个怀疑主义者……我不相信悔罪的力量……不相信那位至圣者会关心被造物的福祉。"① 叙述者反驳说,赎罪日里,人类的一半需要忏悔,而人类的苦难解释了另外一半。但这是相当站不住脚的一个解释。因为现实是虔诚的人悔罪,结果受难;而亵渎的人不悔罪,结果在这个世界上横行霸道。叙述者只是抽象地用神正论的观念去反驳巴奇,无法对残酷的现实进行深度的解释。当然这也是

---

① Louvish, Misha. A Guest for the Night, New York: Herzl Press; Schocken Books, 1968.4.

全书一直纠缠不清的问题。

巴奇对上帝的质疑带有约伯精神。从骨子里说,丹尼尔·巴奇是一个宗教理想主义者。他的父亲是书中为数不多的虔诚者之一,作为几乎与叙述者同龄的人,他显然接受过系统的宗教教育,也曾经经历过"一战"前东欧犹太小镇文化繁荣阶段。但也正是因为他曾经经历过犹太教的辉煌和兴盛,现实与理想的反差也就越让他难以接受。他希望的是现实与宗教合二为一,但现实的残酷逐渐摧毁了他对宗教的信任。他不停地质疑,毫不掩饰地攻击上帝的不公。"悔罪与不可能从中得到益处"在小说的前9章里数次出现。叙述者的态度与巴奇形成了鲜明对比,这种对比更明白无误地表明犹太教传统在施布什的衰落。叙述者寻求悔罪,并专注于这种寻求。在第2章里,他去会堂里寻找上帝的力量,接着又去河边祈祷。赎罪日快要结束时,悔悟的感动一下子占据了所有礼拜者的心,但这只是暂时的。相比于叙述者空洞而抽象的宗教说教,严酷的现实更有说服力,巴奇的言论更能说明问题。在第8、9章里,甚至连虔诚的舍罗摩·巴奇先生似乎也表现出了某种怀疑,他宣称,上帝的所有行为都是善的,但是有些问题是无法解答的,只有在以色列地才能找到答案。舍罗摩先生认为"与歌革(Gog)和玛各(Magog)进行的带有启示性质的战斗会延续到末后的一天,会发生在每一代人中间、每一个人的心中间"。但是巴奇对这样的理论也不接受,他认为人们"不可能天天都绑在圣坛上"。而让他和街坊们印象更深的是,巴奇的兄弟耶鲁哈姆不久前在耶路撒冷南部的基布茨里被阿拉伯人杀害了。这无疑表明以色列地也不是上帝的乐土,以色列地同样解决不了犹太人惨遭屠戮的问题。

尽管二人意见相左,但在小说里丹尼尔·巴奇与叙述者的关系最为亲近。除了他是叙述者遇到的第一个帮助他的人之外，他们之间在内心深处拥有许多互补的方面。再大胆点说，丹尼尔·巴奇是叙述者的另一个自我，他充当了叙述者的对立面。小说通过二者观点的对立，揭示的是二人之间的张力状态。在以往的研究中，对丹尼尔·巴奇的关注虽然较多，但都没有意识到丹尼尔·巴奇的反宗教实际上意味着对叙述者思想缺陷的弥补，叙述者从理论和抽象层面维护信仰，而丹尼尔·巴奇从现实层面对叙述者的信仰"神正论"进行瓦解和重构。邦德看到了巴奇虔诚的一面以及与叙述者的关系，他指出："所有人当中，巴奇和叙述者的关系最为亲近，也是那个时代最能察觉到精神危机的人；他比其他人更渴望在生活中的圣洁；因此他是城里最痛苦的人，因为包围着他的是卑污的现实。"[①] 但邦德没有看到叙述者与巴奇之间的互补和对应关系。

　　叙述者与巴奇代表着抽象的宗教层面与具体的现实层面之间的对立与互补。单纯的说教是苍白的，甚至是令人讨厌的。叙述者自己就多次扮演了说教者的角色，发表了令人生厌的道德劝诫，但这些劝诫毫无现实意义，甚至连起码的精神安慰作用都起不到。而巴奇尽管在生活中是绝望的，对上帝充满质疑，但他在内心深处寻找属于自己的神圣，寻找可以接受的神正论。丹尼尔·巴奇对上帝的质疑绝对不能与施布什年青一代的放纵和僭越相提并论。与年青一代相比，他曾经经历过他们没有经历过的犹太教传统的黄金时代——也是叙述者沉浸于其中的美好的儿童时代，因而他与犹太教有着血肉相连的关系。而也正是这种深厚的宗教根基和经历决定了他对犹太教的感情是相当复杂的，正所谓"爱之深责之切"，当现实的苦难

---

① Band, Arnold J., Nostalgia And Nightmare. A Study in the Fiction of S.Y. Agnon, Berkeley and Los Angeles:University of California Press, 1968.314.

接踵而至,而救赎却总不能及时到来时,这种信仰的动摇也是在所难免的。就外在表现来看,巴奇弃绝了传统犹太教的生活方式。这种弃绝源自他对现实的认识和自身的遭遇,源自现实层面对理想层面的冲击,这种冲击因为力度过大而导致了一种逆反的心理态势。

在小说中叙述者最喜欢交往的人物就是丹尼尔·巴奇,巴奇也会在适当的时候出现在他身边。叙述者逃离自己邪恶念头时遇到的就是巴奇(在作品中,他对拉法尔产生过多的非分之想,尽管他也清楚自己的年龄足以做她的父亲),他去拜访生机勃勃的青年先驱者们是跟巴奇一道。这似乎都在暗示巴奇尽管反神圣,但他身上有着像约伯一样的光辉,是苍白的宗教道德需要依靠的现实支撑点。小说中,作为抽象道德维护者的叙述者需要一再地到老会堂里,一再地求助于妥拉才能安慰自己出轨的心,这意味着抽象道德面对诱惑和灾难时具有一定的虚幻性和脆弱性。在巴奇貌似不恭的言语里包含着叙述者无法回避的问题。巴奇认为:"那些生活在神圣中的人并不知道神圣是何物,而那些心里牢记圣名的人离神圣很远。"这句话直指抽象宗教生活的乏味,甚至虚伪,这也是叙述者经常展示出来的一面。

就此而言,巴奇的反宗教是从现实层面出发对"神正论"做出的一种反应,是在经历过现实的折磨之后对犹太教的重新思考。也正如叙述者所说的那样,丹尼尔·巴奇是相信世界的造物主的,尽管他从来不遵守律法生活。而真正的传统维护者叙述者则充满了不确定性,这种不确定导致他的说教站不住脚。他本身有多种选择:他的家人在德国,新家在以色列地,他可以选择在施布什,也可以选择回以色列地。这使他可以作为一个局外人来评判施布什人丧失传统,指责他们不按照犹太教传统生活,但他的这些观点却无法使他们信服。正如拉法尔引用《耶利米书》(14:8)所说的那样:"以色列所盼望,在患难时做他救主的啊,你为何在这地像寄居的,又像行路的只住一宵呢。"小说的题目就来自这句话。他带着美好记忆离开施布什,并错过了施布什最严酷的一段时期,而后又带着随时间流逝日益增强的美好记忆回来,所以他更多的是靠想象和抽象的宗教道德来理解施布什,来完成他所谓的"传统"修复的。当然在小说中,随着时间的推移,随着接触人物逐渐增多,叙述者的态度也在逐渐发生变化。但归根结底,他仅仅是一个陌生的宿客,他只有想象,而没有可能与这里同呼吸共命运的行动和信念。所以,巴奇的出现,一方面从现实层面丰富了叙述者单一的价值视角,另一方面也表明了犹太教传统在施布什的地位:传统犹太教已经无可避免地衰落了,如果它不能解决现实的信仰危机(如巴奇所遭遇的矛盾),那么它的消亡也指日可待。

丹尼尔·巴奇质疑犹太教,但他不准备离开施布什,而要长久地留在这里。而另外一些人则选择了离开,彻底离弃这里的传统。如艾利莫勒克·凯萨离开施布什前往了西方,但他在那里也得不到安宁。叙述者也提到,人们离开这里是因为他们认为上帝已经抛弃了他们。同样这句话反过来说也是对的,他们也抛弃了上帝。

与施布什中年人的复杂相比,年轻的人们则显得更为放肆。他们本身对传统的犹太宗教生活就没有太深厚的感情。在赎罪日前夕,也就是叙述者在施布什的第一个晚上,叙述者描写了肆无忌惮的年轻人。他们在桥上打情骂俏、吸烟,毫无顾忌地犯禁,亵渎圣日。

当作者来到河边,寻找儿时的记忆,他站在桥上想起了虔诚的父亲。但随之而来的年轻人,把他的遐想打破了。"来了一群嘴里叼着烟的青年男女,毫无疑问,他们刚从晚上的欢乐聚会里出来,他们每个赎罪日都会举行类似的晚会,以此表明他们并不敬畏赎罪日。星星在天上闪烁,烟头的火光也忽明忽暗地闪烁着;火光随着他们的行走而移动"。

"一个年轻女孩走过去,点燃了一根烟。一个年轻男孩走过去并说:'小心,别烧着你的胡子!'在惊吓之余,她扔掉了嘴里的烟。年轻男孩马上弯腰捡起了烟。但是就在他要把烟放在自己或是女孩嘴边的时候,另外一个人冲了上来,从他手里抢走了烟,拉着女孩,一同消失在夜色里。"①

这些刚参加完欢庆活动的青年男女更直接地表现了施布什犹太教传统的断裂。赎罪日是犹太人最为重要的节日之一,也是犹太历中犹太人一年中最重要的一天;根据犹太教传统,每一个人的命运都在这一天决定,它包含着犹太人赎罪、救赎等重要教义内容。这些年轻人选在这一天狂欢,而不是去会堂祈祷忏悔自己的罪行,这意味着他们用自己的行动表明了施布什传统文化的黄金时代早已湮灭不闻了。吸烟,男女之间的调情,更是充满了对节日的不尊重或者说蔑视。而再联系这一场景的上下文,当时叙述者正沉浸在当年父亲过赎罪日时的庄严与肃穆之中,这简短的一幕一下子打破了记忆中的神圣,隐含的是一种无情的对照与反讽,赎罪日传统式的虔诚氛围被冷漠的年轻吸烟者们通过违反宗教教规的方式冲淡了。

作品中还有一些年轻人表现出了不同的特点。比如耶鲁哈姆,他曾是一个复国主义者,从以色列地返回施布什之后为当地修路。他对以色列地深恶痛绝,对鼓动他去以色列地的叙

---

① Louvish, Misha. A Guest for the Night, New York: Herzl Press; Schocken Books, 1968.6.

述者也万分痛恨,甚至希望叙述者去死。因为年轻时候的叙述者在施布什曾经写过一些复国主义的诗歌,并去了以色列地。在叙述者的诗歌和英雄行为的感召下,年轻的耶鲁哈姆也步上了他的后尘,但耶鲁哈姆到达以色列地之后,发现叙述者已经移居德国,以色列地也并非像想象中那么美好,于是在浪费了一段大好青春之后,耶鲁哈姆悻悻地回到了施布什,自此以后对"前往以色列地"这一理想恨之入骨。耶鲁哈姆的情形大致与丹尼尔·巴奇较为类似,但不同的是,耶鲁哈姆质疑的是复国主义理想,质疑的是以色列地。

这种凋敝和衰落一方面是受到战争创伤影响的结果,另一方面也是迫于生存压力的结果。故事中有的人物如哈诺克、伊格纳茨,前者是一个贫穷的马车夫,后者是个没有鼻子的乞丐,经常受到一些年轻人的嘲笑。他们为生活所迫,整日为了糊口奔波劳碌;他们是单纯善良的,他们具有虔诚的可能性,但他们被生存拖住了,以致无暇顾及妥拉的精神生活。

施布什是所有情节和情感的焦点,正是因为跟施布什过去和现在有着那样或这样的关系,小说中每个人的位置才能得以确立。施布什凋敝的背后隐藏的是犹太教的衰落和施布什人妥拉生活的终结。在施布什,代表虔诚的也只剩下寥寥可数的几位老人,这些老人也逐渐在谢幕。痛苦而内疚的哈伊姆先生和富丽达·卡萨在极为平静中死去,哈诺克与自己的马一起死于初冬的一场暴风雪。那些没有死去的人如衮德尔、萨拉、老锁匠以及城市拉比也日暮西山,在回忆与生活的劳碌中度过生命的最后时间。这些老人们一生的大部分时间都是在战前度过的,那个时代在作者的想象中是划分好与坏的分界线。过去的总是比现在的好,老一代总是比年青一代好,历史就是这样逐渐地堕落。随着老一代人的谢幕,传统犹太社区的凋敝和衰落已经无可挽回了。

希望在哪里？在叙述者看来，希望就在以色列地。叙述者返回施布什，希望能够找到童年时期的安全感，或者说是寻找他认为美好的童年。但是除了荒凉和孤独，他什么也没找到。小说越到后半部分，叙述者越意识到现在犹太人的家是以色列地，而这一主题在前九章中只出现过一次。

叙述者逐渐意识到研习妥拉的神圣生活（老会堂和它笨重的钥匙所代表）在施布什不再受欢迎了。只有在以色列地这种生活才可能继续。因此，小说里经常重复一句米德拉什："以色列地之外的犹太会堂和老会堂注定会在以色列地重建。"经历了乡愁之后，再直面梦魇般的施布什现实，叙述者最终不无痛苦地意识到，儿童时期的家已经没有了，已经不再能找到一个可以在心理上得以温存的温柔怀抱。而随着这种意识的逐渐增强，叙述者从施布什里解脱了，并最终打消了"他能给流放地带来温暖"的念头。在复杂的自我里，他开始明确地接受耶路撒冷作为自己的家乡。在他的意识中，耶路撒冷是生命中为数不多地可以毫无争议地称之为神圣的地方，甚至连耶路撒冷的钱都是干净的。

作为宗教理想的宽泛意义，以色列地的光辉通过具有象征性的细节表现了出来。叙述者从以色列地订购橘子送给拉法尔和耶鲁哈姆作为婚礼礼物，而橘子是在以色列地的阳光下生长的，因而带有圣地的光辉。叙述者支持耶鲁哈姆讲的希伯来语，因为它带有以色列地的味道，和阿雷拉的太学究气；衮德尔要叙述者从以色列地寄给她一袋子土，好让她死后能埋在以色列的土壤上。这些细节说明，以色列地是一种神圣的自由流动的情绪，这种神圣可以同任何具体的实物联系在一起，即便是那些很平凡的物体。也正是因为这种原因，叙述者在老会堂的犹太人面前,在和城市拉比交谈时,一再维护着以色列地以及复国主义的先驱者们。最后,叙述者的结论就是:在以色列地,有生命;在施布什,只有死亡,因为施布什是流散地,以色列地是家。

在小说中唯一找到出路的施布什人是老舍罗摩·巴奇先生,他从故事的一开始就准备移居以色列地,最后成功地离开了家乡,实现了他的理想,得以在上帝的脚下愉快地度过晚年生活。在作品中,这位老人也是唯一在开头和结尾都出现的人物。叙述者自己也在经历了"噩梦",打破"乡愁"的精神之旅后,返回了以色列地与家人团聚。

小说的成功之处并不在于谴责犹太信仰在家乡的衰落,而在于阿格农对这种"衰落"表现出的复杂的感情。他一方面在作品里设置了"我"这一形象,试图向读者说明,衰落无可避免,救赎只能在圣地,但另一方面又设置了丹尼尔·巴奇、哈伊姆先生、耶鲁哈姆、拉法尔等人物,通过他们之口,对上帝的公义、以色列地的救赎功能提出质疑。这两种类型人物的设置使得阿格农的态度变得暧昧、模糊,使得小说的意义变得晦涩。

邦德的一段话可能更为清晰地梳理了小说中隐含的思想和密码。"施布什代表着我们现在的世界,丑陋地掩盖住了战前曾经存在过的荣耀,而未来会更加丑陋。这无情的衰落通过妥拉的衰落而表现出来,也因为妥拉的衰落而更为衰落,代表着妥拉堡垒的老会堂现在也已经弃之不用。即使在丑陋的世界里,也有圣洁和虔诚的典范。所有试图改善这个堕落世界的努力都是注定要失败的"。[1] 在叙述者看来,救赎的唯一希望在以色列地,那里可以选择妥拉的生活。而在施布什人看来,希

---

[1] Band, Arnold J., Nostalgia And Nightmare. A Study in the Fiction of S.Y. Agnon, Berkeley and Los Angeles:University of California Press, 1968. 314.

望是渺茫的,未来一切未可知。叙述者的乡愁因为梦魇而消失;而施布什人没有乡愁,有的只是梦魇。

三、《只在昨日》:阿格农小说世界的崩溃

1945年,阿格农发表了第三部长篇小说《只在昨日》。这部小说为他赢得了1946年的乌斯什锦奖。克劳斯纳对这部作品给予了高度评价:"对'贝尔福宣言'之前的以色列地的整体描写,特别是对第二阿利亚的描述,在这一类型的作品中是独一无二的……全景式的描写、准确无误的观察、独特的各种各样的人物画廊——这些都是《只在昨日》的伟大特色。阿格农采用令人惊奇的现实主义……描写了耶路撒冷、雅法和定居点……这确实不是一本小说或故事,而是一部史诗……是我们文学里一本不同寻常的作品。"[①] 但就作品本身而言,情况远没有如此简单,它并不单纯是一部"第二阿利亚"时期的史诗。当联系到阿格农其他两部长篇《婚礼华盖》与《宿客》时,这部作品的艺术独特性就更加显著。

在阿格农小说里,流散地(主要包括东欧加利西亚地区也兼及德国)和以色列地(巴勒斯坦和耶路撒冷)是两个主要的想象力聚焦点,阿格农的小说基本上是围绕着这两个地理区域展开。这三部长篇小说也最为鲜明地表现了这一创作倾向。如果说《婚礼华盖》、《宿客》把关注点都放在了东欧加利西亚地区的犹太小镇,从而确立了东欧加利西亚地区作为阿格农创作的一个灵感聚集点的话,那么《只在昨日》则把聚焦点从东欧加利西亚地区转移到了以色列地,转移到了耶路撒冷,从

---

① Hasak-lowy, Todd. *Here and Now: History, Nationalism, and Realism in Modern Hebrew Fiction*, Syracuse University Press, 2008.68-69.

而确立了巴勒斯坦地区成为阿格农创作的另一个想象力凝聚点。但阿格农的小说的精妙之处并不在于对两个地区的现实性描述和记载，而是采用高超的叙述技巧在两者之间形成了某种情感上的张力。

东欧加利西亚地区是阿格农的故乡，而以色列地是犹太民族魂所系之地。流散与回归、现实与梦想，是选择一个还是选择两个的痛苦抉择和心理阵痛在20世纪初期的犹太作家阿格农手里，表现得尤为显著。在《婚礼华盖》中，余德尔的加利西亚是充满了虔诚与友好的地方，但阿格农戏仿的手法、戏谑的语气，让读者清醒地与那个世界保持了距离，故乡只留在了记忆中。《宿客》中，回到故乡的"叙述者"痛苦地发现，乡愁原来仅仅只存在思乡的梦里，现实的家园已经不复存在，而以色列地只能是犹太人唯一的立足点。但到了《只在昨日》中，"以色列地"也呈现了分裂状态。耶路撒冷与雅法，灵与肉，世俗与神圣，冲突依然存在，以色列地也不是一块和谐的乐土。因而这三部作品尽管不是三部曲，但是它们之间的精神性联系是显而易见的。

同时，这三部作品中主人公之间也存在着某种联系。《婚礼华盖》中的余德尔是《只在昨日》中伊萨克·库默5代以前的祖先。伊萨克在小说中多次表示要去拜望余德尔在耶路撒冷的墓；而《宿客》中的叙述者"我"年轻时前往以色列地，这与《只在昨日》的伊萨克·库默的轨迹是一致的。《只在昨日》中另一个人物海姆达特是一位年轻作家，他更像是《宿客》中叙述者的投射。最后，从时间顺序上看，《婚礼华盖》大约发生在1825年，《宿客》记述的可能是1929–1930年之间的事，而《只在昨日》大致发生在1907–1910年之间，三部小说从古到今，几乎构成了一个完整的、彼此之间可以相互补充的系列。这也印证了阿格农所说的,他的所有作品实际上是一个相互联系的整体。这种整体性也是阿格农创作的一大特色。

《只在昨日》在三部作品中也具有显著的特色。首先就结构而言,《只在昨日》表现出一定的复杂性。它有线性结构的一面,如开始的序幕中,伊萨克从加利西亚到巴勒斯坦的这一段行程,带有《大海深处》哈西德信徒漫游的特点,也带有《婚礼华盖》中余德尔四处游历的风格。它也有网状结构的一面。巴勒斯坦地区的情节都是由伊萨克一个人贯穿起来的,他的各种各样的交往形成了小说主要的结构。最后,作品还插入了一段疯狗巴拉克的故事,这是作品在结构上的最大特色。这个故事与伊萨克的故事融合在一起,把小说的现实性色彩彻底悬置起来,使作品沾染上了浓厚的现代性因素。但巴拉克的故事与伊萨克的故事之间似乎缺乏一种表面的必然联系,似乎是两个不同的情节被强制性地捏合在一起。就这点而言,它又有了类似《两城之间》的结构特点,代表了阿格农建构作品的典型风格。这部小说几乎把阿格农小说结构艺术进行了全部的整合。其次就作品内容而言,一方面,流散地与回归地之间依然若隐若现地存在着一种斩不断的情感黏合力,伊萨克对老家东欧加利西亚的感情依然折磨着他那脆弱的神经,另一方面,以色列地的神秘和神圣彻底消失了。雅法生活延续了《沙丘》中的庸俗与无聊,而耶路撒冷也不纯粹是一个宗教的圣地,它充斥了宗教狂热主义的无稽与疯狂。伊萨克莫名其妙地死亡,更是让有的研究者认为作品最终的结果不过是阿格农虚无主义的一次试验。

邦德在论及三部小说的区别时曾指出:"在《婚礼华盖》中,我强调了情节结构;在《宿客》中,强调了人物。《只在昨日》由于各种片段和反复出现的母题的紧凑性,需要强调母题模式和它们的意义。"① 显然,在他看来,三部作品的区别不仅是结构上的,更是创作思路、模式上的区别。他的这种区分实际上也反映出《只在昨日》的复杂性,它不再像民间故事那样单纯,尽管《婚礼华盖》在结构上对小说这一文体产生了某种冲击,但这种冲击是可以从小说的源头上找到解释的。《宿客》中尽管梦境描写使作品混淆于现实与幻想之间,但人物的决定性作用是无可置疑的。《只在昨日》表现出的是各种小说形式和主题的混杂,已经无法单纯地从人物和情节上加以理解。正如另一位研究者所说的那样:"《只在昨日》最引人注目的可能就在于,它是阿格农小说实验室里最雄心勃勃、最包罗万象的创作。在这里他大胆地把许多矛盾的因素,如宗教的、民族主义的以及隶属于文学的因素结合在一起。"②

就整体而言,《只在昨日》一方面表现了阿格农在艺术创作上的突破和推进,特别是巴拉克情节的掺入,把现实主义与现代主义强硬地杂糅在一起,让作品的现实主义变得晦涩和模糊,在文体上表现得身份不明。另一方面,它对以色列地的审视似乎又不单纯是一篇"复国主义史诗",以色列地在阿格农作品里被赋予了暧昧、模糊的色彩。世俗的复国主义与狂热的宗教顽固主义也成为阿格农反思的对象。但这种反思一如既往地暧昧和晦涩,充满了嘲弄与含混。

《只在昨日》通过一个小人物伊萨克和一只狗巴拉克把情节串联起来,以色列地成为作品描写的主要对象,但阿格农让主人公背负着沉重的加利西亚包袱。在作品中,加利西亚地区

---

① Band, Arnold J., *Nostalgia And Nightmare. A Study in the Fiction of S.Y. Agnon*, Berkeley and Los Angeles:University of California Press, 1968.421.
② Hasak-lowy, Todd. Here and Now: History , Nationalism, and Realism in Modern Hebrew Fiction, Syracuse University Press, 2008.100.

成为主人公情感的出发点,但代表着世俗生活的雅法也让伊萨克难以割舍,最后终于选择了耶路撒冷作为归宿的主人公却因为遭疯狗咬伤,在一个黑暗的小屋里孤独而可怕的死去。伊萨克在回归的路上横遭惨死,成为小说的最大讽刺,但这种讽刺背后隐藏的是单纯而无辜的主人公为第二阿利亚先驱者们赎罪的英雄行为。最终的结局赋予了这个平凡而普通的人物以神圣感。

作为阿格农立足点的以色列地,曾是许多小说中的理想所在,是主人公的梦之所系。但在这部小说里,以色列地并非想象中的那么美好。阿格农通过戏谑的手法,通过一只疯狗巴拉克的设置,一方面嘲笑了第二阿利亚这一代人的堕落与无根,另一方面又嘲弄了耶路撒冷虔诚社区狂热和顽固的犹太教信徒。以色列地的形象在某种程度上被阿格农瓦解,这种瓦解的最终结局是阿格农过去建构的艺术世界的崩溃。这种崩溃和解体是身处20世纪上半期这一历史巨变时期的阿格农对传统、现代、未来的一种文学性构思和解读,在这种崩溃中阿格农进行了新的美学思考。

阿格农的最后一部长篇小说是《史拉》,还差结尾部分没有写完,在阿格农死后的1971年整理出版。这部小说是阿格农对自己创作的一次突破,讲述了一个游离于正常家庭生活之外的成年男人的情感遭遇。赫伯斯特是大学讲师,已经结婚并有两个女儿。小说一开始,赫伯斯特陪待产的妻子去医院。从医院出来的赫伯斯特遇到了护士史拉,在一系列有意或无意的接触中,他对史拉产生了罪恶的情欲,而史拉默许了他的行为。小说的主体部分中,赫伯斯特纠缠于家庭、妻子、史拉之间,彷徨、矛盾、挣扎,正常的家庭生活与偷情的冒险经历交织在一起。在讲述这段复杂的情感经历时,阿格农采用了高超的写作技巧,通过间接描写与直接描写结合的方式,把史拉对赫伯斯特产生的影响淋漓尽致地表达了出来。从小说开始到中间部分,史拉一直是作为一个现实人物出现的,而到了中间部分之后,史拉消失了,她的存在完全是靠赫伯斯特的思绪维系着,这种"不在场的在场"成为阿格农小说创作的一个重要技巧。

第四节 阿格农研究在中国

诺贝尔文学奖作家研究是中国外国文学研究领域的热门话题,但阿格农是个例外。由于国内少有人关注,对他的研究极为薄弱。这表现在两个方面:一是作品翻译不充分,除了有限的几部小说有中文译本外,大部分小说没有翻译过来;二是专题研究少之又少,中国学界的研究主要表现在两个方面:一为翻译,自1971年阿格农作品第一次被翻译为中文至今,总共有2部长篇、3部中篇、8篇短篇以及4篇散文(3封书信及1篇诺贝尔获奖感言)被翻译为中文。另有3部译著涉及阿格农研究。

1971年,短篇小说《黛拉婆婆》《千古事》由徐进夫译为中文,收入《当代以色列小说选》,由台湾商务印书馆出版;1981年,短篇小说《逾越节的求爱》由钱鸿嘉译,收录钱鸿嘉、潘庆舲等译的《逾越节的求爱——现代外国短篇小说集》,由福建人民出版社出版;1983年,中篇小说《订婚记》(王润华译)、《伊铎和伊南古语》(宋碧云译)被译为中文,收录于陈映真主编的《诺贝尔文学奖全集》(41),由台北远东出版事业公司出版;1990年,中篇小说《大海深处》由徐新译为中文,最初发表于《当代外国文学》1990年第02期,后收录1995年徐新等译的《婚礼华盖》;1992年,徐新译短篇小说《女主人和小贩》,收录徐新主编的《现代希伯来小说选》,后又收录2004年林杉、宋桂芳主编的《历届诺贝尔文学奖获得者中短篇小说金库(下册)》;1993年,短篇小说《离婚:一个医生的故事》由张平翻译,发表于《国外文学》1993年第02期;1995年,长篇小说《婚礼华盖》译为中文,译者为竑一、王银萍、齐齐、曹建新等人,由徐新统校,收录徐新等译的《婚礼华盖》,由桂林漓江出版社出版;1997年,《给妻子的信》(3封)由钟志清翻译,收录于《历届诺贝尔文学奖获得者散文金库(下)》,北京人民日报出版社出版;2004年,短篇小说《丢失的书》(钟志清译)、《迁居》(钟志清译)、《费尔南》(张平译)发表于林杉、宋桂芳主编的《历届诺贝尔文学奖获得者中短篇小说金库(下册)》,由北京人民日报出版社出版;同年长篇小说《一个简单的故事》由徐崇亮、郑军荣译为中文,由上海译文出版社出版。诺贝尔获奖感言散见于各种诺贝尔文学奖作家作品丛书中,如徐新等译《婚礼华盖》、陈映真主编《诺贝尔文学奖全集(41)》,以及其他众多的对诺贝尔文学奖获奖作家的介绍上。

关于阿格农研究的翻译主要散见于3部译著中。最早的是1971年徐进夫译的《当代以色列小说选》的前言、序评部分。前言作者为约尔·布劳克,序评作者为罗伯特·奥特。前言部分对当代以色列文学现状进行了评述,指出了以色列建国对希伯来文学的重要意义。序评部分认为亚格农(即阿格农)和哈作斯以各自不同的方法,"结束了希伯来文学的欧洲传统影响"，[①]指出阿格农的《黛拉婆婆》《千古事》概略地说明了希伯来小说由旧到新的转变情形，表现出阿格农创作的两面性：既对过去的光辉岁月充满了留恋，又勇敢地面对传统价值互相冲突的20世纪。黛拉是"业已经过去了的世界的最后一个代表人物"，为阿格农"那个业已过去了的世界的独特伟大——它之将日常生活转变为特种的神圣养生法的能力，做了示范的说明"[②]。《千古事》的小说世界里丧失了所有旧世界的特质，唯一能与传统相当的是麻风病人收容所。在阿姆斯的圣城中，与神圣律法手卷相当的是关于甘尼达他的谜样史书。

1991年，约瑟夫·克劳斯纳的《近代希伯来简史》由陆培勇翻译为中文，由三联书店上海分店出版。在149页到150页有对阿格农的简单介绍，指出他是一位横跨两个时代的老作家，是"一位描绘50年前加利西亚犹太人生活的杰出画师"。他采用旧约圣经诠释风格（米德拉西式）和神秘主义风格（哈西德式）进行创作；在描写犹太人方面，门德勒对笔下的典型人物持"启蒙者"态度，阿格农则怀有仁爱和同情，采取的是幽默戏谑的态度。"在描写复兴的新生活时，阿格农就像换了个人，这些小说中没有价值准则和追求目标，只有对以色列和它的民族生活中新的心理憧憬的清晰而精确的理解。"[③]

2009年，谢克德的《现代希伯来小说史》由钟志清翻译为中文出版。该书第7章"交汇点；抑或精神寓所？：施穆埃尔·约瑟夫·阿格农"对阿格农进行了专章介绍。在阿格农定位问题上，他指出阿格农是希伯来文学的集大成者，《弃妇》和

---

① 王云五主编：《当代以色列小说选》，徐进夫译，台湾商务印书馆，1971年，第2页。
② 王云五主编：《当代以色列小说选》，徐进夫译，台湾商务印书馆，1971年，第2页。
③ ［以］约瑟夫·克劳斯纳：《近代希伯来文学简史》，陆培勇译，三联书店上海分店，1991年，第150页。

《迷途知返》奠定了这一地位。在分析阿格农的创作时,指出阿格农面临的问题是能否把阿里茨以色列视作精神寓所,能否在这里寻求精神和物质上的一并解放。作者认为阿格农尽管接受了第二阿利亚时期的意识形态价值并以此作为品评主人公的依据,但他并没有用自己的作品来诠释思想,而是在许多表现形式上发生了偏离。在创作内容上,作者认为其创作背景是从20世纪早期的阿里茨以色列扩展到以前他的故乡布察兹小镇。阿格农笔下的故乡介于真实和象征之间,在早期记忆和后来体验之间痛苦地摆动。犹太传统、欧洲文化和现代希伯来小说都对阿格农产生了深远影响,构成了阿格农创作的文化根源。

该译著涉及的作品有《婚礼华盖》、《一个简单的故事》、《宿夜的客人》(本文采用"宿客"的译法)、《去年》(本文译为《只在昨日》,还有译为《逝去的日子》)、《希拉》(本文译为《史拉》)。作者认为《宿夜的客人》是"阿格农艺术达到最为精湛水准的见证"①,"希伯来因素和欧洲因素完美地结合起来了"②。《去年》尽管背离现实主义手法,但基本上是社会心理小说,充满纪实材料。伊萨克就是流亡与救赎、犹太教与犹太复国主义之间分裂的牺牲品。他是无辜牺牲者,从来没有获得自我觉醒。《希拉》重归现实主义传统,是一部家庭小说,描写的是代表秩序与稳定的家庭关系的瓦解。与此相对的是家庭之外的、色情和颓废的世界,赫尔伯特脱离家庭之后奇妙而可怕的冒险让他陷入精神痛苦之中。该文也总结了阿格农小说创

---

① [以]格尚·谢克德,《现代希伯来小说史》,钟志清译,商务印书馆,2009年,第113页。

② [以]格尚·谢克德,《现代希伯来小说史》,钟志清译,商务印书馆,2009年,第115页。

作的艺术特色：视角变换带来的时空感知；语言的象征性和独创性；情节的特殊建构；人物的复杂性和清晰的时空背景。谢克德是以色列著名学者、希伯来文学批评专家，在阿格农研究方面颇有造诣，但因为该书类似文学史的性质决定了涉及阿格农的只是一些概括性的结论，并没有深入展开。但即便如此，这些结论还是纠正了国内研究者对阿格农的一些基本看法，同时也提供了正确理解阿格农的思路和途径。

但该书译者对阿格农小说题名的一些翻译需要重新斟酌。译著中小说"Vehayah he'Akov lemishor"被译为"迷途知返"，而实际上小说题目出自圣经《以赛亚书》(40：4)："一切山洼都要填满，大小山冈都要削平，高高低低的要改为平坦，崎崎岖岖的必成为平原"。同时，结合小说内容，故事的主人公最终并没有回到自己家里，跟"迷途知返"的含义相比有一定距离。因而，参照谢克德的英译"And the Crooked Shall Become Straight"，国内学者徐新把它翻译为"但愿斜坡变平原"是较为合理的。再如把"Sefer HaMa`asim"翻译为"善行书"。原文的英译为"The Book of Deeds"（也有研究者用英文翻译为"The Book of Fables"），按照英译译为"行为之书"（或"寓言之书"）更为合理。该书主要收录的是阿格农"卡夫卡式"的现代寓言小说，现代主义色彩极其浓厚。"Panim aherot"被翻译为"大城市"，系误译。参照谢克德原文，其英译为"Metamorphosis"，意思为"变形"，或者翻译为"另一张脸"。"Farenheim"翻译为"华氏温度"也是误译。英语单词"Fahrenheit"的意思才是"华氏温度"，国内翻译者张平已经把"Farenheim"翻译为"费尔南"。联系作品可以发现，费尔南是小说中的一个人物，因而钟志清的翻译是错误的。"用我们的青春，用我们的年华"的翻译也欠妥当。按照邦德的说法，该作品的题目取自《出埃及记》(10:9):"摩西说,我们要和我们老的少的,儿子女儿同去,且把羊群牛群一同带去,因为我们务要向耶和华守节。"谢克德原文英译为"With Our Youth and With Our Aged",还有另外一种英译为"Young and Old Together",因此汉译应为"我们老的和少的"更为合适。"Hatsfard 'im"被翻译为《严霜》,它的英译为"The Frogs","frog"应为"青蛙"之意,"frost"才有"霜"之意,所以翻译为《严霜》也是误译;"'Ad henah"翻译为《如此遥远》显然也有问题。参照谢克德原文的英译为"Thus Far",有的翻译者,如希勒尔·哈尔金翻译为"To This day",所以正确的汉译应为"直到今天"。原著第81页中"ha'omer"实为发表《弃妇》的刊物名称,译者译为"哈奥迈尔日",显然是受到前面的"the 33rd day of the Omer(译为奥迈尔日的第三十三天)"音译的影响,"奥迈尔日的第三十三天"实际上就是犹太人的篝火节。这些翻译中的疏忽显然是因为对阿格农作品缺乏足够了解造成的,这也充分反映了当前阿格农的翻译水平和研究中存在的问题。

二为阿格农的专题研究,共有相关论文9篇,相关研究著作3部。这里所谓的相关论文、著作,除了直接关于阿格农研究的专论外,还包括文学史、论文集、小说选、译著中涉及阿格农的相关内容。

研究论文有5篇(其中有2篇几乎相同,算1篇)。1990年徐新的《阿格农及其佳作〈大海深处〉》刊载于《当代外国文学》02期(7月2日),这是国内第一篇专论阿格农小说的文章,具有开创意义。全文主要分两部分,首先简略地介绍了阿格农的生平和创作,后又具体分析了《大海深处》的认识价值和艺术风格。他肯定了阿格农的文学史地位,"是以色列最有影响的当代作家,也是一位享誉世界的希伯来语作家。他的出现不仅把现代希伯来文学提高到了一个新的高度,而且使之受到世界文坛的重视。阿格农在文学上的成就可以说是自《圣经》以来希伯来文学史上的一个重要里程碑"。徐新也指出了阿格农研究在中国国内的冷场,"代表我国学术界最高水平的《中国大百科全书》(外国文学卷)竟对他一字未提,对他的评介和研究基本上是处于一种'空白'状态"[①]。他归纳《大海深处》的艺术风格为:曲折情节,深刻寓意,浪漫色彩,优美描写。

该文兼顾作家、作品研究两个方面,开创性显而易见,但也存在一些问题。如该文提到"《逝去的岁月》是阿格农的第三部,也是最后一部长篇"显然不够准确。如果把阿格农 1935 年的另一部小说《一个简单的故事》也看作是长篇小说的话,《逝去的岁月》应该是第四部长篇小说;另外,阿格农还有一部长篇小说《史拉》,生前没有写完,死后整理发表,这部才是真正意义上的最后一部长篇小说。该文的论述也稍显简单和平面化,对《大海深处》的分析只抓住了表面和外部的因素,一些核心的关键点并没有涉及。比如,作者归纳《大海深处》的艺术特点时过于笼统,并不能显示出阿格农创作的独特性。符合这些特点的阿格农小说显然不止一部,符合这些特点的其他作家的小说也不在少数。最后需要注意的是,由于该文的开创性,它在一开始就为阿格农小说研究打下了一个基调——阿格农是一个传统的犹太作家。这就容易导致后续研究过分看重阿格农的传统犹太特性,在一定程度上抹杀了阿格农小说的现代性和复杂性。

1995 年,朱红素的《论阿格农〈伊铎和伊南古语〉的象征手法》发表于《贵阳师专学报》第 4 期。该文从景物象征、传

---

① [以]阿格农:《婚礼华盖》,徐新等译,漓江出版社,1995 年,第 169 页。

统象征、人物象征三个方面探讨《伊铎和伊男古语》的象征意义,并分析了象征的原因和作用,属于阿格农作品研究,也是迄今为止国内的第二篇阿格农研究专题论文。但该文的探讨并没有结合作家的真实意图以及特定的犹太背景,是在一种大而泛的文化背景之下展开的作品分析。1997年12月30日,《中山大学学报论丛》(第06期)又刊发了该作者的《阿格农〈伊铎和伊南古语〉的象征意蕴》,与前一篇观点大致类似。

1998年,钟志清的《昔人已乘黄鹤去——访诺贝尔文学奖得主阿格农故居》发表于《外国文学动态》第01期。钟志清通过访问阿格农故居为线索,介绍了阿格农的生平、创作及其风格,涉及了《阿古诺》(即《弃妇》)、《黛拉》(有的译为《黛拉婆婆》)两部作品。作者评价阿格农是一位处于传统和现代之间、集民族性和世界性于一身的作家。钟志清的认识是全面而中肯的,但文章只是一篇游记性质的散文,并不具备太高的学术说服力。文中说《黛拉》见于《二十一个短篇故事》存在问题,该故事集中并未收录有《黛拉》。

2008年,刘慧的《寻找灵魂的家园——浅析阿格农笔下的代表人物》发表于王邦维主编的《东方文学经典:翻译与研究》(北岳文艺出版社出版)。这是一篇关于阿格农小说研究的较有针对性的文章。作者通过相关外文材料入手,从现有的阿格农中文译本出发分析了黛拉婆婆、海示尔、余德尔三个人物形象,指出他们身上具有的不同特质。作者认为:"民族和个人,过去和现在,理想和现实在文本中的相互碰撞,相互冲突,形成了种种矛盾。正是这些冲突和矛盾成就了阿格农,一个始终在寻找着和徘徊着的阿格农。"①

---

① 王邦维:《东方文学经典:翻译与研究》,北岳文艺出版社,2008年,第296页。

该文属于人物形象研究,是对现有阿格农中译本小说里的主要人物进行了归纳,在观点上没有突破外文资料的限制,在具体论述中也存有着一些瑕疵,如在表述时间上多少存在错位。如果归纳阿格农创作思想变化的轨迹,余德尔应该是论述的起点,但被作者放置在三个人物形象的最后。由于掌握资料不够完整,在表述阿格农生平时有些地方不够准确。文中说道"1913年,为了进一步求学,阿格农来到了德国"。至于阿格农为什么离开巴勒斯坦前往德国,是一个还没有明晰的问题。钟志清就曾指出"其真正原因至今仍令学术界迷惑不解"①。邦德在著作中指出:"1913年,阿格农为什么要离开巴勒斯坦前往柏林,仍然需要澄清。阿格农声称,鲁品说服他,让他随其一道前往柏林,因为鲁品认为西方大都市的氛围一定会让这位年轻艺术家获益匪浅。"② 另一位翻译者哈尔金与邦德的看法有近似之处:"1912年秋天,他前往欧洲。这对那个时代的复国主义定居者而言并没有什么特别之处。巴勒斯坦小而边远,气候恶劣,缺乏发展机遇;犹太人口75000人,以缓慢的速度增长着;有新来的同时似乎就有离开的。柏林是一个大都市,是犹太和希伯来文化中心。阿格农把复国主义和其他感情因素搁置一边,前往德国居住在那里。"③ 该文作者没有重视阿格农小说中蕴含的讽刺意味,对阿格农的理解缺乏双重关照,特别是没有关注阿格农小说里叙述者的视角问题,而这一问题对人物塑造起到了至关重要的作用。文中把作品人物直接等同于阿格农的分析是值得商榷的。

---

① 钟志清:《当代以色列作家研究》,人民文学出版社,2006年,第23页。
② Band, Arnold J., Nostalgia And Nightmare.A Study in the Fiction of S.Y. Agnon, Berkeley and Los Angeles: University of California Press, 1968. 19.
③ Halkin, Hillel. To This Day. The Toby Press, 2009.11.

根据中国期刊网的搜索汇拢,涉及阿格农的期刊论文有5篇,博士论文1篇。1992年徐新的《现代希伯来文学一瞥》载于《外国文学评论》1992年第02期。该文将现代希伯来文学以1948年为界分为两段,认为前段着重回答"作为犹太人意味着什么",具体分析了阿格农的《大海深处》,认为这部作品正是要表达这样的信息:"要做一名真正的犹太人,就必须去故土生活;纵然在实现这一目标的道路上有千难万险,也要坚定不移地在行动上予以履行,因为这一目标代表的是一个民族的前途,是犹太民族精神所在。"[①] 研究者也简略地谈到阿格农的《女主人与小贩》是描写犹太人悲惨生活主题的寓言作品,属于受难文学。这篇文章涉及对阿格农作品《大海深处》《女主人与小贩》的分析,较为简略。

同年,黎跃进的《诺贝尔文学奖的东方得主》发表于衡阳师范学院学报第4期(10月27日)。该文认为阿格农生长于欧洲,浸润于欧洲文化,再加上犹太人本身已经是"多文化的复合重组",因而阿格农创作的东方意识比较淡薄,"难以代表东方当代文学的风貌"。该文的这种认识具有一定代表性,代表了一部分国内学者对阿格农的定性。

1993年,刘洪一的《诺贝尔文学奖中的"犹太现象"及其文化机理》载于《复旦学报》第1期。该文在宏观上分析了诺贝尔文学奖为什么会钟情于犹太人这一文化现象,指出包括阿格农在内的犹太作家具备三大优势:多重文化身份与西方社会的文化认同;自身的历史境遇、思想情感等方面的"标本"意义和典型特征以及犹太人进行的形而上的开发和运用;突出的整合精神和特殊的语言条件。该文对阿格农的分析非常

---

① 徐新:《现代希伯来文学一瞥》,外国文学评论,1992年第2期,第72页。

简略，没有涉及具体的作品分析。

2006年10月26日，伊戈尔·施瓦茨《中国社会科学院院报》上发表《延宕了的还乡——关于现代希伯来文学复兴问题》，涉及对《去年》结尾的分析。文章把阿格农的《去年》放在希伯来文学复兴叙事中加以考察，认为伊萨克·库默在家庭、波兰、以色列新社会之间的选择上备受折磨，最终死去，死后的暴风雨即喜雨，表明"大自然对库默之死的反应模糊不清"，"新型的犹太复国主义主人公总是为大地的圣坛献身，但是他们死去时也会为抛弃犹太社区而深深痛悔"①。这一分析是很深刻的，但由于并非对阿格农小说的专论，论述也很简略。

2009年，赵沛林的《盛开在圣地的文学之花》载于《社会科学报》4月16日第5版。该文非常感性地对以色列的作家进行了评述，文章的可取之处全面准确地概括了《婚礼华盖》的艺术特色，但较为遗憾的是，本文基本上是以概述和感想为主，并没有对所下结论进行分析和论证。

2012年9月15日，笔者在《长江大学学报》（社会科学版）发表了《流散与回归：〈只在昨日〉中的"流散地"与"以色列地"》一文，属于对阿格农代表性长篇小说《只在昨日》的文本研究，主要围绕"流散地"与"以色列地"两个重要的情感激发点，探讨阿格农塑造伊萨克这一形象的深层意义。该文是建立在笔者2011年的博士论文《阿格农小说研究》之上的。该篇学位论文也是现有的唯一一篇关于阿格农小说系统性研究的博士论文，从生平、创作阶段、代表性作品分析三个方面探讨了阿格农小说的现实基础、创作演变以及小说世界的构成要素，较为详细地梳理阿格农小说的整体情况。由于囿于材料的限制，该

---

① ［以］伊戈尔·施瓦茨：《延宕了的还乡——关于现代希伯来文学复兴问题》，《中国社会科学院院报》，2006年第3期。

文在很多方面都表现出一些不足，但对了解和理解阿格农小说创作具有一定的开创意义。同时，该文对国外研究成果进行了大量引介，对了解阿格农的国外研究也具有借鉴意义。

涉及阿格农的著作有3部，主要来自译著的前言或是文学史中的相关章节，与其说是著作，不如说是片段性的短论。

1995年，徐新的《婚礼华盖》译本前言——《现代希伯来文学的丰碑》从生平、创作、艺术特色、创作手法多个方面对阿格农进行了全方位介绍，这也是迄今为止对阿格农介绍最全面、最有价值的中文材料，也是对作者在1990年发表的《阿格农及其佳作〈大海深处〉》的扩充。文中介绍了《但愿斜坡变平原》、《婚礼华盖》、《宿客》、《逝去的岁月》等作品。

该文最值得关注的是对阿格农创作特色的几点总结：从犹太民族的生命中汲取主题，犹太民族的生命就是犹太信仰；展示一幅幅真实而生动的民族生活画面；作品洋溢着犹太教哈西德派精髓；创造性地运用优美的希伯来语；在创作方法上，大部分作品都有一种浪漫主义风格，把现实成分和幻想成分有机地结合在一起。这样的概括揭示了阿格农创作的某些方面，具有很强说服力。但问题的关键在于其立论的基础主要是《婚礼华盖》、《大海深处》两部作品。就当时而言，除了这两部作品之外，还有《订婚记》、《伊铎和伊南古语》、《千古事》、《黛拉婆婆》、《逾越节的求爱》、《女主人和小贩》被译为中文，但作者并未涉及这些作品（只简单提到过《女主人和小贩》，但作者显然并没有照顾到）。而对《宿客》、《逝去的日子》的分析也不是建立在作品分析的基础上。在分析《婚礼华盖》与《大海深处》时，研究者秉承了一贯的做法，忽视阿格农讽刺戏谑手法的使用，这种讽刺手法足以表明阿格农对待传统的态度不是那么单纯，而是包含着极为微妙的变化。该文对《宿客》的一些表述也欠妥当:"在故乡,主人公怎么也找不到打开祈祷堂大门的钥匙,想进入堂内进行传统上的祈祷已不可能……"而实际上,在作品里叙述者又找锁匠配了一把钥匙,进入了会堂;该文评价《逝去的岁月》"是阿格农最富现代派色彩的一部作品"时,显然没有把短篇小说集《行为之书》系列考虑在内。但整体而言,这篇短论代表着国内阿格农研究的较高水准。

1998年,朱维之主编《外国文学史》(亚非卷)由南开大学出版社出版,第十六章第四节专章介绍了阿格农,由何文林撰写。这也是现有高校东方文学史教材中唯一一部对阿格农进行了专章介绍的教材。除了介绍阿格农的生平、创作之外,该文还着重分析了《婚礼华盖》以及余德尔,指出他身上体现了犹太人的精神和性格,"不是喜剧人物,也不是悲剧人物,而是作家运用喜剧形式描绘的正面人物"①。该章节分析《大海深处》(1935)时,认为它平实无华,表达了犹太人强烈要求民族独立与自由的愿望。谈到《宿客》(1939)时,认为这部小说描写了"一战"后上帝信仰在家乡的失落、凋敝。在分析《逝去的岁月》(1946)时指出,作品一改以前寄以幻想表达理想的浪漫神奇笔法,而是直射现实,并采用象征手法,"使作品带有现代性的色彩"。由于属于教材性质的专论,因而该部分在论述上较为稳妥、平实。在《婚礼华盖》的发表时间上出现了一点纰漏。《婚礼华盖》有三个版本,出现的时间分别为1920年、1931年和1953年,而国内其他论述中基本采纳的都是1931年。这里时间上偏差可能源自诺贝尔文学奖官方网站,那里记录的发表时间是1922年。

2002年,刘洪一主编的《犹太名人传:文学家卷》由河南

---

① 朱维之:《外国文学史(亚非卷)》(第二版),南开大学出版社,1998年,第470页。

文艺出版社出版,其中的阿格农部分由钟志清撰写;2006年,该部分稍加改动又收录钟志清的《当代以色列作家研究》(人民文学出版社)。涉及阿格农的主要包括两方面内容:一为作家生平,简单介绍了阿格农一生的足迹及其创作;二为作品介绍,分为长篇小说、中短篇两部分。长篇小说部分包括《婚礼华盖》《一个简单的故事》《宿夜的客人》《去年》《希拉》等6部。

与徐新相比,钟志清在介绍阿格农时更为全面。她的视野不仅是现有翻译为中文的阿格农作品,对那些没有翻译过来的作品也进行了更深入的介绍。但由于是文学史性质的探讨,研究较为简略。

除了上述著作中涉及的阿格农内容之外,中国近年来出版了大量关于诺贝尔文学奖的书。这些书中涉及阿格农时,要么没有观点,只是客观描述其生平创作、主题思想,泛泛而谈;要么观点取自上述国内研究成果。此类介绍性的书籍越编越多,因而不再做专门统计。这里只举1例:2000年刘国屏主编的《世界短篇小说名篇导读(下)》(南昌:百花洲文艺出版社),该书收入了对阿格农的《离婚:一个医生的故事》的评论,极为简略。

综上所述,在中国学界的阿格农研究中,台湾学者走在了前列,他们开创了阿格农翻译的先河,其后国内学者逐渐地零星参与进来。就研究内容而言,相关研究主要集中在作家、作品两个方面,侧重对生平和作品的介绍。其中分析得较为详细的作品有《大海深处》《伊铎和伊南古语》,再次是《婚礼华盖》、《一个简单的故事》《千古事》《黛拉婆婆》,其他作品都是进行极其简略的概述性介绍。就研究方法而言,基本集中在人物形象、作品内容概要和艺术特点的文学欣赏式分析上,但整体而言这些研究主要还停留在局部的引介层面。

就翻译水准而言,因为整体研究的滞后,这一领域也略显平淡。阿格农的大部分作品都还没有中文译本,迄今为止只完成了2部长篇、3部中篇、8篇短篇的翻译,相比于阿格农的全部创作,这只是很小的一部分。就研究成果的翻译而言,除了部分短论、序言之外,几乎没有系统的中译本专论、专著出现。

早期由台湾学者组织翻译的《千古事》、《黛拉婆婆》、《伊铎和伊南古语》、《订婚记》翻译的水准相对要高一些,这主要体现在汉语表达的规范性、流畅性以及对作品的把握上。国内翻译的问题主要表现在两个方面:一为作品译名不统一甚至出现误译。译名不统一的情况在外国文学研究领域是一个普遍现象,这很容易造成后续研究者的麻烦和读者的误解。在阿格农作品翻译不多的情况下出现的译名混乱,反映的是在未消化现有成果基础上研究者们的各自为战,体现的是翻译者之间缺乏必要的呼应。而就目前情况来看,误译是在所难免的。因为阿格农作品研究并没有形成规模,翻译者对阿格农还缺乏足够的了解和把握。

二为译本没有完全传达出作者风格的多样性。当前翻译出来的作品大都表现的是阿格农对东欧犹太文化的再现和留恋,显示的是阿格农虔诚的一面。《婚礼华盖》反映的是东欧犹太传统社区文化,《大海深处》描写的是虔诚的哈西德群体形象。在翻译过程中,译者缺乏对阿格农隐含语调和反讽的关注,不能体现出他对待传统的暧昧态度。这就导致国内的阿格农研究过度渲染作品中的虔诚因素,对其他层面关注较少。翻译工作是外国文学研究的命脉,翻译工作做得不到位,就会导致对阿格农的认识不够全面,直接影响到他在中国的接受。

就研究数量而言,相关研究者、研究论文和专著的数量少之又少。徐新、钟志清算得上是阿格农研究领域里着力最勤的研究者,而除了他们其他研究者大都缺乏研究的连续性。而即便是徐新、钟志清,他们也并没有把阿格农作为他们的研究重点。迄今为止,专业性的阿格农研究论文不超过5篇,其他相关论文都是研究的附带品,基本上都是文学史中的相关介绍,以及在论述犹太、希伯来文学时顺带提及的内容。这样的局面直接决定了阿格农研究的专著更是不可能出现了。因而,可以毫不客气地说,现有的阿格农研究仅仅是停留在介绍阶段,还没有上升到研究层面上来。

从纵向角度来看,这些为数极少的研究成果呈现出断裂式的发展态势,几乎无规律可循,纯粹是研究者们即兴之作。1971年,阿格农作品被翻译成中文,直到1981年,才有另一部短篇小说翻译完成,其间整整10年没有任何成果出现。1983年有两部中篇小说翻译为中文,但到1990年徐新的研究才开始出现,1981-1990年中间几乎又隔了10年没有成果。1990年到1995年,成果稍微多一点,但也并不是年年都有,这一时期的成果主要归功于徐新一人的努力。从1997年到2009年钟志清的译著《现代希伯来小说史》出版,阿格农研究依然时断时续,除有限的翻译外,钟志清的"星星之火"勉强算得上是这一研究的延续,但这只是钟志清研究的副产品,她研究的重点并不是阿格农。

这种断裂式的研究态势表明国内阿格农研究极不成熟,也体现了阿格农研究的初级阶段性质。研究者匮乏、研究者之间缺乏呼应,研究缺乏系统性和连续性,都给阿格农研究蒙上了一层阴影。这种断裂式的、"零星小雨"式的研究,也为阿格农研究"产业化"提供了一个反面注脚。至少在中国,阿格农研究不仅不热闹,甚至处于一个被冷落、被忽视的地位。

第三章 川端康成研究

第一节 生平创作与文艺思想

一、从孤绝少年到文坛新秀

1. 凄楚童年

大正三年(1914)初夏,日本大阪府三岛郡丰川村宿久庄东村一间低矮阴湿的农舍里,一位瘦骨嶙峋的老人躺在病榻上痛苦地呻吟着:"啊,疼,真疼啊!啊!啊!"老人头顶上稀疏地飘着几根白发,身体干瘪,满脸皱纹,双手不住地颤抖。一个14岁的少年坐在旁边铺开稿纸,在昏暗的油灯下满怀悲伤地写着日记。谁也不会想到,半个世纪之后,这个少年将成为日本第一位获得诺贝尔文学奖的著名作家。他就是川端康成(Kawabata Yasunari,1899–1972)。

川端家族曾经是全村的"贵族之家",相传已有700多年的历史。但到了川端康成的祖父川端三八郎时,家道中落,就连标志家族地位的墓山也被卖掉了。川端康成的幼少年时期,被裹挟在家族衰亡命运的旋涡中——他刚满一岁时,身为医师的父亲荣吉因肺结核而离开了人世,第二年,因照料父亲而感染的母亲也撒手人寰。川端年仅两岁就失去双亲,而且在父亲、母亲和外祖父的老家三地漂泊。虽然父母的音容笑貌在川端心中早已荡然无存,然而对于病痛和早死的恐惧却长久地沉积在川端的心中,挥之不去。

经受了"白发人送黑发人"之大悲痛的祖父母对川端家传宗接代的唯一的命脉——川端康成,更是百般宠爱。川端是不足七个月的早产儿,自出生以来一直瘦骨伶仃,体质虚弱。由于祖父母过于精心的呵护,川端直到上小学前还不会用筷子,而且,祖父母担心川端的安全和健康,几乎从不让他出门。于是,川端封闭在老家阴暗潮湿的农舍内,几乎与世隔绝,他"除了祖父母之外,简直就不知道还存在着一个人世间"①。川端"变成了一个固执到扭曲了的人",他"把自己胆怯的心闭锁在一个渺小的躯壳里,为此而感到忧郁与苦恼"。②

川端7岁时,娇宠着他的祖母去世了,10岁时,仅见过两面的同母异父的姐姐也夭折了。从此,这个寂寞的家中只剩下相依为命的祖孙二人。祖父由于白内障几乎双目失明,之后的8年间,川端就是每天望着祖父那茫然无物的眼睛度过的。对于祖父来说,无论明暗都是一样的,因此家里只有一盏古老的菜籽油灯。灯芯如豆,川端稚弱的灵魂,恰如那油灯寂寞的光亮。

有时候,川端把祖父气得发抖,看到苍老羸弱的祖父悲怆的神情,川端懊悔不已,但他只是泪流满面地看着祖父,一言不发。祖父看不见他懊悔的泪水,依然怒气冲冲。就这样,祖父那深刻的孤寂和哀伤无声地浸透了川端的骨髓。川端想摆脱这压抑而单调的气氛,上小学时常常在清晨披星离家,独自爬上村头寂静的山顶,翘首等待东方的日出,山边松树的针叶和枝丫随着旭日东升而明亮起来的情景能给川端带来一丝莫名

---

① [日]川端康成:《祖母》,《川端康成文集》,第2卷,中国社会科学出版社,1996年,第443页。

② [日]川端康成:《少年》,《川端康成文集》,第10卷,中国社会科学出版社,1996年,第227页。

的温暖。在后来的川端文学中,字里行间时时流露着这种与自然的亲近。每当晚饭过后,黑暗和寂寞就一起袭来,川端不堪忍受,在征得祖父同意后,像逃难一样跑出家去,却又边跑边开始惦记呆坐床前的祖父。川端每次都来到邻居一个小朋友的家,他喜欢接触朋友的母亲那温柔慈爱的目光,更喜欢感受那里其乐融融的气氛。同时他又深感不安,心中被撇下祖父的罪孽感搅扰着。但越想到孤独的祖父,他就越不愿回家。万般矛盾之中,总要挨到半夜才不得不离开。随着朋友家的大门在身后"砰"的一声关上,川端总是一下子被惆怅和凄凉包围住,祖父怎么样了?不会死了吧。树影摇曳,归途的黑暗与恐怖裹挟着担忧和后悔涌上川端心头,他提着木屐,赤脚在夜路上狂奔,大声呼喊着祖父。到了家门口,川端的声音被屋里的寂静哽住了。他轻轻走进房间,悄悄地爬到祖父床头,看到祖父熟睡的脸如同死人一样。川端贴近祖父的脸聆听祖父呼吸的声音,然后默默地合掌祈祷。有时祖父醒着,便会问:"是康成吗?"祖父的声音令川端深深地自责,他发誓今后再也不扔下祖父去玩耍了。每天他都带着这样的决心入睡,可是第二天一到傍晚却又重蹈覆辙。童年时代的日子在同样的心情中重复着,但这种奇异的生存经验却造就了川端丰富的想象力和异常敏锐的感受力,无形之中帮助了他日后的创作。

2. 孑孑少年

小学时代的川端总是形只影单,很不合群,是逃学最多的孩子。一年级的 187 天课中,他缺席达 69 天。缺课虽多,但川端的成绩却很好,小学所教的东西他都早已知道了,尤其是作文经常受到老师表扬。小学毕业的成绩单上,除了体格一项是"中"以外,其他成绩均为"甲"。小学毕业,川端以优异的成绩考上了大阪府的茨木中学。这期间,他每天徒步翻山越岭往返于离家五公里之外的学校,体格渐渐强壮起来。但伴随他的健壮与成熟的,却是祖父的虚弱和衰老。面对祖父的痛苦,川端无能为力,于是他开始写日记,试图以白描的文字和忠实的记录来补偿精神上的空虚。每当他看到祖父在病榻上苦苦挣扎,就会点起一支蜡烛,以一个少年少有的冷静,在昏暗的烛光下写日记。写日记不但是他排遣孤独的方式,也无形中牵引他走上了文学的道路,这是他当年无论如何也没有想到的。12年后,川端的著名作品《十六岁的日记》便是以这一时期的真实日记为蓝本改写而成的。

中学三年级时,祖父终于咽下了最后一口气。祖父的死标志着川端失去了最后一位亲人,也失去了仅有的家庭温暖。那一年,川端把自己过去所写的诗词文章都整理出来,并且装订成册,借用父亲的雅号,题名为"第一谷堂集"和"第二谷堂集"。一个孤苦贫穷的中学生,在无依无靠的岁月中,默默地创作、整理出两本作品集,实为难得。正是从那时开始,对文学的憧憬清晰起来,矢志文学的决心也日渐坚定。孤独使川端不得不寻求逃避的途径,最有效的捷径就是读书。于是,各种典籍伴随川端熬过了一个个孤寂的长夜,也伴随他步入了文学艺术的天地。

也许是由于川端把全部精力都投入了广征博览的阅读之中,在茨木中学的几年间,他的成绩直线下降,从第一名落到第十八名,从甲班降到乙班。但他并没有默认自己的迅速滑坡,自卑与自尊同样地在他心中滋生和膨胀。他不甘落后于那些比自己愚笨的人,在一股反抗的冲动之下,他把同班同学的成绩一一抄写在笔记本上,时时提醒自己直视这屈辱的记录。大正六年(1917)年初,到了川端临近初中毕业的时候,他突然决定报考有"天下一高"之称的东京第一高等学校。这个学校是当时日本出类拔萃的一流学校，进入这个学校，就意味着一只脚已经跨入了培养上层社会学者和官僚的日本最高学府——东京帝国大学（东京大学的前身）。在众人的反对声中，川端日夜苦读，终于如愿以偿，成为茨木中学当年唯一一个，也是有史以来第一个进入东京第一高等学校的学生。一高期间，川端常常同今东光等人一起钻进东京帝国大学的教室旁听，既不参加考试，也不交听课费。那时盐谷温先生在东京帝大讲授汉文学课程，有时听讲的只有两三个学生，其中坐在最前边、一次也没有缺过课的就是川端。川端还常常借了朋友的学生证去东京帝国大学的图书馆看书。图书馆的老师虽然识破了这个假学生的身份，但看到他如此入迷地读书，也就热心地默许了。

3. 文学青年

三年之后，川端又一次如愿以偿，以优异的成绩考取了日本国立最高学府——东京帝国大学。川端仍然继续着一高时的专业，在文学系学习英国文学。但是，他对学业漫不经心，尤其讨厌要点名的课。倒是高中时的"传统"依然如故地保留着——上课时桌子下边总有一本私藏的小说。非法旁听时期从不缺课的川端，在获得了合法的听课资格以后却开始逃课了。第一学年，川端所有课程的考试全部挂科，没有取得一个学分。但是，没有成绩的川端却完成了大量文学原著的阅读，还翻译发表了高尔斯华绥、契诃夫（译自英译本）等人的作品。最后，川端被取消了听课资格，第二年转入了国文学专业。

转过专业之后的川端依旧散漫，几乎没有好好上课。受此影响，他始终成绩平平，还多读了一年，而且临近毕业还没修够学分，不得不向几位先生预借学分，险些没能获得学位。在教授会议上，主任教授藤村作极力肯定川端的写作天赋，向同事们游说，才终于使川端涉险过关。而毕业论文中唯一得到藤村教授肯定的部分——序言，在修改润色后以"日本小说史的研究"为题，发表在大正十三年（1924）3月号的《艺术解放》杂志上，获得了好评。就这样，承蒙藤村教授的宽容和慧眼，川端成为毕业于东京帝国大学文学系国文学专业的第一个职业作家，并且很快在国际文坛上享有盛誉。

这一年，即大正十年（1921）的2月，川端康成和一高时期的同学石浜金作、铃木彦次郎、酒井真人以及校外旁听生今东光等五人，开始筹备第六次复刊《新思潮》。《新思潮》最早创刊于明治四十年（1907）10月，由戏剧家、小说家小山内薰主编，重点介绍国内外新兴文艺流派和戏剧界的动向。它的创刊推动了日本话剧的发展，但不到半年就停刊了。三年之后复刊，仍由小山内薰任编辑，并聘请著名作家和诗人岛崎藤村担任顾问。以后《新思潮》又多次停刊。大正三年（1914）和大正五年（1916），由山本有三、久米正雄、芥川龙之介、菊池宽等人分别实现了第三次、第四次复刊，以他们为代表，日本文坛诞生了一个新的文学流派——"新思潮派"。第五次复刊是在大正七年（1918），但影响不大。

在前辈作家菊池宽的帮助下，《新思潮》创刊号初获成功，川端在上面发表了以自己初次订婚和失恋经历为蓝本的《一次婚约》。从此，《新思潮》成为青年川端的创作园地。第二期上发表了川端的《招魂节一景》，主持本期评论的菊池认真地阅读了这篇小说，还用红铅笔画了许多着重线。他一句句地给川端念画线的地方，做了细致入微的分析，称赞川端的想象力具有光彩夺目的魅力。川端的才能第一次得到了名家的承认。菊池很快向久米正雄推荐了这篇小说，并在他所遇到的每一个人面前夸赞一番。很快，当时雄霸日本文坛的三大文学流派——"三田文学派"、"早稻田文学派"和"新思潮派"的众多前辈作家都对这篇作品提出了褒奖。三家大报之一的《时事新报》也很重视这个文坛新秀的出现,在发表对同人杂志作家们的评论时,对新人川端和他的这一作品也给予了热情的介绍和推荐。川端一举成名,这个短篇成为川端第一篇在文坛上引起反响的作品,同时也成为川端知遇菊池先生的一个契机。从此,川端开始了他真正意义上以文为生的生涯。

二、文学活动与文艺思想

1. 从《文艺春秋》到《文艺时代》

川端在创作生涯的前半期,之所以能够在文学之路上坚持下来,很大程度上得益于师友的帮助,特别是菊池宽。无论在文学还是在人生的道路上,日本文艺界深孚众望的菊池氏都给予了川端慷慨无私的帮助。

为了给文艺新人提供更加广阔的创作园地,大正十二年(1923)1月,菊池宽慷慨解囊,自费创办了一份新的同人杂志《文艺春秋》。这份薄薄的杂志把以川端等人为首的《新思潮》同人尽数吸收过来。他们将这份杂志的宗旨定位为:以新的表现力表现新的精神,以新的文章展示新的内容。从第二期开始,川端加入了该杂志的编辑工作,正式成为编辑部的同人。《文艺春秋》创刊后的五年间,川端是该杂志同人中撰稿最多的,共计20余篇,被菊池誉为"《文艺春秋》所属的有为的作家"。在踏上文学道路之初,川端就在创作和评论两个方面都显示出了巨大的潜力。川端文学在《新思潮》扎根、发芽,移植到《文艺春秋》后迅速开出了艳丽的花朵。

《文艺春秋》创刊的同年9月发生了历史上著名的关东大地震。由于地震的影响,《悍马》《白桦》《解放》《诗与音乐》

等杂志相继停刊。到那年12月,除《中央公论》和《改造》等杂志外,其他杂志几乎全部停刊。许多文学家纷纷逃离东京,谷崎润一郎、短歌诗人吉井勇、大众作家直木三十五等人都认为很难再住在这么危险的东京,先后搬到了关西。这次地震不仅轰毁了城市生活,也使既有的文化秩序化为乌有,成为日本文坛一个重大的转折契机。川端在这一年10月的《时事新报》上发表《余烬文艺作品》,文中说他做梦也没有想到,地震使文坛变得新鲜了。震前的文艺已发展到近于烂熟的境地,因而各种弊端也逐渐暴露出来,地震过后,萧条的文坛迫切等待着新生力量。

在此之前,日本无产阶级文学运动正蓬勃兴起,在地震中虽然遭受了沉重的打击,但很快就以强劲的势头崛起。震后翌年,即大正十三年(1924)6月,作为无产阶级文学先驱杂志《播种人》的后身,《文艺战线》创刊了,并且以此为中心成立了"日本无产阶级文艺联盟"。另一方面,自大正中期开始,欧洲20世纪艺术的未来派、达达主义、表现主义等现代派文艺思潮已经波及日本。不仅有大量现代主义小说被译介到日本,还有表现派电影以及大量西方现代戏剧也相继进入日本。这些先锋艺术在年青一代的文学新人中得到认同,成为日本现代派文学形成的催化剂,高唱"艺术革命"的前卫艺术的火种渐呈燎原之势。在这双重背景之下,大正十三年(1924)9月《文艺春秋》废除了同人制,新进作家们集体退出了《文艺春秋》,而第六次复刊的《新思潮》也宣告解散。

一个月后,《文艺时代》由金星堂正式发行创刊。杂志名称是川端康成首先提出的,他认为远古时代宗教在人生及民众中所占据的位置,在新的时代应当由文艺取而代之,由此提议新杂志起名为"文艺时代",它意味着要"从宗教时代走向文艺时代"。这也是朝朝暮暮在川端脑海中萦绕不去的信念,他的提议得到了众人的一致赞同。这一时期,川端显得精神抖擞、雄心勃勃。

川端在《文艺时代》的"发刊词"中朗声宣告:"《文艺时代》的诞生,是新作家对老作家的挑战,也可以说它是一场破坏既有文坛的运动。""我们的责任在于革新文艺,进一步说,必须从根本上使人生中的文艺或艺术观念得以更新。命名为"文艺时代"既是偶然也未必完全偶然。……只有我们才能创造新的文艺,同时创造新的人生。"《文艺时代》一经问世即引起了轰动,其创刊号不仅在东京、大阪,即使在地方上也被抢购一空。几乎所有报纸的文艺版以及文学杂志上都载文评论这一刊物,祝贺与鼓励的信函使编辑部沸腾了。此时的川端已不仅仅是个年轻作家,同时也是一个满怀自信、意气风发的文艺批评家。他在《文学自叙传》中说过,"我主动从事的事情只有编辑《文艺时代》。

2. "新感觉派"时期

全身心投入《文艺时代》编辑工作使川端显示并确认了自己的才能和气魄,也给他带来了自信和充实。他感到自己已经走出了盲从的误区,具有了识别精华与糟粕的鉴赏能力。这一时期是川端文学观念的形成期,也是川端所代表的"新感觉派"的形成期。

早在《文艺时代》创刊前后,川端和横光利一等人就发表了一系列反传统的作品,他们脱离事物表面的真实外壳,抛弃干瘪的文体和凝固的语言,以奇异的修辞和绚丽的辞藻把内在的感性直观地暴露出来。川端的掌小说集《感情装饰》以及横光的《太阳》(大正十二年,1923)、《静静的罗列》(大正十四年,1925)等已经逐渐显露出了这方面的特征。作品摒弃以再现事实为志向的创作原则,沉没于纯粹的虚构中去谋求文学的创造性,在与理智相悖的纯感觉世界里挖掘表现新的生活情感的可能。作家们相信,在感觉与现实世界的表象相接触的瞬间,强烈的生命感会得到复苏。在描写手法方面,他们大胆尝试拟人、比喻、隐喻、象征、逆说等手法,捕捉人物瞬间的纤细微妙的心理感觉,并以奇特的形式呈现在读者面前,传达出几近美术和音乐般的感受。这种过去的文体所没有的新颖奇特的感觉表现形式以及异想天开的主题和构思,引起了新闻记者、文学评论家千叶龟雄的注意。他在大正十三年(1924)11月号的《世纪》杂志上发表了题为"新感觉派的诞生"一文,充分肯定了这一新的文学现象。千叶的文章宣告了日本最早的现代主义文学流派——"新感觉派"的诞生。

应当说,"新感觉派"是在日本由大正进入昭和的大动荡时期,也是在东京大地震所带来的日本政治、经济乃至思想上的一片动荡萧条之中乱世横生。第一次世界大战,日本虽然是战胜国,在战争中获得了短暂的繁荣。但"一战"之后在整个资本主义经济通货膨胀的冲击之下,日本也不可避免地卷入了经济危机,工人失业,农民破产,社会生活陷于困境,人们的思想也开始走向崩溃。日本传统的伦理观、价值观在无政府主义、虚无主义等形形色色的西方社会思潮挤压下剥落、坍塌,社会上充溢着及时行乐的气氛。而地震的惨祸加剧了这一混乱状况,东京、横滨等重要城市化为焦土,死伤20余万人。日本为进行震后复兴急速引进了大量的美国工业资本,资本主义的迅速发展成为社会主义思想生长的诱因。

同时,机械文明的成熟带来了人性的解体,站在文明前沿的知识分子面临着自身内部的"精神危机",日本国土上也产生了与第一次世界大战之后西欧社会相同的精神状态。因此,从血缘关系来看,"新感觉派"是在20世纪初叶法国出现的以富于个性的自由表现方法而著称的"构成派"、20年代意大利出现的以速度和音响为特征的动感文学"未来派"、第一次世界大战时期以罗马尼亚诗人为主流发起的破坏性文艺运动"达达派"和反自然主义的"表现派"等综合营养液中孕育生长的。从此,"新感觉派"与无产阶级文学共同揭开了日本现代文学的序幕,"形成昭和文学史上最显著对立的两大潮流"①,在昭和初年的文坛上大放异彩。前者直指文学的革命,后者则指向革命的文学。

川端康成和横光利一共执牛耳,并肩成为"新感觉派"的骁将,二人分别高举着理论和创作这两面大旗,支撑着这一流派的发展,被誉为"新感觉派的双璧"。他们将"新感觉派"的印记深深烙入了日本文学史的里程碑。当时川端在文坛的形象,与其说是一个作家,不如说是一位文艺理论家和时评家。他在大正十四年(1925)1月的《文艺时代》上发表了一篇引人注目的论文——《新近作家的新倾向解说》。此文全面系统地论述了"新感觉派"表现方法的理论依据、文学形式和哲学渊源,并就"表现主义的认识论"和"达达主义的思想表达方法"等问题进行了深入的阐述,成为"新感觉派"理论大厦的重要基石。川端向人们呼吁:没有新的表现,就没有新的文艺;没有新的表现,也没有新的内容;而没有新的感觉,便没有新的表现。这样的论述使"新感觉派"终于在日本文学史上落地生根,成为一段不可忽视的历史。

但另一方面,仅凭感觉的摄影机去反映现实,只能实录表象,难以触及本质,因而往往造成作品人物缺乏典型性,主题立

---

① [日]市古贞次《日本文学史概说》,东北师范大学出版社,1987年,第278页。

意与社会现实脱节。这种将焦点凝聚在表现技巧的细枝末节上的冒险行为,把主观的感觉抬升到至高无上的地位,使"新感觉派"濒临陷入形式主义的危险。当时日本文坛上另一醒目的流派——无产阶级文学正开展得如火如荼,它客观而直接地反映了劳苦大众的平凡生活和切身利益,因而在大众读者群中引起了共鸣,在更为广阔的范围和更为普及的层次中获得了稳固的根基。"新感觉派"文学诞生之时,以促使日本文学与西方现代文学并轨的先驱者的姿态出现,确实成为许多关心和爱好文学的青年学者关注的焦点。但过于强调艺术技巧的主张以及在模仿西方艺术的过程中暴露出来的弱点,使这一流派缺乏民众的支持。一些原来对"新感觉派"大加赞赏的文学青年也渐渐看到,日本的知识阶层正受到民主主义、社会主义和马克思主义的影响,因此脱离现状地追求技巧与形式将会逐步丧失博得人们青睐的精神魅力。"新感觉派"在时代的浪尖开始分流,今东光、片冈铁兵、铃木彦次郎先后退出,转而投入无产阶级文学,另一些作家则转向"新兴艺术派"和新心理主义。结果,"新感觉派"只在文坛上生存了三年就迅速凋落。

3. 战争风云中的文学历程

在"新感觉派"衰微和消失的日子里,日本法西斯势力日益膨胀,当局开始大批检举共产党人。一生看重友情的川端,对文学界的友人伸出了援助之手。他帮助过逃避搜捕的剧作家村山知义和无产阶级作家林房雄;掩护过试图逃亡苏联的无产阶级文学运动领导人之一藏原惟人;为无产阶级作家、革命活动者小林多喜二的牺牲而撰写了代表良心和正义的文字。"九一八"事变爆发,日本向中国的东北三省迈出了侵略的第一步。许多日本作家在残酷的镇压和强烈的冲击之下都丧失了原有的立场，纷纷"转向"，沦为法西斯政权的工具。横光利一也公开表示了对军国主义的支持。川端以少有的直率批评了曾经和自己并肩叱咤于文坛的挚友横光利一，认为活着的横光利一是不幸的，还不如死去的小林多喜二。

但是在整个战争期间，川端总体上采取了消极回避的态度。他既没有主动与军国主义同流合污，也没有鲜明地站在反对的立场上，而是努力以外在的超然闲适掩饰内心的彷徨，同时对于战争给文学造成的侵害以及政府对创作的干预，也委婉地发出怨斥之声。当他看到一些作品被删改得遍体鳞伤时，感到深深的痛心和失望，但他的表现总是暧昧而摇摆，有时还为自己所说的一些话进行弥补，甚至曾为当局的做法进行过解释。面对严酷黑暗的现实，川端的选择是将自己隐没于纯艺术的世界，或是埋没于个人的爱好当中，因此战争期间他经常去旅行、摄影、下棋或者研读日本古典名著。

无产阶级文学运动在严酷的镇压之下渐渐走向低谷，随之而来的是日本文坛的严重危机。川端的许多恩师、挚友也在军国主义的鼓噪声中终于迷失了方向，卷入了所谓"报国文学"的逆流。文艺界如秋风横扫的荒原，连唯美派作家谷崎润一郎和德田秋声的作品也在劫难逃，遭到查禁。昭和八年（1933），由丰岛与志雄、三木清、川端康成等70余人共同发起成立了"学艺自由同盟"。他们试图在法西斯主义泛滥的世界中为文艺谋求一块自由的空间，争取保留"说话"的权利。同年8月，川端康成又协同小林秀雄、武田麟太郎、丰岛与志雄、宇野浩二、广津和郎等文艺界人士，创刊了第二次同人杂志《文学界》。这一刊物吸纳了不同的文学流派和各种政治倾向，既有左翼作家，也有新兴艺术派的作家，既有新进作家，又有前辈作家，因而有"吴越同舟"之称。这些复杂的成分为了一个共同的目标——维护创作自由而会聚到一起。《文学界》的出现成为当时日本文坛的一股主要力量。川端在创刊号的编后记中指出,这是日本"文艺复兴"的萌芽,《文学界》就此成为日本现代文学史上"文艺复兴"运动的据点。

随着时局日益严峻,川端也不得不应日本关东军的特邀,到中国东北的奉天(今沈阳)、抚顺、海拉尔、哈尔滨、新京(今长春)等地进行了访问。回国后,他写了文学杂感《满洲国文学》和《满洲的书》,又编辑了《满洲国青少年生活记》和《满洲各民族创作选集》。这些作品尽量从纯文化的视角出发,几乎一律回避了政治与战争的话题。川端就这样以我行我素的姿态少量地发表着作品。这一时期的创作,总的来说较少受到尘嚣四起的战争文学的影响,如《禽兽》《名人》等等。

徘徊在矛盾之中的川端,并没有松懈文艺界的活动。他先后参加了众多文艺奖项的设立和评选工作,并担任评选委员。昭和十年(1935)一月,文艺春秋社创立了"芥川奖"和"直木奖",这是那一时期日本文坛上令人欣喜和安慰的大事。二者分别是纯文学领域和大众文学领域的新人奖,川端作为"发掘文学新人的名人"理所当然地担任了评选委员。这两个奖项至今仍是日本最著名的文学新人奖,许多文学青年都是通过这两个奖项在文坛获得立足之地的。芥川奖和直木奖创立之后不到两年,以已故的池谷信三郎的名义又设立了"池谷信三郎奖",川端也担任了评选委员。昭和十三年(1938),在日本文学振兴大会上,设立了"菊池宽奖"。这是针对中年作家的精进奖,川端先是评委,后来以其《故园》和《夕阳》成为战前最后一届(第六届)"菊池宽奖"的获奖者。与此同时,川端还致力于培养少年儿童和女性的写作能力,他编选过少儿读物,阅读了大量小学生的作文和初学写作的女性的投稿。这些妇女儿童的文章虽然还谈不上真正的文学作品，但字里行间充溢着清新的率真和朴素的纯情，使川端在严酷的战争环境中感受到了人间的温暖。直至"战后"，川端始终担任着各类文学奖项的评选工作，包括重新恢复的"芥川奖"，改造社创立的"横光利一奖"、"小学馆儿童文化奖"、"岸田演剧奖"、"新潮社文学奖"等等。川端的文学生涯不仅是创作的生涯，而且也是积极从事文学评论、热情投身文坛活动的生涯。

第二节 世界声誉及文学评价

一、回归传统与走向世界

第二次世界大战结束后的几年间，友人们相继离世，特别是昭和二十三年（1948），横光利一、菊池宽两位最亲密的师友在冬去春来的短短时日里接连去世，这段时间成为川端的"第二次孤儿体验"时期。于是，他在死亡阴影笼罩下的一片空寂当中，寻找着往昔忍受空寂而生存下来的古人心中的支点。这种心境反映在创作中，从早期的以下层女性作为主人公，描写她们的纯洁和不幸，逐渐转化为后期的描写近亲之间，甚至老人的变态情爱心理，并显露出颓废的一面。

为了纪念故去的友人，川端致力于为他们撰写作品后记或编辑出版选集和全集。在梶井基次郎、池谷信三郎、北条民雄、武田麟太郎、横光利一等人去世后，川端与其他文艺界人士一起分别为他们编撰出版了全集。此外，他还为已故林芙美子的《涟漪》、《饭》等作品的出版撰写过后记。从出版委员会委员到编辑委员、监修委员，川端都担任过。这不仅是对友人的最好纪念，而且也是对日本文学史的极大贡献。在战争的严酷环境中，川端与武田麟太郎、间宫茂辅三人共同编辑了《日本小说代表作全集》。日本投降后，川端还担任了"二战"后日本第一套文学全集《现代日本小说大系》的编委以及《叶山嘉树全集》、《小川未明童话全集》、《内田百闲全集》的编委。在他生命的最后四年，还担任了《新潮日本文学小辞典》的编辑委员，而他从事《内田百闲全集》的编辑工作距他告别人世不足半年。

"二战"后，川端怀着复杂的心情将自己的文学生涯画上了一道分界线，为自己树立了新的目标："我把'二战'后自己的生命作为我的余生。余生已不为自己所有，它将是日本美的传统的表现。我这样想，没有丝毫不自然的感觉。"① 川端逐渐进入了新的写作状态。他分别于昭和二十四年（1949）的5月和9月开始连载著名的《千羽鹤》和《山音》。《山音》是川端"二战"后创作的第一部长篇小说，也是他篇幅最长的小说，获得了野间文艺奖。此后，川端进一步恢复了旺盛的创作精力和热情，一连写出了《波千鸟》、《舞姬》、《日兮月兮》、《东京人》、《湖》、《河畔的城镇》等许多作品。

50岁对川端来说，不仅是他文学创作的一道分界线，而且也是他文学活动和社会活动的一座分水岭。此前的川端几乎从不在任何社会活动中抛头露面，在文艺界的活动也仅限于从事写作、创办同人杂志、编辑文学书籍等，似乎是与仕途绝缘的。但昭和二十三年（1948），在川端即将步入50岁的时候，日本笔会评审委员会上选举川端接替5月刚刚辞职的志贺直哉

---

① ［日］川端康成：《川端康成文集·独影自命》，叶渭渠译，中国社会科学出版社，1996年，第3页。

的职务,担任日本笔会的第四任会长。从此之后,川端除了一如既往的笔耕之外,还致力于笔会的组织运作工作。在他担任日本笔会会长的17年间,组织了多次国际活动,为日本文学乃至文化走向世界做出了不可磨灭的贡献。

川端上任后不到两年,就组织日本笔会的会员们以及部分新闻记者一起前往广岛和长崎参观。一行人在广岛召开了"日本笔友俱乐部广岛之会",并宣读了《和平宣言》。组织这样的活动,在日本笔会还是第一次。战争刚刚结束时,日本处在被管制状态,尚未取得自由使用外汇的权利,因而日本笔会的成员无法参加国际笔会的活动。川端和其他文艺工作者共同努力,终于使日本如愿地派代表参加了昭和三十年(1955)在维也纳召开的国际笔会。

川端作为日本笔会会长最辉煌的业绩是,促成了第二十九届国际笔会于昭和三十二年(1957)9月在东京召开。这是首次在亚洲召开的国际笔会大会,来自近30个国家的171名著名作家和文艺界人士,加上日本笔会会员共185名,云集东京。日本迎来了"战后"空前的国际文化交流的热潮,如此众多的国家、众多民族的优秀文学家欢聚于日本,这是前所未有的。应当说,这些活动与他日后获得诺贝尔文学奖也不无关系。

二、巅峰时刻的终结

从参与日本笔会和国际笔会的活动开始,川端逐渐从这个小小的岛国走向世界,赢得了国际声誉和地位。昭和三十三年(1958)3月,经国际笔会执行委员会一致通过,推举川端康成担任国际笔会的副会长。

川端的名字开始越来越频繁地出现在世界各国的文艺

界,由此也开始了川端在国内和国际上连续获奖的道路。昭和三十四年(1957)7月,在西德法兰克福召开的第三十届国际笔会大会上,川端荣获该市授予的"歌德奖章"。这是专门授予那些对文化事业做出突出贡献的作家的奖章,此次授给川端,是奖励他创造出了"具有创造性个性的日本梦幻美和独特的诗的世界"。一年之后,川端又获得了法国政府授予的"文化艺术骑士勋章"。这一勋章是法国政府为奖励文化名人在第二次世界大战后新设立的,给川端授勋的理由是:"为了感谢您在法日文化交流中所作的杰出贡献。"再过一年,川端又荣获了日本政府颁发的第二十一届"文化勋章",这是日本文化界的最高奖赏,标志着川端成为日本文化的功臣。日本政府授予川端此项勋章,是为了表彰他成功地领导了国际笔会日本大会的召开,以及在《禽兽》《雪国》《名人》《千羽鹤》《山音》等一系列优秀作品中,"以独具个性的样式和浓重的感情色彩,描绘了日本美的象征,完成了前人所没有的创造"。同年,川端还因小说《睡美人》获得了"每日出版文化奖"。此外,川端还获得了菊池宽奖(昭和十九年)、艺术院奖(昭和二十七)、野间文艺奖(昭和二十九)等等。

  昭和四十三年(1968)10月16日,瑞典科学院从斯德哥尔摩传来了将本年度的诺贝尔文学奖授予日本作家川端康成的消息。川端成为日本第一个获诺贝尔文学奖的作家,并且也是亚洲继泰戈尔、阿格农之后又一个获此殊荣的作家。颁奖词称,将诺贝尔文学奖授予川端,"旨在表彰您以卓越的感受性、高超的小说技巧,表现了日本人心灵的精髓"。同年12月12日下午,川端在瑞典文学院礼堂做了题为"日本的美和我——序说"的著名演讲,将日本传统美的世界展现给所有在场的人,赢得了听众热烈的掌声。在刚刚摆脱战争阴影的日本,川端的获奖带来了巨大的冲击波,从此,日本以其独特的小说传统进入了世界文学作品群。

川端获诺贝尔文学奖之后,各种邀约、采访和荣誉接踵而至,他更加频繁地出访外国,在世界各地作文化演讲。获奖翌年的1月,川端在历访欧洲各国之后,刚刚踏上日本的土地,就受到了日本参众两议院的祝贺;3月,他作为客座教授前往美国短期讲学;4月,与索尔仁尼琴一起被选为美国艺术文艺学会的名誉会员;5月,在夏威夷大学及其分校做了题为"美的存在与发现"的演讲;6月,被授予夏威夷大学名誉文学博士的称号并成为美国文学艺术院的名誉会员;7月,日本驻伦敦大使馆举办"川端康成展";9月,以文化使节身份赴美出席"纪念日本移民一百周年旧金山日本周",做了题为"日本文学之美"的演讲……这篇演讲文连同此前的《我在美丽的日本》和《美的存在与发现》,成为三个稳固的支撑点,共同铺展了川端康成关于日本艺术和日本美学的理论体系。

但是,过多的名誉同时也成为一种重压,令川端感到难以抵御。谁也没有料到,正当川端置身于艺术巅峰的时候,却突然自杀身亡。昭和四十七年(1972)4月16日深夜,用人在川端的工作室里发现了他口含煤气管、裹着棉被的遗体。这间工作室是川端于同年一月中旬在逗子市玛丽娜公寓的四楼买下的,此后他每周定期去那里工作三四次。直到川端自杀,这种规律已经持续三个月了。与三岛由纪夫不同的是,川端死前没有留下任何遗言或暗示性的书信,也没有显露出任何征兆。而且他自杀时,许多工作都只进行到一半,因此,他的自杀更加令人感到震惊和迷惑。

一时间,围绕着川端之死流言四起,众说纷纭。18号在川端宅邸秘密地举行了家庭葬礼,但这并没能躲过从四面八方专程前来参加吊唁的客人,场面之壮观可与川端获诺贝尔文学奖时相媲美,只是气氛截然不同。死者的一切思想都已随他而去,留下的是生者空无凭据的猜测和判断。川端很早就把死亡看作一种"灭亡的美",并由此认为应当用"临终的眼"去观察自然,这样才能反映出自然的美。他曾说:"最好不过的就是自杀而无遗书。无言的死,就是无限的话。"他确实以自己"无言的死",给全世界留下了"无限的话"。

第三节 《雪国》的写作特色

一、成书过程、作品内容及影响意义

中篇小说《雪国》不足八万字(以中文计算),与许多中外名著相比,也许算不上鸿篇巨制。但这一作品在日本却真正是家喻户晓,也是世界公认的川端文学的代表作之一。曾担任川端文学研究会会长的著名学者长谷川泉说:"《源氏物语》以来的传统文学中盛开的一朵硕大的花朵就是《雪国》。""《雪国》超越了简单的抒情领域,能够让我们领会凄艳的人类理性的魅力。《雪国》是一部随着阅读的深入而不断开启深远的未知世界的作品,一部不可思议的作品。"①

《雪国》的情节极为简单,表面上看,就是一个有妇之夫来到异乡寻欢作乐的故事。但是,假如仅仅这样理解就完全抹杀了小说的文学价值。无论在表现技巧、艺术手法抑或在思想意

---

① 「世界の川端康成と『雪国』」,长谷川泉,『川端康成「雪国」湯沢事典』,新潟県南魚沼郡湯沢町、平成十二年(1999)6月、第3頁。

义上，这都是一部耐人寻味的作品，正因如此，几十年来，从日本国内到亚洲、欧洲，可以说在世界范围对这篇小说进行研究、分析的论文乃至专著不计其数。

小说有三个主要人物：岛村、驹子和叶子。岛村是一个皮肤白皙、略微发福的中年男子，靠祖上留下的家产生活，对西洋舞蹈抱有若有若无的兴趣，在百无聊赖的生活中来到雪国。驹子是生长在雪国的艺伎，她与师父的儿子行男从小青梅竹马，两人的关系像是订有婚约。行男身患重病，照料他的叶子似乎是他的新恋人。这三个人物的关系在小说中并没有明确地表现。岛村第一次来到雪国时被驹子深深地吸引，为了跟驹子会面他再次来到雪国，途中见到了叶子。与此同时，驹子对岛村的恋情日益加深。但是，岛村又为纤细、宁静、优美的少女叶子而倾心不已。最后，叶子在一场大火中坠楼身亡，驹子坚强地在严寒的雪国继续生存，岛村则回到他从前的都市生活中去。

《雪国》篇幅虽然不长，但创作过程却非常特殊，可谓世所罕见。小说从开始创作到最后定稿，经历了漫长的岁月，跨越了整个"二战"时期，前后花费了13年的时间。不仅如此，川端在其生命的最后阶段还再次将本来已经完稿的《雪国》删改、压缩，并亲自用毛笔抄写出来，留下了两册极其珍贵的线装毛笔版遗稿《雪国抄》。这一工作完成之后，他就结束了自己的生命。可以说，这八万字贯穿了一个作家从青年到老年的大半个人生。

在川端的众多作品中，译本最多的就是《雪国》，先后被译成了英语、德语、法语、波兰语、意大利语、瑞典语、芬兰语、匈牙利语、世界语、希腊语、荷兰语、巴西语、越南语、马其顿语、中国语和韩语16种语言；其次为《千羽鹤》，有11种；再次为《古都》

8种;《山音》5种;《睡美人》3种。① 《雪国》是世界上传播最为广泛的川端康成的文学作品。

《雪国》最早的中译本与英译本几乎同时,是1957年在台湾问世的。此后,在台湾和香港地区又先后出版了近十种不同的中译本。但是《雪国》在中国大陆的译介起步较晚,直至20世纪80年代才有了第一个版本。但《雪国》在中国大陆的翻译出版具有重大的意义。第一,它是大陆出版的第一部川端文学作品;第二,在1981年一年之内大陆同时出版了两种译本,充分体现了改革开放之后国内日本文学研究界对川端文学的重视;第三,川端作品首次进入中国大陆的两种译本不约而同地选择《雪国》,足以说明这部作品代表着川端文学的高峰。

《雪国》这部小说不仅对于川端个人,而且对于日本文学史都有着重大的意义。对川端个人来说,是他走过了全盘接受西方现代主义的"新感觉派"和执着于东方佛教轮回思想的两个极端化时期,在对自己以往创作的经验教训进行清理之后完成的作品。这时,他已经认识到,对于西方以及世界其他地区的文学经验,应当按照日本式的爱好来汲取,并且必须将其日本化。日本自《源氏物语》以来的"物哀"、"幽玄"、"空寂"等传统审美理念,同现代西方的自然主义、象征主义、意识流手法以及古老的佛法思想都交织在这部作品之中。《雪国》中"镜子"、"优美得近乎悲戚"、"透明"、"洁净"、"徒劳"等许多关键词,都是这二者相互交织的联结点。如果说《伊豆的舞女》是在吸收西方经验的基础上,突出了日本文学的传统色彩的话,那么《雪国》则将两者互相渗透地加以结合,传统与现代、东方与西

---

① 此数据依据2000年11月日本新潟县汤泽町历史民俗资料馆所陈列的资料。此时正值汤泽温泉观光协会与神立观光协会联合举办"《雪国》文学之路"活动(2000年4月1日至11月30日)。

方完美和谐地融为一体,达到了炉火纯青的更高的艺术境界。《雪国》是艺术探索的成功之作,它标志着川端康成"日本式的吸收法"的最终形成,是其文学创作的一道分水岭,也是他创作生涯中一座巨大的高峰。而对于整个日本文学来说,是文学艺术穿过弥漫的硝烟,愈合战争的创痛时期的作品,在承前启后的同时具有开创新境界的意义。

二、火热的驹子

《雪国》的故事是通过岛村的目光呈现出来的,两个雪国女子的音容笑貌以及雪国独具魅力的风物人情都是被岛村的眼睛摄下之后展示给读者的。岛村对于驹子最初的,也是最深刻的印象是——洁净:"女子给人的印象洁净得出奇,甚至令人想到她的脚趾弯里大概也是干净的。"①

"洁净"一词被川端毫不吝惜地重复使用于驹子身上。在日常生活中,驹子总是勤快地打扫房间,而且"神经质地连桌腿、火盆边都擦到了";在住处的墙壁上她"精心地贴上了毛边纸",所以"墙壁和铺席虽旧,却非常干净";平时,就是要洗的衣服也都叠起来,还因此被人取笑过;跟岛村说话时,也不忘随时捡起脱落的发丝;一旦看见烟灰掉落下来,就悄悄地用手绢揩净,然后给岛村拿来一个烟灰缸;连睡觉时的被褥床单也希望铺得整整齐齐。驹子把这些生活细节上的习惯称作自己的"天性",这句话的深层含义是,无论驹子过着怎样一种生活,在本质上她仍然是一个洁净的女子。

驹子外表的洁净象征着她心灵的纯洁,正如她自己对岛

---

① [日]《川端康成文集·雪国古都》,叶渭渠译,中国社会科学出版社,1996年,第13页。以下《雪国》引文均引自此本,不另做注。

村所言:"只要环境许可,我还是想生活的干净些。""洁净"这个关键词不仅是指驹子的外在特征和生活习惯,更重要的还是指她的生存姿态和内心世界。从东京来到雪国的岛村,在驹子身上看到了与都市人极端膨胀的个人主义完全不同的为他人献身的精神,以及不计得失的爱的奉献。这才是驹子内在的洁净。

小说中对驹子的相貌进行了深入细致的描摹,完整的、成段出现的面部细节描写就有两处,这在篇幅不长的作品中十分醒目。两段文字从鼻梁、嘴唇、眼睛到眉毛、颧骨和脖颈,都勾勒得极为细致,而且措辞如出一辙,可以说,整个《雪国》中对人物外貌的具体而写实的笔墨都用在了驹子身上。在这两段外貌描写的最后分别用了意义相同的一句作结——"她比谁都要显得洁净"、"显得格外洁净无瑕",仿佛是在擦拭蒙在驹子身上的哪怕一丝一毫的不洁感,以此维护驹子的美。因为洁净就是一种深层的美。

然而值得注意的是,在描写嘴唇这个对于表现女性来说极为重要的部分时,川端却使用了非常奇异的比喻——水蛭,这种软体动物本身难以给人美好的感觉。这一比喻无形之中在驹子身上笼罩了一层妖艳的气氛。另一方面,这个比喻也是一种暗示:水蛭毕竟是不洁环境中的生物,它象征着驹子为生活所迫沦落风尘,挣扎于浑浊的世界中。

因此,驹子的洁净并不是一种单纯的洁净,她是一个充满矛盾的人物——时而宁静忧郁,时而热烈奔放;时而温柔顺从,时而倔强激烈;她有少女的纯洁,也有艺伎的放浪;既有优美的举止,又有野性的表现。

川端笔下的驹子笼罩在红色色调之中,因而浑身都焕发着青春的活力。"岛村正陷在虚无缥缈之中,驹子走了进来,就像带来了热和光"。《雪国》中的这句话反映了岛村与驹子两种不同的生命状态。岛村既没有目标又没有追求,他迄今为止的生命以及未来的人生就是一场虚无,而驹子的出现,的确是在他的生活中投入了热与光。驹子红扑扑的脸颊在小说中不时地闪现。有时,她的"眼睑和颧骨上飞起的红潮透过了浓浓的白粉",使她在"雪国之夜的寒峭"中仿佛"给人带来一股暖流"。室内的光线明亮时,她的"绯红的脸颊"异常清晰,岛村以为是被冻成这样的,但驹子说:"不是冻的,是卸去了白粉。"也就是说,这鲜艳的红色,正是驹子的本色。驹子"天生就是温暖的",在岛村看来,她"简直像一团火",驹子也毫不讳言地说自己是"火枕",会把岛村"烧伤的"。在雪国的严寒与素白的映衬下,红色、灼热的驹子显得格外艳丽动人。

　　川端把驹子红红的脸颊和一片雪野同时叠映在一面镜子之中,以红白的强烈色差来象征严峻生活中驹子执着的生命。正是这份执着震撼了岛村,使这个空虚的人感到了真实:"……岛村闭着眼睛,一阵热气沁进脑门,他这才直接感受到自己的存在。随着驹子的激烈呼吸,所谓现实的东西传了过来。"

　　但是,驹子并不是一味地表现为热与火,在她精神世界的深处隐藏着某种冷静。正如小说中所写的那样:"倾心于岛村的驹子,似乎在根性上也有某种内在的凉爽。因此,在驹子身上迸发出的奔放的热情,使岛村觉得格外可怜。"虽然驹子的身体是炽热的,但头发却是冰凉的。当她的头发碰到岛村时,岛村不由得脱口说出"噢,真冷啊,我头一回摸到这么冰凉的头发"。小说中两次写到这个细节。这是对驹子这个丰富而立体的人物的具象化总结。换言之,驹子的整个精神世界就凝结在她炽热的身体和冰凉的发丝上。川端成功地把一个性格复杂的艺伎形象立体地塑造出来了。

驹子虽然仅仅是偏僻山村里的一个弱小女子,但却能够真实地面对自己,从不隐瞒内心的真实情感。岛村第二次离开雪国的前夜,驹子"带着几分粗暴"地硬把岛村从被炉里拖到冰天雪地中散步。回来之后,她先是无精打采、一声不响,接着一会儿说"我要回去了",一会儿又说"不回去了,就在这里等到天亮"。驹子的矛盾心情在反反复复的言辞之间尽显无遗。她清楚地知道岛村不属于雪国,这场感情终将无果,但面对离别却又那么难舍难分,无法自持。当他们终于第三次见面时,已经是第二年的秋季了,驹子依然没忘当初的心情,率真地对岛村说:"我不再给你送行啦,真说不上是什么滋味!""我没想到送行竟会那么难受啊。"驹子从不欺骗自己,也不欺骗别人。对于自己的感情,她的内心是光明磊落的。她直言不讳地对再度失约的岛村述说自己怎样如约赶回雪国,怎样望眼欲穿地等候。岛村说:"来封信告诉我不就成了吗?"驹子立即语气激烈地反驳道:"才不呢,我才不干这种可怜巴巴的事。那种给你太太看见也无所谓的信,我才不写呢。那样做多可怜啊!我用不着顾忌谁而撒谎呀!"驹子的坦荡与朴素,使虚伪的岛村自惭形秽,不由得"低下了头"。

尤其难能可贵的是沦落风尘的驹子能够坚持爱己所爱。她师父的儿子行男死后,岛村曾揶揄地说要去看看她"未婚夫"的坟墓,这令驹子大为恼火,她"陡地跷脚站起来,直勾勾地盯住岛村,冷不防地将一把栗子朝他脸上扔去",严厉地斥责岛村把自己当傻瓜来作弄。行男这个人物在小说中没有正面亮过相,关于他与驹子的关系也叙述得很模糊,只是通过按摩女之口说他跟驹子订过婚,并且按摩女也是"听说"的。因此实际上并不清楚两人到底是否有过婚约,但驹子对他没有爱情,这一点是非常清楚的。所以,岛村那种不负责任的说法才惹恼了驹子。从两人的对话中可以清楚地看到岛村和驹子对待感情的不同态度。在岛村看来，"为什么这样认真呢"，而对驹子来说，这却"着实是一件正经事"。满把的栗子把岛村的脑袋砸得生疼，驹子的倔强也以这有力的一掷显示给了岛村。

驹子对岛村的付出，不同于一般花街柳巷的女子之为金钱而出卖肉体。她在一心一意追求真正的爱情，对岛村是以心相托、以身相许。正因如此，当她从岛村的话中体会到"就是为了这常来的"时候，才受到了深深的伤害。涨红了脸、双肩打战、脸色铁青、簌簌流泪，继而缩成一团、用发簪扎铺席，等等，一系列的细节描写把驹子的痛苦表现得淋漓尽致。

如前所述，驹子的性格是多面的，这也同时表现在她对待爱情的态度上。一方面她清醒地面对现实，另一方面她却在无望的现实面前麻醉和放任自己。她明明知道岛村已有妻室，对自己并无真心，却又自我安慰地想岛村自然会把自己放在心上。她一边说自己绝不干那种可怜巴巴的事，但却在岛村再三失约的情况下央求说："一年一次也好，你来啊。"她渴望过正常女人的生活，一心要"正正经经地过日子"，要"生活得干净些"，却每每在深夜醉酒后跌跌撞撞地跑到岛村的房间里。直面现实与麻醉自己的矛盾心态共时地体现在驹子的言谈举止中。当她为岛村的一句"好女人"而悲恨交加、转身离去时，她已经认识到岛村这样的男人不值得爱。但是，她"很快又蹑手蹑脚走回来"了，并从纸门外招呼岛村一起去洗澡。驹子就这样耽于对岛村的迷恋而无力自拔，在理智与情感的夹缝中忍受煎熬。实际上，驹子对岛村所抱有的幻想也正体现了她那乡村少女的单纯和质朴，她甚至天真地想，"眼下专跟一人交往，不就同夫妻一样吗"。

驹子孤独而认真的生存愿望是毋庸置疑的事实，读者可以不断地从字里行间感受到她坚强的生存意志。但是,长期以来屈辱卑微的社会地位以及受人玩弄的生活经验,在这个天真纯朴的女子身上笼罩了一层妖媚与粗野。她诅咒这病态的生活,有时"恨不能把自己藏起来",但却无从摆脱,面对可悲的未来人生,她是那样微弱渺小。在驹子对幸福的憧憬中充满了苦楚和辛酸,是不幸的遭遇造就了她扭曲的个性,形成了她复杂得几近畸形的多面性格。

三、冰凉的叶子

川端曾经明确地说过,岛村和叶子都是陪衬人物,作为陪衬的叶子完全是"虚构的","叶子是出于作者的想象"①。构想出来的叶子与依据真实原型加以美化的驹子同样留给读者洁净的印象。但是,与驹子不同的是,叶子的洁净是完美的、纯粹的、未掺杂任何瑕疵的。因此有日本研究者把叶子称为"处女的存在",驹子则相对地成为"性的存在"②。

岛村注视驹子的目光更多地凝聚在她的肉体上,而叶子对岛村的吸引则是精神层面的。叶子被作者安置在一个非现实的近乎宗教般神圣的位置,她仿佛是驹子清洁、徒劳与献身精神的结晶。在叶子身上似乎看不到现实生命的痕迹,小说开头映现在玻璃上的叶子,同结尾坠落于火海中的叶子,是同一个透明的精灵。就连叶子所爱的人也都是与性无缘的——危笃的病人和自己的弟弟。她是精神的存在。

---

① [日]川端康成:《川端康成文集·独影自命》,叶渭渠译,中国社会科学出版社,1996年,第122—123页。
② [日]橘正典:《来自异域的旅人——川端康成论》,河出书房新社,1981年,第105页。

在岛村三次走访雪国的过程中,他内心的天平日益由驹子倾斜于叶子。前两次,岛村对驹子的渴慕中充满了异性之间的新鲜与兴奋。然而,这一切在第三次都消失了。这时对岛村来说,"或是与她的肉体过分亲近的缘故",总觉得对肌肤的依恋"如同一个梦境"。伴随着对驹子官能感觉的稀薄,叶子的精神魅力浮升起来。岛村如同一个摆在驹子和叶子之间的砝码,缓缓地滑向叶子。

对驹子来说,叶子仿佛一种无形的"重荷"。叶子从没赴宴陪过客,这对于一直想摆脱艺伎处境的驹子来说自然成为一种压力。同时,叶子对岛村的吸引虽然不是有意为之,但却时时折磨着驹子,因为岛村毕竟是驹子倾注了全部情感的对象。所以,当岛村谈及在火车上看到叶子无微不至地照顾行男这件事时,驹子一下子"变了脸色"。她避而不答岛村的问题——叶子是不是行男的妻子,反而再三地反问岛村"这件事你昨晚为什么不告诉我?为什么不说一声?"直追问得岛村"好像觉得被击中要害似的"。在驹子家里,她向岛村介绍了许多关于行男的情况,但对于陪伴行男治病归来的叶子却"依然只字未提"。叶子的每一次出现都更加激起了岛村的好奇心,而越是这样,叶子给驹子内心带来的沉重感就越是强烈,所以驹子总是回避提及叶子。其实,她是在回避把自己同叶子并置在岛村面前,在这一点上,她缺乏自信和勇气。小说的最后,驹子眼睁睁地看到叶子在火场坠落,她拖着艺伎那长长的衣服下摆,在被水冲过的瓦砾堆中踉踉跄跄地跑过去把叶子抱起来,"仿佛抱着自己的牺牲和罪孽一样"。这一句,充分体现了驹子此时此刻的复杂心理。她并不憎恨叶子,但却不敢正视叶子。

叶子的整体形象是冰冷的,充满了寒意,仿佛来自彼岸世界。她一出场就不同寻常,好像并不是现实中的人物。叶子的首次出场不是以形象而是以声音——火车进站时"站长先生,站长先生!"的呼唤。虽然她所呼唤的站长就在火车近旁,但她的声音却"仿佛向远方呼唤",这暗示出叶子如同一个遥远的来客。那"声音久久地在雪夜里回荡",于是,叶子在出场伊始就给人一种梦幻般的感觉,而且是雪夜中的梦幻,因而笼罩在一片寒冷的氛围之中。接下来的出现方式更为奇特——叶子的一只眼睛映在黄昏的车窗玻璃上,同时"一束从远方投来的寒光,模模糊糊地照亮了她眼睛的周围"。这又增添了一份神秘与缥缈。这里,作者用"寒光"再次加强了叶子出场时的寒意。叶子仿佛是在冰天雪地、暮色苍茫之中飘然降至人间的。映在玻璃上的叶子成为一个透明的人物,使岛村"就像是在梦中看见了幻影一样"。叶子与驹子这两个人物都曾以反射的影像出现过,但叶子的出现是在暮色苍茫的昏暗之中,而驹子出现时镜中总有明亮耀眼的光线。作者以这种方式为她们分别渲染出幽暗与明媚两种截然不同的底色。

叶子的第二次出场也同样是声音,而且这次依然"像是从什么地方传来的一种回响"。这种特殊的带有"回响"的声音令读者感到叶子是从不知何处飘忽而来。行男快要断气前,叶子匆匆赶来找驹子,这是叶子第四次出现,她"近乎悲戚的优美的声音,仿佛是某座雪山的回音"。作者不惜笔墨,反反复复地强调冰雪的环境和回荡的音色,可谓用心良苦。叶子的结局比出场更加出人意料——在雪中坠身火海。以这种方式,叶子又回归到了彼岸。川端在叶子身上花费的笔墨也主要浓缩在开篇和结尾,这两个部分是塑造叶子的关键场景。

小说中没有具体描写叶子的外貌,除了声音之外,叶子留给读者的深刻记忆就是她那凄美而冷峻的眼神,二者均非具象。岛村到驹子家时第二次见到了叶子。"但是,叶子只尖利地瞅了岛村一眼,就一声不吭地走过了土间。岛村走到外面,可是叶子那双眼神依然在他的眼睛里闪耀。宛如远处的灯光,冷凄凄的。"值得注意的是,叶子的目光同她的声音一样,每次都仿佛那么遥远。岛村和驹子去给行男上坟的时候,叶子又突然闪现在寒碜的、光秃秃的、没有鲜花的坟地里,"她像戴着一副假面具似的满脸严肃的神色,用熠熠的目光尖利地对这边睨了一眼"。同样"尖利"的目光,同样不可思议的突然出现,竟使岛村有些不知所措了。驹子刚跟叶子搭了半句话,"突然吹来一阵旋风,像要把他们刮跑似的,她和岛村都缩成一团"。其实这是列车从他们旁边擦身而过。但作者先写了旋风,然后再写列车,这就在真相未明之前先营造出一种阴惨惨的气氛。接着又回响起了那必不可少的声音,是叶子在呼喊车上的弟弟。"这是大雪天在信号所前呼喊站长的那种声音。像是向远方不易听见的船上的人们呼喊似的,话音优美得近乎悲戚。"川端对叶子的整体形象使用的是简笔,而对她虚幻的局部——声音和眼神,则使用了繁笔。通过这种繁简错落的艺术手法使叶子这个人物清晰起来,如同线条简洁流畅而又重点突出的素描,虽着墨不多,却独具特色。

  叶子直到第六次出场才终于跟岛村有了直接的交流,读者也直到此时才得以在近处看到叶子。在同岛村的交谈中,叶子的脸上"充满警惕",这是一个山村少女本能的防卫心理,由此也更加突出了叶子的纯洁。小说中虽然没有明确地介绍叶子的身世,但她同驹子一样是艰辛生存于严酷雪国的弱小女子。这一点,从她迫不得已央求岛村把自己带到东京去当女佣就可以看出来。正因为她与驹子同样处境悲凉,所以她才多次拜托岛村好好对待驹子。在叶子冰凉的外表之下有一颗温暖善良的心。当她恳求岛村善待驹子时,声音和目光都与历次不同了。这时,叶子的声音一反以往那种"向远方不易听见的船上的人们呼喊",也不再像"雪山的回音",而是"好像呼喊站在面前的人",这是由虚幻到真实的一百八十度的大转变。同时,她的目光也不再是"尖利"的,而是"闪闪"的。闪耀在叶子眼中的是同情的光。但是,当她走出房间时,岛村依然"感到一股寒意袭上心头"——叶子冰冷的意象贯穿于作品始终。

叶子身上具有一种"不可思议"的美,这种美中凝聚着日本室町时代"茶道"所创造的传统的审美意识。茶道专用的茶室,应修建得小巧、脆弱;茶室中必备的装饰——挂轴,以水墨或淡彩为贵;室内摆放的插花,以一朵为妙;使用的陶器,要选择形状自然甚至让人觉得歪曲变形的;茶碗的色泽图案,当是经过窑变偶然形成的,人工的色彩被覆盖,呈现出不规则的花纹。珠光将这种茶道所追求的美总结为"冷枯"或"枯"。① 这正是叶子给人的感觉。叶子所蕴藏的冰冷的美,同时又是一种自然的、纯真而朴素的美。能乐大师世阿弥有句名言:"隐藏着的才是真正的花(秘すれば花)。"叶子就是这样一朵半隐半现的寂寞的花,唯其如此,她才美得令人战栗。

小说的结局"雪中火事"一节,叶子作为一个纯粹精神的存在早就难以忍受世间的生活,终于奔赴了清静之境。同时,驹子的情念也在此刻得到了净化。小说就在这一纯净的瞬间结束了。虚幻的生命——叶子,回归于虚幻的世界,现实的生命——驹子,仍然活在现实的世界中。

川端竭力把叶子塑造成彻底的、洁净的形象。叶子的过度纯粹,几乎要使她成为一个无从捕捉的观念上的人物。小说中

---

① [日]珠光:《致古市播磨法师一纸》,收于《茶道古典全集·第三卷》,日本淡交社,1960年。

反复出现的"优美得近乎悲戚"的声音正是叶子的象征,虽然虚无缥缈,却时刻回荡在雪国的各个角落。叶子与驹子一虚一实,两相对照,成为《雪国》中一明一暗的两条重要筋络。另外,叶子是宁静的、安稳的,就像她穿着的雪裤,"特别硬挺,十分服帖,给人一种安稳的感觉"。而驹子则是不安的、躁动的,就像她的居所,"仿佛悬在半空中","总是不安稳"。叶子是冰凉的,驹子是火热的。叶子是飘忽的,驹子是实在的。白色的叶子与红色的驹子在互相的映衬、对比中达到一种别致的平衡。

《雪国》标志着川端的文学创作个性的定型。从《雪国》开始,川端富于个人色彩的创作风格开始为世人所瞩目,他的抒情的笔致、纤细的感性描摹、丰富的心理刻画,对美与爱的礼赞,以及对人生无常的叹息,贯穿了日后的几乎全部作品。虽然在不同题材的创作中,其色调有所变化,手法也有所发展,尤其是他人生的后期,作品逐渐显示出多样化和复杂化的倾向,但是总体来讲没有再出现巨大的起伏和断层,他鲜明而独特的艺术保持始终。叶渭渠先生将其总结为:"孤独的主观感情色彩、忧郁的感伤抒情情调,以及人情与人道主义精神。"①

第四节 《名人》的中日文化分析

一、《名人》的独特性

川端文学中的绝大多数作品都是以女性为主人公,但中

---

① 叶渭渠:《冷艳文士川端康成传》,中国社会科学出版社,1996年,第233页。

年时期创作的《名人》是他唯一一部纯粹以男性为中心的小说,精彩地展现了男性深沉博大的精神世界。这也是川端本人非常满意的一部作品,对他来说这"是一本没有前例的作品,对文坛也是如此"①。在日本文学史上,确实在此前此后都没有出现过同样题材和风格的作品。

无论从作家个人的创作生涯还是从日本文学史的角度来看,《名人》都可以说是一部独特的作品。在谈到《名人》的性质时川端说:"作为小说,它纪实的成分多了,而作为纪实,小说的成分又多了些吧。"② 从小说取材来看,造就这部纪实性小说的最直接契机,应当是川端康成对名人告别赛的采访。1938年(昭和十三年)6月至12月,川端应《东京日日新闻》(现在的《每日新闻》)之邀,花了整整半年的时间跟踪观看了"本因坊秀哉名人围棋引退战"③。日本棋界的常胜将军秀哉名人以65岁高龄参加了他职业生涯中的这场告别赛,川端受命于人而写作的观战记成为小说《名人》的蓝本。

但观战记毕竟是一种纪实报道,川端一直想把它改写成文学作品,使之成为"自己的"东西。秀哉名人在心脏病发作的情况下,凭着他深厚的棋道修养,完成了早已超过肉体承受极限的最后一盘棋,这是精神的力量,是生命追求与艺术追求的统一。这使川端产生了深深的共鸣,改写小说的想法在他心中涌动了多年。从开始落笔写作一系列短篇连载,再到不断连

---

① [日]川端康成:《川端康成文集·独影自命》,叶渭渠译,中国社会科学出版社,1996年,第240页。
② [日]川端康成:《川端康成文集·独影自命》,叶渭渠译,中国社会科学出版社,1996年,第240页。
③ "本因坊"是1590年日本统治者丰臣秀吉授予棋艺最高超的日海和尚的称号,由此开始了本因坊的世袭制。秀哉是第二十一世本因坊。"名人"是日本围棋国手的最高称号,是终身制,但不能世袭。一代国手秀哉离世后,"名人"的称号也被废除了。此二者代表了日本棋界的传统制度。

缀修改,直至最终与散文《吴清源棋谈》合出单行本(《吴清源棋谈·名人》,由文艺春秋新社于昭和二十九年7月出版),川端倾注了整整16年的心血。

《名人》的诞生一方面同川端康成的围棋爱好密不可分,可以说,《名人》是其个人爱好与文学事业最完美的结晶;另一方面,更为深层的原因则是日本侵华战争的爆发。川端开始报道"秀哉名人围棋引退战"的时候,正是日本向中国全面开战后的第二年。被裹挟在混乱时局之中的川端,每当感到彷徨无奈、情绪低落时,便会在夜阑人静中独自面向棋盘打着高手精彩对局的棋谱,借以暂时忘却尘世的烦恼。他这一时期的日记里频繁出现与友人对弈直至深夜的记录。统观《名人》这部小说的酝酿过程,恰值战争从爆发到升级直至结束的年代。川端"几次尝试写这部《名人》都没有成功"[①],《名人》的最终成书,已是日本宣布投降之后第9年。整个战争期间,川端少有辉煌的作品问世,大部分创作只是一些随笔和短篇。

值得注意的是,在出版单行本时,川端把随笔《吴清源棋谈》和小说《名人》两个不同体裁的作品合二为一,这绝非偶然,其良苦用心耐人寻味。吴清源是一位在战争局势下身份和处境都极为微妙的棋士,也是一位对《名人》的诞生产生过至关重要作用的人物。他的存在不仅影响到《名人》的创作风格和主题内涵,而且也进一步影响到川端对文化艺术的思考。

二、吴清源与《名人》

川端在《名人》中这样评价吴清源:"这位天才出生于中

---

① [日]川端康成:《川端康成文集·独影自命》,叶渭渠译,中国社会科学出版社,1996年,第241页。

国,长期旅居日本,仿佛是得天独厚的象征。……我觉得中国围棋的历史远比日本悠久,它的智慧在这位少年身上放射出了光芒。"① 吴清源是给予川端深刻影响的一位炎黄子孙。从 1932 年初次观看吴清源对局直到谢世的 40 年间,川端关于吴清源的文章达十数篇,其中最长的就是随笔《吴清源棋谈》,堪称不惜笔墨。川端眼中的吴清源,有着"融通自在的天才的棋风",更具有"人的'德'的魅力","正是这位年轻的天才,成了堪称凝聚着东洋精神之精粹的人物。如此纯洁的年轻艺术家,我还不曾遇到过第二位"②。对一位出身中国的年轻棋士如此推崇备至,多次在不同的文章中给予高度评价,这对于一向含蓄、暧昧的川端来说并不多见。

吴清源 1914 年生于中国的福建省的名门望族,他 7 岁开始习棋,11 岁获"天才少年"美誉,14 岁因连续击败日本职业棋客而受邀赴日留学,18 岁创下全年 44 胜 5 败的最高胜率纪录……从 25 岁开始的 15 年间,以决斗式的"十盘棋"坐擂,将所有应战的日本一流高手的对局身份全部降级,可谓所向披靡,在东瀛创造了一个围棋神话。

川端与吴清源的交往离不开秀哉名人,而《名人》的成书也离不开吴清源。川端笔下的秀哉名人和吴清源有着惊人的相似之处,甚至遣词用句都相同。川端"每次见到吴氏都感觉到一阵清新的香气"③,而"秀哉名人只要面对棋盘,总让人感

---

① [日]川端康成:《名人·舞姬》,叶渭渠、唐月梅译,广西师范大学出版社,2002 年,第 64 页。本文中未加注释的《名人》引文均引自此本,不再逐一加注。对于此译本中与原文出入较大的部分,由笔者根据新潮社 35 卷本(补卷 2)《川端康成全集》中的日文版《名人》译出。

② [日]川端康成:《观战记——木谷·吴三番大棋战》,《东京日日新闻》昭和十四年 2-3 月,引自新潮社《川端康成全集》第 25 卷,第 179 页。

③ [日]川端康成:「吴清源棋談·高原」,『川端康成全集』第二十五卷、新潮社、平成十一年(1999)10 月、第 241 页。

觉到一阵静静的香气使周围清新澄澈"。① 川端本人在谈到《名人》创作过程时明确说过:"吴清源九段在日本施展他棋艺才能的事也写进去了。"② 小说对秀哉名人和吴清源这两个人的描绘,从精神、风度到外表都有微妙的重叠之处。写围棋天才吴清源的面容"具有高贵少女的睿智和哀愁",秀哉名人的遗容则"露出深深的哀愁";写吴清源具有"少僧般的高贵品格",而秀哉名人的红色缎面坐垫"活像僧侣的座席"。生活中的秀哉名人和吴清源,除了体格瘦弱之外,无论相貌还是气质都少有类同之处,但是在川端笔下却趋于相像,这无疑是创作主体的主观感觉发挥了作用。

尤为重要的是,小说中秀哉名人的艺术形象处处闪动着吴清源的精神光辉。《名人》中这样描写秀哉名人与大竹七段正式开始交锋时的精神状态:"或是已经燃起斗志,气势逼人,进入了明净无我的三昧境界。""三昧境界"原指佛教中的"正定、专一、虚寂",是佛教重要的修行方法之一,即令心神平静,杂念止息。如前所述,对秀哉名人心理活动和精神境界的展现,是出于作者的文学想象和艺术创造,秀哉名人的"明净无我的三昧境界"正是吴清源所说的"使头脑清净"的境界。吴清源曾经问川端如何才能成为一流的文学家,川端一时语塞,便反问道:"围棋呢?"吴清源的回答简短而清晰:"使头脑清净。"这一回答给川端留下了极为深刻的印象,除小说《名人》外,他还在《观战记——木谷·吴三番大棋战》《吴清源及其他》和《月

---

① [日]川端康成:「名人」,『川端康成全集』第十一卷、新潮社、平成十一年(1999)10月、第467页。
② [日]川端康成:《川端康成文集·独影自命》,金海曙、郭伟、张跃华译,中国社会科学出版社,1996年,第244页。

下之门——吴清源》等文章中多次详细记述此事。① 在吴清源身上所感受到的精神力量和修养之道,深深地震撼了川端。于是,在对秀哉名人的艺术构思中,他便情不自禁地将这种震撼的感受倾注其中。川端之所以要把观战记改写成"自己的"作品,其目的就在于要把一决胜负的赛事记录变成展现艺道修养的文学创作。在《名人》中,川端让观战记者——"我"直接道出了这一创作目的:"我不仅对棋赛非常感兴趣,也深为棋道所感动。"(p.61)可见,《名人》的创作倾注了川端对棋艺之道的思考和对吴清源的敬意,秀哉名人的形象渗透着吴清源的影子。

三、"中"的精神

川端在塑造名人形象以及阐述吴清源的围棋观与人生观时,都强调了关于"调和"的思想,即吴清源所言"中"的精神。吴清源围棋思想和人生哲学的全部根基就在于"中"的精神,他于2003年9月以89岁高龄在中国出版的"最新回忆录"②就定名为"中的精神",还亲自用毛笔书写了这四个大字。可以说,这四个字凝聚了吴清源毕生的思考。他说:"在中国的思想里,'中'这个字有着很深刻的含义,它对于我的人生来说也是很重要的。"《中的精神》的扉页上就写着:"围棋·人生都是中和。"该书的最后一句话则是:"87岁的我所走过的道路,应该可以说是追求中和的人生吧。"他这样总结道:"简单概括来

---

① 参见川端康成「観戦記——木谷·呉三番大棋戦——」,『川端康成全集』第二十五卷、p.180;「呉清源その他」,『川端康成全集』第二十五卷、p.337;「月下の門」,『川端康成全集』第二十七卷、第454页、新潮社、平成十一年(1999)10月。
② 吴清源:《中的精神·中文版自序》,中信出版社,2003年,第23页。

说,我的围棋理想可以用'中和'这个词来表达。翻译成日语也许可以用'调和'这个词吧。"①

而川端在《吴清源棋谈》中专门以"调和"一节记录并分析了吴清源的这一思想。吴清源将博弈之道总结为"调和","围棋与其说是输赢胜负,不如说是调和。一子一子相互均衡,最终的棋局是作为调和的结果而建立的"。吴清源认为,棋盘之上逐一落下的棋子,无论它落在什么位置,都具有一种作用与力量,"一子之力,如能保持完全的调和,便彻底拥有了综合的力量。……我总是努力地使自己的每一个子都能够拥有最高的作用与调和。对手无疑也为此而绞尽脑汁。这样一来,又产生了对手之子与自己之子,即白子与黑子之间的调和。黑白双方的技艺与实力如若非常悬殊,就会破坏这种调和"。在吴清源看来,输棋的根源就是丧失调和。②吴清源在他的另一个随笔集《莫愁》的"棋清谈"中说过,精进棋艺的方法"一是手段的研究,二是精神的修养"。所谓"精神的修养"即是对调和的追求。川端顺着吴清源的思路指出,如果将落于盘上的黑白之子视作有生命的存在,那么调和之道,便如同围棋的心灵了。

小说《名人》所展现的秀哉名人的棋风以及对整个棋局的评价,都明显地表现出吴清源所提倡的"中"的精神。"围棋也是在一连串黑白相间下子的过程中,包含了创作的意图和结构,如同音乐,反映了心潮起伏和旋律。音乐若是忽然跳出一个古怪的音阶,或二重奏的对手突然伴奏出离奇的曲调,这就是一种破坏。……总之,大家对大竹七段的黑 121 感到意外、震惊、奇怪和怀疑;它破坏了这盘棋的节奏和旋律,这是无可争

---

① 此部分引文均见吴清源:《中的精神》,中信出版社,2003 年,第 219、217、229 页。
② [日]川端康成:《吴清源棋谈·调和》,新潮社《川端康成全集》第 25 卷,第 265-266 页。

辩的。"①

随着对吴清源精神世界的了解,川端越来越清晰地感觉到,吴清源对于围棋的起源有着独特的思考,这一思考离不开中国古代文化的深厚背景。在川端看来,关于围棋361路由模仿天体而来的说法虽然已是陈词,但吴清源将这一观点发展、深化了。吴清源首先否认了围棋发源于胜负之争:"围棋发祥之初并不是为争夺胜负,而是为了观测天文。在尚无文字的时代,棋盘与棋石只是观测天体运行、占卜阴阳的工具。"②川端认为,吴清源围棋起源说的真伪可以姑且不论,但从围棋并非源于胜负这一观点可以看出吴清源的人格。而这样的人格与信条"是基于幼时的教育和国土的传统,我们必须认识到这是与中国古代相通的。吴氏的宗教式的,或者说修道式的精神与生活,来自遥远的世界"③。这使小说《名人》带有明显的中国传统文化的基因。

四、《名人》的中国文化因素及川端的思考

川端所言"来自遥远的世界"的"国土的传统"究竟是指什么呢？他在《吴清源棋谈》中给出了答案:"在古代的中国,人们似乎相信人类是从天而降的。在天上有神支配着下界,这就是人类的祖先",所以中国人常常"祭祀先祖之天,并依照天意来行事"。"那么,我们也可以认为,人类既是生自上天,在人心产生之时必有天心隐于其中。通过自身的内省,也许可

---

① [日]川端康成:《名人·舞姬》,叶渭渠、唐月梅译,广西师范大学出版社,2002年,第87页。
② 吴清源:《天外有天》,北京燕山出版社,1996年,第239页。
③ [日]川端康成:《吴清源棋谈·祭》,引自新潮社《川端康成全集》第25卷,第300页。

以直感到天意。因此,遵从内在于自身的天命,便是人类的德行。……联想中国的古代,至今仍相信神之存在的吴氏,他的天带有修道式的高尚。吴氏在关于围棋起源的想象中看到了中国古代的天。"① 川端试图说明,吴清源通过对围棋艺术的钻研和反思,悟出了精神修养的重要性,而不断的自我修炼与内省所要达到的,是一种和谐均衡的境界。吴清源在对弈时能够保持内省,在棋局中能够追求自然与和谐,围棋到了这般境界,才堪称心灵修为之大道。

实际上,吴清源博弈之道是以深厚的中国哲学思想作为背景的。吴清源毕生爱读《易经》《中庸》,他这样总结自己的人生:"我1914年出生在中国,五岁(虚岁)开始就学习四书五经。那些教育的真髓其实就是'中的精神'。到了日本后,我每天都读中国的古籍,为的就是追求'中'的境界。"② 虽然吴清源人生的绝大部分时间都在日本度过,但身为炎黄子孙,他从小接受的是严格的中国传统文化的教育和熏陶,他的精神修养和博弈之道,都是以中国悠久的传统文化为背景的。恰如金庸所说的那样,吴清源的"中和"思想"包含了深厚的儒家哲学和精湛的道家思想"③。

川端认为围棋对西方人来说可能不大合适,其原因就在于棋道修养中所蕴含的人文精神是东方式的。在小说《名人》中,他发表了一番关于棋道与东方精神的感慨:"一般来说,西方人下围棋,缺乏围棋手的气质。日本的围棋,已超出了娱乐和比赛的观念,成为一种技艺。它贯穿着自古以来东方的神秘色彩和高雅精神。"这种东方的精神,正是吴清源所一再强调

---

① [日]川端康成:《吴清源棋谈·天》,引自新潮社《川端康成全集》第25卷,第301页。
② 吴清源:《中的精神》,中信出版社,2003年,第220页。
③ 金庸言论见吴清源:《天外有天》,北京燕山出版社,1996年。

的作为其思想源泉的中国传统儒家思想,亦即他在棋道中追求的"中"的精神。它反映在技艺本身以及艺者的主体精神两个层面上:前者是棋局的中和,吴清源所谓"一子一子相互均衡,最终的棋局是作为中和的结果而建立的"即是言此,"中和"的一手棋能够平衡全盘,使得棋子具备最高的效率;后者是精神的中和,即内心的自然平和,它使得棋手发挥出最高的水平,因为这种内心的平和,正是超越胜负的前提条件。可见,吴清源的"中"的思想与儒家哲学的"中庸之道"在本质上是完全一致的。

另外,吴清源的围棋之所以能升华为一种艺术而不仅仅是竞技,就在于他超越了以打击和歼灭对手为务的敌对式的较量,超越了你死我活的争胜的欲望。他称自己"于临战前从未有过'必胜不可'、'决不能输'之类的念头",对于胜负输赢"全都不加考虑"。① 显而易见,其围棋思想中深深蕴含着中国道家的"不争"观念。老子在五千言的《道德经》中8处提到"不争",在他看来,"善为士者"、"善战者"、"善胜敌者"以及"善用人者"均不争(第六十八章)。② 吴清源恰是一位"不争而善胜,不言而善应"(第七十三章)的棋坛圣人,从这一意义上讲,他的一生都在实践着"为而不争"的"圣人之道"(第八十一章)。

川端对围棋的认识,经历了一个从胜负之争到"中和"之道的过程,而在这一过程中,吴清源起到了至关重要的作用。在川端文学中,无论是小说《名人》还是散文《吴清源棋谈》,以及其他众多探讨文化艺术的理论文章,也都同样体现着来自中国传统文化的"中庸"和"不争"思想。这种思想不仅对川

---

① 吴清源:《天外有天》,北京燕山出版社,1996年,第197、210页。
② 老子《道德经》引文均引自《诸子集成》第3卷《老子道德经》,上海书店,1986年7月影印版。以下不另做注,只在引文后标明章节。

端艺术观、文化观的形成发生了作用,而且对他的文风乃至为人都产生了一定的影响。很多人都一致认为川端"温和而薄情、冷漠而亲切",①这一评价说明,两种截然对立的风格和谐地共存于川端身上。

川端还进一步从吴清源的个人命运,联系到了民族文化的发展,通过对围棋在中日两国发展历史的回顾,反思了应该如何对待民族传统的问题。他在明确了围棋的中国源流之后指出,"开拓这种智慧之奥秘的,正是日本。日本的精神,超过了模仿和引进。从围棋来看,这种情况是很明显的。"在长期的沉寂之后,围棋原有的规则被日本人按照自身的状态和需要进行了重新解释和设定,终于作为一种可利用的成分融入了日本文化之中,从而"如同能乐、茶道一样,早已根深蒂固地成为日本不可思议的传统",成为日本本土文化的一个组成部分。② 这段论述,已经超越了围棋本身,传达出了川端关于日本文化对异文化接受与变异的思考。

实际上,川端自青年时代就逐渐积累起了深厚的中国文化修养,这种修养广泛地渗透在众多的川端文学作品中。《名人》只是其中一部独特而典型的作品。

---

① [日]川端康成:「文學的自叙傳」,『川端康成全集』第三十三卷、新潮社、平成十一年(1999)10月、第94页。
② 此段引文均见川端康成:《名人·舞姬》,叶渭渠、唐月梅译,广西师范大学出版社,2002年,第62—63页。

第五节 《睡美人》的救赎主题

《睡美人》是川端年过花甲时发表的作品,最初连载于昭和三十五年至三十六年(1960-1961)的《新潮》杂志上。小说描写一个67岁的老人江口,经人介绍,5次来到一家叫作"睡美人俱乐部"的密室,先后与6位服用安眠药后熟睡不醒的少女同床共枕的经历。如此怪异的情节自然会引起人们对小说主题的种种猜测和不同评说。在中国,特别是20世纪改革开放之初,多数学者都把《睡美人》看作不健康的虚无颓废之作,认为小说表现了"放荡精神",折射着作者心理上的荫翳。在日本本土也不乏各种批评的声音,小说家三枝和子甚至说:"我从这篇作品中,体味到的是对于女性无法言说的轻蔑和侮辱。"① 但实际上,作者将极易滑入色情泥潭的题材处理得十分含蓄,小说中的老人只是在寂静和黑暗中,通过模糊的视觉、嗅觉、触觉和微弱的听觉,无声地从远逝的人生岁月中追寻曾经拥有的活力,享受一种虚无缥缈的纯精神的快慰和愉悦。那么,川端究竟试图借助这一作品表达怎样的主题呢?要探究这个问题,不能不关注小说的关键词——睡眠。

一、关于"睡眠"

小说的情节发展恰如其题目所呈现的那样离不开睡眠,睡眠是全部故事发生的前提和状态。首先,作品通篇都是江口

---

① [日]三枝和子:「川端の傲慢」,『川端康成』,小学館1991年7月,第148页。

老人的意识在现实与梦境这两个空间之中的游走，情节也随之粘连在睡梦与白日梦交织而成的思维之网中。其次，所有少女的每一次出场全都处于昏睡状态，自始至终缄口闭目。不仅如此，就连作为观察和思维主体的江口老人，也时常因服用少量安眠药而处于半昏睡半清醒的状态。可以说，整部作品都笼罩在睡眠之中。而"睡眠"其实是一个佛教名词，是梵文 Middha 的意译，简称"睡"，指身心处于类似昏迷的不由自主的状态。《睡美人》的情节构想就包含着这一佛教意义。

实际上，川端自幼受到佛教气息的浓重熏染，并且毕生都保持着对佛教的不懈关注。他很早就对佛教教义中的"睡眠"意义产生了兴趣，昭和八至九年（1933-1934）分别连载于《改造》和《文学界》上的小说《散りぬるを》①就是川端对"睡眠"思考的结果。作品中的视点人物"我"为了考察5年前两个女弟子被杀的事件，翻遍了书房里所有的医学和心理学书籍，最终翻到了佛经《阿毗达摩俱舍论》的《随眠品》，认为那次没有任何动机的杀人行为的诱因就是"睡眠"。日本哲学家梅原猛指出："正如人们常说唯识三年、俱舍八年那样，《阿毗达摩俱舍论》即使与佛学中难以理解的唯识学相比，也是更加难上几倍的学问。它接受了释迦从烦恼中探究人类苦恼原因的思考，产生于对烦恼进行细致分析的印度佛学，可以说是一种系统的认识论的心理学。……川端氏抱着对这一极难理解的佛典的兴趣，感受到一种'被佛法教义吸引而向缥缈遥远的彼方

---

① 《散りぬるを》的题名来源于《伊吕波歌》（「いろは歌」）："色は匂へど散りぬるを、我が世誰ぞ常ならむ、有為の奥山今日越えて、浅き夢見じ醉ひもせず。"这是将《涅槃经·圣行品》内的偈文"诸行无常，是生灭法，生灭灭已，寂灭为乐"的意思，以诗歌的形式转译而成，大约创作于10世纪后半期。一般都认为这首歌是空海所作，但也有近代学者否定这种看法。

游历'的诱惑。"① 川端之所以对如此深奥的《阿毗达摩俱舍论》感兴趣,其根源就在于,太多生离死别的经历促使他不断地思考人类痛苦的原因及其解决办法。《睡美人》中的江口身心衰老,性能力几近丧失,找不到爱情与性欲的支点。这些现象所掩盖着的,是他内心深处日益加剧的死亡临近的恐怖绝望、青春不复的哀怨无奈,以及他的人生中积郁已久的孤独寂寞和无法排遣的空虚压抑。恰如整个故事都被包裹在睡眠的外壳中一样,江口就处于心灵的"不由自主"状态。《睡美人》表面上是一个衰朽老人抓住最后一线希望寻欢的故事,实际上是一篇为世俗烦恼所困扰的心灵如何获得净化和拯救的寓言。小说中深深地隐含着佛教的救世主题——芸芸众生在凡间的苦恼应当得到抚慰。

二、"江口"探源

川端为《睡美人》的主人公定名江口,自有其深意。在川端文学研究者中,对这一姓氏进行过研究考证的不乏其人,其中一种观点认为"江口"之姓来源于谣曲《江口》。② 从《睡美人》的故事情节及主题思想来看,这一观点应该比较接近事实。

谣曲《江口》相传为能乐大师观阿弥(1333-1384)所作,故事的取材地点是一个名为"江口の里"的地方。这个地方就在离川端故乡茨木市不远的今大阪市东淀川区。它位于淀川的支流神崎川与主流的分离处,过去曾作为河港和驿站而一

---

① [日]梅原猛:「川端康成における仏教」,『国文学』1970年2月,第43页。单引号中的文字出自川端康成小说《散りぬるを》。
② [日]平山城児:「川端文学と古典の世界」,長谷川泉編著『川端康成作品研究』,八木書店昭和四十四年(1969)。

度繁荣。谣曲《江口》是一个关于"妓女乃普贤菩萨之化身"的故事，其主旨在于向人们昭示，表面上看妓女从事着低贱的营生，过着惨痛的生活，但恰是这种体验成为看破人世无常的契机，因此，妓女即佛。谣曲《江口》中"妓女乃普贤菩萨之化身"的素材承袭了此前的一些典籍，如《古事谈》(1212–1215)、《十训抄》(1252)之第三《性空上人见现身普贤菩萨事》和第十《神崎君咏歌往生极乐事》、中世说话集《撰集抄》(约1222年，传为西行所作)之第六「性空上人の事付室遊女」等。

《睡美人》中，江口在一个尚未成熟的姑娘身边想到："说不定就像从前的神话传说那样，这个姑娘是一个什么佛的化身呢。有的神话不是说妓女和妖女本是佛的化身吗？"[①] 江口所想的"神话传说"应当就是上述这一系列典籍中所记录的"妓女乃普贤菩萨之化身"的故事。由此可见，谣曲《江口》与小说《睡美人》，在诸多方面都存在着对应、吻合之处，二者之间显然具有内在的、密切的联系。川端为主人公定名江口即是为显示这一联系而埋设的一个线索。《睡美人》所试图展现的也是一个隐蔽的"妓女＝菩萨化身"的故事。

在中国，"妓女＝菩萨化身"类型的故事早在唐代就已经出现了。中唐李复言(775–833)的《续玄怪录》卷5中有《延州妇人》篇，讲一姿貌颇佳的少妇与少年狎游，死后得葬，后因胡僧发言开墓，揭明其为锁骨菩萨的化身。[②] 该故事本非佛经故有，而是中土自创，其成因有二：一是佛教在唐代的兴盛；二是随着兴盛而实现的本土化。这一故事历经承传发展，至宋

---

① [日]川端康成：《睡美人》，见《川端康成文集·千只鹤·睡美人》，叶渭渠译，中国社会科学出版社1996年4月版，第186页。以下《睡美人》引文均出自此本，不再逐一加注。

② 参见(唐)牛僧孺、李复言撰《玄怪录续玄怪录》，上海古籍出版社1985年版，第212页。《太平广记》中亦有录。

代出现了两条轨迹：一是北宋叶廷珪的《海录碎事》① 卷 13 上的《马郎妇》；② 另一是南宋志磐撰《佛祖统纪》卷 41 "宪宗元和四年"中的"马郎妇"故事。③ 二者的佛教教化意义均较以前更强，同时，菩萨所具有的圣洁与慈悲也更为突出，特别是后者出现了诱导世俗诵读佛经的情节，显示出了由本土玄怪构想向佛教点化故事靠拢的痕迹，启示人们起心向善，皈依佛门。虽然故事的主角都是马郎妇，但前者仍是锁骨菩萨的化身，而后者却变成了普贤菩萨的化身。到了元代，觉岸的《释氏稽古略》④ 卷 3 中，马郎妇则又成为观世音菩萨的化身，不过故事发生的时间仍为唐代。⑤ 从唐代的"延州妇人"到宋元时代的"马郎妇"，中国的"妓女＝菩萨化身"系列故事经历了一个由锁骨菩萨到普贤菩萨再至观世音菩萨的演变过程。

在日本的"妓女＝菩萨化身"系列故事中，化身为妓女的是普贤菩萨，在称谓上与南宋《佛祖统记》一致。另外，《古事

---

① 《海录碎事》共 22 卷，是宋代的一部中型类书。
② 见《文渊阁四库全书》第 921 册，台湾商务印书馆，1986 年 3 月，第 645 页上。原文为："释氏书昔有贤女马郎妇于金沙滩上施一切人淫凡与交者永绝其淫死葬后一梵僧来云求我侣掘开乃锁子骨梵僧以杖挑起升云而去。"
③ 故事原文为："马郎妇者出陕右。初是此地俗习骑射蔑闻三宝之名。忽一少妇至。谓人曰。有人一夕通普门品者则吾妇之。明旦诵彻者二十辈。复授以般若经。旦通犹十人。乃更授法华经。约三日通彻。独马氏子得通。乃具礼迎之。妇至以疾求止他房。客未散而北死。须臾坏烂遂葬之。数日有紫衣老僧至葬所。以锡拨其尸。挑金锁骨谓众曰。此普贤圣者。闵汝辈障重故垂方便。即凌空而去。"见（南宋）志磐撰《佛祖统纪》卷 41，《大正藏》卷 49。
④ （元）觉岸编《释氏稽古略》，简称《稽古略》，共 4 卷，约成书于至正十四年（1354），收于《大正藏》卷 49，系以编年体方式撰写的佛教史。
⑤ 故事原文为："马郎妇，观世音也。元和十二年。菩萨大慈悲力欲化陕右。示现为美女子。乃之其所。人见其姿貌风韵欲求为配。女曰。我亦欲有归。但一夕能诵普门品者事之。黎明彻诵者二十辈。女曰。女子一身岂能配众。可诵金刚经。至旦通者犹十数人。女复不然。其请更授以法华经全七卷。约三日通至期。独马氏子能通经。女令具礼成姻。马氏迎之。女曰。适体中不佳。俟少安相见。客未散而女死。乃即坏烂葬之。数日有老僧。仗锡谒马氏。问女所由。马氏引之葬所。僧以锡拨之。尸已化黄金锁子之骨存焉。僧锡挑骨谓众曰。此圣者。悯汝等障重故垂方便化汝耳。宜善思因免堕苦海。语已飞空而去。自此陕右奉佛者众。"见（元）觉岸编《释氏稽古略》，《大正藏》卷 49。

谈》《十训抄》和《撰集抄》等日本典籍的成书年代大体也相当于中国的南宋时期,而这正是中日交往非常频繁的时期,中国的宋学和禅宗就是在这一时期传入日本的。因此,大致可以推断,"妓女＝菩萨化身"模式的故事约在宋元时期从中国流入日本,经过变异之后融入了日本本土文化。

三、"睡美人"的本质

川端创作的《睡美人》中并没有涉及化身为妓女的是什么菩萨,可见他对此并不介意。而且,《睡美人》的情节发展与中日两国古籍中各种版本的"妓女＝菩萨化身"故事内容也都迥然相异,这说明川端无意借鉴故事本身。但小说又始终在通过各种或明或暗的方式提示"睡美人"与菩萨之间的相通之处,而这些为老客陪睡的姑娘在本质上也确属烟花女子,并且,作品中非常明确地出现了"妓女和妖女本是佛的化身"的说法。由此可以判断,川端是试图借助这一结构模式来表达此类故事中所蕴含的思想意义。

川端之所以虚构出"睡美人"的形象,是因为他从"妓女＝菩萨化身"模式的故事中,受到了佛教慈悲为怀、随缘广度思想的启发,并试图通过文学创作来发挥这种救赎意义。而救赎意义恰是"妓女＝菩萨化身"故事与佛教教义最重要的关联所在。相传在唐代由印度高僧般刺密谛偷传到中国来的《楞严经》就指出,妓女、窃贼、屠夫、商贩皆有可能是再来教化我们的菩萨:"我灭度后,敕诸菩萨及阿罗汉,应身生彼末法之中,作种种形,度诸轮转。或作沙门、白衣居士、人王宰官、童男童女,如是乃至淫女寡妇、奸偷屠贩,与其同事,称赞佛乘,令其身心入三摩地。"① 《维摩经》中亦有:"或现作淫女,引诸好色者,先以欲钩牵,后令入佛智。"② "妓女=菩萨化身"的故事显然与这些佛教经典的教义相关。

《睡美人》中,为了充分体现"妓女=菩萨化身"这一隐含意义,川端做了种种努力。第一,故事的发生地点以及所有睡眠的实施场所均是一个被红色帷幔包裹的空间——"睡美人俱乐部"的密室,昏暗、寂静的房间完全笼罩在深红色的天鹅绒窗帘中。自古以来,红色在不同民族对大自然的认知中都代表着火与太阳、血与生命,因此具有一种崇高的、不可侵犯的永恒与神圣。红色的环境背景赋予了在这里沉睡的女性以神圣感,使她们成为不可侵犯的禁忌,同时也暗示出在这里上演的将是一个有关禁忌的故事。小说开篇第一句就是老板娘向初来乍到的江口老人叮嘱那里的"禁忌":不要恶作剧,不要把手指伸进昏睡的姑娘嘴里。小说多次强调了一个细节:这些为老客陪睡的姑娘全都是处女。因此,她们有别于一般意义上的娼妓,她们身上的圣洁芬芳覆盖了可能具有的风尘妖艳。也正因如此,江口老人从她们那里获得的是"清纯"、"温馨"、"芳香"和"甜美"的感觉。在这个红色空间里,女性的神圣得到了尽心维护,而正是在神圣这一点上为"妓女=菩萨化身"的实现提供了前提。

第二,睡美人服用了安眠药,丧失了一切思想和行动的能力,这种无知觉、无思维的状态完全是眼、耳、鼻、舌、身、意的"六根清净"的状态,这又进一步赋予了她们与佛祖同样的圣洁。

---

① (唐)般剌密谛译:《大佛顶首楞严经》卷6《四种决定清净明诲》,见《大正藏》卷19。
② (姚秦)鸠摩罗什译:《维摩诘所说经》卷2《佛道品第八》,见《大正藏》卷14。

第三,睡美人对于老人们的所有欲求和思想都没有任何回应,也就是说,客人不可能同她们有丝毫的交流,这种无法直接交流的绝对的闭塞状态恰似凡人与菩萨的相对状态。而且对她们的任何形式的冒犯都被严格禁止,耄耋的访客们面对神圣不可侵犯的睡美人,也正如凡人之面对菩萨。

第四,为了进一步赋予睡美人佛性,作者借木贺老人之口向江口述说与她们同寝的感觉:"如同与秘藏佛像共眠。"这是作者以隐性身份对读者进行的直接提示。

第五,睡美人无声地包容了老人们的一切——他们的悲伤、绝望、丑陋乃至罪恶,像佛祖一样拥有广大无边的慈悲和普度众生的胸怀。"对于悄悄地到这个'睡美人'之家来的老人们来说,恐怕不只是为了寂寞地追悔流逝了的青春年华,难道不是也有人是为了忘却一生中所做的恶而来的吗?"(第185页)这有些类似于基督教中通过向主忏悔而寻求精神救赎的过程。江口也在这里忏悔以往人生中的罪恶,借此求得某种解脱。

姑娘们的沉默使老人们不会感到羞耻,也避免了伤害他们的自尊,所以,他们在这里可以"完全自由地悔恨、自由地悲伤。这样看来,睡美人难道不是如同佛一样吗?"[①] 正因如此,"姑娘年轻的肌体和芳香,可以给这些可怜的老人以宽舒和安慰。"(第185—186页)作者的这些遣词用句,无不揭示出,正是睡美人的宽大慈悲帮助了老人们成就悲愿。

---

① 此处《睡美人》引文由于前引中译本中的关键性词语与原文出入较大(把原文中的"佛"译为"僵尸"),故由笔者单独译出,日文原文为:"まつたく自由に悔い、自由にかなしめる。してみれば「眠れる美女」は佛やうなものではないか。"见川端康成「眠れる美女」,『川端康成全集』第十八卷,新潮社平成十一年(1999)10月,第191页。

四、佛教救赎主题

江口老人在睡美人身边逐一追忆着自己一生中交往过的女人，最后他心中出现一个闪念："最初的女人'是母亲'"。（第214页）这时，他开始回归生命的本真，在人生接近终点时从污浊混乱走向了纯净安宁。① 这样，江口老人的人生苦恼在睡美人那里得到了抚慰和净化，他感到"自己过去的六十七年的岁月里，还未曾有过像那天夜里与那个姑娘过得如此清纯。""在姑娘青春的温馨与柔和的芳香中醒来，犹如幼儿般甜美。"（第153页）幼儿是天真纯洁的，尚未沾染人世的诸多污秽烦恼。睡美人使江口恢复了这种状态，返璞归真，重获生命的纯净，因而对他来说睡美人即为菩萨的化身，而且是近在咫尺的、现世的，而不是遥不可及的、彼岸的。这样，一个肉体生命正在走向衰竭的老人终于获得了精神上的拯救。

另外，中日一系列"妓女＝菩萨化身"的故事都宣扬了佛教的万物一如思想。佛教的万物一如渊源于古印度婆罗门教的"梵我一如"。婆罗门教把"梵"、"我"两个概念等同起来，认为作为世界主宰的"梵"与个体灵魂的"我"在本质上是统一的。② 释迦出家成道后，针对印度社会严格的阶级观念和等级制度，极力宣扬众生平等，扩展了"梵我一如"，形成了佛教的万物一如思想。③ 佛教把人类以及凡有血肉与灵知的生物，乃至天际万物，一律称为众生，认为它们在本性的道体上都是平

---

① 这一情节蕴含着生与死的微妙联系，其寓意关系到小说的另一主题，由于与本文主旨无关，故不做进一步分析。
② 此处的"梵"指宇宙的最高本体，"我"指无数个体的生命灵魂及其生存环境，即后来哲学中所谓现象界。
③ 南怀瑾认为对阶级观念的破除是释迦成道对于人类世界的五大贡献之一。参见南怀瑾《禅宗与道家》第一部"禅宗与佛学"，复旦大学出版社，1991年版。

等的,世界的本来面目就是:万事万物混然如一,没有分别。这种观念称为"一如"。①《五灯会元》卷1云:"心若不异,万法一如。一如体玄,兀尔忘缘。万法齐观,归复自然。"连无生命的物质也都平等不二,又何况人与人之间呢,因此,妓女、凡人、菩萨也并无差别。这种万物一如思想在《睡美人》中同样得到了深刻的体现:世间一切对立的事物都通过睡眠而消融归一。

小说中,睡眠的主体是截然不同的两个群体:少女们正处于生命力勃发的年龄,而老人们则是在生命行将枯萎的阶段,换言之,前者象征生命的初始,后者象征生命的终结。但是,他们的睡眠都发生在同一空间、同一时间甚至同一状态——都借助了安眠药("睡美人之家"有专为客人准备的安眠药)。二者的共寝成为生死合一、走向齐同的第一步,这也是作者令他们的睡眠具有多方面一致性的原因。此外,作者反复重申少女们"熟睡得像死了一样",而老人们则在睡意朦胧中回味年轻岁月。显然,睡眠的过程就是二者趋向"一如"的过程,是生与死相向流动的过程:少女在睡眠中接近死亡,老人则在睡眠中复归青春。不仅如此,在《睡美人》中,一切世俗观念中对立的事物都趋向同一。作为主要人物的耄耋老人和沉睡少女,无论从性别、年龄还是从身体状态、外貌特征来看,都存在着男与女、老与少、衰朽与健康、丑陋与美丽的对立。但是睡美人因服用安眠药而进入一种无知无觉、既不能言说又不能活动的状态,这就与反应迟钝、行动滞缓、几乎丧失性能力的老人趋于等同,二者之间的对立与差异通过睡眠被模糊并消解。而结尾部分老年访客和"睡美人"的死亡,又进一步使他们彻底地进入了不分年龄、没有美丑的同一境界。这样,无论个体之间存在怎

---

① 袁宾编:《中国禅宗语录大观》,百花洲文艺出版社,1994年。

样的差别,最终都走向了相同的归宿,实现了万物的平等合一。

既然万物平等合一,这就意味着,人与人、人与万物的差别可以不存在。不仅如此,生与死、相遇与别离、爱慕与怨恨、拥有与丧失等诸多无常以及由此产生的痛苦也都可以不复存在。这正是禅宗"不二法门"的境界。《大乘义章》卷1云:"言不二者,无异之谓也,即是经中一实义也。一实之理,妙寂理相,如如平等,亡于彼此,故云不二。"禅宗运用"不二法门"来超越一切对立,以明心见性,回归清湛纯明的本心。《睡美人》也通过妓女与菩萨的叠合、少女与老客的归一,验证着万物一如。而正是万物一如的思想引领人们进入一种超越一切差别的境界,既超越时空、物我、圆缺、长短、生死等相对的物理现象,也超越顺逆、穷通、是非、得失、好恶等对峙的心理观念,从而从烦恼、痛苦中获得解脱,进入澄澈明净的精神世界。可见,在《睡美人》略带色情和颓废的表象背后,是佛家普度众生的慈悲心怀。

当然,作为一个享誉世界的著名作家在创作成熟期完成的作品,其思想内涵可能是极为复杂多元的。救赎也许并非《睡美人》的唯一主题,但我们无法否认它是作者倾力展现的、蕴含极深却不容忽视的重要主题。另外,佛教思想与川端文学的思想内容和艺术风格都有极为深刻的联系,《睡美人》只是其中的一个表现。

第六节　川端文学在中国的译介、评价与影响

川端康成在中国虽然已是家喻户晓的作家,但是中国的

川端康成小说研究实际上经历了一个从低谷到高潮的巨大起伏,这主要是社会发展与意识形态变化所致。

一、1978年之前中国的川端文学翻译与研究

新中国成立以前,对日本文学的译介和评论曾经在五四运动后进入一个高峰期,但这一时期学者们的目光并没有投向川端康成,周氏兄弟作为译介日本文学的先锋人物也没有关注川端康成,其原因主要是彼时的川端康成在日本尚属初出茅庐的文坛新人。从1930年"左联"成立到1937年抗战全面爆发,中国对日本文学的译介主要集中于无产阶级革命文学,高举"新感觉派"大旗的川端康成依然没有进入中国学者的视野。从抗战开始到新中国成立,对日本文学的关注整体上陷入低谷,川端小说也不例外,虽然在1942年曾有川端作品被译成中文,但并非小说,只是一部随笔集,且亦未引起研究界的注意。因此,新中国成立前的川端康成小说研究还是一片空白。

从新中国成立至1966年,中国的日本文学研究界对于日本无产阶级文学较为重视,而对于内涵复杂的川端康成小说,依然没有展开研究,甚至连译介者也未曾出现。

从1966年至20世纪70年代,由于"文化大革命"对人文研究的冲击,日本文学在中国的翻译和研究几乎完全停滞。直到1972年中日恢复邦交后才开始复苏,但关注的仍然是小林多喜二等"革命"作家。这期间,与川端康成私交甚密的三岛由纪夫开始被中国了解,但仍然是作为"反动作家"的代表,为研究者提供批判军国主义的材料。

1978年,《外国文艺》的创刊号上刊发了川端康成的短篇小说《伊豆的歌女》(后普遍译为《伊豆的舞女》,侍桁译)和《水

月》(刘振瀛译)。侍桁在作者介绍中,将川端康成作为日本"新感觉派"的代表,总结了其创作风格。"侍桁的介绍着重突出了川端康成作为诺贝尔文学奖获得者和'新感觉派'作家的身份,并大致勾勒了'新感觉派'文学的主要特征",但是他"将《伊豆的舞女》当作'新感觉派'文学的代表作来极力介绍显得有些错位",实际上对这篇小说来说,"文体的新奇性和感性化的表达方法是其最大特点,但恰好是这一特点在侍桁的介绍里被忽略了"①。尽管存在着评价上的错位,但这毕竟是新中国成立后最早的川端康成小说评论。自此之后,川端康成小说在中国得到了大规模的译介,并逐渐受到文学研究者的重视。

二、1979 年及 20 世纪 80 年代

中国的川端康成小说研究在 20 世纪即将进入 80 年代时,才随着改革开放的到来而起步。1979 年 9 月,研究日本文学的专门学术组织"日本文学研究会"成立,并在长春召开了日本文学研究会,会议提交的 30 余篇论文中出现了关于川端文学的评论文章,这标志着中国的川端康成小说研究在学术会议上正式登场。中国的川端康成小说翻译也在 70 年代末 80 年代初启动并很快进入发展轨道。1981 年,上海译文出版社和山东人民出版社分别出版了侍桁翻译的《雪国》和叶渭渠、唐月梅翻译的《古都雪国》。此后,随着翻译从零星到系统、从局部到整体的发展,川端康成小说研究也渐成规模。

尽管自 20 世纪 70 年代末以来,文学研究界对文学社会功能的单一认识以及对文学阶级性的片面强调都开始失去市

---

① 王志松:《川端康成与八十年代的中国文学——兼论日本新感觉派文学对中国文学的第二次影响》,《日语学习与研究》,2004 年第 2 期,第 54 页。

场,但这种转变并非一夜之间突然完成,而是经过了一个循序渐进的过程。因此,在20世纪80年代初期,把文学当作阶级斗争的工具,过度强调文学的人民性和党性的观点依然存在。表现在川端文学研究领域,即是简单乃至武断地以社会批评的方法加以评判,有些论文甚至局限于道德评价或阶级划分而做出全面否定的价值判断。以改革开放后最早得到翻译和研究的中篇小说《雪国》为例,有论者将主人公驹子定性为自甘堕落、愿做男人玩物的烟花女子,并据此对《雪国》提出了政治性的价值批判,认为作品意在歌颂腐朽没落。① 但值得注意的是,此期对川端文学价值的探讨已经开始从单一走向多元,因此,即使围绕同一作品,也出现了截然不同的判断。同样是《雪国》研究,有学者摆脱了泛政治化的标准,从艺术层面展开分析,认为驹子身上蕴含着日本的传统美,她的沦落是社会使然,也恰恰因此而成就了对资本主义社会的有力揭露。② 到80年代后期,随着文学观念的进一步转变,学者们开始关注川端康成小说中的个体体验和审美特征。一些研究者开始强调川端文学中所蕴含的纯真与朦胧之美,如李德纯的《川端康成的〈伊豆的舞女〉》(《读书》1983年第8期)就细致阐述了《伊豆的舞女》中对刹那感觉和压抑情感的"美"的表现。

　　与对川端康成小说思想价值褒贬不一的两极化评判不同,中国研究界对于川端文学艺术风格和艺术技巧的评价基本趋于一致,大都不同程度地对其艺术成就予以肯定,纷纷赞赏川端康成有效地借鉴了西方现代派小说手法,并且将其与日本传统巧妙结合。研究领域的这种肯定评价实际上与20世纪80年代中国的整体人文环境密不可分。当摆脱了长期精神

---

① 李芒:《川端康成〈雪国〉及其他》,《日语学习与研究》,1984年第1期。
② 平献民:《谈〈雪国〉的艺术特色》,《外国文学研究》,1982年第4期。

桎梏的学者们终于得以放眼世界时,他们看到了完全不同于现实主义和阶级评判的崭新的文学风景,并且在西方文艺思潮的共时性涌入中无比兴奋。而川端之获得诺贝尔文学奖,恰使他成为借鉴西方文学现代技巧的最成功案例,因而成为中国的文学研究者们评说的重要对象。川端文学中传统与现代的联结点遂成为研究者普遍关注的课题,如王育林《川端康成与超现实主义》(《解放军外国语学院学报》1985年第3期)等。

在整个20世纪80年代,虽然有大量研究川端康成小说的论文发表于各级学术刊物,但研究专著的出版十分滞后。根据日本川端文学研究家林武志在《川端康成战后作品研究史·文献目录》"海外的研究文献目录"中的统计,截至该书出版的1984年,在日本本土之外的川端文学研究中,中文版的仅有台湾出版的《日本的美与我》(台湾商务印书馆,1968年),但该书也仅仅是收录有乔炳南撰写的《川端康成传》(第26-58页)。① 在中国,直到1989年才出现了第一部真正意义上的专著——《东方美的现代探索者——川端康成评传》(叶渭渠著,中国社会科学出版社,1989年6月)。有学者将该书评价为"首部对川端的思想及作品进行全面评述的学术专著,是中国川端文学研究史上具有划时代意义的里程碑式著作。"②

总体来看,20世纪80年代中国的川端康成小说研究在批评方法上还比较单一,研究对象也比较狭窄,大都集中于《伊豆的舞女》和《雪国》等少数几篇著名的代表性作品。进入90年代以后,中国的经济转型速度加快,商品意识逐渐得到强化。在这种时代氛围下,许多出版社出于经济利益和社会效益的

---

① 『川端康成戦後作品研究史·文献目録』,林武志編,教育出版センター昭和五十九年(1984)12月,第336-349页。
② 李先瑞:《川端文学在中国的翻译与研究(上)》,《日语知识》,1999年第4期。

考虑,倾向于出版有影响的日本作家的个人作品集,如1996年中国社会科学出版社出版的10卷本《川端康成文集》。另外,80年代曾经引领中国文坛的许多作家,如余华、莫言、贾平凹等,到90年代已经获得了十分稳固的文坛地位,他们纷纷撰文,言说自己在文学创作的探索阶段所接受过的川端康成的影响。这从中国本土作家的创作层面与外国文学的研究恰好形成了呼应。川端康成小说研究正是在这种背景下得到了发展壮大,其不同时期的文学创作也因此得到了中国学界较为系统和全面的认识,相关论文和著述日益丰富。

三、20世纪90年代

在批评方法上,20世纪90年代以后,中国的川端康成小说研究才基本上摆脱了社会批评的思维模式。研究者们不但发现和承认了川端文学的复杂性,而且开始对这种复杂性的组成成分加以深究,体现了研究方法上的进步。随着时代的发展,对川端文学艺术性的关注进一步成为研究的焦点,许多论文结合作品文本进行了细致入微的鉴赏性分析,出现了多视角、多层面探讨川端文学的论文,如张石的《死之美的东方性——谈川端康成创作的一个美学特征》(《日本学论坛》1991年第3期)、何乃英的《论川端康成小说的艺术特征》(《北京师范大学学报》社会科学版1995年第5期)、何文林的《传统个人时代——川端康成小说的艺术美》(《天津师范大学学报》社会科学版1996年第1期)、王奕红的《从〈雪国〉看川端文学的美学意象》(《当代外国文学》1997年第3期),等等。但相对于之后的研究,这一阶段对川端艺术风格形成根源的探讨尚显不够深入。

在研究范围上,随着人们思想观念由封闭转向开放,对日本文学的译介逐渐呈现出多元化趋势。作家的意识形态不再作为译介和评价的唯一标准,而是注重从多个角度,多个层面对同一作家的不同作品加以分析和评论。作为研究对象的川端小说,其范围不仅扩展到了战后作品群、晚年作品群——如谭晶华的《典型的中间小说——论川端康成〈山之声〉的创作》(《解放军外国语学院学报》1996年第6期)、肖四新的《本真生命的追求与探寻——论川端康成后期作品的实质与价值》(《外国文学研究》1997年第1期),而且还向前回溯至早期作品群——如李希华的《川端康成早期儿童小说评述》(《辽宁教育学院学报》1996年第1期)。一些曾经遭到严厉批判的川端康成小说也得到了重新评价,如刘劲予在《试论川端康成〈睡美人〉的美学意义》(《广东教育学院学报》1995年第4期)中,明确反对把《睡美人》斥为颓废和色情而不屑一顾的观点,肯定了这篇小说具有的"美的深层意义和价值",指出小说体现了川端"一种化丑为美的艺术追求",其目的是"通过审丑而认识丑,从而否定丑,达到精神的超越,心灵的净化,更感知美的意义"。① 这也引起了21世纪之后对《睡美人》这类争议作品重新评价的热潮。

在研究视角上,也出现了从未有过的丰富多彩的局面。如范川凤在《川端康成的镜子视觉艺术》中指出,川端文学不同于中国读者所习惯的现实主义传统作品,"而是一种镜子中的视觉艺术",正是"这种创作方法上的差异造成了读者对他作品理解的阻碍"。② 丁武君的《川端康成创作中色彩的表现

---

① 刘劲予:《试论川端康成〈睡美人〉的美学意义》,《广东教育学院学报》,1995年第4期,第25、27页。
② 范川凤:《川端康成的镜子视觉艺术》,《外国文学研究》,1994年第1期,第24页。

模式及其象征性》通过分析川端康成小说中"红与白"、"黑与白"等色彩组合的象征意义和表现模式,探讨了川端康成的小说创作手法。[①] 谷学谦在《川端康成与佛教》中通过《抒情歌》、《美丽与悲哀》等作品中的女主角分析了川端康文学所接受的佛经的启示。[②] 郑忠信的《黑色乐章——川端康成死亡论》则从美学角度阐释了川端康成人生和创作中的死亡因素。[③] 即使是已经被反复研究过的作品,也有学者从新的侧面展开分析,如陈龄《〈伊豆的舞女〉中的情爱描写》(《当代外国文学》1997年第1期)等。

20世纪90年代川端康成小说研究的另一个重要特点是,出现了对研究史本身的总结和梳理,如李芒的《日本文学在中国的翻译和评价》(《日本学刊》1992年第5期)、李先瑞的《川端文学在中国的翻译与研究(上、下)》(《日语知识》1999年第4、5期)、孟庆枢的《川端康成研究在中国》(《外国文学研究》1999年第4期)等。这一方面从侧面说明研究成果已经蔚为大观,另一方面也说明学者们对这一研究领域已经具有了学术史的反省意识和谱系意识。

此外,与20世纪80年代不同的是,90年代川端文学的研究专著层出不穷,达10余本之多。1996年,中国社会科学出版社在前述第一部川端文学研究专著的基础上出版了该书的增订版《冷艳文士——川端康成传》。作者叶渭渠在川端文学的翻译和研究两个领域均功不可没,他首先关注了川端文学的艺术性,提出"如何解开川端的文学结构和美的方程式,给

---

① 丁武君:《川端康成创作中色彩的表现模式及其象征性》,《外国文学研究》,1994年第4期。
② 谷学谦:《川端康成与佛教》,《外国文学研究》,1999年第4期。
③ 郑忠信:《黑色乐章——川端康成死亡论》,《外国文学研究》,1997年第3期。

川端文学以准确的定位,恐怕是研究川端文学首先必须解决的问题"。他本人正是从这一立场出发,探究了川端文学中的传统与现代因素。另一方面,叶渭渠的研究方法打破了国别文学的研究壁垒,致力于"在东西方文学比较中寻找到日本民族文化的根"。这与川端康成的文学主张——日本文学既是日本的,也是东方的,同时又是西方的——非常一致。

实际上,随着比较文学学科在中国的确立和发展,加之1997年原国家教委将"世界文学"和"比较文学"这两个原本相互独立的二级学科整合为"比较文学与世界文学",日本文学专业以及中国文学一级学科下的比较文学专业的学者都不约而同地突破学科界限和国别限制,开始借助比较文学的方法展开对川端康成小说的研究。在这方面,中国唯一的比较文学专业期刊《中国比较文学》起到了极大的推动作用。该刊在1994年第1期上刊出了孟庆枢的《从比较文学角度看川端康成走向世界》,接着又在1995年第1期同时刊出了于长敏的《独到的艺术魅力——作品中的典雅美川端康成与朱自清的作品比较》、文洁若的《川端康成的〈水月〉和沈从文的〈阿金〉》等。此外,针对一些曾经自己表白过接受川端影响的作家,也有学者纷纷进行了比较文学意义上的研究,如黄嗣的《贾平凹与川端康成创作心态的相关比较》(《湖北大学学报》哲学社会科学版1995年第3期)、俞利军的《余华与川端康成比较研究》(《外国文学研究》2001年第1期)等。还有一些学者关注到了川端文学与西方文学的关系,这方面的研究有乔丽媛的《泰戈尔与川端康成人生观及其创作比较谈》(《辽宁教育行政学院学报》1993年4月)、甘丽娟的《战争女性死亡——川端康成与海明威创作个性比较》(《日本研究》1996年第1期)等。

以比较文学方法研究川端文学的倾向从20世纪90年代一直延续到了21世纪,并且在21世纪有了进一步的发展和深化,这与全球化时代的到来是相一致的。但是总体来看,这类研究中有相当一部分还停留于浅表层面的平行"对比",而不是深入文学与文化内部的真正意义的"比较"。

四、21世纪以后

进入21世纪以后,川端康成小说研究领域一个值得一提的现象是,当川端康成已经不被日本年青一代阅读的时候,却开始得到中国年轻学人的关注,最典型的表现就是出现了大量研究川端文学的硕士论文和博士论文。仅笔者据中国知网的"中国优秀硕士学位论文全文数据库"统计,以川端文学为主要论题的"优秀硕士论文"就有35篇之多。[①] 此外,对于以往被普遍忽略的掌篇小说[②] 的研究也取得了大量的成果。同时,研究专著也层出不穷,如周阅的《川端康成是怎样读书写作的》(长江文艺出版社2000年9月)[③],把对川端生命历程的审视与对其创作意识的考察紧密联系起来,梳理出作家精神美学形成与发展的轨迹,并在此主纲之上配以川端的重要小说作为"纬线",穿梭组合。此外,何乃英的《川端康成小说艺术论》(北京师范大学出版社2010年1月)从"思想内容、创作方法、表现技巧、艺术风格"等不同层面,分四编较为全面地

---

① 此统计标准为,标题(含副标题)及关键词中有"川端康成"、论述内容中川端文学占重要篇幅者。统计截至2010年。
② 日文原文为"掌の小説",指篇幅短到可以放在手掌上的小说,相当于一般所言"微型小说"或"小小说"。
③ 该书原题《川端康成的人生历程与创作历程》,是北京大学乐黛云教授主编的"国外文化名人生平创作研究"丛书中的一本,后由出版社作为丛书统一改为现在的题目。

解析了川端康成小说的艺术特点。

总体来讲,与日本研究界相比,中国的川端康成小说研究的视野还比较狭窄,关注的作品较为集中,对川端文学的整体把握和全面分析尚待加强。当然,这也与中国对川端文学的译介尚不全面,还未出版过完整的川端康成全集有关。① 此外,中国的川端康成小说研究,在资料挖掘的广泛深入和文本分析的细致入微方面,仍与日本学界有较大差距。在这种状况下,要客观真实地解析川端文学的本质特征及其形成过程还需要付出更多的努力。

值得一提的是,日本对于川端文学研究史本身一直在进行定期的梳理和研究,做了大量的文献汇集整理工作,还进行了川端文学作品的目录学研究。与此相对,中国一直侧重于针对作家本人以及作品文本的研究,而尤以后者为重,在川端作品中译本的整理和研究文献的收集汇编方面,特别是中国川端文学研究史的梳理方面,都缺少体系性的成果。

日本与中国川端文学研究的共同之处是,两国学者都更加侧重于单维度的作家、作品研究,或者较多地集中在其与西方文化的关系方面,而较少关注甚至忽略川端对东方文学和文化(除日本传统之外)的汲取。在对川端康成小说展开比较文学研究的方面,中国与日本大致相当,中国起步较晚,但发展势头较为强劲。这一领域的研究,中日两国学界也多有类似。如多数论著都集中于两个方面——"新感觉派"和日本传统,且在川端康成对西方文艺思潮的借鉴问题上,都有过分强调之嫌。

与之相应的是,对于川端文学与中国文化的关系,两国的

---

① 日本的新潮社版的《川端康成全集》达37卷。

研究都尚显薄弱,特别是成体系的研究成果还十分少见。即使在川端研究最为发达的日本,也是直到2005年才有康林著《川端康成与东洋思想》问世(新典社,平成十七年4月版)。此前两年,中国有张石的《川端康成与东方古典》出版(上海古籍出版社,2003年7月),该书有意识地将川端文学置于东方文化语境中展开研究。不过,在两本专著中,真正涉及川端文学与中国文化关系的内容,都仅有一章。① 但自古以来,中日之间的文化交流都远比日本与西方之间更加久远和频繁,这种在中国以及其他东方国家的文化渗透中所形成的宽广丰厚的文化土壤,正是川端文学诞生的基础。因此,研究川端的小说,绝不应该忽视东方文化特别是中国文化因素的影响。近年来,已有学者致力于这一领域的研究,如周阅的《川端康成文学的文化学研究——以东方文学为中心》(北京大学出版社2008年9月)即在东方文化语境下挖掘川端康成文学与中国文化的关系,该书分别从川端文学与佛教、美术、围棋以及与中国哲学和中国文学的关系这五个方面入手,以比较文学的方法解析了川端文学的生成过程及其艺术风格的形成根源。

川端康成是一位公认的善于吸收和消化异文化因素的作家,他始终坚持自觉地汲取外国文学和外国文化中可资借鉴的因素,并努力使之化作自身文学创作的有机组成部分。正是由于川端的这一艺术创作特点,决定了对其小说创作的研究,不但应该超越单纯的作品赏析,挣脱国别文学框架的束缚,而

---

① 康林的《川端康成与东洋思想》全书四章分别是:第一章"川端文学与老庄思想"、第二章"川端的文学理论"、第三章"初期作品试论"、第四章"《雪国》序论",实际上只在第一章集中论述了川端所受中国哲学思想的影响,其余各章均以单篇作品的研究为主。张石的《川端康成与东方古典》全书四章分别是:第一章"川端康成的生活"、第二章"川端康成的美学"、第三章"川端康成与东方古典专论"、第四章"作品专论",其中仅第三章以《南方之火》和《山音》两篇小说为中心探讨了川端文学与中国易学文化的关系,同时分析了《睡美人》与禅宗的关联,且该章内容比其他章节都显单薄,只有两小节。

且还应该在更加广阔的文化视野中进行,即力求以跨文化和跨学科的视角,既关注其中的异民族文学的因素,同时也挖掘出文学之外的其他艺术门类的因素,探明这些文化因素是如何进入川端文学的内部并发生作用的。

另外,川端康成是一位以美为最高艺术追求的作家,这就决定了对川端文学的研究不能脱离审美的立场。同时,任何文学作品的创作都需要作者高度的艺术感悟力,同样,对文学作品的分析阐释也离不开研究者的感悟。因此可以说,立足于文本的审美分析是文学研究的最基本方法之一,对川端康成小说的研究尤其如此。在这两个方面,今后的川端康成小说研究还有很大的发展空间,值得期待。

第四章 沃莱·索因卡研究

沃莱·索因卡（Akinwande Oluwole Wole Soyinka），又译作握雷·索因卡、沃雷·索因卡或渥雷·肖因卡，1934年－），是尼日利亚著名的诗人、剧作家、小说家和评论家。1986年以"其广阔的文化事业和富有诗情画意的遐想影响了当代戏剧"获得诺贝尔文学奖，被瑞典文学院称为"英语戏剧界最富有诗意的剧作家之一"，成为非洲大陆获得诺贝尔文学奖的第一人。索因卡在得知获奖的消息后感叹道："获得诺贝尔奖我很吃惊，我想在世界文坛有那么多宠儿，我显然不在他们之中。诺贝尔奖怎么也轮不到我。"①

古老的黑非洲大陆长期受到西方国家的殖民统治，非洲民族文化一直处于被压制状态。索因卡综合了来自非洲的古老神话和悠久传统与欧洲文学遗产和现代艺术，将非洲和西方艺术融于一体，始终关注着国家的现状和民族的未来。在尼日利亚，索因卡被看作普罗米修斯式的人物，甚至有人认为他在有意无意地担当着救世主的角色。他的获奖使得原本拥有悠久历史传统的黑非洲文学举世瞩目，为世界文学注入新的活力。

第一节 生平及创作历程

在迄今长达60余年的创作生涯中，沃莱·索因卡在诗歌、戏剧、小说、回忆录以及学术研究等多方面获得了突出的成就，出版了49余部戏剧、2部长篇小说、3部短篇小说、5部

---

① 奚彧：《新闻特写：非洲诺贝尔文学奖第一人——抗争命运的索因卡》，《央视国际》，2003年12月22日 18:59，http://www.cctv.com/news/world/20031222/102073_1.shtml。

回忆录、10部诗集、23篇/部学术著作/论文、3部电影作品、2部翻译作品,以及大量散文作品。他的主要作品包括:《新发明》(The Invention)、《沼泽地居民》(The Swamp Dwellers, 1958)、《恶有恶报》(A Quality of Violence, 1959)、《裘罗教士的磨难》(The Trials of Brother Jero, 1960)、《狮子与宝石》(The Lion and the Jewel, 1959)、《森林之舞》(A Dance of the Forests, 1960)、《强种》(又译《强大的种族》)(The Strong Breed, 1964)、《孔其的收获》(Kongi's Harvest, 1965)、《路》(The Road, 1965)、《疯子和专家》(Madmen and Specialists, 1970)、《紫木叶》(Camwood on the Leaves, 1973)、《裘罗变形记》(Jero's Metamorphosis, 1973)、《欧里庇得斯的酒神的情侣》(The Bacchae of Euripides, 1973)、《死亡和国王的侍从》(Death and the King's Horseman, 1975)、《旺尧西歌剧》(Opera Wonyosi, 1977)、《回家做窝》(Home to Roast, 1977)、《无限的大米》(Rice Unlimited, 1981)、《未来学家的安魂曲》(Requiem for a Futurologist, 1983)、《重点工程》(Priority Projects, 1983)、《巨头们》(A Play of Giants, 1984)、《携爱从齐亚出发》(From Zia with Love, 1992)、《暗无天日的季节》(The Beatification of Area Boy, 1996)、《巴阿布国王》(King Baabu, 2001)以及《阿拉帕塔阿帕塔》(Alapata Apata, 2011)等40个剧本;《伊丹尔及其他》(Idanre and Other Poems, 1967)、《奥冈·阿比比曼》(Ogun Abibiman, 1976)、《狱中诗抄》(Poems from Prison, 1976)、《地方穿梭》(A Shuttle in the Crupt, 1971)、《曼德拉的大地及其他》(Mandela's Earth and Other Poems, 1976)和《撒马尔罕市集》(Samarkand and Other Markets I Have Known, 2002)等10部诗集;《诠释者》(The Interpreters, 又译为《译员》《阐释者》, 1964)和《反常季节》(Season of

Anomy, 1972）2部长篇小说；《人死了：狱中笔记》（The Man Died: Prison Notes, 1971）、《伊萨尔：埃塞之旅》（Isara: A Voyage arround Essay, 1990）、《在阿凯的童年时光》（Aké: The Years of Childhood, 1981）、《伊巴丹：动乱的年代》（Ibadan: The Penklemes Years-A Memoir, 1946–1965, 1989）、《伊萨拉："散文"的人生之旅》（Isara: A Voyage Around Essay, 1989）、和《你必须在黎明动身》（You must set out at Dawn, 2006）5部回忆录；《神话、文学和非洲世界》（Myth, Literature and African World, 1976）、《死人已死：狱中笔记》（The Man Died: Prison Notes, 1971）、《艺术、对话和暴行》（Art, Dialogue and Outrage, 1988）和《存在与虚无的信条》（The Credo of Being and Nothingness, 1991）等11部学术著作。

纵观索因卡的创作历程，根据其创作思想的发展变化可以分为3个阶段：

一、早期创作（1946–1959）

1934年7月13日，索因卡出生于尼日利亚西部阿比奥库塔，父亲是约鲁巴族的知识分子。他自幼深受宗教仪式、民族舞蹈、戏曲和象征色彩的偶像图腾崇拜等文化意识的影响，为他后来的文学创作刻下烙痕。他从小学到中学，写作上一直成绩优异。1946年，索因卡考入尼日利亚著名的伊巴丹大学，开始诗歌创作，步入文坛。

索因卡的家乡阿比奥库塔城有着十分浓厚的戏剧氛围。当地的约鲁巴人都喜欢看戏剧表演，无论是刚刚懂事的孩子，还是白发苍苍的老人，都能够随口背出几句戏剧台词。索因卡的父母更是戏迷，小索因卡自幼也对戏剧着迷。只要有空，父亲总是会带着他去看戏。对于当地的名角和传统剧目,小索因卡都如数家珍。后来,他甚至对每个名角的特点和不足都分析得头头是道。有时候不用看,仅仅凭着听,他也能知道是哪一个名角在唱什么剧目。周围的人都知道索因卡喜欢戏剧。有一次看演出,演员突然晕倒,剧团团长心急如焚,观众竭力举荐索因卡临时登台演出救场。小索因卡自信地走上舞台,完全融入剧情,随着剧情变化挥洒自己的感情,动作也很到位,成功地完成了演出。剧团团长紧紧握着索因卡的手,一时竟不知道说什么好,因为他从来没有见过这么好的业余演员。团长更没有想到,这个孩子后来成了著名的戏剧家。这次做临时演员的经历让索因卡出尽风头而声名大噪,增强了索因卡走戏剧之路的决心和信心。

1948年,索因卡在尼日利亚著名的伊巴丹大学求学,尝试诗歌创作,开始进入文坛。1950年,索因卡大学毕业,来到首都拉各斯,进入尼日利亚广播电台工作,业余时间开始写作广播剧和短篇小说,并在社会政治活动中成为首都稍有名气的青年社会活动家。1954年,索因卡获得留学奖学金,前往英国利兹大学学习英国文学,师从英国著名戏剧评论家G.W. 奈特教授,其间创作了一个剧本《凯菲生日招待》(*Keffi's Birthday Treat*),但未见发表。1957年,索因卡硕士毕业后留校,在利兹大学从事美国戏剧家奥尼尔的研究工作。随后,他前往伦敦,成为英国皇家宫廷剧院的编审。英国皇家宫廷剧院是20世纪50年代英国戏剧活动的中心。索因卡在此工作的3年期间,有机会观摩许多著名剧目的导演和舞台设计,有时甚至自己也参加演出和导演,接触到了当时初露头角的奥斯本、威斯克和贝克特等世界著名戏剧家,从中获得了丰富的创作与演出的实践经验。1958年,索因卡初试锋芒,发表了《新发明》(The Invention)和《沼泽地居民》(The Swamp Dwellers)两个剧本。1959年,他又发表《狮子和宝石》(The Lion and the Jewel)和《恶有恶报》(A Quality of Violence)四个剧本。

独幕幻想剧《新发明》是索因卡的处女作,1959年在伦敦成功演出,得到了英国报刊的赞赏。《沼泽地居民》是索因卡公开发表的第一本剧本。故事的背景处于水深火热的尼日利亚农村。索因卡通过一个青年农民对命运的抗争,反映了尼日利亚农村的愚昧落后,表现了沼泽地里谋生的农民的悲惨处境,揭示了由于殖民主义入侵,城市日益资本主义化而产生的种种罪恶,以及金钱统治一切、骨肉相残的社会现实。这个剧本在尼日利亚的伊巴丹市和英国伦敦演出后,反响十分强烈,索因卡因此而获得意外的成功。《狮子与宝石》是一部轻松活泼的诗体喜剧,也是索因卡最受欢迎的早期剧作之一。索因卡在剧本中以幽默的方式处理了20世纪30-40年代非洲农村面临的本土旧传统和西方新文明之间的激烈冲突,流畅的诗句中间穿插了不少以哑剧形式演出的戏中戏和载歌载舞的场面,故事情节和人物性格都颇有喜剧性。

索因卡的早期剧本以古希腊戏剧和西方现代戏剧为典范,多半属于喜剧,富于幽默与讽刺,追求激烈的戏剧冲突,具有鲜明的写实特征,风格轻松明朗,初步展现了索因卡的艺术才华。

二、中期创作(1960-1974)

一般认为,20世纪60年代到70年代初为索因卡的中期创作阶段。这一阶段主要作品有长篇小说《解释者》

(*Interpreters*, 1965)和《反常的季节》(*Chaos of the Season*),短篇小说《两个故事》(*A Tale of Two*, 1958)、《埃格的死敌》(*Egbe's Sworn Enemy*, 1960)和《艾蒂安夫人的机构》(*Madame Etienne's Establishment*, 1960),剧本《裘罗教士的磨难》(*The Trials of Brother Jero*, 1960)、《森林之舞》(*A Dance of the Forests*, 1960)、《强种》(*The Strong Breed*, 1964)、《孔其的收获》(*Kongi's Harvest*, 1965)、《灯火管制之前》(*Before the Blackout*, 1965)、《柴木叶》(*Camwood on the Leaves*, 1973)、《路》(*The Road*, 1965)和《疯子与专家》(*Madmen and Specialists*, 1970)等,诗集《伊丹尔和其他诗歌》(*Idanre and Other Poems*, 1967)、《电话交谈》(*Telephone Conversation*, 1963)、《坠毁地球的太飞机》(原名《狱中诗抄》, *A Big Airplane Crashed into the Earth, Original Tittle Poems from Prison*, 1969)和《地穴之梭》(*A Shuttle in the Crypt*, 1971)等、电影作品《文化变迁》(*Culture in Fransition*, 1963)和《孔其的收获》(*Kongi's Harvest*, 1968),以及翻译作品《千魔之林:猎人的传奇》(*The Forest of a Thousand Demons: A Hunter's Saga*, 译自迪·欧·法古恩瓦(D.O.Fagunwa)的 *ògbójú Ode nínú Igbó Irúnmalé*, 1968)等。

1960年1月,索因卡欣然回到即将独立的祖国尼日利亚。尼日利亚是一个有着1000多年文化传统的非洲文明古国。索因卡回国后,走遍了全国,深入豪萨族、伊博族、约鲁巴族、富拉尼族等主要部族采访,开始研究尼日利亚的民间文学艺术,戏剧创作热情也日益高涨。1961年,索因卡集中精力为尼日利亚点头撰写每周1次连续广播的广播剧,同时也为电视台创作电视剧。他还在极其困难的情况下筹集资金,创建"1960假面剧团",帮助创建尼日利亚"穆巴里俱乐部",开始研究非洲传统戏剧,为尼日利亚的文艺特别是戏剧的发展做了很多工作。同年，索因卡为尼日利亚独立庆典创作了《森林之舞》，剧本《裘罗教士的磨难》在伊巴丹首演，广播剧《染红了的叶子》在电台播出，很快在尼日利亚获得最著名剧作家的声誉。

《森林之舞》主题抽象，重点探讨的是历史和现实的关系问题。整部剧虽然仍有对现实社会的批判，但重点是在探讨历史和现实的关系，其主题相当抽象，显示了索因卡戏剧创作与欧美戏剧创作的接近。《森林之舞》在首都公演获得了意外的巨大成功。后来在拉各斯和伊巴丹连续上演了100多场，每场观众爆满，其演出盛况在世界戏剧史上实属罕见。剧本被翻译成10余种文字，在欧美20多个国家演出，获得美国百老汇戏剧节最佳剧本奖。欧美评论家甚至认为其浪漫狂想堪与莎士比亚的《仲夏夜之梦》相媲美。索因卡因此被称为"非洲的莎士比亚"。

《裘罗教士的磨难》是一部短小精悍的讽刺喜剧。主人公裘罗教士自称先知，广收门徒，实际上是个江湖骗子。但他机智善变，人情练达，从市民到议员的各色人等纷纷入彀。剧本表现了在殖民化和现代化的过程中，非洲传统宗教与基督教的相互渗透和宗教的异化。《森林之舞》和《裘罗教士的磨难》标志着索因卡创造融合非洲传统戏剧与西方现代戏剧达到了完美，因此而被誉为"现代非洲戏剧之父"。

1963年，索因卡的《戏剧三种》由牛津大学出版社出版，其中收有《裘罗教士的磨难》、《沼泽地居民》和《强种》。《狮子与宝石》和《森林之舞》分别以单行本出版。1964年，索因卡在尼日利亚举行戏剧节，组建"奥里森剧团"。"1960假面剧团"和"奥里森剧团"联合上演索因卡第一出穿插歌舞的时事讽刺剧《共和党人》（Republicans）。同年，《强种》在伊巴丹首演成功，《戏剧五种》出版（收有《裘罗教士的磨难》、《沼泽地居民》、

《强种》《狮子与宝石》和《森林之舞》）。

索因卡的第一本小说是 1965 年出版的 Interpreters，汉译为《解释者》，也有《阐释者》《译员》《诠释者》《痴心与浊水》等译名。该小说在 1965 年发表后的第三年荣获英国《新政治家》杂志颁发的国际文学奖，这项殊荣表明索因卡获得了国际社会的承认，国际声望大大提高。该书被认为是迄今非洲小说中最复杂的一部，是"非洲小说成熟的标志"，频繁地将它与乔伊斯和福克纳的作品相比较。①

1965 年，索因卡还写成并导演时事讽刺剧《灯火熄灭之前》，在伦敦皇家宫廷剧院首演《路》，并由牛津大学出版社出版。1966 年，索因卡获得喀尔黑人艺术节奖和约翰·惠廷戏剧奖。1967 年，剧本《孔其的收获》出版，索因卡被任命为伊巴丹大学戏剧部和艺术剧院院长。同年，尼日利亚内战爆发，索因卡因反对军事独裁而被关押了 27 个月之久。1968 年，索因卡的声誉在西方国家日见高涨，美国林肯戏剧中心正在排演他的《裘罗教士的磨难》和《强种》等。好莱坞也准备把《孔其的收获》搬上银幕。1969 年，索因卡被大赦出狱，重返伊巴丹大学，创建戏剧研究所，并着手导演《孔其的收获》。1970 年起，索因卡流亡英国，在剑桥丘吉尔学院担任戏剧研究员，开始创作《死亡与国王的侍从》。同年，《疯子与专家》在沃特福德·康涅狄格和美国纽约上演。1971 年，《疯子与专家》在伦敦出版。1972 年，《疯子与专家》在纽约出版。1973 年，裘罗戏剧两种《裘罗教士的磨难》和《裘罗变形记》在伦敦出版。《裘罗变形记》是一出闹剧，作为《裘罗教士的磨难》一剧的续篇，仍然写了江湖骗子的主人公那种机智与狡诈。索因卡出任尼日利亚伊费

---

① 成良臣等主编：《外国文学教程》，四川大学出版社，2002 年。

大学戏剧研究员和教授。1973年,《戏剧选集》第一卷出版,收入《沼泽地居民》《强种》《森林之舞》《路》和《欧里庇得斯的酒神的伴侣》剧本5种。1973年出版第二部长篇小说《Chaos of the Season》,汉译为《混乱的岁月》,《不平常的季节》。1974年,《戏剧选集》第二卷出版,收入《裘罗教士的磨难》《狮子与宝石》《孔其的收获》和《裘罗变形记》剧本5种。

《路》是一部充满意象、主题隐晦的哲学启示录。《路》在远古神话和写真画面之上,又增加了现代荒诞和黑色幽默,主题相当隐晦。评论界对此剧的深层意义众说纷纭。《疯子和专家》是一出绝望的喜剧。《疯子与专家》与《路》的情节相近,也很荒诞,但其含义相对比较容易理解。索因卡写此剧是为了"驱魔",也就是为了回击那些囚禁他的人。他以讽刺的方式描写战争对人的精神与肉体的双重摧残,表现人在贪欲与权欲都得到满足之时的恐怖与丑恶,鞭挞了暴力,揭示了内战带来的人性沦亡。《疯子与专家》的艺术手法隐晦,内容荒诞,以影射和抨击时政为特色,显然受到了贝克特等西方荒诞派戏剧家的深刻影响。《孔其的收获》是一部抨击非洲独裁统治者的音乐喜剧。评论家认为它以"诡秘称奇"。剧本抨击独立后的寡头专政现象,表现出作者对现状的不满和对未来的焦虑,以及由此产生的一种孤独失落感。《孔其的收获》以主题明确、艺术成熟而著称,揭露与批判独立后的尼日利亚专制政治,表达索因卡对非洲现实和独裁统治者的不满,揭示现代人的孤独感、失落感以及人与人之间的难以沟通,演出后颇受观众欢迎。

总体而言,20世纪60年代至70年代初,索因卡的创作风格发生了很大的变化。他深受欧美现代戏剧的影响,开始尝试采取象征寓意的艺术手法来表现抽象的哲理,同时更注重非洲传统文化的吸收,内容上既富于非洲乡土气息又具有现代色彩,风格上逐渐形成低沉、隐晦和荒诞,被称为贝克特式的荒诞派。1986年瑞典文学院在颁奖时特别强调:"在内战和他狱中时期及以后,创作者的悲剧色彩加浓,所反映的心理、道德和社会冲突越来越复杂,越来越显得可怕。书中所描写的善与恶、毁灭与建设的力量区别日益模糊,剧本变得暧昧费解,它们成为以寓言或讽喻的形式反映道德、社会、政治问题的带有神话色彩的戏剧创作"①。

三、后期创作(1975至今)

由于非洲社会形势的发展变化和尼日利亚政治问题不断出现,索因卡的戏剧创作在20世纪70年代中期以后发生巨大的变化,进入一个新的创作高潮。他针对国内的社会政治问题创作了不少时事讽刺剧和政治鼓动剧,充分地显示了索因卡的讽刺才华。其中主要包括4部回忆录《阿凯的童年时光》(Ake: The Years of Childhood, 1981)、《伊萨拉:"散文"的人生之旅》(Isara: A Voyage around Essay, 1989)、《伊巴丹:动乱的年代》(Ibadan: The Penkelems Years: A Memuir 1946–1965, 1994)和《你必须在黎明动身》(You Must Set Forth at Dawn, 2006)以及剧本《死亡与国王的侍从》(Death and the King's Horseman, 1975)、《旺尧西歌剧》(Opera Wonyosi, 1977)、《无限大米》(Rice Unlimited, 1981)、《未来学家安魂曲》(Requiem for a Futurologist, 1983)、《重点工程》(Priority Projects, 1983)、《巨头们》(A Play of Giants, 1984)、《携爱从齐亚出发》(From

---

① 索因卡:《狱中诗抄》,黄灿然等译,倾向出版社、唐山出版社,1987年,第7页。

Zia with Love,1992)、《暗无天日的季节》(The Beatification of Area Boy,1996)、《身份证件》(Document of Identity,radio play,1999)、《巴阿布国王》(King Baabu,2001)、《阿拉帕塔·阿帕塔》(Alapata Apata,2011)等,诗集《奥贡·阿比曼》(Ogun Abibiman,1976)、《曼德拉的"大地"和其他诗歌》(Mandela's Earth and other poems,1988)、《早期诗歌集》(Early poems,1997)、《外来者》(Outsiders,1999)、《诗选集》(Selected Poems,2001)和《撒马尔罕市集》(Samarkand and Other Markets I Howe know,2002)等,电影作品《浪子回头》(Blues for a Prodigal,1984),翻译作品《在奥罗杜马利森林中》(In the Forest of Olodumare,译自迪·欧·法古瓦(D.O.Fagunwa)的 Igbó olodumare(2010)以及学术论著《新泰山主义:伪变迁诗学》(Neo-Tarzanism: The Poetics of Pseudo-Transition,1975)《一个不被压制的声音》(A Voice That Would Not Be Silenced)、《在戏剧和非洲世界的视野中》(From Drama and the African World View,1976)、《神话、文学与非洲世界》(Myth, Literature, and the African World,1976)、《这个过去必须为它的现在负责》(This Past Must Address Its Present,1986)、《艺术、对话与愤怒:文学与文化论文集》(Art, Dialogue, and Outrage: Essays on Literature and Culture,1988)、《黑人与面纱:一个世纪以来在柏林墙的那边》(The Blackman and the Veil: A Century on, and Beyond the Berlin Wall: Lectures,1990)、《存在与虚无的信条》(The Credo of Being and Nothingness,1991)、《民主和大学理念:学生要素》(Democracy and the University Idea: the Student Factor,1996)、《一个大陆的积弊:尼日利亚危机的个人诉说》(Open Sore of Continent A Personal Narrative of the Nigeria Crisis,1996)、《记忆的负担——宽恕的缪斯》(The Burden of Memory-The Muse of Forgiveness, 1999)、《存在的七种美德：知识、名誉、公正及其他》(Seven Signposts of Existence: Knowledge, Honour, Justice and Other Virtues, 1999)、《向大肠致敬》(Salutation to the Gut, 2002)、《被窃的声音中虚伪的沉默》(The Deceptive Silence of Stolen Voices, 2003)、《恐惧的气候》(A Climate of Fear, 2005)、《干涉》(Interventions, 2005)、《关于权力》(Of Power, 2007)、《新帝国主义》(New Imperialism, 2009)、《平息需要难以平息的代价》(The Unappeasable Price of Appeasement, 2011)、《关于非洲》(Of Africa, 2012)和《非洲之泉上方的哈麦丹风阴霾》(Harmattan Haze on African Spring, 2012)等。

1971-1975年，索因卡大部分时间在西方和加纳度过。他根据非洲舞台的特点，结合非洲现实对几个西方剧本改编，既保留原剧的基本结构，又突出道德伦理。其中著名的有《欧里庇得斯的酒神的情侣》和《旺尧西歌剧》。《欧里庇得斯的酒神的情侣》包含以尼日利亚时间为模式的场面，表现了作者鲜明的爱憎情感。《旺尧西歌剧》是在英国约翰·盖依（1685-1732）的名《乞丐的歌剧》(1728)和德国布莱希特（1898-1956）的《三分钱歌剧》(1928)的基础上写成的。索因卡受布莱希特把琼·盖伊的《乞丐歌剧》改编成《三分钱歌剧》的启发，同时汲取两部作品的构架和音乐主题，把戏剧场景改换成当代非洲的政治场所，讽刺嘲弄了乌干达独裁者阿明、中非皇帝博卡萨以及非洲各国的军事独裁政府。

1975年7月，尼日利亚军政府首脑戈翁在政变中下台，索因卡在流亡国外4年之后回国，担任伊夫大学英国文学教授。他的创作激情重新爆发。回国后，索因卡立即着手导演《死亡与国王的侍从》。同年，该剧本在伦敦出版。1976年，索因卡的剧本《死亡与国王的侍从》又在纽约出版。这一剧本是根据一起真实的社会实践编写而成的。故事并不复杂,1946年,尼日利亚西部约鲁巴(Yoruba)部族的一个国王逝世了。根据当地的宗教习俗,国王的侍从首领必须自杀殉主。于是,忠诚的侍从首领决心举行仪式以自杀殉主。此事被当地殖民行政长官得知,企图加以阻止,最后反而造成侍从首领和他的儿子双双死亡,而且还几乎引发当地人的暴乱。《死亡与国王的侍从》最能反映索因卡的"神话诗学"和对生命与历史的哲学见解,而且也引起了最多的争议。剧本通过传统文化与外来文化(尤其是英国文化)之间的冲突,写出了新老两代人交替中的社会和民族矛盾,对老一代的尼日利亚人过多地牺牲自己的个人幸福去保全传统的做法表示了同情和批判。

索因卡结束4年的流放生活回到了尼日利亚,但国内政治形势不断恶化,左派人物对他的戏剧作品也表现了诸多的不满。迫于压力,索因卡忍痛放弃宗教神话题材的作品,转向具有颠覆性和易于宣传鼓动的时俗讽刺剧创作。这些剧本结构比较松散,更具实验性和即时性,主要目的是为了宣传演出而作,不考虑出版发行。这种即时性的街头剧演一场换一个地方,布景简洁,非常适合在市场和卡车公园腐烂的空气中演出,演员可以在反动警察追捕之前迅速消失。此后,索因卡的戏剧创作与政治联系更为紧密。

1977年,索因卡将《旺尧西歌剧》连同若干个短剧在公共场所中为民众免费演出,使《旺尧西歌剧》成为尼日利亚最著名的讽刺喜剧,也为尼日利亚的讽刺文学带来了繁荣。1979年,P.S.沙加里当选总统,索因卡被邀请担任伊夫大学的领导并参与国家政治活动。同年,索因卡导演了全部由黑人演员演出的《审讯布开罗》,该剧以南非黑人社会活动家S.布开罗遭到南非当局拘捕拷打致死的真实事件为素材创作而成,显示了索因卡坚持抨击南非当局种族主义的正义立场。同年,索因卡率领剧团抵达美国,演出由他创作并导演的《死亡与国王的侍从》,使他在西方世界的声誉日益高涨。

1981年,索因卡出版第三部长篇小说 Ake: The Years of Childhood,汉译为《阿凯的童年时光》、《阿凯——童年纪事》、《阿克》,该小说是20世纪80年代非洲最受欢迎的作品,被美国杂志评为1982年度"最佳书籍"之一,也被《纽约时报书评·副刊》评为1982年12部最佳图书之一。评论家称赞这部小说为当代英语文学的优秀成果,童年故事的不朽杰作。①

从1978-1983年,索因卡针对国内的政治和社会问题创作了一系列时事讽刺剧和政治鼓动剧,并组织大学生们在全国各地巡回演出。例如,1978年,他创作的《回家做窝》讽刺政治投机分子。1981年,《无限大米》揭露贪官污吏借大米进口和分配而大肆侵吞公家财产,由伊巴丹大学流动剧团在拉各斯街上演出。1982年,索因卡为电台写了广播剧《安息吧,可尊敬的铁嘴博士》,讽刺算命先生,第二年又把这个剧本改写成舞台剧《未来学家安魂曲》,在尼日利亚巡回演出。1983年,《重点工程》着重揭露和批判了尼日利亚贪官污吏为中饱私囊、满足个人政治野心制订了"民族温饱计划"、"迁都计划"、"修路建桥工程"、"廉价房工程"以及"绿色革命"等众多"无底洞计划",这些工程计划不过是政客们用来实现其政治目的的借口,对国计民生毫无用处。1983年底,尼日利亚当局下令禁演索因卡所有的剧本。索因卡辞去一切公共职务,潜心戏剧创作,发表反映现实和讽刺性作品《债台高筑的公司》。1984年,《巨头们》出版,讽刺非洲独裁统治者,被批评家称为"需要相

---

① 何乃英编著:《新编简明东方文学》,中国人民大学出版社,2007年。

当的勇气以空前的凶猛攻击某些非洲领导人"的喜剧。剧本第一幕开场的布景是纽约某一非洲国家的大使馆,出场人物包括了映射阿明博卡萨等非洲巨头。20世纪80年代,由于投入太多精力在时事讽刺剧及其他媒介创作中,索因卡仅仅发表了《回归》(Returning)和《未来学家安魂曲》(Requiem for a Futurologist)两部长篇戏剧作品,而且显而易见,这也是"受迫"而为。这两部剧本都是探索宗教庸医术主题。

20世纪80年代是索因卡在西方国家最负盛名的时期,许多评论家赞扬他的作品,认为他的剧本"是对人类在生与死之间存在的那条'神秘的通道'的沉思","包含了关于人性的一切主题"。他的英文版传记作者,美国作家H.L.小盖茨评论说:"索因卡的文笔是庄严的、求实的,他的作品结合了西方戏剧传统与约鲁巴戏剧传统,以独特的语言魅力显示了人类道德规范的力量。"①

索因卡获得诺贝尔文学奖以后,并未就此止步。20世纪90年代索因卡在美国定居。从1991年起,他又连续创作了《天罚雅辛托斯》、《携爱从齐亚出发》等政治讽刺剧,猛烈抨击发生在尼日利亚的政治丑闻。1994年,索因卡创作了《赐福地区少年》,描述一天中发生在拉各斯街头小摊贩周围的诸多事件,揭示军人当政给下层民众带来的灾难,慨叹这些民众为生存而挣扎的悲苦。1995年,索因卡写下《一个大陆揭开的伤口》,揭发尼日利亚军事独裁统治破坏人权的丑恶行为,被尼日利亚军政府缺席判处死刑。此后,他再次被迫流亡国外,注意力似乎也转移到了政治和学术方面,戏剧创作遂又中断。1996年,他出版了一部政论色彩颇浓的纪实文学新著《一个大陆的

---

① 王燕:《两种异质文化的兼容与整合—从〈痴心与浊水〉解读索因卡小说的二元文化构成》,《苏州科技学院学报》(社会科学版),2007年第4期,第79-83页。

敞开的脓疮——尼日利亚危机的个人叙述》。经过近7年的"文学休眠",索因卡又激情勃发,接连发表剧作、诗歌和回忆录,被誉为"历经政治风雨而不衰的非洲文艺园地里的常青树"。剧本《暗无天日的季节》描写一个非洲国家在独立后处于军事独裁统治下的悲惨情景。

1999年2月,尼日利亚通过大选恢复民治。总统奥卢桑贡·奥桑巴乔指示成立专门委员会,调查军政府时期破坏人权的行为。索因卡对此表示支持,经常到该委员会做证,要求政府向受害者或其家属道歉。就在听证的过程中,他收集到大量创作素材,于2001年写出他的第19个舞台剧本——现实政治讽刺剧《巴阿布国王》。剧中人珀提普影射从1985年8月到1993年8月执政8年之久的易卜拉欣·巴班吉达将军,巴阿布国王暗指1993年11月登台执政的阿巴查将军。巴班吉达人还在,并有意重返政坛。阿巴查于1998年6月猝死。官方称,他死于突发心脏病。但传言说,他是在烟花巷服用过量伟哥、食用有毒苹果后暴死的。索因卡亲自执导了这部政治讽刺剧,首场演出于2001年8月在拉各斯举行,获得成功。此后,他率团到尼日利亚其他城市和德国、瑞士、美国、澳大利亚等国演出。戏剧的现实政治内容和极度夸张的表现手法,引起人们极大的观赏兴趣,演出几乎场场爆满。他说,此剧是对昔日军政府欺压百姓的控诉,"也是对当今和今后统治者的警告"。剧评家一致认为,索因卡毕竟是一位剧作高手,年逾古稀仍宝刀不老。《巴阿布国王》成为他半个世纪戏剧创作的高峰。

面对一片赞词,索因卡坦言,《巴阿布国王》实际上是套用19世纪法国作家阿尔弗雷德·雅里"开荒诞派戏剧先河"的讽刺剧《乌布国王》的框架编写。乌布是一个自负又凶残的小学校长,在权欲的驱使下居然爬上国王宝座,干尽各种坏事。索因卡认为,尼日利亚独立后也出现过像法国那样的乌布,需要揭露他们,从而"使人们激愤起来,再也不能原谅那些不可原谅的人间恶行","再也不能让那种可笑的政治闹剧重演"。因此被誉为"非洲文坛常青树","关注政治的艺术家"。

总之,索因卡的后期戏剧创作逐步转向严肃深刻的事实揭露剧,讽刺政治和社会风气成为索因卡戏剧创作的主题。不少评论家认为索因卡是"整个非洲文化的代言人",称赞他用诗一样的语言来讲述约鲁巴人的历史、信仰、仪典和格言等。索因卡坦言自己志在通过手中的笔墨来尽力改变尼日利亚令人难以接受的现实。他谴责一切暴君,控诉对人民的迫害,同情苦难的百姓。他说:"作为一个文学家,决不能逃避社会责任。不能做袖手旁观的社会观察家。即使在黑暗的时刻,艺术也要反映这个时代的客观现实。"[①] 当记者说索因卡戴有剧作家、小说家和诗人三顶帽子时,他回答说,"我首先戴的是人的帽子",因为"我始终不渝的宗教信仰是人的自由,我要为个性的自由而斗争。我的创作越来越多地针对那些压迫人的皮鞋,不管穿着它们的双脚是什么肤色"[②]。"人的自由"是索因卡的"永久信仰",也是他从事创作活动的一贯主张。

2012年11月,78岁的索因卡访问中国,宣讲他的文学精神,他仍然保留对非洲传统的热忱,固守着对文学的挚爱,不断汲取其他民族的优秀文化,为人类自由而献身!

---

① 杨传鑫:《诺贝尔文学花圃中盛开的东方奇葩》,《中南民族学院学报》(哲学社会科学版),1999年第1期,第98页。

② 杨传鑫:《诺贝尔文学花圃中盛开的东方奇葩》,《中南民族学院学报》(哲学社会科学版),1999年第1期,第99页。

第二节　文艺思想及艺术追求

　　古老的非洲文明孕育了灿烂的非洲传统文化。然而,在西方殖民主义的残酷统治下,非洲文化的发展在近代几乎陷于中断。非洲的真实历史在各种荒诞的说法和偏见之下长期无法得到世界人民的了解,西方人甚至把非洲看成不会有历史的大陆。20世纪以后,随着非洲大陆正规教育的迅速发展,越来越多的非洲人获得了文化知识,重述非洲历史与重塑非洲文化价值体系成为非洲现代知识分子的重大责任。在尼日利亚,索因卡、阿契贝等作家最先感受到时代的召唤,抗拒西方文化霸权,主张继承和发扬非洲传统文化,建立属于非洲的话语系统。从总体上看,索因卡在认识与理解非洲传统的过程中经历了很多困惑和艰辛,所以对待非洲传统的态度自始至终都在改变,而且这种不断变化在他不同时期的文学创作中得到了最充分的体现。20世纪50年代,索因卡积极接受西方文化教育,把非洲的希望寄托于西方外来文化,对非洲传统持怀疑甚至否定态度,表现出明显的亲欧倾向;60年代,非洲各国相继独立,他敏锐地察觉到西方人在非洲的文化殖民更为危险,于是开始肯定非洲传统文化,并大力宣扬非洲传统文化;70年代,面对非洲的混乱现实,索因卡看到非洲传统文化的局限和不足,决意反思非洲传统,并企图融合西方文化以寻求对非洲传统的超越;80年代以后,经历了种种精神上的徘徊游离之后,索因卡最终又回归约鲁巴传统,把希望寄托于非洲神话世界,认为传统和过去更有意义,提倡一种"神话整体主义"。

一、早期企盼欧洲现代文明拯救非洲

索因卡于1934年7月13日出生于尼日利亚西部阿贝奥库塔。他的外祖父是当地有名的牧师,父母亲都是基督教徒,母亲更是"基督迷"。索因卡不满三岁便开始接受欧式学校的教育。1954年,在伊巴丹读完中学和大学后,刚满20岁的索因卡又前往英国学习。1958年,索因卡从英国利兹大学毕业,曾作为剧本审稿人在伦敦的皇家宫廷剧院工作过两年。他广泛地摄取西方文化,阅读了大量英语文学作品和其他著作,开阔了视野,领略到了西方文化的精粹。在西方主流文化的深刻影响之下,20世纪50年代的索因卡表现出一种亲欧倾向,早期戏剧作品具有鲜明的西方艺术风格。他对非洲传统文化持有一种怀疑或者否定态度,把戏剧创作的笔墨重点放在抨击非洲文化的落后、愚昧和迷信上,希望非洲接受欧洲的现代文明,企盼欧洲现代文明来拯救非洲大陆。

1958年,索因卡的处女作《沼泽地居民》在伦敦成功上演并赢得观众的好评。在这个剧本中,主人公伊格韦祖离开落后的乡村到大城市去闯荡,不但没能赚到大钱,反而连自己的妻子也跟随有钱的孪生兄弟跑了。在遭受亲情与爱情的沉重打击后,他再次回到沼泽地,希望土地能给他一点希望。然而,他面对的却是洪水淹没庄稼后的一片狼藉。在万分沮丧中,在城市的开放环境中已经打开了眼界的伊格韦祖终于意识到沼泽地居民的贫穷和苦难是来自根深蒂固的落后传统。他看到了沼泽地居民千百年来虔诚信仰所谓的"蛇神",但"蛇神"并没有给人们赐福,而是贪得无厌、不断制造灾荒、吞没人们的劳动成果,可恨的祭司利用人们对蛇神的崇拜妖言惑众、大肆搜刮钱财、谋取私利。于是,他大胆地痛斥祭司的欺骗行为,决定成为当地第一个"杀蛇"的人。然而,伊格韦祖的心里十分矛盾,对沼泽地既依恋又仇视,现代城市的尔虞我诈迫使他重返沼泽地,但眼界开阔之后的他已无法容忍沼泽地的封闭落后环境,不得不去弥漫西方现代文化气息的大城市再度寻找希望。如果说伊格韦祖在愚昧落后的传统生活和现代社会重重罪恶之间的无从选择表明索因卡对传统文化的怀疑和否定,那么笃信伊斯兰教的盲人乞丐就是索因卡把改变尼日利亚社会现实的希望寄托在伊斯兰教等其他宗教的代言人。盲人乞丐说话的神态颇有先知气度,很不寻常可见。他厌倦了行乞的生活,想踏踏实实地寻找一片土地来耕种。为了实现自己的愿望,他丝毫不畏惧约鲁巴民族所谓的"蛇神",下定决心留守沼泽地,开垦新田地。可见,此时的索因卡认为只有改变落后的传统、打破闭关自守的局面、接受西方现代文化,尼日利亚才会有出路。

1959年,索因卡又发表《狮子和宝石》,再次引起剧坛轰动。他在这个剧本中既抨击了非洲顽固的封建势力和传统文化的落后愚昧,也谴责了非洲人民盲目崇拜西方和吸收西方文化的不得要领。剧中的老酋长是一头张开血盆大口吞食人类生灵的狮子。他顽固地反对在当地修建铁路,反对在当地兴办学校和普及教育,目的是反对开化,反对进步,阻挡西方现代文明的到来,巩固自己的统治地位,以便自己能够永远地愚弄老百姓,谋取私利,甚至维护非洲落后的婚姻制度。老酋长的保守落后和拒绝接受西方文明无疑是要被抛弃和排斥的,但小学教师拉昆来的言行举止也说明西方文化在进入非洲社会时被扭曲变形,对根除非洲落后的传统甚至起反作用。拉昆来主张兴办学校、反对陈规陋俗,但他的计划不切实际,没有一项能付诸实施;他反对非洲娶亲要付彩礼的习俗,只是因为他自己的口袋里没钱;他之所以主张废除一夫多妻制在很大程度上是出于嫉妒,因为他自己连一个老婆也讨不上。拉昆来盲目崇拜西方的一切,无视非洲传统文化,也瞧不起本民族的人民。他感受到的只是西方文明的表面现象,夸夸其谈,只知道西方女人和男人并肩而立,夸赞西方男人为情侣开辟的现代花园,羡慕西方人玩棋、闲谈、鸡尾酒会、饮茶、喝咖啡等日常生活方式,对西方现代文明缺乏真正的认识,所以美如宝石的希迪姑娘最终宁愿嫁给老酋长做小老婆,也不愿投身于他的怀中。可见,索因卡在这个剧本中对非洲落后传统的否定态度更加明显,认为非洲人只有抛弃非洲文化的糟粕、吸收西方文化的精华,才能进入真正的现代文明。

二、中期宣扬传统与现实、非洲与西方融合

20世纪60年代以后,非洲各国相继获得独立,统治非洲大陆数百年之久的欧洲殖民主义政治势力退出非洲。然而,西方殖民者不但继续控制着非洲大陆的经济结构,而且对非洲采取新的文化殖民政策,非洲社会于是很快转入后殖民主义的历史阶段。文化殖民意味着非洲的政治独立成为形式。接受西方文化教育的非洲进步知识分子敏感地察觉到西方的文化殖民对非洲具有更大的危险性,大力提倡"黑人性",肯定有一种独立的非洲文化的存在,号召黑人重振对自己的文化信心。1960年,尼日利亚取得独立。索因卡欣喜回国。面对"黑人性"诗人、作家们与欧洲文化进行整体对抗、极力提倡"以年轻的非洲对抗老迈的欧洲,以轻快的抒情对抗沉闷的推理,以高视阔步的自然对抗沉闷压抑的逻辑"的局面,[①] 索因卡既反

---

① 高文惠:《黑非洲民族主义文学的历史演变》,《德州学院学报》,2006年第4期,第30页。

对固守非洲传统文化、不加选择地赞美传统文化的神秘性并引为自豪的保守观点,也反对把非洲传统文化与欧洲文化的吸收对立起来的偏激观点。在他看来,固守非洲传统文化是一种不加区别的怀旧色彩造成的,对黑非洲过去的盲目歌颂只能造成对现代社会进步因素的排斥。他认为,"一只老虎重要的不是它吼叫的形态","而在于它的本质","编造自己过去的神话"和"文化对立"是"逃避糟糕的现实",为非洲传统文化自豪的观点无法解释非洲存在的各种问题,"非洲社会的发展进步需要传统文化与非洲各国的残酷现实相融合,非洲的民族觉醒也需要西方主流文化的关照"。①

索因卡在回国后 6-7 年间,一方面在美国洛克菲勒基金会资助下从事非洲戏剧艺术研究,另一方面致力于尼日利亚现代戏剧的创作。他走遍了尼日利亚,深入豪萨族、伊博族、约鲁巴族、富拉尼族等主要部族采访,汲取到了传统文化的丰富养料,找到了融合西方现代戏剧艺术与约鲁巴民族的民间音乐、舞蹈和戏剧之路,开创了乡土色彩浓厚的西非现代戏剧。20 世纪 60 年代的索因卡创作热情高涨,成果丰富,短短几年间接连推出了《森林之舞》《裘罗教士的考验》《强种》《孔其的收获》以及《路》等一系列著名的剧本,成为黑非洲最著名的作家。相对于早期创作对非洲传统的怀疑与否定态度,索因卡在中期创作中开始关注并明确肯定非洲传统文化的积极因素,大力宣扬传统与现实、非洲与西方的融合。

《森林之舞》发表于 1960 年,号称非洲的"仲夏夜之梦"。索因卡通过在剧本中带有原始多神教观点的叙述,对尼日利亚的历史传统进行了笼统的概括。这部剧作既借鉴了欧洲荒

---

① 宋兆霖:《诺贝尔文学奖获奖作家传略》,浙江文艺出版社,2005 年,第 1 页。

诞派、象征派的戏剧观念，又具有西非民间传统舞乐那种即兴表演的、从属于宗教仪典的戏剧特征。整个剧本以林莽精怪的死亡之舞隐喻社会政治的深刻危机，雄浑质朴的传统氛围与强烈的现实气息相互结合，迷蒙混乱的表象之中隐含着内在的秩序。很明显，索因卡的思想和艺术在这个剧本中发生了根本性变化。他不再寄希望于伊斯兰教等其他异教来拯救尼日利亚污浊的现实，而是开始认识到尼日利亚传统文化虽然存在诸多愚昧落后的因素，但也拥有许多宝贵的东西。继承和发扬黑非洲的优秀文化传统，有助于拯救尼日利亚现代人的灵魂、建立和谐的理想社会。

《强种》的主人公埃芒对待传统文化的态度被索因卡重新定义。他在受过良好的教育之后，自愿来到非洲传统部落的一个小村子工作，既当教师又当医生。埃芒人格高尚、医术高明，深受当地人的尊敬和认可。然而，这个闭塞落后的小村子有一个非常残忍的习俗。每年的除夕之夜，村民们都要找一个外乡人来折磨，向外乡人扔脏物，甚至殴打羞辱，直到外乡人离开或者死去。村民们认为这样做可以去除一年的晦气和霉运。有一年到了年底，这个村庄只剩下埃芒和白痴儿童伊法达两个外乡人。除夕之夜，顽固的长老们捉走白痴儿童伊法达做"外乡人"的替身。为了拯救伊法达，埃芒挺身而出，甘于自我牺牲。他的勇敢献身让村民们的良心受到了震动。面对当地愚昧的传统习俗，埃芒并没有言辞激烈地质问村民，而是表现出尊重的态度，但又同情和爱护"弱者"，以自己高尚的心灵来揣度一切，最终以自我牺牲来触动村民们麻木的神经。埃芒带着自己的理想和光辉的人性死去了，但他的儿子仍然活着。"强种"后代的存在，预示着"强种"精神将世代相传。由此可见，此时的索因卡不再嘲笑传统，而是开始尊重传统。虽然他在这个剧本中没有提出立刻改变落后传统的方案,但已经明显地对非洲社会的进步表现出了一种乐观精神。

三、后期呼吁回归传统、走向非洲中心主义

20世纪70年代,非洲民族独立后的欢欣鼓舞已消失殆尽,非洲各国充满特权阶层无休止的盘剥和广大民众的深深失望。加快经济的复苏取代文化的自我确认和重建成为70年代非洲的中心问题。70年代的索因卡决意回归传统、走向非洲中心主义。此时的他对非洲传统有了十分清晰而全面的认识。他总是不断地从传统文化中寻找精神依托,力图恢复其中的某些积极成分,既反对把黑非洲文化说成子虚乌有的观点,也反对过分赞誉或抬高民族文化的态度。索因卡发现"黑人运动"的倡导者大多是被前殖民主义者所同化的人,对殖民教育把他们与本民族文化分离感到十分憎恨,但他们没有去恢复失去的非洲哲学、宗教以及其他要素等真实传统文化,而是创造一种自我设想的、大多数非洲人从未经历过的所谓的"非洲文化"。作为现当代黑非洲戏剧的开创者,索因卡始终致力于寻找民族文化之源,深入约鲁巴神话、仪式和宗教中去,探求一种区别于西方戏剧、富于非洲传统意识的悲剧形式。

其实,索因卡在《森林之舞》和《路》中早就隐含了一种要求回归传统的原始主义和神秘主义倾向。他切身感受到西方现代物质文明高度发展,但文艺复兴以来的理性精神却逐渐萎缩退化。索因卡希望能够从非洲原始文化中找到治疗理性精神颓败的良方和对付物质崇拜和科技挑战的武器。1967年,索因卡出版《神话、文学和非洲人的世界》,阐述了自己对非洲传统文化的基本观点。在他看来,"非洲世界和其他任何一个

'世界'一样,是有其独特性的,它具有其他文化所共有的互相补充的特点","传统文化就是在神话剧的结构中提出社会问题,制定其道德规范的。神的戏剧悲剧性仪式还涉及意义更为深远、更难以捉摸的生与死的现象……我们可以设想,就是这个不曾被外力作用过的广袤无垠的空间的实在造成了人类向无限王国挑战,同它对抗或者至少同它发生一种密切关系的需要"。①

1975年发表的《死亡和国王的侍从》围绕约鲁巴传统的"人祭"仪式而展开,充分体现了约鲁巴民族的悲剧精神。根据约鲁巴的传统宗教,整个宇宙共存在过去、现在、未来和"轮回通道"四重世界。死者要实现"永恒"和无限的轮回,就必须有人在他死后为他打通"轮回通道"。对于约鲁巴族而言,国王侍从自杀为已故国王打通"轮回通道"是神圣而高尚、光荣而又义不容辞的责任,其自杀仪式有着重要的意义。索因卡在《死亡和国王的侍从》中形象地再现了约鲁巴这一传统习俗。主人公艾勒辛作为国王的侍从应该在国王死后履行自己重要而又光荣的职责,以自杀去打通国王在彼岸世界的"轮回通道"。然而,尼日利亚的英国殖民者却无视约鲁巴人的传统习俗,根本不了解非洲约鲁巴部人的生死观。他们将西方基督教的生死观念强加给艾勒辛,动摇了他为国王自杀的信念,从而扰乱了约鲁巴的神话秩序,破坏了约鲁巴传统。英国殖民者对艾勒辛自杀行为的干涉反映了西方殖民文化企图"征服"落后的非洲传统文化。然而,接受了西方文化熏陶的欧朗弟最终作为约鲁巴文化的代表,义无反顾地代父自杀,用自己的死捍卫了约鲁巴族的民族身份和文化身份,对英国文化殖民进行

---

① 索因卡:《神话、文学和非洲人的世界》,剑桥大学出版社,1967年。

了沉重的反击。显然,约鲁巴的传统仪式在《死亡和国王的侍从》中占据了十分重要的地位。索因卡此时对非洲传统文化的肯定和赞扬态度十分鲜明,他清醒地认识到了西方文化虽好,但是约鲁巴传统文化却蕴含着巨大的生命力,是民族理想的寄寓之所。

索因卡继承了非洲传统文学的成分,一再申明自己是"非洲文学传统的一部分"。他认为,"非洲艺术家从来就是、也应该是社会风习和历史的记录者,时代的理想的表达者"①。他深深扎根于黑非洲的传统文化与社会现实,形成了征服世界读者的独特民族特色,成为尼日利亚及黑非洲的第一代言人。约鲁巴民族的神话观念和文化传承积淀最终成为索因卡剧作中最具活力的成分。然而,索因卡置身于非洲传统文化与西方现代文化冲撞之中,在意识层面上意欲恢复非洲传统文化,在无意识层面上又站在西方立场上讽刺非洲的落后与愚昧。他努力地在后殖民文化背景下,寻求对非洲传统的反思与超越,期盼在西方现代文明与非洲传统文化的碰撞之中探索出一条非洲社会从传统走向现代的理想之路。

第三节 鲜明独特的民族特色

索因卡的文学作品以鲜明独特的民族特色著称于世。他自幼接受约鲁巴部族的文化意识和艺术传统的熏陶,宗教祭典、图腾崇拜、民间舞乐等黑非洲传统文化在他心中留下了深

---

① 余嘉:《森林之舞:后殖民语境下的索因卡剧作研究》,硕士论文,广西师范大学文学院,2002年。

刻的烙印。深厚的传统文化积淀为索因卡的文学创作提供了坚实的艺术基础。传承约鲁巴传统文化和借鉴黑非洲传统艺术为索因卡的作品带来了鲜明的宗教色彩、丰富的哲理寓意、浓厚的非理性因素以及独特的语言风格。

一、丰富多彩的约鲁巴宗教神话

阅读索因卡的作品,首先吸引读者的是丰富多彩的约鲁巴神话世界。约鲁巴民族的神话传说,宗教信仰和庆典仪式在他的戏剧创作中发挥着重要的作用。20世纪60年代初,索因卡在尼日利亚各地考察和研究民间戏剧,发现尼日利亚人大多绝对信仰原始宗教,神话秩序和神性意愿在人们心中根深蒂固。美丽动听的黑非洲古老神话传说为尼日利亚民间戏剧带来了独特的艺术魅力。于是,他决定借鉴传统艺术,把神话、传统和仪式结合成一体作为自己的文学营养,在创作中创造性地引进神话意象、神话传说和神话思维。索因卡笔下的约鲁巴神话世界里既活跃着神奇善变的奥贡神,又充满着奇特的宗教祭祀仪式。

奥贡神是约鲁巴人自铁器时代以来顶礼膜拜的铁神与战神,最初具有创造与毁坏的双重象征意义。然而,奥贡神在西非人生活中的真正含义可以随着历史与现实而发生改变。在索因卡看来,"奥贡神具有普遍的本质并容有不同的解释"。他拥有多种身份,既是"铁匠的保护神",又是"冶金、金属之神";在现代社会的发展中,他又成了"闪电之神"、"机械之神"、"技术之神",甚至"路神"和"电神"。索因卡把奥贡神引入作品,进行多重建构,使之成为一个十分重要的文学意象。《森林之舞》中的奥贡神降临尘世,参加森林大会,与人类共舞同欢;

《路》中的奥贡神不时显现在路上,成为"路"之主宰,兼具破坏与毁灭、创造与守护的双重身份;《痴心与浊水》中的奥贡神极端残忍,是尼日利亚古今野蛮性的双重象征;《不平常的季节》则把奥贡神与古希腊的俄狄浦斯串联起来,在非欧传统文化对照中彰显约鲁巴神话的奇特境界。

侍从殉葬是约鲁巴民族的一项古老的宗教习俗。约鲁巴族人始终相信,国王侍从的全部生命意义就是为国王殉葬,其殉葬仪式为世人不断重申约鲁巴世界的宇宙秩序。依照约鲁巴族的古老传统,一旦国王去世,国王的侍从必须在30天后举行自杀仪式,护随国王通过神圣的通道,顺利走向彼岸世界。长久以来,侍从殉葬仪式中的祭祀语言、挽歌舞蹈以及服饰着装等都在约鲁巴民族中代代流传。《死亡与国王的侍从》就是一曲典型的"仪式悲剧"。索因卡在剧本中反复运用喻义丰富的诗化语言、音乐、舞蹈以及哑剧,营造了一种极为神秘怪诞的宗教气氛。主人公艾勒辛和他的儿子欧朗弟虽为现代人,但思想意志仍停留在古老的神话世界里。国王去世后,艾勒辛决定遵照传统习俗、服从神的意愿,履行自己的神圣职责而举行隆重的自杀仪式。艾勒辛精神愉悦、语言风趣、歌唱有力,众人包围着他,合唱队为他唱赞歌,不断地向他发出死去国王的召唤。鼓声越来越激烈,合唱队的挽歌也"越来越响,越来越强",催促艾勒辛上路。于是,他跳起了转换深渊的神圣舞蹈,并通过和合唱队的歌唱应答形式,向大家传递神的意愿、报告转换深渊边缘的幻象。在完成自杀仪式的关键时刻,艾勒辛沉浸在转换的记忆之中,完全没有了人世的意识,也听不见唱赞歌的人的召唤。整个自杀仪式的场面显得十分神圣而悲壮。

二、深奥复杂的再生循环与轮回观

任何非洲民族都坚信人有灵魂,人的灵魂在人死之后会继续存在,而且会生与死的循环与轮回。他们认为,人死之后成为幽灵,居住在森林中的地下世界。幽灵完全可以像活人一样活动,也可以钻出地面回到活人世界,对自己的家族和部落不断地产生影响。他们时刻注视着自己的家族,关心家族成员的健康和繁衍,看管家园,甚至希望再次投胎到该家族中来。这种灵魂信仰导致黑非洲文化中特有的循环轮回观念。对于黑非洲人来说,时间不存在绝对界限,过去、现在和将来之间的分界线十分模糊,尘世生活充满光明、温暖和生机,死人可以再现和复活,过去和现在可以重叠,时间不是投向"未来",而是由"现在"向"过去"运动。索因卡对此有清醒的认识。他说,黑非洲的"时间不是一个直线的概念,而是循环往复的现实","历史上的问题实际上也就是现实中的问题,一切都没有变化,我们不是处在时间的某一点上,而是原地不动地在旋转"。①深奥复杂的生死循环与轮回观是索因卡作品探讨的重要问题。《死亡与国王的侍从》、《森林之舞》、《疯子和专家》、《路》以及《诠释者》等都涉及了循环轮回观念。

《死亡与国王的侍从》为观众形象地阐述了约鲁巴宗教玄学有关死人世界、活人世界、未来世界和"轮回通道"等四重世界的共存。约鲁巴人认为,宇宙间除了过去、现在和未来三重世界之外,还存在一个"第四空间"——"轮回通道"。"轮回通道"的探明和征服是人的生命循环与过去、现在和未来三重世界之间和谐的保障,而人类的宗教自杀仪式是征服并打通

---

① 索因卡:《神话、文学和非洲人的世界》,剑桥大学出版社,1967年。

"轮回通道"的关键环节。他们相信,只有国王的侍从在国王死去的第 30 天通过自杀完成征服"轮回通道"的重任,死去的国王才能从轮回中得以再生,约鲁巴民族才能得以拯救,整个世界才能幸存和繁荣兴旺。剧中国王的马夫艾勒辛为了约鲁巴四重世界的命运决定举行自杀仪式,但是由于他对尘世的眷恋和英殖民行政官皮尔金斯的乘机阻挠,自杀仪式无法顺利完成。然而,约鲁巴人相信自杀仪式的中止会使已故国王要在"轮回通道"未经打通的情况下上路,三个世界的连接因此而中断,宇宙秩序因此而陷入混乱,世界将会永陷纷争,生命也将无法延续,约鲁巴人将会面临毁灭性的灾难。正在危难之际,艾勒辛的长子欧朗弟遵循约鲁巴的古老传统,替父自杀,希望能为已故国王打通神秘的"轮回通道",从而挽救四重世界的和谐。

《森林之舞》是非洲民族再生循环观念的集大成者。索因卡精心塑造了众多历史人物的再生,再现了历史悲剧的现实重演。在剧本的开端,已死去 300 年的一男一女两个幽灵从森林中的土地裂缝中钻出来,来到活人世界,与活人直接交谈,对活人的生活评头论足,希望活人洗刷他们的冤情。女幽灵感叹说:"三百年了,什么变化都没有,一切照旧。"① 她发现,名妓罗拉在几百年前是尊贵的王后,部落战争,如今又争风吃醋,唆使追求者杀死自己的情敌;议会演说家阿德奈比在古代是宫廷史学家,曾经接受奴隶贩子的贿赂在"指头大的船"中塞进 60 名奴隶,导致很多奴隶窒息死亡,现在又接受贿赂把限载 40 人的汽车超载到 70 人,最终酿成惨重的车祸;古代的宫廷诗人戴姆凯如今成了一名雕刻匠,从前他让自己的书记官爬屋顶为

---

① 张荣建:《黑非洲文学创作中的英语变体》,《重庆师院学报》(哲学社会科学版),1995 年第 3 期,第 77—83 页。

王后抓金丝鸟而摔断一只胳膊,现在又为雕刻图腾而驱使自己的助手爬大树伐木而活活摔死。历史和现实有着惊人的相似和循环往复,历史人物的再生意味着历史的罪恶与不幸在现代社会的重演。

《痴心与浊水》是索因卡探讨循环与轮回的重要小说。在这部小说中,艺术家科拉精心绘制的《众神像》形象地展现了一个往复循环的宇宙世界。科拉用五个多月的时间把艾格博、诺亚、喜媚、戈尔德以及拉撒路等熟人朋友都画进了自己的作品,并把他们与奥贡神、爱慕纯洁的人、宗教叛徒、阴阳人以及伊苏麦尔彩虹等古老传说中的神或人融合在一起,促使古老的神话传说与当代社会现实合为一体。画中的奥贡神酷似科拉的好朋友艾格博,是一个嗜血者兼开拓者、探险者的形象。他在战争中所向无敌,爱得疯狂,屠杀成瘾,嗜酒如命,但又保护熔炉和有创造力的人;诺亚被画成古代的宗教叛徒,戈尔德被画成一个阴阳人,喜媚成为古代的贞洁女性,拉撒路与伊苏麦尔彩虹融汇在一起。这幅画充分表明了科拉赞成"循环"和"轮回"以及文化的延续。他把历史与现实、死人世界与活人世界、宗教虔诚与现实背叛融汇在一起,以生动的形象把宇宙万物"置于创世之初那种调和的静止之中"。

索因卡对约鲁巴民族深奥复杂的再生循环与轮回观念持有一种矛盾态度。一方面,他赞同历史循环论。在他看来,美德与罪恶从古到今同时存在,历史和现实不断往复循环,历史传统的回顾往往成为现实问题,现实生活总是掺和着历史的阴影。世人不应该否定过去与现在的联系,不能否定传统。"过去是怎样,将来还会是怎样,就像事情开始的时候一样。"[1]《疯

---

[1] 索因卡:《狮子与宝石》,邵殿生等译,漓江出版社,1990年,第368页。

子和专家》中的阿发说:"哪儿轮回圆满,哪儿就能找到As。"①《路》中的"路"是一个与往昔相关的物象,集过去、现在和未来于一体,维系昨天,经过今天,通向明天。在索因卡的观念世界里,"路"活着,始终在动态之中。"路"既导向毁灭与死亡,同时也引发创造和新生,是贯通过去和未来、连接神界和人世的喻义性通道。《痴心与浊水》中的工程师塞孔尼是循环论的虔诚信奉者。他认为,人是宇宙循环中的必要环节,生与死、过去与现在都容纳在同一个苍穹里,割裂两者就会破坏周而复始的大苍穹的和谐统一。然而,另一方面,索因卡又认为,循环作为历史延续性的一种形式,势必造成历史对现在、死人对活人的困扰与束缚。在《森林之舞》中,被森林之王解救出来的半生半死的孩子就是人类希望的象征。他是联结着过去不幸的纽带,同时又预示着未来的转机。《痴心与浊水》中的艾格博是循环与轮回观念的坚决反对者。他接受了现代西式教育,试图割断与自己部族之间的联系,希望中断历史与现实中的各种循环,长期对自己的尊贵出身和将要成为暴君耗尽精力而产生恐惧,所以宁愿在外交部里任职,也不想回到家乡去继承酋长的地位。在他看来,"死者对生者的责任,就是让生者很快忘掉他们,死人不应该有面孔。应该把过去埋葬起来,把过去留在属于过去时代的地方,这样需要时我们就可以随意拿它来用,或者干脆由它去,不用它不强加于人,这样大家都能按自己的兴致安排这个世界,以免死去的人出来指手画脚,让活着的人左右为难"②。所以,世人要总结历史的教训,关注现实的生存危机,防止悲剧的重演和历史的循环。

---

① 索因卡:《狮子与宝石》,邵殿生等译,漓江出版社,1990年,第368页。
② 刘合生:《传统与背叛——沃莱·索因卡〈痴心与浊水〉主题初探》,《辽宁教育学院学报》(社会科学版),1989年第4期,第81-83页。

三、鲜明独特的非洲民间艺术技巧

1986年,索因卡在诺贝尔授奖演说中自豪地说,"我是非洲文学传统的一部分"。非洲民间戏剧是其创作的重要源泉。非洲民间戏剧起源于古代丰收庆典,具有浓厚的宗教意义。在尼日利亚,再现宗教神话和祭礼仪式是民间戏剧的主要任务,戏剧演出往往就是古老神话的再现。从总体上看,索因卡20世纪50年代在英国的创作偏重于遵循欧洲的文艺理念和运用西方表现手法,20世纪60年代回到非洲后的创作更多的是遵从非洲传统,吸取非洲民间艺术,并企图实现非欧创作艺术的融合。为此,他大量运用音乐、舞蹈、假面舞、挽歌、朗诵、戏中戏、宗教仪式等非洲传统的舞台艺术手法,把古希腊戏剧艺术、西方现代戏剧艺术与黑非洲传统中的闹剧、滑稽戏、宗教剧、歌剧等结合起来,成为"非洲的莎士比亚"。其中,挽歌、哑剧和假面舞是索因卡戏剧创作借鉴最多的三种传统艺术。

吟唱形式是非洲戏剧内在的结构形式,体现了非洲人的美学价值观。索因卡的剧本经常以轮流吟唱的民间传统形式来开展故事情节,构建非洲人所熟悉的音乐天地,呈现充满浓厚乡土气息的非洲现实世界。挽歌是非洲民间戏剧常用的一种语言形式。索因卡的许多剧本都出现有唱挽歌的场景。例如,《沼泽地居民》中的乞丐经常独自吟唱只有曲调而没有明确歌词的挽歌,而且一边唱一边合着拍子点头。在《森林之舞》中,唱挽歌的人直接以吟唱的方式与阿格博列科进行对话,其中有这样一段唱词:"啊,你的双手已消失,如果它发出隆隆响声,我们会知道它到哪里去了。不过,我们不点出他们的名字,不要让你以为我们在窥探他羡慕的目标。给亡灵腾出一块地方跳舞吧……姑娘啊,你的双脚穿着耶莫加织布机上的蛇形梭子,可你的衬衣两次掀起,我敢肯定,你的脚当时在踩着尘土,姑娘,我知道我祖先的策略,让我们跳舞吧……"①《路》也穿插了大量低调、沉闷的歌曲及挽歌,致使情节荒诞,气氛阴沉,成为索因卡最晦涩、最难懂的一部作品。例如,索因卡在教授与萨姆森的对话之间穿插了一首挽歌,歌词中有这样一段:"日中大雾忽起弥漫 / 太阳问:这是啥奇迹? / 旱季露降我脚上 / 死神夺取了我们的雨滴 / 旱季降我胸膛 / 吓得我悚然冷汗直淋漓 / 死神降祸罚我们 / 人世间少了个柯柯洛里 / 在萨姆森的悲叹声中,一个流浪汉弹着吉他唱起来:慢慢儿莫慌忙 / 天堂之路多遥远 / 求上帝多开恩 / 班得利马儿胜利回家园 / 比赛是啥他不管。"② 很明显,这首挽歌既是为死去的司机哀悼,也暗示教授是车祸的肇事者,告诉世人这条路既是生命的终结,也是希望的新生。《死亡与国王的侍从》的自杀仪式更是从头至尾都弥漫着悲壮的挽歌吟唱。艾勒辛在举行自杀仪式前跳的一段告别舞与合唱队不断吟唱的诗性、感伤、洪亮的挽歌共同加重了剧本的悲剧色彩。

在剧本中插入以哑剧形式上演的戏中戏是非洲民间戏剧最独特的艺术方式。索因卡很善于在创作中恰当地插入哑剧。例如,在《路》中,萨姆森和柯托努两人以哑剧形式表演了一段桥头事故:车祸(货)商店的帆布在众声喧哗中从里面拉开,萨姆森戴着面具、扮演鬼魂埃贡贡,不声不响地出现在观众面前,喧嚣声渐渐消失,拨弄乐器的手停住了,所有人的眼睛都盯着那鬼魂。在《狮子与宝石》中,女主人公希迪提出跳个舞表演一下,拉昆来被逼领衔表演了一出外乡人醉酒迷路的哑剧:演员们迅速到位,大家先是哼着小曲,围着拉昆来跳舞,快速地念

---

① 索因卡著:《狮子与宝石》,邵殿生译,漓江出版社,1990 年,第 105 页。
② Wole Soyinka. Collected Plays 1.Oxford University Press, 1973, p.165.

诵着歌词。过了一阵，鼓手参加进来。鼓声响个不停。拉昆来模拟表演外乡人进入伊鲁津来村和他在村民之间逗留的哑剧。四个女孩蹲在地上充当汽车轮子。拉昆来在中间做出开车的逼真动作。先是阵阵轻微的鼓声，随后音量逐渐加大，四个"车轮子"的扮演者以圆圈的动作转动着他们的上半身向前行走。突然间，鼓声中断，汽车失灵了。演员们做出相应的战栗动作，最后把脸伏在各自的膝上。无奈之中，拉昆来从车上下来，向下面张望，试着挑弄"车轮子"，双唇表现出愤怒咒骂的表情。在汽车无法启动后，拉昆来回到车里拿起照相机和遮阳帽，然后出来在丛林中边走边喝酒，野兽的吼声使他神情紧张，醉酒跌倒后又饱受苍蝇的围攻，蹑手蹑脚地拨开拦路的小树林，最后不小心一脚踩空，掉进了水里，丢了所有的东西，除了相机。拉昆来自始至终未曾开口说一句话，只用动作和表情来表情达意。这些哑剧的添加大大强化了增强了剧本的喜剧色彩。

在黑非洲，每逢重大的节日，人们总喜欢戴假面具装扮亡灵，载歌载舞地把死去的亡灵请来一道庆祝。歌舞表演是非洲民间戏剧最主要的成分。索因卡的戏剧包含了众多精彩的歌舞场面。《森林之舞》是黑非洲万物有灵信仰的艺术化表现。索因卡精心安排的这场"森林之舞"事实上是一场奇特的蕴含着尼日利亚民俗文化意味的民族之舞。"森林"是尼日利亚的象征。尼日利亚人始终相信森林之中的地下世界是自己祖先的居住地，祖先们可以在死人世界和活人世界来去自由。因此，在这场盛大的森林舞会中，索因卡尊崇古老的民族传统，把黑非洲人崇拜的树神、太阳神、河神、黑暗神、蚂蚁神、火山神、大象精等各路森林神灵都请来了，让死人与活人相聚，人类与鬼神同台共舞。虔诚信仰原始宗教的观众们被剧中盛大的民族舞会所吸引,也热情地参与到戏剧之中,和剧中人物共同"舞蹈"。在《狮子与宝石》中,索因卡精心安排了一段有捉弄拉昆来的精彩集体舞蹈场面。由于拉昆来的虚假言行激起了人们对他的反感,为了嘲弄他,大家不约而同地一起哼着小曲,然后围着拉昆来翩翩起舞,快速地念诵着歌词。过了一阵,歌手参加进来。鼓声响个不停,人们转跑得越来越快,唱得也越来越快。拉昆来被紧紧地包围住,十分窘困难受。大家转到第六七个圈时,拉昆来就显然受不住了。在《死亡与国王的侍从》中,艾勒辛在举行自杀仪式前跳了一段庄严肃穆的告别舞。他的演出犹如一位天生能言善道的人,每一个手势都有一个庄严终结,以惊人的幽默和活力感染着他的随从,许多人不由自主地加入歌唱队伍之中。然而,当艾勒辛完全沉浸在一种狂喜、恍惚的状态之中时,挽歌越来越洪亮有力,他的动作也逐渐变得越来越沉重了……

四、富于非洲特色的精彩语言

索因卡的创作特别注重吸收西非民族各个阶层、各种行业的人的口语表达方式和语言特点,将英语与约鲁巴的传统语言完美地结合在一起,营造了一个具有非洲特色、富于传统审美的精彩语言世界。

为了揭示人物的性格或身份特征,使剧本的语言更加生动幽默,索因卡常常在剧中人物对话的某些关键之处使用一些民族方言的词汇,点缀上几句谚语和格言。谚语是约鲁巴传统文化的一种重要表现形式。约鲁巴人认为,谚语是语言的快马,可以帮助一个人克服交谈障碍。《森林之舞》中的阿格博列科开口说话,总是满口"真可谓至理名言也"。例如,"如果猎人失去了追逐的猎物,他会抬头张望,看秃鹫在哪个方向盘旋","引文鸡蛋孵出小鸡那天天下着雨,因此那只傻乎乎的小鸡就发誓说自己是一条鱼","最后一个葫芦没有打破前,我们先别提干旱","朝下看的眼睛当然能看见鼻子,伸到罐子底的手才能捞到最大的蜗牛。天上不长草,如果大地因此而把天称作荒地,它就再也喝不到牛奶了。蛇不像人长着两条腿,也不像蜈蚣长着一百只脚",①《痴心与浊水》第一部第5章中,索因卡描写报社社长温沙拉欠了酒钱,遭到酒吧侍者的辱骂,丢脸之下自言自语,说:"要尊敬老人……孩子看见父亲光着身子,可不应该觉得这是好玩的事。要尊敬老人……聪明的阉人要远离女人;饥饿的办事员紧勒裤腰带,上面罩着衣服,谁能说他的肚子是瘪的?但是,当伪装的外衣被当众剥去的时候,他还能求助于什么隐身法来保护自己呢?人们会不会告诉他,这只是魔术师的戏法子于他不适用呢?唉,应当尊敬老人。当巴尔去借马尾巴的时候,他派了一个仆人去,当仆人空手而回时,他却问是我叫你去的吗?奸夫在一间只有一个出口的房间里幽会的时候,他不是叫人把自己的阴囊拿去喂奥贡的鱼吗?要尊敬老人……"② 这段让读者云里雾里的话语,看似与故事情节无关,实际上是来自约鲁巴族的谚语。

索因卡虽然用英语写作,但积极倡导"泛非语言",自觉维护本土文化,总是在自己的文学作品中添加非洲语言成分,对欧美主流话语进行有意的改造,从而在创造与变异中发明了一种独具特色的非洲式英语。这种非洲式英语明显地夹杂着非洲人的传统思维习惯、发音方法和表达方式,时常出现"语词置换"、"双语并用"以及"语义的深层扩展"现象。例如,《森

---

① 索因卡著:《狮子与宝石》,邵殿生译,漓江出版社,1990年,第125页。
② 索因卡著:《狮子与宝石》,邵殿生译,漓江出版社,1990年,第134页。

林之舞》引用了大量的约巴鲁谚语;《恶有恶报》中的尼库拉的开场白同时运用了约巴鲁语与英语;《裘罗教士的磨难》中的约翰满口"洋泾浜"英语,说话时习惯于穿插一些约巴鲁语的套话谚语、形象表达、句子结构等;《路》中的人物语言各有特色。"教授"接受过良好的西式教育,讲的英国英语很标准;仆人穆拉诺和司机柯托努说话总是夹杂着大量土语词汇,显然是一种的"洋泾浜"英语;包打听乔同司机在"教授"面前竭力使用标准的英语,与恶棍讲话则换成了简单的混合式英语;萨姆森与沙鲁比对话时"语词置换"很频繁,沙鲁比说话很不符合英语的语法规范,常常因缺少连动词或用错否定词导致句子结构不完整,造成语句的深奥、艰涩和难以理解。

"语义的深层扩展"是索因卡在语言艺术上对欧美英语进行与非洲的思想文化背景相结合的真正的"创造性变异"。索因卡说:"当我们借用一种外来语进行文学描述时,必须首先吸取这种语言的整体特征,使之成为在我们的思想和表达方式的源泉中所具有的特征的对应物。我们必须强调一点,就是要伸展这种语言,碰撞它、压缩它,把它击成碎片,然后重新聚合它。"① 例如,在《森林之舞》中,活人在"舞蹈"中使自己得到认同与净化,赋予"舞蹈"一种浓厚的"赎罪"内涵;《死亡与国王的侍从》中的"死亡"一词在语义上得到了极为丰富的文化扩展,蕴含着"职责"、"荣誉"和"通道"等多重寓意。对于艾勒辛而言,"死亡"是一种"职责"。按照约鲁巴传统,国王的侍从必须在国王死后自杀殉葬,否则不但自己来世将不能再生,四重世界的秩序将被打破,整个王国也将面临巨大的灾难;对于约鲁巴人而言,"死亡"是一种"荣誉"。他们认为,为国王殉葬

---

① 索因卡:《美学的幻觉:拯救自杀的诗学》,《第三种出版研究》,1975年第1期,第67页。

是侍从首领的最高荣誉,是其全部生命意义之所在,英勇走向自杀的国王侍从是约鲁巴人心中"高奏凯歌返家的猎人"。艾勒辛的犹豫是对传统的背叛,欧朗弟替父亲自杀维护了"家族的荣耀"和"族人的荣耀";对于约鲁巴原始宗教而言,"死亡"是一种"通道"。侍从殉葬是为打通约鲁巴人的"四重世界"中生命延续和循环的"通道"。艾勒辛在自杀之前跳的死亡之舞给读者留下了深刻的印象。这种舞蹈赋予艾勒辛的死亡以一种打通生命轮回通道的欢愉和解脱的特殊意义。

综上所述,非洲民族的神话传说、宗教仪式、民间艺术是索因卡最重要的创作来源。他继承了非洲传统艺术的成分,巧妙地把西方的戏剧艺术与黑非洲传统中的哑剧、闹剧、滑稽戏、宗教剧、歌剧等结合起来,善于借鉴音乐、舞蹈、假面舞、挽歌、朗诵、戏中戏、宗教仪式等非洲传统的舞台艺术手法,向全世界读者形象地展示了非洲神圣善变的奥贡神、奇特的祭祀仪式以及复杂的循环轮回观,达到了哲理性与艺术性高度统一的完美融合,为世界文学创设了一个神奇独特的艺术世界。

第四节　戏剧经典的文化诗学阐释

非洲传统文化从必然的崩溃走向艰难的新生是与西方的接触分不开的。没有非洲传统文化与西方现代文化之间的碰撞与交流,非洲文学不可能走到世界文学的前沿。许多非洲现代作家通过长久学习宗主国的文化得到了西方文化的精华。他们勇于承担时代使命,积极借鉴西方文学,挖掘非洲传统文化的精华,在文学之路上突飞猛进,为当代非洲文学带来繁荣发展。索因卡是非洲文学走向世界的先驱人物。他出生于尼日利亚西部的约鲁巴族王国,父母虔诚信仰基督教,自幼既深受约鲁巴民族的传统风俗和宗教信仰的熏陶,又养成了西化的生活习惯、接受了系统的西化教育。在传统和西方的双重文化氛围之中,索因卡把约鲁巴民族精神和圣经文化融入了自己幼小的心灵,奠定了日后思想发展的基础。1954年,索因卡从伊巴丹大学毕业后进英国利兹大学研读文学。留学结束,索因卡先在英国以文立身,后回归祖国从事文学生涯。长久以来,非洲文学在后殖民时代的前途与命运是索因卡长久思考的重大问题。他努力寻求对非洲传统的建构性反思与超越,期盼在非欧文化碰撞之中探索出一条非洲文学乃至于非洲社会从传统走向现代的可行之路。

一、批判反思、认清自我

20世纪60年代初,索因卡从英国回到尼日利亚。当时,民间戏剧、流动剧团在尼日利亚的演出迎合了观众落后意识,娱乐剧完全占领了小城市和农村的剧场,而大中城市的作家们又大肆宣扬"黑人性"。索因卡反对固守非洲传统,反对过分赞美"黑人性"。他认为,"一只猛虎不是整天嚷嚷虎性,而是行动",现代非洲艺术家的任务不是一味颂扬自己的过去,而是认清自己的弱点(甚至阴暗面)。只有这样,非洲才能向一个合理、平等的社会前进。① 因此,索因卡重视对非洲传统的批判与反思、主张认清自我,在创作中既竭力批判非洲的迷信落后,揭示非洲巫术的危害,又鼓励背叛、讴歌离经叛道的人物。

---

① [南非]纳丁·戈迪默著:《老虎索因卡》,黄灿然译,《倾向》,1996年第6期,第259-264页。

批判非洲的愚昧落后。索因卡发现，非洲各国虽然已经取得了政治上的独立，但仍处于愚昧落后之中，真正的现代文明并未到来。非洲的封建势力根深蒂固，迷信落后、不开化、不文明的非洲古老传统长期禁锢着非洲人。所以，非洲人在吸收西方文化时并没有做到汲取其精华、抛弃其糟粕，而是将其扭曲变形，使非洲落后的东西不但没有根除，反而更加猖獗。索因卡对此看得十分明白，认为这种保守落后的传统是必须被抛弃和排斥的，他在剧本《沼泽地居民》《狮子和宝石》《森林之舞》《强种》以及小说《痴心与浊水》等作品中都对非洲的愚昧落后进行了强烈的批判。

在《沼泽地居民》中，"沼泽地"象征原始、古老的非洲文化。"沼泽地"贫瘠、多灾，古老的非洲居民在这里繁衍生息。崇拜蛇神是沼泽地居民千百年来的共同信仰。他们为了求得饥能果腹，寒能保暖，把这里最好的土地留给蛇神，把最肥嫩的山羊和小鸡、最时鲜的扁豆、新榨的豆油以及新收的五谷都献给蛇神。然而，虔诚的祈祷和献祭并未让蛇神感动，黑暗仍笼罩着沼泽地，大自然的肆虐仍无法阻止。沼泽地居民每年饱受洪水、干旱、虫灾的危害，难以维持生存了。年轻的主人公伊格韦祖曾经到大城市闯荡，城市的开放环境毕竟打开了他的眼界，在遭受亲情与爱情的沉重打击后，他再次回到沼泽地，希望土地能给他一点希望。然而，伊格韦祖面对的是洪水淹没庄稼后的一片狼藉。他终于清醒了，终于意识到了沼泽地居民的贫穷和苦难是来自根深蒂固的落后传统，喂养蛇神和亲吻祭司的双足并不能解决任何问题。伊格韦祖最终决定离开生产力低下、自然灾害肆虐和封建宗教势力压迫严重的沼泽地，去弥漫西方现代文化气息的大城市再度寻找希望。索因卡通过伊格韦祖的言行暗示尼日利亚只有改变落后的传统、打破闭关自守的局面、接受西方现代文化才会有真正的出路。

抨击非洲顽固的封建势力和落后愚昧是《狮子和宝石》的基本主题。剧本中的老酋长代表着尼日利亚的邪恶势力。对于当地人而言，这位老酋长是一头张开血盆大口，吞食人类生灵的猛狮。为了巩固自己的统治地位，达到永远愚弄人民、谋取私利的目的，他顽固地反对文明开化和社会进步。一方面，他竭力阻挡现代文明的到来，坚决反对在当地修建铁路、兴办学校和普及教育；另一方面，他还利用手中的金钱和权势，顽固地维护娶妻纳妾的落后婚姻制度。索因卡在剧本中对这位顽固保守、愚昧落后的老酋长给予了辛辣的嘲讽、无情的揭露和有力的抨击。

《森林之舞》的立意在于昭示非洲传统的负面影响，引起非洲人的反省与沉思。在剧本中，缅怀先人业绩、接续辉煌历史的"民族大聚会"热闹非凡。应邀前来的宾客中居然有一对300年前的幽灵夫妻。男幽灵曾经是一名武士，女幽灵腹中怀有一个数百年既不得生又不能死的婴孩。他们从森林里钻出来与活人直接对话，对现代生活评头论足，而且迫不及待地要求活人为他们的冤案平反昭雪。然而，"三百年了，什么变化都没有，一切照旧"。他们看到很多历史人物在现代社会得以再生，历史的罪恶与不幸也得以重演。古代的宫廷史学家阿德奈比成了现在的议会演说家，曾经接受奴隶贩子的贿赂，把60名奴隶装进"指头大的船"运走，现在又接受贿赂，把限乘40人的汽车改为乘坐70人，结果造成惨重的车祸；曾经的宫廷诗人戴姆凯现在拥有了雕刻匠身份，曾让他的书记官爬上屋顶去抓回王后心爱的金丝鸟而摔断了一只胳膊，现在又为雕刻图腾驱使他的助手爬上大树伐木而摔死；历史上的王后罗拉现在却成了名妓，曾以美貌挑起了部落间的战争，现在作为妓女又唆使一男人杀死情敌。如此种种,索因卡看到了尼日利亚的历史并非荣耀辉煌,也不值得自满自豪。过去与现在共存,历史和现实出现惊人的相似,现实存在的问题往往是历史传统的循环往复。这种局面催人深思、发人深省。

此外,《死亡与国王的侍从》中的艾勒辛父子是神话秩序及宗教仪式的牺牲品。他们虽然生活在现代社会,但思想意志仍停留在古代的神话世界里,一切行动都遵循传统习俗,服从神的意愿,坚信侍从生命的全部意义就是为国王殉葬,别无选择。古老的神话秩序成为艾勒辛父子的生活秩序,玄虚的神性意愿就是他们的个人意愿。尽管有儿子作为替身,艾勒辛最后还是自杀了,现代文明依然无法改变传统的神话秩序。《强种》中的主人公埃芒正直、善良,为了遵守非洲乡村在除夕之夜的除旧迎新的宗教仪式,甘愿作为牺牲品或替罪羊,让人们在半夜之前拖着他穿过全村,在他身上涂上色粉,给他灌麻醉药,往他身上倒垃圾、扔脏物、肆意欺凌和咒骂,最后被折磨至死。埃芒没有反抗,因为他认为活着就必须遵守非洲人的神话秩序。《痴心与浊水》中的塞孔尼是一位从海外留学归来的工程师。他大胆地将从西方现代技术应用于非洲的现实建设之中,立志兴修水利,架桥修路,建水电站。然而,在犹如一潭浊水的尼日利亚现实社会里,他的一片痴心遭到了顽固势力的围攻,最后惨死于车轮之下。

索因卡的作品还揭示了非洲巫术的危害。在非洲,巫术与非洲各族的传统宗教密切关联,非洲人无论男女老少都对巫术深信不疑。非洲黑人部族具有崇尚神秘性信仰的心理积淀,习惯于将人的命运、行为模式与自然现象及其秩序进行异常丰富的具象联想,通过巫术对自然、生命(或非生命)现象做出种种非理性的诠释。所以,巫术施行者是超自然的神物

(fetish)力量的代理人。神秘的非洲巫术在索因卡的作品中时常出现。他大胆嘲弄那些江湖术士装神弄鬼、招摇行骗的可笑行为,也严厉指出巫术对人们的危害性。

《裘罗教士的磨难》中的主人公裘罗教士是一个满口玄言、自命为"先知"的江湖术士。他利用非洲居民愚昧无知、信仰鬼神的心理,大肆进行敲诈勒索,丑恶嘴脸在剧本中暴露无遗。裘罗教士一出场就大言不惭地说:"我是一个先知。无论就天赋或是爱好来说,我都是一个先知。我生来就是一个先知。"①自称"先知"在正统的基督教中是大逆不道的。然而,裘罗教士在尼日利亚却可以招摇撞骗、恣意妄为。体面的议员先生为了能高升当上"作战"部长,虔诚而痴迷地聆听他的胡言乱语。在剧本结尾,裘罗教士捡起一块小卵石对准议员扔去。一圈红光(或其他耀眼的颜色)恰好在议员的头顶上闪亮,就像绘在圣像头上的光环。议员吓得目瞪口呆,惊醒之后一骨碌扑倒在地,对裘罗教士满怀敬畏又心醉神迷地轻轻喊了一声:"我的先知啊!"如此的荒唐夸张与极度迷信丑态令观众哭笑不得。

《路》中的"教授"看似是一个虔诚的基督教徒,实际上是一个假借上帝名义、欺骗民众的巫师。他肆意曲解《圣经》,整天忙于寻求上帝的"启示"。在他看来,"这一启示不能在有生命的地方找到,只能到死神身边去找"②。他给司机伪造证件以赋予他们上路的资格,同时为他们的死亡创造了条件。他仿佛在冥冥中操纵着生死大权,在活人与死人之间、阳界与阴界、天堂与地狱、清醒与迷狂之间游移徘徊。人们既敬畏他,又渴望得到他的某种庇护。他的行为怪异神秘,语言晦涩玄虚,貌似

---

① 索因卡著:《狮子与宝石》,邵殿生译,漓江出版社,1990年,第105页。
② 刘合生:《传统与背叛——沃莱·索因卡〈痴心与浊水〉主题初探》,《辽宁教育学院学报》(社会科学版),1989年第4期,第81-83页。

高深莫测,实则故弄玄虚,胡说八道。这种言语行为十分接近非洲的原始巫术行为,具有浓厚的占卜者的神秘色彩。

此外,《痴心与浊水》的"拉撒路"和"诺亚"也集中了非洲巫术的诸多特性,可视为西非巫术信仰的人格具象。"拉撒路"死后再度复生、变换肤色成了先知。他充当着沟通超自然神力与芸芸众生的中介,是典型的非洲部落巫术施行者。

索因卡鼓励背叛、讴歌离经叛道。对于索因卡而言,改革、革命和背叛是同义词。背叛是其创作的基本主题之一。他说:"在今天的非洲,周围的每件事都会一再地遭到背叛与失败,现实就是背叛的现实。"① 传统、现实和未来的过渡需要通过背叛来实现。社会前进必须背叛传统,因为传统中的落后模式阻碍了历史的前进;现实的污浊影响了未来的繁荣,所以只有背叛现实。为此,索因卡赋予自己笔下的"沼泽"、"森林"、"狮子"、"路"、"强种"以鲜明的寓意,以之象征愚昧落后的非洲现实、生命力旺盛的原始文化、顽固保守的邪恶势力、艰难曲折的改革之路,甚至拯救非洲的先知先觉,讴歌那些敢于背叛传统的人物。

在《沼泽地居民》中,蛇神至高至尊,是当地农民的图腾信仰对象,主宰一切。沼泽地的老一代居民封闭落后、麻木迷信,确已病入膏肓,无可救药。他们无比敬畏蛇神,就连蛇神的栖身居所泥沼也因之变得神圣,不容许任何人对之产生亵渎的言语行为。然而,年青一代的沼泽地居民的思想开始有所觉悟了。马古里老人的两个儿子相继离开家乡,到现代都市去闯荡。长子阿乌契克通过努力赚取了不少金钱,过上了富裕生活;弟弟伊格韦祖虽然竞争受挫,但他在希望破灭之后终于看清了

---

① 刘合生:《传统与背叛——沃莱·索因卡〈痴心与浊水〉主题初探》,《辽宁教育学院学报》(社会科学版),1989年第4期,第82页。

事实:沼泽地居民千百年来虔诚信仰所谓的"蛇神"贪得无厌,不断制造灾荒,吞没人们的劳动成果。可恨的祭司利用人们对蛇神的崇拜妖言惑众,大肆搜刮钱财,谋取私利。于是,他挣脱了传统信仰的精神羁绊,怒向沼泽地里的蛇神发出了不平之鸣,大胆地痛斥祭司的欺骗行为,成为非洲第一个"杀蛇"之人。

《强种》的主人公埃芒自认为是"强种"的后代。他受过良好的现代教育,在一个小村子里当教师和医生,他以自己高尚的人品和辛勤扎实的工作而受到了当地村民极大的尊敬和认可。为了拯救白痴儿童伊法达免遭当地愚昧落后的传统习俗的折磨,埃芒甘愿牺牲自己,成为"替罪羊"。他勇敢果断地在除夕之夜带着理想光辉的人性死去,以自己的死亡来唤醒当地村民长久麻木的心灵。在索因卡看来,埃芒的所作所为犹如一位圣人在经历过种种磨难之后功德圆满。这种对抗落后传统的"强种"精神必须世代相传。所以,剧本最后还告诉观众,埃芒的儿子出生了,"强种"后代又得以延续,愚昧落后的传统习俗终将被消灭掉,尼日利亚必将会有一个光明的未来。

同样,《痴心与浊水》的主人公艾格博也充满了背叛思想和背叛行为,其人格建构就是在一连串的背叛中逐渐完善的。他本是一个非洲部落酋长的外孙,最初经常在传统和现代化之间徘徊,为在大城市工作还是回到自己的部落继承权力难以抉择。每当艾格博遭受污浊的现实社会欺骗时,他就逃到奥罗克梅基去,远离拉各斯的办公室,在那儿尽情地享受黑暗和寂静,让死亡的狂叫和失路的迷茫见鬼去。后来,为了喜媚的光芒启示,他不顾德吉阿德的劝告,背叛了上帝,永远失去了"孤儿的童贞",从而感到自己的生命在感官的快感中如同天崩地裂而得以升华。最后,艾格博终于抛弃了自己的部落,成了一个"离家叛族"之人。

二、超越发展、走向世界

索因卡认为,优秀作家应该具有"一种形而上的、超越现实的关注,而不是形而下的纯粹的叙述,揭示的是一种不可立时可得的现实,颠覆习俗的观念把社会从陈旧的历史观念或其他偏见中解放出来"的社会历史观。① 随着殖民者的入侵,欧洲文化渗透到了非洲大陆,非洲的本土文化受到了猛烈冲击。在严峻的非欧文化碰撞之中,有的非洲人故步自封,拒绝接受外来文化,一味美化非洲的原始文化;有的非洲人则数典忘祖,拜倒在欧洲文化的脚下,认为欧洲的月亮比非洲圆,甘愿做殖民者的奴隶。索因卡是非洲的"普罗米修斯"。他站在世界文化的高度俯视非欧文化,勇敢地盗取"天火"来焚毁非洲传统文化落后腐朽的因素,寻找了非欧文化相融合的途径,为非洲传统文化开辟了一条创新超越、走向世界之路。为此,索因卡竭力主张立足于非洲民族传统的文化心理和审美趣味,不断挖掘和继承非洲传统文化的精华。通过借鉴欧洲现代文化和重新审视、选择、调配本民族的传统文化,创造出一种"既是世界的又是民族的"新文学。他将西方现代戏剧的艺术技巧同西非约鲁巴部族的文化传统有机融合;在戏剧时空的处理上既汲取非洲传统艺术又大大突破了传统写实戏剧的限制,既借鉴西方戏剧的多种手法又大胆创新,提出独特的戏剧时空观;探求一种既不同于西方悲剧传统又全新阐释约鲁巴传统文化意识的悲剧精神,力求在两种异质文化的二重组合中实现双向超越。

融合非欧文化中的非理性因素。非理性是索因卡创作的

---

① Wole Soyinka. Myth, Literature and the Afrl'ca11World[M]. Cambridge:M. A. Cambridge University Press, 1976, P.66.

一大特色。这一特色的形成是他巧妙融合非欧文化中的非理性因素的结果。20世纪60年代以后,索因卡的创作强化了非理性文化的氛围和基调。他将非洲原始文化当作美学的基质来应用,不仅客观地再现西方的非理性文化,而且自觉地运用非洲传统的非理性思维来构架情节、塑造形象。

荒诞和幽默是索因卡创作的突出特色。一方面,这种荒诞和幽默显然既受到欧洲传统戏剧的影响,又大量借鉴了荒诞派戏剧、黑色幽默、象征主义、意识流等西方现代主义文学流派中的非理性因素。在他的笔下,有许多人物和情节荒诞不经,语言晦涩难解,行动让人难以捉摸,象征与梦幻色彩浓厚。例如,"沼泽"是落后愚昧的非洲现实的象征,"森林"是具有生命力的原始文化的象征,"狮子"代表顽固保守的邪恶势力,"强种"代表拯救非洲的先知先觉者,"路"象征艰难曲折的改革之路。另一方面,这种荒诞和幽默更主要是因为索因卡向非洲传统大量汲取养分,合理地运用非洲传统中的非理性思维的直接结果。借助古老神秘的文化意象和神话故事是西方现代戏剧的突出特点。同样,尼日利亚传统戏剧也是再现宗教神话和祭祀仪式的主要方式。索因卡的戏剧世界汇集了尼日利亚原始的神话秩序和宗教祭祀。他的每一部戏剧都存在神话和仪式的因素。约鲁巴神话在他的笔下就像"诗一样,是一种真理,或者是一种相当于真理的东西"。奥贡神、生死循环、原始宗教在他的《狮子与宝石》《路》《森林之舞》等多个剧本中反复出现,成为重要的文学原型。索因卡把戏剧冲突设置在晦涩难懂的神话故事和仪式世界之中,以大量独创准确的隐喻成功地再现了黑非洲传统文化中的神话秩序与祭祀仪式及其对现代人的影响与制约作用,生动地描绘了黑非洲人民熟悉的非理性世界,让黑非洲人民和世界其他各族人民看到了非理性世界的残酷与荒谬。例如,《死亡与国王的侍从》就是索因卡在原有的历史事件的基础上进行加工改编,突出了时间以外的隐喻色彩和神话因素,赋予艾勒辛自杀事件本身蕴含的深奥象征意味。在黑非洲的传统习俗和宗教仪式的基础上,索因卡通过寓意丰富的诗歌语言,伴随着音乐、舞蹈以及哑剧等非洲传统艺术手段的反复出现,在戏剧中营造了一种神秘而怪诞的舞台氛围,构造了一个神、人、自然三位一体的宇宙空间。主人公的犹豫困惑夹杂着勇气和失败,暗示了一种危机、冲突和价值的转换。

索因卡创作中的非洲神话仪式、生死循环、原始宗教思维都给读者造成一种隐晦玄虚的感觉,令人从中体会到一种神秘、悲壮而又崇高的审美快感。表面上的夸张离奇、荒诞不经、阴森可怕更能引起读者的好奇心,激发读者进一步探寻事实真相,从而在阅读文本的过程中与剧中人物产生共鸣,达到物我两忘的审美境界。所以,索因卡作品中的荒诞和幽默不同于西方现代主义用非理性方式来表现一种悲观颓废的情绪,而是借鉴了非洲传统文化中"非理性"的荒诞成分来表现非洲人的一种崭新而深刻的思想和积极进取、乐观向上的精神。他的非理性事实上是理性的另一种表现形式,目的是展示黑非洲落后的非理性文化和思维方式与现代生活方式之间的不协调,从而激发人们进行理性的思考,去建立理性的宇宙秩序。

发展非洲原始的时空观念。索因卡在自己的创作生涯中不断探索,在许多方面特别是戏剧时空的处理上既汲取非洲传统艺术又大大突破了传统写实戏剧的限制;既借鉴西方戏剧的多种手法又大胆创新,提出了独特的戏剧时空观。一方面,索因卡继承了约鲁巴民族关于时间的传统思想,认为时间是一个循环往复的现实,而不是一个直线的概念;反对运用现代科技手段来营造逼真的舞台表演空间,主张努力发挥约鲁巴宗教剧的空间提供手段,使空间意识无限扩大,让每一个空间形式都成为宇宙内生存条件的一种范例。另一方面,索因卡在创作中又借鉴了西方现代派戏剧的表现技巧,融合心理时间与物理时间,交错表现客观时空与主观时空,实现了戏剧时空的高度凝缩,特别显示了人物的意念时空。

在《森林之舞》中,索因卡把历史和现实进行浓缩处理,在循环往复的时间中构架一个多维的空间整体。在《路》中,索因卡通过"路"对过去、现在和未来的连接,形成一个复合的时空意象,暗示出尼日利亚乃至整个人类在现实和历史之中充满痛苦和迷惑的心理困境。《森林之舞》中的戏中戏和《路》中司机们在对话中用动作再现车祸过程的处理方式,都是索因卡巧用瞬间闪回的方法造成重现往事的"纵向蒙太奇"效果。《孔其的收获》是索因卡成功处理舞台时空关系的最好例证。他在剧本中抛开传统的交代场景更替的场幕递进方式,用简单的灯光手段使发生在两个场景中的事件交替进行在同一个舞台空间中,类似于电影艺术中用镜头切换来营造"横向蒙太奇"的艺术效果,让观众在想象中补足剧情发展中的空间位差和时间距离。在《痴心与浊水》中,索因卡把过去、现在、未来三个不同时间段上的人与事交叉在一起,通过联想、追忆和穿插等多种方式打破时间顺序,突破了传统小说的梯形结构。与此同时,作者自己又扮演传统小说中的全知全能的叙述者的角色,改变西方意识流小说以主人公的无意识流动为中心的特点,把自由联想的意识流动置于作者的理性监控之下,不让人物无意识、漫无节制地"流"下去。

索因卡对非洲传统时空观念的积极吸收和创造性运用,能充分发挥观众的知觉幻觉效应,尽量克服舞台时空的限制,尽可能地加入创作主体和欣赏主体的主观想象，造就一种经过心理"浓缩"和"扩张"的主观时空，从而大大缩小舞台时空的距离和位差，给观众留下充分想象的余地，促使观众在观赏戏剧时由对传统戏剧的被动欣赏与接受转变为主动的参与和再创造，和舞台上的演出融为一体。这种新颖的戏剧时空设置使索因卡的剧本既能引起本国观众在思想感情上更为强烈的共鸣，又能让世界其他各民族的观众领略一种来自异土文化、令人耳目一新的审美感受。

重构非洲传统的悲剧理论。作为非洲现代戏剧的开创者，索因卡长期致力于探求一种不同于西方悲剧传统而富有约鲁巴传统文化意识的悲剧精神。他将约鲁巴族的受苦神话诗学转化为自己的创作母体，回到约鲁巴的神话里重新去寻找创作的动力，解决了文学和社会的关系问题，创立了一种以"第四舞台"、"仪式悲剧"、"转换深渊"为核心词汇的悲剧理论，创造性提出"宇宙整体主义"。在索因卡看来，"在宇宙的苍穹中，存在着生活的完全的统一体。生活像是上帝的头颅，说它自身会复现出多样性只是一个幻觉，因为上帝的头颅只有一个。生和死也是这样，两个都包含在存在的单一的苍穹"①。

非洲哲学一般认为，宇宙有三重世界：死者世界、生者世界和未来世界。索因卡却发觉，其实在非洲人的宇宙世界中还存在着一个"宇宙意志最终表达的所在之地"——理想的存在和物质性的存在的"转换深渊"，也就是第四空间（第四舞台）。第四空间是连接三个世界、促进宇宙完整与统一的关键环节。只有打通第四空间的通道，三个世界之间的桥梁才能架起。没有第四空间的通道，宇宙将会失去秩序，人类将会陷入

---

① Wole Soyinka, The Interpreters, Heinen~atm, London, 1965. P.141.

灾难。在约鲁巴神话里,第一位挑战和征服第四空间通道的是奥贡神。奥贡神与西方的日神、酒神相对应,是约鲁巴的"创造之神",象征着创造的激情、痛苦、残酷、巨大的意志,集创造与毁灭、惩罚与拯救于一身,是宇宙重获均衡与和谐的关键力量。对于约鲁巴人来说,重获神圣性可以超越自我分裂的痛苦,一个完整的人格和一个存在的统一体的形成需要人身上的人性和神身上的神圣性的结合,所以要不断通过宗教仪式来重演奥贡神对转换深渊的征服。基于约鲁巴人的这种人格理论,索因卡提出了"宇宙整体主义"。他认为,处于三重世界交界地带的转换深渊就是重获宇宙完整性的场所。约鲁巴传统戏剧强调主人公沿着类似于转换深渊的地方前进的悲剧意识,对奥贡通道仪式的反复模仿是约鲁巴悲剧的神圣使命。奥贡的小径与转换的深渊就是第四空间,而第四空间则是"原型的中心和悲剧精神的家园"①。

索因卡提倡的"第四空间"悲剧实际上是一种表现奥贡通道的"仪式悲剧"。他在一系列论文中用富于激情的文学语言阐释了自己的理论主张,系统探讨了约鲁巴悲剧的根源,以卓著的悲剧创作实践进行有力的阐释。《森林之舞》、《强种》、《路》、《酒神的女祭司》、《死亡和国王的马夫》等作品都是其悲剧理论最有力的例证。在《死亡与国王的侍从》中,宇宙的三重世界以死去的国王代表死者世界,艾勒辛的新娘代表生者世界,艾勒辛和她结合之后有可能孕育出的胎儿代表着未来世界。艾勒辛就是第四空间(转换深渊)的征服者。他的任务是要在国王到达第四空间之前,通过自杀来打通连接三个世界的通道,让国王平安通过。只有国王平安通过转换深渊,宇

---

① Wole Soyinka, Art, Dialogue and Outrage: Essays on Literature and Culture. London: Methuen, 1993, P.32.

宙的力量才会重建和谐,生命的延续才会保持,国王的子民才会得救。艾勒辛自杀仪式中的任何环节都和宇宙的统一性、整体性以及存在终极的神秘性紧密关联。

索因卡在《痴心与浊水》中借西科尼之口指出,在现实的经验之外,尤其是在这个"技术补偿性"的西方世界之外,存在着一个宇宙统一体,依靠一种神话式的直觉和跳跃性情绪想象,人类可以达到这个统一体。索因卡的"宇宙整体"是相对于非洲世界和非洲思想而言的,排除了"技术补偿性"的西方世界。《死亡与国王的侍从》中的欧朗弟具有十分重要的象征意义。他有两个自我:他是一个受西方教育的人,刚从欧洲归来,这个"自我"代表着"西方";同时他又是一个约鲁巴人,这是他的传统"自我"。欧朗弟代父自杀,象征着那个西方的分裂的"自我"必须死去,以使传统的、真正的"自我"保持存在,同时保证一个传统的、和谐统一的"完整自我"得以再生。欧朗弟式的悲剧精神和悲剧性的超越精神就是索因卡的人生追求最形象的表达。他试图借神话的隐喻和古老的仪式来传达善良人性和坚强意志对于尼日利亚民族发展的重要性。

总之,索因卡在文学领域特别是戏剧领域里60多年不同凡响的探索和创新,为当代黑非洲文学乃至世界文学做出了巨大的贡献。他的戏剧创作已成为非洲戏剧文学具有划时代意义的新起点。他的想象力量已使非洲文化的基本要素达到了西方文化的先进水平。作为非洲第一代觉醒了的知识分子,索因卡和其他坚定的反殖民主义斗士一样,不断地用文学创作对西方殖民者进行一种"权力的逆写",为西方人眼中的非洲"黑暗的中心"正名。他始终坚持立足于非洲民族传统的文化心理和审美趣味,不断挖掘和继承非洲传统文化的精华,通过借鉴欧洲现代文化,重新审视、选择、调配了本民族的传统文化,创造出了一种"既是世界的又是民族的"新文学,带着独特的艺术风格走向世界。戈迪默说,"我们非洲有很多作家把实际行动做得跟写作一样好,但索因卡是最好和最出色的例子,树立作家达到时代要求的榜样,超乎一般人所能理解的知识分子的责任","在南非,索因卡的戏剧无疑影响了黑人剧作家把神话学(包括现已成为神话的抵抗白人统治的历史人物)融汇在行使他们自己的当代生活的人民的普遍模式里"。索因卡通过文学艺术证明,"非洲心灵中被殖民主义者的宗教和哲学掩盖的东西既不必在非洲不可逆转地要介入的现代世界中被抛弃,也不必最终返回部落主义,而是可以与现代意识结合的(成为其一部分),一如现代意识吸纳各种思想体系及其化身。奥冈的创世神话应该放置在人类思想的世界体系中"①。

第五节 索因卡在中国的译介与接受②

索因卡是第一个荣获诺贝尔文学奖的非洲作家。国内首次推介索因卡和他的戏剧作品当属1979年中国社会科学出版社出版的《外国名作家传》,其中收录了翻译家邵殿生撰写的《索因卡传》。索因卡获得1986年诺贝尔文学奖之后,国内翻译界和学术界开始对他的作品进行较多的关注,但是此后的

---

① [南非]纳丁·戈迪默著:《老虎索因卡》,黄灿然译,《倾向》,1996年第6期,第259-264页。

② 文中所涉数字是根据国家图书馆联机公共目录查询系统(http://210.82.118.4:8080/f)和中国社会科学院图书馆馆藏数据库检索系统(http://219.141.236.146),并借助中国知网(http://www.cnki.net)、万方数据(http://www.wanfangdata.com.cn)、超星读秀学术搜索(http://edu.duxiu.com)和互联网搜索引擎,对索因卡作品在我国的中译本和相关的评论文章或研究论文进行爬梳式的量化统计,与实际情况可能略有出入,但基本准确。

索因卡戏剧译介与研究发展比较缓慢。2012年11月索因卡访华,中国学者加大了对索因卡作品的译介、宣传和研究力度。据所见资料显示,截至2015年12月底,国内翻译出版索因卡的完整作品11种,发表索因卡戏剧研究的专篇论文81篇(学位论文9篇,期刊论文68篇,会议论文4篇),戏剧译介与研究方面均取得了一定成绩。然而,36年来,国内学者只是囿于少量的对索因卡早期戏剧作品的译介出版和分析研究,缺乏对索因卡戏剧创作的系统梳理和理论总结。事实上,梳理和评述索因卡戏剧作品的译介情况与研究状况意义重大,有助于从整体上把握索因卡戏剧在中国的传播、接受、影响与研究的发展变化。

一、译介与研究的起步(1979-1986)

索因卡从20世纪50年代开始创作,西方国家对索因卡的关注与其创作时间同步。我国对索因卡的译介始于1979年,比西方国家晚了20多年。从1979-1986年,索因卡在我国的译介尚属于初创起步阶段,学者们只是零散地译介索因卡的生平和戏剧作品,翻译作品和研究成果都很少。据所见资料统计,国内在1879-1986年涉及索因卡戏剧的公开刊物仅5种,其中"评传"类1种,教材类1种,作品选1种,论文2篇。

邵殿生是国内译介与研究索因卡戏剧的第一人。1979年,他撰写的《索因卡传》由《外国名作家传》收录,索因卡因而在中国读者面前首次公开亮相。在文中,邵殿生称赞索因卡是当代尼日利亚享有世界声誉的作家,提及了索因卡的《沼泽地的居民》《森林之舞》《雄狮和宝石》《裘罗教士的考验》《强种》和《孔其的收获》等剧作,用2000余字对索因卡及其戏剧作品进行了简要的评价。他以 1960 年为界把索因卡创作分为前后两个时期,认为"索因卡的前期剧作已经显示出幽默和讽刺的戏剧才华和卓越的言语艺术",后期创作"呈现出新的特点,讽刺变得辛辣,风格转为低沉,特别是表现手法趋向'隐晦'和'荒诞'"①,总体上能联系非洲和尼日利亚的现实。邵殿生的这篇《索因卡传》为国内索因卡戏剧研究揭开了序幕。

1981 年,《外国文学研究》刊登关山对西德《明星》杂志 1980 年第 42 期刊登的盖尔德·莫伊尔撰写题目为"反对今日的独裁者"的摘选,题名为"非洲文学现状",仅 300 字,简单介绍了索因卡及其剧作《森林中的舞会》,认为索因卡是非洲最成功的作家,也是诺贝尔文学奖的候选人之一。

1982 年,《中国大百科全书外国文学 2》在第 979 页刊载了邵殿生拟写的约 200 文字,简介了索因卡的生平与创作经历,对索因卡的剧作《沼泽地居民》《雄狮与宝石》《疯子与专家》《路》和《孔其的礼物》做了简单介绍和评价,认为索因卡"把西方戏剧艺术和非洲传统的音乐、舞蹈、哑剧等结合在一起"。

1983 年,高长荣为了使我国广大读者了解非洲戏剧情况和非洲文化风貌,主编《非洲戏剧选》由外国文学出版社出版。他从英国、俄国和斯瓦希里文版的非洲剧作家选集和单行本中选择了埃及陶菲格·阿里-哈基姆、尼日利亚沃列·肖英卡、加纳柯宾纳·谢基、南非阿索尔·富加德等 7 位非洲剧作家的优秀剧作。此书收录索因卡的戏剧代表作品是《路》,译者是李耒和王勋。他们盛赞"沃列·肖英卡(索因卡)是一个多才多艺的作家",戏剧创作才能表现最为突出,"既善于写喜剧,又长于

---

① 张英伦等:《外国名作家传中》,中国社会科学出版社,1979 年,第 422 页。

撰写调子低沉的剧本借以反映某些社会问题,还十分注意民间文学传统,善于利用童话剧来提出道德伦理问题,很有讽刺意味",认为《路》是一出精彩的哲理剧,"从哲学和艺术上探索了死亡的实质,忠实地描述了非洲人在发展过程中所受到的压力,探讨了古代迷信对现代非洲客车司机所产生的影响。剧情错综复杂,剧中采用了瞬间重现过去场面的手法'还有假面舞蹈,给人深刻的印象"①。这是索因卡戏剧作品在中国的首次露面,但读者范围极其有限,影响不大。

1985年,陶德臻主编的高等学校文科教材《东方文学简史》(修订本,北京出版社)内设专节,第一次把索因卡编进高校教材。该教材的第五节"索因卡与《路》"用近4000字的篇幅比较详细地介绍索因卡的生平与戏剧创作情况,称赞他为"当代尼日利亚最负盛名的剧作家、小说家、评论家和翻译家",认为索因卡作品"具有自己独特的风格和浓厚的非洲气息","表现急剧变化的非洲大陆上新与旧的斗争,传统与现代之间的矛盾,反思非洲文化和欧洲文化各自的价值,试图在调解这两者之间矛盾和冲突的过程中为非洲寻找出路",其创作成就"早已超出了非洲的地域,成为一个有世界影响的作家",并对索因卡戏剧进行了重点推介。② 文中提及了索因卡从20世纪50年代末起写的10多部剧本,把他的戏剧创作以1960年为分界线分为两个阶段,比较详细地介绍了《新发明》(1958)、《沼泽地居民》(1958)、《雄狮和宝石》(1959)、《裘罗教士的考验》(1960)、《森林之舞》(1960)等早期剧作和《强大的种族》、《孔其的收获》、《路》、《痴子和专家》、《死神与国王的马弁》和《未来学家的安魂曲》等后期重要剧作。

---

① 高长荣:《非洲戏剧选》,外国文学出版社,1983年,第635页。
② 陶德臻:《东方文学简史修订本》,北京出版社,1985年,第435–438页。

1986年,《联合文学》发表《渥里·索因卡作品年表》和陈长房的《扎根非洲本土:索因卡及其作品》,可视为国内最早推介索因卡的2篇文章。后来,《联合文学》变成了索因卡研究在台湾的阵地。在《扎根非洲本土:索因卡及其作品》一文中,作者对索因卡的生平与创作进行了比较详细的介绍,特别欣赏索因卡戏剧作品浓厚的非洲本土色彩。

索因卡创作始于1954年,在20世纪后半期已经创作了大量的戏剧作品,在非洲和欧美国家影响很大,引起了众多西方学者对他的深入探讨。然而,由于我国在20世纪的60-70年代经历了一个思想和文化的封闭时期,外国文艺思潮被我国拒之门外,索因卡及其作品也难以进入。改革开放以后,索因卡作品顺应我国新的文艺形势得以进入中国,但并未引起翻译界和学术界的热情关注,主要原因有三个:一是我国引进外国文艺长期重西方而轻东方,非洲文学没有受到国内学界的青睐;二是国内非洲研究关注的焦点大多出于政治需要,对非洲的历史、地理、文化、文学、民族、经济等方面的研究不够重视。三是戏剧文学在现代社会走向衰落,中国读者向来比较偏好阅读小说,晦涩难懂的索因卡戏剧给中国译者的翻译和普通读者的接受均带来一定的难度。

二、译介与研究的缓慢升温(1987-1999)

索因卡获得1986年诺贝尔文学奖后,我国对他的戏剧译介与研究缓慢升温,翻译评价他的译著与论文陆续出现在我国的中文图书与报纸杂志上。邵殿生、黄灿然、王燕、钟志清等堪称我国从事索因卡译介和研究的先锋。据所见资料统计,从1987-1999年,国内涉及索因卡及其作品的中文图书资料达

100余种,其中出版索因卡戏剧中译本1种,推介索因卡戏剧的"作品选"、"丛书"等图书10种,研究索因卡戏剧的专篇论文约16篇(其中硕士论文2篇,期刊论文14篇),另有较大篇幅论述索因卡戏剧的论文或文章,约5篇,以索因卡专节、专章或专题收入"教材"、"评传"类文章约7篇,翻译索因卡论文和国外学者研究论文各1篇。

从索因卡戏剧作品译介情况上看,从1987-1999年,国内译介索因卡戏剧力度不大,数量不多,译本多收入诸如"丛书"、"作品选"等图书之中,独立成册出版的仅有1种。1987年,索因卡的两个剧本被翻译成中文,邵殿生翻译的《裘罗教士的磨难》刊登于《新苑》(1987.3),钟国岭、张忠民翻译的《森林舞蹈》刊登于《外国文学》(1987.7)。1990年,索因卡第一个戏剧选集中译本《狮子和宝石》由漓江出版社出版,译者是邵殿生等。这个中译本是国内第一部索因卡戏剧译著单行本,完整翻译了《沼泽地居民》、《裘罗教士的磨难》、《狮子和宝石》、《森林之舞》、《强种》、《疯子与专家》和《路》7部戏剧。译本前言是邵殿生撰写的一篇题名为《熔非洲和西方艺术于一炉》的论文。文中详细介绍了索因卡的戏剧创作历程,充分肯定索因卡是当代黑非洲最有才华的剧作家,并对《沼泽地居民》等7部戏剧的思想艺术特色分别进行了比较详细的评述。1987-1999年国内10种选介索因卡戏剧作品的"丛书"、"作品选"重点推出了《森林舞蹈》、《杰罗教士的考验》、《疯子与专家》和《路》等,其中《森林舞蹈》被选介的次数最多(5次),其次是《路》(3次)。具体情况见下表:

收录内容	书名	主编	出版社	时间
《森林舞蹈》	世界文学名著选读第一册(亚非文学)	陶德臻、马家骏	高等教育出版社	1991.10
《路》	诺贝尔文学奖名著鉴赏辞典 1901-1990	刘文刚、关福坤	湖南文艺出版社	1991.7
《杰罗教士的考验》	世界文学精品大系第20卷 拉美文学北美、大洋洲、非洲文学	《世界文学精品大系》编委会	春风文艺出版社	1992.8
《森林舞蹈》	世界百家文学名著鉴赏十二	温祖荫	福建教育出版社	1993.10
《疯子与专家》	当代世界名家剧作	荣广润	上海教育出版社	1994.9
《森林之舞》	外国文学编3戏剧卷	陈惇、何乃英	黑龙江教育出版社	1996.11
《路》(节选)	亚非文学作品选读	梁立基、陶德臻	中国人民大学出版社	1998.1
《裘罗教士的磨难》	诺贝尔文学奖文库 4 戏剧卷	宋兆霖	浙江文艺出版社	1998.5
《森林之舞》《路》	诺贝尔文学奖获得者作品文库1901-1995	王洪章	延边人民出版社	1998.9
《森林舞蹈》	世界文学名著选读第1册	陶德臻、马家骏	高等教育出版社	1999.1

从索因卡戏剧研究来看,国内学者在1987-1999年对索因卡戏剧在创作思想、艺术风格、作品研究等方面做出了一些努力。12年间,国内发表论述索因卡戏剧的硕士论文2篇、期刊论文14篇。索因卡研究在1987年迎来了第一个高潮。当年我国学者在《文艺报》、《人民日报》、《世界文学》等报纸杂志和高校学报上刊发索因卡研究论文11篇,其中评述索因卡戏剧的专篇论文4篇。1988-1992年,索因卡研究发展缓慢,5年间关于索因卡的研究成果主要包括2篇硕士论文,5篇期刊论文和专节、专章或专题收入作品集、"教材"、"评传"类文

章5篇。1993–1999年,国内索因卡研究逐渐升温。6年间,国内报纸杂志和高校学报共发表索因卡研究论文22篇,超过了1979–1992年13年期间的论文发表总数,其中包括索因卡戏剧研究论文8篇,研究重心由介绍索因卡的戏剧创作历程转向考察索因卡戏剧创作的思想渊源和变化发展。各大高等院校主办的各类外国文学研究杂志以及各个重要的外国文学出版社是索因卡戏剧译介与研究的主要阵地,索因卡译介与研究人员也基本上来自高等院校和外国文学研究所,邵殿生、黄灿然、王燕、钟志清等。他们的译介和研究工作为索因卡在中国的传播做出了不可低估的贡献。这一时期的索因卡戏剧研究主要表现在四个方面:

第一,以索因卡的诺贝尔文学奖得主身份为切入点,评述索因卡卓越的戏剧创作成就和崇高的世界文学地位。索因卡首先因获得诺贝尔文学奖而引起我国学者的大力关注。所以从1987年开始,国内迅速掀起一股介绍诺贝尔奖得主索因卡的热潮,从1987–1992年陆续在报纸杂志上发表相关文章11篇,其中1987年有7篇,主要包括吴保和的《非洲的"黑马"——诺贝尔文学奖获得者沃莱·索因卡和他的戏剧创作》(上海戏剧,1987.2)和《非洲文坛的一颗明珠——诺贝尔文学奖获得者沃莱·索因卡》(艺术百家,1987.2),丕琪的《诺贝尔文学将获得者——索因卡》(海外文摘,1987.2),余增桦的《86年诺贝尔文学奖的获得者——沃莱·索因卡》(艺谭,1987.3),《第一个获得诺贝尔文学奖的非洲人:索因卡》(青年文摘·红版,1987.2),邵殿生的《诺贝尔文学奖获得者W.索因卡》(国外社会科学,1987.6),傅加令的《古老的东方文明重放光彩——试评东方获诺贝尔文学奖的四位作家》(九江师专学报(哲学社会科学版),1991.1),黎跃进的《诺贝尔文学奖的东方得主》(衡阳师专学报(社会科学版),1992.4),杨传鑫的《诺贝尔文学花圃中盛开的东方奇葩》(中南民族学院学报(哲学社会科学版),1999.1)等。这些文章大多侧重于从不同的角度介绍索因卡的获奖戏剧作品和分析索因卡获奖原因,论述索因卡在国际和非洲的文学地位和贡献。他们一致认为,索因卡不愧为非洲第一位诺贝尔文学奖获得者,获奖作品主要是他具有独特风格的剧本,索因卡的戏剧作品虽然是英语创作,但富于沉郁的非洲气息,体现了"黑非洲现当代文学发展的突出特征",赞扬索因卡是一位"以其广阔的文化视野和诗意般的联想影响当代戏剧的作家","成功地让世界上其他人用非洲人眼光来看人类"。①1994年7月22日至26日,由中国外国文学学会东方文学分会主办的"东方诺贝尔文学奖获得者研讨会"在北戴河召开。与会学者就索因卡等6位诺贝尔文学奖获得者的创作流变过程进行探讨,考究索因卡等东方作家在东西方文明的撞击与交叉中的创作生成背景及其对世界文学的冲击与影响。

第二,尝试系统分析索因卡戏剧中的艺术特色。20世纪90年代以后,我国学者开始尝试系统分析索因卡戏剧作品的艺术特色。例如,王燕的《探〈路〉谈艺——索因卡戏剧形式刍论》(东方丛刊,1992.4)以《路》为例,以点带面,深入探讨了索因卡在基本框架、象征物、时间凝缩、空间重构以及话语叙述等许多方面进行了戏剧形式的革新,认为索因卡的寓意剧《路》将西非民间面具形式、仪典舞乐和约鲁巴人的奥贡神信仰引入创作,交合了东西方文化,寄寓了其社会理想幻灭和对未来的深刻焦虑。张吉宁的《荒诞中见哲理,迷惘中找出路:

---

① 邵殿生:《诺贝尔文学奖获得者W·索因卡》,《国外社会科学》,1987年第6期,第53-57页。

〈路〉剧赏析》刊载于《剧本》的1999年第7期。作者认为,索因卡的戏剧创作充分多样化,荒诞剧《路》追求主题的抽象性和全人类性,有意淡化情节,打破逻辑联系和时空顺序,把西方现代派艺术技巧和约鲁巴民族的艺术传统和融合在一起,借鉴西方现代派戏剧的深刻思辨和哲理探索,充分显示情节的荒诞怪异性,表现出对现实社会的焦虑和对未来命运的关切。汪溟的《黑非洲骄子——沃莱·萦因卡和他的戏剧》刊载于《东方艺术》1994年第3期,赞扬索因卡"以其超群的才华而屹立于当代世界剧坛。他的剧作熔西方戏剧艺术与非洲传统艺术于一炉,拥有大量的词汇和独特的表现手法,充分显示了他那机智隽永的对话、入木三分的讽刺、拍案惊奇的怪诞的语言天才,而形成自己鲜明独具的戏剧风格"[①]。

第三,深入挖掘索因卡戏剧作品中的主题意象。这项研究是20世纪90年代我国学者的重要成果。1991年,钟志清完成硕士论文《论索因卡戏剧中的主体意象》。她从社会学和文化学的角度,通过分析索因卡戏剧代表作中的主体意象,挖掘出索因卡戏剧意象的审美机制,考究索因卡戏剧意象的生成背景,探讨索因卡创作成就的文化历史根源。钟志清认为索因卡的戏剧意象是欧非文化撞击融和的产物,是一种文化合璧的结果,具有延续性,联结过去、现在与未来,构成立体的艺术画面。王燕的《略论索因卡剧作中的赓续性意象》和《略论索因卡剧作中的延续性意象》分别刊载于《铁道师院学报(社会科学版)》的1995年第3期和《国外文学》的1998年第3期。他高度赞扬索因卡在戏剧形式与表现技巧方面的创新和超越,认为他通过对"蛇神"、"沼泽"、"歌舞"、"森林"、"精

[①] 汪溟:《黑非洲骄子——沃莱·萦因卡和他的戏剧》,《东方艺术》,1994年第3期,第62-63页。

怪"、"神明"、"崎岖公路"、"破烂卡车"、"教授"以及"圣经"等"一系列充满寓意象征但又负载着具体内容的延续性意象,把历史与现实同步处理,使传统氛围和现实场景叠合映现,折光掠影式地勾描出一幅幅颓败图像,外化着忧国忧民的情感体验,透露出健康向上的理性之光",指出这些意象的设计是索因卡融合了西非民间传统舞乐和西方的荒诞派和表现主义的戏剧手法,实现了"对传统和现实两种历时性空间关系的双向超越",其主要意蕴都在于把握人类心魂的本质属性和关照人类命运的哲理性内涵。① 岳生的《浅谈沃莱·索因卡及其剧作》刊载于《四川师范大学学报(社会科学版)》1987年第4期,介绍了索因卡的创作历程,比较了索因卡戏剧创作不同时期的风格差异,还着重分析了《路》的思想艺术特征。钟国岭的《〈森林舞蹈〉浅析》刊载于《外国文学》1987年第7期,从思想内涵、语言特色和意象象征等多方面对《森林舞蹈》进行了比较全面的探讨。1990年,邵殿生在《狮子与宝石》的"译本前言"《熔非洲与欧洲艺术于一炉》中对索因卡的生平、创作与成就进行了比较全面系统的评价,重点推介和探讨了《沼泽地居民》《裘罗教士的磨难》《森林之舞》《疯子与专家》《狮子和宝石》《强种》和《路》7部戏剧,特别对《路》进行了深入阐释,从多方面解读了"路"的寓意和象征。蹇昌槐、蒋家国的论文《非洲剧坛的普罗米修斯——索因卡》刊载于《荆州师专学报》1993年第3期,对索因卡早期创作的主要戏剧作品进行了比较深入的探讨,重点分析了索因卡戏剧中的主题思想和象征意象。

第四,深入探讨索因卡戏剧中的文化构成。这是20世

---

① 王燕:《略论索因卡剧作中的赓续性意象》,《铁道师院学报》(社会科学版),1995年第3期,第56—61页。

纪90年代我国索因卡研究的崭新视角。1992年,亓华完成硕士论文《论沃莱·索因卡创作的文化构成》。亓华在文中主要把索因卡的戏剧与西方现代派戏剧进行了比较。从文化学角度对索因卡创作中的反理性主义与非理性文化、死亡观念与循环轮回的历史观以及艺术创作中的文化取向进行了深入的挖掘。他认为索因卡创作中的非理性因素受到了西方反理性主义思潮的启发和影响,但在文化取向上却体现了对黑非洲非理性文化的继承。他指出索因卡创作中的历史循环思想本质上"不同于西方基督教的原罪报应思想,更不同于基督教线性发展的前进历史观"[1],而是深深植根于黑非洲传统的非理性文化,其中渗透了约鲁巴人的宗教观念和神话意象,体现了索因卡对历史与现实关系的看法,代表着黑非洲文学的发展方向。萧四新的《从传统走向现代——非欧文化碰撞中的索因卡》刊载于《黄冈师范学院学报》1997年第2期。他认为,"索因卡是一位在非欧文化碰撞中产生的杰出作家","以诗化的形式对于非洲传统文化与欧洲现代文化碰撞中的尼日利亚的现实道路进行了探索。在继承独具特色的本土文化,承受了可融入非洲文化之中的欧洲文化的基础上,创作出了'既是民族的又是世界的'非洲现代戏剧和小说,深深地忧虑人类的缺陷,苦苦探究人类的出路,表现出对人类价值的终极关怀"。[2] 1997年,宋志明完成硕士论文《沃莱·索因卡:后殖民主义文化与写作》,2000年扩充成为博士论文。他运用赛义德的后殖民理论对索因卡创作特别是戏剧作品进

---

[1] 亓华、王向远:《论沃莱·索因卡创作的文化构成》,《北京师范大学学报》(哲学社会科学版),1993年第5期,第20–28页。

[2] 萧四新:《从传统走向现代——非欧文化碰撞中的索因卡》,《黄冈师范学院学报》,1997年第2期,第38–41页。

行了全新的阐释。

此外,这一时期还有专节、专章或专题收入"教材"、"评传"类的索因卡研究文章7篇。其中,费力的《沃莱·索因卡和他的〈沼泽地居民〉》刊载于《年轻人》1988年第2期。此外,在王秋荣杨国华主编的《外国文学史话百篇》(安徽文艺出版社,1989.7)中有一篇题为《非洲沙漠的玫瑰——1986年诺贝尔文学奖获得者索因卡》的文章,重点对索因卡戏剧进行了评介,指出索因卡主要是以戏剧创作而闻名世界文坛。认为索因卡戏剧既富有诗情画意的遐想,又有对于社会和人生的冷峻揶揄,充分发挥了非洲文化传统的优点,把富有生命的语言、尼日利亚的民族神话和民俗风情与欧洲戏剧怪诞的风格融为一体。此外,陶德臻的《外国文学史纲》(北京出版社,1990.8)、谭绍凯的《外国文学新编》(重庆出版社,1990.10)、美国伦纳德·S.克莱因主编(李永彩译)的《20世纪非洲文学》(北京语言学院出版社,1991.10)等都设专节评述索因卡及其戏剧创作。李云峰、苏永旭、王文平著《外国文学专题:文本重读与外国文学精神重塑》(中州古籍出版社,1997年4月第1版)第四节重点谈"索因卡与尼日利亚文学精神",特别评价索因卡在《路》中以意象为手法,对尼日利亚当代社会现实进行了所谓"哈哈镜"式的折映,用"犀利的笔触昭示了他对国家命运所作的理性沉思:路通向无路可走的未知世界,车也随时可能翻下深沟,前途是绝望的,人们只能去寻觅某种虚无的圣灵启示——即剧中充溢着的'圣经'这一意象符号以及'教授'对'圣经'意义的探讨"①。毛信德在专著《20世纪世界文学:回眸与沉思》(百花洲文艺出版社,1998.1)中设有"第九节 黑非

---

① 李云峰、苏永旭、王文平:《外国文学专题文本重读与外国文学业神重塑》,中州古籍出版社,1997年,第390页。

洲现实主义:索因卡",详细介绍了索因卡的生平与创作情况以及剧本《疯子与专家》。陶德臻、马家骏主编《面向21世纪课程教材世界文学名著选读第1册》(高等教育出版社,1999年1月第1版)专节介绍索因卡的《森林舞蹈》。这些文章虽然对索因卡戏剧创作大多侧重于推介,探讨索因卡的思想艺术特色不如期刊论文深入,但也有新的评价角度和独到的见解,因而具有相当的参考价值。

  总体而言,由于我国对索因卡戏剧的译介与研究起步晚,1987-1999年发展势头不够快,介绍、翻译作品和研究论文的数量增加也不快,而且研究内容比较狭窄。探究个中原因,主要是有关非洲的中文资料比较缺乏,索因卡作品的中文翻译过慢,非外语专业的研究人员难以接触索因卡的作品和评论,非洲研究人才十分缺乏,严重限制了索因卡研究在我国的进一步开展。与此同时,索因卡以"诺贝尔文学奖得主"的鲜明标签进入中国。索因卡戏剧中的非洲文化色彩和宗教神话因素令大多数中国读者倍感晦涩难懂。因此,20世纪80-90年代的索因卡译介者为了帮助中国读者理解索因卡戏剧作品,通常要对索因卡的生平与创作进行一番剖析和评论,从时代背景、家庭环境及其性格特征等方面展示索因卡的反殖民色彩和泛非主义精神。这些评论和介绍虽然有助于国内读者了解、理解和接受索因卡,但大同小异、千篇一律,既片面又偏激,在一定程度上抑制了读者的阅读想象和阅读体验,也把索因卡的译介与研究局限在较为狭窄的空间之中。

三、译介与研究的逐渐加热(2000-2015)

  21世纪以来,我国的索因卡译介与研究逐渐加热。从

2000-2015年,国内涉及索因卡的图书资料多达170种,其中出版索因卡戏剧中译单行本1部,选录索因卡戏剧作品的图书共8种,研究索因卡戏剧的专篇论文27篇,专节、专章或专题评述索因卡的"教材"、"评传"类文章28篇。从时间上看,2004年和2012年的译介与研究的力度比较大。2004年,索因卡因参加反政府示威被捕,又一次引起中国读者的关注,一时形成继1986年诺贝尔奖之后的第二次译介与研究热潮,当年国内出版与索因卡相关的图书达26种之多。2012年索因卡访华后,国内学术界更是掀起了一股索因卡译介热潮,2012-2015年国内出版与索因卡相关的图书达32种,翻译索因卡论文3篇,翻译国外学者研究论文1篇。

从索因卡戏剧译介情况来看,2000-2015年,出版界"版权"意识增强,译介范围也在不断扩大,索因卡戏剧作品在国内受到重视,但翻译重点还是偏向于索因卡的小说与诗歌,戏剧译本仍以收录"作品选"、"丛书"等形式出版为主,而且常常以"微缩"、"速读"、"导读"等类似于"文学快餐"的形式收录在诸如《速读外国文学名著》(蓝天出版社,2004)等图书之中,新的索因卡戏剧单行本仅出版1部,翻译人员比较缺乏。蔡宜刚翻译的《死亡与国王的侍从》于2003年由台湾大块文化出版社出版,2004年5月由河北教育出版社出版。时隔13年之后,索因卡戏剧的第二个中译单行本得以面对中国读者。2000-2015年间收录索因卡戏剧作品的国内图书仅8种,数量明显减少,其中《路》被节选6次,《裘罗教士的磨难》被节选1次,《森林之舞》被节选1次。具体情况见下表:

内容	书名	作者	出版社	时间
《路》	外国戏剧鉴赏辞典3现当代卷	宫宝荣主编	上海辞书出版社	2010.4
《路》(节选)	外国文学作品选	陈建华著	华东师范大学出版社	2010.2
《裘罗教士的磨难》(节选)	外国文学作品选 上	刘建军主编	中国文联出版社	2006.6
《路》	20世纪外国文学作品选 下	黄源深等主编	上海译文出版社	2004.6
《路》(节选)	20世纪外国戏剧经典	陈惇主编	北京师范大学出版社	2004.1
《路(存目)》	文学作品选 外国文学卷	赵金昭、吴少珉主编	郑州大学出版社	2003.8
《森林之舞(节选)》	外国文学作品选	陈惇、刘象愚主编	北京师范大学出版社	2001.5
《路》	文学名著精华:外国卷	孙凤珍、冯银江主编	时代文艺出版社	2000.7

从索因卡戏剧研究情况来看,2000–2015年研究索因卡戏剧的27篇论文包括1篇博士论文、4篇硕士论文和22篇期刊论文。北京师范大学宋志明的《沃莱·索因卡:后殖民主义文化与写作》完成于2000年,这是目前国内唯一的索因卡研究博士论文。4篇硕士论文的完成时间跨度较大,其中广西师范大学余嘉的《森林之舞:后殖民语境下的索因卡剧作研究》完成于2002年,(台湾)政治大学吴嘉玲的《传统、改变、与僵局:沃莱·索因卡〈死亡与国王的侍卫长〉剧中社会变革的势在必行》完成于2009年,青岛大学唐猛的《哲人与义者:论沃莱·索因卡作品的基督教精神》和辽宁师范大学韩丹的《后殖民视角下的〈死亡与国王的侍从〉》完成于2013年。22篇期刊论文包括索因卡戏剧总体研究论文9篇和索因卡戏剧作品个案研究13篇。索因卡戏剧总体研究9篇论文包括:余嘉的《浅论沃莱·索因卡剧作的非理性思维》(钦州师范高等专科学校

学报,2001.4）和《玄与美：渥莱·索因卡剧作特质浅析》（周口师范高等专科学校学报,2001.3）,王燕的《整合与超越：站立在东西方文化交融的临界点上——对于索因卡戏剧创作的若干思考》（外国文学研究,2001.3）,宋志明的《文化"归航"与文化反抗：论沃莱·索因卡后殖民主义创作的文化形态》（东方丛刊,2002.2）,吴虹的《从亲近走向背离：论索因卡对待西方主流文化的态度》（重庆邮电大学学报（社会科学版）,2012.6）,狄建茹、龙晓云的《论索因卡戏剧作品中的文化融合》（芒种,2012.10）,曾梅的《索因卡戏剧对约鲁巴悲剧传统的传承》（山东外语教学,2014.2）,陈梦的《论索因卡戏剧对非洲传统的反思与超越》（首都师范大学学报（社会科学版）,2015.4）和《从戏剧创作看索因卡对待非洲传统的态度》（青年文学家,2014.9）等。索因卡戏剧作品个案研究13篇论文包括：高文惠的《索因卡的"第四舞台"和"仪式悲剧"：以〈死亡与国王的马夫〉为例》（外国文学研究,2011.3）,赫荣菊的《论索因卡〈死亡与国王的马夫〉中悲剧精神的文化意蕴》（外语研究,2009.4）和《从〈死亡与国王的侍从〉看索因卡的悲剧精神》（湖州师范学院学报,2007.6）,马建军的《〈死亡与国王的马夫〉中的雅西宗教文化冲突》（外国文学研究,2005.5）,黄坚、崔静的《约鲁巴神话学视野下〈死亡与国王的马夫〉的文化解读》（四川戏剧,2015.1）,阎鼓润的《沃莱·索因卡与陶菲格·哈基姆剧作的戏剧冲突之比较——以〈死亡与国王的侍从〉与〈彷徨的国王〉为例》（中国非洲研究评论,2012）。黄坚、禹伟玲的《〈森林之舞〉与〈路〉的后殖民主义解读》（当代戏剧,2015.3）,黄坚、王慧的《荒诞剧视阈下的〈路〉和〈等待戈多〉对比研究》（当代戏剧,2014.5）,王慧的《浅论〈疯子和专家〉中的荒诞因素》（戏剧之家,2014.12）和《论〈狮子与宝石〉中的民族文化认同》

（戏剧之家，2014.15）等。这些论文以索因卡传记和戏剧文本为事实依据，分别从索因卡的创作思想、悲剧精神、语言特色、戏剧艺术、文化内涵等不同角度进行了深入的阐述，对国内读者和研究者多方面了解索因卡起到了重要作用。

2003年3月，台湾《联合文学》发表了黄灿然翻译的《索因卡论宗教宽容》与《索因卡论巴冲突》2篇翻译论文和南非作家纳丁·戈迪默对索因卡的评介文章《老虎索因卡》。自1986年以来，《联合文学》一直是台湾学者译介和研究索因卡的主要阵地。2012年3月，《东吴学术》刊载了史国强翻译的沃莱·索因卡的《我的非洲大地》。《索因卡论宗教宽容》与《索因卡论巴冲突》2篇论文全面阐述了索因卡的民族意识和宗教观念。戈迪默在《老虎索因卡》中盛赞索因卡是一只"布莱克式的老虎，燃烧的双眼穿透带偏见的漠之灰"，"通过艺术而不是教诲来证明，非洲心灵中被殖民主义者的宗教和哲学掩盖的东西既不必在非洲不可逆转地要介入的现代世界中被抛弃，也不必最终返回部落主义，而是可以与现代意识接合的（成为其一部分），一如现代意识吸纳各种思想体系及其化身。欧冈的创世神话应该放置在人类思想的世界体系中"。①《我的非洲大地》是索因卡在南非开普敦接受记者的采访稿。在这篇采访稿中，索因卡坦然解释了自己的创作历程、思想变化、政治立场以及艺术追求等读者长期以来关注的问题，为读者带来一个最为真实的索因卡。随着索因卡戏剧在中国的进一步传播，我国学者对索因卡的关注度也逐渐加大。21世纪以来，国内学术界不再局限于以诺贝尔文学奖为切入点而着重论述索因卡在国际文学地位和对非洲文学的贡献，开始从文化、历史、

---

① 沃莱·索因卡：《老虎索因卡》，《倾向》（文学人文季刊），1996年第6期，第259–264页。

宗教、哲学、政治等多方面、多角度对索因卡戏剧创作的风格形成、文化内涵、艺术特色、戏剧理论构建、哲学思想、宗教精神等进行了深入的挖掘,取得了比较丰富的研究成果。

从后殖民理论出发、广泛挖掘索因卡戏剧作品的思想内涵是21世纪以来国内学者研究索因卡戏剧的重点,在国内所有研究成果占据比例很大。对索因卡戏剧的后殖民研究代表论文有韩丹的《后殖民视角下的〈死亡与国王的侍从〉》(2013)、余嘉的硕士论文《森林之舞:后殖民语境下的索因卡剧作研究》(2002)和宋志明的博士论文《沃莱·索因卡:后殖民主义文化与写作》(2000)。韩丹在细读《死亡与国王的侍从》文本的基础上,"运用历史考察的方法梳理了国王陪葬文化的历史演变脉络,并深入探讨殖民时期外来西方文化对非洲殖民地本土文化、本土知识分子所产生的影响,指出《死亡与国王的侍从》表现了索因卡对国王陪葬的传统文化、传统习俗以及西方殖民下的外来文化存在着既支持又反对的两种观点,但剧本和作者更倾向于捍卫民族的独立与自由,对具有殖民色彩的外来文化是否定和排斥的"[1]。宋志明的博士论文运用赛义德的后殖民主义理论,从文化"归航"、"文化反抗"、"泛非语言"和"文本研究"四个方面对索因卡文学创作的后殖民主义特征进行了深入的研究,着重考察了索因卡重建民族文化、提出"神话整体主义"的情况,分析索因卡反殖民主义的思想状况和政治实践,探讨索因卡在语言方面的非殖民化思想以及具体的戏剧、诗歌和小说创作中的"奴隶叙事"和"反话语"的后殖民主义特征。余嘉旨在探讨索因卡戏剧作品中的后殖民文化特征。她通过分析《狮子和宝石》《强种》《森林舞蹈》、

---

[1] 韩丹:《后殖民视角下的〈死亡与国王的侍从〉》,辽宁师范大学,2013年,第1页。

《死亡与国王的侍从》和《路》五部戏剧,比较充分地阐明了索因卡的戏剧特质,探讨了索因卡戏剧创作在非洲神话仪式、戏剧语言和舞蹈语言方面的完美交融,明确指出"索因卡始终坚持以非洲民族传统为创作源泉,广泛汲取西方古典文学与现代派艺术的营养,用本土文化消解西方中心主义,反抗帝国主义的文化殖民"[①]。此外,黄坚、禹伟玲的论文《〈森林之舞〉与〈路〉的后殖民主义解读》(当代戏剧,2015.3)着重分析了索因卡在两部作品所表现的后殖民困境,指出"索因卡的后殖民主义意识主要体现在能用理性的眼光审视非洲的历史与现状",他"借《森林之舞》与《路》批判了西方殖民的罪恶,同时更重要的意义是关注尼日利亚的前途和民族命运,警醒人们危机笼罩在尼日利亚通往未来的道路上,但必须在这条道路上不惧牺牲、勇往直前"[②]。

探讨索因卡戏剧创作的文化构成、比较非洲文化与西方文化对索因卡戏剧创作的影响是2000–2015年国内索因卡戏剧研究的第二大突出成果。例如,王燕的《整合与超越:站立在东西方文化交融的临界点上——对于索因卡戏剧创作的若干思考》(外国文学研究,2001.3)通过对神话剧《森林舞蹈》和寓意剧《路》的评析,阐明索因卡艺术创造的成功主要是因为"站立在东西方文化的临界点上,将欧洲的人文精神、艺术技巧同西非土著民族的文化观念、戏剧传统"交汇融合在一起。黄坚、崔静的《约鲁巴神话学视野下〈死亡与国王的马夫〉的文化解读》(四川戏剧,2015.1)"以约鲁巴传统宗教为切入点,

---

① 余嘉:《森林之舞:后殖民语境下的索因卡剧作研究》,广西师范大学,2002年,第2页。
② 黄坚、禹伟玲:《〈森林之舞〉与〈路〉的后殖民主义解读》,《当代戏剧》,2015年第3期,第36–38页。

分析非洲及西方文化中'殉葬文化'的差异和剧中人物欧朗弟的形象,指出索因卡艺术创作的独特之处恰恰在于他对"殉葬文化"的选择让世界得以更好地了解非洲文化。马建军和王进的论文《〈死亡与国王的马夫〉中雅西宗教文化冲突》(外国文学研究,2005.5)从雅鲁巴宗教和基督教的文化差异角度重新解读《死亡和国王的马夫》,揭示了两种宗教文化冲突的实质是雅鲁巴人维护民族身份意识与英国殖民者实施西方文化霸权之争,其悲剧结局告诫人们促进各种文化之间的理解与融合,必须培养一种"积极而包容"的人文主义精神。吴虹在论文《从亲近走向背离:论索因卡对待西方主流文化的态度》(重庆邮电大学学报(社会科学版),2012.6)中,从《沼泽地居民》《强种》《狮子和宝石》《森林之舞》和《死亡和国王的马车夫》5部戏剧作品中的"外乡人"原型人物入手,对索因卡的文化观进行梳理。阐明他从最初对待西方主流文化的亲近逐渐走向背离,从最初对约鲁巴文化的怀疑逐渐走向肯定和赞扬,最终把希望寄托于充满神灵、仪式以及巫术的非洲神话世界。赫荣菊的《论索因卡〈死亡与国王的马夫〉中悲剧精神的文化意蕴》(外语研究,2009.4)主要分析索因卡在《死亡与国王的马夫》中运用创造性的手法,"融合了非洲传统神话与自我牺牲精神,诠释了约鲁巴民族宗教的核心价值观,阐明了约鲁巴民族文化的抗争之道,探索了民族文化输出的对话之路,进而揭示了约鲁巴民族悲剧精神的文化意蕴"[①]。狄建茹、龙晓云在《论索因卡戏剧作品中的文化融合》(芒种,2012.10)中阐明了索因卡"巧妙地利用了非欧文化中语言表述和艺术形式的差异性,使自己的戏剧作品"兼具非洲土著文化和西方文化

---

① 赫荣菊:《从〈死亡与国王的侍从〉看索因卡的悲剧精神》,《湖州师范学院学报》,2007年第6期,第29-32页。

的双重精髓,完美地将约鲁巴的戏剧传统和欧洲的艺术精神融汇在一起,完成了对传统和现实的兼容与超越"[1]。笔者近两年发表的两篇拙作《从戏剧创作看索因卡对待非洲传统的态度》(青年文学家,2014.9)和《论索因卡戏剧对非洲传统的反思与超越》(首都师范大学学报(社会科学版),2015.4),主要分析的是索因卡与非洲传统文化的关系。前者主要分析索因卡在认识与理解非洲传统的过程中所经历的困惑和艰辛,指出其戏剧创作从早期对非洲传统持怀疑甚至否定态度、企盼欧洲现代文明拯救非洲,到中期开始肯定非洲传统文化、宣扬传统与现实、非洲与西方的融合,寻求对非洲传统的超越,再到后期创作又回归约鲁巴传统,把希望寄托于非洲神话世界,走向非洲中心主义。后者着重探讨索因卡在对传统的批判和继承中,积极借鉴西方文学,化深厚的传统学养为创新的动力,逐步形成了自己独特的创作理念和创作特色,实现了戏剧理论和戏剧创作实践从内容到形式对非洲传统的继承和创新,创造了一种既不同于西方戏剧又全新阐释非洲传统文化意识的新型戏剧,实现了在两种异质文化二重组合中的双向超越。他立足于非洲民族传统的文化心理和审美趣味,在批判非洲迷信落后的同时,通过借鉴欧洲文化和重新审视、选择、调配本民族的传统文化精华,创造了一种既不同于西方传统又全新阐释非洲传统文化意识的新文学,实现了在两种异质文化二重组合中的双向超越。

2000-2015年国内索因卡戏剧研究的第三大成果是挖掘索因卡戏剧创作的戏剧艺术精神与表现手法。余嘉的《浅论沃莱·索因卡剧作的非理性思维》(钦州师范高等专科学校学

---

[1] 狄建茹、龙晓云:《论索因卡戏剧作品中的文化融合》,《芒种》,2012年第10期,第63-64页。

报,2001.4)和《玄与美:沃莱·索因卡剧作特质浅析》(周口师范高等专科学校学报,2001.3)从神话秩序、循环历史观、原始宗教观念等方面分析沃莱·索因卡剧作的非理性思维,探讨了其剧作在优美的音乐语言形式和神秘的神话仪式内容等方面的完美融合。王慧的《浅论〈疯子和专家〉中的荒诞因素》(戏剧之家,2014.12)指出"索因卡在创作《疯子和专家》时,在戏剧语言与舞台设置方面都是有着浓重的'荒诞派'戏剧倾向的,其中的荒诞因素表现得很明显"①。黄坚与王慧的《荒诞剧视阈下的〈路〉和〈等待戈多〉对比研究》(当代戏剧,2014.5)以《等待戈多》为参照,从语言、情节等方面对《路》和《等待戈多》进行对比研究,指出"索因卡的《路》和贝克特的《等待戈多》虽有一定的相似性,但二者在创作的哲学思想和创作手法方面差别很大。因此,《路》不能被简单地归入'荒诞剧'的范畴,它是索因卡借鉴荒诞剧的手法创作的一部充满着后现代色彩的社会现实剧。②阎鼓润的《沃莱·索因卡与陶菲格·哈基姆剧作的戏剧冲突之比较——以〈死亡与国王的侍从〉与〈彷徨的国王〉为例》(中国非洲研究评论,2012)通过《死亡与国王的侍从》和《彷徨的国王》两部作品的比较分析,陶菲格哈基姆和索因卡的戏剧作品在内容上都具有反传统戏剧的特点,"立足现实生活、直面社会人生,具有厚重坚实的生活蕴含,表现出激扬的爱国热情和积极的社会意义,指出因时代、国家、社会生活的不同,两位剧作家观察、表现社会生活的角度和深度不同,所以作品中戏剧冲突

---

① 王慧:《浅论〈疯子和专家〉中的荒诞因素》,《戏剧之家》,2014年第12期,第35页。
② 黄坚、王慧:《荒诞剧视阈下的〈路〉和〈等待戈多〉对比研究》,《当代戏剧》,2014年第5期,第26-28页。

的内容和表现方式都有所不同"①。赫荣菊的《从〈死亡与国王的侍从〉看索因卡的悲剧精神》(湖州师范学院学报,2007.6)以约鲁巴族神话为基础,创作了古典悲剧《死亡与国王的侍从》。他运用创造性的手法将传统神话与自我牺牲精神融合在一起,通过对剧中人物艾勒辛的伪美学悲剧性体现和欧朗弟的悲剧性超越的分析,探究出索因卡创作该剧的真实目的就是张扬以约鲁巴文化为主体的悲剧精神和民族意识。曾梅的《索因卡戏剧对约鲁巴悲剧传统的传承》(山东外语教学,2014.2)总结了"约鲁巴悲剧中的面具、歌曲和舞蹈是现代非洲戏剧演出传统中最重要的三大构成元素,索因卡在他的戏剧作品里用约鲁巴悲剧传统来针砭当今尼日利亚政治和社会现实,强调了约鲁巴文化传统中的精神价值和救世价值"②。高文惠在《索因卡的"第四舞台"和"仪式悲剧":以〈死亡与国王的马夫〉为例》(外国文学研究,2011.3)中指出,索因卡在剧本中深入探讨了约鲁巴悲剧的产生根源,并用形象独特的文学语言阐释了其悲剧理论中的核心词汇"转换深渊"、"仪式悲剧"、"第四舞台"等,认为《死亡与国王的马夫》是索因卡悲剧创作观念的最好印证。

此外,在2000-2015年专节、专章或专题评述索因卡的"教材"、"评传"类28篇文章中,有7篇文章以评述索因卡戏剧为重点,其中包括刘研、斐丹莹著《外国文学史话东方近现代卷》(吉林人民出版社,2001.12)刊载的《穿越时空迷宫的索因卡》一文,麦永雄主编的《东方文化与东方文学》(广西师范大学出

---

① 阎鼓润:《渥雷·索因卡与陶菲格·哈基姆剧作的戏剧冲突之比较——以〈死亡与国王的侍从〉与〈彷徨的国王〉为例》,《中国非洲研究评论》,2013年,第16页。
② 曾梅:《索因卡戏剧对约鲁巴悲剧传统的传承》,《山东外语教学》,2014年第2期,第81-84页。

版社，2001.7）刊载的"第四节 后殖民语境与黑非洲——索因卡"，孟昭毅、黎跃进编著的《简明东方文学史》（北京大学出版社，2005.7）设立的"第六节 索因卡与《路》"。王燕在专著《东方文学跨文化审视与说解》（河南大学出版社，2006.8）中刊载的"第三节 索因卡和《路》"，黄铁池、杨国华主编的《20世纪外国文学名著文本阐析》（北京大学出版社，2006.12）刊载的《民族独立的"反讽庆典"——索因卡〈森林之舞〉》，王钦峰主编的《当代外国文学专题教程》（中国人民大学出版社，2011.06）刊载的"第6讲 索因卡和《死亡与国王的侍从》"，杜宗义主编的《外国文学通用教程第2版》（中国人民大学出版社，2012.09）刊载"第四节 索因卡及其《路》"。这些文章进入我国高校课堂，对索因卡戏剧在中国的广泛传播发挥了相当大的作用。

2010年以来，国内译介索因卡开始转向他在21世纪以来创作的新作品。一些国内学者抛开以往单一的研究视角，对索因卡及其戏剧作品进行多视角、多方位的解读，尝试从悲剧意义、宗教哲学和人文精神等层面来探讨索因卡戏剧。例如，唐猛的硕士论文着重探讨基督教知识分子家庭中的成长经历对索因卡创作在宗教哲学方面的深厚影响，指出其作品所表现出的基督教作家思想特征与主题偏好，分析超验理想、利他主义负罪精神、罪与救赎等一系列基督教基本精神在其作品中的具体表现。评论界普遍认为，索因卡戏剧作品的荒诞离奇成功地向读者展现了非洲人纷繁复杂的精神世界，闪耀着非洲人文精神的光辉。在索因卡描写的非洲世界中，现代文明剥夺了非洲人的自由，使非洲人失去个性，丧失了独立自主的人格。关注非洲人的本性、尊严、价值以及命运是索因卡戏剧的核心内容。例如，南方朔在《死亡与国王的侍从》中译本（蔡宜刚译）

的"导读"中综合评述了索因卡对约鲁巴神话的理解和评论家们对该剧的不同理解和争鸣,指出剧中的自杀殉葬仪式与音乐语言的结合给读者带来崇高的悲剧审美享受。众多不同方式的解读表明中国索因卡研究在21世纪最初10年逐渐走向成熟。

四、译介与研究的不足与前景

国内索因卡译介与研究至今已有36年的历史,已取得了相当的成绩。从检索、整理相关文献透视索因卡译介与研究的整体状况和发展趋势,笔者发现,国内陆续涌现了一批译介与研究索因卡的著名翻译家和学者,翻译出版了一定数量的索因卡作品,发表了一定数量的相关推介文章或学术论文,有国外学者研究论文的翻译刊载。研究重心明显地从以介绍、梳理性文章为主转向了以理论性、综合性、反思性文章为主,从思想研究和作品研究的"各自为政"状态转而在二者有机结合中寻求答案和突破。然而,与国外相比,中国的索因卡戏剧译介与研究尚有很大的差距,甚至译介可以说都还处于初级阶段。从总体上看,目前国内索因卡译介与研究存在三个不足。

一是译介与研究的队伍小、合力欠缺、专业化程度不高。目前我国译介与研究索因卡的人员屈指可数,研究者不少是从事英语文学翻译的译者,专业化程度不高。索因卡戏剧中译本仅有《狮子与宝石》和《死亡与国王的侍从》2个单行本出版,而且都是索因卡早期创作的戏剧作品,20世纪90年代以后的戏剧作品译介极少。其他相关图书多属叙述索因卡生平与创作情况的"传记"型或介绍梳理性质。索因卡戏剧研究也处于零散状态,很少有人进行对之进行持续性研究,研究者之间也缺少接触、沟通和交流,索因卡研究组群尚未出现。例如,索因卡的名字至少有沃列·肖英卡、沃勒·索因卡等十几种译法,索因卡作品出现的非洲人名或地名的翻译也很不统一,其中"Yoruba"一词在我国有"约鲁巴"、"雅鲁巴"、"约卢巴"等多种译法。虽然个别学者如宋志明、王燕、钟志清、余嘉等对索因卡早期戏剧研究已经取得了令人瞩目的研究成果,但未见学者对索因卡后期的戏剧创作进行持续性的系统研究。

二是译介与研究的范围狭窄、形式单调。如前所述,我国目前只有《狮子与宝石》和《死亡与国王的侍从》两个戏剧中译本。索因卡自1986年获奖以来创作的一些新戏剧作品未能及时译介过来,导致目前尚未有新的索因卡戏剧汉译本出现,索因卡戏剧作品也从未登上中国舞台。中国学者对索因卡戏剧作品研究大多依赖已有的汉译本,没有汉译本的索因卡戏剧作品则很少有研究者触及。迄今为止,国内译介索因卡戏剧的论文主要集中在《路》、《沼泽地居民》、《森林舞蹈》、《死亡与国王的侍从》等少数早期作品,而且短篇论文占绝大多数,博士论文只有1篇,至今尚未发现有索因卡研究专著出版。有关索因卡戏剧研究的学位论文和学术论文虽然陆续有所递增,但具有独特视野与见解的新成果并不多见。有些研究者在对索因卡作品文本和背景资料以及相关评论了解还远远不够的情况下,就率尔而论,造成细节上的失误,做出谬以千里的判断和发挥;有的研究者在证据不足的情况下对索因卡戏剧进行随意解说。还有的研究者被种种理论阐释所牵引,只是满足于从他人论著中获取灵感,严重脱离索因卡的戏剧文本,对陈旧话题进行重复论证,毫无独创精神可言。此外,我国研究者虽对索因卡戏剧作品的约鲁巴宗教神话、非洲人的循环轮回观等话题颇感兴趣,但大多因对非洲文化传统十分陌生、基本概念不清而牵强比附、避重就轻地肤浅评述,无视索因卡创作思想和艺术养分的真正源泉。

三是译介与研究的程式化、片面化。中国索因卡研究者大多遵循传统研究程式,对索因卡戏剧进行语言特色、主题思想、表现手法、文化内涵等方面的探讨与分析。例如,在论述索因卡戏剧创作的文化特征时,我国学者大都以赛义德的后殖民观点作为理论依据,未能把索因卡的戏剧作品放到约鲁巴和黑非洲文学中去研究。全面系统地译介与研究索因卡的戏剧创作、艺术观念、哲学思想的论文很少。与此同时,我国研究者接触的索因卡戏剧文本很有限,以致研究中多停留在印象分享和文本描述,对索因卡戏剧作品的思想、文体、语言、方法等缺乏内行精到的看法。此外,索因卡还是国际上著名的戏剧文学研究专家,在尼日利亚和英美高校教授比较文学和戏剧文学,在国内外报纸杂志发表了很多文章,一生写有大量的文艺论著,不少作品公开发表,至今仍不断有新作问世,其中包括《神话、文学和非洲世界》(1976)和《艺术、对话和暴行》(1988)两部重要学术著作。他不断阐发自己的艺术主张,追溯自我艺术思想的民族根源,解说自己在文学创作上对西方现代艺术的吸收和借鉴,还常常把自己的美学原则和创作实践与其他非洲作家或者英美作家进行比较研究。这些著作最能体现索因卡文艺思想观念,是了解和研究索因卡文化艺术观不可或缺的导读文本。然而,这些新资料大都没有得到我国翻译者的及时译介和研究者的及时利用。可以说,索因卡戏剧研究在中国取得了一定成绩,但成绩有限,研究的全面与深入是有待完成的索因卡研究最突出的工作之一。

国内学者之所以对索因卡译介研究力度不大,究其原因主要在于中国人长期以来对非洲人和非洲文化的陌生和不够关注,我国非洲文学研究极为薄弱、索因卡作品的晦涩因素以及戏剧作品在现代社会的衰落,等等。据《光明日报》报道,2012年10月28日,索因卡接受中国社会科学院外国文学研究所和中国人民大学文学院的共同邀请,开始了为期9天的访华活动。在华期间,索因卡在中国人民大学、北京大学和苏州国际写作中心做了精彩的演讲,强调"作家写作要反映社会现实,要对社会进行反思,诗人、艺术家无法游离于大的社会历史背景,不反映社会现实,只能是一种逃避主义"①。索因卡的到访,为我们更加直观地了解、认识非洲文学,进而深入研究非洲文学提供了难得的契机。2014年7月,索因卡80华诞,尼日利亚举行各种庆祝活动,西班牙家庭剧院隆重上演了索因卡的《狮子和宝石》与《裘罗教士的考验》两部经典剧作。我国文学界、学术界和媒体,再度大力关注译介索因卡,颂扬他老当益壮和坚持创作不懈,高度评价索因卡对尼日利亚社会进步的巨大贡献,宣扬他力主非洲人民可以掌握自己的命运和国家的命运。基于目前的国际社会形势发展和世界文学交流日益频繁,我国未来的索因卡戏剧研究主要应该从以下三个方面入手。

第一,从戏剧文本寻求索因卡创作中的非洲精神。伴随着西方殖民侵略的结束和非洲民族的纷纷独立,20世纪的非洲英语文学发展迅速,索因卡是其突出代表人物。关注非洲民族传统和非洲民族意识觉醒、反殖民、反独裁、寻求现代非洲的发展进步构成了索因卡创作的核心内涵,索因卡戏剧成为非洲文化的重要体现。他运用英语语言进行创作,使得非洲文学得以走向世界,促进了非洲文化的世界传播。索因卡戏剧产生

---

① 吴云、李盛明:《诺贝尔文学奖获得者索因卡访华》,《光明日报》,2012年10月30日。

于非洲独特的社会历史进程,反映了非洲社会政治的风云变幻,是因为索因卡始终具有直面现实的勇气和强烈的民族使命感。"非洲社会的发展需要对非洲社会本真形态的准确理解,理解真实的非洲既要把握非洲社会是如何展示自我,又要关切外界如何认知非洲。"[①] 他的戏剧创作拥有自身独特的风格和内涵,体现了直面现实、借鉴西方、丰富传统、身份认同四大特征。1986年他因"戏剧深深根植于非洲的土地和非洲的文化"而获得诺贝尔文学奖,加速了非洲文学更快走到世界文学前沿,值得研究者对之进行深入的探究。对非洲的研究和了解应该从非洲内部寻求根本答案,非洲社会的本真状态和民族精神在索因卡的戏剧作品中得到很好的艺术表现。阅读以索因卡戏剧为代表的非洲文学作品,有助于了解非洲的过去与现在,走近非洲人的心灵世界,了解和认识非洲人的主体性和创造性,掌握非洲的社会历史、民族性格和传统文化的发展变化。走进索因卡的戏剧世界,深入挖掘文本中的非洲文化因素,有助于对古老非洲的再发现,增进和深化对非洲人民的理解。

第二,在完善东方文学学科建设中重新评价索因卡戏剧。非洲文学是东方文学的重要组成部分。长期以来,世界文学界以西方文学为中心,中国学术界也存在重西方、轻东方的倾向,非洲文学没有得到足够的重视与认可。中国文学与非洲文学都受到西方的"傲慢"和东方的"偏见"的影响。因此,打破西方话语体系是中国和非洲文学界的共同任务。中国和非洲理应互相加强包括索因卡在内的中非文学研究和文学交流。立足于"东方学"的新视野重新评价索因卡戏剧,从比较文学角度深入探讨索因卡戏剧创作与世界其他国家作家的创作,在

---

① 马燕坤、刘鸿武:《自我表述与他者表述整合的非洲图景——兼论非洲研究的视角与方法》,《西亚非洲》,2009年第9期,第15页。

东西方文化冲突与碰撞中的文化选择存着哪些相似性与差异性,对索因卡戏剧作品本身进行"跨文化的阐释"。从而打破西方中心主义,促进中非文学合作与对话,完善东方文学学科建设,构建公平合理的世界文学新体系,实现全球化语境下的多元文化和平共处,促进中非国家的携手并进与共同发展。

第三,基于中国文学走向世界目的而探讨索因卡戏剧的博采众长。索因卡戏剧创作的成功很大程度上得益于他博采世界文学之长,特别是西方文学之长,而且不断将之与本土文学经验进行巧妙结合,创造出独具特色的戏剧作品。索因卡戏剧作品已成为世界文学的重要内容,开创了具有非洲特色的文学发展道路,引领非洲文学走向世界。正在走向世界的中国作家理应不断开阔视野,积极学习非洲索因卡的创作优点,借鉴索因卡乐观向上的创作心态、斗志昂扬的创作精神以及博采众长的艺术灵感。诺贝尔文学奖委员会主席拉尔斯·格伦斯坦在诺贝尔文学奖颂词中盛赞索因卡是"一位博闻强记的作家、剧作家",熟悉从希腊悲剧到贝克特和布莱希特的西方文学,善于从欧洲文学传统中汲取养料,形成"独具一格的、融会贯通的创造"。为此,加快索因卡戏剧的研究步伐,挖掘索因卡戏剧的"独具一格"和"融会贯通",无疑是中国文学放眼世界、博采众长的重要方式和有效途径。

纵观索因卡作品在中国36年的译介史和评论史,笔者发现索因卡作为当代世界的著名文学家和社会活动家日益受到我国普通读者的欢迎欣赏以及知识界和学术界的重视。索因卡的哲学思想、文学观念及其富于哲理性、思想性的文学作品必将赢得普通读者的关注,成为学术研究的重要课题与对象。我国对索因卡戏剧的译介与研究取得一些不错的成就,但总体上力度、深度和广度都还不够,尚有很大的发展空间。非洲文学正在蒸蒸日上,非洲文学研究必将成为我国世界文学研究的新亮点。但是,我国学者要想加深对索因卡戏剧的研究,必须做到两点:一是大量收集资料,多渠道获取全部戏剧文本,做到以原著文本为依据,杜绝空谈;二是要把索因卡放到非洲本土文化语境中进行具体深入的研究,理解其真正的创作意图和"舍明确而取晦涩"的文学语言。因为索因卡戏剧反映的是尼日利亚和黑非洲的历史和现实,其观众群体主要是约鲁巴人。索因卡说:"梦想和目标都需要时间慢慢培养。如果你能让梦想自由发展,给她更多的时间,它就有可能带领你走到一个你不曾预期的方向。不要太快抓住你的梦想,给梦想一点时间,让它在你心中沉淀。当你发现它再度出现时,跟着你的梦想一起前进。"① 因此,只有沉潜于索因卡戏剧文本,竭力吃透索因卡的戏剧文本和掌握相关资料,运用恰当的理论与方法,做勤奋扎实的学问家,才能获得对索因卡戏剧的全面了解与全新发现。

---

① 张彬:《诺贝尔奖得主名言赏析》,吉林人民出版社,2010年,第87页。

第五章 纳吉布·马哈福兹研究

马哈福兹(1911-2006),是20世纪埃及乃至整个阿拉伯世界最伟大的作家,其作品在世界各地广为流传,并荣膺多种奖项。1988年,他因"通过大量刻画入微的作品,显示了洞察一切的现实主义,唤起人们树立雄心,形成了全人类所欣赏的阿拉伯语言艺术风格"而荣获诺贝尔文学奖。消息传来,整个开罗地区都沸腾不已,人们纷纷自发来到他的寓所,向他表达祝贺。然而,这位老人在短暂的激动过后,依然如常人一般生活、写作,行走在开罗老城区,这充分显示了他宠辱不惊的博大胸怀。

马哈福兹一生笔耕不辍,创作了无数作品,包括小说、散文、电影、戏剧、哲学论文等,其中成就最大的是他的小说和散文创作。小说创作包括17部短篇小说集、28部中篇小说和3部长篇小说。最能体现其创作思想和艺术风格的是长篇小说"开罗三部曲"、《我们街区的孩子》以及《平民史诗》。散文随笔集有《自传的回声》《痊愈期间的梦》。

马哈福兹出生在一个传统的市民社区中,周围的一切都是他创作的来源,也是培养他写作灵感的奥秘。东西文化的浇灌,使他站在一个较高的视点思索、审视自己的生活。他的创作既带有埃及传统文学的特色,又具有西方现代派的特征。2006年,这位德高望重的老作家与世长辞,给世界文坛带来了无法弥补的巨大损失。

第一节　笔耕不辍与艺术探索

马哈福兹成长于开罗一个典型的中产阶级家庭，父亲曾是公务员，后来从商，母亲是家庭主妇。马哈福兹自幼在开罗老城贾玛利亚区生活，长大后几乎没有离开过这里。然而，就是这方小小的天地，滋润浇灌着他的艺术灵感，为他日后的创作提供了取之不尽的动力和素材。在马哈福兹看来，埃及开罗就相当于整个世界的缩影，他从出生就在这里接受埃及传统文化的熏陶。传统的伊斯兰文化和宗教信仰给他幼小的心灵留下了深刻的印象："我是两种文明的儿子。在历史上的一个时期里，这两种文明结下了美满姻缘。第一种是已有7000年历史的法老文明；第二种是已有1400年历史的伊斯兰文明。"① 古埃及的各种神话传说、史诗、《亡灵书》、伊斯兰教的圣典《古兰经》、寓言故事《卡里莱和笛木乃》、民间散文故事《一千零一夜》等，还有光耀千古的阿拉伯诗歌，这些都成为他后来创作的养分，滋润着他幼小却聪慧的心灵。

20世纪二三十年代的埃及，革命斗争风起云涌。埃及从土耳其帝国统治下的阴影中挣脱，随即又落入了英帝国的掌控之中。底层人民为争取生存和自由权，不断掀起反对外来统治和本国封建统治的革命暴动。他决心以哲学来作为自己拯救社会的良药和追求真理的途径。但是，马哈福兹中学就对文学充满了极大的兴趣，并始终没有放弃这一追求。1930年，他进入开罗大学学习哲学，但是，文学的梦想如影随形。他在哲

---

① 郁葱译：《在诺贝尔奖授予式上的讲话》，载《世界文学》，1989年第2期。

学与文学之间进行艰难的抉择,一边是专业领域的学习,一边是自己一直追逐的梦想,最终,他选择了文学。无疑,这一选择是明智的,然而,哲学的熏陶也为他日后的小说创作奠定了基础,在小说中,我们可以时时见到他精到、绵密的哲理思辨,对纷繁的事象做出的既深刻又饱含哲理的探索。在大学期间,他广泛阅读了世界文学经典,他在一次接受采访中曾提到对自己影响最大的作家:"托尔斯泰、契诃夫、陀思妥耶夫斯基、莫泊桑、安德烈·纪德、莎士比亚……"[①] 这是一条长长的、绵延不尽的精神长廊,深深地滋润着他的文学心灵。"托尔斯泰、契诃夫、陀思妥耶夫斯基这三位俄国作家在小说史上还没有重复出现过,我与他们之间有一种奇怪的精神联系。"[②] 这条丰富深邃的精神长廊使他能够拥有宏大的视野,站在东西文明的制高点思索人生问题。

1934年大学毕业后,马哈福兹开始在开罗大学校务处做书记员,又在宗教基金部从事秘书工作达20年。后来进政府部门工作,主管文化工作。1971年退休后,又成为《金字塔报》的专栏作家。从他一生的工作经历来看,文学创作只不过是马哈福兹的业余职业而已。然而,即便如此,他还是创作了大量脍炙人口的优秀作品。可见,他对创作投入的热情和思考的深度。1947–1959年他创作了很多剧本,这是他自幼喜爱电影的结果,这些剧本很多都被拍成了电影。

早期的创作集中抨击殖民统治和本国封建统治的压迫,1952年埃及革命后短暂搁笔。1957年后,创作的视野扩大,哲

[①] 郅溥浩译:《获奖之后的对话——埃及〈图画〉周刊对纳吉布·马哈福兹的采访录》,载《外国文学》,1989年第1期。

[②] 郅溥浩译:《获奖之后的对话——埃及〈图画〉周刊对纳吉布·马哈福兹的采访录》,载《外国文学》,1989年第1期。

理更为深邃,关注并思考全人类的命运。1988年作家视网膜萎缩,这严重影响了他的创作和生活,随后在伦敦经过短暂的眼患医治后,又回到他熟悉的开罗。1994年10月14日黄昏,平静的老人一如往常行走在尼罗河畔。正当他准备坐上汽车去进行一场文学讲座时,一个年轻人走上前来。他视力不好,以为是哪个读者向他致意,他报以友好的微笑。然而,年轻人突然从身上抽出一把事先准备好的尖刀,向老人的颈部和右臂刺过来。老人猝不及防,身受重伤,鲜血淋漓。这是宗教极端分子的阴谋暗杀。在调查中,这个刺杀者并不知道马哈福兹是谁,也没有阅读过作家写的书。刺杀者本身也是一名被宗教极端主义蒙蔽了双眼的受害者。马哈福兹康复后,却不幸地留下了后遗症,右手由于神经受损,几乎再也难以握笔。2006年8月30日,马哈福兹在开罗与世长辞,享年近95岁。

马哈福兹的创作可以分为三个阶段:早期是20世纪30年代到40年代初,主要以创作短篇小说为主。代表作为《疯狂呓语》,这部短篇小说大多取材男女两性之间的情感关系,作者借男女之间的情爱关系描写,将矛头直接对准腐败上层人士的荒淫腐朽的生活,表达了对统治者无道统治的抨击和厌恶。另外,他在作品中还表达了对劳动人民的同情,被认为是早期现实主义的铺路人。

第二个阶段是浪漫主义历史小说阶段,代表作为《命运的嘲弄》(1939)、《拉杜碧斯》(1943)、《底比斯之战》(1944)。《命运的嘲弄》是埃及历史上民族历史小说的真正开端。故事发生在第四王朝的法老胡福时代,伟大的法老创造了举世闻名的金字塔,建立了赫赫的战功。然而,受命运的捉弄,自己的王位还是被他不中意的人取得。达达夫是故事的主人公,也是一位勇敢、坚毅的青年。他在一次军事选拔赛中崭露头角,被选为禁卫军官。后因救王储有功，又被提升为禁卫队长。在战争中，他统率的军队大获全胜，国王满心欢喜地把公主许配给他，并且在关键时刻镇压了宫廷的叛变。国王决心把王位传给他，然而没有想到的是，达达夫竟然是老国王曾经追杀的人，因为当时有人预言这个被追杀的婴儿就是今后取代他的人。作者借这一命运的不可违抗表达反抗强权和专制暴政的渴望。《拉杜碧斯》是一出古代的爱情悲剧。国王沉溺酒色，不理朝政。一天，一只秃鹰将美丽的舞女拉杜碧斯的金绣鞋衔到国王跟前，国王见到之后，找到了这个美丽的舞女。随后，两人沉入爱河，不可自拔。而祭司借机挑起国王和百姓之间的矛盾，愤怒的民众将箭射入国王的胸膛，国王临死前来到拉杜碧斯身边，舞女也随他而去。但是，凄美的爱情悲剧并不能替代现实的政治生活，这也注定了国王的命运悲剧。《底比斯之战》描写的是历史上有名的一场战争。古埃及分为上下两部分，上埃及以底比斯为中心，是本土的埃及人。而下埃及被亚洲牧民希克索斯人占领，以孟菲斯为中心，他们强迫上埃及称臣纳贡。由于长久的受欺凌和被压迫，南部的上埃及人奋起抵抗，爆发了底比斯战争。然而，上埃及人战败了，人民沦为奴隶，王室流亡到努比亚。卧薪尝胆十年，他们秘密组建军队，终于打败了希克索斯人，收复了失地，统一了埃及。作者借这个故事希望埃及人民团结起来，他们有着光辉的历史，有能力将外来统治者赶跑，创建一个统一、富强、幸福的国家。这三部历史小说，作家借古讽今，对当时的英国和土耳其外来统治者进行了强烈抨击，表达了追求自由、民主的愿望。

1919年埃及反英斗争后，胜利果实被大资产阶级窃取，而人民依然生活在水深火热之中。埃及民族解放运动处于低潮，知识分子显得彷徨不定，部分人甚至自甘沉沦。为了"唤起人们的良知,改变现实",作家把目光向下移,这个阶段(第三阶段,主要以现实主义小说创作为代表,后期的创作转向散文创作)的小说创作以现实主义社会小说为标志。代表作为《新开罗》(1945)、《汉·哈利利市场》(1947)、《米达格胡同》(1947)、《始与末》(1949)、"开罗三部曲"(《两宫间》、《思慕宫》、《怡心园》)(完成于1952年,发表于1956–1957年)。

《新开罗》刻画了一个出身低微的贫贱青年,他为了前途不择手段向上爬,最终落得身败名裂的下场。《汉·哈利利市场》描写了一个自幼失去父亲的主人公阿基夫,他过早承担家庭的重担,后来当上一名小职员,但因他的善良和软弱,时常遭人欺负。而面对心仪的姑娘,竟然忍让过度,把女孩拱手让给自己的兄弟。他一辈子的生活都是贫苦孤独的,然而对这样的人,作者只能"哀其不幸,怒其不争"。当然,造成他悲剧的还有社会深层的原因,这些思考都在作品中有所体现。《米达格胡同》描写了米达格胡同的女主人公哈米黛为了摆脱单调贫穷的生活而离家出走,但遭人陷害落入英军手中,成为士兵们的玩物。胡同里的小伙子阿巴斯对她早就产生了爱慕之心,为了救她,阿巴斯活活被英军打死。作品通过胡同里这两个小人物的悲剧命运,揭露了殖民占领军的血腥统治和惨无人道的兽行,同时也揭露埃及部分民众的不觉醒和道德沦丧的现实。《始与末》描写了一个职员的家庭悲剧,通过家庭的悲剧来反映社会的危机和矛盾。父亲去世后,一家人失去了主心骨,顿时陷入贫穷和困顿中。母亲性格坚强,靠自己的辛劳顽强地支撑着这个家。老大哈桑是个游手好闲的浪荡子,二儿子侯赛因作风正派,高中毕业后参加了工作。小儿子侯斯尼是个自私自利、爱慕虚荣的人。为了自己所谓的面子,他逼死了自己的亲姐姐。姐姐本是个老实本分的善良姑娘,但家庭的贫穷导致她的婚嫁一拖再拖。最终相爱的人离她而去，她承受不了打击，沦落为一名妓女。而此时弟弟侯斯尼已经是一名军官，为了名声，他逼着姐姐跳河，好隐瞒这件"丑事"以维持自己的所谓"面子"。但后来，他良心发现，幡然悔悟，也跟随姐姐而离尘绝世。作品不仅仅在于揭露家庭的悲剧，而是以小见大，通过一个家庭的变故来凸显社会的悲剧，引起人们思考，如何从根源上制止造成这一悲剧的深刻缘由。马哈福兹这一时期的作品大多以半殖民、半封建地的开罗中产阶级为描绘对象，通过一个家族或家庭来表现一个时代的整体风貌，既有时代的政治风向，又有人物心理细致入微的刻画，还有信仰的危机与探求，通过这些作品，探讨了社会矛盾的根源、人的存在价值和道德观念。

1952年埃及革命后，进入新现实主义创作阶段。代表作为《我们街区的孩子们》（1959）、《盗贼与狗》（1961）、《尼罗河上的絮语》（1966）、《米勒玛尔公寓》（1967）、《平民史诗》（1977）。《我们街区的孩子们》以街区的始祖杰巴拉维在沙漠里创建一所大宅为开端。他和儿女们平静地生活在一起，一天他宣布将家产的继承权交给二儿子艾德海姆。这引起了长子伊德里斯的不满，结果与父亲大吵过后，大儿子被赶出家园。他设计引诱艾德海姆偷看父亲的遗嘱，结果被发现，二儿子也被赶出家门。后来，二儿子的后代相互之间残杀，而杰巴拉维也最终原谅了二儿子，同意将家产交给二儿子的后代管理。从此，二儿子的后人在这里繁衍生息，创立街区，引发了一场场悲欢离合的故事。故事情节暗合了《古兰经》的内容，具有很强的宗教象征寓意。《平民史诗》讲述了一个家族由平民到贵族再到平民的曲折变化的故事。车夫阿述尔·纳吉是一个诚实辛劳的人，他恪守为他人谋利益的信条。在逐渐发家后，家族后人也慢慢过上了好日子，然而人心却发生了改变，只懂得索取，却不知奉献和回报。即使有人提出反对,也难以挽回整体颓废的趋势。但是,到第六代小阿述尔带领平民发起暴动,推翻了这一贵族式的腐朽生活秩序,重新回归到平民中,平民又当家做了主人。这是作者史诗般的美好想象,幻想人神合一的境界。作者运用象征主义的手法,希望建立一个没有剥削和压迫的理想社会。作品通过一代又一代人的传奇故事,折射了埃及人民为社会公平和正义,建立一个美好的社会所经历的漫长曲折的奋争过程。尽管道路坎坷,但只要经过坚持不懈地奋斗,就一定可以达到目标,实现理想。这一阶段的作品大多哲理和象征意味浓厚,并思考整个人类命运。

20世纪80年代后马哈福兹身体一直不好,但仍然笔耕不辍。这一期间,作者强化了对小说民族形式的探索,先后创作了玛卡梅体小说《爱的时代》(1980),根据《一千零一夜》改编的《千夜之夜》(1982),阿拉伯游记体《伊本·法图玛游记》(1983)、《王座前》(1983)等。90年代遇刺后,他经过几年的伤愈和调整期,接着又创作了大量的散文文集。以散文集《自传的回声》(1996)、《痊愈期间的梦》(2005)为代表。

综观马哈福兹的一生,他的创作从短篇小说起步,再到长篇小说创作和后期的散文创作,作品越来越精彩深邃、越来越具有哲理,这是一个作家成长的自然过程。从早期的借古讽今的历史摹写,到关注中产阶级的日常生活描绘,再到下层民众的命运关怀,笔触越往下,使他能更深地体会下层劳动人民的生活疾苦、思想感情。由浪漫主义的历史探索,再到现实主义的透视,最终上升到整个人类命运的思索,体现了作者一步步升华的思想和不懈探求精神。如果说早先的短篇小说还是停留在表面的事实描绘,浪漫主义的历史剧还是对现实的表面讥讽,那么过渡到现实主义阶段的他,则是完全站在了中下层人民的立场上来,摆脱了一种隔岸观火的感觉,完全撕开面目,以血淋淋、活生生的现实生活的冷酷和悲惨来透视社会、历史和人生。但是,他并不显得悲观,正如他自己所说:"如果我真是一个悲观主义者,我就不会写作了。"① 因此,尽管马哈福兹为我们描绘了一场场人生的大悲剧,但是,他心中还是有着希望和憧憬。体现在文中,就是对真理的追求、对信仰的执着、对爱情的坚贞,以及对人民的饱含深情和寄予无限的希望。这一思想更加浓厚地体现在他晚期的创作中,他把对真、善、美的追求,对信仰的执着,对希望的坚持,都灌注于这一时期的作品中。一个作家的伟大不仅仅在于剖析残酷的事实,不仅仅在于暴露社会弊端,更在于他能把人间正义与真爱洒向读者,把他深沉的爱和执着的探索精神传播给读者,引发后人的深思和共鸣。

在艺术上,马哈福兹不停地探索美的世界。他在传统的写实基础上,大量吸收了西方现代主义的手法,将意识流、多视角、隐喻、象征、荒诞等引入文中,各种手法交织贯穿,各种复杂的场景和人物性格融会贯通,形成一部异彩纷呈的大合唱,一座融各种手法的大熔炉。在这里,既有人生现实的透视,又有古代历史的再现、浪漫和历史交织、现实和想象贯穿,理性和信仰并存。这里有爱情和背叛,有阴谋和良知,有和平和暴动,有欲望与理想……

---

① 宋兆霖主编:《诺贝尔文学奖全集》,北京燕山出版社,2013年,第294页。

第二节 政治生活与执着信仰

对于一个生长在埃及的阿拉伯作家而言,不谈政治是无法想象的。埃及从古代到现代,都充满了统治者压迫和剥削的历史,埃及人民为此进行了不屈不挠的斗争。埃及社会的风云变幻,带给作家马哈福兹巨大的影响。他的创作与时代紧密相连,体现了一个作家对国家前途的关注和民族命运的探索。马哈福兹本人曾说:"政治情绪与反应是我的艺术经历的基本根源。你甚至可以说,政治、信仰和性是我的作品围绕的三个轴心,而政治则是这三个轴心中的根本轴心。我的每部小说都少不了政治。"① 马哈福兹的创作历程就和埃及的历史命运牢牢地联系在一起了。不仅如此,他把阿拉伯古老的传统文学精华和西方文学的现代主义表现手法进行融合创新,形成了自己独具一格的文体写作风格。他的艺术成就是融汇东西艺术的结果,更是他不断探索,勇于吸收、继承、借鉴,大胆创新的结果。

一、核心的政治生活

从1517年沦为土耳其帝国的一个行省,到1914年第一次世界大战初期成为英国的"保护国",埃及长期处于殖民主义和封建专制的双重统治,人民生活困苦,并且思想愚昧落后。追求民族独立与自由一直是埃及历史发展的总趋势。马哈福

---

① 张洪仪、谢杨主编:《大爱无边——埃及作家纳吉布·马哈福兹研究》,宁夏人民出版社,2008年,第23页。

兹成长的青少年时代,正是埃及社会复杂变幻的时代。埃及人民奋起反抗土耳其和英国殖民统治以及本国腐朽的封建专制统治。历史上,埃及人民创造了举世闻名的历史文明,近代以来,在外来殖民统治的强压下,埃及人民以其一贯的承受力和坚毅支撑了这个古老的民族继续生存下去。然而,当压迫一次比一次残酷时,他们毅然选择了不屈不挠的抗议和斗争。

1919年,埃及民族革命风起云涌,奋起反抗英帝国主义的殖民统治。对于生活在埃及开罗古老社区的作家来说,这无疑是一次巨大的社会变动。一切的宁静和秩序都被打破,革命带来了坚毅、勇敢和顽强,为争取民族生存权和自由权,成千上万英勇的埃及人献出了宝贵的生命。革命抗议和游行甚至血淋淋的杀戮,就这样发生在作家日常生活的每一条街道、每一个社区,一时之间,紧张的对峙和恐怖的气氛笼罩在埃及上空。马哈福兹经历着这一切,耳闻目睹着这一切,街头巷尾人人都在议论着、评论着,民族的发展前途,当前的政治局势,在酒楼、咖啡店、集市、裁缝店,每一个角落和地方,都成了谈论国事的场所。哪怕在谈论家庭琐事的时刻,"在家事和国事之间没有隔阂。在我们日常生活中,每件小事都会将我们社会生活中发生的事情引到家里来"[①]。压迫越是厉害,游行和抗争也越是激烈。这种精神激励着一代又一代埃及人,当然,这其中也包括马哈福兹,在他幼小的心灵里,对民族命运的深深忧思就这样牢牢地扎根了,并伴随他终生。

在埃及人民的抗争之下,英帝国宣布埃及独立,但实际仍在英国的控制之下。敢于直言的作家塔哈·侯赛因被罢免职务,抒发民族情感的诗人阿卡德被捕入狱。正是在这种情形下,作

---

① 张洪仪、谢杨主编:《大爱无边——埃及作家纳吉布·马哈福兹研究》,宁夏人民出版社,2008年,第15页。

家以笔代枪,投入民族革命的洪流中。马哈福兹明白,自己并不能像斗士一样拿起武器上战场,既然如此,那就拿起手中的笔,去战斗吧! 这种类似革命斗争的激情直接呈现于他的创作中。他写下了浪漫主义的历史剧《命运的嘲弄》(1939)、《拉杜碧斯》(1943)、《底比斯之战》(1944)。作家意在借古讽今,用古代的题材来抒发对当今统治者的抗议和不满,激起民族认同感和文化皈依感,用铁的事实教育人们,统治者若不能给人民以自由生存的权利,不能为埃及的民族利益着想,最终的结局都是一样的。他自己曾说:"当时,埃及的民族主义情绪正如火如荼,有一股真正的法老热。这股热潮是有客观理由的,因为针对我们当时所处的既受英帝国主义欺辱又受土耳其统治的倒霉时代,法老时代是唯一光辉的时代……在我写一部与英国佬或土耳其人无关的纯粹是法老时代的小说时,其实,我是满腔怒火,既恨英国佬,又恨土耳其人的。"① 对于他创作这些浪漫主义历史小说,他曾说:"看来,我发现历史已经不能让我说出我想说的话了。通过历史,我已经说出我要说的主题:废黜国王,梦想一场人民革命,实现独立。"②

1919年革命前,埃及人民在帝国主义和封建主义的双重压迫下过着民不聊生的悲惨生活。但是随着人们思想意识的觉醒,纷纷奋起反抗外来殖民统治者。广大工人、农民、学生、职员和中小商人纷纷参加华夫脱党领导的反帝爱国运动和争取民族独立的斗争。可惜革命以失败告终,埃及政局更加动荡不安。大资产阶级窃取革命果实,逐渐暴露其反人民的反动面

---

① 张洪仪、谢杨主编:《大爱无边——埃及作家纳吉布·马哈福兹研究》,宁夏人民出版社,2008年,第19页。
② 梁立基、陶德臻主编:《外国文学简编》(亚非部分),中国人民大学出版社,1998年,第539页。

目,华夫脱党也因签订《英埃同盟条约》而威信扫地。人民意识到,帝国主义和本国封建统治是一丘之貉,在反抗帝国统治的时候,也要反抗本国的腐朽顽固的封建势力。于是,人民打着"消灭社会上贫富悬殊的不平等现象"、"改变社会制度以结束埃及的贫困"等革命口号,从单纯的反帝斗争发展为反帝反封建的斗争。马哈福兹毅然放弃了关于历史题材的创作,开始进入现实主义社会小说的创作。

马哈福兹是埃及近现代史的见证者,他曾说:"世界上的一切'文学',都来源于愤怒与批判;真正的文学,就是对生活与社会永远的批判。狄更斯的小说是对20世纪英国社会的猛烈批判,甚至可以说是谴责。我阅读陀思妥耶夫斯基作品的时候,看到的是俄国社会的黑暗景象。美国大学也经常对美国社会进行直率而激烈的批判。从古埃及至今,文学的基本职能,就一直是成为批判社会的锐眼,表达对消极面的愤怒,追求更美好的未来。"① 在他的作品中,正是对社会现实的真实描绘和深刻透视,表达了他对外来殖民统治的愤怒,更表达了他对民族命运和前途的担忧。尽管他不能像政治家一样直接参与政治,不能像革命者一样投入刀枪的战斗中,但他有文学这个武器,他有一只善于表达民族情感的灵慧之笔。因此,文学就是他战斗的武器,在某种程度上,文学的战斗比政治的战斗更持久、更有力。可以这样说,哪里有矛盾,哪里有不公平,哪里就有马哈福兹的身影,这种身影就饱含在他一部又一部与时俱进的作品中。

随着革命斗争的越来越深入,他把自己的笔触伸向中下层阶级,直接向着事实开刀,借日常埃及人民的生活,来表达

---

① [埃]马哈福兹:《自传的回声》,薛庆国译,光明日版出版社,2001年,第112页。

自己的政治见解和民族主义倾向。"在我所有作品中,你都会找到政治,可能某个故事中没有爱情或者别的东西,但不会没有政治。因为它是我们思想的轴心,而政治斗争总是存在着。"① "开罗三部曲"就是这样的作品,作品通过一家三代人的不同命运,描绘了1917-1944年埃及动荡而复杂的社会历史变迁,每部侧重描绘一代人,并以其居住地为作品名,将宗教信仰、政治斗争和人的本能欲望做了淋漓尽致的刻画。第一代人艾哈迈德对内以铁拳统治家庭,在外面却声色犬马,沉浸在酒色的温柔乡中。然而,他却对社会革命报以同情和支持的态度,并慷慨资助革命者。但由于二儿子法赫米在革命的暴乱中牺牲,他又对革命采取彷徨退缩的态度,体现了新兴资产阶级的软弱和革命的不彻底性。妻子艾米娜是一位虔诚的伊斯兰教徒,对丈夫百依百顺,用宽厚博大的爱去对待身边的每一个人,她的死去也象征着这一家族的没落。第二代人艾哈迈德的长子亚辛继续过着荒淫无耻的生活,小儿子凯马勒恋上了心中的女神阿依黛,但失恋的痛苦令他无法自拔,从此,靠投身于文学与哲学中的怀疑论以及泡在妓馆酒楼来消除他心灵和肉体的双重痛苦。这种没有目标、彷徨和怀疑的生活,反映了当时社会上人们的一种惶惑不安的情绪。第三代人主要是嫁入肖克特家族的艾哈迈德的女儿海迪洁和阿依莎所生的孩子们。亚辛的儿子拉德旺则巴结权贵人物,利用他们作为自己提升政治仕途的工具。而阿依莎的丈夫和两个儿子都因感染伤寒而去世,大女儿也因难产而罹难。孤苦无依的阿依莎彻底被无情的命运所击垮,成了一个心灵枯槁的人。海迪洁的两个儿子阿卜杜·蒙伊姆和艾哈迈德分别是狂热的宗教激进主义者和

---

① 张洪仪、谢杨主编:《大爱无边——埃及作家纳吉布·马哈福兹研究》,宁夏人民出版社,2008年,第171页。

共产主义者,尽管信仰不同,但同时都是对当时的社会现状不满,以其激进为当局所不容,双双被捕入狱。而舅舅凯马勒是"三部曲"贯穿始终的人物,外甥们的斗争精神激励了他,从此他抛弃了彷徨不定的生活,走上了革命的道路,这也代表了作者的心声。作品尽管篇幅巨大,但结构严谨、完整,人物性格塑造鲜明,心理刻画细致深刻,以现实主义的手法,围绕一家人的三代生活场景,展开淋漓尽致地叙述,犹如近现代埃及的一部风情画卷。

在作品中,我们时时都可以见到人民在谈论着政治,在讨论着国家与民族的前途问题。作者也花了很大的精力去真实地描绘这样革命战斗的场景:

"但是,这一天和次日相比,可以说是平静的。第二天是星期一,从清晨起就开始了总罢工、罢课、罢市。各个学校的学生打着校旗,会集了不计其数的市民举行了游行。埃及觉醒了,变成了一个新的国家。埃及人民会集在各个广场上,准备战斗,把长期压抑着的怒火发泄出来!……

"星期二、星期三的情况和头两天一样,几天里的欢乐和悲伤也差不多:游行示威,高呼口号;接着是子弹横飞,有人牺牲。法赫米怀着满腔激情,全身心地投入革命的风浪中,他那崇高的感情上升到遥远的天际,不但将生死置之度外,而且幸免于难反倒于心不安!随着愤怒情绪和革命行动的发展,他越发斗志昂扬,信心倍增。电车工人、汽车司机、清洁工人也纷纷罢工,整个首都都呈现一派凄凉、悲壮和狂怒的景象。不久又传来律师和政府职员即将罢工的消息,更加振奋人心。祖国的心脏在革命的洗礼中生气勃勃地跳动。鲜血绝不会白流,被流放的人绝不会被人们遗忘。尼罗河畔地动山摇,人们已经觉醒。

"他撩开胸口的被子,从床上坐起来,嘴里咕哝道:'生死无所谓,信念最重要。死胜于屈辱。让我们将生死置之度外,为明天的希望而欢呼!欢迎,自由的心的早晨!让真主主宰万物,裁定一切!'"①

法赫米就是这样一个从现实的革命中受到教育,并迅速成长起来的革命青年,在革命中,他献出了自己年轻的生命。受其影响,弟弟凯马勒对成长其中的伊斯兰教产生了怀疑,他一反世人鄙视文学的做法,选择当一名文学院的学生,是哲学教会了他用批判和怀疑的眼光看待一切。他关心国家大事,被人们称为"华夫德党的代表",政治成了他生命的一部分。凯马勒对自己的好朋友侯赛因·夏达德说:"生活是包罗万象的,既有阴谋决斗,也有智慧和美好,你忽视哪一方面都会使你失去全面了解生活的机会,这样你就没有能力去影响生活,促使它更加美好。你决不要看不起政治,政治是生活的一半,如果你把智慧和美好看作高于生活的话,那政治就是生活的全部了。"②尽管凯马勒因失恋而陷入酒色之中,但在他内心,始终有着这样的信念:"比这更伟大的,就是为真理而斗争!"凯马勒热情和真诚地说,"这种斗争旨在于实现全人类的幸福。在我看来,离开这种斗争,生活将毫无意义!"自从侯赛因·夏达德离开埃及后,凯马勒再也找不到谈心的朋友。直到他见到《思想》杂志的作者之一利雅得·格尔达斯,两人在思想见解上尽管存在分歧,但是,他独特的看法和发自灵魂的声音很快使他们成了生活中的知己。利雅得·格尔达斯说:"世界上的事不可能都让你怀疑,我们用理智来观察世界,但用心在生活。比如你,尽管你怀疑一切,但你在爱,在交往,在参与国家的政治

---

① [埃]马哈福兹:《两宫间》,陈中耀、陆英英译,上海译文出版社,2003年,第305-306页。
② [埃]马哈福兹:《思慕宫》,陈中耀、陆英英译,上海译文出版社,2003年,第139页。

生活。当你在做这些时,都有一种感情的原则,或是有一种没有感情的、不亚于信仰的力量。艺术就是要表现人类世界,为此,文学家用自己的艺术在世界舆论战中做出贡献,艺术由他的手变成了世界斗争中的武器,艺术不可能是一项没有用处的活动。"① 这也是作者的心声。艺术并不是没有用处的,艺术可以参与民族解放的斗争,争取社会舆论,并且以其民族情感激励一大批爱国人士投身到祖国的解放事业中来。字里行间,我们不难发现作者在这些人物身上投下的身影。同样,海迪洁的儿子艾哈迈德碰到了《新人》杂志社的苏珊,两人在政治见解上的某些共识,使二人走到了一起。苏珊是一个坚定的社会主义者,也是一个对艺术有着深刻见解的人,她说:"但鉴于我国的政治状况,写文章不是一件轻而易举的事。正因为如此,追求自由的人士不得不用秘密传单来传播自己的观点。文章有目共睹、直接针砭时弊,所以是很危险的,尤其是上边有许多双眼睛盯着我们。而小说则有无数的表达方法,它是一种狡猾的艺术,当今已成为一种流行的文学形式,在不久的将来,将夺取文学界的首要位置。你难道没发现,许多文学泰斗没有一个不是通过创作——哪怕是一部小说来确立自己在这个领域里的地位的吗?……创作应该是实现具体目标的方法。创作的最终目标是发展这个世界,把人们引向进步和解放的阶梯上去,让人道主义在持续的战斗中完善。名副其实的作家应该站在这场战斗的前列。"②

可见,在某些时刻,用笔战斗的人并不比拿枪战斗显得轻松安全一些,大家各自站在自己的岗位,为民族的前途鼓与呼。他曾说:"当我执笔写作时,我把恐惧、责任、家庭乃至我自己都

---

① [埃]马哈福兹:《怡心园》,陈中耀、陆英英译,上海译文出版社,2003年,第129页。
② [埃]马哈福兹:《怡心园》,陈中耀、陆英英译,上海译文出版社,2003年,第179页。

置之度外。"[①] 由此,文学除了有才华之外,还要有如革命勇士般大无畏的牺牲精神。写作并不是为了自己,而是为了民族的解放和国家的命运。通过这些人物之口,作家现身说法,把自己为民族的事业、为人民而奋斗的现实主义关怀精神清晰地呈现出来。对于马哈福兹来说,文艺从来都不是躲在高雅的象牙塔里做独自的精神低吟,文学创作者应该拿起自己的笔,大写时代之声,勇敢地投身到时代之中,关注现实,描写现实,透视现实,为民族的发展诊脉,抨击不合理的社会现实,提供自己对民族前途的思索。不管这种思索有没有结果、能不能实施,这就是一个有着现实主义关怀精神和人道情怀的作家应该做的事情,而且是必须要做的事情。这是时代的选择,也是作家的选择!

第二次世界大战后,亚洲、非洲、拉美洲在民族主义旗帜下掀起了反帝反殖、争取国家独立和民族解放斗争的高潮,各国的政变运动加快了民族解放的进程。1952年埃及"自由军官团执行委员会"宣布军队起义,推翻了法鲁克王朝。1954年埃及宣布成立共和国,废除君主政体。1956年最后一批英军撤离埃及,埃及在纳赛尔的领导下开始走上社会主义的发展道路。然而革命后,社会政权被纳赛尔把持,但社会并没有变得如想象中的那么好。"原来在你的手中有一个属于人民的华夫脱党,你却开着坦克冲了进去,破坏了那里的一切又不能建立起新的秩序。你使国家陷入真空的状态,只好乞灵于那些民族的败类。于是你遗憾地陷入了矛盾之中:一方面是改革——华夫脱党精神的延续;一方面是独裁——国王和贵族的老路。你的独裁抵消了你一切积极的努力。""你忽略了自由和人的

---

① [埃]马哈福兹:《自传的回声》,薛庆国译,光明日报出版社,2001年,第136页。

权利,我不否认你曾经是人民的保护伞,但是你对于思想者、文化人就像是疾风暴雨,而他们是民族的先驱。"① 纳赛尔之后的萨达特,执行了经济开放和政治开放的政策,结果是社会两极分化加剧,各政党之间、教派之间严重对立,社会压迫和黑暗局面依然大量存在。此时的马哈福兹毅然拿起手中的笔,"反映埃及社会的希望、恐惧和现实状况……埃及强人纳赛尔在世时,马哈福兹几乎是唯一敢发言批评其独裁专擅的作家,是当时知识界的良知。纳赛尔去世,萨达特接任。马哈福兹对萨达特的政策并不满意……因此写了好些长篇和短篇小说,批评当时的价值观和政策"②,如这一时期创作的《我们街区的孩子们》(1959)、《盗贼与狗》(1961)、《尼罗河上的絮语》(1966)等。作者也险些因创作抨击社会黑暗的作品而被捕,幸运的是他每次都能逃脱。尽管这些作品显得象征寓意浓厚,带有神秘特征,但是作品里面刻画的现实场景确是真实无疑的,作者在借现实的外衣表达他心中的理想内容。

尤其是在《盗贼与狗》中,作者描绘了一个充满罪恶和血淋淋的社会现实。"贼"并不是贼,是因为社会的生存权被剥夺,所以铤而走险。而这个社会真正应该受审判的是"狗",但法律是由他们制定的,是他们在充当这个罪恶肮脏社会的看门人。小说描写了一个刑满释放的主人公赛义德,却发现自己的妻儿被原来的伙伴霸占。于是,他找到昔日的老师拉乌弗寻求帮助,但人心变化的是多么快,就是这位老师,曾教给他们"为争夺自己权利而斗争",而此时他已是《撒哈拉报》的所有

---

① 张洪仪、谢杨主编:《大爱无边——埃及作家纳吉布·马哈福兹研究》,宁夏人民出版社,2008年,第196页。
② 郑树森:《站在东西方文明的交界——访艾伦教授谈马哈福兹》,三联书店,1999年,第262-263页。

人,他扔给赛义德10镑钱,心里充满无限的鄙视和嫌恶。赛义德愤然离开,他想办法弄到了一把手枪,想要报复这些人。赛义德前去找霸占自己妻子的人复仇,对方开门时,他的枪响了,但第二天见报的却是另外的人,死的人只不过充当了替死鬼,原来仇人早已搬走。于是,他折返去报复自己的老师,在昔日老师的住所,当他见到有人从汽车上下来,他以为就是那位利欲熏心的人,他马上开枪了。但是,他打死的只是一个看门人。为什么他屡次报复,却不成功呢?这说明了在由一个"狗"制定法律的社会里,个人的复仇子弹是打不到他们的。这也表明个人反抗的力量是有限的,必须团结起来,联合大众的力量,这个社会的不公才能真正得到遏制。

　　是时代塑造了作家,使他选择了政治文学作为自己的归宿。但是,作家马哈福兹并不是一个简单的民族主义者。在他民族主义的深层探索下,怀有悲天悯人的人道主义情怀。"民族主义是民族共同体的成员在民族意识的基础上所形成的对本民族至高无上的忠诚和热爱,是关于民族和民族问题的理论政策,以及在这种理论政策指导或影响下的追求、维护本民族生存和发展权益的社会实践和群众运动。"① 而人道主义"则强调以人为本,关注人的尊严和价值,尊重人的自由和权利,宣扬自由、平等、博爱,摒弃暴力,呼唤和平"②。当民族主义的理想付诸实践时,必然产生流血冲突,而这与人道主义的人道关怀是背道而驰,如何处理这一矛盾? 在他的"三部曲"中,作者发出疑问:"爱国主义本身也是一个应该弄清楚的问题。是的,独

---

　① 余建华:《民族主义——历史遗产与时代风云的交汇》,学林出版社,1999年,第13页。
　② 黄辉:《尼罗河上的絮语——纳吉布·马哈福兹〈三部曲〉的精神内核》,载《湖南工程学院学报》,2002年第3期。

立应该高于一切党派分歧,而爱国主义的含义也应该发展,使它具有更广泛崇高的含义。在不久的将来,我们就会看到,这些为爱国主义捐躯的烈士们,就像在部落和家族之间的那些荒唐战争中死去的牺牲品一样。"而爱国主义者自身也有很多的困惑,如老艾哈迈德对于爱国主义就有不同看法:"祖国并不需要他的时间,而他却迫切需要将每分每秒都花在家庭、经商上,尤其是同知心密友一起寻欢作乐!那么,就让时间完全用在他的个人生活上,对于国家,他只献上自己的心愿和感情,必要时,他也会献上钱财。"① 民族独立固然是首位的,它可以激励人们为民族解放事业而团结一致,但是,作为一个有着道德良知的文学家而言,他更多地站在一个较高的角度思考人的命运,所以,在他作品中又体现出超越性的一面,只有这样,把民族的解放和人的人道关怀结合起来,才能成就一个文学家的全部职责和使命。

"时代的本质是他密切关注的基本问题之一。"马哈福兹也曾在其小说《尊敬的阁下》中写道:"时代像刀剑,你不杀它,它就杀你。"这正是他密切关注政治的理由。但他不取悦于政治,更不愿意为政治唱"赞歌"。而是坚定地站在社会底层,以勇敢无畏的精神,对民族的重大问题提出自己富有创见的理解。因他的勇于直言、批评时政而得罪了不少人,但他从来没有后悔过。他以一个艺术家的良知在感知社会和评判社会,他是无愧于时代的!

---

① [埃]马哈福兹:《两宫间》,陈中耀、陆英英译,上海译文出版社,2003年,第280页。

二、信仰的执着追求

马哈福兹曾自称是埃及法老文明和伊斯兰文明这两种文明的儿子。可见,伊斯兰文明对他的影响之大。大学期间,他阅读了大量哲学、宗教方面的文章,也写下了有关这一方面的论文。他在《信仰》一文中指出:"人与生俱来的宗教情感总是渴望将自己靠托一种信仰。现代人认同社会派别、政治主张,并为此奋斗,与其祖先为了上帝或为了凯撒如出一辙。"如在"开罗三部曲"中,主人公凯马勒的外甥阿卜杜·蒙伊姆和艾哈迈德分别是极端宗教信仰者和共产主义信仰者,而凯马勒的哥哥法赫米从事革命斗争不幸英勇牺牲。凯马勒最后受到鼓舞,自己也投身于革命的洪流中。从中不难看到,不管人物有何种道路的选择,都是一种如作家所说的靠一种神圣伟大的信仰在支撑着。人不可能没有信仰,否则便不能生存,即便放荡如亚辛,他信奉的人生哲学乃是享乐,与其弟弟相比,低俗就是他的信仰。马哈福兹把这种不同的信仰通通归于一种宗教上的情感,他是借了宗教的一种信仰力量,但他对宗教并不是一种狂热的追逐,这使他有别于那些伊斯兰教极端主义者。

安拉是伊斯兰教信奉的唯一真主。"对苏非教徒来说,安拉不是以逻辑推理得出的普通结论,也不是由研究社会状况而获得的思想,它是我们内心深处所感受到的高尚内容。经过冥想和净化的艰苦努力,我们为能有如此感受而幸福无比。"① 在马哈福兹心里,安拉并不是一位人格化的神,而是一种隐藏在事物后面的超自然力量,是"整个宇宙的真理"、"治疗人类病痛的良药"、"净化民族的精神"。在伊斯兰众多的教派中,马

---

① 张洪仪、谢杨主编:《大爱无边——埃及作家纳吉布·马哈福兹研究》,宁夏人民出版社,2008年,第36页。

哈福兹只对苏非派情有独钟。他说:"我认为苏非是一片美丽的绿洲,我得以在那里歇凉,躲避生活的酷热。然而,我并不信仰苏非主义。在我眼里,苏非教徒都是智者。不过,他们远离生活,悔恨生活。真正的苏非都拒绝生活。我不可能拒绝生活,也不提倡厌弃生活、远离生活。我一向号召沉入生活。苏非是善良柔和的,他们只是因为高尚的精神原因才拒绝生活。我以阅读苏非为一种休息,把它当作优美的诗歌。不过,我并不去实践它。"① 作为一个有着道德良知的入世知识分子,马哈福兹很清楚自己的使命和责任,他必须为民族的前途和命运进行思考。不过,苏非派对理想和信念的执着追求倒是引起了他浓厚的兴趣。在《自传的回声》中,作者透露自己自幼就被一股冥冥之中不可知的力量所吸引,并且相信存在这股力量,是他不断推动着人前进,包括作家本人。

在"开罗三部曲"中,很多地方也体现了这种不可捉摸的神秘力量。如主人公凯马勒在听说心中的女神即将和别人结婚时,那种被命运戏弄的感觉油然而生:"他是一次精心策划的袭击的牺牲品,阴谋对他发动这次袭击的有:命运、遗传法则、阶级制度、阿依黛、哈桑·赛利姆,以及他还不想说出来的一种神秘莫测的暗藏的力量。他仿佛看到自己可怜的身躯孤立无援地站在那些联合起来的力量面前,受伤流血,得不到医治;他找不到任何东西来回击这种攻击,唯有抑制自己的满腔怒火,不让它有所暴露,而且还得受环境所迫,装出一副高兴的样子,仿佛这种强大的力量有准备地摧毁了他的抵制,将他抛在幸福的人群之外。他对这些力量怀着刻骨的仇恨,把适应和面对它们的任务留给将来。是的,他感到自己在听到这划时代的振

---

① 张洪仪、谢杨主编:《大爱无边——埃及作家纳吉布·马哈福兹研究》,宁夏人民出版社,2008年,第30-31页。

舌声后,再也不会那么轻松地对待生活,再也不会在生活中对身边的人和事感到满意,再也不会对生活表示宽容和谅解了。他的道路将是艰难曲折的,充满了痛苦、忧伤和不幸,但他没有考虑过不战先退,他拒绝媾和,他要发出警告进行恫吓。但他把作战的选择权交给命运,由命运决定作战的对手和策略。"①这种偶然的命运观一直以来都在折磨着凯马勒。后来,凯马勒在妓院里碰到了鬼混的哥哥亚辛,可就是这个人,是自己小时候的启蒙者,是他教会了自己如何去读诗和写小说。今天,又是他,教会他如何在风月场所猎获芳心。如果他不碰到心中的阿依黛,那他的生活就不会变成这样,人生就是由无数偶然拼凑而成的。

母亲艾米娜也是如此,她把自己的处境当成"不可抗拒的命运"。她没有能力反抗,唯有默默忍受和恪守妇道。她整天除了祈祷还是祈祷。路德维希·费尔巴哈曾指出:"宗教的整个本质表现并集中在献祭之中。献祭的根源就是依赖感——恐惧、怀疑、对后果对未来的无把握、对于所犯罪错的良心上的咎责,而献祭的结果、目的则是自我感——自信、满意、对后果的有把握、自由和幸福。去献祭时,是自然的女仆,但是献祭归来时却是自然的主人。"②确实如此,在她偷偷跑出去祭拜侯赛因之后,她和儿子凯马勒回家的路上,一路上她似乎完成了一件神圣而庄严的事业,满心充实。而完全没有顾及自己的安全,结果发生了严重的车祸,差点送命。姐姐海迪洁拿自己的命运和妹妹的命运相比较,就觉得不可思议。她自己是虔诚信仰真

---

① [埃]马哈福兹:《思慕宫》,陈中耀、陆英英译,上海译文出版社,2003年,第290-291页。
② [德]费尔巴哈:《费尔巴哈哲学著作选集》(下卷),荣震华、李金山译,人民出版社,1984年,第462页。

主的,而妹妹对信仰是轻视的,而两人的结果却是大相径庭,妹妹有美好的婚姻,而她自己却没有人背要!当然,这是她没有结婚前的牢骚。谁料想,她认为自己比不过妹妹,但是后来的事实是,妹妹的命运悲惨无比,丈夫和孩子都因感染伤寒而去世,唯一的女儿也因难产离她而去,留下孤零零的阿依莎,在岁月的磨砺中,阿依莎成了被岁月抛弃的人,未老先衰,精神也不正常。这一切,都是命运的安排,这就是命!人的命运如此不可测,这一切都是上天早就安排好了的,任谁在命运的罗网前,都逃不掉。可见,作家对神秘力量的崇奉,体现了典型的宿命观思想。

正如哲学家帕斯卡宣称的"晦涩和不可理解性正是宗教的基本元素"。丹麦神学家克尔凯郭尔将宗教生活描述为伟大的"矛盾",他认为试图缓解这种矛盾就意味着否定和破坏宗教生活。但是,这并不是马哈福兹的全部。作为一个有信仰的穆斯林,作家认为伊斯兰宗教宣扬社会主义。也就是说,作者认为宗教和社会主义不是矛盾的,它们是可以统一在一起的。对此,他曾说过:"我融合朝向安拉和社会主义的意图让一些人认为我不信教,让另一些人视我为保守派……作为一名学哲学的学生,我知道哲学的基础是随时间的发展不断更新,它绝对不适合于崇拜。共产主义之所以引起我的好感是各尽所能、按需分配所代表的社会公正。他是人类交往的准则,会使人类成为一个高尚的大家庭。那么,为此需要做些什么。我以为,不必为此而相信唯物主义的解释,或者去否定安拉。"① 信仰是重要的,就像"开罗三部曲"中的阿依莎,早年的她是一个充满了生命乐观的人,在她眼里,"把动物,甚至有时把没有生命的东

---

① 张洪仪、谢杨主编:《大爱无边——埃及作家纳吉布·马哈福兹研究》,宁夏人民出版社,2008年,第31页。

西都当作有理智、有感情的生物。她深信万物都会赞颂真主的伟大,都与灵魂世界有千丝万缕的联系。她所生活的这个世界,包括大地、天空、动物、植物,是一个有理智的活生生的世界。这个世界的特点不仅在于生命之美好,而且要用信仰使生命臻于圆满"①。

而生命对于法赫米来说,则是在经历了失恋后,又投入革命的战斗行列,这种惊险的生命历程带给他不一样的人生:"法赫米苦笑着叹了一口气,闭上了眼睛,万千感慨涌上心头,形成汹涌澎湃的激流,翻卷的浪花中带着热情、希望、忧愁和信念。的确,在过去的四天时间里,他过着一种惊心动魄的生活。这种生活他以前从未经历过,或者说他只是在冥想之中看到过它的幻影。这是一种圣洁而高尚的生活;是一种为了比生命更宝贵、更庄严的光辉事业、而心甘情愿地奉献自己的生活。在这轰轰烈烈的几天里,生命面对死神,毫不在乎地同它搏斗,勇敢顽强,不顾一切地向它进攻。生命刚逃脱死神的魔爪,又再次向它扑击过去,毫不顾及后果。这种生命被一种无比强大的力量所推动,始终向着异常光明的目标,从不偏离;它把命运交托给真主,感到真主无所不在,就像空气从四面八方包围着它。生命作为手段,渺小得不如微尘;生命作为目标,伟大得可容天地。生与死结成兄弟,齐心协力支撑着新的希望,生用战斗死用牺牲,共同为新的希望而效力。倘若没有这次可怕的'爆发',生命一定会忧郁而死,它不可能迈着平静而缓慢的步伐,在前人的尸骨和希望的废墟上继续前进。这场'爆发'必不可少,它使全国人民包括他自己将胸中郁积的怒火发泄出来,就像

---

① [埃]马哈福兹:《两宫间》,陈中耀、陆英英译,上海译文出版社,2003年,第27页。

地震释放地球内部集聚的能量一样。"①

这种对真主的信仰与对革命的信仰完全结合在一起了,二者没有矛盾。在马哈福兹的"三部曲"中,海迪洁的大儿子阿卜杜·蒙伊姆和小儿子艾哈迈德分别是伊斯兰信仰和社会主义信仰的信奉者。阿卜杜·蒙伊姆逐渐成为一个宗教狂热分子:"每个有力量的人都有信仰,他们信仰祖国和利益,而信仰真主则是高于一切的信仰。换句话说,信仰真主者一定会比信仰现实生活的人更有力量。我们穆斯林既然有深藏的宝库,那就应该把它挖掘出来,我们应该像最初那样光大伊斯兰教。我们是名义上的穆斯林,也应该是行动上的穆斯林。真主降示给我们经典,我们却对它无动于衷,结果招来了耻辱。让我们回到经典中去吧,这就是我们的目标,回到《古兰经》里去,引导者在伊斯梅利亚就是这样号召的,从那时开始,他的主张深入人心,传遍城市和乡村,深入到每个人的心里。"②

而艾哈迈德却逐渐成为一个共产主义者,他反对宗教的迷信,而是信仰科学和社会主义,他说:"不,应该说存在了一千多年的信仰不是一种力量的象征,而是一些人的错误,他们反对有意义的新生活。我小的时候适合我的东西,我长大了就要去改变它。既然人是大自然和人类自己的奴隶,那就要用科学和发明来战胜对大自然的奴性,同时依靠先进的主义去战胜对人的奴性。此外,人也是制止人类自由车轮前进的刹车!"③很明显,艾哈迈德对宗教信仰是持排斥态度的。这其实也反映了作者的一种矛盾态度。一方面,作者认为宗教信仰和社会主

---

① [埃]马哈福兹:《两宫间》,陈中耀、陆英英译,上海译文出版社,2003年,第302-303页。
② [埃]马哈福兹:《怡心园》,陈中耀、陆英英译,上海译文出版社,2003年,第70-71页。
③ [埃]马哈福兹:《怡心园》,陈中耀、陆英英译,上海译文出版社,2003年,第115页。

义信仰是结合的,没有分别的。二者都是一种伟大的宗教情感,都需要执着地为之献身,就像艺术一样,要有追求真、善、美的真理精神,否则,人就会走向空虚。但是,宗教有时又是盲目的,尤其是对于宗教极端分子而言。在"三部曲"中,阿卜杜·蒙伊姆就是宗教狂热的典型形象,达到这样的境界,那宗教就不是一种有益的情感了,有时还会因为其愚昧、固执、极端,对人和社会造成伤害和破坏。作者本人就曾经被宗教极端分子刺伤,留下了伤痛的阴影。应该说,作家对宗教的盲目信仰还是保持警惕性的。但是,不管是阿卜杜·蒙伊姆信奉的伊斯兰教,还是艾哈迈德信奉的共产主义和科学,这两种人物的斗争精神,为理想而奋斗的精神,深深地鼓舞了凯马勒。他明白了,自己的怀疑和消极态度只是一种对生活的逃避而已,所以,他要重新寻找生活的意义和人生的目标。正如小艾哈迈德所说:"我只要坚信人们的理想是真理,我就会去追求,退避畏缩是临阵脱逃的懦夫行为;同样,我如果认定人们崇拜的是荒诞的东西,我也会去革那些东西的命,望而却步则意味着背叛!"[①]

在《我们街区的孩子们》中,也集中探讨了安拉与人的关系等一系列问题。这是一部探讨人类命运的小说,五代不同的人代表了不同的命运和人类历史发展的进程。他自己曾说,这部小说是"用现实手法批判神话,给神话穿上现实的外衣,以增强对现实的理解和希望"。老祖父杰巴拉维象征着万能的造物主,两个儿子伊德里斯和艾德海姆象征《圣经》中的该隐和亚伯,阿尔法象征科学。他们的命运都是命中注定的,一切都是上帝的旨意。在这部作品中,作家突出了两种文化,那就是科学和宗教。科学是社会进步的基础,而宗教在这"充满人为

---

① [埃]马哈福兹:《怡心园》,陈中耀、陆英英译,上海译文出版社,2003年,第288页。

悲剧的世界"上,把那些形形色色的受苦人聚拢在一起,给他们以心灵的慰藉和避难所。马林诺夫斯基认为,"在文化上有价值的信念,使人相信永生,相信灵魂的单独存在,相信死后脱离肉体的生命。宗教给人这样解救的信仰"①。马哈福兹把科学和宗教视为通向同一目标的两条路,但是缺少哪一条都是不完整的。因为,对宗教的盲目崇拜,可能走向愚昧和专制,而对科学的极端崇拜,则带来道德的沦丧和精神的颓靡。

《尼罗河上的絮语》中的知识分子背离了他们的革命信仰,不拘小节、放荡不羁。作家对这种普遍存在的伪信仰深表担忧。在文中,女记者萨玛拉的话表现了作家对宗教和学科的态度:"信仰崩溃了,不论信什么,只为生的需要,心中没有了希望。它反映在个人身上表现为堕落和消极,把英雄主义当作神话和嘲讽,善恶不分。他们的善恶都出于个人主义或懦弱或机会主义。于是,一切价值都被取消,文明从此结束。这个阶段应该研究伪信问题。这些人不是没有信仰,可是他们却对生活采取荒诞不经的态度。如何解释?是误解宗教,还是信仰不真实,无根基,在无耻的掩盖下玩弄各种机会主义的手段……严肃就意味着信仰,可是信什么?我们不能满足于应该信什么,而且必须真诚地保持宗教信仰以及巨大的创造英雄主义的能力。否则,那就是一种荒诞的严肃……人自古就面对荒诞,由此产生了宗教。今天,人又面对它,能产生什么来……我们已经获得了一种新的语言,那就是科学,大小真理都由它来验证。这种新的语言是宗教用古人的语言所证实的真理。这真理,在

---

① [英]B.马林诺夫斯基:《巫术、科学、宗教与神话》,李安宅译,中国民间文艺出版社,1984年,第33页。

今天也要以同样的力量用新的语言来加以肯定。"① 在文中可以见到,古往今来的宗教家、哲学家、文学艺术大师所共同关切的终极拯救,也超出了科学功用的范畴。因此,科学的局限恰恰给宗教信仰的存在留下了空间。科学与宗教信仰并不总是对立的。"宗教需要科学,以摆脱遮蔽其精髓的虚幻之乌云;科学也需要宗教以获取智慧,倘若缺少这种智慧,科学的潜力可能被用以破坏。"在一次研讨会上,作者公开表达了自己对科学与伊斯兰教信仰的态度:"我们所理解的埃及人,我们与之共同生活的埃及人和我在书中谈到的埃及人,都生活在伊斯兰教之中,实践其最高的价值,毫无喧嚷,也不多言。这一切意味着他们的纯正。宽容、说话诚实、勇于发表意见、忠于自己的立场和温暖的人际关系,这便是埃及人对他们的伊斯兰教明确的表达。但我在致研讨会的谈话中加上了必须接受科学,因为任何一个民族如果不以科学为基础安排他们的事情,那么在民族之林中将丧失其未来。我所有的书,无论新的、旧的,都遵循这两个轴心。伊斯兰是我们民族善之观念的源泉,而科学则是我们当前和未来进步、振兴的动力。"②

在《平民史诗》中,主人公老阿述尔一生遵照祖辈的教诲,恪守人活着要"为他人谋利益"的信条。在他完成自己的事业后,静听院内传出的神奇乐曲,后来便消失了。这里,寺院象征着天堂,寺院里的神奇乐曲象征天堂的乐曲,马哈福兹着意渲染的庄严神圣的氛围正是苏非教徒所梦寐以求的最高境界,即人主合一的境界。这是一种理想的境界,在现实生活中是几

---

① 张洪仪、谢杨主编:《大爱无边——埃及作家纳吉布·马哈福兹研究》,宁夏人民出版社,2008年,第35-36页。
② 张洪仪、谢杨主编:《大爱无边——埃及作家纳吉布·马哈福兹研究》,宁夏人民出版社,2008年,第219页。

乎不可能存在的。但正是因为现实的不可能,作家才借助象征和想象呼唤这一理想境界,而这正是一个伟大作家的可贵之处。歌德说过:"生活在理想的世界,也就是要把不可能当作可能来对待。"只有通过这种"假设的和有条件的推理",我们才能真正实现对人的本性的窥探和理解。这种文学乌托邦的伟大使命就在于,"它拓展了可能性的空间,从而对抗一种对当前现实的消极默认"[①]。马哈福兹怀着对人和世界的伟大的爱,把一生所感悟到的人生真谛都奉献给了世人,为创造一个美好的世界而尽心尽力。他说:"为你的世界工作吧,好像你永远活着。为他人尽力吧,好像明天你死去。这是生活在大地上的人所遵循的最高的信条。"[②]

第三节 欲望本能与艺术融合

著名的精神分析学家弗洛伊德把人的本能,尤其是性本能突出到无与伦比的地位。在他眼里,世间所发生的事,十有八九是由人的性本能造成的。当人的原始本能欲望即性欲得不到满足时,就会通过其他途径来发泄。比如,作家的创作,就是一种发泄渠道,他把作家的创作比作白日做梦。在马哈福兹的作品中,主人公大多具有这一本能倾向。其原因从时代氛围来说,作家创作的时代,正好是弗洛伊德学说盛行时期,作为一位具有国际视野、东西交融的作家来说,显然,他不可能不受其

---

① [德]卡西尔:《人论》,李琛译,光明日报出版社,2009年,第54页。
② 张洪仪、谢杨主编:《大爱无边——埃及作家纳吉布·马哈福兹研究》,宁夏人民出版社,2008年,第49页。

启发。另外,作为一直生活在浓厚的伊斯兰教氛围中的人来说,作家耳闻目睹了人们对宗教的狂热与虔诚,当然,也有宗教带来的迷信与腐朽。伊斯兰教固然一方面为人们提供了信仰上的归宿,但是,由宗教带来的封闭、不自由、不开化等弊端也在作家的头脑中徘徊。在作品中人们看到,许多主人公都是有血有肉的情感动物,作者对那些一味沉溺于酒色中的人们是有所批判的,但作者同时并没有否定情欲,他们或是没有生活目标而随波逐流,或是受到了沉重打击而暂时沉沦,或是由于个性缺陷而显出虚伪的道德性,但是,作家却并没有把批判的矛头指向性本身,这就说明了性欲是人性的本能所在,作家不需要也没有必要去否定它。比如在马哈福兹的"开罗三部曲"的描写中,这种本能的描写就很突出。

"他发觉自己有着强烈的本能冲动:这种冲动一部分引导他归向真主,以崇拜真主来满足;另一部分促使他追求享乐,使他纵情声色。他在自己的心里理直气壮地将这些搅和在一起,没有因为他们的不相容而痛苦。只是面对这位穆泰瓦里·阿卜杜·萨姆德谢赫的批评压力,他才不得不考虑做出辩解。在这种情况下,他发觉扪心思过比受谴责更为难受。这并不是说他对自己在真主面前受指责毫不在乎,而是因为他根本不相信自己会被指责,或者说他根本不相信不伤害任何人的寻欢作乐会真的惹怒真主。"①

这是对这个家族第一代人艾哈迈德的描写。艾哈迈德是一位在朋友面前不失风趣、幽默的受欢迎的人物,但在家人面前,他永远是一副铁板面孔,威严无比,家人在他面前只能唯唯诺诺,不敢有丝毫的越轨行为。一旦离开家庭,他马上就变成

---

① [埃]马哈福兹:《两宫间》,陈中耀、陆英英译,上海译文出版社,2003年,第36页。

了一位十分有趣的、谈笑风生的人物,可以毫不顾忌地沉溺于酒色歌舞之中。这是典型的含有双重道德的人。对于艾哈迈德来说,不仅体现在他的生活行为中,而且也体现在他的内心中。但是,这样一种双重道德,并不是一直就十分和谐地存在他身上和头脑中,有时,他也会为这些不平衡的矛盾所苦恼、所困扰。著名的德国哲学家卡西尔曾说:"我们在所有人类活动中发现一种基本的两极性,这种两极性可以用不同的方式来描述。我们可以说它是稳定和变革之间的一种张力,一种趋向于固定不变的生活形式的倾向和一种打破这种僵化局势的倾向两者之间的一种斗争。人在这两种倾向挣扎着,一方面试图保存旧形式,而另一方面则分离生产新的形式。在传统与革新、复制力与创造力之间有着无休止的斗争。"① 艾哈迈德是一位权威的家长,在妻儿面前,他想要维护权威、尊严、严肃的一面,好体现自己的男性尊者的身份。对于信仰伊斯兰教的家庭来说,男性一直是压倒女性的,可以说,女性是没有什么地位的。在家,父亲是一家之长,他说的话、做的事,必须符合传统的习惯和规范,必须符合伊斯兰教义。所以,他必须装出一副威严的模样,哪怕是自己十分不情愿的,即便违反自己的性格真实。但是,在外面就不一样了,艾哈迈德把它当作放松和娱乐的场所。在这里,他可以畅所欲言,肆无忌惮,甚至天天熬夜沉溺于酒色歌舞也在所不惜。外在世界是他释放和发泄的渠道。F. 奈特曾经说,人在根本上是一种"制定规则又破坏规则的动物"②。艾哈迈德在家里是英雄般的人物,他制定了若干规则,不许家人逾越雷池,然而自己却暗地里破坏了这种规则。可见,他就是一个矛盾的人。

---

① [德]卡西尔:《人论》,李琛译,光明日报出版社,2009年,第218页。
② [美]希尔斯:《论传统》,上海人民出版社,2009年,第330页。

叔本华认为，人生就是一个痛苦的历程，因为人有太多无法满足的欲望。一个欲望满足了，总会生出新的欲望，欲望无穷尽，所以人的痛苦也无穷尽。要摆脱痛苦的根本之道，只有去除欲望，进入无欲无求的境界。但人生存于世，不可能不和社会发生联系，也就不可能完全去除欲望。而欲望本身是无所谓好坏、善恶的。从哲学上讲，欲望还是人的本质力量的呈现。根据费尔巴哈的观点，欲望是对某物的渴望，这个某物不是离得很近，至少对我来说不是离得很近，而且他只是想象的对象，只是精神的本质，只是纯粹的模型或思想，而思想却与虚无是一样的。然而，欲望恰恰希望某物存在着；欲望是物质的，它希望能拥有、占有和享有某物。当我什么也不渴望时，我便处于和平、自由和平衡之中；可是我也就没有任何本质，我成了虚无。只有在欲望中，我才获得特性，我才成为特定的本质，成为饥饿的、口渴的、好色的、爱好虚荣的和自私自利的本质，成为自我、某物；因为，我在欲望中起初通过想象，然后通过行动把所渴望之物的特性铭刻在我自身之中。可是，正是由于欲望把我固定在某物之上，因此它是自由的死亡，是那与自由相同一的幸福和统一的死亡，是一切痛苦和悲伤、一切恐惧和不安的泉源。① 也就是说，人借助于欲望，成就了人之为人的特性，但与此同时，沉溺于欲望的人，也就此丢失了其他方面的特性，比如自由、责任等。为此，我们以为，欲望既然既不好也不坏，那我们没有必要否定欲望，正所谓"饮食男女，人之大欲"，没有必要用干瘪宗教的一套禁欲主义来否定人的本性。或者用高尚的主义之流来拒绝欲望，好比"存天理，灭人欲"。现今看来，这些都是禁欲观不合理的。比如，伊斯兰教苏非主义的禁欲主

---

① ［德］费尔巴哈：《费尔巴哈哲学史著作选》（第一卷），涂纪亮译，商务印书馆，1978年，第154-155页。

义,这就是一种极端的压抑人的正常情欲的不合理现象。

在"开罗三部曲"中,人物欲望与理性的较量,有这么几种情形:情感向理性投降,形成理性倾向的情感,以艾哈迈德的妻子艾米娜为代表;情感在理性面前无计可施,但又不屈于压迫,于是,情感发生变形甚至变态。艾哈迈德希望儿女不要成家,留下来服侍自己,这就是一种变态的情感;被压抑的情感采取合理的途径发泄出来。如艾哈迈德和大儿子亚辛沉溺于酒色。二儿子法赫米因失恋而走上革命的道路,并因此而丧命。小儿子凯马勒失恋后找妓女和酒来发泄,最后才走上革命的道路。

艾米娜作为这个家族核心人物之一,她操持着一家人的生活用度,对丈夫服服帖帖,对儿子尽心尽力,用全部身心爱着周围的每一个人。但就是这样一个对真主无比虔诚的人物,却反而失去了所有的自由。她不能离开家庭,即使偶尔出去,也是惊险万分,差点因车祸而丧命。这是一个被宗教情感完全控制的人物,她尽管虔诚、没有丝毫的虚伪,但是,这样的一个人,活着的价值和意义何在?或许对儿女来说,她是一个好母亲,靠着她,维持着一个家庭的基本生活运转。丈夫艾哈迈德通过经商来维持家里的生活开销,但家里的家务他是从来不插手的,他也不屑于管这些小事。对艾哈迈德来说,回家就是来享受和休息的,有妻子端来茶饭和洗脚水,还有一帮儿女等着听他使唤。即使在生病期间,"卧病在床,他却出去玩乐,她不仅不觉得丈夫无情,反而把他顺便进屋问一声视作额外的恩典。再说,他没有对她大发雷霆,这就是对她连是做梦也想不到的恩惠吗"①。这就是艾米娜生活的全部,她的生活是没有色彩的,是失去作为一个人的基本权利的。

---

① [埃]马哈福兹:《两宫间》,陈中耀、陆英英译,上海译文出版社,2003年,第159页。

二儿子法赫米因恋上邻家姑娘玛丽娅,但是又无法向她表白,导致以失恋收场。失恋后的法赫米,为了减轻失恋的痛苦,毅然选择了从事革命斗争。"最优秀的人物,最杰出的人物,都是一些至情至性的人,都是一些充满着欲望的人。人的社会化,决不是绝情灭欲,实行苦行主义,使人变成蒸发掉欲望的傀儡。不是通过灭欲作践自身,而是把欲望导向有益于人类生存和发展的方向。人的生命力总是要外射出来,也就是说,人在无意识层次中所积蓄的生命潜在能量总是要寻求机会释放出来,不释放就会感到不安和痛苦。"① 所以,法赫米的革命斗争是为了减轻他在情欲上的痛苦而采取的发泄途径。但是我们也看到,他是一位有着正义和良知的知识分子,作为一名大学生,他深知民族的疾苦,所以在社会道德的选择上,他也适应了社会的要求和自己良心的召唤。这也是人的动物性一面的不断升华,达到一种有别于动物性的灵性的结果。而亚辛和艾哈迈德则沉溺于酒色之中,在女儿的婚礼上,艾哈迈德发出这样的感慨:"他一想到女儿出嫁,心里总有一种别扭的奇怪感觉,尽管他的理智和信仰都不认可这种感觉。这并不意味着他不愿意把两个女儿嫁出去。说实在的,他和所有的父亲一样,希望女儿幸福。但是,他常常这样想:倘若婚姻不是让女儿幸福的唯一手段,那该有多好!倘若真主创造女孩时,使她们具有不必结婚的本性,那又该有多好!他甚至还想:要是我一个女儿也没有,那不是更好了吗?然而,这种种愿望是没法实现的,也不可能变成现实。"②

对亚辛来说,爱情只不过是一种肉欲。"每当他盯着一个女人或者回想这个女人时,这些幻影常常出现在他的脑海里。

---

① 刘再复:《性格组合论》,安徽文艺出版社,1999年,第443页。
② [埃]马哈福兹:《两宫间》,陈中耀、陆英英译,上海译文出版社,2003年,第222页。

疯狂的情欲凭空创造出一个个身体都剥光了衣服的人,就如他们被真主创造时那样一丝不挂,他本人也赤身裸体,毫无顾忌地进行各种男欢女爱的嬉戏。"①亚辛饥不择食,在性欲的煎熬下,居然对自己家的老仆人下手。"他追美人,也不厌弃丑女人,在'危机'中,只要是女人就行!他犹如一只狗,就是碰见一堆垃圾,也会毫不犹豫地从中觅食。"② 对于自己的妻子,他也是很快喜新厌旧。在他眼里,"女人除了需要一个家庭,需要得到性的满足外,还奢求什么呢?什么也不要了!她们是一群驯服的动物,应该像对待家畜家禽那样对待她们。是啊,驯服的动物不能过问我们男人特有的生活。她们就应该在家里等着我们空闲的时候来玩弄她们。要我当一个忠实于夫妻生活的丈夫,老是在同一副面孔、同一个声音、同一种味道中转,那简直要我的命!一个女人就是那么几个动作,那么几种声音,翻来覆去,颠来倒去,动作越看越死板,声音越听越没劲。不行,决不行!我不是为了这个结婚的。别人夸奖她长得白净,可我还喜欢皮肤棕色的甚至黑色的呢!别人赞叹她身段美,可我觉得胖瘦各有风味!别人称道她出身高贵、举止文雅,难道推小车的姑娘就没有优点了吗?义无反顾地一往向前吧……"③这充分暴露了亚辛荒淫腐朽生活的本质,他把女性当作供他玩乐的工具,并不是将其作为正常人来看待。女性在他眼里如同牲畜,没有自己的人格和尊严,这是一个十足沉浸于肉欲中没有灵魂的享乐者。欲望有一种无情而又盲目的巨大力量,亚辛在它面前,是没有丝毫抵抗力的。他是欲望的沉

---

① [埃]马哈福兹:《两宫间》,陈中耀、陆英英译,上海译文出版社,2003年,第60页。
② [埃]马哈福兹:《两宫间》,陈中耀、陆英英译,上海译文出版社,2003年,第235页。
③ [埃]马哈福兹:《两宫间》,陈中耀、陆英英译,上海译文出版社,2003年,第286-287页。

沦者,是一个被欲望俘获的人。在发现父亲老艾哈迈德也是酒色之徒时,亚辛那种肮脏的灵魂顿时犹如找到了同道,获得了某种道义的支助一般:"他父亲是遵守传统习俗的楷模,自己面对着他自觉或不自觉地感到恐惧,父亲竟然与自己是同流,真让人感叹万千啊!他除了高兴,什么也顾不及了,仿佛这是他平生赢得的最尊贵的东西。他对父亲产生了新的热爱和钦佩,与过去的那种热爱和钦佩迥然不同。过去的热爱和钦佩是在浓重的敬重和恐惧的心理笼罩下产生的,而新的热爱和钦佩出自他的心灵深处,与他心里的原始根纠缠在一起,甚至和自我热爱和自我钦佩是一码事。"①

而对于弟弟凯马勒来说,"性欲是一种低级的本能,我讨厌放纵它的想法。真主创造了性欲,或许就是为了考验我们的克制力,以便我们具有崇高的人格。能控制自己的,不愧为人;否则只是个畜生"②。凯马勒有着崇高的目标和追求,就像他恋上的女神阿依黛一样,不食人间烟火,高贵纯洁,是完全美好的象征。所以,在她面前,凯马勒总是表现得既由于人的本能带来的躁动不安,又因为对女神的崇拜而显得虔敬无比。他把她当作神,而不是当作人来对待,这就注定了这段爱恋是没有结果的。因为"爱情一方面是从感性欲望升华起来的,只有实现这种升华,才有人的爱情,这是毫无疑问的;而另一方面,人的爱情在于某种理智结合起来之后,仍然带着感性欲望的自然特性,即人在爱的时候,不仅仅有灵与灵的交流,还有肉与肉的交流。因此,一个真正的人,他的爱情过程,往往是一种灵与肉矛盾统一过程,两者互相补充、互相推进的过程"③。而凯马勒

---

① [埃]马哈福兹:《两宫间》,陈中耀、陆英英译,上海译文出版社,2003年,第212页。
② [埃]马哈福兹:《思慕宫》,陈中耀、陆英英译,上海译文出版社,2003年,第68页。
③ 刘再复:《性格组合论》,安徽文艺出版社,1999年,第426页。

的所谓爱情还不能称之为真正的爱情,因为他只有灵,没有肉,何况这种灵还是他个人的想象,并不是他与她之间的交流。所以,现实生活中,柏拉图式的精神爱恋是不完全的。真正的爱情,"恰恰是'温柔的灵魂美'(灵)与'情欲中的相鄙的野蛮因素'(肉)的二重组合"①。对于只接受"男人对她的爱,而不是爱那个男人本身"的阿依黛,凯马勒彻底困惑了。他想不到自己心目中的女神也有爱恋的人,他无法想象自己的女神与他人甜言蜜语时的情境,更无法想象女神与他人接吻、成家,甚至怀孕,这些事在他看来,怎么可能?高贵纯洁的女神,你怎么能这样背叛我的感情呢?他发出了深深的疑问:"剥去内衣,暴露出来的竟是不能永生的凡人肉体,就像这个虚幻的世界、这些不着边际的希望和胡思乱想的杂梦……你仿佛觉得女神受到了羞辱,你就为之哭泣吧,好让你的心里充满悲哀。但是,四年来照亮你的那种美好光辉的情感哪儿去了呢?那种情感不是幻觉,也不是幻想的反应,而是活生生的生命力。如果说人的肉体会被环境所左右,那么有什么力量能够直达灵魂呢?这么说,就让女神仍然是他的女神;爱情既让他备受折磨,又是他的避风港;惶惑就算他的娱乐吧!直到有一天他站在造物主面前,他一定要问清这些令他不解的难题。"②于是,凯马勒为了一探女人的秘密,他来到了风月场所,与妓女鬼混,通过她们满足自己的肉欲。在阿蒂娅面前,他一边喝着酒、一边说:"欲望是专制的国王,爱情是另外一回事。可是爱情如果没有欲望,它多像奇装异服呀!如果有朝一日我能在一个人身上找到这两者,那我就实现了梦寐以求的安定了。因此,在我看来,生活

---

① 刘再复:《性格组合论》,安徽文艺出版社,1999年,第426页。
② [埃]马哈福兹:《思慕宫》,陈中耀、陆英英译,上海译文出版社,2003年,第298-299页。

不再是难以协调统一的因素,我在社会生活和私人生活中都在寻求婚姻,我不知道这两种生活中哪一个是本,哪一个是末,但我肯定自己是个悲苦的人,尽管我的行为可以让我获得思想上的快乐和肉体上的享受,我的行为就像那奔驰的火车,不知道从哪儿来,去哪里。欲望就像泼辣的美女,很快让人嫌恶。痛苦绝望的心总是在大声呼喊永恒的幸福,但是毫无用处。因此,抱怨就会不断出现,生活原来是个大骗局。我们应该顺从生活无形的哲理,心甘情愿地接受这种欺骗,就像一个演员知道自己在舞台上的角色是假的,但还十分崇拜自己的艺术一样。"① 这是欲望的无形力量在撕扯着生活中的人,凯马勒是一个形而上的精神恋爱者,但最终他也坚守不住,本能的欲望是强大的,没有人能逃脱这个宿命的法则。他是多么希望自己能找到"有阿蒂娅的身体和利雅得的灵魂的妻子"啊! 肉体的问题暂时是解决了,可是灵魂如何安身呢? 恐怕最终得到相对完美解决的还是海迪洁的儿子小艾哈迈德,也就是凯马勒的外甥。

小艾哈迈德是一个社会主义者,在同《新人》杂志的编辑苏珊的结交中,他俩走到了一起。"他轻轻地伸出手,温情地把它放在她那浅棕色柔嫩的手里。的确,他爱着她,但她并不是因为爱情而冲锋陷阵的。她时常表现出仿佛对此怀疑的态度,你说是为什么呢? 难道她是开玩笑,还是对她身上的资产阶级思想进行探测? 他深信那种社会主义,就像迷恋她一样。对他来说,这两者缺一不可。你找到一个真正了解你、你也了解他的人,难道不是很幸福吗? 你和她还有什么好欺骗的? 我崇拜她,她能说出'我长期饱受贫穷的滋味'这样坦率的话,这

---

① [埃]马哈福兹:《怡心园》,陈中耀、陆英英译,上海译文出版社,2003年,第96—97页。

就是她比其他女性高尚的地方,使我的心和她连在一起。我们是不顾一切的恋人,心满意足地享受舒适的家庭生活,但那是一种没有灵魂的生活。那种原则常常出现在我眼前,仿佛它是命运注定在我们身上的一种诅咒。它是我的血肉和灵魂,我好像成了要对整个人类负责的第一人。"① 这才是真正的肉与灵的和谐交融。因为"英雄性格的运动历程,一般地表现为社会性克服动物性、理智克服情欲、善战胜恶,但不是简单地一方吃掉一方,而是表现为互相对立、互相渗透、互相转化、互相统一的二重组合"②。苏珊的美丽大方、对事物深刻的洞察,对社会主义坚定的信仰,这些都深深地吸引着小艾哈迈德。真正的爱情,是两者灵与肉的结合。至于两个方面哪个更好,我想,这不仅是主人公们的困惑,也是作家的困惑。

总而言之,在这个家庭,老艾哈迈德是一个十足的伪君子。他表现出的双重道德,既体现了社会对人的压制,同时更是人的本能欲望与理性之间的较量。他逃避理性审判和思量,不敢去触碰反思这根弦,他用"真主不会惩罚无罪的人"来为自己的行为开脱。这是当时埃及一批中产阶级的生活常态,男性主宰家庭,女性没有社会地位,他们想干什么就干什么。但是,这种行为又不能破坏家庭的平衡,所以,他们在风月场所与家庭之间小心地行使着自己的航船。两者互不相干,各自不干扰。但是,作为一个完整的人来说,人的心灵与肉体本身就是结合为一体的,他们要强行把这种情与理进行人为的分割,带来的是永远无法摆脱的痛苦和纠缠。情与理本身就是一对十分难以把握的范畴,如果强行分割、逃避,最终会遭到两方面的打击。如艾哈迈德在身体每况愈下的时刻,还要

---

① [埃]马哈福兹:《怡心园》,陈中耀、陆英英译,上海译文出版社,2003年,第227页。
② 刘再复:《性格组合论》,安徽文艺出版社,1999年,第454页。

强行欢乐,终于引发了高血压和心脏病。而年青一代的歌女宰努芭根本对他的勾引不屑一顾,导致在风月场从来没有失败过的艾哈迈德平生受到了莫大的耻辱。而儿女们的反抗越来越激烈,他的权威一天比一天下降,他的痛苦也一日深似一日。这种灵魂和肉体带来的双重折磨,恐怕是当初老艾哈迈德没有想到的吧!

而妻子艾米娜是一个虔诚的伊斯兰教徒,整天不停地祈祷,还冒着危险到侯赛因清真寺礼拜。对于这样一个完全被理性控制的人来说,她的生活是失去了作为一个人的色彩的。她是这个家族的核心,是贯穿"三部曲"的中心人物。但是,她的出现从来都没有大的变化,只不过随着岁月的流逝,徒增年老而已。她身上没有故事、没有个性,如果非要说个性,她的个性就是服从和温驯,丈夫说什么就信什么,从来不敢说一个不字。女儿们犯了错,她除了祈祷还是祈祷。当然,她对丈夫、对儿女们的爱是十分真诚的,这个女人操持着这个家庭,直到死去,但是没有享受过一天作为人的价值,这是时代的悲哀,更是她个人的悲哀!

大儿子亚辛沉溺于酒色之中无法自拔,刚好和母亲形成了鲜明的对照,他把爱情当作一种情欲的体现,女人只是供男人玩乐的工具,除此之外,还有什么呢?这是典型的男权中心的看法,而肉欲的中心占据了他的头脑。在"三部曲"中,这是两个典型人物,都是被人性的某一方面牢牢控制的失衡的人,所以他们的人生是十分灰暗的。亚辛的享乐到了最后,他的事迹只不过成了后人的笑柄。法赫米将自己的情欲转移到革命中来,但却英年早逝。如果他还在世,革命中的他是否只有理想而没有爱情呢?凯马勒过于将爱情看得高于一切,甚至比他的生命还要重要,事实证明,他的这种柏拉图式的爱是不成功的,也是不可能的。所以,他沉沦了,他在肉体之中疯狂地补偿以前的缺失,滋润着肉体的干枯。但这同样是不正常的。因为从凯马勒的行为看来,他的灵与肉是分离的。尽管他极力想把它们统一在一起,但他在现实中找不到这样的人,阿依黛是他的灵魂,但女神早已香消玉殒。妓女除了提供肉体上的欢愉外,只是一个陌生人而已,她们不是灵魂的交融者。所以,他一边体验着肉体上的欢乐,一边在寻找灵魂上的伙伴。侯赛因·夏达德离开埃及后,凯马勒再也找不到谈心的朋友。直到他见到《思想》杂志的作者之一利雅得·格尔达斯,两人在思想见解上尽管存在分歧,但他独特的看法和发自灵魂的声音很快使他们成了生活中的知己。可惜的是,真正的爱情离他总是十分遥远。

而真正体现了一个相对来说比较和谐的灵与肉的结合者是小艾哈迈德和苏珊。二者在信仰和思想见解上的一致使二人结合到一起,当然吸引他们的还有青春的热情和舞动的美妙。即使如此,我们也不能说他们就完全找到了灵与肉的最佳平衡点。因为,对于人来说,灵与肉两方面的因素是随着各种环境变化而变化,我们很难找到一个结合得那么完美的人。在现实生活中的每一个人,都逃不了灵与肉的冲突,这种冲突不仅是外在的,也是内在的,它内在于每一个人的灵魂深处。作为一个入世的人,我们需要解决欲望带来的苦恼,我们需要用实际行动来平衡二者的关系,而不是如佛家那样做超脱尘世的思考者。其实,灵魂与肉体是人类一对永恒的矛盾体,没有人能够完全洞察它的奥秘,即使聪慧如马哈福兹,也在文本中显示了他的困惑。

马哈福兹在艺术上所取得的巨大成就,是他融汇东西艺术的结果。正如诺贝尔授奖词所说:"这是他融会贯通阿拉伯古典文学传统、欧洲文学的灵感和个人艺术才能的结果。"一方面，阿拉伯的传统文化造就了作家深厚的文学底蕴；另一方面，他能够与时俱进，大胆吸收西方文化的精髓，在文中大量借鉴西方文学的创作方法，比如意识流、隐喻、象征、荒诞等，这种现代主义的文学手法，大大深化了作家描绘事物的主题和内涵。他东西结合的艺术手法归功于埃及近现代文学的复兴，正是有了埃及—阿拉伯民族文化与西方外来文化相互撞击、融合，使本民族文学在传承、弘扬自身的传统文化的基础上，不断创新与发展，马哈福兹才能在这个历史背景中，把继承的古代阿拉伯优秀文学传统和西方文传统学进行融会贯通，并大量借鉴西方现实主义的文学表现手法，综合创新，形成他自身独具一格的创作风格。

首先，对阿拉伯古老叙事手法的运用。马哈福兹曾说："我一生中没有哪本书读过一遍以上，但是《古兰经》例外。我从小就开始阅读这本典籍，并且醉心于此，至今依然每天坚持，哪怕只读其中一小部分。"① 事实上，作家体现在作品中娴熟的创作技巧和文风，都与《古兰经》有着密切的联系。与此同时，阿拉伯其他的散文著作，如《宽恕书》、《吝人传》、《卡里莱和迪木乃》等，都对作家产生了较大的影响。阿拉伯古代是一个诗歌的王国，历史上优秀的诗人创作的诗歌给作者巨大影响，他曾自豪地说："我热爱诗歌，并且也写过诗，原本可以继续发展。因为诗歌在阿拉伯文学遗产中具有悠久的历史，更确切地说，诗歌是'阿拉伯人的文献'。"② 在他的许多作品中，如《我们街

---

① 张洪仪、谢杨主编：《大爱无边——埃及作家纳吉布·马哈福兹研究》，宁夏人民出版社，2008年，第163-164页。
② 张洪仪、谢杨主编：《大爱无边——埃及作家纳吉布·马哈福兹研究》，宁夏人民出版社，2008年，第164页。

区的孩子们》《窃贼与狗》《平民史诗》中都可以见到大量的诗歌创作。这些优秀的作家和作品给作家创作提供了源源不断的养分,使他在艺术的领域里展翅翱翔。而在一大批伟大的作家中,他对陶菲格·哈基姆情有独钟,"陶菲格·哈基姆在我内心占有特殊的地位。也许过去我喜欢阿卡德,并且在他的教育下成长;或许我也曾在很大程度上受过塔哈·侯赛因的影响;但陶菲格·哈基姆是唯一令我将灵魂和精神与之相系的人,我曾像他的影子般生活了几年"[①]。

在文体与语言上,他采用了古代的玛卡梅体和坚持用阿拉伯语创作。"玛卡梅"的内容和形式具有一定的模式与特点:它往往有一个"叙述人",讲述主人公的种种趣闻逸事,这些故事可以独立成篇。"玛卡梅"讲究音韵和谐、文采骈俪,类似我国古代的"话本",以流浪的主人公贯穿故事的始终,反映了当时的民情风俗,揭露了社会的弊端,具有现实主义文学的价值。如《我们街区的孩子们》就采用这种形式,但作家又有所突破,文中还大量运用了对话、心理描写、内心独白等现代表现手法。

在语言的运用上,作家坚持用标准的阿拉伯语进行创作,拒绝采用开罗方言。他认为:"方言像愚昧、贫穷及疾病一样是我们社会的缺陷,是一种疾病,根源在于缺少教育。方言与标准语之间差距加大的原因,在于阿拉伯国家中教育尚不普及。等到教育普及的那一天,这种差距机会消失,或者至少会缩小很多。"[②] 他的创作并不是为了一少部分人,而是为了大多数人,为所有的阿拉伯人民进行创作,而不是将眼光局限于开

[①] 张洪仪、谢杨主编:《大爱无边——埃及作家纳吉布·马哈福兹研究》,宁夏人民出版社,2008年,第165—166页。

[②] 张洪仪、谢杨主编:《大爱无边——埃及作家纳吉布·马哈福兹研究》,宁夏人民出版社,2008年,第87—88页。

罗。他把语言的运用看作如同国家的统一一样的大事来看待，事实上，他的观点是正确的。国家的统一无疑要落到文化上，而文化的统一要落到语言上。

其次，是西方文化的浸润。马哈福兹徜徉在世界文化的海洋中，一大批贯穿古今的作家为他所熟知。如莎士比亚、托尔斯泰、契诃夫、陀思妥耶夫斯基、莫泊桑、安德烈·纪德、卡夫卡等都对他影响深远。从这些作家身上，他汲取了浪漫主义、批判现实主义、结构主义、表现主义等艺术流派的创作手法。在他看来，各种艺术都是相通的，各类艺术之间是互相受益的，因此艺术会以整体的形式，而不是作为分支单独进行研究。在欧洲，各类艺术流派都不是局限于一个领域。比如浪漫主义，其影响就延伸到长篇小说、短篇小说、诗歌、造型艺术甚至建筑艺术。各个作家之间，各个流派之间，在他这里汇集交融，他不是受哪一家、哪一派影响，而是受到所有这些接触到的作家的影响。他从模仿大家开始，逐渐走上有自己独特风格的创作道路，这是他融会贯通各家、潜心思考、努力实践的结果。他能将本民族传统与西方文学传统很好地结合在一起，他的作品"是现实主义、现代主义及本民族传统文学融汇在一起，共同孕育的产物。因此，它既有民族性，又有世界性，最能体现现当代文学的风采"①。

马哈福兹的创作前期经历了历史浪漫主义和现实主义阶段，这一阶段以现实主义为主，在后期的创作中，他逐渐深化了现实主义的表现手法，并加入各种意识流、象征主义、现代主义、存在主义等表现手法，拓展了文学的表现领域。他说："我可以说，自己是烩诸家技巧于一鼎的。我不出于一个作家的门

---

① 仲跻昆：《阿拉伯现代文学史》，昆仑出版社，2004年，第218页。

下,也不只用一种技巧。"① 他是一个"不断发展、不断创新、不知停顿的艺术家。也许他成功的最大原因——除了他的天赋之外,正是他认清自己的道路并且一直走下去,荣誉的闪烁和物质的光彩都没有使他左顾右盼。在他为之献身的事业中,这种艺术苦行提供了成功之路"②。但是,正如对传统的文学的批判继承一样,他对西方艺术手法的借鉴也是适应自己文本创作需要的,是有选择的,而不是照搬。

比如象征主义的运用。象征主义者所主张的象征是建立在神秘的"对应论"基础上的,它或者从某种对象联想到某种心灵状态,或者从某种心灵状态出发去寻找某种对象。这种心灵状态并不是一种明确的认识,而是一种无以名状的潜藏在内心深处的人生观念。它所要寻找的能够暗示这种心灵状态的对应的对象,也并不具有客观确定性。因此,象征主义的象征只是作者主观上的一种对应关系,表现在作品中就是晦涩难懂、朦胧模糊的感觉。但是,在马哈福兹这里,象征主义是明确的。如《我们街区的孩子们》中,杰巴拉维象征创始者造物主,两个儿子伊德里斯和艾德海姆分别象征《圣经》中的该隐和亚伯,阿尔法象征科学,头人象征统治者,杰巴勒象征先知,棍棒象征武力等,这些人物和事物有着清晰的象征意义,他们的寓言是十分明确清楚的。也就是说,马哈福兹把象征主义只是作为一种文学表现手段而已,并不具有文学本质的功能,并不像象征主义者以表现隐秘的人的内心来突出心理真实,从而将象征作为文学的本质。作家在这里只是为了增强文学的表现手法,真正的用意还是表现作者自己的主观见解,并没有停留

---

① 仲跻昆:《阿拉伯现代文学史》,昆仑出版社,2004年,第218页。
② 仲跻昆:《当之无愧——谈纳吉布马哈福兹及其文学创作》,载《东方世界》,1988年第六期。

在象征这个手法上。象征主义者这种本末倒置的文学方法是不为作者所汲取的。但是,其大胆的暴露内心的真实,展示人的自我一面,确实为文学增色不少,这才是他感兴趣的地方。

还有如自然主义的运用,在"开罗三部曲"中有生动的表现。尤其是对人物命运的描绘,就有很强的自然主义的创作手法。凯马勒在失恋之后的一段独白:"他是一次精心策划的袭击的牺牲品,阴谋对他发动这次袭击的有:命运、遗传法则、阶级制度、阿依黛、哈桑·赛利姆,以及他还不想说出来的一种神秘莫测的暗藏的力量。他仿佛看到自己可怜的身躯孤立无援地站在那些联合起来的力量面前,受伤流血,得不到医治;他找不到任何东西来回击这种攻击,惟有抑制自己的满腔怒火,不让它有所暴露,而且还得受环境所迫,装出一副高兴的样子,仿佛这种强大的力量有准备地摧毁了他的抵制,将他抛在幸福的人群之外。"① 对亚辛性欲难耐的描写,"他追美人,也不厌弃丑女人,在'危机'中,只要是女人就行!他犹如一只狗,就是碰见一堆垃圾,也会毫不犹豫地从中觅食"。还有对凯马勒的心理描写,就带有自然主义的写作特征:"他这样拼命地追求爱情,会不会是因为十九年前出生时他的头顶和大脑袋受到了挤压和损伤的缘故?唯心主义曾使他长期走不出空想的迷津,使他受尽折磨,泪水涔涔,它难道不会是接生婆的随意行为所带来的令人悲痛的后果吗?他思索着在诞生之前,甚至在怀孕之前是怎会回事。他还考虑生命从中产生的那个不可知的源泉,考虑那个对生命存在一律平等的有机化学方程式,从而第一次出现了逆反心理,蔑视正统之说。他仰望繁星,据说在各自按照自己轨道运行的群星中有一颗属于他的星星,不

---

① [埃]马哈福兹:《思慕宫》,陈中耀、陆英英译,上海译文出版社,2003年,第290-291页。

过,他已知晓自己最近的起源被称为精子,也就是说,他在十九年零九个月以前只是一个精子,可能由于一种追求乐趣的无罪愿望、寻求安慰的迫切需要、丧失理智后醉意的亢奋,或是丈夫对足不出户的妻子应尽义务的单纯感觉,把精液喷射出来……"① 但是,马哈福兹并不把眼光局限于人的生理特征,除了人的生理欲望,他还写到了人的理性与信仰、科学与真理,这人生中种种的困惑都围绕着主人公,而性欲只是作为人的其中一种特征。这是他不同于自然主义者的一面,在他的作品里,不仅有丑恶的描写,还有美好的描写,他写了生存的希望和人性的光辉,并不是只有阴暗面。"真正的文学家通常都有一个幻想中的理想之邦,他描述它,沉醉其中,并试图通过批判现实社会而在文学中抵达那个理想之邦。"② 他始终将人类实现正义与自由作为一个美好目标,并不断地追求、探索。他说:"东西方正在交流造福人民的方法,每过去一天,人们的信念就更加坚定,那就是人类不能或缺的两大价值观:自由,还有社会公正。"③

另外,尤其突出的一点是马哈福兹对人物心理的描绘。他本人也被称为写心理现实主义的大师,在他的作品中,不仅人物的活动轨迹清晰可见,而且人物的内心也有迹可寻。这是受到了西方意识流表现手法的影响所致。意识流是一种兴起于20世纪初西方的现代文学创作方法及文学类型,它以直接探测人的精神生活本质、挖掘人物深层的"潜意识"为重点。在马哈福兹的作品中,大多可见一种人物的内心独白,这种内

---

① [埃]马哈福兹:《思慕宫》,陈中耀、陆英英译,上海译文出版社,2003年,第358页。
② [埃]马哈福兹:《自传的回声》,薛庆国译,光明日报出版社,2001年,第174页。
③ 张洪仪、谢杨主编:《大爱无边——埃及作家纳吉布·马哈福兹研究》,宁夏人民出版社,2008年,第174页。

心独白既是人物自己在说话,同时也是作者在说话,在表现人物内心的同时,作者自己也参与了对话,把自己对社会及人生的看法通过独白的手段表现出来。这样,读者既达到了了解人物深层内心的目的,同时又搞清楚了作者对人物和事件所包含的态度和倾向。如《我们街区的孩子们》中艾德海姆在被赶出家园,他内心的孤独、凄凉就是通过内心独白表现出来的:"哎!大房子的围墙不时搅乱我的心。我那专横的父亲,我的呻吟如何能传到他的耳中……小鸟能在大房子的花园里自由飞翔,它们比我幸福。我怀念那花坛边潺潺的溪流、芬芳的素馨花和指甲花……严酷的家长!半年时间过去了,你那冰山般的严酷何时才能消融?"

这样的内心独白同样在"开罗三部曲"中体现出来,这里选取一段老艾哈迈德在歌女宰努芭面前受辱,而得知她与自己的儿子混在一起时的情绪:"你是一个思绪繁乱,心灵受折磨的人,难道你还能嫉妒亚辛?不,这不是嫉妒,恰恰相反,它是值得你聊以自慰的。如果你必须遭人屠杀,那就让你儿子当刽子手吧。亚辛是你的一部分,你的一部分失败了,另一部分却胜利了。这样,你既是失败者,又是胜利者。亚辛使这场情场大战的意义起了变化。原先你饮的是杯失败和痛苦的酒,现在变成了既有失败和痛苦、又有胜利和欣慰的酒。从今以后,你决不要再为宰努芭伤感了,你过去自视甚高。你应该立下誓言,从今以后再也不能错估了岁月。但愿你能像亚辛提出这种规劝,以免事情轮到他头上时,他会感到措手不及。你是幸福的,没有必要懊悔,你应该以新的计划、新的心灵和新的头脑去面对生活。让旗帜留在亚辛的手中吧。你会从眩晕中清醒过来,所有的事情都会过去,就像没有发生过一样。你再不要像往常那样,把近几天发生的事情变成朋友们茶余饭后的闲谈话题。

这些可怕的日子让你懂得了该把许多事情藏在心里。啊,你是多么渴望痛饮几杯呀!"①老艾哈迈德既痛苦又复杂的心理感情跃然纸上。像这样的心理分析,在"三部曲"里比比皆是。同样,马哈福兹对西方意识流的运用并不是照搬过来,在他众多的作品中,人物尽管有非理性、非逻辑的一面,但整体来说,作品是符合逻辑结构的,人物线索清晰,人物是正常而理性的,主人公有自己固定的发展轨迹,并不是无迹可寻、含混不清的。他借鉴西方现代文学的目的还是在于透视周边的现实问题,达到对现实的关注与思索。所以,体现在他作品中的既有传统的一面,也有西方的现代的一面,但是以我为主,融化西方,西方是为我所用,借用西方增强现实的表达和透视能力,而不是被西方所化,成为西方文学的注脚。

总而言之,在马哈福兹的作品中,既有传统的现实主义描写,又有变异了的心理现实主义透视,还有象征主义、存在主义、自然主义等各种艺术流派的艺术表现手法交织运用,共同构成了他磅礴宏大的文本面貌。这里,既有古老埃及的人民的生活现状,又有透过现实生活进行形而上学的哲学思索,各种象征、隐喻、内心独白交叉运用,形成了他独特的文体和风格。他"怀着对美好理想的向往和追求,站在历史发展的高度俯视人生,以朴实无华、真实生动的笔触,艺术地再现了埃及发展的现代化进程,表达了他对国家、民族、人类命运的关注与思考"②。马哈福兹一生笔耕不辍,创作了大量的作品,在时代的大背景下,他不故步自封,勇于吸收、借鉴西方现代主义的艺术手法,并且能够根据自身需要进行创新,从而形成自己独具一

---

① [埃]马哈福兹:《思慕宫》,陈中耀、陆英英译,上海译文出版社,2003年,第283页。
② 高慧勤、栾文华主编:《东方现代文学史》(下册),海峡文艺出版社,1994年,第1430页。

格的艺术风格。可以说,借鉴、继承与创新、发展,贯穿马哈福兹的整个文学创作生涯。他以其杰出的艺术才华和艺术探索的广度与深度深深地影响着世界文坛。

第四节 马哈福兹在埃及和中国的研究

　　杰出的阿拉伯作家马哈福兹一生硕果累累,给后人留下宝贵的艺术财富。因其巨大的艺术成就,他一生获奖多多,1988年,他最终获得了"诺贝尔文学奖"。除了他在小说领域取得杰出的成就外,他的散文一代宗师的地位也毫无疑义。这是诺贝尔评奖委员会的评定,也是众人都承认的一个事实。正如诺贝尔授奖词所言:"您极其丰富的著作促使我们思考生活中的重要课题。像时代的爱情和本质、社会和准则、知识和信仰等主题在多种情景中反复出现,引人深思,激发良知,鼓励人们勇敢对待。您散文中的诗情画意已经越过语言障碍而被人们理解。"① 马哈福兹在阿拉伯世界被誉为小说界的一座金字塔。他的作品在阿拉伯各国乃至全世界广为流传,影响了无数文学爱好者和探索者。他既是位知名度很高的作家,也是位引起争议最多的作家之一。他曾因作品太过抨击现实而获罪当局,所幸多次幸免于难。宗教极端分子也曾派人暗杀,他因此而受伤,右手神经受损,给生活和创作造成了巨大影响。然而,他追求公平与正义的理想并不因此而有丝毫减损。他一生执着于艺术探求,然而,他的艺术创作是关注现实的,并没有因此

---

　　① 宋兆霖主编:《诺贝尔文学奖全集》,北京燕山出版社,2013年,第295页。

而躲进象牙塔里。他描述了时代的现实和本质,探索了民族和国家的前途与命运,讨论了知识与信仰之间的关系。尽管后期的创作带有很强的神秘和象征色彩,但依然是社会现实的投射,就像他自己所言,只不过是"给现实穿上了一件神话的外衣"而已。他对真理的追求、对信仰的执着、对公平与正义的呼吁,对民族命运的关注,都深深地契入时代的本质,深刻地反映在他的艺术作品中,他的去世是世界文坛的巨大损失。马哈福兹在半个世纪里,以其不断发展变化的丰硕成果(专著及论述不下四五十种)奉献于世。他的作品思想深刻,内容丰富,艺术手法多样,并且富于哲理性,具有传统的阿拉伯文学特征,同时也容纳西方现代主义表现手法,整个作品气势磅礴、宏大精深。这些尤以他的"开罗三部曲"、《我们街区的孩子们》等为代表。

埃及人民深深地喜爱这位平和宁静的作家。作家生在埃及,长在埃及,对埃及有着很深的感情。他自己曾说:"我对老开罗的挚爱之情无以复加。每当想起写什么,我就到老开罗走一走。这时,立即就会有一大堆人物形象把我包围起来。正是在老开罗,我构思了我的大部分小说。正是在老开罗,我把出现在脑海中的各色人物都用笔记录下来。而每当我觉得作品中哪件事或哪个情节需要安排在一个特定的地点时,我就立即想起我童年时代的贾马里耶。"① 在马哈福兹眼里,老开罗就是整个伊斯兰世界的缩影,是整个人类形象的集中反映。老开罗不但是他笔下众多人物的活动舞台,更是他的"生命之根"。从历史上看,埃及确实是一个不可忽视的文化宝地。埃及因历史与地理上的特殊性而在世界上独一无二。从法老时代的古

---

① 张洪仪、谢杨主编:《大爱无边——埃及作家纳吉布·马哈福兹研究》,宁夏人民出版社,2008年,第52页。

埃及文明到亚力山大、恺撒、拿破仑对它的入侵,古老文明与现代文明的冲突把埃及推向历史的前台;地理位置上,苏伊士运河、尼罗河的重要性自不待言,而它处在欧亚非三大洲的交界更使它成为东西文化的纽带和桥梁。时间与空间在埃及这块古老的国土上形成了一个巨大但又无形的十字架,从辉煌的古代文明到现代埃及的落难以及当代埃及的革命与变革,形形色色的人物在马哈福兹的笔下演绎着、翻腾着。即使足不出户,他也能透过这个并不宁静的埃及开罗小城来透视社会、世界乃至整个宇宙。事实上,他一辈子很少出远门,常年都是在自己的住所和尼罗河畔徘徊、思索、创作与生活。在长达半个世纪的马哈福兹研究中,埃及出版的相关著作和论述在数量上远远超过了历史上任何一位作家。埃及的马哈福兹研究已经经历了从全面述评到专题研究、从文本解读到跨学科探讨的过程,具体表现在:

一、起步晚,但成果丰富多样

20世纪40年代埃及评论界出现了关于马哈福兹的研究。50年代主要集中在"开罗三部曲"的研究。60年代发表的研究论文代表性的有《纳吉布·马哈福兹的艺术形式问题》等。七八十年代埃及出版有关的专著20多本,主要关注他作品中的心理描写、象征主义手法的运用以及作品结构等。代表性的著作有《小说结构——对纳吉布·马哈福兹三部曲的比较研究》《纳吉布·马哈福兹:见解与手法》等。90年代以来,研究成果丰富,各种专著不断出现。

二、研究形式多样，争议较大

研究成果包括对作家的生平研究、思想研究、创作理论研究、影响研究等。在理论方面，学者将其创作经历分为早期的浪漫主义、中期的现实主义、晚期的现代主义等研究类型。集中在中期的现实主义方面，分为批判现实主义、外在现实主义、自然主义现实主义、社会主义现实主义等不同类型。小说《新开罗》(1945)、《汉·哈利利市场》(1947)、《米达格胡同》(1947)、《始与末》(1949)、"开罗三部曲"(《两宫间》、《思慕宫》、《怡心园》)(完成于1952年，发表于1956-1957年)被称为现实主义阶段，他们对埃及现实与马哈福兹的作品之间的关系进行了辩证分析。而后来的新现实主义阶段，代表性的作品有《我们街区的孩子们》(1959)、《盗贼与狗》(1961)、《尼罗河上的絮语》(1966)、《米勒玛尔公寓》(1967)、《平民史诗》(1977)等。这些主要是从哲理上进行探索，多采用意识流、象征主义的表现手法，是对传统现实主义的超越。还有学者将他晚期的作品又进一步分为诗化小说阶段，当然，持异议的研究者也不少。对他的创作进行定位，有学者以为他是社会主义作家，有学者以为他是伊斯兰主义作家，还有人以为他是爱国的进步主义作家。此外，根据他作品改编的影视作品也大量存在。总之，对他的研究多样化、丰富化，我们不能将一个作家的创作经历定性为哪一种风格和形式，他是一种混杂的存在现象。因为，作品的丰富多样反映了作者根据时代而不断发展变化的创作观。抛开创作不谈，从人性来说，人本来就是一个矛盾体，我们无法将一个复杂的人用简单的标签进行分类。从另外一个层面，这也说明了作者作品的影响之广，魅力之大。

三、队伍不断扩大，主题不断深化

由单篇论文到系统的专著，研究人员由个别的文学评论家到专家、学者再到大学的学生、一般民众等各个阶层。20世纪90年代以来，从文学、美学研究到跨学科的文化研究。比较有代表性的有《马哈福兹作品中的〈古兰经〉》、《马哈福兹作品人名词典》等。

总体来说，埃及的马哈福兹研究数量多，但存在不平衡的现象。如前期作品研究很多，但后期作品研究力度不够，这与其作品的象征主义主题、作品中的神秘主义倾向有关。部分文章局限于印象式的点评，不注重体系式的、理论式的专门研究，显得缺乏厚重感和学术分量。这与埃及本土缺乏自身的原创理论，创新力度不够有着紧密的关系。对于一位有着国际知名度和广泛影响的作家来说，埃及的马哈福兹研究还存在很大的空白。

四、中国马哈福兹的研究分期

1986年我国翻译了"开罗三部曲"，尤其是作家1988年获得"诺贝尔文学奖"之后，我国对马哈福兹的研究逐渐成了阿拉伯文学研究的显学。

1. 重要著作研究

季羡林主编的《东方文学史》（1995年吉林教育出版社）中马哈福兹（由仲跻昆撰写）一节，对马哈福兹作了创作上的分期即浪漫主义式的历史小说创作时期（以《命运的戏弄》、《拉杜璧丝》和《忒拜之战》为代表）、现实主义社会小说时期（以"三部曲"为代表）和新现实主义时期（以《我们街区的孩子们》、《尼罗河上的絮语》《平民史诗》为代表),并且对他作品中贯穿的"忧患意识"、寻求真理和正义的主题以及艺术特色上的"通今博古、学贯东西"所呈现的对东西文明的"借鉴、传承、创新"做了总结和归纳。尽管所论篇幅不长,但基本为中国后来的马哈福兹研究提供了宏观的视野和总体性思索。

朱维之主编的《外国文学史》(1998年南开大学出版社亚非卷)中马哈福兹的撰写者是孟昭毅。他作为多年潜心于东方文学的教学、研究者,对亚非文学多有宏观上的深刻理论思考和个性化的深厚文本解读功力。在马哈福兹研究材料阙如的时期,通过对马哈福兹艺术作品的分析、整理和归纳,同样将其艺术创作分为了三个时期,即浪漫主义小说时期、现实主义小说时期和借鉴西方艺术手法的多元化时期,并重点分析探讨了马哈福兹的"三部曲"(《宫间街》《思宫街》和《甘露街》),对其主题思想和艺术特色进行了总结。应该说,这是国内较早对马哈福兹"三部曲"进行艺术分析的文学史作品。同样,在郑克鲁主编的《外国文学史》(1999年高等教育出版社)中,也包含了亚非文学中马哈福兹节的撰写。其思路和写作方法承袭了先前的文学史,对马哈福兹的创作分期和"三部曲"进行了较为详尽的解读和分析。在孟昭毅后来主编的《东方文学史》(与郁龙余合编,2001年北京大学出版社)和《简明东方文学史》(与黎跃进合编,2005年北京大学出版社)也编入了马哈福兹一节,其分析延续了前一时期对马哈福兹的创作分期和"三部曲"创作主题和艺术特色的详细研究。后来,孟昭毅总结了部分在东方文学领域的多年耕耘成果,以专题讲稿的形式出版了专著《东方文学专题讲稿》(2014年安徽大学出版社),其中有对马哈福兹的专题论述,其论述融汇了学术研究的理性思考和口头讲述的亲切便宜,是真正将马哈福兹研究融会贯通、由深入浅的适合教学的理论总结和作品分析的通俗化表现。

其他对马哈福兹研究具有代表性的成果有：王向远的《东方文学史通论》（1994年上海文艺出版社）以具有鲜明个性化写作特色的著作呈现了对东方文学史的研究，由于其第一版出版时间较早，作者对马哈福兹的分析主要集中于其在东西文化融合中的创新性进行了探讨，而具体的作品分析则阙如。何乃英的《新编简明东方文学》（2007年中国人民大学出版社）中，在继承前人研究思路的同时，增加了马哈福兹与中国的关联研究。黎跃进的《东方文学史论》（2012年昆仑出版社）和《外国文学史》（2013年高等教育出版社东方卷）也探讨和分析总结了马哈福兹的创作分期、总体艺术特色，尤其对"三部曲"做了重点分析，指出其"多样化的小说形式和艺术表现手段"的实质。

2. 代表性论文研究

首先，社会学研究阶段。主要集中在"三部曲"的研究方面，代表性的有《论纳吉布·马哈福兹的"三部曲"》，突出了作品中的反帝反封建的民族民主斗争的主题。作品通过一个中产阶级家庭的演变，史诗般真实再现了埃及社会的动荡和变迁。第一代人守旧，第二代人彷徨迷茫，第三代人目标明确、敢作敢为。蒋和平的《埃及1919年革命与纳吉布·马哈福兹的"三部曲"》，该著指出，纳吉布·马哈福兹从一个历史学家的角度，客观地再现了1919年革命期间所发生的一些事件；又从一个小说家的角度生动地描写了学生、知识分子、小资产阶级及中产阶级等各阶层形形色色的人物对待此次革命的态度。张嘉男的《纳吉布·马哈福兹"三部曲"中的女性形象》对"三部曲"中的女性形象进行了详细分析和解读。

其次,运用西方文艺伦理的研究阶段。从人类学角度进行解读的有陈融的《论"三条街"中的性爱描写》,第一代人以老艾哈迈德为代表,他们自身放纵欲望的闸门,尽情享乐,淫荡无羁,但是对家庭成员却进行压抑限制,推行双重道德。这是伊斯兰教传统伦理道德的自相矛盾与内在分裂所决定的。第二代人受西方思想的影响,但还是陷于徘徊迷茫的境地,这一代以亚辛为代表,继续沉醉于酒色的温柔乡。到第三代人,爱情才真正引入性爱,他们目标明确,大胆追求自己的爱情,追求两性的和谐。这种变化是埃及传统伦理道德的演化,是外来文化冲击的结果。黄辉的《尼罗河上的絮语——纳吉布·马哈福兹"三部曲"的精神内核》则是从哲学思辨的层面来探讨三部曲中的人道主义和民族主义。一方面,通过知识分子形象,勾勒出埃及民族解放运动的艰难历程;另一方面深切关注女性的命运和封建主义与殖民主义统治下的人民的命运。"在以维护本民族利益为核心的民族主义与超越民族、以关怀全人类命运为旨归的人道主义难以相容。"还有运用西方叙事学进行解读的有马丽蓉的《论马哈福兹"三部曲"空间性的文化叙述》,作者指出,作家打破了故事的时间链和情节的因果性,有意安置三条街名作篇名,写同一个家族内部三个家庭的往事,进而影射埃及社会三个时代的现状,把叙述做了空间式聚焦。

最后,比较文学视域下的研究阶段。主要将马哈福兹和中国的作家进行对比平行研究。代表性的有倪颖的《中阿文坛的两位巨匠——巴金与纳吉布·马哈福兹》,余嘉的《前后喻小说文化视域中马哈福兹与巴金的家族小说之比较》,薛庆国的《"家"与东方之弊》,王祖贵的《论纳吉布·马哈福兹三部曲〈两宫之间〉的讽刺艺术——与鲁迅、钱钟书讽刺手法比较》等。

总而言之,马哈福兹的作品思想深刻,富于哲理,立足点高,既有浓重的埃及伊斯兰风格,又不断随时代的前进而发展变化,具有超越国界的世界意义。尽管国内外马哈福兹的研究在数量上和质量上都较以前有很大的提高,但对于一位享誉世界的作家来说,这还是显得过少,研究力度还是不够。这或许由于他深邃的思想,或许由于语言的障碍,或许由于信仰的不同,但不管怎样,他毕竟给我们带来了不一样的思想、不一样的文风、不一样的启发和教益。对于一个伟大的作家来说,他的作品将随着时间的流逝而被越来越多的人发现、评说和研究,他的价值也将永驻人间。因此,新的时代,运用新的文学批评视角对马哈福兹进行再研究是很有必要的一件事,何况,马哈福兹的研究本身存在很多空白点,这些都有待于后人去继续探索、研究。作为一位中国人,中国历史曾经历了和阿拉伯一样的封建统治和殖民过程(尽管程度上不一样,中国是半殖民半封建社会),这种大体一致的社会历程使得两国人民有着更多的共通的民族情感,因此,对马哈福兹的研究更有助于加深我们对自身社会和文学文化的认识。

第五节 结语与余论

马哈福兹的一生,是笔耕不辍的一生,是艺术探索的一生,是对理想执着追求的一生,是对民族和国家的命运深深忧虑的一生。从20世纪初到21世纪初,这位经历了世纪百年的杰出作家,以其无数影响深远的作品享誉世界文坛,成为一位令人叹为观止的文坛奇人。古希腊哲学家苏格拉底说:"没有经过反省的生活,是不值得活的。"马哈福兹把自己的一生都献给伟大的文艺女神,他倾其一生都在思考艺术和人生,深层地探索人性的本质、性欲与爱情、人的理性与信仰、科学与宗教、现实与理想、个人自由与民族解放、人道主义与民族主义、公平与正义,等等,这些都在他作品中鲜明地呈现出来。这些复杂深邃的问题,只有通过小说的丰富具体的情节,丰满个性鲜明的人物形象透视出来,才更显得作家对这些理论问题的深入思考。他以为,创作的最终目标"是发展这个世界,把人们引向进步和解放的阶梯上去,让人道主义在持续的战斗中完善"。这不仅是马哈福兹作为一个埃及阿拉伯作家的现实使命,而且是所有文学创作者都要严肃思考的问题。时代赋予了作家一种历史使命,要关注国家命运和前途,把自己的创作与政治紧密结合起来,但这种结合不是一种庸俗的政治学,而是从理性高度、从人道主义的视角来看待社会问题。所以,作家的创作既打上了很强的时代烙印,但同时又超越了时代,体现了他对时代本质的思考,对人类命运的思考。这是马哈福兹既看重政治又远离政治的结果。正如他把西方现代艺术手法看作一种表达工具,把时代和政治也作为表达他政治见解与深邃的思想和理想的一种手段。他自己并没有过多地介入政治(尽管他有在政府部门从政的经历,但从他发表的作品来说,他是一位具有独立品格的有良知的知识分子,从来不取悦政治),这是一种空间距离感带来的清醒的透视和审视。这样说,并不减少他对现实的批判和揭露的力度,正是出于良知和正义之心,他多次表达了对当局的不满和批判,致使多次获罪统治者,幸好他能躲过这些劫难。然而,他未能躲过宗教极端分子策划的阴谋暗杀,被刺身受重伤,幸运的是他又从死亡边缘重新站立起来。他并不因此而有丝毫的反悔和减弱自己的批判精神。他对社会公平、正义,对真理、对民族命运的关注,用呕心沥血、鞠躬尽瘁来形容丝毫不为过!

人是一种复杂的动物,所谓"人心难测"正说明了人的内心难以把控。马哈福兹一生都在探索人性,揭示人的复杂面貌,尤其是在他的代表作"开罗三部曲"中,对人的本能欲望的展示,对人的灵魂的深层剖析,更是彻底、深刻、淋漓尽致。当然,作者在作品中也探讨了科学与信仰之间的关系,理想和现实之间的关系。尤其是在后期创作中,他的理想乌托邦更是表露无遗。这是作者对现实升华之后的探索和思考,借现实的外衣表达他的理想内容。他没有脱离现实,而是发展了现实,在现实的基础上进行了再创造。更有评论者把他晚年的创作视为诗化的阶段。对比以前的作品,在这一个阶段,他的作品确实增强了不少诗情画意的东西,如《自传的回声》《痊愈期间的梦》等。这跟他此一时期的散文创作文体有关,更是他纯熟运用语言之后的结果。

从短篇到长篇,从浪漫主义到现实主义,再到象征主义和理想主义,他创作的手法越来越丰富成熟,内容越来越深邃复杂,体现了他与时俱进的文艺创作观。传统的阿拉伯文学的熏陶,奠定了马哈福兹深厚的文学素养,在他碰到西方文学后,这种心灵的火花一下子播洒开来,他大量吸收、借鉴西方现代主义表现手法,融入自己的文学创作之中,为世人提供了一部部既饱含阿拉伯文学特色,同时又包容西方现代手法的独具一格的作品。传统的诗情画意的描写,现实精神的透视,加上西方对心灵的深层透视、对人的本能的探索和对宗教信仰怀疑批判以及对各种事件的哲理思辨,都深深地影响着他的创作观。他本人也曾在大学学习过哲学,这为他的文艺创作具有形而上学的思辨特征奠定了基础。尤其是晚年的创作,这一思考更加突出,他超越现实主义的批判和揭露,并且从人类整体命运的视角来思考问题。"通过分析挖掘系列哲理性问题,比如生与死、善与恶,甚至关于存在的本质,生命的意义等等,但从来不急于给出答案,而是让读者去思考,让读者参与到他的想象与创作中去。在小说中,他也总是让小说人物给读者留出一条思索的道路,好让读者去继续时间的流淌、故事的延长、思想的演化……"① 这种融贯东西的创作特征是他常年孜孜以求的探索的结果,也是他天才一面的体现。

马哈福兹的作品数量繁盛,种类多样,影响深远。埃及前总统穆巴拉克曾说:"马哈福兹是一道文化的辉光。是他让阿拉伯文学走向世界。他以创造力带给众人的价值标准,充满了启迪精神和宽容品格。"近年来,马哈福兹在国内外引起了高度关注。但从研究的程度和质量来说,国外比国内进展早,成果多,程度深。马哈福兹早在20世纪40年代就在阿拉伯世界声名远播,20世纪五六十年代已在阿拉伯文坛占有举足轻重的地位,深受研究者的青睐。国外对他的研究已经历时半个世纪之久,而中国对马哈福兹的翻译介绍起步较晚,研究相对较少。只是在马哈福兹获得"诺贝尔文学奖"之后才有所起色,近年来,才开始出现研究马哈福兹的文章,但专著较少。这种情况出现的原因是多方面的,主要一个困难就是面临语言的障碍。我国懂得阿拉伯语言的学者太少,而且懂语言的人不一定去从事文学翻译,也不一定就会选择马哈福兹。再者,伊斯兰教的宗教信仰问题,这些现实的原因都在影响着中国马哈福兹研究的广度与深度。新时期,我国应该加大对马哈福兹的研究,因为,无论是从其所在的社会历程,还是从其作品所反映的内涵和艺术特征,都对我们深化和发展自身的文艺,对加深

---

① 张洪仪、谢杨主编:《大爱无边——埃及作家纳吉布·马哈福兹研究》,宁夏人民出版社,2008年,第199页。

我们自身的认识有着巨大作用。况且,马哈福兹在我国的研究还存在很多的空白点,这对从事文学研究的人来说,也是一项值得去探索和研究的课题。新的文学批评方法的引进,新的文学理论的运用,不仅可以深化人们对批评理论的认知,更可以加深我们对文学本身的认识。

无论如何,马哈福兹的影响是巨大的,从其著作等身的作品数量和作品所反映的丰富内涵,我们都可以断言,他的光辉将会永远照耀人间。这正如他本人所言:"帝国消失了,过去的事情过去了。总有一天金字塔也会化为乌有。但是只要人类的理智在渴求,心脏在跳动,真理和正义将永存。"①

---

① 王逢能主编:《诺贝尔文学奖辞典》,漓江出版社,1997年,第881页。

作者简介

孟昭毅 天津师范大学突出贡献教授,博士生导师,曾任天津师范大学中文系主任、文学院院长,现任天津师范大学东方文化文学研究中心主任,北京大学东方文学研究中心学术委员会委员、研究员,《东方文化集成》综合研究编主编、中国东方文学学会常务副会长,中国印度文学研究会理事,全国考委文史组委员、全国五一劳动奖章获得者,享受国务院政府特殊津贴专家。七次获得省部级社会科学成果一二等奖。出版著作18部,发表论文200余篇。孟昭毅教授主要研究领域为比较文学、东方文学与文化。他在比较文学原理、东方戏剧美学、东方文学与文化交流和东方文学宏观整体研究方面成果显著,产生了广泛的社会影响。

内容简介

　　重新审视百年来,东方获得诺贝尔文学奖的这些作家的代表作,能够清楚地发现,这些处于社会从传统向现代转型时期的作家,他们在时代的大潮里苦苦地考问与思索,努力寻找自己的身份、民族、国家、文化、信仰等各种认同,并用形象思维的方式,书写了自己的真实体会。无论他们运用了西方何种样式的写作技巧与方法,本质上都是在表达传统文化给予他们内心深深的历史印迹。无论他们作品的外表与形式发生何种变化,他们都在作品深层内涵里展示自己那颗东方民族的赤诚之心。

【东方文化集成】

《东方文化集成》为季羡林教授所倡导,由北京大学东方学研究院《东方文化集成》编委会组织撰写出版。

这是一项迎接二十一世纪东方文化复兴和再创辉煌的世界性文化工程。

诺贝尔文学奖东方获奖作家研究（下册）

孟昭毅　主编

东方文化集成

东方文化综合编

孟昭毅=主编

诺贝尔文学奖东方获奖作家研究（下册）

线装书局

第六章 纳丁·戈迪默研究

南非作家纳丁·戈迪默（Nadine Gordimer）1923年出生于约翰内斯堡附近的煤矿小镇斯普林斯。父亲是来自波罗的海沿岸的犹太人，母亲是来自英国的犹太人。她自幼身体羸弱，少年时代爱好写作。戈迪默先后在特兰士瓦和约翰内斯堡的威特瓦特斯兰德大学学习。长期在国外游学、讲学，足迹遍布整个欧洲、非洲和美洲，多次在美国讲授写作课程和开设座谈。戈迪默在母亲的影响下，喜欢阅读，广泛地涉猎各国的历史、文化和文学作品。9岁就显示出写作的天赋，15岁在约翰内斯堡发表了第一篇小说，20岁时已多次在当地文学刊物上发表作品。1951年，戈迪默在美国知名杂志《纽约人》上发表作品，此后便一举成名。戈迪默曾研读英国文学、俄国文学、法国文学、美国文学和中国文学等，受到很多作家的影响。其中也包括安东尼·契诃夫、亨利·詹姆斯、马塞尔·普鲁斯特、卡特琳·曼斯菲尔德、弗吉尼亚·伍尔夫、E.M.福斯特、托马斯·曼等。她不完整的求学经历并没有影响她成为一名严肃、富于创造力的作家。戈迪默在美国的《哈泼》、《大西洋》、《相遇》、《巴黎评论》、《纽约时报》和《纽约评》上多次发表短篇小说和散文。

从总体来看，戈迪默创作的立足点从单纯关注种族问题逐渐转向宏大社会问题及人的存在问题，从强有力的批判倾向过渡到反思和对话倾向。应该说，其中后期作品更有现代意义和审美空间。

第一节 创作历程与思想倾向

1948年,戈迪默的《面对面》问世。继后的作品主要有:《毒蛇的柔和声音》(1952)、《陌生人的世界》(1956)、《六英尺土地》(1956)、《弗雷迪的足迹》(1960)、《恋爱时节》(1963)、《不是为了出版》(1965)、《已故的资产阶级》(1966)、《尊贵的客人》(1970)、《黑人解释者》(1973)、《自然资源保护论者》(1974)、《利文斯通的伙伴》(1975)、《故事选集》(1975)、《肯定某个星期一》(1976)、《伯格的女儿》(1979)、《战士的拥抱》(1980)、《朱利家的人》(1981)、《那儿有什么事》(1984)、《大自然的运动》(1987)、《基本姿态》(1988)、《我儿子的故事》(1990)、《良心之罪》(1991)、《跳跃》(1991)、《无人伴随我》(1994)、《写作与存在》(1995)、《护家之枪》(1998)、《生活在希望与历史之中:20世纪札记》(2000)、《搭便车》(2001)、《掠夺》(2003)、《新生》(2005)、《贝多芬是1/16黑人》(2007)等。

其创作大致可以分为三大类:短篇小说、长篇小说及评论随笔。其中短篇小说成就较高。李永彩教授在《南非文学史》中将戈迪默创作分为三个阶段:"早期创作(止于1963年);中期创作(止于1991年,将在第四编第三章中讲述)和近期创作(将在第五编第三章中讲述)。"[①] 黎跃进教授在《东方文学史论》中将其创作生涯划分为三个阶段:"第一阶段(1948–1975年),力图在对应于种族政治的现实,建立一个具有艺术表达形式的种族批判文学,大多采用现实主义方法,着眼于表现社会现

---

① 李永彩:《南非文学史》,上海外语教育出版社,2009年,第232页。

实问题,重点在于揭发南非当局推行种族歧视政策所引起的一系列恶果,描写黑人的悲惨处境和白人的异常心理。""第二阶段(1976–1990年),使用更加多样的创作方法,特别是意识流方法得到广泛运用,同时注意着眼未来,并在反映生活的广度和深度方面有所突破,倾向于创作历史预言性质的政治叙事文本,表达一种人道正义的信仰必将克服权力自私的革命想象。""第三阶段(1990年以后),创作中体现一连串两极化人生价值的摇摆式体悟,表达出不再计较'社会现实'而是回返'人性真实'的一种艺术之路。"① 纳丁·戈迪默有种浑然天成的悲悯情怀,这种天生的同情心让她在创作中更多地以多变和换位的视角描写生活。她厌弃描写纯粹的个人生活或自我意识,并认为这种描写是自私而没有价值的。

在和美国作家苏珊·桑塔格的《关于作家职责的对谈》一文里,戈迪默这样说道:"作为一个人类成员,我就会自动地为它担当起某种责任(因为作家是一个善于辞令的人),就会有一种特殊的责任要求他去以某种方式做出反应。"② 人生大部分时光生在白人大一统时代的戈迪默从未有过种族的优越感和自豪感,相反,她对所有种族和民族的人一视同仁,在她的作品中,人们能够感受到作家善良和敏感的心灵饱含着对全人类受苦受难人的同情、爱护和关切。作家感受到每一位虚拟人物身体和肉体上的疼痛和幸福,她可以钻进她所创作出来的人物躯壳里想他们所想,因此,她几乎大部分的作品都让人介于一种零距离的感知当中。从短篇小说《权宜之计》到《钓鱼的印度人》等作品,人们都能够深切地感觉到作家对于现实的失

---

① 黎跃进:《东方文学史论》,昆仑出版社,2012年,第505页。
② [南非]纳丁·戈迪默、[美]苏珊·桑塔格:《关于作家的责任》,姚君伟译,译林,2006年第3期,第200页。

望和沮丧,反之,人们也能够体味到作家对于深存优越感而缺失道德感者的蔑视、愤怒和无奈。在纳丁·戈迪默看来,人生来平等,因此,彼此之间应当相互尊重。然而,在旧南非的种族隔离政策之下,人被生硬地划分为不同等级,仅仅因为肤色和血统的不协调。因此,表达对种族隔离制度的愤怒是她创作的发端。本文试从她在20世纪80年代以后的作品入手,阐述其创作成熟阶段之后的分期过程和艺术特点。其作品大致可以分为三个阶段:自然选择阶段、族群归属阶段和多元对话的反思阶段。

一、第一阶段:自然选择阶段

戈迪默对于生活充满感知和洞察力,对美好、善意、压迫和种族偏见等问题尤为敏感。天生的同理心既是其家族精神的延续,也是她与生俱来的审美表达。在创作步入成熟阶段以后,这一部分的主题更加突出地被彰显。自然选择阶段既表现了她天生同情心,又体现了她由自发写作到选择介入生活的过渡。戈迪默对于不同政治身份的人进行充分地想象,并将他们放在错综复杂的环境中演绎较为极端的情境,从而暴露出社会生活中最本质的问题所在。所谓的自然选择阶段,是带有比较重的知识分子色彩的阶段。作家往往有较高的思想觉悟和较强的自我要求。戈迪默认为"主人"和"仆人"的关系是相对的,人际关系存在流动性,因此她反对和质疑绝对的等级和秩序。

《七月的人民》(1981)讲述了莫琳一家在动乱时期逃亡的故事。七月是莫琳一家忠心耿耿的仆人,他带领着莫琳一家四口来到自己的家乡。莫琳和家人隐姓埋名,过起了"寄人篱下"的寄居生活。小说的故事结构非常简单,情节线索也很单一,主要围绕"逃亡和隐居"的主题描写种族隔离制度对人们生活的破坏和异化。莫琳和家人一心只想过平凡人的正常生活,可以和黑人平起平坐、一起享受工作和家庭带来的欢娱和幸福。他们有别于部分南非白人的地方正是他们没有种族观念和等级观念,即使在他们雇用七月来家里做工时,他们认为这只是劳动与金钱的等价交换,不存在所谓的主仆关系。莫琳一家在和七月的相处中所建立起来的关系不是主仆关系,而是略高于等价交换之上的人情关系。七月可以经常放假回去探亲,可以有自己的主张,因为在莫琳的家里没有主人和仆人的区别,一切都是自然而人情化的存在。

巴姆·斯迈尔斯在暴动之前享受着白人世界优越、怡然自得的自由生活,在四十岁生日时他送了自己一辆汽车,平日里,他可以四处活动,带着自己的妻子和孩子,想去哪儿就去哪儿,无忧无虑。20世纪50年代以来,爆发了夏普威尔事件,从1976年开始,索维托暴乱,1980年出现爱尔河西事件,在这一系列的事件之后,他们的生活被彻底打乱。当多数白人选择逃离的时候,巴姆和莫琳选择留下来,但是,"他们正当年轻,完全能够把黑人的拒绝连同白人的特权都抛开,在另一个国家开始新的生活"①。同时,现实生活中一系列具体而无法解决的问题迫使这一对白人夫妇被动地接受了无法选择的事实。当所有其他的雇工都一一逃离时,只有七月还留了下来,成为他们的"青蛙王子"、"救星"。

小说的文字非常朴实,整个故事的叙述也相对简单,从安逸的家居生活到失意的寄居生活,整个故事的结构线索非常

---

① [南非]纳丁·戈迪默:《七月的人民》,莫雅平译,漓江出版社,1992年,第12页。

明晰,以被颠覆的种族身份和自然生活为主基调,真实再现了南非转型时期日常生活被扰乱后人们的焦虑和不安。商品社会里曾经的雇佣与被雇佣关系到了原生态社会里就彻底失去了意义,甚至金钱也因动荡不安的局面变成了一堆废纸。小说讨论了在纯粹自然生态环境下人与人之间的关系和生存之道。白人在种族优越政策和体制的维护下,拥有一定程度的特权和优越感,然而,一旦失去了外围环境的呵护和照顾,便处于一种和有色人种同样的地位和机会。曾经木讷、温顺的七月变得机敏而有主见,成为真正意义上的主人。他以自己的智慧保护曾经的雇主,以自己的力量为他们谋取生存的资源和机会。巴姆和莫琳在一个黑人的身上看到了某种不曾发生的"奇迹",而这正是整部作品的亮点。作家有意用更多的笔墨去描写七月的变化———一种在特殊环境中被激发出来的能量和智慧,一种曾经被白人世界所忽略的部分,或者可以理解为一种可怕的东西。戈迪默在文中这样写道:"七月要了些泡沫塑料箱子里的钞票,每次都能换些汽油、水、食物回来。这真是一个奇迹,完完全全的奇迹。"① "他们的无助使得他不得不这么做——这颠倒了他们逻辑上应处的位置。"② 过去的七月什么都会请示他的雇主,而在新的家里,一切都发生了变化。"当展品的人没法向任何人要求自主权。"③

这部小说看似寻常的故事中蕴藏着荒诞而严肃的主题,它讨论了打破常规、秩序,描写了极端状态下人的处境,和萨特所写的"情境剧"的主题表达有相似之处。萨特认为人性在常态下是无法真实表现出来的,即使有所表现也不可能完全暴

---

① [南非]纳丁·戈迪默:《七月的人民》,莫雅平译,漓江出版社,1992年,第14页。
② [南非]纳丁·戈迪默:《七月的人民》,莫雅平译,漓江出版社,1992年,第14页。
③ [南非]纳丁·戈迪默:《七月的人民》,莫雅平译,漓江出版社,1992年,第11页。

露无遗,而只有在非常态的环境中、所营造出来的极端情境中,人才有可能展现出本来的真实状态。戈迪默将白人夫妇身上原有的光环全部去掉,将他们有意抛弃在一个完全陌生的寄居世界里。原本有用的生存之道在原生态状态下失去了它的效力,而重新建立起来的生存法则又让他们感觉力不从心。当莫琳望着身旁一无所有的丈夫时,她的心里所感知的是无助和无奈。戈迪默没有在作品中跳出来讲话,在文本中既无愤怒也无惊喜地叙述故事,让人们自己去体味两种文明、两种肤色、两种情境背景之下各自的情感表达和生存法则。巴姆霎时间"感到这些单调乏味的日子里蕴含着伟大的戏剧性",这种戏剧性是命运将个体置身于常态之外的偶然性和必然性之统一。巴姆在丛林中的主人身份被偶然性的事态剥夺了,其中也包括男性的权利和野心。

一切只能静观其变、顺其自然,积极的努力只会让人暴露在危险之中,顺从和等待是人们唯一可以行使的权利。在一切尚未发生变化前,人与人之间由白人制定的规则划分出很多个关系网络,而在此时此地,所有的法则和秩序重新规划。戈迪默并未讨论哪一种规则和秩序更为合理,而是让两种文明在某一个特殊节点发生碰撞,引起人们对异质文明的关注和讨论。世界上存在无数种迥然不同的文明,而人们很难评价孰高孰低,也许,它们本身的存在就是合理的。人们所要做的是尊重每种文明的存在,让其自由地发生、发展以及产生联系。没有人可以完全单一地生活在一种文明共同体中,相反,人们往往面临着对各种各样文明构成体的选择。种族隔离制度下的文明观必定是荒诞的,这在小说《七月的人民》里被准确无误地传达给人们。

作品讨论了关于权利的主题。权利是每个人与生俱来的东西,然而,各种理由让权利成为某些人的专享,而另一些人则被无情剥夺了权利。在种族隔离制度下,黑人被剥夺了平等的权利,他们只能在周末出现在大街上,而所从事只能是低薪而高强度劳动的工作。与之相反,南非的白人对资源享有优先权,这种秩序从七月一出生便如此,因此,大多数人选择默默地接受。从某种意义上而言,权利被剥夺意味着潜能被湮没。七月的潜能量在十五年的雇佣生涯里并未被最大限度地开发,而与之相对,巴姆的无能和消沉也没有机会去表现。钞票、房子、股票、汽车、手枪等物化的财富是男人自尊与能力的体现,这些东西是动乱之前巴姆引以为豪的资本。他从某种意义上证明了巴姆在这个世界中的权利和地位,而这些恰恰是七月所缺少的。戈迪默用一种假设来设计整个故事:假设这一切为七月所拥有,又会怎样?事实证明,七月会和巴姆一样去合理地使用权利,不多不少、游刃有余。七月用钞票买来了白人和黑人家庭所必需的生活用品,用自己破旧的房子给落难的白人夫妇提供了栖息之所,在朋友的带领下很快学会了用汽车采购物品,将手枪奉献给了部落里最高的首长用来保护自己和白人家庭,这一切学起来并无障碍,而首要的问题是权利在谁的手上。

与此相反,巴姆成了一无所有的人。小说中这样写道:"他在她身边坐下。有一次在做切除新痔疮的手术之前,他躺在医院走廊的手推车上,也是像现在这样在等待,双脚冰凉,因为服了药而满心焦虑不安,也可能是由于茫然的等待和意志的无能为力而焦虑。"[①] 在一无所有而缺失安全感的陌生世界里,巴姆失去了以往的镇定自若,他所能依靠的只有七月的庇护和

---

① [南非]纳丁·戈迪默:《七月的人民》,莫雅平译,漓江出版社,1992年,第110页。

茫然无知的等待。戈迪默在作品中多次写到过在陌生世界中失去自己生存优势而消沉没落的男子,诸如《另几种结局》中的弗雷茨(又名弗雷德)和《无人伴随我》里的本。每个男主人公的故事都只被截取了一小段,因此,他们后来的故事无法被想象。他们是崛起还是继续沉没,这是作家有意设计的书写空白。权利的重新分配意味着人生的新一次洗牌,这对于享受特权而习以为常的阶层来说是痛苦的遭遇,而对新崛起的阶层而言则是新生的机会。戈迪默认为权力和等级等问题是动态的问题,而秩序和尊卑也是流动变化的。白人中心论的看法用事实和历史实践证明并不能持久。

整部小说依然沿袭了戈迪默的一贯风格,平和而清晰,没有繁杂的线索和艰涩难懂的语句。作家站在中立的角度去审视南非在动乱时期发生的离奇变化,既没有对暴行的谴责,也没有对革命的肯定,而是将两个家庭经历的变化以讲故事的方式展现在人们面前,有意回避血腥和暴力的武装运动。多从人们自然的生存环境入手捕捉运动前后彼此的处境差异,这显现出作家娴熟和高超的写作技巧。

《我儿子的故事》(1990)是作家步入创作成熟阶段最成功的长篇小说之一,全书文笔流畅、叙述丰满,几组故事娓娓道来,完全不同于作家前期那些看似烦冗而絮叨的作品。小说以两种身份讲故事:作家和"儿子"。作家的视角具有全知全能和客观有序的特点,它成为叙述故事的主体和重点。"儿子"则是辅佐于全知视角之外的补充叙述,具有情绪化、主观色彩加重和无序的特点。戈迪默似乎有意要在这部作品中创新,一改以往单一叙述的局限性。故事的主人公索尼作为黑人革命运动的领袖,他的身上有战士的勇气、革命者的坚持以及知识分子的苦学精神。故事充斥着各种各样的矛盾和斗争,有父与子的对立、种族的冲突、多数人和少数人的矛盾、男人与女人的角逐、婚姻与爱情的纠葛以及未来与过往的决裂等内容。索尼作为故事的核心人物,将妻子、儿子、爱人串联起来,形成一个微型的人际网络系谱。这个微型的网络系谱从人情、人性的角度将作为矛盾复合体的索尼、艾拉等人物鲜活地呈现出来。从宏观的人物关系来看,索尼站在南非黑人解放运动的最"前沿",从最平凡的一线教师、民族解放运动的地下工作者到阶下囚,他用自己最普通的身份见证南非现代社会变革的血雨腥风和硕果累累。微观视阈下的人既是情感的也是生理的存在物,因此,他是矛盾和生物化的复合体。索尼的婚姻相当美满,然而,他却可以一次一次弃婚姻和伴侣而去,往来于情人与家庭之间,这也是儿子威尔最愤怒和羞耻的原因所在。在威尔心中,父亲伟岸、勇敢的背后隐藏着"无法被原谅的瑕疵",这恰恰是人性的弱点。威尔心目中的父亲应该是完美无缺的英雄,而英雄是不可能做出如此丑恶行径来的。作家对每个角色的塑造几乎都倾入了大量的心思,因此,对索尼这一人物形象的把握也信心十足。索尼在作品中是英雄、爱人、父亲、情人以及其他角色,每一角色都从各自的角度诠释了人性的光明和黑暗以及人情冷暖。在这一点上,这一人物形象是饱满而厚重的。儿子威尔容貌酷似父亲,但是,就如同古希腊作品中的父子关系一样,既有血浓于水的亲情关系,又存在僭越和竞赛等另一层含义。威尔有时像一面镜子,反射出父亲身上的弱点并监督着父亲的一言一行,而有时,他又似乎是父亲的对立面。他的敏感和易怒反衬着父亲的镇定和坚忍,似乎从另一层字面上向人们诠释着两种同样优秀但却截然不同的天性。艾拉作为索尼的妻子、威尔的母亲,呈现在人们眼前的形象全然是贤妻良母的模样,然而,在动荡的社会变革中最终由一个柔弱、娇美的小妇人蜕变成一个镇定而克己的战士。戈迪默在她身上以看似轻描淡写的手法表现了一切皆有可能的主题。艾拉的变化是从剪掉长辫子开始还是从更早的发现爱人隐私开始,这一点显然是作家留给人们的一个谜。这是一个艺术化的空白,完全有可供想象和挖掘的空间,对此,戈迪默不留笔墨,这显然是高明的。作品中另一个浓墨重彩的人物形象汉娜是作家不遗余力表现的重要人物。她天生为白人女子,但在监狱里目睹了索尼的所作所为,深深地为之折服。在汉娜的眼里,这个高大的黑人男子是真正的英雄,她尽自己的所能为索尼和他的狱友们提供便利,并在索尼出狱后成了他忠实的伴侣。在唯白人种族为大的旧南非,汉娜的行动已经超越了整个时代,因此,她是具有先锋色彩的新女性。戈迪默显然很欣赏她笔下的这位白人女子,因为,汉娜的成熟、坚定、善解人意和远见卓识已经远远超越一个简单的"情人"身份。小说里多处写到"需要汉娜",这种简单而意义深远的表达。汉娜的陪伴让作为男人的索尼有了全新的性体验,然而,最有意义的是陪伴本身。汉娜成为索尼生命中不可或缺的灵魂伴侣。汉娜"处在爱之中,这种爱,是由共同承受的紧张,相互间的感应构成的一种温度和气压;是充满信任的眼神交流,而不是相互的爱抚;是毅然去做对方所要求的任何事情哪怕是最卑微的事情的那种重要而充满豪情的责任,而不是私下里动情的山盟海誓。一种爱的生存状况"[①]。从这一层面而言,汉娜和索尼成为真正意义上的"灵魂伴侣",他们精神相通。

这部小说的主题呈现出丰富的多样性。战争、种族、自由、婚姻、爱情、死亡、离别等关键词都可以用以概括这部作品的主

---

① [南非]纳丁·戈迪默:《我儿子的故事》,莫雅平译,译林出版社,2003年,第83页。

题,然而,最容易被忽略而又显见的"离别"主题却是这部作品的重要表现内容。戈迪默向来喜欢以离别和孤独结束整个故事,在《无人伴随我》等作品中也同样表现了这样的主题,因此,人们可以在《我儿子的故事》里找到熟悉的影子。孩子们渐渐长大,最终会离开赖以成长的父母;女人慢慢独立,最终会独立思考、自我选择;革命终将有结束的一天,英雄也会慢慢为人所淡忘;生活仍将继续,人与人之间不可能有百分之百的重合。戈迪默本意不是要表达孤独和离愁,而是要告诉人们,离别是永恒的主题。作品毫无矫揉造作的离愁别绪,相反,在每一处表现离别的文字里都展现出一种别样的新意和肇始。每一次重大的选择都预示着从社会到个体崭新的未来,因此,作家在作品中是以一种高昂和积极的态度去表现离别、表现选择。人类只有在不断挑战、不断自我超越的过程中才能真正发现自我和创造未来。

"石头中有教诲,万物中蕴含着善。"[1]——这是戈迪默在《我儿子的故事》里多次提到的一句谚语。这句话既是为了表现人物的正面形象,也是从侧面表达了作家的创作理念。戈迪默在作品中始终强调善,这在其他多部作品中也是如此。因此,作家几乎很少写恶,或者换言之,不擅长写恶。恶人、恶事在作家的笔下甚少提及,相反,更多的是用善良和正义来彰显人性中的美好,这颇有一些理想主义的色彩。在作品中,作家对于战斗的残酷性并没有用较多的笔墨去表现,而更多是侧面叙述或轻描淡写。作家身为白人和"局外人"的身份抑或使得她缺失了这部分的表现力,而也有评论认为作家善意的目光弱化了斗争的残酷性。与其他的作品不同,这部作品更多地

---

[1] [南非]纳丁·戈迪默:《我儿子的故事》,莫雅平译,译林出版社,2003年,第168页。

表现人们追求卓越、超越自我的勇气和精神。戈迪默在作品中表现了一个个超越过去的自我而走向未来的人物——贝比、艾拉、汉娜。贝比曾经因为了解了父亲出轨的真相而一度抑郁想自杀,但最终从脆弱的躯壳里走出来成长为一个勇敢而坚强的成年人。艾拉曾经日复一日地干着家庭妇女的家务而心无远虑,却最终蜕变成一名勇于担当的革命者。汉娜最终超越了"情人"的身份,走向广阔的社会生活。戈迪默在文本中探讨了关于成长和飞跃的种种可能。万物都是变化着的,而人们所要选择的不是一成不变,而是不断发现和超越原有的自我。

一群人聚在一起,却未必可以对话,因为每个人的处境、所关心的问题截然不同。人要不断将自己放置于一无所有的境地之中,才能更清楚自己是谁,了解自己当下可行的事情是什么。更多的人总是一无所知地享受着既有的权力成果,而对他人的痛苦和悲剧处境缺乏足够的想象力。这种错位看似荒诞,但却包含着仁慈的想法。

值得一提的是,作家在《我儿子的故事》里运用了大量的景物描写,为整部作品增色不少。威尔发现父亲出轨事实之后深感失望和颓唐,他想起全家人在离开老家之前一起过的最后一次野炊。"最后一次,在冬末。那里草原上的枯草已被烧过,好让新草长出,太阳消融了夜晚的寒霜,灰烬味和着凉凉的水汽从地上蒸发出来。"① 这一段描写了家庭聚会的温暖和温暖过后的寒意,而景色描写以象征的笔法写出孩子对过往幸福生活的追忆和留恋。"没有阴影的淡紫色花瓣完全绽开,就在他的脸旁流溢着芳香,羊齿类植物在浮满睡莲叶的池塘边上摇曳着绿色的翅膀,刚割刈的青草地腾着暖洋洋的水蒸气,

---

① [南非]纳丁·戈迪默:《我儿子的故事》,莫雅平译,译林出版社,2003年,第32页。

一些不知名的长灰尾巴的鸟儿在无花果树中沙沙作响,把一种叫人心儿痒痒的宁静送进他的耳朵,送上他的神经末梢。"① 这一段生动地表现了在享受幸福时刻的爱人们怡然自得和幸福知足的状态。大量的文学典故在作家笔下信手拈来,例如:《圣经·旧约》里的大卫和参孙、《李尔王》中的爱德伽、卡夫卡《城堡》里的"K"、古希腊神话里的"阿特拉斯"等。这些文学典故的使用使得整个文本有较为丰富的层次感,同时也体现了作家较好的文学素养和广阔的学术视角。

二、第二阶段:族群归属阶段

戈迪默的创作也经历了一般作家的探索过程,从先天的写作冲动阶段到不断提升的成熟阶段,完成了自由书写到创作主体身份确定的过渡。戈迪默始终认为自己属于南非,甚至认为自己的文章在国外没有核心的价值。她认为自己的南非身份是创作的原动力,应该在作品中不断被强化和书写。作家的任务就是描述和展示,完美的陈述相当于无数次申辩和控诉。写作就是要让一些人看到自己的问题所在,让他们自惭形秽。

戈迪默自称"左翼力量"。从最开始时想借助个人努力来改变整个南非国家,到思考具体每一个步骤该如何走好,戈迪默的思想进入某个更深的层面。她的书写见证了南非种族制度的瓦解和新制度的建立。

人们依靠横向的坐标和纵向的坐标最终确定自我的定位。其中,纵向坐标是我们的历史传统,而横向的坐标是我们

---

① [南非]纳丁·戈迪默:《我儿子的故事》,莫雅平译,译林出版社,2003年,第132页。

当下不同的生活。不介入生活,我们可能将无法表达自我完整的身份。雷茵霍德认为戈迪默的作品是一种"介入的文学",认为和萨特的"介入"式创作相似。个人和社会无法做到真正的隔离;没有人能在真空里活着。在各种利益纠缠纷乱的社会里,没有哪一件事情不涉及族群的问题。没有人愿意拱手出让自己的既得利益。戈迪默在漫长的探索过程中才发现解决南非问题的方式有可能是粗暴而简单的武力。这种发现带有颠覆性和左翼色彩,和很多温和的左翼思想有本质区别。

《无人伴随我》(1994)是戈迪默创作生涯里颇受欢迎的一部作品,无论是从题名或是从故事内容来看,这部作品都带有比较现代的色彩。小说以两组现代家庭的故事为主线:维拉·塔斯克家庭和迪迪穆斯·马库马家庭。小说的灵魂人物维拉所经历的故事在整个大故事中是最显性的,她周围人们的生活由她串联在一起——前夫、第二任丈夫贝内特(又称本)、长子伊凡、女儿阿尼克、同事迪迪穆斯(又称迪迪)、同事之妻西邦贾伊尔(又称赛莉)、同事之女姆福等。这些人的故事也由此开启。

小说从维拉刚步入婚姻生活一直写到她走向暮年,其主题不在表现趋向衰老和退败之必然性,相反,它更侧重于对人的无数次重大选择以及人们面对生活的积极态度的描写和肯定。维拉的一生是在不断选择和不断攀升的轨迹上行进的,她的人生由她自己把握。在无数偶然性的经历中,她努力把握一些必然的规律和属于自己的生活。在某种意义上而言,她是向自由而生的女子。战争的来临将所有人的婚恋期大大地提前,而维拉也在匆忙中成为战士的妻子,然而,这种非人为的外在因素最终经受不起时间的考验,偶然性的因子在生活中最终为维拉选择的必然性所抛弃。在非常态下所选择的爱人和婚姻显然是错误的,这让成长起来的维拉最终意识到重新选择之重要性。道义与情感、坚守与背叛、义务与自由等矛盾真实地摆在人们面前。大多数人都不是圣人,因此,为他人而活还是为自己而活——这是个问题。维拉的大多数生活都是情理之中、道义之外的行为选择,这样一个不完美的女性在戈迪默的笔下能被塑造成丰满而鲜活的形象,不仅存在于作家对现代女性形象深刻的认识,更源于对真实人性的理解和感悟。在小说《无人伴随我》中,维拉每一次都毫无例外地扮演着逃离者和撒谎者的角色,她在第一次婚姻中背叛了在部队参军的第一任丈夫,第二次婚姻中又一次充当了逃离者的形象。维拉在每一次选择中都在自我成长,之所以会有不断出现的新选择,原因就在于生活的不圆满。维拉是浮士德式的现代女性,她和浮士德同样有着一颗不服老的心,也和浮士德一样要品味生活中所有的酸甜苦辣,在某种意义上说,维拉已然超越了传统女性身份或者女性本体。维拉的选择和逃离是人类对自我和外界不断追问和探求的微观表现,她的野心勃勃和毫无畏惧完全可以从正反两层意义上来理解。野心代表人类对未知领域的好奇心和探求欲,而另一层含义则表现为人类永无休止的欲望和追求。维拉即使老了,也仍然可以和自己的孙子成为朋友,她的天真和率直是其与年青一代对话的基础。

戈迪默在很多作品中都喜欢写同一类女性,她赋予这些女性形象力量、美丽、智慧以及胆识。这一类女性都可以概括为坚强的女性形象,其中包括《另几种结局》中的苏珊娜(苏兹)、《无人伴随我》中的西邦贾伊尔(又称赛莉)和维拉、《我儿子的故事》里的汉娜等人物。动荡酝酿着机遇,而机遇更多属于准备着的人们。维拉和赛莉都是不愿放弃可以成就自己事业和未来的现代女性,而当她们担当起历史使命时,她们的卓越和潜能才被最大限度地激发出来。一个人也许永远无法知道自己的能量有多大，但是机遇和选择可以让她们照亮自己、超越过去。追求卓越是戈迪默笔下这样一批现代新女性的形象特点，因此，她们的行为往往存在与传统、规训大相径庭之处。戈迪默没有从道义上评介过任何一个抓住机遇而放弃过往生活的女性是否有悖常理，而给予这些新女性以更多的理解和认同。小说中，赛莉和丈夫迪迪穆斯（又称迪迪）竞选高级职务，让人万万没有料到的是看似不太传统的赛莉居然在选票数量上超越了自己的爱人当选为新一届领导人。赛莉由对选票不公产生的愤恨到享受自己胜利果实的踏实，这一转变在她身上发生了一系列戏剧性的转折。赛莉所理解的选票既是人为的选择亦是自然规律的结果，她的自我审视是女性由关注他人到转向关注自我最典型的选择。小说另一个女性形象阿尼克是作品中非常特殊的人物类别，其特立独行的生活态度与自己的母亲相比有过之而无不及。阿尼克选择拒绝婚姻和男性，且光明磊落地承认自己只爱女人，在选择个人生活和自我发展的道路上，她从未有过任何勉强。作家在作品中赋予女性形象以一种全新的、干净利落甚至去女性化的特点。从维拉、赛莉到阿尼克，每一个女性主人公都在积极地迎接挑战、寻找自我，而这种自我不是由任何一个他人的肯定来证明，这一过程的完成是女性自我成长的见证。南非和世界上很多现代化转型国家一样，在急剧的变化和动荡不安中给人们带来诸多的不确定感的同时也带来了很多机遇。传统式的绅士风度和静止不变已经跟不上时代的发展。现代南非需要有勇气、有远见、有能力能够担当起挑战和机遇的个体，而维拉和赛莉都是这一类野心勃勃而又积极准备着的行动派。因此，戈迪默也拒绝人们再以传统的老眼光去解读她笔下的这一类新女性的尝试。

　　这部作品充分地表达了作家的一些政治观点。小说中写到这样一段话："在一场民主运动中必须尽量减少对个人的崇拜,除了死去的英雄。那些人是人民的榜样,不会有任何导致一种倾向或加入某宗派的可能性,这种倾向和宗派可能会引起分裂。"①作家认为民主运动的成果应当属于群体而非个人,任何一种盲目都会让革命前功尽弃,因此,时刻警惕盲目是有必要的。在多元化的新国家体制下,每一个阵营和团体既可能是一种能量,也可能是有害的成分,这对于领导者而言,借力发力、团结合作才是让国家走入正轨的唯一途径。戈迪默在小说中以迪迪穆斯的视角品评了不得不接受的事实。文中写道:"迪迪穆斯知道这便是他不能接受的事实。支持者。就是那个人。一群人,没有他们我们无法应付,我们把这种结合称作联合。他每一次朝他看时,就会产生厌恶感,不得不克制它。"②戈迪默看到了联合的重要性,她认为只有联合和协作、宽容和理解才能够让不同的人坐在一张桌子上对话和谈判,而这是民主生活走向成熟的必要条件之一。对于年轻人的暴动和犯罪,戈迪默有自己独特的理解,她更多地把这种暴力行为归结于社会和环境因素。南非国家把所有这些干着疯狂举动的青年人称之为"孩子",而戈迪默认为这样称呼的背后意味着不屑和失望。戈迪默认为人们没有看到他们儿时的苦难、失学、失爱和被追赶,"如果他们真的有机会像其他孩子一样做孩子的话——现在人们就不会把年轻男女们当孩子看了。他们不会做那些让人们如此恐惧的事情,那些当年轻男女愤怒时做

---

①　[南非]纳丁·戈迪默:《无人伴随我》,金明译,译林出版社,2006年,第80页。
②　[南非]纳丁·戈迪默:《无人伴随我》,金明译,译林出版社,2006年,第206页。

出来的事情"①。戈迪默认为社会上存在的顽疾仍源自贫穷和不公,如果人们能从更为理性的角度对暴动和斗争有深刻的认识,那么,这个充满"碎片"的国家将会重新凝聚起来而不再是一盘散沙。小说展现了两种完全不同的生活,其一是个人化的小生活,其二是社会化的大生活。主人公贝内特所追寻的是前者——一种艺术化的小生活,因此,他的目光永远在自己的兴趣点上。迪迪穆斯和赛莉所追寻的则是完全不同于贝内特的大生活,他们从枪林弹雨中走过,而当生活在和平年代时亦能胸怀民族和国家。这两种人的选择在戈迪默的眼中没有本质的高低之分,他们的本质相似——即追寻自由、平等和归属。艺术家创作艺术作品、欣赏艺术瑰宝,完全依赖于本身能够自我的认同感或归属感。他们可以在艺术世界里找到另一个自我,寻求到精神上的愉悦感和认同感。然而,在悦己和悦人的问题上,作家显然倾向于后者,她所理解的有意义的生活一定是超越个人体验和个人经历之上的崇高生活。

《戈迪默短篇小说集》(2003)包括《利文斯通的伙伴们》、《不供发表》、《仆人的足迹》、《权宜之计》、《死亡和花朵的气息》、《从前》、《父亲离家》、《六寸土》、《最后的吻》、《跳跃》、《魔法庇护的生命》、《唉,我真命苦》、《客居他乡》、《闯入者》、《有人生来享受甜蜜快乐》、《乐事》和《钓鱼的印度人》等十多篇短篇小说。这部小说集由章祖德选编而成,其中绝大部分的作品都是戈迪默有代表性的短篇小说。这些作品大多为作家早期的代表作,表现了作家敏锐的观察力和精准的语言表达能力。小说集可以划分为几大类:种族问题、恐怖主义、爱的主题、民主制度问题等。虽然文字简洁,但往往蕴含着丰富的艺术内涵,

---

① [南非]纳丁·戈迪默:《无人伴随我》,金明译,译林出版社,2006年,第231页。

作品有比较宽阔的视域和解读空间。《钓鱼的印度人》是一篇颇有讽刺意味的小说,善意和恶意、富裕与贫穷、东方与西方等一系列问题呈现在人们面前。小说中的印度人为人坦诚而友善,他只想通过钓鱼换取金钱来维持生计,他所理解的买卖关系是建立在平等交换基础上的。同时,钓鱼既是他兴趣的一部分,更是他证实自己谋生能力的方式。小说里的白人夫妇从外地远道而来,欣赏美景、品尝美味,他们眼中的东方人只是能够带给他们这一切享乐的工具而已。在他们眼里,富人用金钱可以买到一切美味,当然也包括娱乐。他们从钓鱼人乐观开朗、与人为善的性格中发现了有趣的笑料,因此,一场有计划的捉弄和诡计在他们心中油然升起。吃鱼远没有捉弄人来得有意思,让钓鱼人花费大量的时间和精力去钓大鱼,而他们则等着钓上的鱼没有买家而看笑话。戈迪默仿佛给人们绘制了一幅滑稽漫画,看似戏谑和荒诞,却饱含着辛酸和苦涩。在作品中,戈迪默对白人夫妇言而无信、出尔反尔、以戏耍他人为娱乐目的的行径未发表任何品评,但字里行间流露出来对渔人的同情和对白人夫妇的鄙视,让人一目了然。作家有着非常强烈的平等意识,虽然出生在种族隔离制度之下的南非,但她始终认为有色人种的百姓和白人具有同样的地位。她认为人与人之间应当互相信任、互相尊重,而有些白人在优享特权的同时已经忘却了什么是人格和尊严,这是非常可耻的行径。西方文学作品中常常出现一些小人物的身影,诸如普希金笔下的驿站长、果戈理笔下的波普里辛等人物,他们往往有善良的意愿但却无法改变自己的命运和别人的嘲弄,最终陷于一种可笑而可悲的绝境之中。戈迪默笔下的印度人正是种族隔离制度时期被压迫的弱小人物的典型形象。他的善意被白人看作一种谄媚,他的卖力被别人视为一种傻气,他的不善辩解最终让自己变成了一个可鄙可悲的人物。从短短的文字中，人们不得不佩服戈迪默高超的写作技巧，寥寥几笔便把一个没有心计、仁厚老实而缺乏社会经验的小人物刻画出来。戈迪默把这个相对粗糙而呆板的老好人形象十分鲜活地描摹出来，让人们在别人"发狂似的笑声"里体验到苦涩的同情和悲悯。

贪婪推动殖民进程。权力被剥夺、自由被侵占并非一朝一夕形成的，而是在不知不觉、潜移默化中形成的。直到有一天人们突然发觉自己已然成为被侮辱和被损害的人时，才明白对失去的一切已无可挽回。即使想改变这一切，人们也需要付出更大的时间成本和代价。因此，历史告诉人们，必须要将其消灭于萌芽状态中。每个主体要告诫自己守护好自己的权利。"六日通行证"是现代人历史上的耻辱。蔑视人的尊严、践踏人的权利，终究会付出历史的代价。实现落到实处的公义不太容易。既有利益集团被要求分享财富和权力是一件十分艰难的事情，整个过程漫长且不易。

《有人生来享受甜蜜快乐》是一部表现恐怖主义题材的短篇小说，全文书写得温情而自然，直到结局处才让整个故事的主题发生了反向的转折。小说开头引用了英国诗人威廉·克莱克《天真的预兆》里的一段话："有人生来享受甜蜜快乐，有人注定堕入漫漫长夜。"[1] 小说的主体部分讲述了一个可爱的、天生受宠的女孩儿在成年以后恋爱、结婚的故事。维拉是一个青春美貌的女孩儿，她是房东家的宝贝，在步入成年以后，爱上了自己家的房客赖德。赖德是来自中东某个国家的年轻人，他的宗教、生活习惯、交际圈对于维拉来说都是神秘而不可亲近的未知领域，而赖德几乎不与自己的爱人分享自己的另一种生

---

[1] ［南非］纳丁·戈迪默：《戈迪默短篇小说集》，章祖德译，重庆出版社，1993年，第254页。

活。一直生活在宠爱、幸福和甜蜜中的维拉所理解的生活是纯粹而坦白的,她的天真让自己深陷一种巨大而可怕的圈套之中。赖德是生活在南非的秘密组织地下成员,而他怀有自己亲生骨肉的妻子只不过是他精心设计的一枚棋子。一切都是谎言和假象,没有温情、没有甜蜜,更没有坦诚。维拉对爱情的憧憬和未来的向往随着飞机的爆炸而烟消云散。女孩一直活在自己的梦里,而只有存活下来的人们最终发现这一真相。戈迪默对维拉形象及其生活细腻而传神的描写,显示出作家高超的创作能力。女孩的天真无邪、浪漫多情和恐怖事件的残酷无情形成鲜明的对比,让人们感到极大的反差和震撼。戈迪默有意用天真作为主题,她本意不在批判天真本身,而是从侧面谴责了恐怖主义活动的非人道及残酷性。戈迪默善意地提醒人们要警惕身边无孔不入的恐怖和阴谋。她认为善良的人们对危险的意识还没有从真正意义上提高到一定的程度。她认为他们太低估罪恶本身的破坏力和杀伤力。爱可以联结和凝聚人心,但爱也可能会蒙蔽人们智慧的双眼。这部小说带有悲剧性的结局提醒人们勿以天真的眼光去轻看恐怖主义活动,她以寻常人生活中的寻常故事入手着力表现幸福和灾难的一线之隔,谴责了恐怖活动的非人行为。

三、第三阶段:多元对话反思阶段

人与他者、环境发生的联系可以有多种。其中那些深刻且持久的婚姻关系是一种,还有一些可以延展的社会关系,它们的存在同样值得关注和研究。戈迪默将人性和日常生活进行更多的拓展与想象,使得作品中的主题更有弹性和延展性。随着思考的深入,戈迪默的写作趋向表现多元声音的对话。作家反对自己作品被标签化,因为也想接近更多可能。

《新生》(2005)是一部有多重寓意的作品,多条线索、多组家庭、多种矛盾交叉并进,小说既可以被看作一部有关生态平衡问题讨论的作品,又有关于人的生存意义的探讨,从宏观层面可以看到21世纪新南非面临的一系列问题,从微观层面还可以洞察人情生活。综合而言,《新生》是一部包罗万象而又能在细节中显示独到之处的作品。小说分为四个部分:《小孩子的游戏》《存在的状态》《发生》和《新生》。小说描写了三代人的故事,着重讲述阿德里安、琳赛夫妇以及他们的儿子保罗、儿媳贝妮的生活。尽管小说侧重表现家庭题材,但是却没有普通家庭小说那样的温情脉脉或者家长里短。由于作家所安排的男女主人公显赫的社会身份,使得作品中的人物一直都处于社会和家庭往来之中。生态学家、考古学家、广告公司高管以及高级律师事务所高管等特殊的社会身份融入一个家庭里面,这本身就是一个奇妙的故事。这样的身份无疑大大延伸了人的感知触角,使得整个家庭的意义远远超越了家庭本身,而有了更加丰富的社会内涵。

戈迪默对于创作有自己严格的规定和要求,她向来不认为纯粹个人的生活是有意义的,而写作更是如此。戈迪默认为人了不起之处在于人本身可以超越自身。她认为一个人通过个人行动可以和社会及自然联结在一起,而这种追求和努力是宏大而有意义的。在《新生》这部长篇小说里,从母亲琳赛到儿子保罗,他们都曾经有过很长一段时间的自我折磨和自我挣扎,他们经历了自己湮没自己的纯粹个人化时期,而这样的时期既不可以和家人、朋友分享,也不能够真正让自己感觉到知足和完满。小说中的母亲琳赛是一个真正意义上的职业女性,她从年轻时期开始就拥有一个聪明的大脑和超强的驾驭能力,在律师事务所成就的不光是她职场上的竞争力,更是在家庭和个人生活中的主宰能力。但是,当这些东西通通可以实现的时候,琳赛依然深感理想的失落和生活的失败。有没有一种生活是可以超越个人经验之上的?琳赛在年过半百之时,找到了一个可以去倾心关注和奉献爱心的对象——黑孩子。这个黑孩子被虐待和遗弃,但却成为琳赛老年生活中最有意义的一件事业。照顾这个弃孩,让她重新享受人的待遇和家的温暖,已经远远大于她在过去生活里的分量。一个看似无关紧要的人需要琳赛的照顾,而她让琳赛的远大理想得以再一次的延伸。她一直认为纯粹为了婚姻、财产等细小事情给别人辩论远没有做宪法和更高级别的仲裁工作来得有意义,也许后者没什么钱,但它更宏大,能够将人从琐碎、细密的个体事件中脱离开来,从而实现一种自我价值的飞跃。而照顾一个弃孩,这一件事情的意义又大于前者。一个只生活在自己世界里的人,他所感知的世界一定是自我而局限的。琳赛可以让一个悲剧变成喜剧,让一个生命绽放出更美的画面,这是无关自我而成就他人的伟大事业。在琳赛的身上,作家倾注了较多的笔墨,她的多面性和多重选择是这个人物形象大获全胜的原因所在。戈迪默以插叙的方式展现了过去的、自私而野心勃勃的琳赛。她不仅追求事业上的卓著成就,更在意家庭生活的稳定和完满。在每一重身份之中,她都力图扮演一个完美的角色——一个女强人、一个贤妻良母或者一个完美情人。但是就像很多事物一样,共生的角色也往往是相互矛盾的存在。琳赛可以做好一个女强人,但却不可能同时做好一个好女人和好情人。个人生长经历、教育经历及道德准则让琳赛在多重身份下备受煎熬和折磨。琳赛在自我选择中,体验到追求极端个人理想而对他人造成不利影响的痛苦和不安,她就像歌德笔下的浮士德一样,一心一意要成就野心家的梦想,但柔弱和善良的灵魂却始终饱受考问。有没有一种生活是可以超越个人生活之上的?它既可以丰实自我,又可以成就他人。戈迪默在琳赛的身上似乎是做了一次伟大的实验,一种关于理想追求的实验,最终作家应该是获得了圆满的答案。在年老的琳赛身上,在摒弃了过度私欲的琳赛身上,戈迪默让个人生活获得了质的飞跃。

保罗是作家着重描写的另一位主人公形象,他是一名非常敬业的生态学家,生病化疗之前,他的研究成果和家庭生活是他人生中最得意的成果。然而,疾病让他成为一个被隔离的人、一个被强迫休息的人,让停不下来的生活暂停在静休阶段以供反思。沉寂而隔离的生活让保罗感受到一种别样的人生,它让保罗回归到童年被父母照顾的阶段,柔弱、无助而对未来充满期待。化疗所产生的辐射是一种无形的危害,它让保罗体会到自己的爱人近在眼前而不能触摸的痛苦。自由的生活被疾病和辐射所打乱,而自然的生态环境也像保罗的生活一样被外力所破坏。最完美的生态环境是大自然一直处于一种可持续发展式的自给自足,而最理想的生活也是如此。人类需要在自由和自然的状态下生存,而大自然也需要自由和平衡。小说中这样写道:"靠着奥卡万戈,正与负之间怎样达成了平衡……这种大自然的智慧,接收,包容,处理,最终把物质散布到天知道有多远的地方,与其他系统相连接。"① 保罗既关心自己的身体,也关心大自然的健康。作为一个对生命体有天然敏感度的科学家,他对自己和生态环境有着同样多的期待。《新生》的题名和保罗重获新生有一定的关联,这部作品寄予了双重的含义和寓意。一个在病榻上仍能够胸怀天下的人,他的精

---

① [南非]纳丁·戈迪默:《新生》,赵苏苏译,人民文学出版社,2008年,第100页。

神是健康的,而很多健康的人们却总是在想着怎么从自然中获取更多的财富和资源。"狂野海岸"高速公路收费站、卵石床核反应堆,这些在贪婪和无知无畏的大脑中制造出来的东西正在飞速地破坏自然的生态环境和生态平衡。戈迪默所关心的问题并不局限于人类个体的疾病,而是整个生态环境的顽疾。南非大生态系统是人类最宝贵的自然资源,它不仅为非洲百姓提供赖以生存的居所,也是整个地球生态环境的重要部分。贫穷落后并不能成为破坏生态环境的理由,而人类所要反思的是如何理智地节制无限膨胀的欲望和野心——没有任何东西是可以无限索取的。人类的疾病可以在现代医术和亲情的关照下获得医治,而自然生态的问题只能依靠人类的节制欲望和建设性发展来治理。戈迪默认为"成功有的时候可以被定义为暂时控制了一场灾难",这既包括控制住对自然环境的破坏,也包括对"核能力"威胁的控制。保罗在病愈后享受着回归正常生活的人伦之乐,当他教给孩子如何在海滩上捡起五光十色小石头的时候,他也意识到这也许正来源于某个核反应堆。保罗没法教会孩子如何去识别哪些石子是受过核辐射、哪些石子是安全的,他不可能让孩子们像识别病榻上的他一样识别石头,而这正是人类真真切切在面临的危机和恐惧。戈迪默写道:"全世界所有的恐惧中最为可怕的一个威胁——超过了恐怖主义、自杀性爆炸、致命病毒的传入、旋转在看似正常的包裹中的毁灭性化学物质、疯牛病——仍然是'核能力'。"①

如果说琳赛和保罗关注的是精神和身体的存在状态,那么阿德里安更多关注的是人类文明的保护和延续。阿德里安

---

① [南非]纳丁·戈迪默:《新生》,赵苏苏译,人民文学出版社,2008年,第106页。

在六十岁退休前所从事的几乎是背离他兴趣爱好的工作,他的关注点在墨西哥的古代遗址和古代人类史。为生存而从事的工作和为兴趣而从事的工作让阿德里安投入了完全不同的热情和精力。应该说真正的生活是从六十岁开始,阿德里安在退休生活里发现两样宝贝:迟来的爱情和生机勃勃的事业。在阿德里安的生活中,戈迪默寄予了新生的另外一层意义——年迈者可以延续的新生活。人们往往以为退休就意味着被宣告劳动能力的丧失,而在阿德里安的身上却以新的方式诠释退休的定义。"他俩各自都有全身心投入的事业,这种投入超越了私生活,是属于这个世界的状况。"① 阿德里安在完全的个人事业中弥补年轻时期理想的缺失和情感的缺憾,他的存在感于另一个的情感世界和考古游历中得到真实的验证,这可以理解为完满的人生。"阿德里安不在了,另一个人开始补进。你一定通过生态学解决方案的例证已然知道,这是一种存在的状态。"② 阿德里安在睡眠中安安静静地死去,而他的生命力又在儿孙的身上得到延续。在人类的生态系统中,生命力的周而复始、血统的传承和延续也在遵循着自然之法。贝妮在偶然之中得到了另一个孩子,一个新的生命、家庭的希望,也是她和保罗爱的证明。老一辈在老去,新一辈在崛起——希望在延续。

综观整部作品,有关生态、生命、存在的主题尤为突出,这些主题并不是从宏观层面上高谈阔论,而是深入每一个生活的细节、每个人物的内心、微事件细腻地描写和展现,因此,作品能在人情生活之外写出史诗般的壮美和恢宏。存在主义理论贯穿于作品始终,而存在的主题则通过作品的四部分内容依次展开。存在主义将人的存在作为研究中心,将世界万物看作以

---

① [南非]纳丁·戈迪默:《新生》,赵苏苏译,人民文学出版社,2008年,第150页。
② [南非]纳丁·戈迪默:《新生》,赵苏苏译,人民文学出版社,2008年,第167页。

人的存在为背景的关照物,彰显人的意义和价值。存在主义认为世界是荒诞的,但是人们的自由体现在可以自由选择。琳赛、保罗和阿德里安积极地介入生活、参与建设人类文明的事业中去,每一个人都能够在不自由的状态之下争取自由的选择,这正是戈迪默非常赞赏的行动。思考高于行动,而这个世界的运转和创新并不仅仅只依靠于思考和静默,在必要的时候,人们需要用自由选择和行动去实现自由意志。琳赛始终在寻找一种完整的自我,而这种完整的自我是需要通过选择来充实自己。每一个年龄段生活的选择、每一段生活的介入、每一种结果的理解和接受都是为了成就一个更为理想的自我。从家庭生活、自由爱情到奉献大爱,琳赛从一个局限的自我小圈子里走了出来,她勇敢地承担起家庭的责任和事业面临的各种风险,以她的行动阐释了存在主义要求人一旦选择就必须接受承担选择后果的意义。存在主义认为人们必须介入生活,脱离社会生活的个体既不会被历史铭记,更无法解除自怨自艾的困境。在宏大的社会生活里面,人们通过自由意志不断思索、不断选择、不断纠正,从而获得一种更为开阔的生活。戈迪默和桑塔格、赛义德等作家都被看作"介入式"作家,他们对于人类的存在状态焦灼的关注和期待通过小说和评论含蓄地表达出来。戈迪默和赛义德有所区别的地方在于后者倾向于从宏观的、文化的角度阐述人们客观的存在状态,而戈迪默则更喜欢用虚构的故事来表达她对人们生活处境的关切。

《爱的讲述》(2005)是由戈迪默主创、多人写作完成的一部短篇小说集,其中收录了阿瑟·米勒、加西亚·马尔克斯、君特·格拉斯、玛格丽特·阿特伍德、苏珊·桑塔格和戈迪默等二十多位作家的作品。戈迪默等作家发起以爱的名义捐助世界上艾滋病患者,而《爱的讲述》出版著作所获得的所有收入被用来捐赠给艾滋病防治事业,因此,每一篇小文都承载着作家对艾滋病病人的关爱和心血,值得赞赏。作为发起人,戈迪默将自己用心写作的短篇小说《终极游猎》选编入小说集。这部作品讲述了普通的非洲儿童在战火纷飞的时代随家人四处逃亡的经历。小说以孩子的眼睛观察世界、叙述故事,讲述了妈妈、爸爸、爷爷、奶奶和兄弟们在逃亡前后的生活和经历。虽然作品充满着悲剧的主旋律,但是在孩子天真烂漫、富于幻想和希望的世界里,其悲剧性的表达大大被减弱了,相反,全文用童言童语只是描述了类似于自然现象的人们之间生离死别的故事。小说里写妈妈的离开,只是轻描淡写地说道:"妈妈到商店去了,她没有回来。再也没有回来。发生了什么事情?我不知道。"① 小说没有告诉人们事情的真相,而妈妈的离开是由于忍受不了苦难还是失踪,人们不得而知。"父亲有一天也走了,再也没有回来;可是,他在打仗。"② 最亲密的亲人一个一个离开,完全没有任何音讯,而这对于年少未懂事的孩子而言,只能依靠猜测和想象来解释不合逻辑的生活。在动荡的战争年代,常规的生活及逻辑秩序被打乱。《终极游猎》从字面上理解的含义似乎是在描写旅行,而事实上,描写的是一段极端环境里所经历的逃亡历程。人们在失去家园、失去亲人、失去安全感之后,仍然要拼尽全力往前走,他们唯一的目标就是活着。当人们像牲口似的被撵到荒郊野域,其本质已与自然状态下的动物没有两样。人们没有时间去梳理失去家园和亲人的痛苦,而首当要紧的是让身边的亲人好好活着,等待重新建立自己的家园和战争的结束。戈迪默在整部作品中始终保持沉默,她有意让天真烂漫的孩子去讲述离奇的逃亡经历,真真假假、虚虚

---

① [南非]纳丁·戈迪默:《爱的讲述》,李文俊等译,译林出版社,2005年,第281页。
② [南非]纳丁·戈迪默:《爱的讲述》,李文俊等译,译林出版社,2005年,第281页。

实实,很多叙述在近乎于支离破碎的状态下拼接而成。因此,作品有大量的艺术空白提供给人们想象,而作品的主题在片段式的叙述中也呈现出纷繁多样性。在《终极游猎》中提及了战争的主题、逃亡的主题、疾病的主题、爱的主题、亲情的主题,还有家园的主题,等等。作家将很多言而未尽的内容浓缩在一部短文里,没有愤怒、没有赞颂、没有结局也没有完整的线索,只是将逃亡历程的一个片段截取出来,给人们提供某些思考和想象。从这个角度而言,这部小说如同海参式的结构,无头无尾,更有真实性和可读性。

戈迪默擅长写女人和孩子,她笔下的女人以坚强和独立的性格为特征,诸如《终极游猎》里的奶奶。小说以孩子的口吻写到奶奶给家庭带来的安全感和希望:"奶奶的身体仍然强壮,她仍然站得起来……奶奶给我们弄到了大帐篷里靠近边缘的地方,这是最好的位置,因为虽然雨水会漂进来,但遇到天气好时我们可以打开帐篷的门帘,让阳光照在我们的身上。"① 在动荡的战争时期,奶奶为孩子们撑起了大大的保护伞,让孩子们在亲情的庇护下暂且忘记了痛苦和惶恐。女人的坚定和奉献是作家所理解的人类大爱。孩子的天真无邪、懵懵懂懂更衬托出战争的残酷性。作家之所以选择以孩子的视角观察世界,其用意正是以反思战争为主旨。如果没有战争,孩子的爸爸不会在战场一去不复返,而孩子的妈妈也可能不会在毫无征兆的情形下离家出走;如果没有战争,孩子的爷爷不会在逃亡的旅程中被遗落,而家庭的重担也不会落在一个女人的肩膀上。战争让孩子失去了家园,也让女人变成了男人。戈迪默通过这部作品试图让人们反思战争的残酷,作家将强烈的反战思想

---

① [南非]纳丁·戈迪默:《爱的讲述》,李文俊等译,译林出版社,2005年,第290页。

及和平理念贯穿作品始终。通过一个家庭的"终极游猎"来揭示战争的破坏性和荒诞性,唤起人们建设美好家园的愿望和理想。

战争剥夺了孩子们上学的机会、健康的可能,因此,在帐篷里生活的人们所缺失的远不只食品和安宁,更重要的是他们缺少平等和机会。戈迪默曾让人们反思街道上为什么会有那么多暴行和暴徒,她认为在最关键的成长期孩子们没有得到足够的关爱和机会,因此,他们就永远被别人称为那些孩子。因为,只有孩子才会失去理智地判断和行事,而他们没有被足够好地对待并给予足够多的机会。戈迪默试着和人们讨论平等和机遇的问题,她认为南非以及很多非洲国家的落后并非主要源自资源的匮乏和经济的落后,而更多因为人们所能获得的机遇实在太少。她也做出很多假设,她假设非洲的孩子们能够得到足够多的关爱和机会,那么,非洲社会现存的愚昧、荒蛮、仇恨和流亡将会少很多。她倡导人们能够从自身做起,关注所有被遗忘和抛弃的孩子们,给他们更多的机会,让他们能够健康快乐地成长。这篇小说很值得一提的是自然生态环境的描写让人身临其境,文笔优美而自然,没有任何修饰和加工,将流亡中的孩子、老人们置身于神秘而充满神奇的大自然环境里,尽管旅程匆忙而无暇流连与欣赏,但寥寥几笔却能够将非洲特有的人文与自然风情凝于笔下,令人叹服。

作品毫无例外地谈到了种族问题。孩子这样讲道:"很久以前,在我父亲年轻时,没有杀人的围栏,没有分隔他们和我们的克鲁格公园,我们都是国王统治下的同一民族的人,从我们离开的村子到我们来的这个地方都属于一个国家。"① 种族隔

---

① [南非]纳丁·戈迪默:《爱的讲述》,李文俊等译,译林出版社,2005年,第290页。

离制度之下的南非,黑人必须要像动物一样从森林和野地里穿过,而不能被白人发现。孩子眼中离奇而惶恐的旅行其实不过是种族主义横行其道的结果,他们被人为剥夺了应有的一切,而剥削者们却毫无愧疚之感。当人们到了只是为了活着而活着的境地,人类所追求的尊严和自由也就无从谈起。戈迪默认为人们对受压制者的帮助并不能只停留在生活用品、药品等物资的给予方面,而应当让他们意识到作为人的价值。人的价值体现在人可以认识世界、认识自我、介入社会、创造生活的方方面面。既没有人可以天生做主人,也没有人天生必须做奴隶。生来自由和平等的观念应当深入人心,唤起被压迫者的自由意识和平等意识远远超过接受给予本身。这种平等的观念不但是黑人流亡者们不可丢弃的东西,更应当让所有的白人意识到。戈迪默虽然生来就是优越于黑人之上的南非白人,但她始终能够从超越种族和民族的视阈中发现问题并提出问题。她不想用白人和黑人来界定人与人之间的差别,身处特殊年代的南非,她耳闻目睹了南非的动荡和纷争,从人类大爱的立场强调人与人平等和自由之不可侵犯性,提倡人们从观念上摒弃非自然状态下的人伦观念和种族观念。

作品没有正面提及艾滋病问题,但是作为一部为艾滋病防治事业献礼的作品,它也从侧面提醒人们关注南非现存的艾滋病问题。艾滋病作为全世界的医学难题,它在很多人的眼中仍然是未知的领域。人们往往谈艾色变,却并不知道艾滋病的发生、发展和现状。南非是世界上艾滋病人数较多的国家之一,而他们所了解的艾滋病常识和得到的治疗却远远不够。艾滋病盛行的背后存在着经济、文化、观念等诸多因素,它不得不引起全人类的关注和重视。戈迪默和桑塔格都曾谈论过疾病对于人心和社会的影响,她们认为疾病本身并不是最可怕的,最可怕的是人们对疾病的无知、冷漠和虚饰。因此,南非的问题绝非如短篇小说讲的一样简单,它的历史、现状和未来都与一系列问题纠缠在一起。平等、关爱是问题解决的关键,只有将它们贯彻到底,将人们的无知、无求和甘于忍耐的现状改变,才能真正建立起一个正常、有序、健康和人文的国家。这是戈迪默创作此文的意义所在。

第二节 《贝多芬是1/16黑人》多重思考

《贝多芬是1/16黑人》(2007)是戈迪默短篇小说集,收录了其发表的10篇短篇小说及3篇随笔。其中包括《贝多芬是1/16黑人》《卷尺》《梦会亡友》《达观女人》《格雷格》《安全程序》《家乡话》《了然无痕》《历史》《遗产》和《另几种结局》。

每个民族需要有自己的历史,每个家族也需要有它的家族史,而一个人的记忆则求证着自己的身份和价值认同,同样重要。在这部小说集中,有几部作品都涉及寻根主题——寻找自己的故土、寻找家族的血脉、求证自我的身份。《贝多芬是1/16黑人》中的弗雷德里克·莫里斯是大学的生物学老师,他对自己亡父的过去知之甚少,对自己的身份也一直心存困惑,他回到父亲过去所待过的采矿场,试图寻找一些线索,来求证自己的身份和家族的过去。小说与其说是在观望陌生的人和事,还不如说是在想象过去。整个故事充斥着主人公的想象和自我读白,因此,它的叙述是游离状态下铺陈开来的讲述而非客观的描述。弗雷德里克对自己的血统和出生充满疑问,他一直认为自己的身上有可能流淌着黑人的血,就像贝多芬一样有着1/16的黑人血脉,但是没有人告诉他真相。他调查了自己祖上的历史,试图揭开谜底,但是最终依然一无所获。小说中这样写道:"他这个后代子孙在小镇上闲逛,一直逛到临晚,也没搞清他在此流连的目标究竟何在,也不知道离开此地后该往何处。"① 对身份的困惑、过去的无知是主人公面临的最大问题,然而,一瞬间,他却豁然开朗,也许这一切根本都不重要,重要的是"人类不再需要以血液万分来做区分,认识始自自身"②。另一部小说《遗产》也有同样的身份认同的困惑,有所区别的是,这部作品少了一些自问自答的内心独白,多了些客观的描述和评论。夏洛特在母亲去世以后收拾她遗留下来的物品,发现了密藏已久的信件和文档资料,并得知自己有可能并不是父亲的亲生骨肉。强大的震惊和深深的疑惑迫使夏洛特要去寻找自己的亲生父亲,求证自己的真实身份。然而,一切并未如想象那样发生、结束。寻找到的疑似亲生父亲在记忆深处根本没有给母亲留下一席之地,而自己却一直享受着父亲给自己的呵护和关爱。血缘之亲姑且重要,但是远没有朝夕相处而建立起来的亲情来得重要。父亲的爱总能在最细微处涌现出来,这已经超越了寻亲本身的意义。小说结尾写道:"她把脸紧紧贴在他的脸上。见鬼去吧,DNA!"③ 译者叶肖在《贝多芬是1/16黑人》的序言中写道:"主人公追问自我身份的真正动力正是对个人存在自由的追求。"④ 戈迪默认为人类追问

---

① [南非]纳丁·戈迪默:《贝多芬是1/16黑人》,叶肖译,南京大学出版社,2008年,第15页。
② [南非]纳丁·戈迪默:《贝多芬是1/16黑人》,叶肖译,南京大学出版社,2008年,第16页。
③ [南非]纳丁·戈迪默:《贝多芬是1/16黑人》,叶肖译,南京大学出版社,2008年,第144页。
④ [南非]纳丁·戈迪默:《贝多芬是1/16黑人》,叶肖译,南京大学出版社,2008年,第6页。

自己的身份使得个人与社会、过去和当下的联结成为一种可能,因为,没有任何一个人是独立存在的客体。而记忆则是用来求证自己存在的价值和意义的载体。

《贝多芬是 1/16 黑人》中还表现了人与人、个体与文化、异质文明之间的隔膜与差异。短篇小说《家乡话》描写了一段德国女人和南非男人的婚恋经历,整个故事只截取了生活中的某一段,以女主人公为叙述主体,讨论了文明、语言、人与人之间的隔阂。来自南非某跨国公司的男子来到德国就职,在旅途中偶遇德国当地的女子,两人从偶遇渐渐走向婚恋的阶段。然而,在生活中,总有一道迈不过去的坎,就是来自南非的家乡话。每次家庭聚会、朋友聚会,总有那么一些有趣的、属于小圈子里的家乡话是她无法理解的,"那些表达方式常把不同的语言、各种惊叹,以及各种构词法统统据为己用,混杂在一起,形成一种受过教育的人日常不大用的英语"[①]。这种亲密的、小圈子里的家乡话阻隔了德国女人对自己爱人更多的理解。一种语言可以蕴含着数种含义,而人们对它的理解和运用的熟悉程度意味着他们与这种语言打交道所花费的时间和精力有多少。每个人都有自己的家乡话,这意味着他在某个区域、某个文化圈被影响和被接受的经历和程度。德国女人只能以她和爱人之间亲密的交流方式和他对话,而他的那一些语言只能成为她所不熟悉的陌生领域。作者有意探讨一种有趣的相遇、两种异质文化圈之间的偶遇与尴尬。如果说《家乡话》是表现了异质文化之间的陌生感,那么,另一篇小说《了然无痕》则侧重表现人与人之间的隔膜与理解的差异。小说描写了一个失去丈夫的女人试图寻找亡夫过去的历史和以往生活见证

---

① [南非]纳丁·戈迪默:《贝多芬是 1/16 黑人》,叶肖译,南京大学出版社,2008 年,第 89 页。

者的故事。她在他留下来的遗物中发现了另一个男人的存在，在没有任何意图和计划的好奇心理驱动之下，她寻找到那个她亡夫的前恋人，然而，一切均了然无痕——这个在女人生命中最重要的男子在另一个男人的生活里几乎了然无痕。历史和记忆是有差异的，历史强调从恒常的角度记载人类每个重要时间点发生的大事件，而记忆则是人类从各自的主体视角有选择而保留下来的历史残片，因此，历史没有温度但很完整，而记忆有热度但很片面，这存在于这一段历史的碎片对人们影响程度的多少与轻重。女人记住爱人所有重要的生活细节，甚至包括他曾经爱过的同性恋爱人，而这一切对于另一个人来说，都不重要，因为，他对于他而言只是记忆中不太重要的部分——被忽略不计的一块历史碎片。

戈迪默和美国女作家苏珊·桑塔格的友谊是文坛上经典的一段佳话，她们在各自的文字里留下了对好友的评价。在这部作品集中，非虚构性的随笔《梦会亡友》见证了两人的友谊，也能为人们梳理桑塔格和戈迪默的文艺创作观提供某些参考。这篇随笔似乎有意在迎合桑塔格的八幕剧《床上的爱丽斯》，从对话的形式到主人公想象旅程的设计，与后者有异曲同工之妙。桑塔格在《床上的爱丽斯》中请来了文学史上几位经典的女性人物：昆德丽、玛格丽特·福勒、艾迷莉·狄金森，她让三个女人和病榻上的爱丽斯来了一段精彩而热闹的对话。四位不同时期、虚虚实实的女主人公各抒己见，各自表达了对各式各样问题的看法。在《梦会亡友》中，戈迪默请来了桑塔格、爱德华·赛义德、安东尼·桑普森三位好友，四个人就像爱丽斯们一样亲密地交谈，讨论"政治冲突和丑闻、政策和意识形态、政府腐败、原教旨主义暴行、中东和东欧的故乡、西方傲慢的后果"等一系列问题。桑塔格的杂文集《关于他人的痛苦》在随笔中被戈迪默大加肯定，其中有关种族、战争、宗教等敏感问题一直是两位作家共同关注的话题。桑塔格从不认为写作是个人的行为，因为写作可以带来宏大的社会效应，这就要求作家必须要肩负起使命感，这种文艺创作观和戈迪默完全一致。桑塔格在美国享有"公共知识分子"的头衔，而戈迪默在南非也一直被看作政治倾向颇为明显的作家。同样的知识分子使命感、同样的性别和身份，让两位作家在很多领域都有共同的话题。作品《爱的讲述》里也收录了二人对艾滋病问题的看法和态度，而值得一提的是，桑塔格最为知名的专著之一《疾病的隐喻》早已对现代社会里的疾病有深入的剖析和解读，这应该是两位作家志同道合之处。赛义德则被美国人理解为"介入式"知识分子，他的游离身份使得他的文字带有某种离心力，他和桑塔格一样，敢于应该说、敢于批判，提出一系列颇为前沿的现代理论。安东尼·桑普森作为英国最知名的传记作家之一，撰写了著名的《曼德拉传》。1951年，他作为一名年轻的记者来到南非，为南非的新闻开辟了新道路，他把南非杂志《鼓》办成了一份最知名的、黑人可以发表意见的报纸，经受住各种恫吓和威胁，将南非的新民主推向了一个新的高潮。四位好友、四名游离于所谓"白人"文化圈之外的介入式作家，有着共同的理想、追求和勇气，他们在戈迪默的梦里被作家邀请过来参与了一次微型的茶话会，在此刻，伟大的思想和高尚的灵魂又一次碰撞出新的火花和光芒。

纳丁·戈迪默向来喜欢在文本中引入自己的想法和评价，她的这种创作风格一直以来都面临着一些争议和讨论。人们关注的是作家在自己虚拟的小说和戏剧文本中跳出来说话是否适宜，是否有挑战读者阅读底线的嫌疑。然而，争议尽管存在，其创作还是一如既往地收获着来自四面八方的肯定和褒赞。其作品细腻的观察力、富有张力的语言表述和面面俱到的叙述技巧成为其创作获得认同的重要因素。收录在小说集《贝多芬是1/16黑人》中的短篇小说《另几种结局》是其重要而有特色的代表作之一。戈迪默在书中写道："作家可能在人生之循环的某个阶段拾起某段虚构的生活，在下一阶段又把它丢弃……可故事就不能有那样的结局吗？难道那些时刻和事件对那个虚构出来的人就不能有别的意义吗？……这样，不是那样，这就是人类殊难预料的选择，这就是小说武断主观的形式。结局，可以不同。"①《另几种结局》的结构和布局就如同戈迪默在书中所言采用了复调小重奏的技法，三个故事各自独立存在且无表层结构上的交织和联结，但从深层结构来看，独立成章的三段叙事有其共同的基调和主旋律，展现了南非新移民时代人们在婚姻中的窘境与困惑。这样板块结构式的布局借用了电影中所常用的横截面解剖式的演绎手法，既真实又有回旋的余味。戈迪默在《第一感》、《第二感》和《第三感》中截取了三种处境和三种结局的生活片段，分别用失衡、守望和弥合主题设计作家虚拟小说的三重旋律，此起彼伏、共同演奏南非现代社会里人们婚姻生活酸甜苦辣的交响曲。

《第一感》里的苏兹和弗伦茨（弗雷德）是从欧洲移民来南非的德国夫妇，苏兹是高级成衣的裁剪师，弗伦茨在德国曾经荣获过文学博士学位。他们曾经稳固而安宁的婚姻生活在新移民时代下的南非社会里未能经历风吹雨打而最终走向破灭。戈迪默在《第一感》中试着和人们探讨婚姻在转型格局下的失衡与脆弱。弗伦茨怀抱梦想从德国来到新兴的非洲大陆，但是在文化杂糅而务实的新国家里，他的专业知识和语言所

---

① ［南非］纳丁·戈迪默：《贝多芬是1/16黑人》，叶肖译，南京大学出版社，2008年，第147页。

长毫无用武之地,曾经为人敬仰、学富五车的文学博士只能屈身做一个大型超市的仓储员。他的弗伦茨的原名也变成了弗雷德,这也许与入乡随俗有关,也可能和知识分子的自尊有关,弗伦茨所愿意为之屈从的唯一理由是期待有一天在这块土地上能真正找到属于自己的位置。但是,"移民一贯会带来社会畸变,它把一位文学博士投入超市的储藏库里,从此他再也没能爬出来"①。苏兹勤勉而热情,最重要的是她具有一种天生的处理日常工作的游刃有余的本领,可以面带微笑迎来送往,她收获着来自新国家里有钱人的信任和默契,这种专长最终让她从一个平庸的成衣裁剪师蜕变成一位房产高级顾问。在新国家里,苏兹学有所用,她恰当地运用好自己的欧洲文化身份,成为各大客户最为信任的房产中介人。每个人就像一粒种子,各有各适宜的土壤。有些人在自己的旧环境里可能并不能各尽所长,"如果你拥有某种能力而未能实现……那么换一个地方,到一个社会价值完全不同的地方重建生活,你会得到机遇,发挥自己的潜能"②。显然,苏兹找到了自己的归属,在与南非最近距离的日常工作与生活中,苏兹身上所有的潜能都被释放出来了,她从一个半社会化的女人一跃成为风头最劲的现代女强人。婚姻开始失衡,一种传统观念上的男尊女卑式格局开始被打破。当苏兹眼界变得开拓以后,她发现自己的强大和婚姻的不合时宜。是谁让苏兹变得强大?又是什么让弗伦茨陷入困境?在这部小说中,戈迪默深刻反思了南非新移民时代生活的光怪陆离和人们的不确定感。在切断了与旧有母体

---

① [南非]纳丁·戈迪默:《贝多芬是 1/16 黑人》,叶肖译,南京大学出版社,2008 年,第 159 页。
② [南非]纳丁·戈迪默:《贝多芬是 1/16 黑人》,叶肖译,南京大学出版社,2008 年,第 157 页。

文化联系的新国家里，新移民应该如何面对自己和新的生活，这的确是一个严肃而现实的问题。

婚姻生活里两性关系存在着抗衡与妥协两种力量。人们如何处置好自己和伴侣的婚姻关系，这往往联结着人们对过去、当下和未来生活的理解和思考。《第一感》是所有破碎婚姻的翻版，不同的是它发生在新移民背景下的南非，而主人公是曾经甜蜜的德国夫妇。戈迪默试着和人们探讨移民社会环境下光怪陆离的人心无常，并试图探寻婚姻生活中两性关系失衡的原因所在。戈迪默没有将这个故事继续写下去，留下来一些值得让人想象的空白。女性在异域新鲜土壤上借助自己的民族背景和文化背景成功获得了重生，而男性在守望的大后方却成为看似被遗弃的可怜虫。《第一感》小说文本中表现了女性超强的适应性，同时讲述了现实的变幻无常，但是，很显然，这远远不够。小说以悬而未决的结局匆匆结束了这个故事，而之后的弗伦茨到底怎么样了并未再进一步交代，给人们留下了想象的余地。男性和女性在婚姻生活中的协作关系结束，取而代之的是女性超越了男性权威之上并最终破坏了两性婚姻生活的新型关系。男性在异域环境中暂时失意并失去妻子对之一如既往的依附和耐心，而悲剧的成因不仅存在于流散人群在异域环境中的中心地位之失落，还存在于两性关系中女性对男性的过高期待与急功近利的物质化环境等因素的使然。苏兹本该对于自己厚道、忠诚的爱人有足够的耐心和信心，她本可以通过时间和机遇来等待丈夫的转型和蜕变，但是物质化的生存现状和急功近利的现实心态让她对本该全心信任的爱人失去了等待的耐心和信心，使得本可以继续维系的婚姻走向破碎。戈迪默并未再次走出来大加评论，但是，故事结尾处写道:"苏兹总算找到家了。他却开始了流浪。"① 这不得不让人顿生辛酸悲楚之感。我们似乎可以在文本中看到作家对于这段截取下来的人生片段心存遗憾。小说试图探讨一种可能性,一种可以在婚姻生活中可进可退、同担风雨的可能性。

如果说在《第一感》中留给人们更多的是遗憾和叹息,那么,在《第二感》故事里表现更多的则是守望者的等待、耐心和最终收获的宁静与幸福。妻子葆拉是市政府一名普通公务人员,而爱人则是闻名世界的交响乐团大提琴家。丈夫游历于世界各地参加各种规模的演出,受人敬仰,而葆拉则在家静静地守候丈夫归来,这成为一种习惯和规律。在婚姻生活中,两性关系常常存在着抗争与妥协。在葆拉的婚姻生活里,妥协的总是葆拉,守候和静默成为葆拉爱丈夫的一种方式。两人的距离在地位、名望和个人成就方面越离越远,而这种距离则成为婚姻的巨大隐患。敏感而聪慧的葆拉发现了爱人的变化,但是仍然是隐忍着自己的猜忌和伤心,用宽容和善意静静地等待爱人的悔悟,因为,她相信自己是大提琴师唯一的听众和唯一的归属。她已做好选择:"爱自己的爱人,被自己的爱人所爱,在实际生活中成为他的必须,以自己的能力支持他的事业,以他的成就为自己的成就,以他为自己的代表,还有什么比这更有意义呢?"② 从十六岁时遇见大提琴手起,她第一次意识到自己艺术才能的不足,但是,她发现了自己的另一种天赋——一种倾听和识别的天赋。"无论有多少大提琴家在自己的乐器上埋首演奏,只有这个声音一入耳她就能听得出,无论在什么地

---

① [南非]纳丁·戈迪默:《贝多芬是1/16黑人》,叶肖译,南京大学出版社,2008年,第162页。
② [南非]纳丁·戈迪默:《贝多芬是1/16黑人》,叶肖译,南京大学出版社,2008年,第166页。

方。"① 大提琴师像一匹奔驰的骏马,而葆拉精心呵护的小家就是骏马栖息之所,各自都在自己的婚姻生活中寻找到可以相互信赖和依靠的生活。女人仰望着才华横溢的艺术家爱人,而男人则需要有一个真正听懂自己音乐的倾听者和伴侣,两个人在属于自己的生活里各取所需,找到平衡的支点。

人性是各种属性杂糅的矛盾体,有积极的和消极的,有光明的和阴暗的,有飘浮的和沉寂的,有向善的和向恶的,有直白的和晦涩的。没有任何一个人是可以简单去界定的,尽管人在日常生活和自我行为中展现出的常常是令人失望的一面,但是,人不断追问和反思的本能促使人在向上攀升。如果有改变和修复的可能,任何一个富于情感和理智的人都会珍视过往的记忆和为自己奉献和付出的同伴。人类天生的群居属性决定了人潜意识地回避孤独和隔膜,因此,相辅相依就成为人重要的存在方式。婚姻生活既是爱的归属,也是人类规避孤独、寻找自我重影的选择。看似强大的大提琴师在音乐的世界里也有凡人的喜怒哀乐,在行程中匆匆一掠的美景固然难忘,但终究成为日常生活之外残存的记忆。在《第二感》中,戈迪默聪明地选择了隐藏,既将自己静静地退避到故事背后,也让那个搅动着平静生活的女人隐藏了起来,而她的存在是通过葆拉的第六感描述出来的。葆拉在爱人几经波动、反复无常的情绪变化中感知到了婚姻的危机,而大提琴师的琴声则是最好的证明。但是,葆拉看似愚蠢的守候恰恰表达出最简单的哲学——没有哪一种真正的美和艺术不是遵循了平衡之道。任何过度的、失衡的,多一些或者少一些的表达都是失衡的,而这种失衡一定不会是人们苦心寻求的、真正意义上的答案。人性

---

① [南非]纳丁·戈迪默:《贝多芬是1/16黑人》,叶肖译,南京大学出版社,2008年,第168页。

中过度的贪欲所带来的不是幸福,而是人心的失重与失衡。"一天夜里,他爬起身,在黑暗中取出大提琴,拉了起来。她被那个声音惊醒,在最低沉的低音中,那个声音愤怒地喃喃自语。接着,那声音走了调(这可能吗?他的技艺现在如此精湛?)"① 大提琴师追求艺术化的生活,但最终惨淡收场。

戈迪默并不否定艺术化的生活,但显然,她相信没有哪一种艺术化生活是游离于现实土壤之上的。一种既不能回顾过往也不能面向未来的情感终究只能是飘浮在半空中的虚幻之物。戈迪默相信婚姻生活中,人与人之间的相知相守所依存的不仅仅是激越的情感,还有平静的现实生活。万物都在自然选择,既选择环境,也选择时机。婚姻就如同生命体的自然选择结果,它诠释婚姻之中每个人的个体属性和存在机制。歌德在《浮士德》剧本里也探讨过关于艺术化生活的问题:浮士德一心追寻古典美,在他心中艺术和美的化身是遥远古国的海伦。为了尽早摄取浮士德的魂魄,魔鬼梅霏斯特巧意迎合浮士德,让古代的美人重现于浮士德生活里,然而,随着欧福良遥遥坠落,浮士德永失幸福,这段追寻注定只能是一场虚幻之梦。歌德试着和人们探讨人类真正有意义的生活是什么,而最终的答案非常简单:"日日夜夜看着人们辛勤地劳作,用自己的双手换来每一天脚踏实地的生活。真美啊!请停留一下吧。"② 这段动情的表述也正是戈迪默在小说《另几种结局》中意在传达的想法。任何一种过度的、失衡的追寻都是悲剧的开始,而真正的幸福来自宁静和均衡。

《第三感》中讲述的故事是戈迪默对现代婚姻做出的第三

---

① [南非]纳丁·戈迪默:《贝多芬是 1/16 黑人》,叶肖译,南京大学出版社,2008 年,第 174 页。
② [德]歌德:《浮士德》,绿原译,人民文学出版社,2003 年,第 461 页。

种假想。她在第三个故事里讲述了人到中年的危机和相知相守的难能可贵。妻子爱娃是一名普通的大学老师,随着年岁的增加和经验的累积,她升职成为一名系主任,完成了女人在人生中最大的飞跃。丈夫温德尔·泰特是一名精力充沛、野心勃勃的企业主,经营着一家小型航空公司,在外人眼里俨然是一名成功人士。然而,生活往往并非像看上去那么简单和轻松,对于爱娃来说,最大的痛苦是看着人到中年的丈夫仍然有一颗不服气的雄心却从事业的巅峰跌入最低谷,当然还有爱人的不忠与欺骗,尽管这些对于经历过多年岁月考验的成熟婚姻而言算不了什么,却也让她为之苦恼和无奈。爱娃改变不了自己的丈夫,既不能帮他运筹帷幄,也不能阻止那个陌生女子的"入侵"。这场中年的婚姻面临着前所未有的挑战,它能否继续向前行进,取决于两个人——清高的爱娃和身陷囹圄的温德尔。在漫长的人生岁月里,人会经历无数的考验、无数次的选择,而不同经历、不同处境的人们往往会有自己的选择和思考,人一旦做出某种选择,就必须承担选择所带来的某种结果。对于爱娃而言,爱人和自己朝夕相处很多年,她了解他所有的想法,她非常清楚男性在社会生活中所承受的沉重压力和不可言说之痛苦。

温德尔有一颗不服老的心,他渴望永驻活力、永远年轻,而自己正迈向衰老,这是不可逆转的事实。以什么样的方式可以证明自己还年轻,这是温德尔和很多男人同样思考的问题。事业的成就、女人的青睐——没有什么可以比这更好地展现男人野心和成就感。然而,冒险而未经过考察研究的生意最终还是走向溃败,温德尔在沉重压力之下的现实社会里体验到了前所未有的失败感。每周四,温德尔开始不再准时回家,这成为温德尔和妻子关系走向紧张化的原因所在。"有些话她也不想说出口。她既生气又不信,于是做了件让自己恶心的事。恶心归恶心,可还是做了。"① 爱娃偷偷地向壁球俱乐部打电话查询温德尔的行踪,她的秘密行径虽然让她自己深感不妥,但最终所获取的结果却正如她预料所然——丈夫在明目张胆地撒谎。脆弱的婚姻往往经受不起考验,这就如《第一感》中的弗伦茨和苏兹的悲剧。弗伦茨还没有足够的力量插上梦想的翅膀,而苏兹更没有足够的耐心等待弗伦茨的再次腾飞便匆忙从婚姻的堡垒中逃离出去。然而,成熟的婚姻一定是既可以同享甜蜜也可以共度风雨的共同体。最重要的是,在这场婚姻里,男人和女人们都不会随意地给对方判处刑罚、将之流放。人性中本身存在诸多恶的、隐晦的、软弱的习性,难保人不会在自己的婚姻中犯错。错误将如何去界定?错误从何开始出现?错误的本源是什么?犯错的人是否无药可治?——这些问题往往是婚姻生活中常常面临的最令人痛苦的问题。

爱娃也面临着人到中年的危机感,她能够设身处地为自己的爱人设想和考虑,她也曾想在婚姻保卫战中像个战士一样打一场胜仗,但这显然毫无意义。十六年的婚姻,无论是对于自己还是温德尔,这都不是一场儿戏。它见证了年轻爱人们所有的酸甜苦辣、人到中年所有的荣辱沉浮。它也是某种价值观和生活理念最纯粹的书写和表达。成熟的婚姻里,人们对于自己的人生伴侣能够有更多的包容和体谅。爱娃知道温德尔一反常态的努力最终失败,而他却一直不愿意承认和接受的原因在于他不愿意接受人已老去和无能为力的事实。"那晚他吞吞吐吐的话也承认了,虽然他自己还没意识到。他是斗不过

---

① [南非]纳丁·戈迪默:《贝多芬是1/16黑人》,叶肖译,南京大学出版社,2008年,第182页。

国营航空公司的。爱娃感到心在变软,他接受了失败。"① "还能有什么别的办法让他恢复信心,重新相信自己呢?证明自己还没过期呢?点燃男性的生命力量,唤起男性的性能,由另一个女人。"② 她以自己的方式冷静地处理了危机,以宽慰和理解弥合了爱人的伤痛,最终挽救了一场濒临解散的婚姻。爱娃常常会给学生们批阅论文,她非常清楚最艰难的研究来自现实生活。人心的变幻无常、处境的瞬息万变考验着婚姻生活中的男男女女,而围墙之内的人们能否真正将伴侣视如己出,既能守住自己的最后防线,又能真正走进对方的世界里为他分忧解愁,这的确是一个严肃的命题。但是,不得不承认,爱娃给自己和当下的生活递交了一份满意的答卷,在自己的婚姻生活里,她做到了优等生。

在奇幻而现实、复杂而单调的婚姻生活里,有人在守候、有人在拼搏、有人在逃避、有人在挣扎、有人在享受,也有人在痛苦,每个人对婚姻的理解和选择都是不同的。婚姻生活就如同人类每个生命个体,没有百分之百的重合和相似,因此,围城内和围城外的人们永远不能真正诠释尽婚姻的真正内涵。戈迪默在《另几种结局》中演绎了一曲复调小重奏,并未延续传统式的、以主线串联式的婚姻爱情生活主题。作家没有在书中明确表述她对现代人婚姻生活的态度和立场,而如高明的画师,只给世人展示出她精心绘制的折叠式屏风,让人们从一幅幅五彩斑斓的屏面上品味人生的麻辣苦甜酸。复调小重奏的文本形式既能贴近于现实生活的本真,又可以实现作家一题

---

① [南非]纳丁·戈迪默:《贝多芬是1/16黑人》,叶肖译,南京大学出版社,2008年,第187页。
② [南非]纳丁·戈迪默:《贝多芬是1/16黑人》,叶肖译,南京大学出版社,2008年,第187页。

多变的设想,正如戈迪默在文中所言:"结局,可以不同……我试着把它们构想出来,写下来,为了我自己。"①

第三节 访谈录:作家与世界的对话

纳丁·戈迪默1991年荣获诺贝尔文学奖,作为南非第一位获此殊荣的作家,她成为世界各国评论界和媒体关注的焦点。1986年1月24日,戈迪默于美国纽约州立大学接受布洛克波特学院颁发的布洛克波特国际作家论坛奖,与此同时,她接受了彼得·马钦、朱迪丝·基琴和斯坦·S.拉宾的采访。这篇访谈整理成题为"来自动荡国土的声音"的一篇文章。马钦认为戈迪默是位多产而忙碌的作家,他对戈迪默的创作敏感度高调肯定。戈迪默谈及厄普顿·辛克莱的《屠场》对自己的影响,她认为这部作品促发了自己对生活环境和矿山小城生活方式的重新思考。戈迪默认为没有哪个作家公开或私下拥护种族隔离制度,在某种意义上,小说唤起了人们的良知。戈迪默特别强调现代小说受普鲁斯特、乔伊斯和托马斯·曼的深刻影响。这篇访谈是在作家获得诺贝尔奖之前较早的一篇访谈,比较清晰地记录了戈迪默的创作经历和创作理念。这篇访谈附录于小说中译本《我儿子的故事》作品之后。

1987年,《我关心的是人的解放》一文记载了美国伊利诺州思布鲁克市当代艺术学院教授玛格丽特·沃尔特斯和纳丁·戈迪默的对话内容,该文章标题为中文译者和编者所加。

---

① [南非]纳丁·戈迪默:《贝多芬是1/16黑人》,叶肖译,南京大学出版社,2008年,第148页。

访谈中谈到布克奖、南非式语言、游历、流亡、预言式创作、犹太人身份和女性身份等问题。布克奖（Booker Prize）从1903年开始评选，每年中的11月评选出年度最佳长篇小说、最佳短篇小说及最佳想象性散文作品，其全称为布克·麦康奈尔奖（Booker McConnell Prize）。布克奖在法国巴黎颁奖，它常常是诺贝尔文学奖的先声。戈迪默于1974年以作品《保守主义者》与斯坦利·米德尔顿的《假日》同时荣获布克奖，之后于1991年获得诺贝尔文学奖。戈迪默认为自己的语言并非是独立于南非土壤之外特殊的语言，而是深受南非与欧洲双重文化影响所形成的独特语言，在南非文化土壤中可以被人们能接受的普通语言。对于出游，戈迪默表现出一种积极和乐观的态度。她认为"一个人向往文学与艺术，但在自己生活的地方又无所作为，于是就去伦敦，去巴黎，海明威那一代人是这样，更早的几代人也是这样，因为你在俄亥俄，在威尔明顿或斯普林斯成不了画家或作家"①。但是，戈迪默认为流亡的游历往往会扼杀一个天才的天赋和勇气，这和普通的游历是不同的。有人问及作家对自己的犹太身份是否敏感。戈迪默认为犹太身份客观存在，但自己所承认的真实身份是白种非洲人，同时，她认为一个作家是不应该被人为地划分为男性作家或女性作家身份。她认为当作品中以女人为中心来叙述故事时，势必会有女权主义观点的嫌疑，而这只是众多视阈之中的一个。这次访谈所谈内容虽然没有太过展开，但问题涉及面非常广泛，能够从中看到作家对具体问题的基本立场和态度，为人们研究戈迪默创作提供某些重要的线索。

1989年，戈迪默接受了美国国家公共广播电台节目主持

---

① 附录于小说《我儿子的故事》后。[美]玛格丽特·沃尔特斯:《我关心的是人的解放》，东子译，译林出版社，2003年，第446页。

人泰利·格罗斯的采访。5月24日,这段采访在美国国家公共广播电台播出。格罗斯和戈迪默探讨了关于写作的意义、民主意识以及创作态度等问题。戈迪默认为"写作不是对不公正的答复",而是"探寻生活的方式"。① 这段话在1991年诺贝尔奖颁奖席上也曾经被提到。戈迪默认为写作既是人类好奇心的一种表达,也是探寻存在价值的一种方式,她不认为哪位作家创作是由于政治因素而开始的,她认为写作与存在是并存的,写作是为了表达存在,而存在则需要以写作来表现。戈迪默谈到作家的信念,她认为"作家必须永远保持独立,保持艺术独立,运用自己的洞察力——超出他人的洞察力——而不要担心是否冒犯你的母亲和好友,不要担心你的政治上的同道会对你怎么看。作家永远也不要让自己成为宣传家。宣传家有宣传家的位置,鼓动家有鼓动家的位置。我不属于那种,我不是那种人。我是作家,我具有某种才能,我觉得我首要的责任就是恰如其分地运用我的才能。你越是接近真实,就越能恰当地运用你的才能,而不必去担心别人怎么说。这就是为什么我坚持这个标准,写作时就好像自己已经死了,不去考虑会有什么后果"②。这段话表现出戈迪默作为一名作家的坦诚和勇敢,让人的敬意之感油然而生。独立性和真实性是作家最为宝贵的特性,在某些时候,这些往往会让作家置身于万劫不复之中。戈迪默生活在特殊年代的南非,本可以规避所有的危险和困难,但她却没有选择逃逸和掩饰,相反,人的良知和创作的本能促使她要将真实的南非生活表现出来,不计较后果、不计较

---

① 附录于小说《我儿子的故事》后。[美]泰利·格罗斯:《作家必须保持艺术独立》,东子译,译林出版社,2003年,第454页。
② 附录于小说《我儿子的故事》后。[美]泰利·格罗斯:《作家必须保持艺术独立》,东子译,译林出版社,2003年,第456页。

得失。这篇访谈录里,戈迪默向死而生的写作态度是令人钦佩的。

1991年,瑞典学院决定将该年度的诺贝尔文学奖授予纳丁·戈迪默,其中高度肯定作家"以热切而直接的笔触描写在她那个环境当中极其复杂的个人与社会关系"①。他们认为戈迪默的作品"由于提供了对这一历史进程的深刻洞察力,帮助了这一进程的发展"②。瑞典学院颁奖委员会高度评价了长篇小说《尊贵的客人》(1970)、《自然资源保护论者》(1974)、《伯格的女儿》(1979)、《七月的人民》(1981)、《我儿子的故事》(1990)、《短篇小说集》(1975)和《士兵的拥抱》(1980)等作品,对其"独特的女性经历、她的同情心和出色的文体"高度赞扬。在受奖席中,戈迪默发表了题为"写作与存在"的热情洋溢的受奖演说。戈迪默认为,"我们穷毕生精力企图通过言语翻译我们在各种社会、我们身为其中一分子的世界中所汲取的书本知识。正是在此意义上,在此无法解决、不可应该说的参与关系之中,写作永远且同时是对自我和世界的探索,对个体和集体存在的探索。存在于此"③。写作是超越个人体验之上的人类行为,它可以带领现代的人们去解读古代文明,也可以为未来的人类书写现在的历史,而与此同时,写作可以弥补历史书写个人生活的不足和缺憾。人们可以在文本中与过去的贤士对话,可以留下问题给后人以供对话和交流。戈迪默认为没有任何东西可以超越写作之上,因为它是人类存在的意义

---

① 附录于小说《我儿子的故事》后。[南非]纳丁·戈迪默:《受奖学说:写作与存在》,东子译,译林出版社,2003年,第422页。

② 附录于小说《我儿子的故事》后。[南非]纳丁·戈迪默:《受奖学说:写作与存在》,东子译,译林出版社,2003年,第422页。

③ 附录于小说《我儿子的故事》后。[南非]纳丁·戈迪默:《受奖学说:写作与存在》,东子译,译林出版社,2003年,第426页。

所在。戈迪默从罗兰·巴特的符号学谈到看似过时的精神分析研究、现代主义、后现代主义以及结构主义。她认为所谓的这些流派是万系同宗的研究——探寻人的存在意义。戈迪默认为"生命本身是不可预测的;存在不断地被环境和不同意识层次拖到这边,拉到那边,抟成这样,揉成那样。绝没有纯粹的存在状态,因此也绝没有完全体现那不可预测性的纯粹文本,'真正的'文本"①。每一个作家都有一些假定的接受群体,"为谁而写?"——这是一个严肃的问题。有人为朋友和消遣而写,有人为自己和空幻的对象而写,也有人为公众而写。戈迪默也和许多作家一样,为"为谁而写"而困扰,但她更欣赏加缪的立场和决绝。"要么为他整个人服务,要么根本不为他服务,如果人需要面包和公道,如果为这种需要服务而必须做必要的事情的话,他也需要纯粹的美,那是他心灵的面色。"戈迪默认为在写作立场上不存在平衡和中庸之道,"作为人类一分子,没有哪个作家会堕落到相信摩尼教的'平衡'谎言。当魔鬼被置于天平一端时,他的鞋子里总是夹带着铅块"②。戈迪默认为真理只有一种,而人们不可能在模棱两可中找到某种折中的表达,"真理是言语的终极言语……永远不会被谎言,被语义学的诡辩,被用于种族主义、性别歧视、偏见、霸权、对破坏的赞美、诅咒和颂歌等目的的言语玷污所改变"③。

1991年10月14日,美国《时代》周刊刊登了一篇题为"戈迪默谈文学、社会和政治"的访谈录。记者保尔格雷和布鲁

---

① 附录于小说《我儿子的故事》后。[南非]纳丁·戈迪默:《受奖学说:写作与存在》,东子译,译林出版社,2003年,第428页。
② 附录于小说《我儿子的故事》后。[南非]纳丁·戈迪默:《受奖学说:写作与存在》,东子译,译林出版社,2003年,第437页。
③ 附录于小说《我儿子的故事》后。[南非]纳丁·戈迪默:《受奖学说:写作与存在》,东子译,译林出版社,2003年,第437页。

斯·W.勒兰和戈迪默从文学、社会及政治三方面谈论了南非文学及戈迪默创作的基本观点。戈迪默认为南非对于自己并非是一种所谓重负和恩赐,而是一种自然的写作环境和创作宗旨。她认为所有生活在南非的人们都会面临种族隔离制度,因此,作家不可回避地要谈及这一问题。戈迪默认为人们对于南非的社会现实大多数从新闻媒介得来,而这是不全面的,与此同时,文学作品恰恰能弥补这一不足。戈迪默认为小说家"创造性地展示具有危机意识的人生体验,进而揭示生活在这一环境下的人民的思想和情感"①。在谈及英雄与人性这一问题时,戈迪默非常坦诚地承认人性的不完美性。她认为英雄的英雄性更多体现在他们为民族和国家舍身大义方面,而在个人生活、日常人际交往中,他们的缺点并不比常人少。戈迪默认为在小说创作中应该将人写成一种真实、饱满而立体的人——"他们是有各种缺点的血肉之躯"②。戈迪默的人物形象既来源于她的日常生活中,也来源于她对人性的理解和把握。当被问及对南非国家未来前景问题时,戈迪默认为南非的未来是相当乐观的。她认为,"任何力量也不可能阻止其进程,更不消说试图使之倒退到原来的局面"③。戈迪默不仅在自己的作品创造英雄,自己也是文学界真正的英雄写手。在旧南非,她的数部作品被围禁、其个人活动被监视,但是,她却从未放弃过写作和讲话的想法。

1991年10月28日,法国《骑士》杂志记者萨拉赫·哈希

---

① [南非]纳丁·戈迪默:《戈迪默谈文学、社会和政治》,文楚安译,《译林》,2006年第3期,第218页。
② [南非]纳丁·戈迪默:《戈迪默谈文学、社会和政治》,文楚安译,《译林》,2006年第3期,第219页。
③ [南非]纳丁·戈迪默:《戈迪默谈文学、社会和政治》,文楚安译,《译林》,2006年第3期,第219页。

姆采访了戈迪默,在采访过程中,戈迪默回答了萨拉赫关于文学创作经历、种族隔离制度以及南非文学传统等问题。萨拉赫·哈希姆问及戈迪默文学渊源和启蒙教育时,戈迪默谈到了母亲对自己的影响以及图书馆对写作的启蒙。戈迪默提到了《杜列特医生》《塞缪尔·佩皮斯回忆录》、简·奥斯汀等作品、作家对自己的启蒙。在谈及优秀作家作品时,戈迪默谈到了 D.H. 劳伦斯、安东尼·契诃夫、亨利·詹姆斯、马塞尔·普鲁斯特、卡特琳·曼斯菲尔德、弗吉尼亚·伍尔夫、E.M. 福斯特、托马斯·曼、伊泰鲁·斯维弗尔、君特·格拉斯、加勃利尔·加西亚·马尔克斯等人对其创作产生的重大影响。其中,戈迪默的短篇小说创作深受契诃夫的影响,其长篇小说受到德国作家托马斯·曼影响巨大,而在散文等方面受到《塞缪尔·佩皮斯回忆录》的影响。戈迪默谈到创作的转向是由"细腻的文学传统"向宏大文学传统转变的过程。戈迪默认为南非是一块巨大的马赛克块,而细腻的文学写作是不能够以偏概全的,只有深入南非地方文化、地域传统以及自然生活才能够真正把握南非人的生活全貌。戈迪默也提到了南非国家部分优秀的作家、作品对自己的重大影响,其中包括奥立弗·雪林纳的作品《南非一座故事的历史》(1883)、威廉·帕鲁默的《比目狼》(1924)和蒙干·西罗特。戈迪默认为种族隔离政策最终被取缔既是人心所向也是自然规律使然。追求自由和平等是全人类共同的梦想,因此,没有任何理由让非人道的制度继续存在下去。从总体而言,《访纳丁·戈迪默》是作家获奖后第一次比较全面而完整的访谈记录,它清晰地记录下作家的创作过程、思想转变及文化背景。

2001 年 12 月,瑞典皇家学院邀请纳丁·戈迪默、西默·希尼、君特·格拉斯和维苏·奈保尔四位诺贝尔奖获得者于斯德哥尔摩皇家图书馆举行了一场以"作家与世界"为主题的座谈会,该会由瑞典皇家学院院士兼作家帕尔·维斯特伯主持。《诺贝尔文学奖得主四人谈》分别从五个方面讨论文学的价值:文学应当有益于人类、发出有代表性的声音、受伤的语言、现实和想象以及"9·11"后的文学。纳丁·戈迪默认为"作家必须把握一种恰到好处的分寸感"①。她提倡"作家凭借其想象力和洞察力,可以为世人叙述在这个危机发生之前的事件,可以从长远的观点来考察他们的生活状况"②。戈迪默引用普鲁斯特的一句话:"绝不要害怕走远路,因为真理就在远处。"在谈及历史和个人生活的关系时,她认为前者宏观而粗糙,而个人生活中发生的事在历史中却无法一一记载,这一缺憾是可以通过文学创作弥补的。戈迪默认为个人生活的意义重大,而作家的责任正是在于详细地记录以示同时代人及后人。戈迪默承认写作过于严肃就有可能引起责难,但也强调作家在作品中必须承担起表达所需承担的责任。四位作家讨论了关于恐怖主义问题,在这一问题上,戈迪默表达了对原教旨主义和恐怖主义的态度与立场。戈迪默认为人们需要反思恐怖事件和恐怖主义背后的问题,她认为事件本身的象征性需要人们格外引起注意。这篇访谈从作家的责任和社会现象等角度剖析了文学和社会的相互关系。戈迪默强烈的作家责任感和反思意识值得称道。

---

① [南非]纳丁·戈迪默、[爱尔兰]西默·希尼、[德]君特·格拉斯、[英]维·苏·奈保尔:《诺贝尔文学奖得主四人谈》,傅正明译,《天涯》,2002年第3期,第4页。
② [南非]纳丁·戈迪默、[爱尔兰]西默·希尼、[德]君特·格拉斯、[英]维·苏·奈保尔:《诺贝尔文学奖得主四人谈》,傅正明译,《天涯》,2002年第3期,第5页。

第四节　纳丁·戈迪默研究在中国

作为南非诺贝尔文学奖获得者,纳丁·戈迪默的作品在国内已引起了一些研究者的关注,但是和其他作家相比较,她的作品还没有受到中国研究者的足够重视。这主要表现为几个方面:第一,其作品只被部分地译介到中国,数量可观的优秀作品还没有被翻译成中文;第二,翻译者的水平相对局限导致优秀的读本理解起来十分困难;第三,南非文化圈与中国文化圈交叉和共性相对较少,这种差异性往往会造成阅读的距离感和陌生感,使得研究者对此兴趣不大。中国学界对戈迪默的研究主要分为两大类:翻译作品和专题研究。自1988年开始,中国翻译了7部作品,其中包括4部长篇小说、2部短篇小说集、1部作品集(其中收录1篇短篇小说)、3篇短篇小说(散见于期刊中)、7篇访谈录。另外,在1部译著中提及戈迪默文学研究。

目前,国内对戈迪默的研究资料可以分为七大类:生平及获奖介绍;访谈录整理;女性作家身份研究;"左翼"作家身份研究;自由作家身份研究;"成长小说"专题研究;史学研究。

第一,生平、获奖及作品引介是国内早期研究的主要内容。1988年,《世界文学》第三期刊载了邹海崙翻译的《戈迪默短篇小说两篇——最后一吻、别无选择》。这两篇小说译介到中国时,戈迪默还没有获得诺贝尔文学奖。1992年,《世界文学》刊登了《南非作家戈迪默及其作品》,其中选录散文《基本姿态》、长篇小说节选《自然变异》、短篇小说《城里和乡下的变人们》、纳丁·戈迪默诺贝尔文学奖授奖致辞《写作与存在》

和《自然变异》中的一篇文章。从作家获奖开始,国内陆续出版一系列翻译作品,部分填补了戈迪默译介作品的空白。同年,漓江出版社出版了莫雅平翻译的长篇小说《七月的人民》(*July's People*)。同年,《外国文学》第 1 期刊登了李文彦翻译的《访纳丁·戈迪默》,其中详细记录了记者萨拉赫·哈希姆对戈迪默的采访。1993 年,重庆出版社出版了章祖德翻译的《戈迪默短篇小说集》(*Selected Short Stories of N.Gordimer*)。

1997 年,《外国文学》杂志连续刊载了两篇小说,其中之一是徐晓雯翻译的小说《穿越时空》,另一篇是由林丽翻译的《爱犬》。2003 年,《中国翻译》第 5 期刊载了李文俊翻译的短篇小说《掠夺》。2005 年,译林出版社出版了 20 位作家合编的作品集《爱的讲述——文坛名家献给艾滋病防治事业的故事》(*Telling Tales*),其中收录了戈迪默短篇小说《终极游猎》(严忠志翻译)。2006 年,译林出版社出版了金明翻译的长篇小说《无人伴随我》(*None To Accompany Me*)。

第二,访谈录整理对于全面认知戈迪默思想功不可没。1988 年,《译林》杂志刊载了文楚安翻译的《戈迪默谈文学、社会和政治》,记录了美国《时代》周刊记者布鲁斯·W. 勒兰、保尔·格雷和戈迪默的对话。1998 年,译林出版社出版了莫雅平翻译的长篇小说《我儿子的故事》(*My Son's Story*),其中收录了 3 篇访谈录——《来自动荡国土的声音》《我关心的是人的解放》和《作家必须保持艺术独立》。2002 年,《天涯》刊登了由傅正明翻译的《诺贝尔文学奖得主四人谈》,记载了戈迪默和爱尔兰作家西默·希尼、德国作家君特·格拉斯、英国作家维·苏·奈保尔的对话。2006 年,《译林》杂志刊登了姚君伟翻译的对话录《关于作家职责的对谈》,记录了美国作家苏珊·桑塔格和戈迪默有关文学创作及作家身份问题的对话。值得一提的是,在桑塔格的作品里数次提到戈迪默的文学创作,并且在其作品《同时》里选录其中一篇文章《小说家与道德考量》,全文集中讨论戈迪默的作家身份与创作理念。

第三,女性作家身份研究是其中的一个热点,但研究还值得进一步深入。部分研究阐述了女性对社会的创造性贡献,认为如果没有世俗眼光和日常生活时常压制她们的主动性和创造力,女人的行动能力将远远超越人们的想象。2006年,李美芹的《盛开在"他者"之域的黑白奇葩——托尼·莫里森和纳丁·戈迪默》载于《西安外国语学院学报》。全文以美国黑人作家莫里森和南非白人作家戈迪默的边缘化身份入手,分析二者创作中的历史使命感、"他者"视域、文化寻根与文化和解以及民族平等融合等问题。"两位作家虽所处地域不同,肤色迥异,但都以表现和探索人类的历史、命运和精神世界为己任,凸显各族、文化和各民族事例诉求,在历史使命感、展现'他者'之域中'他者'的生存困境以及表达对多元文化的心理诉求方面异中有同。"① 李美芹也提出了二者研究热度的差别,她认为莫里森过热,而戈迪默研究仍然属于偏冷的状态。她没有具体分析二者关注度差异的原因所在,而是具体以数据和时间分析了几年来戈迪默研究的中心领域。从总体而言,本文以平行研究的手法将二位女作家串联起来分析有一定学术价值,但未对二者研究热点差异做更深入的分析和阐述是其中的薄弱之处。

第四,政治身份和"左翼"作家身份研究是研究的重点部分,囊括了国内研究的一半内容。目前,国内有关戈迪默研究的论文百余篇,其中与戈迪默相关的博士论文2篇、研究戈迪

---

① 李美芹:《盛开在"他者"之域的黑白奇葩——托尼·莫里森和纳丁·戈迪默》,《西安外国语学院学报》,2006年,第73页。

默的硕士论文16篇。2009年,南开大学王旭峰完成了博士论文《解放政治与后殖民文学》,讨论了V.S.奈保尔、J.M.库切与纳丁·戈迪默三位作家在解殖问题上的态度和看法。文本主要从三个方面进行研究:"第一,将后殖民文论的理论基础,从单一的福柯'知识—权力'论,转向话语研究和政治经济学研究并重的权力理论。由于话语研究在传统后殖民理论中已经发展的比较成熟,因此本论文将在对其进行批判整理的基础上,着重建构后殖民研究中的政治经济学方法。第二,改变传统后殖民理论研究中的非历史化趋向,通过引入历史的纬度,以20世纪60年代的殖民地独立运动为界,在后殖民与后殖民之后之间做出区分,以强调后殖民并不等于殖民主义的完结。第三,在后殖民理论中引入阶级、资本、世界体系、革命、暴力、性别等概念范畴,以增强其应对历史和现实问题的能力,强化其对作家和作品的阐释力。在重构的后殖民理论关照下,奈保尔、库切和戈迪默三位作家对待殖民问题的不同态度清晰地呈现出来。"① 此篇论文为国内首篇关于戈迪默系统研究的博士论文,可以说,填补了国内戈迪默研究的学术空白。文章以后殖民理论作为支撑,又能从全新角度对该理论做出不同的阐释,并将三位在文学史上有重要影响的异国作家放在一起进行比较,具有一定的学术意义。

王旭峰认为政治"空位期"充满无限可能性。他所讨论的"威权性资源"类似于"斯德哥尔摩症"。我们可以把它理解为威权后遗症。

2013年,北京外国语大学的张海良博士完成了博士论文《走向离散美学:J.M.库切小说中全球邦批判研究》。这篇论

---

① 王旭峰:《解放政治与后殖民文学》,南开大学,2009年。

文是国内第二篇有关戈迪默研究的博士论文,但对戈迪默的研究只是辅助库切研究的支项研究,因此,从系统性上而言,还不能算是完整而全面的戈迪默研究。张海良认为"库切与戈迪默(Nadine Gordimer)、布瑞克(Andre Brink)、帕顿(Alan Paton)、布莱顿·巴赫(Breyten Breytenbach)等南非白人作家的写作均被归为值得尊敬的、道德上直言不讳、具有民主异见性质的国际经典"。他从离散身份的角度对库切的作家身份进行界定和阐释,其视角虽不是异常新颖,但文章有可圈可点之处。

2002年,王辽南的《南非的良心——纳丁·戈迪默及其创作评析》在《贵州社会科学》上发表。该文主要从作家的政治批判、艺术技巧和心理分析手法三方面阐述戈迪默卓越的文学贡献。文章主要从史料、作家创作经历、创作特征几个层面深入分析戈迪默政治性和文学性相结合的艺术风格。文章史实资料较为详细,但理论分析并无太多新意。

戈迪默反"后殖民话语"视阈,提倡全球化视阈,从人性共同规律中挖掘人性与文学之间的深层联系。她主张与时代保持一定的距离,反对追随。在她的作品中,始终有股逆流回旋,与盲从对峙。但困境依然客观存在。人们很难做到真正屏蔽和脱离南非的大环境。路庆梅在《论纳丁·戈迪默后殖民写作困境的超越之途》中提出"白人自由主义者从来没有真正地把反种族隔离的革命视为他们自己的革命",她认为丢弃成见,才能获得新南非。

值得一提的是,《中南民族大学学报》2017年第1期上发表了刘辉的《混杂策略及其困境》,以黑人主人公索尼为例,阐述了"介于黑与白之间混杂身份"以及"他在反种族隔离的道路上始终贯彻的混杂策略"等问题。他分别从"混杂性概念"、"索尼的混杂策略"和"混杂策略之困境"三个方面分析了强弱文化之间的对抗和矛盾。刘辉认为,"这种协商不是同化或合谋,而是有助于拒绝社会对抗的二元对立,产生一种表述的'间隙'能动性"。① 刘辉为殖民和被殖民增添了第三种可能性的讨论,他跳出了主体和客体之间的绝对性关系,将二元对立关系衍生出游离的空间。但刘辉也认为,在索尼的身上这种游离空间的狭隘的,也很难被拓宽,虽然具有可实现性,但随时有可能被打破。这篇文章可以被视为在后殖民语境下的新一轮讨论,是对化解二元对立矛盾关系实验行为的阐释和总结。

2019年第3期的《外国文学动态研究》刊载了韦杰的《南非英语文学在英美的接受与研究》一文。这篇文章从宏观层面讨论了南非最重要的代表作家及创作群体,其中涉及戈迪默和库切的创作评论。韦杰认为,南非作家创作是被英美有意选择的,因此,"写作必须出现在特定的语境中"②。"'分期化'和'语境化'是英美学者的研究策略,这与南非的社会和文学传统息息相关。即使在后种族隔离时代,评论界也倾向于用'转型期'这样的社会学词汇来进行文学史界定。"戈迪默诸多文本中,只有匹配于社会性及转型期等问题时才有可能为英美批评所关注和讨论,因此,她的作品在英美批评语境之下没能实现全面拓深的可能。这篇论文发现和总结了南非文学的被动地位等现实问题,也从宏观层面上讨论了南非文学更引人注目的文学现实功能等问题。

第五,自由作家身份研究是研究的亮点,这项研究将戈迪默的身份大大延展,从表面上似乎回归了作家创作的起点,但

---

① 刘辉:《混杂策略及其困境——以纳丁·戈迪默〈我儿子的故事〉中索尼为例》,《中南民族大学学报》,2017年第5期,第197-200页。
② 韦杰:《南非英语文学在英美的接受与研究》,《外国文学动态研究》,2019年第3期,第106-112页。

恰恰回应了其创作最后一个阶段提出的问题。1993年,张中载的《纳丁·戈迪默与〈自然变异〉——虚构与非虚构,界限何在?》载于《外国文学》杂志上。该文从虚构和写实的角度分析了《自然变异》的纪实性创作特点。张中载认为小说运用了一些超现实的写法,"使小说的虚构成人若虚若实,虚实难分,自然会促使读者去热切地寻觅虚构的源头(社会现实)的本质"①。他认为戈迪默在虚构文学创作的同时保持真实性与虚构性的平衡,使虚构融会贯通于事实之中,以现实的逻辑性阐释合乎情理的艺术虚构。作者认为海丽娜是作家戈迪默的化身,而《自然变异》中的数处小说情节均来源于作家本人的亲身经历。他认为小说的内容从虚构和非虚构的界限而言并无明确的界限,是模糊而难以分割的。张中载在文中也提出了戈迪默预言家式的创作风格,他认为戈迪默在《自然变异》中大胆地预测了南非未来几十年的发展轨迹,这是和她观察南非生活和介入社会变革分不开的。从总体来看,该文提出的纪实性和预言性的两大创作特点能够集中地概括戈迪默的主要创作倾向。但文章没有更深入到理论层面上对作品进行系统的阐述,还可以有更多可拓展和挖掘的空间。

2003年,金明的《在孤独中走过的生命之旅——解读纳丁·戈迪默的〈无人伴随我〉》在《当代外国文学》杂志上刊载,该文同时也是《无人伴随我》中译本的译序内容。文章通篇从孤独这一主题探讨戈迪默小说《无人伴随我》中的艺术手法和创作内容。文章认为"在主体世界里,人的自我永远是孤独的,无法把它抛弃,也无法与另一个自我分享。人的一生是从自

---

① 张中载:《纳丁·戈迪默与〈自然变异〉——虚构与非虚构,界限何在?》,《外国文学》,1993年第1期,第74页。

我到自我的独自行走"①。金明从生物性和社会性两个层面解析维拉这一艺术形象,他认为从维拉身上人们更能够体会到人性之复杂性和多重性。他认为作家的成功之处正在于没有把对人物的描写与刻画停留在"机械的、片面的、二元对立的价值判断上"②,"人有不同的自我的版本,这些版本只会因处境的变化而改变,但永远不会消失,它们永远存在于人的自我之中"③。金明还引用了瑞典学院常务秘书斯蒂尤尔·艾伦在诺贝尔文学奖的颁奖词中朗诵的一首诗来说明人的多重性特征:"以这种方式,艺术与道德融合在一起。/ 人们比原理更加重要。/ 一个真正活着的人不可能中立。/ 没有谁完全拥有善,/ 也没有谁把恶垄断。/ 讽刺不需要任何提示。/ 都是一些孩子们,他们相遇,高兴地在半路上相遇。/ 爱的力量使高山颤抖。"④ 孤独主题作为文学作品的艺术主题已不是新鲜的事,几乎每个作家都在作品中谈及人类的孤独话题。人类的文明发展到近现代阶段,这一话题提及得越来越频繁,这不仅跟人的本体性有关,也和社会环境的复杂变化及人与人之间的陌生化有关联。孤独的主题是现代文学作品中的元命题。贝克特荒诞派戏剧《等待戈多》里落泊的流浪者在舞台上苦苦地等候戈多而无望的戏剧场面,正是人类孤独和迷惘的写照;萨特的作品《禁闭》里三人不可同行的悲哀表现了人与人之间的隔阂;川端康成《雪国》中的主人公岛村在一站又一站的旅行中得到

---

① 金明:《在孤独中走过的生命之旅——解读纳丁·戈迪默的〈无人伴随我〉》,《当代外国文学》,2003 年,第 126 页。
② 金明:《在孤独中走过的生命之旅——解读纳丁·戈迪默的〈无人伴随我〉》,《当代外国文学》,2003 年,第 128 页。
③ 金明:《在孤独中走过的生命之旅——解读纳丁·戈迪默的〈无人伴随我〉》,《当代外国文学》,2003 年,第 128 页。
④ 金明:《在孤独中走过的生命之旅——解读纳丁·戈迪默的〈无人伴随我〉》,《当代外国文学》,2003 年,第 128 页。

的仅有孤寂和虚无。人与人之间百分之百重合的不可能性以及个体差异存在的必然性是人们感到孤独的原因所在。戈迪默在小说《无人伴随我》中几乎写到了每个人的孤独和无人伴随,而这一主题在金明的论文中得以清晰的阐述。《在孤独中走过的生命之旅——解读纳丁·戈迪默的〈无人伴随我〉》这篇文章主题明晰、论述深入,文章从艺术结构、人物形象到细节部分的分析和阐述,都有可圈可点之处,是非常优秀的一篇评论文。

2005年,王涛的《叙事的双重谋略——论〈我儿子的故事〉中个人叙事下的民族隐喻》刊载于《湘潭大学学报》上。该文从人的文本性和互文性等理论思路入手,分析《我儿子的故事》里的双重文本性,"既关注戈迪默在这部小说中所描述的政治的、民族的一面,也不放过其中个人心理欲望的一面,探讨其叙事的双重谋略,在人物形象的背后,发现隐喻的民族与文化内涵,解释其民族意识怎样通过个人化叙事得到更深刻的表现"[①]。文章从索尼和艾拉、索尼和汉娜、威尔和贝比三个层面分析小说文本的民族隐喻内涵,这三层关系分别代表民族的奋斗与挣扎、民族的冲突与融合、民族的未来与期望。王涛认为"既关注于戈迪默在这部小说中所描述的政治的、民族的一面,也不放过其个人心理欲望的一面,探讨其叙事的双重谋略,在人物形象的背后,发现隐喻的民族与文化内涵,在这部研究者一致认为心理分析卓著的文本中抽取作者暗含的对民族现状的表现与民族未来的期望"[②]。王涛认为戈迪默从单个人

---

① 王涛:《叙事的双重谋略——论〈我儿子的故事〉中个人叙事下的民族隐喻》,《湘潭大学学报》,2005年第4期,第92页。

② 王涛:《叙事的双重谋略——论〈我儿子的故事〉中个人叙事下的民族隐喻》,《湘潭大学学报》(哲学社会科学版),2003年第S1期,第171页。

的局限性里跳了出来,使每个个体被赋予了一种更为深广的意义,他认为每个人都不可能只有一重身份,他们既可能是政治叙事又可能是个体欲望的叙事,只有将一个人置身于宏大的社会生活之中,才能够真正写出"完整的人的叙事"。文章将政治身份和个体欲望书写二者结合起来讨论,观点新颖、立意独特。从人的生物性角度、社会性角度出发分析作为个体的人和社会的人之二重性,这种研究切入点符合作家创作的本意。戈迪默在一次采访中曾坦言:"写作不是对不公正的答复……我开始写作是出于对生活的惊奇,想发现其中的奥秘,这是我探寻生活的方式。我想所有的艺术家都是这样。"①

高文惠在《戈迪默的自由人文主义观念》一文中认为,戈迪默的写作主要指向内部,外在的政治环境只是特殊处境中的自然表现,而非有特别旨意和特定指向的表达。她认为她和其他作家一样,都是为了探知自我、发现存在的价值驱动其创作。外部的政治生活是其投射自我的一部分。

"反消费主义"成为戈迪默小说中的一条隐形的线索。她提倡适度消费,并且强调人对行为的责任和义务。胡忠青和蔡圣勤在《论戈迪默〈新生〉中的三重伦理关系》这篇文章里讨论了消费主义的问题。这篇文章主题集中,论述结构层次清楚,其中主要观点颇有深意,对于人性、人情的理解十分深刻。其中第三部分"人与自我的伦理关系"尤为精彩,表现出对人性充分的理解与包容。

第六,"成长小说"专题研究是其中的一个新话题。主体性的获得是认知的崭新阶段。只有真正成为独立的主体,人才能做到全面的判断和认知。戈迪默更希望以负责任的方式解

---

① 附录于小说《我儿子的故事》后。[南非]纳丁·戈迪默:《受奖学说:写作与存在》,东子译,译林出版社,2003年,第454页。

决问题。《伯格家的女儿》具有"成长小说"的典型特点,和阿摩司·奥兹的小说《沙海无澜》题材极为相似。王旭峰在阐述小说里的"成长小说"结构时,将其和《旧约·约伯记》结构进行对照,他认为其作品是与《约伯记》惊人的合一。其中,女主人公罗莎因为没有获得很好的成长机会,而无法真正做自己、获得完全意义上的自我价值。每一个人体内也许都存在一个"弑父"式的野心。这种念想十分可怕,但的确是一种在深知阻碍难除之后的绝望表达。

第七,自然角度及"生态"专题研究。庞好龙发表的文章《从〈朱利的族人〉探析戈迪默笔下的南非泛生态系统》从"自然、人文和种族三个层面",展示了南非种族隔离时代"泛生态系统的失衡与危机"等问题,阐述了泛生态文化对南非种族大和解的"思想启蒙作用"。[①]他分别从"自然生态的沦丧"、"人文生态的异化"和"种族生态的重构"三个层面讨论了南非生活与其泛生态系统之间的密切关系。这篇文章与以往的政治视角有所不同,更多地从自然生态体系中发掘南非现存的具体问题,让人耳目一新。戈迪默作为南非有影响力的政治人物,较多地参与了政治生活及宏大策略的规划和制定,也被人们习惯性地界定为特殊时代的政治符号,较少被从自然、生态角度审视和解读。事实上,戈迪默在被过重政治化处理的同时,也值得从人情等其他层面被观照。她的一少部分小说更像是在严肃和持重的政治文本背后潜埋的、温情的社会图景,例如,短篇小说《有人生来享受甜蜜快乐》和长篇小说《朱利的族人》等。《朱利的族人》既被当作戈迪默对南非未来的成功预言,也被看作她创作繁盛的成果体现。因此,

---

① 庞好龙:《从〈朱利的族人〉探析戈迪默笔下的南非泛生态系统》,《浙江师范大学学报》,2016年第5期,第9—14页。

从这一层面而言，这篇论文回应并解决了质疑戈迪默身份过于单一的问题。

第八，史学研究是另一个研究重点。1981年，外国文学出版社出版了苏联伊·德·尼基福罗娃等人编写、陈开种等翻译的《非洲现代文学》（东非和南非）。这本书提到了非欧洲血统的一些作家，其中包括纳丁·戈迪默。编者认为作家喜欢"把自己作品中的人物'推到'最平常的生活环境中，并一边考察他们的举止"，因此"劝善"是作品的基本特征。他认为"戈迪默在小说中只埋头于描写道德的冲突，而几乎没有触及政治问题。她把非洲人同'白人'的关系放在室内加以认识，而没有在自己的小说中提高到对它进行重要的社会概括。能够说明问题的是：她的一些短篇小说中非洲主人公一般都是以驯服者的姿态出现的，'逆来顺受，忧愁痛苦'"①。这部专著是较早的一部非洲文学史，但对于作家和作品的介绍过于简单，没有能够深入作家创作之中分析其创作流变和艺术主张。这部文学史中的部分观点在现在看来显得过于陈旧，但作品的介绍和补充说明填补了非洲文学史初期的研究空白。

2002年，巴蜀书社出版了阮航所著的专著《诺贝尔文学奖获奖作家代表作管窥》。该书共介绍了15位诺贝尔文学奖获奖作家，其中包括：君特·格拉斯、萨拉马、达里奥·福、托尼·莫里森、纳丁·戈迪默、马哈福兹、威廉·戈尔丁、马尔克斯、索尔·贝娄、贝克特、川端康成、肖洛霍夫、帕斯捷尔纳克、加缪和福克纳。第五小节为《南非黑人生活的真实写照——戈迪默的〈我儿子的故事〉》。该章节主要介绍了戈迪默的创作过程和反对种族隔离制度的创作主张。从总体来看，侧重介绍其反

---

① ［苏］伊·德·尼基福罗娃等：《非洲现代文学》（东非和南非），外国文学出版社，1981年，第236页。

种族隔离制度的政治主张,对其不同时期的创作风格没有做具体的梳理和阐述,内容相对比较简单。

2009年,上海外语教育出版社出版了李永彩所写的《南非文学史》。该部专著共分为五编:口头文学传统、殖民征服时期的文学、自治时期的文学、白人共和国时期的文学和后种族隔离时期的文学。该书分别从早期创作、中期创作和近期创作三个部分介绍了纳丁·戈迪默的创作过程。李永彩认为戈迪默早期创作"无论短篇小说还是长篇小说,主要写中产阶级白人,侧重儿女情长和人伦道德"[①]。他认为早期作品体现了戈迪默童年和成长的经历,大多数是表现了游历中的南非白人故事,同时,作品喜欢描写困境中的人和事。他把戈迪默早期作品划分为1960年之前的创作。而在此之后到1990年的作品被李永彩划分为中期创作阶段。他认为她这一时期的创作是"后资产阶级阶段"作品。他认为"此时的戈迪默开始超越自由主义,转向揭露社会弊病,事实上是在揭露南非自由价值观念同殖民价值观念的不相干,她的主题和艺术风格都发生了变化"[②]。1990年后,即种族隔离制度开始瓦解之始,戈迪默的创作开始趋向内倾性和自我反思。李永彩认为她的创作"不但关注南非的社会政治,也关注人类面对的普遍的生存与死亡问题"[③]。从总体而言,这本书是南非文学史最全最新的一部学术专著,其中的文献资料十分宝贵。有关戈迪默研究的三个部分能够具体分析作家的各个时期代表作品,并做出较为详细的梳理,这从某种意义上填补了南非文学史和戈迪默研究的空白。但是,毕竟整部作品以史为纲,在作品分析和作家背景

---

① 李永彩:《南非文学史》,上海外语教育出版社,2009年,第236页。
② 李永彩:《南非文学史》,上海外语教育出版社,2009年,第358页。
③ 李永彩:《南非文学史》,上海外语教育出版社,2009年,第516页。

资料整理方面还可以有所增进。

2012年5月,昆仑出版社出版了黎跃进主编的《东方文学史论》。全书分为六章内容:东方文学纵向发展论、波斯文学论、阿拉伯文学论、印度文学论、日本文学论和综论与比较研究,其中有一小节专门讨论"戈迪默和《七月的人民》"。该部专著把戈迪默创作分为三个阶段:"第一阶段(1948-1975),力图在对应于种族政治的现实,建立一个具有艺术表达形式的种族批判文学,大多采用现实主义方法,着眼于表现社会现实问题,重点在于揭发南非当局推行种族歧视政策所引起的一系列恶果";"第二阶段(1976-1990),使用更加多样的创作方法,特别是意识流方法得到广泛运用,同时注意着眼未来,并在反映生活的广度和深度方面有所突破,倾向于创作历史预言性质的政治叙事文本,表达一种人道正义的信仰必将克服权力自私的革命想象";"第三阶段(1990年以后),创作中体现一连串两极分化人生价值的摇摆式体悟,表达出不再计较'社会现实'而是回返'人性真实'的一种艺术之路"。① 文中指出戈迪默创作的三大艺术特点:"社会政治视角"、"预言现实主义"和"细腻而深入的心理分析研究"。这一小节内容虽然不够厚重,但是提出几点内容都比较准确,有可参考价值。

从总体看,戈迪默研究在国内尚不充分。虽然已经有两篇与戈迪默相关的博士论文,但都不是以单个作家作为研究对象的文本,还有很大的拓展空间。硕士论文大多只是从单一作品入手分析某一部作品的思想内容和艺术特征,没有很强的系统性和理论性。国内有关戈迪默的中文译本只有8部,而大多数作品都没有翻译成中文,诸如《伯格的女儿》《自然资

---

① 黎跃进:《东方文学史论》,昆仑出版社,2012年,第505页。

源保护论者》《写作与存在》等优秀作品。这些优秀的、近期发表的新作品不能和读者见面,也部分导致人们对戈迪默关注度的降低。戈迪默中后期的作品体现出一种超越民族性和地域性之上创作共性,她对人性的关注、存在问题的探讨、创作立场问题的思考,均体现出一种超越个人经验之上的开阔、宏大和深邃。而人们对其创作的关注点大多数仍然集中于中、前期,未能对其最近的作品有更深入的研究,这也是目前国内戈迪默研究的问题所在。人们对戈迪默的身份界定过于程式化,忽略了一个作家创作的多元化特性,将之归类于某一类型化的作家范围,这也是研究的局限所在。戈迪默身份的复杂性、艺术主题的多元化以及创作立场的独特性都是研究的重点所在,这也是未来研究戈迪默创作的新趋向。

第七章 大江健三郎研究

1994年10月13日,瑞典皇家科学院宣布日本作家大江健三郎荣获诺贝尔文学奖。大江健三郎成为继1968年川端康成之后,第二位获此殊荣的日本作家。事实上,大江已经连续几年被看作诺贝尔文学奖的有力竞争者。每当诺贝尔文学奖公布的夜晚,媒体人都会聚集在大江家门前,等待公布诺贝尔文学奖获奖消息。今年同样如此。大江一家对此感到无奈,全家人都觉得被毫无意义地包围着,因此"家里也是一派阴郁的氛围"①。但前几年,他们都带着失望离去,今年他们终于得到了自己期盼的结果。电话通知大江获奖消息的,是瑞典皇家科学院终身秘书斯特列·阿连教授,最先接电话的是大江的长子光。当大江接过电话,听到自己获奖的消息后,他对阿连教授表示了感谢,然后便挂上了电话,对看着他的全家人说了一声"获奖了"。全家人都静静地点了点头,便各自回了自己的房间,这让大江感到很奇怪:怎么没什么反应呀! 走出大门的大江被照相机的闪光灯和电视摄像机的照明包围了。正如这个奖并没有在大江的家人中引起强烈的反应一样,它也没有让大江失去其惯有的沉着,他对记者们表示:"日本文学的水平很高。安部公房、大冈升平以及井伏鳟二如果仍健在的话,当然会是他们获得该奖项。由于得益于日本现代作家们的积累,还存活着的我这才获得了这个奖项……"这绝不是大江在故作谦逊之态,因为他说的不失为事实。诺贝尔文学奖虽然是授予

---

① [日]大江健三郎述,尾崎真理子采访/整理:《大江健三郎讲述作家自我》,许金龙译,金城出版社,2012年,第230页。

大江本人的,实际上也是对整个日本战后文学所取得的巨大成就的奖励。

川端康成如果泉下有知,得知大江获得诺贝尔文学奖后,一定会感到欣慰。川端康成在大江发表短篇小说《死者的奢华》时,就曾称赞他具有创作的异常才能。更重要的是,大江代表了一种不同于川端康成的另一种日本文学传统,代表了日本文学发展的另一种可能性。如果说川端康成代表了现代日本文学的抒情美传统,大江则代表了日本受西方文学影响,与国际接轨的现代派文学。对此,大江有着清醒的认知:"通过这一标题,川端表现出了独特的神秘主义。不仅在日本,更广泛地说,在整个东方范围内,都让人们感受到这种神秘主义。"① 在谈到自己的创作时,大江则承认受到西方人文主义思想的影响,受到欧洲精神的影响:"渡边给予我的另一个影响,是人文主义思想。我把与米兰·昆德拉所说的'小说的精神'相重复的欧洲精神,作为一个有生气的整体接受了下来。"② 当然这样的认知差异背后隐藏的是两位日本诺贝尔文学奖得主之间不同的文学观和现实观,正如他们在诺贝尔文学奖颁奖会上的"获奖词"标题的差异所表明的那样:"美丽的日本的我"和"我在暧昧的日本"。作为一位重视介入现实的作家,大江显然无法和川端一样喊出"美丽的日本的我",因为在他看来,自己所生活的这个国家虽然"持续着开国120年以来的现代化过程",但它"正从根本上被置于暧昧(ambiguity)的两极之间。而我,身为被刻上伤口般深深印痕的小说家,就生活在这

---

① [日]大江健三郎著,王中忱编选:《死者的奢华》附录之《我在暧昧的日本》(获奖演说),光明日报出版社,1995年,第347页。
② [日]大江健三郎著,王中忱编选:《死者的奢华》附录之《我在暧昧的日本》(获奖演说),光明日报出版社,1995年,第358页。

种暧昧之中"。显然大江对日本这种暧昧的历史和现状不满,在他看来,正是这种暧昧的进程,"使日本在亚洲扮演了侵略者的角色",而且使现在的日本"在亚洲,不仅在政治方面,就是在社会和文化方面,日本也越发处于孤立的境地"。①

通过这个获奖演说,我们就不难发现大江文学强调介入现实的特色,显然并没有把这种"介入"停留在文学创作的层面,更没有停留在演说的层面,而是将之付诸行动了。在获得诺贝尔文学奖后几天,日本政府宣布授予大江日本文化勋章。日本文化勋章设立于1937年,由时任首相的广田弘毅提案制定,用以奖励那些在日本艺术文化和科学技术方面做出突出贡献者。每年的11月3日会在日本皇宫中举行授勋仪式,由天皇亲自颁奖。这是一个纯粹的政府行为,依惯例,诺贝尔奖获得者会被授予文化勋章,但大江拒绝接受这一政府荣誉,因为在他看来,这个象征着天皇制政府最高荣誉的"文化勋章"与战后日本民主主义相矛盾,他本人"不承认还有胜过民主主义的权威和价值观"②。

大江之拒绝日本文化勋章,让我们不由想起萨特之拒领诺贝尔文学奖。大江无疑是萨特的拥趸,他早期的文学创作曾深受萨特存在主义的影响;大江追求"介入文学"无疑也来自存在主义文学的影响;更为重要的是大江在拒绝日本政府文化勋章事件中表现出来的对于自由的向往,鲜明地体现了他的人道主义立场。萨特虽然对瑞典文学院和诺贝尔文学奖并没有意见,但他一贯拒绝来自官方的荣誉,在他看来一旦接受了这种荣誉,就会被社会体制(政府、团体和机构等)改造。萨

---

① [日]大江健三郎著,王中忱编选:《死者的奢华》附录之《我在暧昧的日本》(获奖演说),光明日报出版社,1995年,第350-351页。

② 转引自王建湘:《大江健三郎传》,时代文艺出版社,2013年,第129页。

特拒领诺贝尔文学奖表明他认为一个作家更应看重他的"社会责任、独立精神和人格尊严"①。大江之所以领受诺贝尔文学奖,是因为"诺贝尔奖将从瑞典市民那里领取",而文化勋章则是天皇授予的"国家荣誉",他宣布:"我不接受国家的任何勋章,死后也不接受。这是我的遗嘱!"对此,有论者指出:"这位毫不犹豫拒绝接受文化勋章的诺贝尔文学奖获得者,在政治问题上态度总是非常鲜明。他反对日本军国主义和民族主义,反对核武器,甚至向整个制度提出挑战。然而,从事政治活动并没有妨碍他成为出色的文学家并最终摘取诺贝尔文学奖的桂冠。连政治上和他截然对立的三岛由纪夫也承认:'大江健三郎把战后日本文学提到了一个新高度'。尽管被授予文化勋章是一个很大的'国家荣誉'但大江用拒绝的方式捍卫着自己始终一贯的人道主义立场,赢得了世界爱好和平的人民的敬重。"②

从1955年9月,在东京大学驹场校区的校园杂志《学园》上发表第一篇小说《火山》算起,至其获得诺贝尔文学奖,大江健三郎已经在文学事业上,兢兢业业地努力了40年,创作、发表了大量的小说、随笔、剧本和评论类作品。任何作家的创作都不可能是无本之木,大江也不例外,他的文学创作与他的生活具有如此紧密的联系。"大江通过长期居住在森林山谷的大自然生活体验所培育出来的丰富想象力,通过调查日本广岛、长崎遭原子弹轰炸所获得的悲惨体验,以及身历儿子天生残疾所承受的痛苦体验而产生的对生与死的关注和对生命的关爱,树立起一种'战斗的人道主义精神'。这种三重生活的体验,这种对残疾和核武器的悲惨后果问题的'具有普遍意义的人

---

① 唐建清:《高傲的萨特》,载《读书》,2000年第4期,第76页。
② 王建湘:《大江健三郎传》,时代文艺出版社,2013年,第131页。

性'的双重思考,便成为大江取之不尽的创作源泉和永恒的主题,也从此确立大江创作的基本态度。"①

第一节 生存状态与思想养成

大江健三郎于1935年1月31日出生于日本四国岛爱媛县喜多郡大濑村,即今天的内子町大濑。他的父亲是一位作坊主,所从事的工作是祖传下来的,即生产纸制原材料。这样的家庭出身,使大江得以在父亲在世时享受衣食无忧的生活。大江的母亲是一位坚强的女性,在大江父亲去世后,独立支撑起整个家庭,并尽最大努力给予大江最好的教育。

童年的生活,对大江后来的人生和他的文学创作都产生了深远的影响。

首先,大江生于斯的峡谷中的村庄,被森林包围着,而森林在大江的作品中占有重要的地位。大江曾说他是受森林经验的恩庇而成为小说家的,这与其自幼受到森林文化的影响是分不开的。

大江在中篇小说《饲育》中虚构了一个"峡谷村庄",作为他乡村小说的故事背景,此后,作为故乡象征的这个"峡谷村庄"不断出现在大江的小说中。但是,森林对于大江而言,不只是他作品中故事的展开背景、人物的生活场景。当然,也不只是如森林在传统日本文化中的标示意义,虽然我们不得不承认,日本民族直至今日都对森林具有一种敬畏之情。这是由

---

① 叶渭渠:《〈大江健三郎自选集〉编者的话》,见大江健三郎著:《小说的方法》,王成等译,河北教育出版社,2000年。

其文化之始的生活状态决定的。日本自古多森林,日本文明就是从森林中发展起来的。这从其旧石器时代的石斧使用磨制的刃,便不难发现这一不符合时代特点的工具,是远古日本人为适应森林生活环境的一个结果。一万年前左右,生活在森林中的古日本人开始向海边移居,但并没有放弃森林生活,森林仍然是他们生活物资的主要来源,而且并没有为了追求财富而破坏自然森林,与之长期维持着和谐共存关系。日本学者安田喜宪因此将日本文化称为"森林文化",从后世日本文化对森林一直怀有的敬畏之情不难发现,安田的这一观点不失其深刻性。大江祖母给大江讲述的"木灵传说",正是日本森林崇拜文化的体现。所谓"木灵传说",是指生活在森林峡谷中的人们要相信,他们每个人都有专属的一棵树,他们的灵魂就居住在那个树里。人在出生时,灵魂从树里出来降在人的身体里,人去世后,灵魂会再次回到树里。这样的故事无疑激发了童年大江的想象力,而且是一种纯粹根植于日本文化的想象力;同时也使他对森林有一种依恋之情,事实上,大江后来在文学创作中,常将象征神的树木和森林融入自己的作品中,并试图通过树木和森林这个媒介,探求世界、人生与人性的本质,正如大江本人所说的那样:"我一直想把自己出生和成长的四国丛林中的村庄里的神话与传说中独特的宇宙观、生死观写到小说里去。"①

森林包围着的峡谷里的村庄,于大江而言,具有另一层意义,即森林相对于现代都市,森林中的村庄"相对于天皇中心的主流文化"具有"边缘性"的象征意义。森林村庄文化是"绝对性与单一封闭性"的对立面,它意味着"多样、丰富、开放的

---

① [日]大江健三郎:《小说的方法》,王成等译,河北教育出版社,2000年,第144页。

生动形态"①。这种"从边缘出发"的观念,也被大江作为一种小说创作的方法进行讨论。在他的《小说的方法》一书中,大江通过讨论墨西哥版画家波萨达的版画,对这一方法进行了详细的解说:"小说如何把握时代,如何从整体上来表现时代?不容怀疑,这是一个即将在眼前灭亡的危机四伏的时代,把握现代危机的本质的方法就是必须站在边缘上,不能以中心为指向。这一整体性的表现必须从边缘、从结构的隐性方面来完成。""基于这一视点来考虑的话,小说的整体性表现就能得到充分的定义。这就是结构化的整体性。如果从小说表现中结构化的整体性的角度来考虑,就会增强这一方法的可靠性。"②后来大江在总结自己的小说创作时又说:"我早就将我的创作定位于对比中心(东京天皇制文化)与周边(四国林中山谷民众文化),坚决站在周边一侧来构筑自己的文学。"③

其次,童年的阅读经验对其后来的文学创作产生很大的影响。1994年12月7日,大江健三郎作为当年诺贝尔文学奖得主在斯德哥尔摩瑞典皇家学院发表讲演时,回忆起自己孩童时代阅读母亲送给他的《哈克贝里·芬历险记》和《尼尔斯历险记》时的感受,这两本书一度占据了童年大江的内心世界。阅读马克·吐温的《哈克贝里·芬历险记》,使孩童时代的大江"为自己的行为找到了合法性的依据"。也许是受阿婆森林故事的影响,大江感觉在树木的簇拥下进入梦乡,要比待在峡谷间那座狭小的房屋里过夜更为安逸,这当然也与"恐怖笼

---

① 王中忱:《〈性的人〉译序:边缘意识与小说方法》,见大江健三郎:《性的人》,郑民钦译,光明日报出版社,1995年,第10页。
② [日]大江健三郎:《小说的方法》,王成等译,河北教育出版社,2000年,第105页。
③ [日]大江健三郎:《小说的方法》,王成等译,河北教育出版社,2000年,第234页。

罩着世界"的时代环境有关。① 而阅读瑞典作家塞尔玛·拉格洛芙的《尼尔斯历险记》(我国译作《骑鹅历险记》)则让大江"感受到若干层次的官能性的愉悦",其中最高层次的愉悦是在尼尔斯与野鹅朋友历经了各种苦难后终于回到家乡,他呼喊着思念已久的双亲:"妈妈、爸爸,我长大了,我又回到了人间。"读到这里,大江感到自己也在同尼尔斯一样发出那声声呼喊,"因而感受到一种被净化了的高尚的情感",事实上,这种情感影响了成年之后大江的文学创作:"随着年龄的增长,我继续体验着持久的苦难,这些苦难来自生活的方方面面,从家庭内部,到与日本社会的联系,乃至我在 20 世纪后半叶的总的生活方式。我将自己的体验写成小说,并通过这种方式活在世上。"② 而尼尔斯的那声声呼喊,一直萦绕在大江耳边。

大江的曾外祖父曾是一名属于伊藤仁斋谱系的汉学家。大江家里存有《论语古义》和《孟子古义》等书,这使大江喜欢上了"古义"这个词。大江在后来创作的《奇怪的二人组合》三部曲(《被偷换的孩子》、《愁容童子》、《别了,我的书》),以及《优美的安娜贝尔·李寒彻颤栗早逝去》和《水死》中的主人公古义人的名字中的古义都来源于此。而且大江承认,古义人这个人物与小说作者大江多有重复之处。

值得一提的是,大江在幼年时就阅读了鲁迅的作品。1947年,在大江进入新制中学前,母亲将《鲁迅选集》作为大江进入新制中学的贺礼送给了他。对于 12 岁的大江来说,也许还无法完全理解鲁迅的深刻,但在内心里却一直珍视鲁迅的那段

---

① [日]大江健三郎著,王中忱编选:《死者的奢华》附录之《我在暧昧的日本》(获奖演说),光明日报出版社,1995 年,第 344 页。
② [日]大江健三郎著,王中忱编选:《死者的奢华》附录之《我在暧昧的日本》(获奖演说),光明日报出版社,1995 年,第 344—345 页。

话——希望是本无所谓有,无所谓无的,这正如地上的路,地上本没有路,走的人多了也便成了路。后来,大江通过持续地阅读鲁迅,对这句话的理解越来越深刻了:"现在,我已经71岁了,我在稿纸上引用这段话语的同时,我觉察到,依据迄今为止的人生经历,自己确实加深了对这句话语的理解。而且我意识到,自己从内心里相信现在之中有希望,那是鲁迅所说话语的意蕴……"① 事实上,大江在后来创作的小说《优美的安娜贝尔·李寒彻颤栗早逝去》,其主题就是始于绝望的希望,其中不难看出鲁迅的影响。事实上,鲁迅对大江的影响一直持续到大江晚年。大江曾创作过数量可观的随笔作品,这些随笔作品是大江文学世界的重要组成部分,正如大江所说,"小说和随笔是我文学生活中的车之两轮",这些作品与其小说具有重合之处,只是更加直截了当。而大江的随笔创作,是以鲁迅先生为榜样的,他觉得自己写作随笔的最根本动机,就是拯救日本、亚洲乃至世界,而这也正是鲁迅先生写作随笔的原因。所以大江说:"用最优美的文体和深刻思考写出这样的随笔、世界文学中永远不可能被忘却的巨匠是鲁迅先生。在我有生之年,我希望向鲁迅先生靠近,哪怕只能挨近一点点。"②

最后,父亲受辱事件和阿婆讲述的奥福故事,让大江意识到日常生活用语中的权力问题,认识到这世界上还有一种与日常生活用语不同的讲述物语故事的语体,而大江听到的那些故事则成了他后来小说创作的素材。大江的父亲曾经制作了一台捆包机,用以对制作纸币的原材料进行打包。有关方面

---

① 大江健三郎在北京大学附属中学的讲演,引自王建湘:《大江健三郎传》,时代文艺出版社,2013年,第153—154页。
② [日]大江健三郎:《我是怎样写随笔的》(《大江健三郎自选随笔集》自序),见《大江健三郎自选随笔集》,王新新等译,光明日报出版社,2000年。

将其视作爱媛县"大后方"民间产业的一个实例进行展示,因此县知事便来视察了。战争时期,家里能从事体力劳动的人都被征集走了,而那台设备又需要两个人合作才能操作。当大江的父亲表示不能操作后,与县知事一起来的警察署长却用"你这家伙,给我演示!"或"给我演示!"这样的语言命令大江的父亲。大江的父亲无奈,只能赌气一个人演示。对此大江回忆说:"这件事给我留下了非常强烈的印象,意识到在口语体语言中,存在着拥有这种权力的人用于强制别人的语言,以及弱势者无力反抗的语言,我父亲就属于那种无力反抗的人。"① 同样是习惯使用这种弱势的口语体语言的祖母,在讲述"奥福"等故事时,"却在用另一种全然不同的讲话口吻"。虽然年幼,但大江还是意识到了物语语体与日常生活用语的不同:"世上存在着这样讲述物语的口语体语言以及日常会话的口语体语言,而最重要的,是有意识地注意到叙说方式,并用那种经过选择的叙说方式来讲述已经被说过很多遍的事物,这就是讲述物语故事的方法吧。"②

　　大江是听着祖母讲述森林故事和村子里的传承故事长大的,这些故事有一个主轴,那就是江户时代后半期发生在大江故乡的两起暴动事件,即"内子骚动"(1750)和"奥福骚动"(1866),其中尤其以"奥福骚动"为中心。大江就是在不断思考奥福这个人的人格过程中,度过了他自己的少年时代。后来作为暴动领袖的奥福经过"变形",成了大江小说《同时代的游戏》和《M/T 与森林中的奇异故事》中的人物。而把奥福故事

---

① [日]大江健三郎述,尾崎真理子采访/整理:《大江健三郎讲述作家自我》,许金龙译,金城出版社,2012年,第6页。
② [日]大江健三郎述,尾崎真理子采访/整理:《大江健三郎讲述作家自我》,许金龙译,金城出版社,2012年,第7页。

与对当下及未来的思考进行衔接的作品,最有代表性的当数《万延元年的足球队》。

在《万延元年的足球队》中,森林峡谷中的村庄成了一种统一了过去、现在与未来的场景。正如大江自己所说的那样:"我是抱着这样的决心开始写作的:要在百年之间往返,要返回到相隔百年的过去,从那里再度前往未来,而且,我要反复再现这个过程。万延元年一八六〇年的农民暴动,还有以村里青年们练习足球这种形式而准备的一九六〇年的暴动。将相隔百年的这两者连接起来,我就以这种形式开始了写作。"① 小说中的主人公是根所家的两兄弟蜜三郎与鹰四,都希望从都市返回故乡,那个峡谷中的村庄,以期开始新的生活。蜜三郎之所以希望回到故乡,是因为他在现实生活中陷入了困境之中,孩子先天白痴和妻子酒精中毒,令蜜三郎觉得现在的自己如同一只老鼠,在强大的生活困境中迷惘战栗:"我已经意识到自成怀的肉体、精神都在下滑、下滑的斜坡又明显地通向死亡气息更加浓郁的地方。"而鹰四之所以从美国回到日本,并决心回到家乡,是因为这个当年学生运动的参加者,在漂泊的生涯中找不到精神的寄托,希望借回到故乡的机会,找到心灵的归宿。从这个意义上说,森林峡谷中的村庄,被兄弟二人视作精神的回归之地。回到故乡的鹰四打着组织足球队的名义,号召故乡的青年人发动了一场针对"超级市场天皇"的暴动。他在想象中建构万延元年那场暴动中的祖父的弟弟的事迹,他回到故乡,实际上就是要按照他想象中的祖父的弟弟的方式,展开斗争。在一个雪夜,鹰四在性兴奋的刺激下赤身裸体在雪地里转圈奔跑,在雪地上来回翻滚。看到这一刻的蜜三郎感到过去与

---

① [日]大江健三郎述,尾崎真理子采访/整理:《大江健三郎讲述作家自我》,许金龙译,金城出版社,2012年,第97页。

现在重合了,祖父弟弟的亡灵与鹰四重合了:"这一秒内所有的雪片描绘出的线条将在大雪满天这段时间里一成不变,不会再有什么别的举动了。一秒钟的状态可以不尽地延伸。声音被雪层吸收了去。时间的方向性也被飘降的大雪吸收进去,消失得杳无踪迹了。这无处不在的'时间',赤身裸体奔跑着的鹰四是曾祖父的弟弟,也是我的弟弟,一百年来所有的瞬间都层层重合成这一瞬间。"① 历史总会作为一种场景,在某个严峻的时刻重现。死去的人开始与活着的人进行了一场灵魂对话。这不失为一种方法,一种修复被破坏的世界的方法,一种去除魅影的方法。

在鹰四看来,蜜三郎就是现代版的祖父,一个被现实碾压的执着的现实主义者。事实也确实如此,蜜三郎总在努力地向主流文化靠拢,却丧失了行动的能力。他感到自己被一种巨大的徒劳感攫住了,对鹰四的所有行为都持有怀疑,甚至是否定态度。如果说鹰四代表着理想,那么蜜三郎无疑就是现实的象征。执着于理想的鹰四和执念于现实的蜜三郎都希望在家乡实现精神的回归、自我的再生。显然他们的回归之途布满荆棘,最终鹰四通过选择死亡来承担"暴动"的责任,并借此超越了死亡,也实现了自我超越,正如曾祖父的弟弟通过自我幽禁来自我惩罚。而鹰四的死促成了蜜三郎的转变,他终于意识到,鹰四是"坚忍地承受心灵地狱的磨炼、顽强探索超越心灵地狱、走向新途的人",于是他决定承担自己该承担的责任,开始一种新的生活,把白痴的儿子从保育院接回来,与妻子一起抚养妻子正怀着的鹰四的孩子。精神的回归与自我的再生终于实现了。森林峡谷村庄就这样成为"提供'再生'可能的理想

---

① [日]大江健三郎:《万延元年的足球队》,见大江健三郎:《个人的体验》(下),杨炳辰、王新新译,漓江出版社,2001年,第370—371页。

空间",在这个意义上可以说,《万延元年的足球队》在大江的小说中具有转折性意义。"如果说,在大江此前的作品里,'峡谷村庄'主要意味着'丧失',那么,在《万》里,'峡谷村庄'则是根所兄弟寻找自我、寻找心灵故乡的空间。"① 此外,不难看出,大江的《万延元年的足球队》带有非常明显的存在主义影响的痕迹。执着于理想(鹰四)或执念于现实(蜜三郎)都无希望可言;找寻历史认同的鹰四与苟活于当下的蜜三郎都无法看到光明,最终只有理想与现实结合、历史与当下统一,勇敢地承担起自己该负的责任,"新生"才能到来。

第二节 初登文坛与介入现实

当时的诺贝尔文学奖评委会主席歇尔·耶思普玛基在"颁奖词"中曾如此评价大江的小说创作:"人生的悖谬、无可逃脱的责任、人的尊严等这些大江从萨特中获得的哲学要素贯彻作品的始终,形成大江文学的一个特征。"② "大江说他的眼睛并不盯着世界的听众,只对日本的读者说话。但是,其中存在着超越语言与文化的契机、崭新的见解、充满凝练形象的诗的这种'变异的现实主义'。让他回归自我主题的强烈迷恋消除了(语言等)障碍。我们终于对作品中的人物感到亲切,惊讶其变化,理解作者关于真实与肉眼所见的一切均毫无价值

---

① 王中忱:《〈性的人〉译序:边缘意识与小说方法》,见大江健三郎:《性的人》,郑民钦译,光明日报出版社,1995年,第7—8页。
② 大江健三郎著,王中忱编选:《死者的奢华》附录之《颁奖词》(歇尔·耶思普玛基),光明日报出版社,1995年,第362页。

的见解。但价值存在于另外的层次。往往从众多变相的人与事中最终产生纯人文主义的理想形象、我们全体关注的感人形象。"① 歇尔·耶思普玛基指出大江从萨特那里获得的哲学要素——人生的悖谬、无可逃脱的责任、人的尊严等,本身也是存在主义的核心思想,正如萨特本人在《存在主义是一种人道主义》一文中所说那样:"存在主义,根据我们对这个名词的理解,是一种使人生成为可能的学说;这种学说还肯定任何真理和任何行动既包含客观环境,又包含人的主观性在内。"② 接着萨特对存在主义哲学思想进行了解释,指出存在主义强调"存在先于本质"、强调人的"自由选择",对此《存在主义是一种人道主义》一文的译者周煦良指出萨特的存在主义"把人当作人,不当作物,是恢复了人的尊严"③,因此它是人道主义的。由此可见,大江文学所表现出来的精神与萨特存在主义哲学思想具有明显的一致性,同样关注人的存在、人的状况、人的本质以及人性等。大江本人也一再提到,他曾经深受萨特存在主义的影响。他以萨特为自己大学毕业论文的研究对象④,他本人后来曾访问过萨特,他也曾在自己的文章中直言:"在我的精神形成过程中,法国文学作为坐标轴发挥了作用。其中,萨特是最为有力的指针。"⑤

大江之接受存在主义哲学思想,与战后日本特殊的社会历史状况不无关系。经济战后日本被一股悲哀、绝望感笼罩着,

---

① 大江健三郎著,王中忱编选:《死者的奢华》附录之《颁奖词》(歇尔·耶思普玛基),光明日报出版社,1995年,第364页。
② [法]让-保罗·萨特:《存在主义是一种人道主义》,周煦良、汤永宽译,上海译文出版社,1988年,第4页。
③ [法]让-保罗·萨特:《存在主义是一种人道主义》,周煦良、汤永宽译,上海译文出版社,1988年,第2页(译者导读)。
④ 大江毕业论文的题目为《论萨特小说中的形象》。
⑤ 王建湘:《大江健三郎传》,时代文艺出版社,2013年,第36页。

人人处于焦虑与惶惑之中,不知自己将走向何方。那是一个信仰幻灭的时代,那是一个意志崩塌的时代,人们看不到光亮的可能。大江自幼受到鲁迅的启示——"希望是本无所谓有,无所谓无的,这正如地上的路,地上本没有路,走的人多了也便成了路",如他所推崇的战后派作家一样,"一边对抗着涌上心头的绝望,一边继续相信'未来'"①,努力探索着破除绝望迷雾的可能。"大江选择接受萨特的存在主义时,主要是出于对日本战后文化的焦虑,他试图借助于萨特的存在主义哲学来解答日本文化所面临的问题,探索日本文化的出路。"②但只看到大江受到存在主义哲学的影响是远远不够的,大江作为日本作家,发展甚至是超越了"存在主义"。大江本人也曾明确指出,日本社会不同于西方社会,对存在主义的理解也就不同:"西方的存在主义是工业化机器文明给人们带来物质挥霍后的人的自然属性的异化,他们更多的是反抗物化过程中人的堕落,但人的异化还可以有主动性和可选择性;而战败后日本人被西方工业化机器文明奴役下的整体牺牲,是人的自然属性被毁灭,人的异化带来更多的被动性和不可选择性。这种理解背景差异下的荒谬感有着本质的不同。"但这只表明了大江在理念上对萨特存在主义的发展,而他在文学创作中,具体是如何发展的呢,或者是如何发展起了大江式的存在主义文学呢?我们是否应该从如下几个方面考虑?首先是联系日本特殊的历史,特别是战后日本的历史,其中包括侵略战争、核爆影响下的日本现代历史;其次是必须考虑到大江以个人体验为表现形式,以私人生活为主要内容的小说创作特色,几乎每部小说中,我们都能找到大江的影子,以及他私人的生活状态,这是萨

---

① 王建湘:《大江健三郎传》,时代文艺出版社,2013年,第39页。
② 王建湘:《大江健三郎传》,时代文艺出版社,2013年,第35页。

特小说所不具有的,这却是日本私小说传统从来不缺乏的东西;最后,从小说最后的形态来看,大江的小说并没有最终走向"文学哲学化"。

萨特的存在主义哲学,关注的中心是人生态度的价值论问题,包含三方面内涵:"第一,它是对西方理性主义形而上学决定论的反叛,标明了西方现代资本主义文明危机下一种人的精神'转向'。第二,它是对西方传统历史理性主义的超越,摒弃了西方对历史目的性的乐观主义信任和历史合理性的设想。第三,它是对西方人现实社会境遇的抗争,指出了人应该凭'自为'未充实性,投入社会与人生,从人生注定孤独的不幸中,走向自觉地追求、体验孤独。"①

与萨特"存在先于本质、自由选择"的存在主义思想不同,大江文学虽然明显受存在主义的影响,强调在面对现实时,个体的超越性与"自为",强调对人之生命意义的追寻,但他更强调将具有私人性质的"个人的体验"融入其对日本现状的思考中。这种个人体验首先与其私人生活状态相关,特别是与其"与长子光共同成长"的生活状态紧密相关。丸谷才一认为大江是私小说作家:私小说对作者身边的事情感兴趣,用作素材,这不就是大江吗?一般所说的私小说具有三个典型特征:其一是视野的收缩,将文学的视界从广阔的社会生活收缩至个人情感和家庭生活;其二是内容具有私密的真实性,正如久米正雄所说,就是作者把自己直截了当地暴露出来,并不回避作者内心的绝望与丑恶;其三是具有感伤性,因多表现自己的不安与迷惘,给人一种柔弱感。由此可见,大江文学确实具有私小说写作的某些特色,但大江显然超越了传统私小说。传统私

---

① 曾艳兵主编:《西方现代主义文学概论》,北京大学出版社,2006年,第294页。

小说并不关注社会现实与民族国家问题,而大江虽然也写身边事物,也写自己的个人生活体验,但他决意要写"现代的私小说":"私小说的传统中是具有一些大作品的……但私小说是讲述作者的日常生活被某种不寻常的或特别的事件——海啸、地震、母亲之死、丈夫之死——打断时所发生的事情。它从未揭示个体在社会中的角度这样的问题。我的作品发端于我的个人生活,但我试图揭示社会问题。"①

此外,大江文学强调揭示在"政治性"现实中个人的生存体验与灵魂激荡。大江将文学世界与政治世界联系到一起的,是对"人性"的书写。而对人性的思考,大江的笔力集中于"性"问题,但我们绝不应狭隘地理解大江文学中的"性",性是大江窥探日本社会的一个视角,是被作为政治的暗喻而被引入到文学中的。性本身具有鲜明的个人性和私密性,但这并不意味着"性"与世界之间失去了联系,恰恰相反,大江通过"鸟"(《个人的体验》中的男主人公)之口道出了所有个人体验与世界的这种关联:"个人体验之中,只能有一个人,在那体验的洞穴里慢慢地爬行,不久,就能爬出与一般人相关的打开真实展望的洞口,应该有这样的体验吧?这种场合,说什么也应该把痛苦的果实给予痛苦的个人。"②

当我们比较萨特的存在主义文学作品和大江的作品时,不难发现,萨特文学中的人物,往往就是这个世界荒诞、无规律性的表征,无论是《恶心》中的安东尼·洛根丁,还是《墙》中的伊比埃塔,只是一个符号,他们的存在只是为了"标示出世界

---

① [日]大江健三郎:《我是一个热爱民主的无政府主义者》,许志强译,载《中堂闲话》,2012年第5期。
② [日]大江健三郎:《个人的体验》,杨炳辰、王新新译,漓江出版社,2001年,第148页。

荒诞、人生虚无的存在主义意识"。① 而作为他们行动的背景，哪怕是《墙》中的反法西斯战争背景，也只是一种指代，是"世界永远荒诞的一个证明"，并没有使作品增加"反法西斯主题意义"。换句话说，对于萨特来说，他的存在主义文学是其存在主义哲学的文学化表达。大江则不同，他不是一个哲学家，他充其量只是一个受萨特存在主义文学影响的作家，因此在大江的文学中，我们看到的是人物与环境的紧密联系，人物存在的意义表现与背景之间关系紧密，不可二分。因此，我们看到20世纪60年代因反对《日美安全条约》而陷入动荡不安的日本社会现实，因广岛和长崎曾遭受核弹攻击而对核危机异常关注的社会情绪等问题，在大江文学中占有重要的位置，是其强调文学"介入现实"的重要表现。其文学的意义也在这里得到彰显。"他是具体通过日本的状况、个体所体验的现代人面临的核危机、残疾危机和性危机来寻找日本现代社会的定式，从而形成大江式的存在主义文学。"②

由此可见，大江人道主义思想及人道主义文学的形成，与其个人经历、战后日本特定的社会文化境况及萨特存在主义思想的影响有关，但另一个人的影响也不能忽视，这个人就是大江的老师渡边一夫。在大江眼里，渡边一夫这个"正派的"日本人就是"人道主义者"，因为"这两个词都含有宽容和人性之义"。③ 大江与研究法国文艺复兴时期文学和思想的学者渡边一夫的最初接触是他与《法国文艺复兴断章》的邂逅。渡边一夫在书中所要表达"自由检讨的精神"，深深地吸引了当时

---

① 曾艳兵主编：《西方现代主义文学概论》，北京大学出版社，2006年，第295页。
② 叶渭渠：《战后日本存在主义与大江健三郎》（《个人体验》译本前言），见大江健三郎：《个人的体验》，杨炳辰、王新新译，漓江出版社，2001年，第9页。
③ ［日］大江健三郎著，王中忱编选：《死者的奢华》附录之《我在暧昧的日本》（获奖演说），光明日报出版社，1995年，第355页。

还在读高中的大江。从此,大江决定考上东京大学,去与渡边一夫学习法国文学。经过一年的复习,大江最终如愿考取了东京大学法国文学专业。虽然直到在进入东京大学后的第三年,大江才第一次遇见渡边一夫本人,但在此期间大江陆陆续续读了一些渡边一夫的著作和文章。大江在斯德哥尔摩瑞典皇家文学院发表的演讲中承认在人生和文学方面是渡边一夫的弟子,其一是小说,从渡边一夫那里,大江"学习和体验了米哈伊尔·巴赫金所提出并理论化了的'荒诞现实主义或大众笑文化的形象系统'——物质性和肉体性原理的重要程度;宇宙性、社会性、肉体性等诸要素的紧密结合;死亡与再生情结的重合;还有公然推翻上下关系所引出的哄笑"[①]。大江将这些与自己的文学创作紧密结合,但他从来没有离开自己边缘的位置,"同时开拓出一条到达和表现普遍性的道路"[②]。大江对边缘国家文学的关注,就是大江受渡边思想影响的结果。

如果我们承认关注精神、关注人的生存价值、关注边缘存在的价值,是文学与文学研究发挥其意义与价值的重要表现,那么大江文学就具有了站在边缘审视整个世界的价值。后来大江在他的小说中建构起了一种"边缘—中心"对立相图式,强调其作为小说的一种基本方法。当然,我们不能做过于狭隘的理解,将"边缘—中心"仅仅作为一种小说的创作方法,虽然大江是在《小说的方法》一书中提出这一模式的,但"方法"在大江那里本身就不是一个可以与形式和内容相分割的存在。正如有论者指出的那样:"大江并不沿着内容/形式的思路去

---

① [日]大江健三郎著,王中忱编选:《死者的奢华》附录之《我在暧昧的日本》(获奖演说),光明日报出版社,1995年,第357页。

② [日]大江健三郎著,王中忱编选:《死者的奢华》附录之《我在暧昧的日本》(获奖演说),光明日报出版社,1995年,第357页。

考虑文学的方法问题,他所说的'方法',并不限于形式、技巧层面,而是贯注着米兰·昆德拉所说的'小说精神',与'小说精神'融为一体、互为表里。"因此,从"边缘"出发,指向"中心",是大江通过小说观察世界的方法,更是他的一种意识或精神立足点,"体现了他认知世界的方式,甚至凝结着他的人格追求",①从这个意义上说,"边缘"于他而言并不是退守之地,而是他力量的来源,带着边缘的意识出发,他把那篇文章命名为"走向边缘,从边缘出发"。"走向边缘"既是一种方法,也是一种意识,而"从边缘出发"则是一种精神和价值指向,而这种指向不就正是人道主义的指向吗? 正如大江在谈到作为人文主义者的渡边对自己的影响:"我希望通过自己这份小说家的工作,能使那些用语言进行表达的人及其接受者,从个人和时代的痛苦中共同恢复过来,并使他们各自心灵上的创伤得到医治。"更重要的是,考虑到当时日本社会曾经或正在经受的创伤,他希望通过自己在文学上做出的不懈努力,"医治和恢复这些痛苦和创伤。这种工作也是对共同拥有日语的同胞和朋友们确定相同方向而作的祈祷"②。

大江的《万延元年的足球队》与《冲绳札记》是大江"从边缘出发"创作方法的典型代表。虽然从属于小说和随笔文体,这两部作品却常常被并置,进行参照阅读。

冲绳是日本文化中的一个特殊存在。冲绳即历史上的琉球,它一直是中国的属国,后被日本并入自己的版图,成为日本的一个藩。第二次世界大战中,冲绳成为日本军国主义绝对

---

① 王中忱:《〈性的人〉译序:边缘意识与小说方法》,见大江健三郎:《性的人》,郑民钦译,光明日报出版社,1995年,第14页。
② [日]大江健三郎著,王中忱编选:《死者的奢华》附录之《我在暧昧的日本》(获奖演说),光明日报出版社,1995年,第359页。

的牺牲品,为了抵制美军的进攻势头,日本军部不惜使冲绳成为一片焦土,这给冲绳人民带来了极大的灾难。"二战"后,冲绳被美国占领,成为军事基地,1972年美名义上将冲绳归还日本,但仍是美军重要的军事基地,驻有大批美军。这样的历史,使冲绳在日本文化中,处于一种绝对的边缘地位。正是冲绳特殊的历史和边缘存在的状态,引发了大江的思考,使他于1965年首访冲绳后数次访问这里,并写下了大量针对冲绳对日本的历史与现状进行批判与反思的随笔文字,1975年,这些文章结集为《冲绳札记》出版。在大江看来,冲绳因为身处边缘和角落,具有了独立的东西和特定的东西。从冲绳获得的这种边缘的意识,大江结合自己的峡谷森林村庄的出身,进行了深入的思考。以冲绳为参照,大江看到自己身上的中心性——是一个日本人;以冲绳为参照,大江看到了东京中心指向的生活造成的歪斜和扭曲。正是从冲绳获得的经验和思考,使大江的《万延元年的足球队》成了一部具有边缘意识的作品;此后,大江通过阅读山口昌南的理论著作,大江获得了理论的根据,明白了在边缘与中心之间,会产生一个巨大的场力。山口的理论与大江创作《万延元年的足球队》的经验相结合,最终确定了"边缘—中心"的创作模式,此后在此模式之下,大江创作了以峡谷森林村庄为背景的一系列小说。

第三节　直面危机与忧患的创作

1955年,大学二年级的大江参加了东京大学驹场校区的校园杂志《学园》设立的,面向学生的小说征文奖,他创作的短篇小说《火山》获得了第二名(第一名空缺)。这是大江第一篇变成铅字的小说,虽然大江后来极少提到这篇小说,也没有被选入过大江的任何文集中。小说中的"我"是一个在农民面临危险时,选择了旁观与无为的青年学生。对于这样的选择,"我"虽不无反思,却又无可奈何。从反思到反思止,改变并没有来临。如果说典型的,或者说成熟的大江小说是从个体经验或个体生活出发,最终指向社会现实与时代诉求的话,那么不得不说,大江的这篇小说,只能算作大江的一篇比较成熟的习作。"战后派文学的最大特征在于与旧时代、日本现代文学特别是私小说的决裂。显然,至少在《火山》发表时,大江还没有真正秉持战后派文学的精髓,从正面把握战后日本人的政治性和社会性。"① 而之所以认为《火山》还算比较成熟,是因为小说中的"我"的生活并没有完全囿于私人的空间,也没有完全沉迷于私人情感之中,他看到了自己的无为与无力。事实上,《火山》中的"我"往前走一步就是大江后来小说中的人物,即具有社会属性的人物,或者说是体现出一代人的生存状态或精神情感的人物。不得不说,年轻作家大江的成长是迅速的。他公开发表的第一篇小说《奇妙的工作》(1957),已经在本质上超越了《火山》。

《奇妙的工作》系大江为《东京大学新闻》"五月祭"悬赏小说而作,经荒正人先生评选,被推荐为获奖作品。小说描写一位大学生找到一份杀狗的短期工作,结果在这份无聊而又残忍的工作中,不仅被狗咬了腿,而且还最终因为工作人员的失误,使自己几天来的工作成了一场徒劳。

《奇妙的工作》发表,使大江的小说创作具有了一个良好

---

① 王新新:《唤起"危险的感觉"——试析大江健三郎早期文学中战后再启蒙意识》,载《解放军艺术学院学报》,2005年第4期。

的开端。不仅是因为这部小说使大江获得了荒正人、平野谦等文艺评论家的肯定,大江自此比较顺利地登上了日本文坛,更重要的是它在大江小说创作的历史上具有其他几方面的重要意义。首先,从这篇小说中,我们能明显看到大江对战后日本青年生命状态的关注。他们被一种虚空的情绪笼罩着,他们看不到希望,更失去了激情与活力,感到的只有深深的无力感、徒劳感与挫败感:"我的疲劳是日常性的,我已习惯不怎么去激怒了。即使对屠夫的卑鄙我也怒不起来。愤怒刚刚孕育,转瞬就立刻萎靡了。我没有去参加同学们的学生运动。其中虽有对政治不感兴趣的理由,但是归根结底,是因为我没有持续不断的愤怒,我常常为此焦虑不安,为了恢复愤怒,我总是筋疲力尽。"① 这篇小说塑造了这样一幅青年大学生的群像,"我"、私立大学生和女学生。这就在一定程度上超越了《火山》只关注个体存在,而是将一代人共通的特征作为他考察的对象。"我"成了我们的"代表","我们这些丧失个性,彼此相似的日本学生"②。通过这种方式,大江就"把个别上升为普遍,将个人的无为作为社会现象、作为年青一代共有的问题来把握的"。其次,大江小说的一些创作方法,在这一时期已经奠定了基础,对此大江有着非常明确的认知。大江在创作《奇妙的工作》之前,阅读了皮埃尔·加斯卡尔的《野兽们》,也正是在这一时期,大江的一个朋友因为自杀未遂住进了东大医院,这位朋友对前来看望他的大江说:"每天下午一到六点,东大医院饲养的那些用于实验的狗就叫开了。"这两个经历的相遇,最终促成了大

---

① [日]大江健三郎:《死者的奢华》(中短篇小说集),王中忱编选,光明日报出版社,1995年,第4页。
② [日]大江健三郎:《死者的奢华》(中短篇小说集),王中忱编选,光明日报出版社,1995年,第3页。

江这篇小说的问世。后来大江的整个创作生涯几乎都延续了这样的创作模式——阅读经验与现实生活的相遇。大江说这是他的一种独创性,虽然当时没有意识到,却是一直延续至今独创性。① 再次,大江的小说自《奇妙的工作》始,其内蕴开始变得复杂,不再如《火山》那样只表现"无为与行动的对立"这样纯粹的主题。《奇妙的工作》具有非常强的隐喻性,小说中的那些各种各样的狗,"作为零碎的比喻而经常出现",包含着针对社会现实及那个环境下的人们的不失批判性,也不无悲痛感的寓意。"那些狗很杂,几乎是所有杂种狗的大荟萃。大狗、小宠物狗、不大不小的红毛狗都被拴在桩子上。它们极其相像,于是,我想它们哪点像?是因为劣种而变得瘦弱这点吗?还是因拴在桩子上弄成这样哪!我们这些丧失个性,彼此相似的日本学生。"② 由此不难看出,大江从其创作的早期,就具有鲜明的批判意识和批判精神,他对待屠之狗与日本学生的类比,实际上指出了当时日本社会和日本民众,特别是日本青年个性丧失、了无生机的现状。最后,《奇妙的工作》具有非常明显的存在主义特色,这是大江早期文学创作的一个特色。最终被宰杀的不是那些狗,而是他和他的工作伙伴们,正如大江本人说的那样这个"为打短工而参与杀狗的青年,最终意识到自己因为这个临时工作而落入亲手挖掘的陷阱里"③。如此,大江用这篇小说开启了他对人之存在的叩问——人生之荒诞感如此猝不及防。这些日本青年学生的荒诞式悲剧,绝不能简单地

---

① [日]大江健三郎述,尾崎真理子采访/整理:《大江健三郎讲述作家自我》,许金龙译,金城出版社,2012年,第42页。
② [日]大江健三郎:《死者的奢华》(中短篇小说集),王中忱编选,光明日报出版社,1995年,第3页。
③ [日]大江健三郎述,尾崎真理子采访/整理:《大江健三郎讲述作家自我》,许金龙译,金城出版社,2012年,第43页。

归咎于"世界的非理性的沉默",毕竟这还只是客观原因,这些战后学生们的非其所是的生命状态同样参与了制造这种悲剧的阴谋。他后来创作的《死者的奢华》《饲育》《我们的时代》、《性的人》《个人的体验》等作品都延续并增强着他的存在主义特色。

《奇妙的工作》之后,大江发表了短篇小说《死者的奢华》(1957年8月),这篇小说得到了川端康成的称赞,成为日本文学界最重要的纯文学奖"芥川文学奖"的候选作品。严格意义上来说,《死者的奢华》不过是《奇妙的工作》主题的深化,艺术上的推进。同样是关于大学生打短工题材的,同样关注徒劳问题,同样反映青年学生虚弱无力感的作品。后来大江在谈到这篇小说时也说:"短篇小说《死者的奢华》说的是青年去打短工却是无效劳动,意识到自己因此而落入亲手挖掘的陷阱。这篇小说无论在主题上还是在故事的进展上,只是对《奇妙的工作》进行变奏处理的产物。"① 但作者将生与死、人与物的界限问题融入小说之中,进行了深入的思考,这预示了大江小说的一个重要构成部分——在后来大江的小说中,同样常出现与亡灵对话的场景,生与死、人与物的界限模糊了。小说中不止一次出现死人与活人对话的描写,那些亡灵是活着的人的参照,却不是对立者。与亡灵对话,无疑是大江小说中的一个重要存在。死者的视野,似乎已是"臭了街"的叙述模式。修复被遮蔽的历史和反思历史当然重要,但更重要的也许是与亡灵对话者是在当下思考着未来的"我"——现在的我是活着的吗?我现在的生活是不是形成死亡?我的生活将走向何方?我的生命将如何继续?

---

① [日]大江健三郎述,尾崎真理子采访/整理:《大江健三郎讲述作家自我》,许金龙译,金城出版社,2012年,第45页。

但真正使大江健三郎在日本文学界得以立足的作品,是他于1958年1月发表在《文学界》上的中篇小说《饲育》。小说以"二战"为背景,描写了发生在日本偏僻的森林村庄中的故事。一名美国黑人飞行员,因战斗机坠毁,被村民们俘获,他被套上脚链关在地窖中。因为镇里和县里的官员们都害怕承担风险,黑人飞行员被一直关在村子里,黑人飞行员像一个牲畜一样被村民们"饲育"起来了,由"我"这个少年负责给他送饭。在这个过程中,黑人飞行员与"我"、弟弟和豁唇渐渐消除了敌意,孩子们也把黑人脚上的铁链解除了,并经常把他领出地窖,一起在村里的石板路上散步。村里的人们,包括女人们也不再惧怕黑人。在大人们接到镇里的命令,要把黑人先押到镇里再转到县上时,"我"善意地去通知黑人。结果黑人挟持"我"为人质与村民对峙。父亲为了解救我,提着厚刃刀向黑人砍去,黑人抓住我的左手去保护他的头,结果连同我的左手和他的头一起被砍了下来。这样的遭遇让我对所有的大人们感到恶心,它也让"我"真切地体会到了战争是如此真切、如此残酷:"战争,血流成河的旷日持久的大战争还在继续着。在遥远的国度里,尽管它像席卷羊群、柴草而去的洪水,但它绝没有理由波及我们的村庄。可是,现在爹却挥舞着厚刃扑上来把我的手掌打得粉碎。战争突然支配了村里的一切,使爹也失去了理智。在这一片混乱中,我连气都透不过来。"① 从此,"我"从一个孩子变成了大人,主人公的意识因为这样一个突发事件觉醒了:"一个天启的思绪浸遍我的全身,我不再是孩子了。"②

---

① [日]大江健三郎:《死者的奢华》(中短篇小说集),王中忱编选,光明日报出版社,1995年,第115页。
② [日]大江健三郎:《死者的奢华》(中短篇小说集),王中忱编选,光明日报出版社,1995年,第114页。

当他再次面对死亡——作为官方代表的书记的死亡时,"我"的敏感与恐惧都消逝了,留下的只有冷漠:"我瞥了一眼书记的尸体,站起身,躲开围上来的孩子们。这突如其来的死,死者的表情,时而充满悲哀,时而又不无微笑。这一切我都习以为常了。人们会用为黑人而收集来的薪材把书记化作一团青烟吧。我抬起泪眼,看了看黑暗中透着一丝微白的天空,走下草坡去找弟弟。"①

"峡谷中的村庄"抓捕了一位美国黑人飞行员,这对于这个封闭的小山村而言,无疑是一个重大的事件,在战争的背景下,这样的事件原本是极严肃的事情,但从事件的处理来看,政府显然是懈怠的。美国黑人飞行员的被捕,并被关押在小山村里,对于村里的大人们而言无疑是一个负担,当然也是一种责任,但对于孩子们而言,则意味着新鲜与乐趣。当大人们的控制欲发作,最终杀死了黑人飞行员后,与其接触最多的"我",从乌托邦的幻象中醒了过来,现实如此残酷,它带给我的是别样的启示——"我不再是孩子了"。事实上孩子的世界某种程度上就是乌托邦的世界,我不再是孩子,实际上就意味着乌托邦世界的丧失,童年的"乐园"不复存在了。

《饲育》在大江小说创作的历史上,具有标志性意义,这绝不仅是出于他因为这篇小说获得了当年度的"芥川文学奖"的考虑。首先,不得不说,大江健三郎早期的中短篇小说创作成果是丰厚的,但无论是《火山》《奇妙的工作》还是《死者的奢华》,无一例外都是以青年学生为主人公的,作为一位学生作家,这是再正常不过的事情,但《饲育》的视角发生了根本性的改变,它以一个少年的眼光观察世界,思考战争创伤及在战争

---

① [日]大江健三郎:《死者的奢华》(中短篇小说集),王中忱编选,光明日报出版社,1995年,第116页。

恐怖中的人性。其次,以往的所有小说,都是以战后日本社会为背景的,思考的是在那个特殊时代,日本民众,特别是青年学生的无力、无为与虚空。事实上,大江后来也很少创作以战争时期生活为背景的作品,"在战后日本文学的同类题材作品中也属异例的存在"①。《饲育》之将视线转向战时,使这篇小说带有了某种历史反思的意味。再次,与以往小说不同,《饲育》将故事背景设定在了偏僻的森林山谷村庄,那本该是一个远离世间喧嚣的世外桃源。有论者认为,峡谷森林村庄,在《饲育》中"使故事发生的空间带有某种封闭自是的乌托邦色彩,山村孩子的视点,更加重了这里的牧歌气氛"②。然而,这一切终究没有逃过战争阴霾的侵扰,战争成了支配一切的力量。如果说大江的小说可以分为都市与村庄两个系统的话,那么《饲育》才开启了大江森林峡谷村庄系小说系统的先河。最后,《饲育》是一篇关于成长的小说,在历经了美好与失望、热心与冷漠,完成了从孩子到成人的苦难历程。从某种程度上说,《饲育》也标志着大江小说从习作走向成熟。这不仅是因为大江小说的主人公终于不再是他最熟悉的身边大学生身份,更是因为从《饲育》开始,大江开始在他的小说中建构具有日本文化特质的象征系统,并开始将这些象征物置于了对日本历史、现在与未来进行的深入思考之中。

  大江健三郎在演讲中曾表示,他最向往的是既要做文学家,同样也要做介入社会发言的知识分子,两者的结合才是文学家对人类的责任所在,这是他崇敬的鲁迅和萨义德对他的

---

① 王中忱:《〈性的人〉译序:边缘意识与小说方法》,见大江健三郎:《性的人》,郑民钦译,光明日报出版社,1995年,第5页。
② 王中忱:《〈性的人〉译序:边缘意识与小说方法》,见大江健三郎:《性的人》,郑民钦译,光明日报出版社,1995年,第5页。

影响，也是他最后要做的工作。大江是这样说的，确实也是这样做的。

1960年，大江就参加了反对《日美安全条约》的"安保批判之会"，并加入了"年轻的日本之会"。其时，大江正准备从萨特的影响下走出来，因为他感到萨特的想象力与他写小说的想象力大相径庭，他阅读了《火的精神分析》一书的作者加斯东·巴什拉的作品，并对巴什拉所表述的想象力更加认同，但他对介入现实的文学态度似乎更为情有独钟，他一直思考如何能像萨特那样将自己从事的工作——精神与观念的创造——真正运用到政治活动中去。参加"安保批判之会"和"年轻的日本之会"实际上就是这种思考的结果。

虽然大江健三郎参加了反对《日美安全条约》的游行示威活动，但他并没有参与政治活动的冲动，但他明白，他的文学需要介入现实政治，因此他需要"参与政治性的现实"。事实上，这个条约虽然在一定程度将日本置于了美国的约束之下，也会在一定程度上限制日本军国主义的死灰复燃，但他也明白，这个条约也将日本及日本周边诸国置于美国核威胁之下，更重要的是，这个条约有悖于战后日本实行民主主义改造的政策，使"美国初期进行的民主义改造徒有虚名"①，而大江恰恰是在民主主义思想的影响下成长的。大江于1947年进入新制中学，新制中学以新宪法课替代修身课，教材用的是《民主主义》（上、下册），就此大江接受了民主主义思想。后来，大江在一篇文章中曾提道："至今我仍然把'主权在民'的思想和'放弃战争'的约定当作我日常生活中最基本的道德观，这种做法的起点就是新制中学的宪法课。"②《日美安全条约》是这个奉

---

① 王仲涛、汤重南：《日本史》，人民出版社，2014年，第420页。
② 转引自王建湘：《大江健三郎传》，时代文艺出版社，2013年，第20页。

民主主义为信仰的大江健三郎所无法接受的。这也许才是他参加游行的深层原因。但大江终归是一位文学家,他更多地把自己的政治态度融入文学创作之中,鉴于自己并不完全理解参加游行示威活动的意义,他有意识地进行了如下思考和总结:"(1)前去参加示威游行,也算是自己所从事的想象力工作;(2)得以改变此前从现实中感受到的印象;(3)由于这种改变而写作小说,并因此而使得自己本身也得到改变;(4)整合在现实中使自己得以改变的条件。"① 由此不难看出,大江的政治思想和政治活动终究是为他的文学创作服务的。

大江的政治态度,直接表现在他的随笔创作之中。在《严肃地走钢丝》和《持续的志向》两部随笔集中,大江反复表明了自己对安保条约的反对;他的小说创作则是这种态度的文学表现,虽不那么直接,却具有一种文学的穿透力。在《政治想象力和杀人者的想象力》一文中,大江曾这样表述:"比如在一篇小说里,无论展开多么荒唐无稽的空想,正处于该创作之中的那位作家的意识,是扎根于作家那进退两难的现实生活中而进行的 se dépasser 的作业。也就是说,作为作家,所谓行使想象力,并不是完成一个梦幻。相反,这种想象力根植于一处生活方式之中,这种生活方式关乎日本的 20 世纪 60 年代,关乎重重包围着这一切并不容分说地侵蚀而入的那个世界的所有现实,而作家自身则在不断掘进,并如此这般地超越现实中的自我。"② 虽然在后来回忆起这一时期的创作理念时,他不无自我调侃地说:"好像是什么了不起的文体,(笑)似乎在说

---

① [日]大江健三郎述,尾崎真理子采访/整理:《大江健三郎讲述作家自我》,许金龙译,金城出版社,2012年,第61页。
② 转引自大江健三郎述,尾崎真理子采访/整理:《大江健三郎讲述作家自我》,许金龙译,金城出版社,2012年,第59页。

非常确信的事情。如果让刚才说到的'战后派'那些文学者看到，他们或许会觉得这是充满孩子气的文章。"① 大江最终在他的文学创作中，实现了这样的创作理念。

1961年，大江健三郎在《文学界》1月号上发表了中篇小说《十七岁》，之后又在该杂志2月号上发表了续篇《政治少年之死》。这两部作品皆以日本极右翼分子山口二矢刺杀日本社会党领导人浅沼稻次郎事件为原型。浅沼稻次郎曾参加过工人运动和农民运动，并曾加入矿工工会，因参加足尾铜山罢工而被捕入狱。浅沼稻次郎反对《日美安保条约》，曾多次访华，其在1959年访华演讲中提出："美帝国主义是中日两国人民的共同敌人。"在回国后，他的言行招致了日本右翼分子的仇视。1960年10月12日，正在演讲的浅沼稻次郎被17岁的爱国党党员山口二矢用日本军刀刺杀身亡。浅沼稻次郎成为战后第一个被杀害的日本政治家。事后，人们在山口二矢的口袋里发现了一张纸条，上面写着："你，浅沼稻次郎，正在赤化日本。我并不恨你本人，但是你身处社会党领导者的位置，在访问中国的时候胡言乱语，并且你就是冲击国会事件的直接责任者，这一切，对于我来说，是绝对不能允许的！我要替天行道。"日本极右翼分子打着反共的旗号，实际上维护的是日本的武士道精神，维护的是日本的天皇制度。大江健三郎对此认知得非常清楚，作为天皇制的坚决反对者，他创作了《十七岁》和《政治少年之死》。

《十七岁》和《政治少年之死》始于主人公"我"的十七岁生日，但他的生日被家里所有人都忽略了。事实上，这样的情况早在"我"的预料之中，"我"这个本应在家庭中最受呵护的

---

① 转引自大江健三郎述，尾崎真理子采访/整理：《大江健三郎讲述作家自我》，许金龙译，金城出版社，2012年，第59页。

人,却感受不到家庭的温暖,只能在手淫中寻求自我认同,那个原本阳光快乐的孩子早已变成了一个阴郁、孤僻的少年。也正因为过度的手淫,"我"在学校体能考试中小便失禁,因此成为同学们的笑柄。"我"希望通过政治活动,来消除家庭冷漠给自己造成的精神颓靡,但得到的只有失望:他参加反对美军基地建设的示威游行,并投稿给校刊表明自己的主张,结果却被社会科的老师叫去训斥一通。这样的遭遇与生活环境最终使"我"变得更加自卑、更加阴郁,以致怀疑自己的存在价值。在这里,我们再次看到了大江受存在主义影响的痕迹:个体的孤独与无助、世界的冷漠与残酷。一次偶然的机会,"我"结识了右翼团体"皇道党"成员。这个在家庭和学校中都找不到自信、完全失去自我的少年,在右翼的狂热中找到了精神寄托,不断参加恐怖活动,在别人的恐惧中找到了自己的价值,获得了存在感,发现了新的自我:"我是右翼!我发现一个在别人的眼光下能面不改色心不跳的新的自我。在别人眼里,我不再像一棵折断的青草似的卑微衰颓地手淫而濡湿性器官的可怜兮兮的我,不再是孤独凄惨胆怯懦弱的十七岁的我。"[1] 而右翼分子的鼓吹则充分表明了他们的本质:"你是天皇陛下满意的日本男子汉,你才是真正具有日本人灵魂的优秀少年。"[2] 终于这个十七岁少年发生了本质的变化,完全沉溺于右翼幻想世界之中,天皇成为他虚构世界中的精神向导,天皇制思想把这个少年牢牢地拴在了这虚构世界中。为了表明他对天皇的效忠,他不惜以自身的毁灭为代价。

作为一位坚定的民主主义者和反天皇制思想的文学家,大江通过这两部小说,通过对一位原本应该幸福生活的少年,

---

[1] [日]大江健三郎:《政治少年之死》,郑民钦译,浙江文艺出版社,2001年,第39页。
[2] [日]大江健三郎:《政治少年之死》,郑民钦译,浙江文艺出版社,2001年,第45页。

如何一步步走向毁灭，表明了自己的政治关切。但小说不是随笔，也不是原型事件本身，大江通过小说这种形式所发现的，远比其随笔深刻，远比事件本身丰富。首先，我们难以在大江的随笔，其实也是他的政治观念表述中看到他对少年的同情，但我们在他的小说中看到，他将自己放在了与小说主人公重合的位置上，洞穿其隐秘的内心世界。多年以后，大江在谈到《十七岁》时说："这是一部在内心里将身为作者的自己与那个年轻人重合在一起的小说。"① 也许正是这样的写作视角，大江觉得这篇小说，即便是被指为"这是为右翼青年写的"或许也说得过去。其次，虽然大江本人在随笔中，在演讲中不断表明自己的民主主义立场，甚至他之参加游行本身也表明了这一立场，但作为一个小说家，他对小说主人公"我"的同情是明显的。少年的毁灭，固然是他自己选择，是右翼势力鼓动的结果，但又何尝不是战后日本社会，少年的家庭与学校最终将他推向了深渊！大江的人道主义精神在这里再一次显露无遗。最后，一位小说家的感受往往超越了作为普通人的作家的感受，因此小说家创作出超越其观念本身的作品。作为民主主义者的作家大江从内心参加到了安保斗争中去了，但作为小说家的大江却对这场斗争的对立面——国家主义的、法西斯主义的、天皇崇拜的右翼青年——似乎产生了同感，这种感受成了小说的视角。以至于连三岛由纪夫也不止一次地表示"其实这个叫作大江的小说家，该不是在情感上受了国家主义诱惑的人吧"。这正是大江小说的丰富性之所在，它没有随笔那样观点清晰、左与右泾渭分明，但也许尾崎真理子是对的："唯有这种无法分辨左右之色彩，无法加以说明且不合道理的感受

---

① ［日］大江健三郎述，尾崎真理子采访／整理：《大江健三郎讲述作家自我》，许金龙译，金城出版社，2012年，第69页。

性,才是大江先生文学才能不可估量的一个侧面。"①

《十七岁》和《政治少年之死》一经发表,就引起了日本右翼团体的威胁。右翼势力认为大江的小说和为其发表作品的《文学界》"对天皇不敬"。《文学界》基于其与作者毫无关系的判断,擅自刊登的谢罪广告,令大江几乎陷入了孤立无援的窘境,"仅有的那几个结识不久的文坛朋友与我断绝了关系","感觉到这一切之后,我便与前一年刚刚和我结婚的妻子,一同过着孤独的生活"②。事实上,直到现在《政治少年之死》也没有被收到大江的任何作品选集中,由此我们不难看出日本右翼势力之猖獗。作为一种精神结构,代表专制文化的天皇制,不仅在小说中影响到了最底层,也最边缘的人群,而且在现实世界中同样渗透了社会的每一个角度,流毒甚广且难以消除。

大江介入政治的另一种方式,是其对"性"问题的关注与书写。一般认为,大江文学在经历了"墙壁—徒劳"为主题特色的第一阶段,至1959年发展到了以"性—政治"为特色的第二个阶段。在这一时期他创作了一系列以性为视角,或者以性为表征,对日本社会或人的存在状况进行关照的小说作品。事实上,在《十七岁》与《政治少年之死》中,这种从性的角度关照政治问题(社会问题)的创作方法,已经初露端倪。小说主人公"我"希图通过手淫获得对自我的确认,但他失败了,最终成了一个极右翼分子,在政治的狂热中找到了"新的自我",最终他以自己的毁灭来实现自我认同。不难看出,大江在写作《十七岁》和《政治少年之死》时,已经在思考"性的人"与"政

---

① [日]大江健三郎述,尾崎真理子采访/整理:《大江健三郎讲述作家自我》,许金龙译,金城出版社,2012年,第69页。
② [日]大江健三郎述,尾崎真理子采访/整理:《大江健三郎讲述作家自我》,许金龙译,金城出版社,2012年,第67页。

治的人"之间的关系。但此时,性还没有成为其作品的主要视角,所以一般认为,真正将其"性的人"、"政治的人"的观念性构图,在小说作品中给予完全呈现的则是他的《性的人》《我们的时代》《日常生活的冒险》《叫喊》等作品。

大江之所以把性作为其表现的重要领域,是因为在他看来,性并不是一个单纯的存在,"只要是关于性的人,那么性的形象就是一种能够移位的,使多样的侧面统一起来的形象"①。他试图透过性洞穿日本社会的本质,以及在这种社会背景下的人性;大江显然认同美国作家诺曼·梅勒的判断,认为"20世纪后半叶给文学冒险家留下的垦荒地只有性的领域了"。但大江显然在文学创作上是有野心的,他本人虽然只是一个20岁刚出头的青年,连一个具有性关系的恋人也没有,但他是一个读书人,他通过阅读文学作品,他希望通过"借助这些描述而表现出来的观念性的性问题和女性形象",来塑造有别于日本文坛此前一直描绘的女性新形象。在他看来,谷崎润一郎、川端康成笔下的那些女性形象具有"美好的风趣以及柔和的氛围、温婉的女人以及沉稳的肉体"特点,而他则要写出"具有肉体魔力的、与理性相对立的性,而这种具有肉体魔力的性试图颠覆实际上强烈拒绝自己的那些女性形象以及用理性武装起来的青年"。② 另外,大江对日本社会现状的判断,也使他希望通过对性的书写,揭示战后日本社会的本质,及日本国民特别是青年的生存状态。在大江看来,战后日本社会处于丧失天皇制政治伦理的混乱状态,那种依靠政治信仰获得存在理由的

---

① 转引自叶渭渠:《战后日本存在主义与大江健三郎》(《个人体验》译本前言),见大江健三郎:《个人的体验》,杨炳辰、王新新译,漓江出版社,2001年,第16页。
② [日]大江健三郎述,尾崎真理子采访/整理:《大江健三郎讲述作家自我》,许金龙译,金城出版社,2012年,第57页。

"政治的人",在这个政治上已经雌性化的国度失去了依恃,他们只能试图通过肉体的毁灭抓住以天皇为代表的所谓权威或英雄时代的余晖,但那终究只是一场梦幻。在旧信仰丧失,新信仰未得的战后日本,人们看不到理想,看不到希望,大江借小说中人物的感受道出了当时日本社会的这一状态:"今天我们的周围只有欺骗和猜疑、傲慢与轻蔑。和平的时代,这是猜忌欺骗的时代,这是孤独的人互相轻蔑的时代。"在这样一个时代,走向外部希望从政治社会获得自我的确认,获得存在感已不可能,大江用《政治少年之死》等小说指明了这一点,通过性这种生命本能来确认自我及自我与他人的关系,并获得存在感,就成了当时日本青年唯一自我救赎之路。这样,性在大江的小说中就不再是一个简单的自然属性,而是一个统一生理、心理、社会、政治等多个层面的存在。有学者说,大江探索的性,"不是性的自然属性,也不是分割了性与其他社会文化因素的联系,而是与人类社会和人类文明的复杂性相对应,与其他社会文化因素,也包括政治因素相统一的,反映了人的性被压抑和求解放的愿望。性现象的复杂性,实际上是社会现象复杂性的反映"①。不得不说,大江的主旨一定不是为了反映人的性之被压抑与求解放,而是要通过性探索人性的复杂与社会的复杂,以及人在这样复杂的社会(政治)环境中的存在状态。

有鉴于此,我们也不应该对大江作品中的这些性的人作简单的、一般意义上的道德评判。作者从来没有把小说人物在性问题上的随意与肆虐,放在世俗道德的天平上进行衡量,何况大江意义上的道德与传统世俗道德并不具有同构性。当诺贝尔和平奖得主埃利·威捷尔,对大江表示尊重时说:"大江先

---

① 自叶渭渠:《战后日本存在主义与大江健三郎》(《个人体验》译本前言),见大江健三郎:《个人的体验》,杨炳辰、王新新译,漓江出版社,2001年,第16页。

生,您得诺贝尔文学奖的时候,我们非常高兴。您的作品,不但具有文学层面的意义,而且更具有道德意义。依我之见,作家的贡献必须在道德方面。一页一页翻开您的作品,作为一个真正的人,一个父亲,您在道德方面是完美的。"而大江的回答却是:"谢谢!我理解的'道德'就是人生存的意义……"①如果说大江对道德问题给予了应有的重视,那也绝不是一般日语所要表达的世俗伦理式的道德,而是表明人类生存意义的那个道德(英语中的morals),他的文学作品"总是想写一些从世俗的道德规范中挣脱,而试图追求自由的人"②。在大江的道德范畴内,真诚实在地生活具有首要性地位。不得不说,这种有异于世俗,也有异于传统的道德观,与大江的个人经历不无关系,在大江看来,他年少时读的《尼尔斯历险记》和《哈克贝里·芬历险记》,"与一般的道德不同,这两本书追求的是人生价值"。更重要的是,他从大江光身上看到的是发自内心的诚实与认真,大江觉得这是人最基本的态度与精神。因此当他进行文学创作时,这些回忆和感想影响了他的文学观,"我最终想要说的是:文学从根本上讲是诚实严肃的东西"③。

无论是《性的人》中的主人公J,还是《我们的时代》中的南靖年,在当时日本社会中,都是边缘性存在,典型的边缘人。他们与主流文化处于一种紧张的对峙中,游荡于社会不太关注的角落。大江正是通过对这些边缘人的书写,写出了他们内心的苦闷与彷徨。其激烈的反道德行为具有极强的艺术震撼

---

① [日]大江健三郎:《大江健三郎自选随笔集》,王新新等译,光明日报出版社,2000年,第178页。
② [日]大江健三郎:《大江健三郎自选随笔集》,王新新等译,光明日报出版社,2000年,第178页。
③ [日]大江健三郎:《大江健三郎自选随笔集》,王新新等译,光明日报出版社,2000年,第182页。

力,但也因为反道德必然导致他们滑稽而且悲惨地生活,处于一种无法见融于主流社会的生存状态中。

《性的人》中的主人公 J 的名字被用一个符号来表示,这让我们想起了卡夫卡的 K,也许大江想借此告诉读者,这样的人物并不是具体哪一个人,而是具有普遍性,他隐喻的是那个时代日本青年的群像。J 出生于富商家庭,他完全可以做一个顺从主义者,如他的父亲那样"即使身患癌症、心肌梗死,也能泰然处之,顺应主义老怪物的不动声色的冷漠决不会半点走样"①,但他终究想过一种自欺欺人的生活,在那样的生活中他找不到自己。小说由两部分构成,也代表了 J 生活的两个阶段。第一个阶段,描写包括 J 在内的拍摄小组,去海边别墅拍摄其妻子导演的一部先锋电影的遭遇。在别墅中这一行人上演了一出性乱闹剧,他们试图通过这种公认的契约式性关系,在性乱行为中确认自身。第二个阶段,场景由海边别墅转向了大都市。在东京,那个性乱小群体解体了。J 和一个老头与一名少年组成了一个"流氓俱乐部"。他们相互掩护着,在东京地铁的人群里进行流氓活动。这个小集团通过在人群中猥亵女性获得性快感进行"自我确认",盼着终有一天当虚假的危险感变成事实,即被捕,陷入人生的危机时,"使以前一切虚假的行动结出真正快乐的果实"②。通过反常的性行为实现"自我确认"面临两方面的威胁:一是来自外在的社会力量;二是来自小群体的内部,甚至是他们自己。

在去别墅的路上,性乱小群体遇到一群人在深夜,用沉默站立、围堵大门的方式羞辱一位通奸女人的场面。这让他们感到不寒而栗,逃也似的驾车驶向别墅;而正在他们淫乱过程中,

---

① [日]大江健三郎:《性的人》,郑民钦译,光明日报出版社,1995 年,第 83 页。
② [日]大江健三郎:《性的人》,郑民钦译,光明日报出版社,1995 年,第 57 页。

突然出现的孩子窥见了他们的一切,这让他们再次陷入紧张与恐惧之中。我们不妨将这个孩子理解为一个象征,象征着别墅外面的世界,象征着一个接受传统和世俗道德的世界。这个世界对于希望通过性来确认自我的J等人来说,是一个具有威胁的存在;最终一切外在的威胁都解除了,但这个小群体内部陷入了矛盾重重、相互攻讦之中。在这一个过程中,通过性联结到一起的性乱小群体解体了,J前妻的死因也在这个过程中被公开。"他人即是地狱",萨特的名言在这里被情节化地展现出来。"在任何一种契约化的性关系中,人或许可以凭借性而感到自我的本能存在,却又同时面对被对象占有的危险,落入丧失自我的陷阱,这种'自我确认'的途径是不自由的。在这样的'性关系'中,人与人之间只能是'主奴'的冲突关系。人要么超越别人,要么被别人超越。意识之间相互关系的本质不是共同生存而是相互冲突。"

"流氓俱乐部"的结局同样如此。他们这种确认自我的方式虽然逃避了人与人之间的"主奴"冲突关系,但同样面临着巨大的危险,随时可能被传统社会伦理道德所制,甚至可能被抛入监狱,身败名裂,甚至可能付出生命的代价。最终少年通过自身的毁灭去实现真正的流氓哲学,去写出那首名为"严肃地走钢丝"的诗;老人和J通过反思发现,与少年相比,他们俩都不算真正的流氓:"我觉得,流氓就是像那个少年一样即使以死相搏也决不动摇的危险分子,而我们这样担心安全的流氓俱乐部实在不过是吸稀释毒品的机关。"[①] 老人与J分道扬镳了。J最后在地铁中通过猥亵一个姑娘达到了性高潮,同时也被周围的人抓了现行:"J沉浸在无比幸福和恐惧交迭荡漾不

---

① [日]大江健三郎:《性的人》,郑民钦译,光明日报出版社,1995年,第79页。

断高涨的波浪里。几只胳膊紧紧地抓住了J。J吓得流下眼泪,他觉得这泪水是对前妻自杀那天夜晚涟涟泪水的赎罪。"①

小说的反讽意味是清楚的。首先,J从性乱小群体中并未得到真正意义上的自我确认,他试图通过流氓行为去实现,却无意中陷入了另一个陷阱:"虽摆脱了契约化的性关系束缚,却面临着更大一个伦理道德的压制,那就是整个社会对一种行为和价值的评价,这样就凸显出了人与社会之间的'主奴'冲突。而同样的,在这样的冲突中,人要么超越社会,要么被社会超越。这样的意识之间相互关系的本质同样不是共同生存而是相互冲突。"其次,通过性实现自我确认,带有非常强的反世俗道德伦理的意味,因为J们绝不愿做"自欺欺人的顺应主义者",但事实上他们却在不自觉中落入了世俗道德伦理的场中。流氓少年以自杀的方式实现他的流氓哲学,却成了英雄,被当作神崇拜,而J则在最后的满足中实现了心灵的自我救赎——前妻自杀给他造成的罪恶感其实从来没有从这个流氓的头脑中抹去。

是应该遵从自己的内心呼唤,弃责任感甚至是犯罪感于不顾,一心去找寻真正的自我,还是回归现实生活,承担世俗意义上的责任,成为一个"自欺欺人的顺应主义者"?作为"性的人"将最终走向崩溃,还是最终成长起来?显然大江并没有给出他的答案。对此大江本人有着清楚的认知:"那时我感觉到一股强烈的不安,不知道自己笔下的那些青年今后将去往何方。"我们不能对大江求全责备,作家往往通过小说提出问题,但回答这些问题却不一定是作家的责任,更何况,并不是所有的问题都有一个明确的答案,也不是所有问题都只有一个答

---

① [日]大江健三郎:《性的人》,郑民钦译,光明日报出版社,1995年,第84页。

案。

无论如何,作为一个对存在有着强烈焦虑感的小说家,大江通过对"政治的人"和"性的人"进行书写,洞见了战后日本社会的暧昧,准确地呈现了暧昧社会中"暧昧的一代人",道出了他们生存中的危机与迷惘,指出了他们的无力与彷徨。作为一个顺从主义者,那就意味着"自我"的丧失;保持"自我"就必须用行动来对抗外在世界施于"自我"的碾压:性或者死亡。性是一种行动的方式,但与此相联结的是巨大的无力感与空虚感。《我们的时代》中的男主人公靖男在与情人赖子性交后的状态和感受,也许是对此最好的注解:"日本青年就是处在这种赤裸裸地被人紧紧抱着动弹不得的、无可奈何的拘束状态。为了解放自己,他们应该采取激烈的行动,但他们选择了迷恋在低落消沉的情绪里让皮肤出汗的方式。这种联想尽管滑稽可笑,但靖男笑不出来。他既没有推掉赖子的手臂也没有发笑,只是任其羁绊。"[①] 从性那里得到的一时之解脱,如同一场梦,这梦一旦醒来,死亡(准确地说是自杀,因为只有自杀才是"行动性的、英雄的、非滑稽的行动,能纯粹在孤独中完成的决定性的行为,就是自杀")就会如影随形:"发现自杀的机会就在眼前,等着你去决断。不过,一般都没有这种自杀的勇气,所以我们活在无处不在的自杀机会的眼皮下。这就是我们的时代。"

大江通过自己的挚友伊丹十三,结识了后来成为自己妻子的伊丹由佳里。两人于1960年2月结婚,并没有如事先约定的那样等到大江大学毕业,这可能是因为大江埋头写小说,留级一年。刚刚结婚不久,大江就遭遇了《十七岁》事件,是由佳里的默默陪伴让大江度过了那段困窘时光。

---

① [日]大江健三郎:《我们的时代》,见大江健三郎:《性的人》,郑民钦译,光明日报出版社,1995年,第92页。

1963年6月,长子大江光出生。这本该是一个令人快乐与幸福的事,但这个孩子一出生便生有残疾,脑袋上长了个大瘤,这使一家人都陷入了混乱与困惑之中。医生建议必须手术,但手术也不一定能延长孩子的生命,而且建议大江放弃这个孩子。面对这样的局面,大江也曾经一度陷入郁闷与痛苦中,甚至产生过放弃孩子的念头。也因为这种郁闷和痛苦,在给孩子起名时,甚至赌气说要给孩子起一个"乌鸦"的名字,这让大江的母亲非常生气。由此不难体会到当时大江在面对这个残疾儿时的颓废、绝望之情。但大江最终还是决定要负起一位父亲的责任,全身心去照顾这个孩子。在《"温柔"的定义》一文中,大江写道:"于是,面对'这个可怜的小东西'我决定要成为一个证人,证明他活过、存在过,也就是说,我决定好好接受这个孩子,跟他一起生活。而且我当时就预感到,我的证词肯定会成为我一生的文学。"① 这个日常生活中的悲观主义者,却是一个逆境中的乐观主义者。在随笔《没办法,干吧!》一文中,大江曾对自己的这种乐观主义进行了如下的表述:"坦率地讲,我与妻子关于养育光这件事,曾多少次在心中对自己说——没办法,干吧!"② 由此不难看出,这种乐观中透出的是一种坚强、一种承担。

既然决定朝着光明的方向前行,正如"光"这个名字所喻指的那样,大江便要在创作中将个人的经历,将光的成长融入其中。于是,大江创作了一系列以大江光为对象的短篇小说,后来结集为《新人啊,觉醒吧!》。事实上,在很多作品中,我们都可以发现大江光式的形象。但《个人的体验》这部小说,却

---

① 转引自王建湘:《大江健三郎传》,时代文艺出版社,2013年,第61页。
② [日]大江健三郎:《大江健三郎自选随笔集》,王新新等译,光明日报出版社,2000年,第150页。

是最能反映大江健三郎在面对大江光出生时的痛苦与迷惘心境与最终的勇敢承担的作品。

我们可以从两个层面来理解《个人的体验》与大江个人经历的关系。首先,如果说任何文学作品都在某种程度上是作者的精神自传的话,那么对于大江这种以个人的具体性为出发点,力图将个人性与社会、国家和世界进行联结为风格的小说家而言,就更是如此。我们从《个人的体验》中可以看到大江的影子,他面对残疾儿时那种迷惘、痛苦,甚至是绝望之情,与小说主人公"鸟"的感受如出一辙,或者说,作者是把自己的感受完全倾注在了"鸟"身上。在这个意义上,我们可以说,《个人的体验》几乎就是大江在面对残疾儿出生后的心路历程的文学翻版。写作是一种驱除自我内心魔鬼的方法,不得不说,大江通过书写"鸟"最终实现自我救赎,也驱除自己内心的魔鬼,让自己坚定了下来——与长子光共生。

其次,我们却绝不能把小说中的"鸟"的个人体验,理解为一种纯粹的个人性的东西,因为大江认为这种体验中"既有共性的东西,也有个人一般性的东西,而通过人类共性的体验创作出来的,就是我们大家的历史了。在这其中,会出现只有个人才能体验到的、完全孤立的体验"。而大江就是要在他的小说中"重新审视把一般性的、可能的体验,以非常特殊的形式,紧紧黏附在个人身上的这种手法"[1]。更为重要的是,大江并没有像小说主人公"鸟"一样,试图杀死自己的孩子,因此大江本人并没有那种"鸟"的那种罪恶感,而正是这种罪恶感,以及最后的自我赎罪,使这部作品具有了存在主义哲学的意味。

当"鸟"知道新生儿有残疾后,他选择通过酒精、性和幻想

---

[1] [日]大江健三郎述,尾崎真理子采访/整理:《大江健三郎讲述作家自我》,许金龙译,金城出版社,2012年,第83页。

试图逃避自己当前的处境;他在没有经过任何努力的情况下,觉得这个残疾儿是不会长命的,因此他同意医生放弃孩子的提议,给孩子喂食稀牛奶,等于是要用一种缓慢的方式杀死孩子,他不断暗示自己,这是不得已的选择……事实上,"鸟"的内心深处,对自己的行为有着清楚的自知,只是他要欺骗自己,这是一个自欺的过程。萨特在《存在与虚无》中区分了说谎与自欺。在他看来,说谎意味着一种对事实的超越,其本质在于:说谎者完全了解他所掩盖的真相,他在自身中肯定真情,而在说话时又否认它,并且为了自己否认这个否定,而自欺表面上虽然有说谎的结构,但他在本质上是真诚的,是一种脆弱的相信。其目的是自身"逃避其所是"①。

最终促使"鸟"从这种自欺状态中走出来的,是两个人。一个是正身处逆境,却仍保留着幽默的平常心的美国人特鲁切夫,他勇敢承担的行为及对"鸟"的批评,让鸟看到了自己的渺小;另一个人是"鸟"曾经的旧相识菊比古,菊比古的出现,让大江重新回忆起了那个曾经的自己,也明白了如果继续做一个逃避者,终究会陷入如菊比古一样的境地,成为一个彻底的负罪者,终生得不到解脱。

大江为他的这篇小说设置了一个"光明与希望"的结尾:残疾儿的手术获得了成功,在手术过程中,"鸟"几次为患儿输血;"鸟"在历经了痛苦、忧郁、彷徨以至绝望的心路历程之后,最终选择回归正常生活,做一名以外国观光客为对象的导游,承担应负之责。小说一经发表,就遭到了三岛由纪夫的批判:"这是一部必须以团贺收尾的小说。"但大江认为这个结尾是自然形成的,"想要与孩子共同生活下去的决心非常重要,使

---

① [法]让·保罗·萨特:《存在与虚无》,徐宣良等译,三联书店,1987年,第84页。

得主人公做了如此决定。其后,便如同自然涌泻而出的水流一般写了下付出,而且没做任何修改"。但这个反驳并没有被认可,江藤淳对大江的这个反驳进行了批判;后来文学评论家龟井胜一郎也对《个人的体验》的结尾进行了指责,认为大江的"伦理性存在不彻底之处"。而大江则反驳说:"咱的伦理就是与这个孩子一同活下去。"美国一家出版社在出英文版时,也曾要求大江对小说的结尾进行改写,大江同样选择了拒绝。①面对如此之多的质疑,大江为什么仍然坚持认为这个结尾是再正常不过的?这种坚持又意味着什么?

小说主人公是在经历了逃避,几乎是已经逃走了的灵魂煎熬与涤荡之后,终于明白:我们若不想一直生活在自欺之中,就应该勇敢地面对现实生活,拒绝欺骗的圈套。人生往往就是一个偶然事件连着一个偶然事件的过程。面对突如其来的变故,对于自己应负之责,是选择逃避还是选择承担?逃避意味选择自欺,也就是选择自我麻醉,但终究消解不了来自灵魂深处的罪恶感;承担可能意味着与苦难相伴,但谁又能否认,忍耐中也会暗藏着希望呢?"由遣送回本国的特鲁切夫送他的、扉页上题写着'希望'的那本词典,他想找到的第一个词语就是'忍耐'。"②

大江本人是一个现实的乐观主义者。他相信在最痛苦境地仍相信希望、仍相信未来的思考方式和感受方式,是人才得以延续至今的保证;他相信"明亮的光线终将照射过来"③,正

---

① [日]大江健三郎述,尾崎真理子采访/整理:《大江健三郎讲述作家自我》,许金龙译,金城出版社,2012年,第84—86页。
② [日]大江健三郎:《个人的体验》,杨炳辰、王新新译,漓江出版社,2001年,第202页。
③ [日]大江健三郎述,尾崎真理子采访/整理:《大江健三郎讲述作家自我》,许金龙译,金城出版社,2012年,第86页。

是因为怀着这样的信念进行小说创作,这不是盲目的乐观主义,而是他在面对决定性的困难时,在面对无可逃避的苦难时,以文学为武器与之进行对抗。因此在小说中书写那"明亮的光线"也是再正常不过的吧?

《个人的体验》是大江将光的出生融入其中的一篇小说,其时大江已经决定承担这份也许意味着无止无休痛苦的责任,而且要使自己的文学创作与这种责任承担共生,事实上这成了大江想象力的一种形式,正如他自己从一开始就预计的那样。这样的现实生活经历,让大江怎么可能不那样处理小说的结尾? 现实生活的不可思议之处不正如小说结尾要表达的那样吗? 身处其中的人既不能被绝望所控制,也不会心存不切实际的幻想:"婴儿有正常培育的可能性,可同时也有可能培育出一个智力极低的孩子。为了孩子的将来我必须勤奋工作。"① 正视现实是第一步,所以小说的结尾与其说充满光明与希望,是一个大团圆的结构,不如说是一个现实的结构。

在这一时段,即大江光出生不久,还整天躺在玻璃箱子里,正处于濒死状态中时,大江对广岛进行了访问,正是这次访问让他将对核爆的思考与他对残疾儿的体验联系到了一起,考虑到这一点,那么我们就更容易理解,为什么大江会如此自然地写出《个人的体验》中那个所谓"大团圆"结尾了。

大江于1963年首次访问广岛,为的是参加"第九届禁止原子弹氢弹世界大会",但在这次注定是一个分裂的会上,大江感到无比失望、疲惫不堪、心情忧郁,大江逃离了大会,走进广岛民众中,去观察访问核爆给这个城市带来的影响。一周之后,当他准备离开广岛时,他发现"能把我们从自身的沉郁渊薮中

---

① [日]大江健三郎:《个人的体验》,杨炳辰、王新新译,漓江出版社,2001年,第201页。

解救出来",这条绳索就是他遇到的真正具有"广岛人"特质的人们。正是这些在巨大的灾难中坚强屹立的广岛人,给了大江莫大的勇气,也促使大江进行自我反思:"我的儿子还躺在玻璃箱里,在我心灵深处埋进了恍惚之种、颓废之根。而他们,不仅给了我以直接的鼓舞,也让我体味到了这恍惚之种、颓废之根从深处剜出的痛楚。"① 大江希望,能以广岛和真正的广岛人为"锉",来"检验自己内心的硬度……作为刚刚起步的小说家,我是在日本和美国战后文学的影响下开始自己的创作活动的,心路历史可谓短暂。我希图将自己理应具有的自我感受、道德观念及所思所想全部置于广岛的锉下,透过广岛的透镜,重新加以探查。"② 正是怀着这样的希望,以及对具有一种"忍耐性"的坚强精神的广岛人的尊重,大江后来数次访问广岛,每一次访问都让大江"再一次对人类的悲剧和尊严进行深思"③。大江把他在广岛的见闻和他自己的反思,写成了随笔文章,刊登在了安江编辑的《世界》上,后来结集为随笔集《广岛札记》。

广岛核爆与残疾儿之间的联系是明显的:首先,广岛因为核爆而遭受厄运与创伤让大江不可避免地会想到身体的创伤,想到残疾儿遭受的厄运,更何况那残疾儿正处于濒死状态中,随时可能面临死亡。其次,真正的"广岛人"正在乐观的,虽然也不失悲壮地与核爆创伤进行着顽强的抗争,这不正与大江和他的家人在面对残疾儿时所做的一样吗? 二者具有如此明显的同构关系,都映射出一种默默忍耐地坚持的精神。而在大江看来,忍耐是获得希望的前提,正如他在《个人的体验》

---

① [日]大江健三郎:《广岛·冲绳札记》,王新新译,河北教育出版社,2002年,第4页。
② [日]大江健三郎:《广岛·冲绳札记》,王新新译,河北教育出版社,2002年,第4页。
③ [日]大江健三郎:《广岛·冲绳札记》,王新新译,河北教育出版社,2002年,第107页。

的结尾表明的那样。最后,长时间以来,核爆作为人类最大的威胁,使整个世界处于毁灭的危险之中,这不正如疾病威胁之下的残疾儿随时会有生命危险一样吗?大江由身边的患儿推而广之,将其眼光投向了整个人类的现状和未来上,不得不说,大江的人道主义精神在这里再一次显现出来。

如此,我们就不难发现,大江之所以给了《个人的体验》那样一个具有所谓的"光明与希望"意味的结尾,是他结合自己的个人经历,思考广岛和核爆问题的结果:在核爆带来的巨大灾难中,广岛人所表现出来的"人类威严的感觉"使他们最终获得了重生;残疾儿的出生,使"鸟"(大江)面对一场人生的灾难,要想获得人的尊严,就必须选择承担,但这种承担就意味着"希望与恢复的征候","即善的意志、秩序和合乎逻辑的迹象"的出现。它并"不是以极限状态的可怕形式,而是带着日常生活的微光出现于世"①——"鸟"最终从逃避其所是,回归了生活的琐碎,成为"一个正统的人"。而那个备受大江推崇的重藤博士,正是"正统的人"的典型代表,他是最有耐性的广岛人,具有"人类的威严",他"敢于正视广岛的现实,既不过分绝望,也不抱有幻想"。②

大江健三郎一直持续对核威胁进行深入的思考,并结合自己多年来对"边缘—中心"、"选择—承担"等问题的思考,创作了随笔集《冲绳札记》,演讲集《核时代的想象力》,长篇小说《洪水淹没我的灵魂》、《摆脱危机的调查书》、《同时代的游戏》等作品,这些作品反映了大江的危机感和忧患意识,这不仅是针对日本社会的,更是针对全人类的。但大江终究是一个现实生活

---

① [日]大江健三郎:《广岛·冲绳札记》,王新新译,河北教育出版社,2002年,第86页。
② [日]大江健三郎:《广岛·冲绳札记》,王新新译,河北教育出版社,2002年,第105页。

中的乐观主义者,在他的危机感与忧患意识的背景下,从来没有失去希望的光亮。正如他在《个人的体验》中已经表明"再生之可能"一样,灵魂的救赎的时刻终将到来,新人终将出现。

"灵魂救赎"与"呼唤新人"这个主题一定程度上是其"与长子光共同成长"主题小说的延续。事实上新人的形象,在大江《个人的体验》等作品中,已有所表现。当"鸟"与那群曾与自己在婴儿出生的那个初夏之夜打架的年轻人相遇后,"鸟"奇怪地发现,那些人已经不认识他了。在一旁的岳父告诉"鸟",他觉得"鸟"这几个星期像变了个人,所以他们认不出来了,并且认为,"鸟"这个孩子气的绰号已经与他不相称了。事实上,此时的"鸟"与此前的自己已完全不同,已成为一个新人,连他自己也急着看清楚自己那张新脸:"一回到家里先照照镜子吧。"① 此后,大江健三郎针对日本社会出现的各种问题,进行了深入的思考,他看到的是日本社会正在一步步滑向军国主义的泥淖中,无法自拔:"从一百多年前的近代化开始,到因在大战中战败而不得不做彻底反思的日本国家主义,现在又有了重新抬头的征兆。"② 他看到日本人正在无信仰的空虚中走向精神的荒漠,看不到希望。正是出于对日本社会和日本人现状的忧虑,大江开始用自己的小说在探索灵魂救赎与呼唤新人的问题上进行多层面的探索。

从《新人呵,醒来吧!》这部小说的标题中,我们就不难发现,这是一部呼唤新人的作品。小说以大江光——只不过是"变异"形式的大江光——为原型,与大江以往的小说相比,具

---

① [日]大江健三郎:《个人的体验》,杨炳辰、王新新译,漓江出版社,2001年,第202页。
② [日]大江健三郎:《大江健三郎自选随笔集》,王新新等译,光明日报出版社,2000年,第6页。

有一定的特色。首先,这是一部由主题相同的系列短篇小说构成的短篇小说集,因此我们也不妨将之视为一部类长篇小说。其次是《圣经》元素的加入,作者有意挖掘了《圣经》中的一些故事,使之成为残疾儿成长过程的参照。我们在这部类长篇小说中,既能看到父爱的伟大,也能看到培养智障孩子的迷惘与艰辛,最终残疾儿终于在音乐的旋律中获得了安慰,也找到了自己存在的价值。儿子获得了新生,父亲的兴奋与欢愉被表现得深沉却又淋漓尽致。大江之所以要创作这样一部类长篇小说,源于其亲身经历。在创作另一篇类长篇小说《倾听"雨树"的女人们》的过程中,大江健三郎发现了长子光的变化。在肉体上进入了思春期的大江光,在精神方面似乎也正经历着痛苦。这给家人造成了一定的困扰,不知如何解决眼前的问题。于是大江决定把这些问题作为其小说的主题,创作一个系列短篇小说。实际上,小说的创作过程,也就是大江试图改良孩子和家庭之间的不良关系而做出的努力。但大江这些小说中所表现出来的东西,绝不是现实生活的简单翻版。小说中关于人之存在问题的深层思考,关于自我内心世界的深刻揭示,对灵魂问题的不懈探寻,使大江的这部自传性的类长篇小说作品,具有了一种超越性的厚重感。此外,这部小说是以女性叙述视角写就的,虽然这仍然是大江的叙述,但却使这部作品具有了一种女性式的温柔与细腻。之所以采用女性叙述视角进行写作,这当然是其《倾听"雨树"的女人们》以女性为主角的创作方式的进一步转化;也是大江不得已而采取的一个写作策略,"由于小说中的家庭成员构成与大江家的实际情况相同,因而容易让读者产生联想"[1],出于谨慎,大江有意将年轻的女

---

[1] 王建湘:《大江健三郎传》,时代文艺出版社,2013年,第115页。

儿设定为叙述者。

《燃烧的绿树》三部曲无疑是一部以灵魂探索为主旨的鸿篇巨制。小说的总标题"燃烧的绿树"来自叶芝的诗《踌躇》,该诗将人的存在状态比作一株树,一侧浓绿葱郁挂着露珠,一侧却在熊熊燃烧。前者象征肉体以及现实,后者则象征灵魂。人本身就如同这"燃烧的绿树",是一个矛盾的复合体,不断地在两极之间摇摆。作者要表现的恰是人的这种摇摆状态,而他在写作这部小说的过程中,也确实"感觉到自己在肉体的现世的东西与精神的灵魂的东西之间往来摇摆"[①]。

小说三部分分别为:"'救世主'挨打之前"、"踌躇"和"伟大的日子"。第一部分讲在四国的一处森林包围的山乡,住在"公馆"里以讲述当地传说为业的老奶奶是山乡的精神领袖。她复活了早已死去的"阿吉大哥"的名字,将它赋予了决意从事灵魂事业的"隆"。他不仅继承了本该由死去的"阿吉大哥"继承的财产,还继承了由老奶奶承传的有关村落创始人"破坏者"的神话以及各种关于这块土地的传说;"我"名叫阿佐,也就是故事的记述者,则是老奶奶养大的孤儿,在青春期时从男人变成了女人,成了具有两性特征的阴阳人。在老奶奶的葬礼上,新的阿吉大哥的手因为一只老鹰降落其上,而获得了神奇的治愈能力。因为这一特异功能,他被尊为"救世主"。但因为有人被阿吉大哥治病后死去了。阿吉大哥失去了原本的光环,不仅被村民责问,还被认为是神秘教团"森林会"的教主,遭到暴力袭击。通过与双性人阿佐的结合走出困境,并实现了存在的统一,即肉体与灵魂的统一。之后他们决定组建新的教会,并将会标定为"燃烧的绿树"。

---

① [日]大江健三郎述,尾崎真理子采访/整理:《大江健三郎讲述作家自我》,许金龙译,金城出版社,2012年,第210页。

第二部分讲教会的发展。阿吉大哥的父亲和伊能三兄弟加入了教会,伊能三兄弟具有超常的组织能力,编辑了教会自己的"福音书",帮助阿吉大哥传教,使教会得到了迅猛的发展,甚至连原本攻击过阿吉大哥的人也加入了教会,不仅盖起了教堂,还以伊能三兄弟为主组织起了自卫队。但阿吉大哥却没有明确教会的相关规程和发展理念,因此在被众人要求陈述教会今后的发展时,竟然瘫倒在地。对阿吉大哥大失所望的阿萨,因梦幻彻底破灭,独自一人冲出了教堂,失去了中心的教会内部发生了分歧。

第三部分讲的是离开了阿吉大哥的阿萨,在伯父 K 的别墅度假时结识了名叫"真由美"的女人,并和她度过了一段放纵时光后重新回到了阿吉大哥身边。但此时阿吉大哥已经因为受到革命党的袭击,只能坐在轮椅上活动了。而此时的教会也分裂了。最终阿吉大哥决意放弃教会,参加巡礼团去传教,以实现自己献身灵魂事业的初衷。就在出发的当天,阿吉大哥被埋伏的革命党人投掷来的乱石打死了。

小说主人公阿吉大哥灵魂的事业失败了,作为一部以探索灵魂救赎为主题的小说,这一定不是大江想看到的结果,从这个意义上说,阿吉大哥的失败也是大江的失败,是大江以"我"为视角的小说创作模式的失败。对此大江不无反思,他认识到自己受到了私小说的影响,但"作为一个私小说作家,那些应该排斥的理论意义上的虚构,却被我充分自由地加以利用"。本来小说中的叙述者"我"、"俺"并不是作家本人的再现,但在创作灵魂主题的小说时,"'我'、'俺'和'私'等的叙事体作品不能支持更加深化的'他'灵魂主题"。作家本来想要表达的思想,被这种私小说式的叙事模式限制了,不然"我可能进入一个更加自由地思考和感受的世界里去"。但也许是于心不甘吧,大江在小说的"终章:伟大的日子,正义者的大进军"中设置了一个不失突兀,却也颇具意味的情节:失去了教主的教会成员们相约结成一个根植于每个人的松散形式的教会,从山谷出发,向着未来走去:"自我解散!大家都是单独一个人,或者如诺亚方舟的野兽那样两个人一组,向着各自的目标,分头前进吧!在各自到达的场所,如一滴水珠渗入地下去吧!这就是我们现在的教会!"①

大江通过这样一个带有一定神奇色彩的故事,启示我们以传统宗教为媒介的拯救的必然失败,灵魂的救赎必然是个人性的,是个体与上帝的直接对话:"超越自己、超越人世的某个神就在我们头顶之上,想要与之缔结直接关系的态度……不是通过教会或借助同志们的共同行为,而是在超越人世的神与作为个人的自我之间,试图缔结直接关系的那种态度。"② 大江这种带有明显诺斯替主义色彩的观念,既与其受到新柏拉图主义的影响分不开,也与其对威廉·布莱克、叶芝等诺斯替主义诗人的阅读不无关系。无论如何,大江给小说这样一个最后的结局,便已经说明了作者在灵魂探寻方面,试图进一步深化的决心。

正是出于对自己原有叙事方式与叙述手法已陷入困境的清醒认知,大江决定对自己进行反思,这种反思不只包括文学创作技巧上的和叙事方式上的,更是自身灵魂上的。在《我的小说家历程》(这部随笔集,完成于《燃烧的绿树》之后)的结尾处强调:"自己的灵魂问题才是最应该担心的问题。"③ 他需

---

① [日]大江健三郎:《燃烧的绿树》,郑民钦译,河北教育出版社,2000年,第754页。
② [日]大江健三郎述,尾崎真理子采访/整理:《大江健三郎讲述作家自我》,许金龙译,金城出版社,2012年,第202—203页。
③ [日]大江健三郎:《我的小说家历程》,见《小说的方法》,王成等译,河北教育出版社,2000年,第245页。

要沉淀自己的灵魂,从原来的状态中走出来,"让自己的心灵从日趋硬化的'著名小说家'的躯壳中挣脱出来,回复到其原初的状态,从而能够达到与自己灵魂的真正'面对面'——这才有可能实现灵魂的自我拯救"①。于是他做出了一个令人惊讶的决定,对外宣称以后将不再写小说了。这对于日本文坛而言,不啻是一颗重磅炸弹。事实上,大江并不是绝对不再进行小说创作,而是不再创作那种"我"和"俺"等叙事文体的小说了。在大江对自己的灵魂问题进行检讨期间,将一生奉献给音乐的武满彻去世了。大江从武满彻身上"重又见到了探寻那存在于宇宙、世界和人类社会,以及个人内心中的巨大的沉默的声音的人的身影,那从未有过的、达到深不可测的内心和深奥而准确地把握的身影",注视着武满彻身影的大江内心涌起一个新的信念,要将自己身上最实实在在的东西,即"作为小说家的人生习惯"作为武器进行战争,否则将无颜站在永远的武满彻面前。②大江终究要将自己的一生奉献于小说创作的事业。

1994年,获得了诺贝尔文学奖之后,大江虽然决定要沉淀一下自己的灵魂,在确定了家里的经济条件允许他做短暂的休息后,他去了美国普林斯顿大学。在那里他每周授课两次,心情也逐渐舒畅了起来。在此期间,鉴于自己探索灵魂的任务仍没有完成,大江决定把《燃烧的绿树》中没有写好的部分进行再创作,这是大江写作《空翻》这部小说的一个动因;其次,大江正处于失去伊丹十三、武满彻和老朋友岩波书的社长安

---

① 胡志明:《无神时代的自我拯救——论大江健三郎后期作品的文化救赎思想》,载《国外文学》,2005年第2期。
② [日]大江健三郎:《我的小说家历程》,见《小说的方法》,王成等译,河北教育出版社,2000年,第246页。

江良介的困境中，为了尽快从这种失去朋友的忧郁中走出来，大江意识到自己必须每天写作；此外，日本当时的社会出现的一些事件，也影响到了大江。在天皇走下神坛，神缺位的今天，日本随时可能出现军国主义的复活，以填补因信仰丧失留下来的巨大真空，也会出现一些邪教组织，以蛊惑人的歪理邪说，抢占人们的灵魂世界，其时刚刚发生的奥姆真理教事件，证明这样的忧虑绝非杞人忧天，而且在一个信仰缺失的时代，这样的恐怖事件还可能再次出现。如果说《燃烧的绿树》是在思考通过宗教实体来实现灵魂拯救是否可行的话，那么《空翻》则是在探索在一个无神的时代，人们，特别是青年们灵魂之救赎是否可能，也就是是否还应该 rejoice（高兴、喜悦）的问题。大江的答案无疑是肯定的。

《空翻》讲述中年画家木津和青年育雄，作为奇妙而美丽的同性恋，被卷入了"导师"与"向导"所率领的信仰集团中。其导师具有遥感、预测等功能，而"向导"则有通过语言解释"导师"的特异功能。他们创立的新兴宗教团体不断壮大，教徒中的一部分激进分子开始计划使用一些激进的手段影响世人。他们计划夺取核电站，甚至打算引爆一些电站。此时，激进教徒已经脱离了导师的掌控，成了一股巨大的力量分散在日本各地。"导师"和"向导"为了防止恐怖事件的发生，与政府和警方取得联系，并通过电视宣布，当初他们创造这个宗教，只是一个玩笑，教义也只是一个游戏，劝说激进教徒们放弃恐怖行动。故事发展到这里，发生一个根本性的翻转，就像翻了一个筋斗。木津在弥留之际的一番话道出了这部小说的主题："育雄，听不到神的声音，难道就真的不行吗……咱说呀，即便没有神，也要 rejoice。"

小说中"导师"在最后的宣讲之后，纵身跳入了大火。他的死使他所创立的宗教团体失去了所谓的"神",但他的死却为"新人"教会的诞生提供了可能。"导师"本人也最终获得了灵魂的救赎。而灵魂的自我救赎是大江在《个人的体验》和《万延元年的足球队》等作品中有所表现的"再生"主题的逻辑延伸,但"又具有本质性的突破",因为"'自我拯救'包含着关于'无神时代'的自觉决识,并且它还不只是表现为一种负责任的生存方式的选择而是更强调了人必须能够直面自己灵魂,包括正视自己心灵深处那阴暗的部分,从而能够重新构筑自己的灵魂"。大江在此处表现出来的直面自己的灵魂,正视自己心灵最阴暗的部分,试图重构灵魂的思想,在他的《新人呵,醒来吧!》中,已初露端倪。大江在审视自己创作的这些有关大江光的系列小说时说:"我发觉,我心里有比光更阴暗更复杂的悲哀和苦痛。看看自己以前出版的书,我发现,为表现这些阴暗的东西,我几乎耗费了自己的一生,有时候想起来会吓自己一跳。"①

  小说的尾声部分带有非常强的隐喻性——育雄和舞女守护着失去了神的新人教会,而这个教会不再是一个实体,而是一个构筑灵魂的场所。大江在致苏珊·桑塔格的信中,曾提到,这个尾声的部分写的是他所"未知之事",因此那只是他的希冀,而这种希冀代表的是他的一种认识,即以后日本必须出现"新人":"虽然我并不能具体地了解所谓'新人'的确切内涵,但是我确切地知道,依靠'旧人'——我也是其中一分子——这个国家不可能度过困境。我感到我以前从没有这么迫切地

---

① [日]大江健三郎:《大江健三郎自选随笔集》,王新新等译,光明日报出版社,2000年,第94页。

期待从年轻人那里得到对自己小说的反响。"①

如果说《空翻》通过探寻灵魂的自我救赎呼唤新人的出现的话,那么大江后来的小说创作则是通过关注人如何通过灵魂的自我拯救成为新人,表达了他对希望必然存在的肯定。其中《奇怪的二人配》三部曲〔包括《被偷换的孩子》(2000)、《愁容童子》(2002)和《别了,我的书》(2005)〕通过与亡灵对话的形式展开故事。主人公古义人通过与吾良的亡灵的对话,发现了其为何自杀的秘密——当年受辱的经历让吾良选择了死亡。被破坏了的历史,通过与偶然出现的亡灵的对话,被重新修复。古义人妻子千樫联系欧洲民间的"换孩"传说,认为哥哥吾良当年曾被一群极右翼分子凌辱,他原本美丽的灵魂因为这个耻辱被偷换了。吾良一生都在努力,并成了国际知名导演,为的就是洗刷当年的耻辱,但他的一生就如同一个"被偷换的孩子"似的活着。与灵魂的对话过程,唤起了古义人自己自觉的危机意识,因为他本人也时时受着戈布林们(偷走孩子的侏儒小鬼)的纠缠。信仰民主主义的古义人一直苦于无法割断他与代表国家主义的父亲和他的弟子们之间的联系。终于在一个深夜他斩杀了家乡人送来的那只强壮的甲鱼——一只象征着国家主义的怪物。小说结尾处,作为吾良胞妹的千樫决定保护吾良留下的遗腹子,绝不让这个婴儿被戈布林们偷走,并且打算告诉古义人,应该向尚未出生的孩子敞开心扉。而这孩子,正如小说中暗示的那样,就是那个未被偷走的、拥有美好灵魂的吾良。

《愁容童子》中的古义人回到了故乡,在森林的大树下,重温了乡间关于"童子"的传说,并回忆了自己的童年,进而对

---

① [日]大江健三郎:《大江健三郎自选随笔集》,王新新等译,光明日报出版社,2000年,第317页。

自己的文学人生进行了反思;在乡民们的帮助下,他重现当年那件发生在他和吾良身上的耻辱事件。古义人发现了深藏于吾良灵魂深处的"污点":吾良为了报复当年凌辱自己的那些极右翼分子们,暗中告发了他们的行动,造成他们全军覆没。这才是导致吾良自杀的真相。古义人也意识到自己这几十年来有意遮掩粉饰此事的暧昧态度。小说通过古义人重回故乡,"重新阅读"历史和自己的经历,"形象地描述了他如何从自觉的'危机'意识出发,有效地实现'自我拯救'的具体步骤":第一步是回归故乡,回到葆有生命力的边缘文化中,从中获得正面遗产,振发自己直面自我灵魂的勇气和力量;第二步是回归自我,回到自己本真的"童子"那里,要想彻底摆脱"换孩"变形的替身,只有首先回到自我原初状态,就像古义人那样让自己与童子重新合体,才能对自己进行真正的"重新阅读";第三步是回归现场,即回到当年导致灵魂变异的"那件事"真实情境中,通过正视它实现与自己灵魂的"面对面"。① 通过以上三个步骤方可实现在无神时代的自我拯救,进而获得新生。如果说《被偷走的孩子》在结尾暗示新人就是那未出生的婴孩,那么《愁容童子》则进一步深化了对"新人"的认知。小说结尾处,受伤昏迷的古义人听到妻子千樫的呼唤:"古义人、古义人,喂,醒来吧! 你曾数度说自己已是老人了,但是,只要你醒转过来,返回到这边,我就会认为你是'新人'。你要想起经常引用的布莱克! 即便你紧闭双眼、无法出声,像你这样的人,也肯定会以文字的形式在头脑中浮现出这些语言。融入你的灵魂之声与我一同朗诵吧!"② 回到故乡,已经与自己的

---

① 胡志明:《无神时代的自我拯救——论大江健三郎后期作品的文化救赎思想》,载《国外文学》,2005年第2期。
② [日]大江健三郎:《愁容童子》,许金龙译,海南出版公司,2005年,第305页。

童子合体,并回归到事件现场的古义人,现在已经成为一名新人。这是否意味着,一个人属于新人还是旧人,与其年龄无关,重要的是他是否回归了本真状态,是否能够正视自己的灵魂,引发灵魂的地震。

正是出于对新人的期盼,大江健三郎越来越把希望寄托在新一代人身上,因为在他晚期的作品中,开始关注孩子的世界。事实上,这在一定程度上与其对当下日本社会的悲观看法不无关系。在写完《空翻》后,大江在加州大学伯克利分校的演讲中提到,自己之所以对新人充满期待,是因为"在日本的社会和文学经历了明治维新以来一百三十多年和战后五十年之后,为了对抗负面遗产的复活,守护住哪怕仅有的一点点正面遗产,就只有对新一代寄予期待。这种想法是发自心底的,它不单单是出于我个人的情感,也来自于更普遍的危机意识"[①]。

也许正是出于对未来的希望,大江晚年创作了一部专为孩子们的小说《两百年的孩子》,这是一部与当下中国流行的穿越小说有类似之处的作品,描写了三个孩子,智障的哥哥与健康的弟弟和妹妹三人借助时间机器,进行穿越时空旅行的故事,他们目睹了日本一百多年来的社会变迁。其中不乏对兄妹三人之间真挚情感的书写,这无疑是大江将自己的生活、家庭的温情投射到了小说之中。与此同时,大江还创作了一部自传性非常强的随笔集《我自己的树下》,共收录16篇文章,介绍自己的童年生活、学习和成长历程。这是作家出于呼唤新人的使命,用自己的文章与新人们进行的一次灵魂的交流;他用自己的经历启示孩子们要勇于正视自己,正视人类自身;他通

---

① [日]大江健三郎:《大江健三郎自选随笔集》,王新新等译,光明日报出版社,2000年,第50页。

过回忆让现在的自己与过去的自己实现了跨时空的对话,这是一种反思,也是渐入老境的作者对人生的眷恋之情的自然流露。晚年大江似乎对"孩子"问题情有独钟,他不断地对之进行思考,在接受中国重要的大江健三郎译者许金龙的采访时,他说:"我的头脑里目前只思考两个大问题,一个是鲁迅,一个是孩子。"正是鲁迅曾清晰地表达过"救救孩子"的思想。

到《别了,我的书》为止,大江有关灵魂的自我救赎的思考告一段落了,这也是其书名最直接的意指。但正如大江自己说的那样,这样的宣称更像是叫喊"狼来了"的少年一样,常常使自己陷入尴尬的境地。做出这样的宣告,与其说是要真的可能与创作告别,不如说是与自己的某个阶段告别,因为一种创新的冲动正在大江的心中酝酿——"创作出以往的大江绝对没有写过的那种新大江的作品"。正是怀着这种不断从自身跃出的创新精神,大江又创作了他的长篇小说《水死》(2009)。与此同时,他正在创作另一部关于孩子的小说,也就是他在2010年12月2日与到访中国作家铁凝会面时提到的那部已经写了足足两年的小说。但最终他放弃了这部小说的创作,因为日本经历了"311"事件。2011年3月11日日本福岛第一核电站因地震加人祸,发生了泄漏事件。大江不分昼夜地连续从电视上看相关的新闻报道,这位持续关注和思考核爆问题近半个世纪的老作家心里难以平静,他当初的忧虑不幸变成了事实,于是决定放下手头的工作,"于是我开始考虑,不妨试着把自己现在无路可走的窘境乃至国家和社会都无路可走的窘境都记录到笔记本上来"。以这个记录为基础,大江创作了长篇小说《晚年样式集》,并于2013年10月24日出版。老作家试图在这部作品中思考,如何避免"这座城市、这个国家的未来之门将被关闭"的危机,思考如何以边缘存在的力量对抗权力中心,对抗他们的核政策。大江最终回归了他的乌托邦世界——森林——以寻找人类光明的可能之途。

第四节 大江健三郎与中国

大江健三郎与中国的不解情缘始自他少年时期对鲁迅的阅读,事实上,鲁迅的绝望哲学深深地影响了大江的创作,这种影响直到晚年仍然存在,而且越来越明显。

大江数次来中国访问。第一次访问更是远在中日建交之前,他在考察中国、反思中日历史的基础上,冒着在日本国内受到右翼攻击的危险,对中国表达善意与尊重;与中国作家交往;并在演讲与创作中坦承日本侵华给中国造成的巨大灾难,并对之进行深刻的反省;对日本右翼势力否认历史,试图改变日本战后民主主义原则,恢复国家主义的行径进行直接的批判。正是大江的这种基于人道主义与民主主义的立场,使他不断受到国内右翼势力的攻击,但他从未放弃过自己的观点与原则。但是,大江健三郎并不是一个人在战斗,村上春树刚刚出版了他的新作《杀死骑士团长》,书中明确提出,日本军队曾在南京实施过大屠杀,而这一点正是试图否认侵略历史的右翼势力所不愿承认的,因此展开了一场针对村上的口诛笔伐。

英雄往往所见略同。大江与村上在对待历史问题上态度的一致,让我们看到了作为日本两代作家代表的他们,身上所体现出来的智识良知。历史的车轮碾轧,唯有直面真实的勇气是一个作家保持其永恒魅力的保证,这也是君特·格拉斯受到大江健三郎推崇的原因。格拉斯曾在其《剥洋葱》中自曝"污点",承认了自己进入党卫军装甲师服役的事实。大江健三郎赞赏格拉斯的勇气,并引用保罗·策兰的诗歌称赞格拉斯"停止编织谎言,是设法接近真实的证人"①。我们不知道,因为村上受到攻击大江会做出何种反应,但我们相信,大江一定会对村上直面真实的勇气表示赞赏,正如他曾赞赏村上的文学创作,将其视作超越了安部公房、三岛由纪夫和大江健三郎的世界级作家一样。

大江作为民主斗士受到中国读者的尊重,同时也作为一位人道主义作家受到中国读者的欢迎。但囿于国内环境的影响,大江健三郎文学的中国译介与接受则是比较晚近的事情。1981年文洁若编选的《日本当代小说选》中收录了大江的短篇小说《突然变成的哑巴》,该小说创作于1958年,其时大江刚刚登上文坛不久,但大江健三郎并没有引起我们足够的重视,对其作品的大规模译介,始于其获得诺贝尔文学奖之后,说是诺贝尔文学奖把大江健三郎推送到了中国读者面前,也不为过。以叶渭渠主编的《大江健三郎作品集》(1995)和《大江健三郎最新作品集》(1996)为开端,此后大江的作品被陆续译成中文,大江健三郎也成为中国学术界研究的一大热点。综观大江在中国接受的情况,不难发现,大江的中国接受可分为两个层面:其一是将诺贝尔文学奖获奖作家大江的作品作为研究对象受到被阅读与被接受;其二是作为一位被译介到中国的诺贝尔文学奖获奖作家的大江,在普通读者中的被阅读与被接受。其中我们不得不承认的事实是,大江被中国接受与其是诺贝尔奖获奖作家有很大关系。具体来讲,大江文学的中国接受情况可以概括为如下几个方面。

---

① 《光明日报》(2015年4月18日12版)。

第一,大江是一位受西方哲学思想影响较大的作家,特别是存在主义哲学对其创作产生过持续的影响。哲思的存在确实使大江的作品本身更具思想深度,也得到了乐于进行深度思考的部分研究者与普通读者的推崇,读者常常对大江文学进行一种类似于智力考验式的阅读。但哲思也往往给一部分读者造成了阅读障碍,使他们对大江的小说产生望而却步之感。相信有很多人之所以去阅读大江,不是因为其作品具有持久的经典性,而是因为他是诺贝尔文学奖得主。关于大江文学中蕴含的哲学思想,中国学术界比较早地对其进行了关注,并取得了一定成果,特别是关于大江文学中的存在主义思想,更是成为研究的重点。

第二,大江文学在语言方面,具有明显西化的特点,往往通篇充斥着拗口的长句,这与大江健三郎学外语出身,并深受西方文学的影响不无关系。首先,这给翻译者造成了一定的困难;其次,这样的语言风格虽然对习惯了阅读西语译文的专业研究者来说,可能并未造成太大的阅读障碍,但常常会令普通读者失去阅读兴趣。比较一下大江与村上春树就不难发现,为什么村上会受到更普遍的欢迎(不仅在中国,在日本也是如此)。大江对此不无反思:"村上春树的小说都是写得很好的文章,或许也有易于翻译的原因,英语、法语等语种的译者非常仔细地进行了翻译,完成了很好的译文版本。……这些翻译作品确实正被作为法语和英语文学而被接受,从这个意义而言,安部公房也好,三岛由纪夫也好,还有我,都没能够达到这一点。"[①] 造成这种接受差异的原因正在于大江文学中的语言仍然是一种"书写的写作语言",而村上的语言则是一种"口语文体"。

---

① [日]大江健三郎述,尾崎真理子采访/整理:《大江健三郎讲述作家自我》,许金龙译,金城出版社,2012年,第202–203页。

第三，大江的写作方法具有一定的特异性，他往往把自己的写作与阅读结合到一起进行创作。他的作品是他将个人化的体验与阅读所得相融合的结果，这造就了大江文学的一大特色，但同时也使大江文学成了典型的互文文本，只有对原文本有一定程度的了解，才可能深入大江之海的深幽处，拾取漂亮的珠贝。如此，阅读大江文学不啻为一种学问考验，考验阅读者的知识广度与学识深度。对于一般的研究者，这已经是不低的要求，何况对于普通的阅读者呢？阅读过《挪威的森林》的中国读者，往往不知道大江健三郎曾写过《万延元年的足球队》。不得不说，有关大江文学的互文性，即大江与其阅读对象之间的关系的研究，在中国刚刚起步。

第四，大江文学深受日本传统文化的影响，这使大江文学成了日本传统文化的集合体。宗教信仰、民俗元素、私小说传统、地域文化、历史传说、民间故事等等，都在大江的作品中占有重要的位置，且常常对大江小说主题表达起到关键性作用，有些甚至是解读大江小说的关键符码。这在一定程度上增强了大江文学的可阐释性，成了文学研究者深入大江文学世界的切入点，近年来，中国学者从森林符码、灵童传说等多种角度对大江文学进行了深入的解读。但是，对不太了解日本传统文化的中国普通读者而言，大江文学中的这些传统文化符码则成了阅读大江的巨大障碍，令其难以有效体味大江的文学意蕴。

第五，以个人生活的具体化隐喻，指涉人生、社会、民族、国家问题的文体特色，使大江的阅读从其作品中更多看到碎片化的日常生活场景，这令习惯了宏大叙事的中国读者产生一种琐碎感。太多个人体验（这种体验又与大江特异的生活状态，特别是与长子光共同成长的状态密切相关）的融入，使得大江文学"私人性"过强,不仅增加了学者的研究难度——必须深切体味其中的情感,才能得其要领,也给不了解其生活状态的人造成了一定程度的距离感。

　　第六,大江曾说,与残疾儿子光的共同成长,就是他的文学,但他的文学主题"是超越了文学的、人生的主题,则是时代赋予的"①。确实如此,大江文学具有非常强的"介入文学"特点,大江试图在他的文学中,对时代精神、现实问题给予关注,并进行深入的思考与探索。大江本人对自己的这一创作倾向有着非常清醒的认知,并把时代赋予自己的主题概括为三个方面:其一是战后的解放感;其二是核武器制造的痛苦;其三是先天残疾的儿子的出生。②应该说大江的概括是准确的,但大江历经半个多世纪的创作,涉及日本社会诸多历史事件,大江的概括也不过是择其要点进行的概括。如此我们在进行大江文学研究时,就必须把他的创作放归到其产生的历史语境中,联系其时的作家处境和日本社会,以及整个人类社会的境况进行关照,这对研究者提出了很高的要求,也给阅读者造成不小的困扰——研究和阅读大江文学就等于在研究日本的历史。

---

　　① [日]大江健三郎:《大江健三郎自选随笔集》,王新新等译,光明日报出版社,2000年,第67页。
　　② [日]大江健三郎:《大江健三郎自选随笔集》,王新新等译,光明日报出版社,2000年,第55—57页。

第八章 库切研究

现已移民澳大利亚的荷兰裔南非作家 J.M. 库切（John Maxwell Coetzee）是当代最睿智、最具创新活力的小说家之一。在当代作家中，库切算不上高产作家，他的第一部作品《幽暗之地》发表于 1974 年，此后不间断地有作品问世，但至今也只有十多部长篇小说的产量。但库切却无疑是英语文学中获奖最多的作家之一。2003 年获得诺贝尔文学奖之前，就曾经获得过南非文学最高荣誉奖 CNA 奖，爱尔兰的时报国际奖，法国的费米那奖，以色列的耶路撒冷奖，普利策奖，英联邦作家奖等，他还是唯一的一名先后两次获得英国文学最高奖——布克奖的作家。第一次是在 1983 年，因《迈克尔·K 的生活和时代》而得奖，第二次是在 1999 年，因《耻》而得奖。

库切的创作非常复杂，包含他对现实、历史、文化、哲学、语言、创作等诸多问题的思考。他给人的第一印象是冷峻，第二个印象是深刻，正如诺贝尔文学奖授奖词所说，"J.M. 库切的小说以结构精致、对话隽永、思辨深邃为特色。然而，他是一个有道德原则的怀疑论者，对当下西方文明中浅薄的道德感和残酷的理性主义给予毫不留情的批判。他以知性的诚实消解了一切自我慰藉的基础，使自己远离俗丽而无价值的戏剧化的解悟和忏悔。"库切的作品文风简约而优美，堪比普鲁斯特，故事不复杂但却生动精致、有张力和感染力，叙述稳健有力而变化多端，他的每一部作品都像文学试验，绝不重复西方传统，也不重复自身，充满革新色彩和自省意识。因此，诺贝尔文学奖授奖词说："库切的作品是丰富多彩的文学财富。"他的创作是一个蕴含丰富的宝矿,很难以一种固定的理论框架去框定,他的创作往往呈现为多种创作意识和手法的融合。

　　除了是个小说家,库切还是大学里教授语言学和文学的教授。作为学院派作家的一员,学者的身份对其创作产生着深刻的影响。他的小说创作中充满语言学、哲学、文化现象等方面的理论意识和对叙述形式的关注。库切的重要性不仅仅在于他的每一部小说都尝试了一种新的小说模式,为处于危机中的当代小说文体不断开疆拓土,注入新的生命力;而且在于他的每一部小说都涉及当代文化和知识的前沿问题,诸如小说家的位置会对创作的哪些方面产生影响?语言的能指与所指的关系是固定不变的还是流动不居的?权威又是如何被建构的?传统现实主义是否能够反映现实的真相?小说话语的忠诚对一位作家意味着什么?在小说中"历史"是怎样被想象的?权力与知识生产、文学经典和普遍主义原则与文化霸权、自我与他者的关系又是如何?……这些问题都非常重大,重大到有些问题库切在自己的小说中都无法解决。由于库切挑战了许多文化和文学的边界,所以库切的创作具有重要的文化意义。

第一节　认同危机与流散生涯

　　库切的创作虽然极力避免直接的地理和政治指涉,但他的作品,尤其是在获得诺贝尔文学奖之前的作品,总是或隐或现地指向他原本的国籍所在地——南非。所以要理解库切的创作,首先就要了解南非的历史语境。

库切的国籍所在地南非,位于非洲大陆的最南端,濒临大西洋和印度洋,交通便利,富有资源,是非洲最富裕的国家,但同时也是殖民主义权力结构和种族歧视持续时间最长的一个国家。17世纪中叶,来自欧洲的白人移民开始移居南非地区,先由荷兰人占据支配地位,19世纪初英国殖民势力开始向南非渗透,并迅速取代了荷兰人在开普殖民地的地位。此后,英裔和荷裔的移民为争夺南非殖民地的统治权,矛盾冲突一直不断,直到1902年英国在为期三年的英布战争①中取得胜利,将整个南非地区变为英国的殖民地。

在来自欧洲的不同国度的两股殖民势力争夺南非的殖民统治权的同时,白人殖民者对南非的土著居民科伊人、桑人、班图人等采取了武力征服和种族隔离的政策,将他们变为自己奴役和剥削的对象。1910年,南非联邦成立,成为大英帝国之内拥有自治权的自治领土。1948年,以阿非利垦人为主体的国民党上台执政,更是全面彻底地建立和实施种族隔离制度,在这一制度下,所有的南非人一出生就被决定了一生的命运。南非的《人口登记法》规定南非公民必须登记自己的种族身份。白人可以拥有全部政治权利和经济资源,其生活条件和欧洲发达国家的居民所差不多。有色人种和黑人则备受歧视和限制,尤其是黑人,更是没有基本的政治权利:他们不能进入白人专用的公共场所,不能乘坐白人专用的公共交通工具,他们没有旅行自由,不能随便进入白人专有的城镇,只能寄居在郊外简陋而拥挤的黑人棚户区,为他们的孩子提供教育的学校质量低下,他们长大后能够找到和从事的工作只能是白人不

---

① 即英裔移民和荷裔移民的战争,荷裔移民主要从事农牧业,所以英裔移民贬称他们为"布尔人"(Boers),意为农夫、乡下佬,而荷兰裔移民则在英国统治之前自称为"阿非利垦人"(Afikaners)。

愿意干的低收入、重体力的工作。南非的白人和黑人的生活境况相差极大,占有人口 12.8% 的白人移民占有着全国大多数的财富,而占人口 76% 的黑人土著则被剥夺了基本的生活所需。

南非奉行的这种臭名昭著的种族隔离制度一方面引起了国内来自黑人、有色人种、部分有良知的白人的反抗;另一方面也引起了国际社会的普遍不满和抵制,同时也不利于南非现代化社会经济的进一步发展。在众多压力下,1994 年南非终于废除了种族隔离制度,建立了以曼德拉为总统的民主国家。但经历了外在宰制和对内殖民之后的后种族隔离时代的南非,依旧面临着历史的遗产所带来的严峻的社会问题。由于南非近现代历史一直表现为黑白对立的二元文化结构,所以南非一直没有形成建立在融合或同化基础上的统一的南非民族,这种情况致使南非共和国在实行了政治体制上的改革后,依然无法消除民族之间的对立和敌视。曼德拉总统在就职演说中所承诺的那个种族融合的"彩虹之国"现在依旧是正在进程中的理想,消除了差异和对立的、融合在一起的混杂性民族仍然是南非共和国试图建立的理想的国家民族身份。阻碍南非社会和谐发展的重要因素依旧是长期的外殖民和内殖民的历史造成的历史遗产,消除与殖民历史相伴随的文化暴力所产生的文化剥夺、文化变形是南非社会的当务之急。库切的作品故事发生的地点虽然并不总是放在南非的历史和现实之中,但却总是隐隐指向南非的种族隔离时期和后种族隔离时期的文化语境。

库切于 1940 年 2 月 9 日出生于南非开普敦。父亲达查利阿斯(Zacharias Coetzee)是一个有资质的律师。母亲维拉·维赫莫也·库切(Vera Wehmeye Coetzee)是德国和波兰移民的后代,是一名小学教师,在他和弟弟大卫(David Coetzee,后来成为一名记者)的心目中,母亲是家庭的中心和依恋的对象。库切的祖先雅各布·库切(Jacobus Coetzee)于17世纪由荷兰来到南非,他还是一本关于非洲土著民族霍屯督人的历史书的撰写者,而那本历史书的叙述立场,是欧洲中心对非洲他者的俯临角度。库切的祖父母都是地道的布尔人(荷兰裔南非白人),以农场的种植业为生。库切的父母的生活方式却是英国化的,在家里,他们给孩子们实施的是英语教育,家庭内部交流的语言是英语,孩子们长大后送去的学校也都是英语学校,英语也因而成为库切写作的第一语言。但在与亲戚交流时,他们使用的语言则是阿非利垦语,所以阿非利垦语也是库切的天生的语言。

库切童年的大多数时光在开普省的开普敦和伍斯特度过。8岁时,父亲因为站在总统大选中失败了的统一党一边,而失去了在政府机构做租赁审计官的体面工作,不得不在伍斯特找了一份在标准制罐厂当簿记员的工作,举家搬迁至伍斯特,后来他的父亲辞掉制罐厂的工作,回到开普敦,自己开办律师事务所,但并不成功,家境日渐窘迫,成为孩子们心目中失败者的象征。库切的小学教育在开普敦及其附近的伍斯特镇完成,中学阶段在开普敦郊区的一家天主教学校圣·约瑟夫学院(St. Joseph's College)度过。在自传《男孩》中,库切记录了这段童年时光。

母亲在家里占据中心位置,库切深爱并依恋着母亲,某种程度上有恋母情结,"他不能想象她死去,她是他生命中的最坚实的东西。她是他脚下的基石。没有她,他就失去了一切"[①]。与此同时,男孩想要逃离爱的束缚而获得独立的欲望又时时

---

① [南非]J.M.库切:《男孩:外省生活场景》,文敏译,浙江文艺出版社,2016年,第37页。

支配着他。使他有时对母亲的态度像一个易怒的小霸王,有时会站在父亲一面反对母亲。比如说,在他们的反对下,母亲最终不再骑自行车了。库切对母亲是有愧疚的,他之所以反对母亲骑自行车,是因为他感到母亲正在逃向自己的欲望,母亲不应该有自己的欲望,她应该一直待在家里等待着自己。因为这份自私的愧疚,"母亲骑自行车的形象一直没有离开他的记忆"①。库切不喜欢自己的父亲,可他却喜欢父亲喜欢的统一党、板球和英式橄榄球。父亲最让他讨厌之处是其个人习惯,而父亲在职业失败后的颓废更是让他难以忍受。有时他甚至觉得自己没有父亲,只有母亲。

困扰着童年库切的,除了与父母的关系,还有一个重要问题,即身份问题。这种困扰与当时南非独特的文化政治环境直接相关。

很明显,从血统上,按照南非政府的种族分类法,库切应该属于阿非利垦人,但在阿特瓦尔的访谈中,库切却提出"没有任何一个阿非利垦人会承认我是阿非利垦人"②。在他看来,除了血统之外,决定一个人是否是阿非利垦人,还应该有语言、文化和政治的标准。在这三个方面,库切认为自己都不符合阿非利垦人的定义。首先,在语言上,库切的第一语言是英语,而不是阿非利垦语。他是以英语作家而享誉世界的,可以说,英语是库切的母语,阿非利垦语只能是位于第二位的。其次,在文化上,库切认为自己并不"扎根于阿非利垦人的文化",比如说宗教,他不信基督教,既不像标准的阿非利垦人那样属于新

---

① [南非]J.M. 库切:《男孩:外省生活场景》,文敏译,浙江文艺出版社,2016年,第4页。
② J.M.Coetzee: Doubling the Point: Essays and Interviews, HarvardUniversity Press, 1992, p. 341.

教教徒,也不属于罗马天主教。最后,库切认为:"阿非利垦人不只是一个语言的和文化的标签,它还是一种意识形态的术语。也就是说,从19世纪80年代起,它已经变成了一个被政治运动所侵占的词语,首先主要是反英运动,然后主要是反黑人运动,称自己为阿非利垦民族主义。在那一进程中,'阿非利垦人'变成了一个排外的等级。以阿非利垦语为第一语言但是不符合进一步的种族的、文化的和政治的标准的人不被接受为阿非利垦人。"① 根据这一标准,库切也不是合格的阿非利垦人,因为他是反对阿非利垦人的民族主义的,反对压迫黑人的种族隔离制度的。所以,库切并不具有纯粹意义上的阿非利垦人的文化身份。

虽然库切以英语为第一语言,但是这并不表明库切认同英国人,因为他的家庭不是罗马天主教教徒,也没有英国的姓氏,他在《男孩》中说道:"英语,他可以驾驭得轻松自如,对英国和它所代表的东西,他认为自己是忠诚的。但如果被要求的更多,这些要求是一个人被正式接受为英国人之前所必须面对的一些测试,他自己明白,很显然,其中有些测试他是通不过的。"②

库切既不能认同阿非利垦人,又不能认同英国人,一方面来自他对南非种族隔离体制下的无所不在的种族偏见、压迫和暴力的见证;另一方面来自个人被边缘化的体验。南非的白色政权实行严格的等级制,每个人都按照种族、宗教、经济被框定,被分配于不同的社会位置。这样的社会环境和气氛,对于生活在其中的每一个人的影响都是巨大的,人们不得不随时

---

① J.M.Coetzee: Doubling the Point: Essays and Interviews, HarvardUniversity Press, 1992, p. 342.

② J.M.Coetzee: Boyhood: Scenes from Provincial Life , Penguin Books , 1997, p.129.

意识到差别的存在。在《男孩》中，我们可以看到种族隔离对儿童时代的库切的情感结构的影响。在七八岁的时候，库切第一次感到了种族之间的鸿沟及其附随的暴力，他们家的雇佣工，和他同龄的有色人种的小男孩艾迪因为逃跑被遣送回家，临走之前还遭受了他们家的房客——一位英国绅士的暴打，当时他的父亲也在场。艾迪曾经给过他帮助，是他的好朋友，当他事后向他的母亲问及艾迪时，母亲告诉他像艾迪这样的有色人种的孩子"总是在改过自新中结束自己的生活，然后进监狱"①。此时的库切虽然还不能理解母亲对艾迪的憎恨，但已经感觉到了艾迪的世界是和自己不同的世界。在南非的种族隔离体制之下，种族身份是人的社会处境的决定性因素，一个希腊人的孩子，家庭非常富有，但就是因为属于有色人种，就不为好学校所接纳，只能进入较差的学校。

除了种族，每个人还要被贴上宗教信仰的标签，库切一家不信仰基督教，但在学校里，每个孩子都必须在"你是新教教徒，是罗马天主教教徒，还是犹太教教徒"②的选项中进行选择，在老师的再三逼问下，库切随机为自己选择了罗马天主教，不是因为信仰，而是因为他对字母"R"的偏爱。不幸的是，他选中了少数群体，并因此受到歧视、欺负甚至是暴力威胁。

另外，经济也是决定一个人身份的重要因素，库切一家虽然是白人，但家境一直不算很好，后来父亲因为酗酒、挪用客户的账户等原因欠下很多债务，母亲被迫出去工作。所以他们家当属南非白人社会的下层，正是因为这个原因，尽管库切学习成绩优秀，但是当他一家离开沃塞斯特迁居开普敦时，开普敦的好学校都拒绝接受他，他的母亲不得不把他放在第三等级

---

① J.M.Coetzee: Boyhood: Scenes from Provincial Life, Penguin Books, 1997, p.76.
② J.M.Coetzee: Boyhood: Scenes from Provincial Life, Penguin Books, 1997, p.18.

的学校里读书。在回顾自己的一生时,库切曾经谈到:20岁之前的自己属于"陀思妥耶夫斯基小说中那些拥有毫无血色的脸、燃烧着的眼睛和改变世界的阴谋的年轻人——作为英帝国晚期的社会地位低下的、位于边缘的年轻知识分子。地位低下吗?可能并不低下,但是以任何白人中产阶级的标准来衡量,都是不高的。他的父母在阿非利垦人和英国人社会圈中都没有立足之地。他们有无休无止的经济麻烦"①。也就是说,库切虽然拥有白色皮肤,但却不属于权力的中心,而是位于权力的边缘地带,很早就体验到边缘人身份的尴尬和痛苦。

库切被白人特权阶层所排斥,他自己也不愿意与实施种族压迫的白人社团产生认同,那么是否意味着库切的文化归属在于黑人所代表的非洲文化? 有一点是肯定的,那就是库切反对南非的种族隔离,同情被剥削的黑人。在一次访谈中,库切将南非现实描述为"赤裸裸的剥削",在这种现实里,"一小撮富裕的、实际上是后工业的剥削者"统治着"数量巨大的实际上是生活在19世纪的人们"。② 在纽约时代杂志的一篇文章里,他宣称,种族隔离是"一种教条和一系列的社会实践,它在白人的精神存在里刻下伤痕,同时又削弱和降低了黑人的存在"③。在《男孩》中,他来到叔叔的农庄"百鸟喷泉"做客,虽然他和她的母亲在那儿从未受到真心实意的欢迎,但他却喜欢"百鸟喷泉",把它视为自己的第二个母亲和精神故乡。但与此同时,他也清醒地意识到,自己和父亲那一家人不是那块

---

① J.M.Coetzee: Doubling the Point: Essays and Interviews, HarvardUniversity Press, 1992, p. 394.

② Susan VanZanten Gallagher : A Story of South Africa: J.M.Coetzee's Fiction in Context, Harvard University Press, 1991, p.15.

③ J.M.Coetzee: "Tales of of Afrikaners.", New York Times Magazine, 9 Mar (1986), p.21.

土地的真正主人,真正的主人是非洲的土著。他宣称:"他们是霍屯督人,纯粹的,未经任何腐蚀。不仅是他们和这块大陆一同来临,而且是大陆和他们一同到达,这块大陆是他们的,永远是他们的。"① 他们在田间和牧场上劳作,而像库切家这样的白人,则"在农场住房的门廊上喝茶,闲聊,他们就像燕子,随季节而迁徙,今天在这儿,明天去那儿,或是像麻雀,叽叽喳喳地叫唤,脚步轻快,生命短暂"②。在另一部自传《青春》中,他径直地讽刺欧洲对非洲的殖民占有:"在他仍把那个大陆叫作他家乡的时候似乎非常正常的一切,从欧洲的角度上看却显得越来越荒谬:一小撮荷兰人竟然在伍德斯托克海滩涉水登岸,声称他们对从来没有看见过的海外土地拥有所有权;他们的后代现在竟然将那块土地看作是生来就属于他们所有的。"这一切显得如此荒谬,他在内心里大声呼喊"非洲是你们(黑人)的"③。但是库切对欧洲殖民行为的谴责并不意味着他对非洲文化的认同和融入,因为他虽然与他应属于的白人社会产生了疏离,但他毕竟成长于白人社区,南非的二元文化结构导致黑白两个世界截然二分,各自保持着自己的文化系统的独立性,由于不拥有非洲人的历史,库切无法直接感受非洲人的文化,体验非洲人的情感,天生的历史位置注定他无法进入非洲文化的核心,只能处于外围对非洲文化进行想象,所以从根本上说,库切是无法完成从欧洲人到非洲人的文化置换的。对于非洲人来说,他永远只能是一个内部的他者。

这样,库切与欧洲文化和非洲文化都有关联但又都有无法忽视的疏离,对于欧洲文化和非洲文化来说,他都位于边缘,

---

① J.M.Coetzee: Boyhood: Scenes from Provincial Life , Penguin Books , 1997, p.62.
② J.M.Coetzee: Boyhood: Scenes from Provincial Life , Penguin Books , 1997, p.87.
③ [南非]J.M. 库切:《青春》,王家湘译,浙江文艺出版社,2004年,第136页。

成为双重的他者,他的文化身份显得异常得模糊和暧昧。他将非洲还给了黑人,那么对于像自己一样的非洲的白人来说,非洲意味着什么?候鸟的迁徙之地还能算得上是家园吗?这些问题令年轻时期的库切陷入了文化认同的危机。

1957年,库切进入开普敦大学进行大学阶段的学习,并于1960年和1961年相继获得英语和数学两个荣誉学位。在开普敦大学,库切开始尝试着创作诗歌。他大量阅读庞德、艾略特、斯威夫特等人的作品,他不喜欢莎士比亚,但固执地试图理解人们在莎士比亚的作品中看到的东西。"吸引他学数学的,除了数学使用的神秘符号之外,就是它的纯洁。"① "他进入大学时的计划是取得数学从业人员的资格,然后出国去献身于艺术。"②

未来的艺术家在南非这块负载着独特历史的土地上,依旧无法找到此时此地的归属感。身份的悬置、对政治现实的不满、对义务性服兵役前景的逃避使库切选择了逃离。1962年,23岁的库切离开了南非这块令他痛苦的土地,来到伦敦这个欧洲的文化之都。这既是他的求学之路,也是他的精神家园的寻找之旅。在伦敦,他先后在国际商用机器公司、国际计算机公司两家计算机公司做电脑程序员的工作,闲暇时间,他大量阅读福特、福楼拜、贝克特、亨利·詹姆斯、劳伦斯、布莱希特等大师的作品,思索自己的艺术之路。这段时间的生活和心路历程在他的自传《青春》中被记录了下来。

像所有的移民一样,他想融入英国,为此他纠正自己的发音,像伦敦的职业人士一样穿着黑色的西服在计算机公司上班,读着英国中产阶级的报纸,甚至假装着融入周末寻欢作乐

---

① [南非]J.M.库切:《青春》,王家湘译,浙江文艺出版社,2004年,第25页。
② [南非]J.M.库切:《青春》,王家湘译,浙江文艺出版社,2004年,第24页。

的人群。但这一切并不表明他就已经进入了英国的主流社会,他的位置依旧在边缘。他很快发现,"他在他们的国家里不受欢迎,不受正面的欢迎"①。无论他如何改装,伦敦人都会给他贴上南非人的标签。他们的眼睛告诉他"我们不需要一个没有风度的殖民地人,何况还是个布尔人"②。"我已经离开南非成为更广阔的世界的一部分,现在我发现我对这一更宽阔的世界具有新颖价值,我之所以有这些价值,一定程度上,是因为我来自非洲。"③ 在伦敦他异常的孤独,他没有朋友,空余时间只能在电影院、书店和大英博物馆阅览室里度过。他来到欧洲寻根,反倒把自己变成了一座孤岛。虽然在种族和血统上,他曾经属于中心,但经过历史的移动和文化的迁徙,在此时的中心看来,这位来自移民殖民地的白人无疑是一位"他者"。

既然伦敦满大街的美女不属于他,伦敦的生活不属于他,他就沉浸在文学的梦想之中,或许文学需要孤独。他想在欧洲浩瀚的文学传统中寻找自己的灵感之源,然而当他提笔创作一个散文体故事时,他却发现无意识之中他把故事的背景放在了南非,这篇文学的杂交品种让他忧虑和愤怒,他既而想道:"如果明天大西洋上发生海啸,将非洲大陆南端冲得无影无踪,他不会流一滴眼泪。他将是被拯救者中的一个。"④ 然而,陷入文化困境的库切真的能够被欧洲文化所拯救吗?对此,文学家再次陷入了否定,在思绪之中,他紧接着又意识到,这篇作品是没有必要去发表的,"英国人不会理解的"。因为"他没有掌握伦敦。如果存在着什么掌握的话,是伦敦在掌握着他"。文

---

① [南非]J.M. 库切:《青春》,王家湘译,浙江文艺出版社,2004年,第116–117页。
② [南非]J.M. 库切:《青春》,王家湘译,浙江文艺出版社,2004年,第97页。
③ J.M.Coetzee: Doubling the Point: Essays and Interviews, Harvard University Press, 1992, p.336.
④ [南非]J.M. 库切:《青春》,王家湘译,浙江文艺出版社,2004年,第69页。

学的实践没有给他带来心灵的慰藉和精神的故乡,反而让他饱受身份的悬置带来的灵魂分裂的痛苦。在两种力量的拉扯之下,文学家在家园的迷宫之中找不到了出口。

库切离开南非,是"宁愿像把南非的土地留在了身后一样,把南非的自我也留在身后"①,然而,精神空间往往并不随着身体的地理空间的移位而移位,离开了南非,"南非的自我"依旧像幽灵一样时时缠绕着身处欧洲的库切。南非成了他"无法摆脱的沉重负担",他想与南非隔绝,但他却禁不住怀着畏惧地去购买和阅读记载着南非消息的报纸,以保证自己知道关于南非的所有消息。他极力想让自己与英国人同化,在语言上他已经将自己改造得几乎和伦敦人一样,但当他去看望从南非来的表妹和她的朋友时,一开始时他们说英语,他后来"改用家里人说的话,即南非荷兰语。尽管他已经多年没有说南非荷兰语了,但仍能感到自己立刻就松弛了下来,仿佛滑进了热水澡里"②。语言不仅仅是交流的工具,它所负载的是更为深厚的文化内涵。厌恶南非阿非利垦人的民族主义的库切却在阿非利垦人的文化容器中悠然自得。这一切表明,在精神的宇宙里,真相往往和意愿相反,虽然库切想极力摆脱,但"南非的自我"却始终如影随形。

移居欧洲时期的库切处在了萨义德所描述的流亡的真实情境里:"流亡存在于一种中间状态,既非完全与新环境合一,也未完全与旧环境分离,而是处于若即若离的困境。"③ 他有着南非的国籍,南非被视作他的故乡,但他在南非的历史之中不

---

① [南非]J.M.库切:《青春》,王家湘译,浙江文艺出版社,2004年,第69页。
② [南非]J.M.库切:《青春》,王家湘译,浙江文艺出版社,2004年,第143页。
③ [美]爱德华·W.萨义德:《知识分子论》,单德兴译,生活·读书·新知三联书店,2002年,第45页。

仅找不到自己的文化之根，反而给他带来一种道德的耻辱。他的身上流淌着他的欧洲祖先的血液，但内心里却无法接受欧洲的帝国文化意识，欧洲排斥他，他也无法在欧洲找到任何意义的承诺。历史的迁徙导致了个人的错位，作为欧洲文化和非洲文化交合的私生子，库切找不到自己的文化母体，身份疆界的模糊使他无论身处何方，都位于边缘的位置，他变成了一个无可归依的精神上的"永恒的流亡者"，总是找不到自己的命运之神所在的地方。提到自己在英美学习、工作的这段时间时，库切以他惯用的第三人称表达了自己的感受："尽管他在美国和英国都没有在家的感觉，但他也并不思念自己的家乡，也不特别地不愉快，他仅仅感到不相容。"① 这种不相容不仅是在英美文化之中，而且也在南非文化之中。

库切对未来的计划始终是艺术家，但为了能在英国安身立命，他却从事着与艺术无关的计算机程序员的工作，他把这视作艺术家必经的生活的磨难。恋爱，是艺术家灵感的源泉，虽然库切相信在一个完美的世界里，自己只和完美的女人恋爱，但是在充满缺陷的现实生活中，库切不时地陷入和各种性格的姑娘的恋爱，恋爱带给他的感受总是挫折和失败，他认为，原因主要是在于自己缺乏热情，关键时刻总是想逃避。多次失败的恋爱之后，他和一个英国姑娘费丽巴·朱波（Philippa Jubber, 1939–1991）相识，1963年两人结婚，婚后育有一儿一女，他们是儿子尼可拉斯（Nicolas, 1966–1989）和女儿吉色拉（Gisela, B. 1968）。1980年两人离婚。

计算机程序员的工作并没有让他得到满足，他依旧在等待着艺术之神的降临。然而真实的情况是：在英国的库切没

---

① J.M.Coetzee: Doubling the Point: Essays and Interviews, Harvard University Press, 1992, p.393.

有时间写作,即使拿起了笔,他也写不出什么,他陷入了百无聊赖,工作成了消磨时间的方式,同害怕女人一样,他开始害怕起了写作。然而,他并不准备向命运低头,他必须做一些改变。

1965年,库切申请了福布赖特交流项目,他乘坐一艘意大利籍的轮船来到美国的得克萨斯大学攻读语言学博士学位。在《回忆得克萨斯》这篇文章里,他这样来解释他来到美国的原因:"我还记得在英国认识的一位印度同学。我们曾经经常在萨里郊区散步。对于那片郊区,我们当时都无所感。'在美国',他说(他在俄亥俄州的哥伦布市待过一段时间),'至少有通宵汉堡包快餐店'。尽管我不在乎什么汉堡包,但他描述的美国看起来比我了解的英国明显要好。"① 然而在美国,库切依旧没有找到家的感觉:"现在我身处美国,至少在得克萨斯,但是我寻找的青山,和萨里的乡间一样疏远。我所想念的看起来是某种空旷,空旷的土地和空旷的天空,而这些是在南非我所熟悉的。我也想念带有某种我能够理解的口音的语言的声音。而在得克萨斯的交流似乎没有口音;或者说,即使有,我也听不出来。"

库切的博士论文是对于贝克特早期小说的语言分析,标题为"贝克特的英语小说"。他开始思考一部伟大作品的伟大之处到底是什么的问题。在得克萨斯大学图书馆里,他发现了一些带有"文明使命"的早期白人移民关于南非的报道,其中包括探险笔记、基督教教育、由传教士们编纂的语法汇编和对土著部落的惩罚性远征的记录。看到的这些材料让他对殖民历史的本质、宗主国与殖民地的关系等问题有了更清晰的认识。

---

① J.M.Coetzee: Doubling the Point: Essays and Interviews, Harvard University Press, 1992, p.51.

在做学术探索的同时,库切也被道德问题所困扰。困扰主要来自他在美国期间发生的一些事件,如越南战争,南非"大种族隔离"的建筑师、总理维霍德(H.F. Verwoerd)被暗杀,得克萨斯大学的学生查尔斯·怀特曼(Charles Whitman)在校园里的一个钟楼上射杀许多人的暴力恐怖行为等都在刺激着他的神经,使他思考自己与身边的这些暴行的关系。这些思考在他日后创作的如《等待野蛮人》《铁器时代》等作品中,成为突出主题。

1968年获得博士学位之前,他就申请到了纽约州立大学的教职,在英语系担任助教,教授英语。1970年新年的那一天,他下定决心着手创作一部小说,这部小说以他在得克萨斯图书馆里查到的那些材料为基本素材。

在库切的心目中,美国虽然也有许多问题,但还是一个相对自由的国度,他希望留在美国。但是美国却拒绝了这位未来的文学大师。原因是他参加了反越战游行,被警方逮捕过,上了政府的黑名单。

1972年,由于绿卡申请遭拒,库切不得不回到南非,此后长期在开普敦大学英语系教授语言学和文学。1980年,他获得副教授资格,1984年,他获得了教授资格。1984年之后,他每年都要有几个月的时间到美国的纽约州立大学、约翰·霍普金斯大学、哈佛大学、芝加哥大学、斯坦福大学等高校讲学。他还连续多年担任芝加哥大学社会思想委员会成员。繁杂的教学、社会事务之余,库切坚持创作,佳作频频问世,得奖越来越多,获得的认可越来越高,最终由一个计算机技术人员成功蜕变为他一直梦寐以求的艺术家。

第二节 长篇小说创作解析

库切发表的第一部小说是他在美国就开始创作的《幽暗之地》(1974)。小说由"越南计划"和"雅各布·库切的叙述"两个部分组成。第一个部分是以主人公尤根尼·道恩写给他的一个叫作库切的上司的报告的形式来讲述。作为智囊团的一员,道恩的工作是研究通过心理战摧毁敌人精神的新方式。他的计划实质上就是对西方如何依赖话语、书写和暴力建构自己的主人地位和东方的奴隶地位的设计,而道恩自己最终因禁受不住自己的殖民狂想搞乱了生活而精神崩溃。第二部分"雅各布·库切的叙述"是一部18世纪阿非利垦探险家深入南非腹地的探险回忆录。它以盛行于17世纪和18世纪的关于开普敦地区的探险家们的旅行叙述为基础,容纳了旅行叙述的几乎所有程式和象征结构。获取象牙,是这次探险的直接动力。它充满了对野蛮人的类型化描写,而且像所有的旅行叙事一样,雅各布的旅途充满威胁,这威胁既来自不熟悉的地貌,也来自遭遇的非洲土著那令人不安的难以捉摸。然而,这种威胁都最终被帝国的"探险英雄"所克服,枪是征服的主要物质介体,西方的"进取心和努力"则被雅各布视为保障远征成功的精神力量,基督教则是探险者的主要精神武器。

第一部分的故事展示了尤根尼·道恩头脑中的殖民欲望的膨胀,第二部分的故事则展示了雅各布·库切的殖民欲望在现实中对他者的征服,前者最终因禁受不住自己的殖民狂想搞乱了生活而精神崩溃,后者靠枪这一介体吞噬了非洲土著生存的空间,以话语的暴力掩盖了欧洲人到来之前非洲历史的存在和非洲人的主体性。虽然结果相反,但这两部分的叙述共同颠覆了南非贫血的白色神话,正是在这一点上,两个看似不相干的故事实现了内部的有机联结。这部作品虽说在艺术上还有不成熟之处,但却预示了库切今后写作中的实验主义倾向和对权力压迫问题的关注。

《内陆深处》(1977)的主人公是一位住在内陆深处的布尔人的后代——老处女玛格达。她的母亲多年前为了给父亲生一个儿子死于难产,她一直和冷漠的父亲生活在一起。父亲预备再娶,而忽略了玛格达的感受。长期的与世隔绝、令人窒息的孤寂导致玛格达的精神陷入了混乱,她杀死了(或在幻想中杀死了)父亲。父亲死后,黑人男仆汉德里克成为农场的实际管理者,并怀着报复心理强奸了玛格达。对汉德里克的暴行,玛格达的恐惧、抵抗中暗含着一种默许,在强奸事件发生之后,玛格达更是完全接受了自己的命运,像一个焦急的情人一样每晚等待汉德里克的来临,玛格达成了汉德里克的第二个妻子和黑人主人的白人侍奉者。最后汉德里克夫妇为了逃避白人社会的惩罚,离开了农场,将玛格达孤零零地留在荒漠的中心。

玛格达生活的农场是一片为荒漠所包围的与世隔绝的区域,荒漠除了隐喻着实行种族隔离制的南非被世界所孤立的现实政治处境之外,更主要象征了人际交流和沟通的困境。困境是由长期支配南非政治生活的父权制文化造成的。这种父权制奉行严格的等级制,将二元对立的双方分置于不同的空间,二者之间存在着难以跨越的意识的鸿沟,因而阻碍了双方的交流。小说通过意识流和蒙太奇手法描述了生活在荒漠中的"殖民处女"玛格达对南非的"父性社会"的反叛,这一反叛指向父女关系、男女两性关系、阿非利肯人民族主义神话等多重关系网络。此外,玛格达对表述自己的女性经验的"内部语言"的苦苦追寻还显示了库切对于性别政治的关注。在后殖民的语境里,这一关注具有了特别的意义,因为在东方主义的表述里,西方是男性的存在,东方则是女性化的,西方对东方的殖民在象征的层次上如同男性对女性的征服,所以话语的霸权也是男性化的。这样,女性、东方和被殖民者就同处在了他者的位置上,女性自我表述的斗争也就可看作他者言说自己的努力。

1977年,《内陆深处》获得南非文学最高奖CNA文学奖,1985年,马林·汉瑟尔(Marion Hansel)将之改编为电影搬上了银幕,电影1986年在比利时上映,名字为《尘埃》(*Dust*)。

库切的第三部小说《等待野蛮人》(1980)是他第一部获得世界声誉的作品。主人公是一个帝国边疆小镇的行政长官,他在小镇上的安静生活终因帝国派来剿灭野蛮人的部队而受到了破坏。一批批的野蛮人俘虏被毫无人性地殴打,行政长官自己也因保护了一位野蛮人姑娘并送她回到自己的部落而被视为帝国的叛徒,遭到监禁和毒打。帝国部队对野蛮人的围剿行动最终以失败而告终,少壮派们匆匆逃离了小镇。小镇上的人们在极度恐慌之中等待着野蛮人的到来。整本书里充满了反讽、激情、内省和恐怖,显示了库切对帝国与边疆、文明与野蛮、殖民者与被殖民者、历史与现实等多重关系的思考。故事的发生没有确切的时间和地点,因而具有普遍的寓言性质,是一则关于帝国及帝国叙述的寓言。库切在《等待野蛮人》中传达的信息是:帝国的历史叙述是帝国别有用心地站在单向的透视视角上运用多种技术、策略建构权威的过程,语言、书写符号、法律等都参与其中。通过对他者的强行书写,通过为他者塑造的否定性形象,帝国的历史获得了自我确证。然而,这样获得的权威毕竟是被制造的,并不稳固,当帝国的历史权威赖以获得的野蛮人消失时,帝国便会无所适从,不胜自身问题的压力,而陷入崩溃,这就是晚期帝国的命运。无疑,《等待野蛮人》的主旨是颠覆帝国历史的宏大叙述,为了做到这一点,库切运用了混杂的空间设置、"反寓言的寓言"形式、反讽的艺术手法等多种叙述策略。

《等待野蛮人》使库切第二次将 CNA 文学奖收获囊中,该部作品还令库切获得了费伯奖(Geoffrey Faber Award)、布莱克纪念奖(James Tait Black Memorial Prize)。现在很多美国大学将此书列为文学必读书目。

1983 年发表的《迈克尔·K 的生活和时代》是库切的又一部优秀作品,它使库切第一次获得了英国最高文学奖项——布克奖,也使他第三次获得 CNA 奖以及 1985 年的费米那奖(Prix Etranger Femina)。该部作品某种程度上深受福柯的权力关系网络理论的影响,以一个身有残疾,又多少有些智障的园丁在战争年代苦苦挣扎,渴望摆脱外在的一切压制力量、寻找自由的生命绿洲的故事,展示了权力运用各种技术手段不断地对个体进行释义,从而制造出边缘,反过来又对之进行规训的过程,是对现代权力社会个人身份问题的深度思考。

故事背景是库切对 20 世纪 70 年代末 80 年代初南非严峻的种族形势忧虑的基础上勾勒出的一个想象的未来,叙述者称之为一个"营地的时代、战争的时代"。在这样的时代背景下,肤色模糊的主人公迈克尔成为一个"没有证件,身无分文;没有家庭,没有你自己是谁的意识"[①] 的流浪者,再加上迈克尔不善言谈,对自己在战争中的经历始终保持沉默,话语的缺席

---

① [南非]J.M. 库切:《迈克尔·K 的生活和时代》,邹海伦译,浙江文艺出版社,2004 年,第 173–174 页。

使他的存在变得更为模糊,以至于被认为是一个奇迹。然而,正是他的模糊导致的难以捉摸引起了别人不安宁的感觉,一场关于迈克尔意味着什么的阐释竞争被发动起来了。阐释的力量来自官方的各种权力形式,学校、政府、各种营地形式存在的监狱、医院、社会力量等都参与了对迈克尔的释义。在学校、监狱(营地)、政府、军队、社会力量等权力形式运用纪律、制度、法律、惩罚、书写等各种技术手段对个体进行编码和塑造的共同作用之下,迈克尔被赋予了像无家可归的流浪者、干低贱工作的奴仆、拒绝改造的顽固分子、需要救济的可怜虫、酗酒者、暴动分子等意义的符号,这是权力为迈克尔制造的特征和赋予的知识。由于被压制的迈克尔缺少言说自己的话语,权力对迈克尔的阐释完全是在被分析者缺席的情况下任意做出的,被释义的迈克尔就"像一块石头,一块鹅卵石,从盘古开天辟地的时候就躺在那里默默地想着自己的事情,现在突然被人捡起来,随意从一只手倒到另一只手"①。

  主人公不仅身有残疾,且肤色模糊,姓名也模糊。库切以K的符号为主人公命名,很容易让人想起卡夫卡的《审判》和《城堡》,在穴居生活中只有最小量的需求的迈克尔俨然是另一位"饥饿艺术家"。而K在各种社会力量面前的不能自已更是卡夫卡式的现代人极端孤独处境的绝妙写照。

  1986年,库切出版了《福》(Foe)。这部作品是对欧洲小说经典《鲁滨逊漂流记》的一次改写。名字"福"(Foe),具有双重指涉,一是指笛福,二是具有仇敌的含义,在文本中,作为典型的帝国神话建构者的笛福成为库切解构的靶子,即仇敌。《福》的创作并非简单地回归经典,而是将《鲁滨逊漂流记》这

---

① [南非]J.M.库切:《迈克尔·K的生活和时代》,邹海伦译,浙江文艺出版社,2004年,第164页。

一殖民主义的典型文本放在南非独特的后殖民语境之中进行审视。对此,海伦·蒂芬评论道:"《福》是关于欧洲符码建构他者的叙述,但也关注这种符码在后殖民移民殖民地的存在和延续。"① 在这种关注之中,库切生发出了宗主国中心权威、殖民地的移民殖民者和土著居民之间的特殊而隐秘的关系。

苏珊是一位英国妇女,在一次航行途中,遭遇船员叛变,她和船长(她的情人)的尸体被放在皮筏子上,漂流到了克鲁索和星期五所在的海岛上,和他们共同生活了一年,后来遇救脱险,克鲁索死于返回陆地的途中之后,她成了星期五的新的保护人。获救之后,苏珊决心将自己的这番经历编写成书,告诉世人,因为以前未曾有过关于女性乘船遇难者的作品。然而由于缺乏写作技巧,她找到作家福(笛福),将自己的故事叙述给他听,希望他能将自己的经历如实写出来。在《福》中,库切以女性乘船遇难者苏珊的女性叙述取代了《鲁宾逊漂流记》中的男性叙述;笛福笔下那个过度亢奋的鲁滨逊变得无欲无望;而在原文本中作为附属物和被创造物存在、因而失声了的土著星期五成为《福》中备受关注的角色。通过以上几个层面的努力,库切成功地解构了笛福笔下那个著名的帝国英雄在异域的探险神话故事以及背后隐含的权力压迫。

与此同时,《福》的创作还是对笛福开创的现实主义小说观的一次挑战。在《福》中,故事的经历者苏珊·巴顿想要把自己的真实经历告诉世人,但是由于缺乏写作训练,她不得不求助于名作家福,苏珊对自己的经历的回忆中原本就存在着巨大的空洞,即星期五的故事,无论她如何努力,都无法得到星期五的故事的真相,存在巨大空洞的故事原本就与真相存在着

---

① 海伦·蒂芬:《后殖民主义文学与反话语》,见罗钢、刘象愚主编:《后殖民主义文化理论》,中国社会科学出版社,1999年,第327页下注。

巨大距离,而作品的创造者福则为了迎合市场需求,追求故事的生动有趣完整,肆意修改苏珊的故事,甚至无中生有地创造出了苏珊的一个女儿。他讲述的故事更是远离真相。该部作品展现的作者、叙述者、故事中的人物的关系一直是库切思考的重要问题。他的诺贝尔文学奖受奖演讲"他和他的人"表面上看起来匪夷所思,实际上主要谈论的就是作者和叙述者的关系问题,靶子依旧是笛福和他的《鲁滨逊漂流记》,只不过库切在这篇文章中来了个角色的大颠倒:"他"是指鲁滨逊,而"他的人"——"他"创造出来的形象——则是指笛福。库切在这里玩了一个智性的游戏,如果说笛福成功地让读者相信他的小说讲述的是真实的人生经历,那么这个生活在现实世界的真实的形象创造出一个作者来又有何不可?这种以子之矛攻子之盾的换位法对于笛福真实观的解构是切中要害的。在这篇文章中,不断变换身份的"他的人"为"他"从帝国各地送回写作的素材,然而两人却从未有过肉体的(真实的)接触,在文章结尾的想象中,"他"和"他的人"乘坐在两艘方向相反的船上,"他们的船交会时贴得很近,近得可以抓住对方。但大海颠簸起伏,狂风暴雨肆虐而至:风雨冲刷着双眼,两手被缆索勒伤,他们擦肩而过,连挥一下手的工夫都没有"①。库切用这个结尾表明:在产生这些词语的作者和生活在小说世界中的人之间有着无法跨越的距离,永远不可能相遇,作者创造的叙述者经历的真实性根本无法保障。

《福》使库切获得了 1987 年的耶路撒冷奖(Jerusalam Prize)。

1990 年,《铁器时代》(*Age of Iron*)出版。该部作品获得

---

① [南非] J.M. 库切:《他和他的人:诺贝尔文学奖受奖演讲》,文敏译,见 J.M. 库切:《彼得堡的大师》,王永年、匡咏梅译,浙江文艺出版社,2004 年,第 273 页。

了英国"星期天邮报"年度好书奖(Sunday Express Award)。

《铁器时代》是一部书信体小说,同时也是库切作品中具有现实主义文学品格的几部作品之一。故事发生的时空是明确的种族隔离时期的南非。主人公柯伦太太是一个退休的大学历史教授,独自住在开普敦的一幢大房子里,她唯一的女儿远在美国。在得知自己得了绝症,即将不久于人世的当天,她收留了一位叫维库埃尔的流浪汉。在生命的最后时间里,柯伦太太开始以信件的形式记录自己生命最后阶段的见闻和感受,告诉女儿南非的真相,并委托维库埃尔在自己死后把这封信寄给女儿。之所以这样安排,是因为她不愿意让女儿因为自己的原因回到南非。在留给女儿的这份"精神的遗产"中,柯伦太太见证了以前"收音机只字不提,电视台只字不提,报纸只字不提"[①],她自己也从来没有见过的发生在学校和黑人居住区里的骚动和暴力。附近的一个黑人小镇被烧毁;她的女佣的儿子被射杀,尸体布满弹孔;一个躲在她家中的黑人少年被警察击毙……作为一个人文主义者,柯伦太太向来反对种族隔离,她称南非的真相为"蝗虫家族的统治",认为"羞耻"是"这里的人的生活方式"。在生命的最后时刻,令柯伦太太感到痛苦的,不仅仅是折磨她肉体的癌症,更是长期折磨她精神的历史耻辱感,她的癌症也不仅是身体意义的疾病,更是长期以来的意识负担所造成的精神病变的表征。柯伦太太告诉维库埃尔:"我得了癌症,因为累计了太多羞耻,我一生都在忍受这些耻辱。这就是癌症的起因:由于自我厌恶,身体变出恶疾,开始

---

① [南非]柯慈(库切):《铁器时代》,汪芸译,台北天下远见出版股份有限公司,2001年,第52页。

大啖自己。"① 生活在种族隔离时代里,被牵连进去的耻辱使得柯伦太太感到"这是什么时代,做个好人竟然还是不够的"②。因为她的同胞的所作所为已经使她无法摆脱耻辱的印痕。她为警察无故袭击两个黑人少年的事件而去警察局投诉,然而,她的投诉却以她未受到影响而被驳回,她愤怒地指责接待她的警察:"我不知道你对你的制服是否感到自豪……但是你在街上的同事,正在让这件制服蒙受耻辱。他们也让我蒙受耻辱。我觉得羞愧。不是为了他们:为了我自己。你不让我控告他们,因为你说我没有受到影响。可是我受到了影响,非常直接的影响。"③ 种族的历史遗产馈赠给它的后代的,似乎仅仅剩下了道德的耻辱感觉,"羞耻"是"这里的人的生活方式",这种感觉最终使柯伦太太觉得自己没有权力谴责黑人的"反暴力"的暴力,没有权力对身边发生的事件进行道德的评判。库切借柯伦太太之口谴责了南非种族隔离政策,并且发出了"如果正义真的掌权,我们会发现自己被挡在这个世界的第一道闸门外面"④ 的预言。这里所说的"我们"是指白人移民者。

1994年出版的《彼得堡的大师》是向俄罗斯文学大师陀思妥耶夫斯基的致敬。库切本人曾经在开普敦大学做过陀思妥耶夫斯基的研究专题,还写了有关陀思妥耶夫斯基的研究文章,如收集在《双角:随笔与访谈》中的《忏悔和双重思想:托尔斯泰、卢梭和陀思妥耶夫斯基》,收集在《异乡人的国度》

---

① [南非]柯慈:《铁器时代》,汪芸译,台北天下远见出版股份有限公司,2001年,第215页。
② [南非]柯慈:《铁器时代》,汪芸译,台北天下远见出版股份有限公司,2001年,第246页。
③ [南非]柯慈:《铁器时代》,汪芸译,台北天下远见出版股份有限公司,2001年,第123页。
④ [南非]柯慈:《铁器时代》,汪芸译,台北天下远见出版股份有限公司,2001年,第134页。

中的《陀思妥耶夫斯基:奇迹般的年代》等。某种程度上,库切是将对陀思妥耶夫斯基的诗学研究的某些成果引入了创作之中,通过生花妙笔勾勒出的虚实相生的故事来表达对他心目中的大师的精神上的共鸣。与此同时,1984年,库切的儿子死于意外事故,小说中陀思妥耶夫斯基对继子死因的追查及对其的哀悼或许也寄托着库切对儿子的悼念之情。

1869年10月,陀思妥耶夫斯基接到继子巴维尔死亡的电报,从德国赶回彼得堡,料理后事并调查巴维尔的死因。以巴维尔为焦点,陀思妥耶夫斯基和巴维尔生前租住的房间的女房东、女房东的女儿、警察马克西莫夫、伊万诺夫、涅恰耶夫等人有了各种关联,引发了对各种关系的思考。

在众多关系中,父子关系居于一个中心的位置。这种父子关系首先是指向陀思妥耶夫斯基与继子巴维尔的真实的父子关系,其次指向作品中的陀思妥耶夫斯基和写作时的库切所处的那个冲突的时代。陀思妥耶夫斯基来到彼得堡处理继子巴维尔的后事,试图发现一种巴维尔活着时从来不曾在父子间建立起来的亲密。通过阅读巴维尔留下的个人手稿和自己写给巴维尔的信件,通过与房东太太和她的女儿的谈话,通过与涅恰耶夫的接触,他不得不怀疑自己感到凄凉的真正原因是:"因为他生活的基础,他和儿子之间的竞争,已经消失。"① 他也隐约觉察到了坚持宣称自己对巴维尔的爱的行为的实质是为了自己的救赎,"至于巴维尔,假如他落到一无所有的地步,至少让他保住他的死亡吧,至少不要把死亡从他那边夺过来,

---

① [南非]J.M.库切:《彼得堡的大师》,王永年、匡咏梅译,浙江文艺出版社,2004年,第107页。

变成他爸爸改过自新的时机"①。从很大程度上,陀思妥耶夫斯基父子间正常沟通的不可能性很大程度上应归咎于他们所处的时代。正如接待前来警察局索取死去的儿子的信件的陀思妥耶夫斯基的警官马克西莫夫所说:"在目前的情况下,很难明白'私人性质'是什么意义。"② 由于巴维尔生前涉嫌参与了无政府主义者涅恰耶夫组织的暗杀行动,《彼得堡的大师》中父子关系的语境扩大为两代人之间的冲突,从警察局回来以后,陀思妥耶夫斯基"试着回忆巴维尔的脸",但他面前浮现的却是挥之不去的涅恰耶夫的脸。在和涅恰耶夫第一次接触之后,他的头脑中出现了嫉妒的父亲的想象:"父亲像一只灰色的耗子似的,事后趴到做爱的现场看看有没有什么剩给他的东西。……是不是由于这个原因那帮以好父亲、大耗子马克西莫夫为首的警察报复心切地搜查彼得堡的自由青年?"③ "难道潜伏在革命底下的不是人民复仇这个组织,而是儿子的复仇——父亲们嫉妒儿子们的女人,儿子们策划窃取父亲们的钱箱?"④ 最后陀思妥耶夫斯基得出结论:"父亲和儿子:仇敌,死神的仇敌。"⑤《彼得堡的大师》与南非的现实语境依旧有密切关联,它所表现的父与子之间的冲突,也同时指向了南非种族隔离体制下白人与黑人之间的对抗,隐喻着库切所处时代的不可避免的暴力性和悲剧性。

---

① [南非]J.M.库切:《彼得堡的大师》,王永年、匡咏梅译,浙江文艺出版社,2004年,第81页。
② [南非]J.M.库切:《彼得堡的大师》,王永年、匡咏梅译,浙江文艺出版社,2004年,第38页。
③ [南非]J.M.库切:《彼得堡的大师》,王永年、匡咏梅译,浙江文艺出版社,2004年,第106页。
④ [南非]J.M.库切:《彼得堡的大师》,王永年、匡咏梅译,浙江文艺出版社,2004年,第107页。
⑤ [南非]J.M.库切:《彼得堡的大师》,王永年、匡咏梅译,浙江文艺出版社,2004年,第204页。

除父子关系之外,《彼得堡的大师》还涉及了两性之间的关系,这表现在陀思妥耶夫斯基与女房东安娜·谢尔盖耶夫娜时合时离的交往中。陀思妥耶夫斯基在对儿子的哀悼中,走向了安娜。其原因一方面是出自与安娜的认同感,他在瞬间意识到"他和她属于同一类型,同一代人。突然间,同代人各就各位:巴维尔、马特廖娜和他年轻的妻子安娜站在一边,他和安娜·谢尔盖耶夫娜站在另一边。一边是孩子,另一边不是孩子,而是那些年纪大的足以在他们做爱的时候体味到死亡滋味的人"①。另一方面,则是来自陀思妥耶夫斯基隐藏着的自私的目的,正如安娜多次说过的,他是想通过与她的性关系达到与什么人的沟通,最早是希望通过两人性交往过程中死亡似的感受来与他死去的儿子巴维尔相遇,然后是他的妻子,最后是安娜自己的女儿马特廖娜。正因为意识到陀思妥耶夫斯基在把自己当工具使用,安娜时不时地会陷入冷漠和愤怒,两人之间注定不会有什么结果。

在巴赫金看来,以对话为主要特征的复调小说构成陀思妥耶夫斯基的主要创作特征。库切对于复调小说理论深有研究,因此他把这种复调小说创作理念也运用于《彼得堡的大师》的创作之中。《彼得堡的大师》放置在1869年的秋冬季,历史上的此时恰是陀思妥耶夫斯基构思父与子两代革命者关系的长篇小说《群魔》之前,库切让陀思妥耶夫斯基创作的《群魔》中的人物一并走入陀思妥耶夫斯基的精神世界,某种程度上讲,是对陀思妥耶夫斯基的生活和《群魔》创作的释义,也构成了库切与写作《群魔》之前的陀思妥耶夫斯基的对话。库切还巧妙地改动陀思妥耶夫斯基的生活经历,将他放置在继子

---

① [南非]J.M.库切:《彼得堡的大师》,王永年、匡咏梅译,浙江文艺出版社,2004年,第63页。

死亡的这一感情的危急时刻,迫使心灵深处的自我意识暴露出来,使陀思妥耶夫斯基本人也具有他笔下创作的人物的特征。作品中充满了陀思妥耶夫斯基和继子巴维尔、《群魔》中的彼得·韦尔霍文斯基的原型涅恰耶夫的对话。巴维尔是一个缺席的对话者,但这并不表明他没有自己的声音,通过与涅恰耶夫的交谈、房东太太和她的女儿的回忆、巴维尔留下的日记和手稿的阅读,陀思妥耶夫斯基发现与他慈爱的父亲的自我想象不同,巴维尔将自己视为他的家中的"农奴",因而死去的巴维尔实质上是一种与陀思妥耶夫斯基的言说竞争的力量,二者之间存在着潜在的对话关系。库切本人则通过对作家创作的释义,也和笔下的大师之间形成了对话关系,"最后形成了双重的'他'和'他的人'的对话奇景"[①]。

《彼得堡的大师》使库切获得了1995年度爱尔兰时代国际小说奖(The Irish Times International Fiction Prize)。

发表于1999年的长篇小说《耻》是库切最引人关注的作品之一,它使库切再次问鼎英国文学最高奖项——布克奖,库切也因此成为有史以来第一位两次获此奖项的作家。

小说的主人公是开普敦大学文学与传播学院教授卢里。卢里因勾引了一位大学二年级的学生梅拉妮而受到指控,被迫辞去教职。之后,卢里来到女儿露茜的家,一个偏僻的农场。一天早晨,三个黑人来到露茜的农场打劫并轮奸了露茜。对于这次暴行的不同态度,引发了父女的剧烈争吵。露茜有了身孕,是那次强暴行为的后果。露茜打算生下这个孩子,并且决定接受前帮工佩特鲁斯的建议,把土地转让给佩特鲁斯,做佩特鲁斯的第三个妻子或情妇,接受他的保护。卢里不能理解女儿的

[①] 《彼得堡的大师》中译本编辑手记,见J.M.库切:《彼得堡的大师》,王永年、匡咏梅译,浙江文艺出版社,2004年。

决定,父女之间再次发生剧烈争吵。卢里守护着等待分娩的女儿,闲暇时分创作一出室内歌剧《拜伦在意大利》。一个星期天,卢里将一条对他动了感情、已被他延缓了死刑的狗抱进诊所里实施了安乐死。

《耻》是库切小说中最具现实主义品格的一部长篇小说,它的背景是后种族隔离时代的南非,该小说充满对南非当下社会问题和生存境遇的关注。

这是一个关于"耻辱"的故事。耻辱在这部小说里包含了多个层面。它首先指卢里滥用教师权力勾引学生建立非常规的人际关系而被开除教籍的道德之耻;其次指有同性恋倾向的露茜被强暴的个人之耻;最后指身份颠倒之后的南非白人无法保持生存尊严的历史之耻。归根结底,这些耻辱都与种族歧视的历史休戚相关,具有鲜明的时代意义。在种族隔离时代享有特权的白人卢里在后种族隔离时代被迫从城市中心转向乡间,从以前的教授降格为黑人的帮手和护狗员,露茜将卢里称作"替罪羊","出于安全考虑,你让人撵走了。你的同事们可以重新呼吸舒畅,而替罪羊却在荒野里游荡"。露茜自己又何尝不是一只"替罪羊",在种族社会作为主人的白人妇女在后种族隔离时代成为黑人的猎物。强奸事件中,最令露茜感到震惊的,是三个黑人不是在发泄情欲,而是在喷发仇恨,这种仇恨不是针对个人的私恨,而是整个种族历史仇恨的群体宣泄。

对历史责任问题的探讨是这部小说的另一个突出主题。卢里和露茜的遭遇是后种族隔离时代南非白人生存境遇的一个缩影。他们正在承受的耻辱是白人殖民者留给子孙的历史遗产,身份逆转之后的黑人对白人的一系列报复行为是在要求白人对历史还账,但是抢劫别人的财产、伤害别人的身体、强奸妇女,在任何时代、任何国家都是一种有悖人性和道德的行为。这种状况如果持续下去,刚刚走出种族隔离阴影的南非势必又要进入另一轮的历史暴力循环。要结束这种状况,首要的问题就是实现社会的和解,对当代南非来说,就是如何正视过去、面对现实、构造未来,避免历史的暴力循环。库切在《耻》中,对这一问题进行了冷峻的探讨。卢里和露茜在这方面代表了两种态度:卢里虽然认识到殖民历史是"一段充满错误的历史",也接受了自己身份的沦落现实,但他头脑里总是存在的"我们西方人"的精英意识使他将现实的处境当作一种耻辱。强奸事件发生后,他试图说服女儿离开混乱的南非,前往自己祖先的母国——荷兰。与卢里相比,露茜更愿意让自己直面现实。她认为那片南非的农场就是自己的家园,她不能逃避,她认为如果照卢里建议的那样去做,"就是吃了败仗,就会一辈子品尝这失败的滋味"。她关心的是寻求一个能够在新的南非生活下去的方式,她把现实生活中遭受的耻辱和损失看作自己在南非生活下去必须付出的代价,把融入他者看作走向未来的必要方式。她决定放弃一切,只给自己留下立足的房屋,以换取佩特鲁斯的保护。这的确是一种耻辱,但正如露茜所说,"这也许是新的起点。……从起点开始。从一无所有开始。不是从'一无所有,但是……'开始,而是真正的一无所有。没有办法,没有武器,没有财产,没有权利,没有尊严"①。在做出了以损失作为补偿获得和解的选择之后,露茜明显摆脱了长久以来纠缠着她的痛苦,获得了安宁。卢里不约而至地到农场去看望女儿,露茜正在花园里劳动,卢里的感觉是"她女儿越来越像个农夫了",此时的露茜似乎与她耕作的土地已经融合为一体,成为南非土地上的一个坚实的存在。从来不能领略南非乡

---

① [南非]J.M.库切:《耻》,张冲、郭整风译,译林出版社,2003年,第228页。

村之美的卢里,突然之间从这幅静谧的午后、蜂群忙碌的花丛中刚刚怀孕的女儿劳动的画面中获得了"美感",在女儿的脸上捕捉到了久已不见的健康的神色。

露茜的形象似乎在告诉人们:通过以现实的损失作为代价,历史的罪恶还是有可能获得补偿的,种族的和解还是有可能实现的。然而,对于时间的预期,库切似乎并不乐观。露茜以放弃所有的财产和尊严换取的在南非生活下去的未来,依然充满了许多未知数:她虽然想做一个好母亲,但她腹中的胎儿出自仇恨的种子,三个强奸者中还有一个弱智,孩子能够健康吗?生命的延续能够继续下去吗?除了安宁,在这样的生活中露茜还能获得什么?卢里让自己沉浸于贝夫·肖的诊所里,以无痛楚的死亡和捍卫尸体尊严的方式去"帮助"那些被人抛弃的狗,虽然某种意义上显示了曾经被非人性社会所压抑了的人性的复归,但他最后的姿态——对那只与他产生了感情的狗的放弃——却又让人实实在在地感受到了某种对现实生存的绝望。库切虽然肯定了种族和解的可能性,但在他的心中依旧存在着许多惶惑和不安。

除了表现与时代相关的耻辱外,《耻》中还探讨了另一种涉及整个人类生存境遇的耻辱——老年人因衰老而被排斥在正常生活欲望之外的耻辱。52岁的卢里,正在步入老年人的行列。他把和梅拉妮的关系视作"感官之焰熄灭前的最后一跃"。在梅拉妮一方,卢里引起的只是一种不安、无奈和屈从,毫无激情可言。这或许是整个梅拉妮事件中最令卢里感到耻辱的地方。在女儿的农场,他很快发现露西再也不像小时候那样需要自己的引导,反过来是自己在情感上依赖着女儿,这令卢里进一步感到年老者被生活遗弃的悲哀。他对女儿说道:"过了一定的年龄,人就不讨好了,就这么回事。你就认认真真,把剩下的日子过完。把刑服完。"在小说的结尾,卢里在等待着露西腹中胎儿的降生,准备接受做祖父的命运,他不无悲哀地想到,自己的生活已成为过去,"就这样,生命一直延续下去,这条存在线不断发展,而他在其中的份额,他为此提供的奉献将会越来越小,直到有一天被彻底遗忘"①。这是卢里对生命历程的深度体验,一份无法摆脱的、无奈的悲哀和痛苦渗透其中。

与对人类生存境遇的探讨这个主题密切相关的,是对激情和欲望的探讨。卢里是一位浪漫主义诗歌的研究者和浪漫主义信念的信奉者。在梅拉妮事件中,他之所以拒绝公开道歉,是因为他所推崇的是欧洲的浪漫主义时代,根据那时的观念,"好色应当是可敬的,好色和感伤情怀都很可敬。可是他们要看热闹:捶胸顿足,痛悔不已,最好再来个涕泪交加。事实上,他们想看的就是一场电视表演。我可绝不买账"②。为了对浪漫主义激情和欲望的捍卫,为了维护个人主义的原则,卢里失去了教职,损失惨重。但这并没有让他发生多少改变,在他的感觉里,他俨然是为了信念而牺牲一己利益的英雄。真正让他发生改变的是戏剧性地发生在他女儿身上的强奸事件,卢里的浪漫主义的激情观念受到了重创,这突出地体现在他在这段时间创作的室内歌剧《拜伦在意大利》的重新理解上:卢里逐渐发现使他心动的并不是原先他所想的"剧中肉欲,也不是哀伤",而是带有滑稽意味的"喜剧性"。拜伦的一段唱词最能表明卢里本人此时的心境,"从诗人的诗行中我学会了爱……可是我发现……生活完全是另一个模样"③。卢里认识到浪漫主义激情和欲望不能解决现实生活,只会导致对别人的伤害和

---

① [南非]J.M. 库切:《耻》,张冲、郭整风译,译林出版社,2003年,第240–241页。
② [南非]J.M. 库切:《耻》,张冲、郭整风译,译林出版社,2003年,第74页。
③ [南非]J.M. 库切:《耻》,张冲、郭整风译,译林出版社,2003年,第205页。

自身处境的尴尬。故事结尾,虽然卢里并没能完全摆脱浪漫主义的伤感余绪,但却逐渐地学会接受老年男人的命运,但与此同时,克制自己的欲望无疑是对自己实行阉割,是一种生存的耻辱。

作为库切笔下最具现实主义色彩的作品,《耻》以后种族隔离时代的南非为背景,在确定的时空中铺演了一个有序发展和可读性很强的故事。通过这个故事,库切暴露种族隔离的历史遗产对当代南非生活的巨大影响,揭示了身份剧变之后的南非白人的生存困境,并继而探讨了种族和解之路。在赋予作品鲜明的时代意义的同时,库切还融入了对整个人类生存境遇、激情和欲望等文化和哲学问题的思考,显示出了一个当代知识分子可贵的社会责任感和深沉的人文关怀。

库切自由地游走在各种创作风格之间,大胆试验各种艺术形式。他的大多数作品并没有明确的时空背景,往往运用隐喻的间接形式表达现代人的孤独感受、权力压迫下生存的困境及人性的坚守、他者的失声和抗争等等。在这方面,库切的探讨达到了一般人难以企及的哲学高度,因此有人将他同现代主义大师卡夫卡连在了一起,称他为卡夫卡的继承者。但是因为他的大多数作品并非直接指向南非的现实问题,因而在南非,他并没有太多的知己。他的创作因为手法上的间接和文体上的实验品格而频频遭到左派的批评,他们认为他的小说给了"令人感到极度痛苦的意识的状况"以突出位置,而给予"当代南非的压迫与斗争的物质因素"以次要关注,揭示了一个人"对所有政治和革命的解决方法的反感"。但这种谴责是不公道的,仔细品味,实际上库切作品表面花样翻新的形式实验大多传达出的是他对黑人社会中的白人移民者这个自我身份的反省、对逻各斯逻辑的挑战、对中心话语的颠覆和对后殖民时代非洲文化现状的思考。他虽站在边缘立场,思索世界层面的宏大文化问题,但依旧有浓厚的地域关怀。

2003年,库切因《幽暗之地》《在国家的中心》《等待野蛮人》《福》《迈克尔·K的生活和时代》《彼得堡的大师》《耻》等作品而获得诺贝尔文学奖,作为作家的库切的职业声誉达到了巅峰。而在这之前,他的人生已经做出了又一次重大选择:离开南非。

库切虽身在南非,但却始终无法融入南非社会,无法接受南非的社会政治现实,无法从精神上认同南非人的身份,无法找到家园的自在感。他无法忍受这种局外人的痛苦,于是在2002年,库切再次离开南非,移居澳大利亚,来到阿德莱德大学英语系做荣誉研究员。2006年3月,在阿德莱德作家周的开幕日上,库切宣誓成为澳大利亚公民。移居澳大利亚这一行动显示库切内心对于身份问题的探索依旧在延续,他或许可以在为自己所创建的这个新的身份中得到更多的安宁吧。因为澳大利亚这个移民国家的土著人口是少数,在那里,他或许可以摆脱自己的混杂身份所造成的文化分裂的痛苦吧。他喜欢澳大利亚的生活,在获得澳大利亚公民身份的庆祝仪式之后,他说:"我离开了南非,一个我与之有着太强烈的情感维系的国家,但是我来到了澳大利亚。我来到这儿,是因为从我1991年第一次访问澳大利亚的那个时候起,我就被这儿的人民的自由和慷慨精神,这片土地自身的美丽所深深吸引,而当我看到阿德莱德时,更是为这个今天我可以荣幸地称之为家乡的城市的优雅所吸引。"① "这次迁移让我很开心,我觉得这

---

① "JM Coetzee became an Australian citizen". Mail & Guardian. 6 March 2006. Retrieved 31 August 2011.

是我一生中最佳的选择。"①

移居澳大利亚后的库切写作速度明显放缓,但每每当读者以为这个功成名就的大作家就要退休封笔的时候,他又推出新的作品。

库切的创作一向具有实验性质,几乎每一部小说都会采用新的形式。他绝不重复别人,也不重复自己。这种实验小说倾向进入 20 世纪之后,愈加明显。2003 年发表的《伊丽莎白·科斯塔洛:八堂课》和 2007 年发表的《凶年纪事》极大挑战了传统的文体界定。《伊丽莎白·科斯塔洛:八堂课》试验了一种新的小说形式,通篇由 8 篇独立的演讲组成,应该是作者库切诸多方面观点的表达,但却由一个虚构人物伊丽莎白·科斯塔洛贯通全篇,按照现有的文学类型划分,这部作品很难归入小说的文类,有人称这部作品为介于批评与小说之间的"非非小说"。《凶年纪事》令读者在内容和形式的期待上遭遇新的挑战。该书的前 5 章分为两栏,自第 6 章起分为三栏。上面一栏是一位声名卓著的老作家关于社会关怀方面的一些短论,如论马基雅维里、论无政府主义、论基地组织、论自杀性袭击等等。下面两栏是一个中篇爱情故事。老作家在洗衣房里见到一位叫安雅的少妇,产生爱意,遂聘请她为自己打印手稿。爱情故事由老作家和安雅两个当事人分头讲述。这部著作一方面表达了库切在当代社会民主进程中经历的深刻忧患;另一方面对小说文类的界定形成了强烈的冲击。

2005 年发表的《慢人》(*Slow Man*),出版当年就获得布克奖提名。六十岁的主人公保罗·雷蒙特是个退休了的职业摄影师,在一次车祸中失去了一条腿,也失去了平静而又自由自在

---

① 转引自王敬慧:《永远的流散者:库切评传》,北京大学出版社,2010 年,第 74 页。

的生活。他被当作老年人来治疗和照料,这让他感到屈辱。他拒绝安装假肢,因为他不喜欢一切假的东西。康复班给他派来了护士玛丽亚娜,玛丽亚娜不仅帮助他康复身体,而且令保罗感受到了尊重。"她不把他当成一个蹒跚摇晃的老傻瓜,而是作为一个由于受伤而行动不便的男人。"① 保罗爱上了玛丽亚娜,然而这爱情注定不会有好结果。玛丽亚娜是有夫之妇,她们一家从克罗地亚迁入澳大利亚,她和丈夫乔希奇还有三个孩子。保罗向玛丽亚娜告白,玛利亚娜拒绝了他的爱情,甚至不再悉心照料他,连职业性的服务也越来越少。但是,她却接受他对她的孩子的呵护和经济帮助。暂住在保罗家的玛利亚娜的儿子德拉格偷走了保罗收藏的一张珍贵的老照片,还偷保罗的钱,而乔希奇一家对他的回报是一辆他并不喜欢的卧式自行车。

在他纠结于与玛丽亚娜的感情之际,一位神秘访客不邀自来,她就是老作家伊丽莎白·科斯特洛。伊丽莎白是个亦真亦幻的形象,她将保罗视作自己小说中的一个人物,对保罗的生活横加干涉,肆意安排。有时会感觉保罗就是伊丽莎白正在创作的一个人物。

这部小说的故事并不复杂,虽然表面上看起来保罗的情感纠结是小说的中心线索,但库切的用意并不在于表现爱情的传奇性,而是借此表达更为深广的普遍的生存体验中的一些重大命题,"诸如衰老、残缺、羞耻、死亡甚至超越死亡的轮回"②。

在创作手法上,《慢人》也存在形式上的创新之处。对残

---

① [南非]J.M.库切:《慢人》,邹海仑译,浙江文艺出版社,2006年,第30页。
② 《慢人》编辑手记,见 J.M.库切:《慢人》,邹海仑译,浙江文艺出版社,2006年,第1页。

疾人、老人、移民生活状况的关注使这部作品具有鲜明的现实主义小说品格,与此同时,它又具有后现代主义元小说的某些特质。伊丽莎白与保罗的关系,很像一个作家与她创作中的有自己的思想和声音的人物的对话,类似一部作家创作手记。

迁居澳大利亚后的库切的创作还有一个重大变化,即开始"以公民身份关注澳洲现实,借鉴澳洲传统文学模式,表现'新移民'的情感和社会关系"[1]。艾勒克·博埃默把这种特点称之为"澳洲现实主义"。这一变化以《伊丽莎白·科斯塔洛:八堂课》和《慢人》为起点,"通过伊丽莎白·科斯特洛这个虚构的澳洲作家描写澳洲,通过保罗·雷蒙特这个富于澳洲文学特色的人物探讨移民生活。这些作品并未脱离后现代创作意识,但是以公民身份关注澳洲现实,表现'新移民'的情感和社会关系,这是库切创作中未曾出现过的,跟他描写南非的那个'局外人'阶段判然有别"[2]。这一变化在他新近创作的小说《耶稣的童年》(2013)中呈现得尤为明显。

《耶稣的童年》讲述了这样一个故事:一个叫西蒙的老人带着一名五岁的男童来到一个陌生国度。孩子叫大卫,他与母亲在船上走散,身上唯一能证明他身份的信件也丢失了。与大卫同船的西蒙收留了这个孩子,带着他去寻找自己的母亲。他们来到诺维拉市的安置中心,为了帮助大卫寻找母亲,西蒙急切地想找到一个落脚点,他迅速地找到了一个码头搬运工人的工作,两人算是安顿了下来。西蒙开始寻找大卫的妈妈,或者准确地说,他在为大卫物色一个妈妈。在一次散步的路途中,

---

[1] 许志强:《新移民故事》,见 J.M. 库切:《耶稣的童年》,文敏译,浙江文艺出版社,2013 年,第 7 页。
[2] 许志强:《新移民故事》,见 J.M. 库切:《耶稣的童年》,文敏译,浙江文艺出版社,2013 年,第 5 页。

他们来到了一处爬满常春藤的古宅,在那儿,看到了一位打网球的女士伊妮丝,西蒙请求她做大卫的母亲。西蒙并无任何确凿的证据证明伊妮丝是男孩的母亲,但却一口咬定伊妮丝就是他要寻找的人,更荒诞的地方在于,伊妮丝竟然不顾兄弟们的反对,接受了这样的一个建议,而且认为理所当然,她就是大卫血缘上的母亲。西蒙让出了安置点给自己安排的公寓给伊妮丝和大卫住,自己则在码头放工具的小棚屋里暂居。尽管伊妮丝不欢迎西蒙,但由于西蒙牵挂大卫,西蒙还是经常出现在他们的生活中,成为西蒙事实上的父亲,三个人组成了非常奇怪的没有血缘关系的偶合家庭。大卫非常聪明,在智力上有某种天赋,在思维方式上有不同寻常之处,他不愿像正常儿童一样地阅读和算数,他有自己的阅读方式,总是能在书页和数字之间看到"裂缝"和"洞洞",因而被学校老师视为问题儿童,被强行送到面向特殊儿童实行特殊教育的寄宿学校读书。西蒙因为一场事故,受了重伤,去疗养院疗养之前,他回到伊妮丝家拿东西,恰逢寄宿学校派人来带逃回家的大卫回校,为了不让大卫重新回寄宿学校,西蒙、伊妮丝带领着大卫逃离了诺维拉市,重新踏上寻找新的家园之路。

任何人看完这个故事,都会提出这样一个问题:作品中并没有耶稣的身影,也没有涉及宗教问题的探讨,为什么提名为《耶稣的童年》?许志强在《新移民故事》中进行了一个较为合理的解释,"西蒙和伊妮丝未经肉体结合就做了大卫的父母亲,担负起孩子的成长和教育,这种结合的喜剧性隐含《福音书》典故"[①],再结合大卫身上的某种超常神秘之处,似乎可以理解"耶稣的童年"这个书名的由来。

---

① 许志强:《新移民故事》,见 J.M. 库切:《耶稣的童年》,文敏译,浙江文艺出版社,2013年,第12页。

《耶稣的童年》是一部寓言式小说,主人公来自何方?为何而来?他们到达的又是什么国家,一切都没有明确的交代,只是说他们所在的诺维拉市要说西班牙语,但未必就一定是西班牙,可以指向欧、美、澳的任何一个国家。既然是寓言式小说,作品就具有普遍意义。那么,作品表达的是什么主题呢?

许志强将小说解读为一则新移民故事,它"写一个孩子的故事,写移民的童年,写童年生活的奇异和现实"①。西蒙、大卫和伊妮丝来到新的国度扎根的故事,是新移民处境的写照,他们被迫丢弃自己过去的身份,西蒙和大卫的名字甚至都是抵达诺维拉后被安置中心命名的,他们也被迫放弃自己的母语,改说西班牙语,因为这是沟通的基础。踏上新土地的他们,经历了生活的困难、被洗去记忆的焦虑、被文化置换的抗争,最后学会了"协作和规则",成为"大城市里的公民",西蒙明确知道他们的逃亡不是明智的举措,因为等待着他们的会是另一处安置地。就新移民来到陌生的国度开辟新世界的意义而言,《耶稣的童年》的故事与耶稣来到人间拯救世人、开辟新纪元的故事形成对应关系。

但也有学者持不同意见,如李庆西在《有关政治的超越政治话语——读库切新作〈耶稣的童年〉》中,则将这部作品解读为反乌托邦小说。李庆西认为,诺维拉市看起来像一个乌托邦城市,那里会给每一个新来的人安排食宿,每一个人都能找到工作,看足球是免费的,还有很多为工人开设的免费夜校,工人伤病可享受工会的医疗福利,真是实现了共产主义的大同社会,但是在这虚构的和谐社会中,却始终有一只国家的"看不见的手",它用自己独特的方式迫使公民压抑自己的欲望、自觉

---

① 许志强:《新移民故事》,见 J.M. 库切:《耶稣的童年》,文敏译,浙江文艺出版社,2013 年,第 3 页。

禁锢思想与心灵、对舆论进行管控、抛弃自己的历史、排斥异质思维,从某种程度上,"故事从头到尾带有着这样一番澄澈透明的演绎逻辑:在初抵温饱的生产力水平上如何建构一个和谐社会,国家如何行使对公民的人身支配权力,以及人性对制度和法律的承受程度等等"[①]。因而,《耶稣的童年》实则是一部反乌托邦小说。

两种解读都有其令人信服之处,很难说哪种解读更为贴切,只能说《耶稣的童年》简洁、平实、洗练到极点的寓言式叙事本身就蕴含了多重意义的可能。

第三节　亦实亦虚的自传作品

在库切的作品中,还有三部作品在文类归属上存在争议,即《男孩:外省生活场景》(*Boyhood: Scenes from Provincial Life*,1997)、《青春:外省生活场景之二》(*Youth: Scenes from Provincial Life II*,2002)和《夏日》(*Summertime*,2009)。有些学者认为它们属于虚构的小说文类,另一些学者则认为它们是非虚构类,即纪实性质的自传作品,而维普百科上则把这三部作品归为虚构化的自传(Fictionalised autobiography)。那么,这三部作品到底属于什么文类呢?在笔者看来,以自传文学的真实性和纪实性这个标准去判断,维普百科的归类更为合理一些。因为这三部作品是作家对自己不同时期人生经历和心灵世界的真实记录,里面讲述的生活事件和心路历程在《双

[①] 李庆西:《有关政治的超越政治话语——读库切新作〈耶稣的童年〉》,《读书》,2013年第9期。

角：随笔和访谈》(*Doubling the Point: Essays and Interviews*)及其他的具有口述自传性质的访谈录中,库切一再提到,与库切的真实经历是基本相符的。然而,的确,三部作品都是以第三人称的口吻来讲述的,与传统的自传写作明显不同,从叙述模式上,可以拉开与"我"的距离,所以称之为"虚构化的自传"。

之所以对这几部作品的文类归属产生歧义,关键就在于库切独具一格的自传观念,导致他的自传作品显示了与传统不同的自传品格。在库切看来,一切自传都是故事叙述,一切写作都是自传,所以一切以讲述真相标榜的写作注定是失败的。通观库切小说,故事的叙述者大多是不可靠的,他们试图探测别人,也时不时反省自身,在反省之中,不断自我批评,也自我辩解。其结果是他们的言说模棱两可,充满矛盾,总是无法抵达他人和自我的真相。

1997 年出版的《男孩》,主要追忆库切从 8 岁到 13 岁之间的人生经历。我们可以看到开始时他和他的家人住在伍斯特郊外住宅区的一幢大房子里,那儿一棵树也没有,却常年刮风,房子很新但满是灰尘。后来,由于父亲工作的关系,他们一家离开伍斯特,来到开普敦。住在一个挺偏僻的地方,门窗都已经变形,后院里堆着碎石瓦砾。在书中,我们看到了一个学业优秀但却总是抑郁不安的学生,一个对耻辱和荣誉过于敏感、觉得自己不正常又渴望变得正常的孩子,一个对父母都不满意的倔强的少年,我们还看到了他对他叔叔管理的家庭农场"百鸟喷泉"的眷恋和热爱,对自己所拥有的阿非利垦人身份的苦恼,以及无处不在的种族歧视、暴力事件、政府决策引起的恐慌、忧虑和仇恨情绪。

2002 年发表的《青春》,是库切对自己在 19 岁到 24 岁之间的生活经历的记录。全书共 20 章,前四章写他在南非开普敦大学上大学期间的生活场景,他利用业余时间打工,挣的钱足够他付房租和大学学费,他在用这一方式继续着对父母的反抗,力图证明:"每个人是一座孤岛,你不需要父母。"[①] 为了能让自己成为一个男人,治好自己的孩童气,他去谈情说爱,为了让自己日后到欧洲时"不会是外省的土包子",他拼命读欧洲的经典文学作品。最终在沙佩维尔大屠杀事件之后,为了躲避被征召入国防军服兵役的命运,他逃离了南非,来到了英国的伦敦。从第五章开始,写他在伦敦的生活。在伦敦,他的工作是在计算机公司里当计算机程序员,他无亲无友,身上背负着殖民地人的烙印,因此受到伦敦人的冷眼,他很孤独,想借爱情来排解,于是陷入和众多各种国籍的女性的恋爱。慢慢地,表面上他适应了英国中产阶级的生活方式,但是内心里他并不喜欢为自己赢得中产阶级地位的计算机程序员的工作,他的梦想是当一位文学大师,但却总是壮志难酬,满脑子想的是自己如何成为真正的艺术家,他在阅读和写作中探索着自己的文学道路,等待着缪斯女神某一天的降临。

在《男孩》和《青春》这两部自传中,库切通过采用第三人称"他"的叙述视角和一般现在时态,提供了彼此之间充满空白的一幕幕独立的历史场景。在这两部自传中,库切一直隐身在叙述之外,既把过去的自我当作客体来研究,又渗透着对真相和如何呈现真相的思索,显示了强烈的自传理论自觉意识。对这样的自传,库切自己独创了一个新词来进行表述,即他传(Autrebiography)。或许我们可以这样来表述库切的自传观:自传即他传。

被视为库切自传三部曲之三的《夏日》在形式上比《男

---

① [南非]J.M. 库切:《青春》,王家湘译,浙江文艺出版社,2004年,第3页。

孩》《青春》更加新奇,作品共分七个部分,开头部分是库切在 1972-1975 年间的部分日记,标注着准确日期。结尾部分是库切日记的片段,但没有标注日期。中间五个部分是一个预备为库切写传记的作家对与库切有各种关联的 5 个人物的访谈记录,这 5 个人包括库切的邻居和情人朱丽亚(Julia)、堂妹玛格特(Margot)、学生的母亲阿德里安娜(Adriana)、同事马丁(Martin)和索菲(Sophie)。与其说这部作品是一部自传,倒不如说它是一种口述历史的汇编,或者说是一些零散存在的传记材料。有意思的是,作品的作者明明就是未来他传的传主库切,明明是讲述自己的过往,却偏偏虚构出一个自己传记的作者,库切再次通过叙述的设计,和读者玩了一个智性的游戏,使读者深陷虚幻与真实的困惑,在刻意拉开作者与文本中的主人公的距离这一点上,《夏日》延续了《男孩》和《青春》中的叙述思路。

但《夏日》中呈现的对自传这一文类的自省意识要比《男孩》和《青春》更为强烈。《男孩》和《青春》通过一幕幕充满独立生活场景的描述,虽然有很多空白,但却通过线性叙述基本清晰地搭建了一个童年和青年时期库切的外部经历。而《夏日》的叙述改变传记作品惯用的线性叙述模式,采用多重叙述角度,它没有提供一体化的完整叙述,而是充满对过往的不同理解和感受。在《夏日》中,库切与他生命中有过交集的人物、未来的库切传记的作者与他走访的几个人物之间充满了认知矛盾。库切在日记中视朱丽亚为点燃自己生命激情的重要情人,而在朱丽亚的回忆中,库切却并没有占有什么重要地位,库切留给她的感受,没有激情,更多的是同情和失望。未来的传记作家在收集材料时,发现库切表示曾经热恋阿德里安娜,他把阿德里安娜当作对库切来说重要的人物去走访,但阿德里安纳却明确予以否认:"那是你所说的。但事实是,如果他与谁相爱过,那肯定不是和我。他是和他的头脑里凭空想象出来的给予我的名字某个幻影相爱。"① 未来的传记作家视库切为伟大的作家,但阿德里安纳却告诉他:"我知道他后来获得了一个大奖;但他真就是一个伟大的作家吗?在我看来,要想成为一个伟大作家,有语言上的天分还远远不够。与此同时,你还必须是一个伟大的人。而他不是一个伟大的人,他是一个渺小的人,一个不重要的渺小的人。"② 未来的传记作家虽然表示自己不愿意在面对面的会晤之前,对任何人做出判断,但他还是有意无意地站在库切的立场为库切辩解,甚至是在对访谈的文字整理中,加入某些主观理解,以至于让受访者玛格特感到"某些东西听起来错了,但是我不能清晰地指出来。我能说的是,你的版本听起来不是我告诉过你的东西"③。文本中出现的这些认知错位发挥的主要功用,是将文本开始时预设的库切形象一点点击碎,文本结束时的库切形象还没有开始时清晰,从传记应该提供人物的成长史这个传统的评价标准来看,《夏日》这个文本无疑是失败的。然而,库切的创作初衷原本就不在陈述一个成长故事,而是要借叙事来探索传记这个文类创作的理论,拓展传记的理论视野,告诉读者:一个人的成长势必与周围的人发生各种各样的关系,事件的当事人对同一事件会有不同的理解,而传记的作者在创作过程中无法避免主观阐释,所以从理论上来说,真相只是某个人的真相,适合所有人

---

① J.M.Coetzee,*Summertime: Scenes from Provincial Life*, London: Harvill Secker, 2009, p.174–175.

② J.M.Coetzee,*Summertime: Scenes from Provincial Life*, London: Harvill Secker, 2009, p.195.

③ J.M.Coetzee,*Summertime: Scenes from Provincial Life*, London: Harvill Secker, 2009, p.91.

的最终真相根本不存在,因而传记的根本诉求注定无法实现。

作为借叙事来表达创作理论的理论小说,《夏日》中的学术批评视角与虚构混合为一体,最大限度地挑战了叙事权威和作者特权,不由得让人想起罗兰·巴特的"作者已死"的观念。对于小说家库切来说,对理论和虚构界限的突破到底意味着什么,是一个很复杂的问题。这种叙述模式一方面丰富了叙述理论,但另一方面,因为它摧毁了文学作为独立话语的基础,也会导致叙述的危机,对一个作家来说,无异于在自己的死亡证明上签字。作为作家的库切不得不思考今后的小说写作如何进行,文学的命运如何这些严峻的问题。

第四节　中国库切研究综述

库切很早就得到了国外读书界的认可,国外的库切研究早在20世纪80年代中叶就已经形成规模。1988年,第一部研究库切的专著出现了,即Teresa Dovey的《库切的小说:拉康式的讽喻》(*The Novels of J.M. Coetzee:Lacanian Allegories*)。在Dovey的阐释之后,人们再也不可能忽视库切小说的弥漫的复杂性。从此,对库切的研究开始走向多元化,并且不断地出现了一些颇有见地和具有高学术含量的学术成果,库切的研究已成为学术界的一个热点课题。

与国外学术界的研究状况相比,中国的库切研究相对滞后。库切真正走进中国读书界,是2000年百花文艺出版社出版了库切创作的《耻》,由张冲、郭整风翻译。这是一本有较高翻译水准的译作,填补了中国大陆出版界库切译作的空白,使得中国人能够有机会在2003年诺贝尔文学奖颁布之前,认识库切。也是从这本书开始,J.M.库切的译名得到普遍的认可,此后的出版界、读书界、批评界都普遍采用这一译名。中国大陆学者对库切的真正研究,始自《当代外国文学》2000年第3期上发表的王丽丽的论文《一曲殖民主义的哀歌——评1999年布克奖获奖小说〈耻辱〉》。该篇论文对库切(论文中的译名为寇兹)的《耻辱》(《耻》)的内容和思想进行了论述,认为这部作品是殖民主义的"一曲后续的哀歌";《耻》的译者张冲、郭整风为这本小说所做的序言《越界的代价:解读库切的布克奖小说〈耻〉》,在《耻》出版之前,就已在《外国文学》2001年第5期上发表。这篇论文用人际交往和文明冲突等理论,论述了《耻》中所表现的个人之间、社会形态之间、文明或文化之间的多重越界,并暗示了库切小说开放性的特征。这两篇论文之外,直到2003年诺贝尔文学奖公布之前,国内学界再无其他关于库切的论文。

2003年诺贝尔文学奖的结果一宣布,中国学界对这个曾经被忽略了的当代文学大师的研究兴趣被迅速地激发出来。但是由于对这个作家还不熟悉,因而2003-2005年出现的研究文章主要集中于对库切其人其作的介绍和对其获诺贝尔文学奖的告知及其原因解析。如杨中举的《J.M.库切获2003年诺贝尔文学奖》(《外国文学动态》,2003年第5期)、万之的《他逃避一切——与马悦然谈库切其人其作》(《书城》,2003年第11期)、唐德的《南非作家库切获本年度诺贝尔文学奖》(《当代外国文学》,2003年第4期)、黄灿然的《约·马·库切访谈录》(《书城》,2003年第11期)、周长才的《风月所以惊世界——对库切小说的一种解释》(《外国文学》,2004年第1期)、石平萍的《关注局外人的诺贝尔文学奖得主库切》(《外国文学》,2004

年第1期)等。当然,其中也有一些对其小说的解析,但大多集中于少数作品,尤其是《耻》的主题的解读,对其创作的研究还没有全面铺开,与国外的相关研究在广度和深度上还有较大距离。如蔡圣勤的《写实主义文学对文明冲突理论的呼应——细读库切的小说〈耻〉》(《外国文学研究》,2004年第4期)着眼于用亨廷顿的文明冲突理论来分析《耻》中的主题。仵从巨的《历史与历史中的个人:库切的魅力与〈耻〉的主题》则从历史和历史中个人命运的角度来解读《耻》。作者指出:"耻"的中心在"露西之耻",露西之耻的实质是历史之耻,作者"在此一'耻'之中揭示了一个深刻而严酷的事实:历史无法割断;历史中的个人无法逃脱历史"[1],作为怀疑主义者的库切清醒地认识到了历史和人类的宿命并予以表达,这恰是库切的深刻洞察力所在。

库切在获得诺贝尔文学奖之后,中国的出版界也迅速做出反应,在这方面,浙江文艺出版社功不可没。该社在2004年就推出了"库切小说文库",《彼得堡的大师》(王永年、匡咏梅译)、《青春》(王家湘译)、《等待野蛮人》(文敏译)、《迈克尔·K的生活和时代》(邹海仑译)、《伊丽莎白·科斯塔洛:八堂课》(北塔译)等中文译本面世。2006年,库切新作《慢人》(邹海仑译)出版。2007年,浙江文艺出版社又推出了包括《幽暗之地》(郑云译)、《内陆深处》(文敏译)、《福》(王敬慧译)、《男孩》(文敏译)等作品的"库切核心文集"。2009年,新作《凶年纪事》(文敏译)被翻译出版。2010年,文学评论集《异乡人的国度》(汪洪章译)、《内心活动:文学评论集》(黄灿然译)被隆重推出。2013年,《耶稣的童年》(文敏译)被翻译出

---

[1] 仵从巨:《历史与历史中的个人:库切的魅力与〈耻〉的主题》,《名作欣赏》,2004年第7期。

版。总体来说,2003年之后,中国出版界在库切作品的翻译方面,反应及时,推出的译作整体上具有较高的翻译水平,贴合库切的语言风格,能够准确传达库切的思想。

或许是经过前期的介绍和研究,学界对库切渐渐地熟悉起来,再加上他的大部分作品先后被翻译成中文,读者可以更便捷地从作品中感受库切。一个丰富多样的库切的创作世界逐渐呈现在中国读者面前。中国学界逐渐认识到库切这个并不新的新进作家的创作是一座富饶的宝矿,既蕴含着丰富的精神资源,又具有一种理论上的诱惑力,越来越多的中国学者加入库切的研究阵营。2006年之后,中国的库切研究开始初步形成规模。研究热情日益高涨,研究成果逐年递增。在中国知网上输入主题"库切",显示相关文章有1000余篇,其中博士论文15篇,硕士论文160余篇。除了继续关注《耻》之外,中国学界对库切创作的整体研究和其他文本的研究也取得了不少成果。《迈克尔·K的生活和时代》《等待野蛮人》《福》《慢人》《青春》《男孩》《彼得堡的大师》《伊丽莎白·科斯塔洛:八堂课》《幽暗之地》《内陆深处》《灾年日记》《夏日》及其文学评论等作品均有相关研究成果问世。在继续前些年对库切创作的后殖民性、后现代性的探究之外,研究视角日趋多元。身份问题、伦理思想、主体性困境、政治立场、叙述策略、文类意识、比较视野等纷纷成为研究者切入库切文学世界的角度。

库切的创作极为复杂,每部作品呈现的面貌相差极大,很难把他清晰地归入哪个流派。然而,他的作品或隐或显地对种族隔离时代和后种族隔离时代的南非政治的指涉,对权力话语问题的思索、边缘的叙述位置、对各种权威的解构倾向、小说形式上变化多端的实验欲望等很容易让人们看到他与后殖民、后现代性的关联。有些文章,如任一鸣的《构筑后殖民文学的神话——J.M.库切的小说艺术》(《社会观察》,2003年第4期)直接将库切归入后殖民作家的行列;有些文章,如段枫的《历史的竞争者——库切对传统现实主义的继承与超越》(《当代外国文学》,2006年第3期)、高文惠的《J.M.库切与历史权威的对抗》(《山东社会科学》,2008年第7期)则通过库切对文学话语与历史话语平等地位的强调,来研究库切对传统现实主义的超越和其后现代知识观念;有些文章,如忤从巨和范蕊的《三重主题及其完成:关于库切之〈耻〉》(《当代外国文学》,2006年第1期)、秦海花的《拓展小说极限,寻求新的主题——从〈慢人〉看库切的后现代主义小说观》(《当代外国文学》,2008年第2期)、张德明的《从〈福〉看后殖民文学的表述困境》(《当代外国文学》,2010年第4期)等则从具体文本出发,挖掘其创作的后殖民、后现代特征。其实,彼此之间关联密切的后殖民、后现代都是自身包含的论题极为广泛的术语,这也注定对库切的后殖民性、后现代性的研究会在多个层面展开,下面论及的身份问题、伦理思想、主体性困境、政治立场、叙述策略、文类意识等视角的研究,很多成果都与库切创作的后殖民、后现代性相关。

荷兰裔南非白人的出身、流散的真实经历使得库切的文化身份问题变得尤为复杂,并直接影响到了其创作。周怡在他的论文《诺贝尔奖关注的文学母题:流亡与回乡》(《文史哲》,2005年第1期)中,提出"库切是殖民者的流亡",并从这个角度理解《耻》的创作主题。高文惠的论文《库切——混杂文化身份的承载者》尝试着从库切的混杂文化身份这个角度,把握库切创作的某些特质。作者从库切的真实经历出发,结合后殖民理论家关于身份问题的相关表述提出:"作为一个移民殖民地的白人移民的后代,移位的历史和南非独特的历史和现实语境注定了库切的混杂文化身份承载者的境遇。作为非洲文化和欧洲文化交合的私生子,库切处在了殖民者和受殖民者中间的位置上。"①身份的断裂与混杂带来的困惑不断地进入库切的创作,并直接影响了其创作的某些特质。如作品中人物多重身份的纠缠、明确或暗中指向的南非现实语境、文本的对话性和互文性特征、对英语的变异和对语言权威的颠覆等等。高文惠的另一篇论文《边缘处境中的自由言说——J.M.库切与压迫性权威的对抗》是在《库切——混杂文化身份的承载者》的研究基础上的进一步拓展,是对库切诗学特征进行总体把握的又一次尝试。作者认为:混杂性身份使得库切自愿选择了一个边缘立场,"无论面对政治控制和审查制度,还是迫使作家遵守的主流文学观念的压力,他都能坚持做出自己独立的选择。他对欧洲文学传统既接受又反叛,显示了建立独立的南非民族文学的意识。这种对一切权威和规范的反抗姿态,在库切的创作中已经变成了一种观念"②。所以,作者提出:"自由,也就成为理解库切及其创作的一个基点。"此后,王敬慧的《易卜生与库切:在自我流散中昭扬孤独的内在力量》则从比较的立场提出易卜生和库切"这两位作家的颠覆力度来自他们所选择的自我流散经历,正是这种流散的生活历程,导致他们在文学创作中表现出强烈共鸣"③。

库切的作品以他特有的睿智和思想的深刻吸引着读者。2003年诺贝尔文学奖授奖词中,这样评价库切:"他是一个有道德原则的怀疑论者,对当下西方文明冲突中浅薄的道德感和残酷的理性主义给予毫不留情的批判。他以知性的诚实消

---

① 高文惠:《库切——混杂文化身份的承载者》,《东方丛刊》,2006年第6期。
② 高文惠:《边缘处境中的自由言说——J.M.库切与压迫性权威的对抗》,《外国文学研究》,2007年第2期。
③ 王敬慧:《易卜生与库切:在自我流散中昭扬孤独的内在力量》,《周口师范学院学报》,2007年第4期。

解了一切自我慰藉的基础,使自己远离俗丽而无价值的戏剧化的解悟和忏悔。甚至当他在作品中表达自己认定的信念时,譬如为动物的权利辩护,他也阐明了自己的前提,而不仅仅是单方面的诉求。"[1] 从道德伦理的角度对库切及其创作展开研究,也构成国内库切研究的一个热点。《耻》所体现的道德困境首先成为学者们的焦点话题。蔡圣勤在《库切诗学思想中的道德两难及悲剧性铺设——小说〈耻〉文本细读》中,提出"库切的小说《耻》表现了南非在后种族隔离时期的社会环境和殖民后文化冲突,特别是在白人特权消失后的社会里,黑人与白人的人性扭曲和道德伦理的严重错位"[2]。因此,作者从伦理学批评的视角解读《耻》,从道德两难处境出发剖析《耻》所体现出的悲剧意识。李茂增在《宽恕与和解的寓言》中,提出"库切的小说《耻》中的女主人公露茜在遭到强暴之后,表现出一种令人难以置信的宽恕精神,这既是后种族时代的新南非走向民主社会的现实需要,又是非洲大陆古老的'乌班图精神'的现代体现。在种族问题仍然非常严重的今天,小说所张扬的宽恕精神或许有助于人类从冲突走向和解"[3]。姜小卫在《库切小说〈耻〉中的忏悔、宽恕与和解》中则指出,"在《耻》这部小说中,库切把南非后种族隔离时代的严峻社会现状置于殖民主义和种族隔离时代历史记忆的表征中,冷静地审视了历史的伤痛和记忆在人们心灵中产生的难以泯灭的创伤。小说在反映个体身份随着南非后种族隔离时代社会转型而发生重

---

[1] 2003 年诺贝尔文学奖受奖词,文敏译,见库切:《迈克尔·K 的生活和时代》,邹海仑译,浙江文艺出版社,2004 年,第 227 页。
[2] 蔡圣勤:《库切诗学思想中的道德两难及悲剧性铺设——小说〈耻〉文本细读》,《长江大学学报》(社会科学版),2006 年第 4 期。
[3] 李茂增:《宽恕与和解的寓言》,《外国文学》,2006 年第 1 期。

大变化的同时,探索了在宽恕与和解背后隐含的诸多问题"①。然而,"对于这些问题,库切只是向我们展示了主人公卢里所面对的社会现状和他的艰难思考,并对建立在功利主义理性之上的忏悔和宽恕提出了质疑,但没有给出解决问题的答案。读者也无法从阅读中找到或发现唯一确定的解答,作者创制的文本仅仅成为一个供读者思考的场所。从这个意义上讲,《耻》并非惯常意义上的现实主义小说,而是南非后种族隔离时代一部典型的后现代小说,也正是在'后现代的虚构'中,库切走出了文学叙述的'自足'或'理想化',从而使这部小说成为人们思考忏悔、宽恕与和解,个人道德与责任以及为人的尊严等后现代社会政治、伦理问题的艺术佳作"②。与前面的几篇文章不同,翟业军和刘永昶的《无神时代的约伯——论库切的〈迈克尔·K 的生活和时代〉》则是对《迈克尔·K 的生活和时代》伦理学角度的解读,作者提出:"《迈克尔·K 的生活和时代》不仅批判了战争给普通人带来的伤害,成为苛酷时代令人惊悚的写真,更揭示了无神时代人类面对存在困境时的无助和绝望。"③"在无神时代我们如何获得拯救"的问题上,通过分析,作者认为"源于困境的真诚写作"是库切提供的解救之道。

在对传统认知框架进行普遍性反思的当代思想大潮之中,动物权利问题已成为关涉人类伦理与道德的敏感问题。库切本人是一个素食主义者,是一个动物权利捍卫者,说到底对动物权利的捍卫是关于人性的思索。这种思索浸润于他的作品之中。国内学者对库切思想中的这个层面进行了关注。杨铭

---

① 姜小卫:《库切小说〈耻〉中的忏悔、宽恕与和解》,《外国文学评论》,2007 年第 3 期。
② 姜小卫:《库切小说〈耻〉中的忏悔、宽恕与和解》,《外国文学评论》,2007 年第 3 期。
③ 翟业军、刘永昶:《无神时代的约伯——论库切的〈迈克尔·K 的生活和时代〉》,《外国文学》,2006 年第 2 期。

瑪在论文《论库切的动物权利焦虑》中,提出库切在一系列作品中对动物权利问题予以关注,他"否定了笛卡儿的观念,提出动物具有灵性,能够体认耻辱与死亡;希望人们充分发展同情心想象,指出善待动物是拯救灵魂的需要;然而,库切的主人公在提升道德知性的同时常伴随着社会地位的失落"①。而这些被道德知性唤醒的主人公,在作品中往往处于边缘的位置,他们的觉知显得如此无奈和无力。透过这样的情节设置,库切"似乎在告诫我们:人类无力也不愿意改变自己,这才是终极之耻"。蔡圣勤的《两个隐喻:关于拜伦的歌剧和狗的出场——库切小说〈耻〉之再细读》对《耻》中频繁出现的狗的形象进行了细致解析,认为"狗在作品中大量出演直接影射了后种族隔离时期的南非白人的两难处境和无奈的选择"②,是构成作品主题的一个重要隐喻。武娜的论文《伦理困厄下的精神突围——由库切作品中的动物情结所引发的哲学思索》则从《等待野蛮人》和《耻》两部作品中的动物情结出发,研究库切的思想。作者指出:"库切把目光投向诸多价值体系的敏感边缘,为世人提供了一种突破时代困境的尝试。……通过对动物群体的关注,库切指出,在几乎被完全边缘化的情况下,个体的伦理觉醒如何才能改变我们所赖以生存的世界应是我们共同关注的问题。"③ 也就是说,作者认为库切对动物权利的探索实际上是对陷入人性耻辱中的现代社会人类自我救赎方式的一种探讨。

主体性问题是哲学认识论领域里探讨的一个范畴,关涉着人与世界、人与人之间的关系。在西方传统哲学认知框架

---

① 杨铭瑀:《论库切的动物权利焦虑》,《暨南学报》(哲学社会科学版),2008 年第 2 期。
② 蔡圣勤:《两个隐喻:关于拜伦的歌剧和狗的出场——库切小说〈耻〉之再细读》,《湖北社会科学》,2009 年第 1 期。
③ 武娜:《伦理困厄下的精神突围——由库切作品中的动物情结所引发的哲学思索》,《名作欣赏》,2010 年第 3 期。

里，存在着一个二元对立的模式，具体表现为主体与客体、自我与他者、中心与边缘等的对立。这一认知框架的狭隘性及其导致的人类文明发展的偏颇日益受到思想家们的重视，在胡塞尔、海德格尔、迦达默尔和马丁·布伯等哲学家的倡导下，西方对于存在的认识在现代出现了一个巨大的范式转变，由主体性哲学开始向主体间性哲学转变，即由突出对立开始转向强调平等。作为作家的库切在他的作品中也以感性形象的形式应和了这些哲学家的探讨。库切是一个有道德立场的知识分子，他同情他者，意识到他者所受的剥夺，主张自我与他者之间的对话关系。在他的作品中，处于边缘的他者既表现为父性社会里的女性，也表现为西方殖民者视域里的被殖民者，还表现为被人类的欲望边缘化了的动物。高文惠的《殖民者的自我和殖民地的他者：主奴关系的哲学反思》力图从整体上把握库切对主奴关系的哲学反思，即殖民者与被殖民者关系的形成机制的思索。通过分析，作者得出结论："通过在不同的文本中反复地展示主奴关系的运动过程，库切揭示出殖民者的自我和殖民地的他者双方的特征都是出自权力的操作和话语的建构，而并非先在性的实质的事实，批判的矛头指向了殖民话语背后的哲学基础，因而从根本上动摇了殖民的结构体系。"[①] 万梅的《二元对立的解构与殖民主义的没落——论〈耻〉的后殖民主义主题》则以《耻》为分析对象，"围绕男主人公的生活遭遇，以性别、性权、性格这几个因素为线索分析几组人物二元对立关系的形成与瓦解"[②]，以揭示作品的后

---

① 高文惠：《殖民者的自我和殖民地的他者：主奴关系的哲学反思》，《绥化学院学报》，2008 年第 1 期。
② 万梅：《二元对立的解构与殖民主义的没落——论〈耻〉的后殖民主义主题》，《南京航空航天大学学报》（社会科学版），2005 年第 1 期。

殖民主题。韩瑞辉的《论小说〈等待野蛮人〉中的他者化过程及其意义》〔《浙江师范大学学报》(社会科学版),2007年第4期〕、薛武的《徘徊在自我和他者中间——论库切〈等待野蛮人〉中的道德关怀》(《淮南师范学院学报》,2009年第1期)、陈永国和陈京明的《主体性困境之忧患意识在后殖民小说中的体现——以库切小说为例》(《江西社会科学》,2010年第11期)、黄晖和包细簪的《二元对立关系模式的解构与重构——解读库切的小说〈福〉》(《阴山学刊》,2010年第1期)等文章都从不同角度、针对不同文本探讨库切对自我与他者这一二元对立关系的颠覆意图及其建构平等对话主体的努力。库切是位男性作家,但他始终意识到这个性别属性的叙事暗含的对女性的压抑,尤其是在他的母国南非这个父性社会里,为女性代言的冲动很容易形成与南非殖民体系的共谋关系。所以,正如研究者张勇所说,库切"试图摆脱与南非殖民体系相联系的一切特征,体现在文本的操作上,他把性别叙事作为实现这种企图的重要手段"①。这些性别叙事包括设置女性叙事者、关注女性生态、颠覆男性叙事权威等方面。高文惠的《荒漠中的女性对抗者》(《中华女子学院学报》,2006年第2期)、张勇的《身份认同与性别叙事——析2003年诺贝尔文学奖获得者J.M.库切的文本叙事策略》(《潍坊学院学报》,2006年第5期)、田晓南的《从属下角度解读J.M.库切的小说〈耻〉》(《四川外语学院学报》,2006年第6期)、韩瑞辉的《库切小说〈敌手〉中的女性主义叙事视角》(《江西社会科学》,2007年第4期)、王进的《〈耻〉:一种关于"性别困惑"的伦理叙事》(《中华女子学院学报》,2010年第1期)等文章都是这方面的研究

---

① 张勇:《身份认同与性别叙事——析2003年诺贝尔文学奖获得者J.M.库切的文本叙事策略》,《潍坊学院学报》,2006年第5期。

成果。关于对动物这个被边缘化了的他者的关怀所体现的库切互相平等、互相尊重的生命意识的研究,在论及道德伦理研究角度时已有提及。此外,邵凌的《库切小说的动物意象、女性话语与人文关怀》(《世界文学评论》,2010年第2期)试图将动物权利和女性话语这两个话题合并在一起。作者通过对《铁器时代》中的动物意象和女性话语的剖析指出,库切对动物的人性关怀和女性话语的采用实质是殊途同归,即"以女性话语、人文关怀对抗弱肉强食、冷漠异化的南非社会现状,对人与他人、人与其他生命存在之间的爱与友善发出真切的呼唤"。

库切是当代一个特立独行的知识分子,他拒绝做任何共同体的附属,他的追求是使文学话语独立于一切意识形态的话语,使文学世界成为一个自足的世界。所以,他的作品表面看来,似乎多次游离于南非的现实政治,这种对政治的"游离"在南非种族隔离和后种族隔离时代这个极度敏感的政治语境中,显得有些另类,因此多次受到以戈迪默为代表的南非文学界人物和一些政界人物的指责。但是,对文学自足世界的追求是否就意味着库切没有政治立场?如果有,库切的政治立场又是什么?这种政治立场又是如何影响其创作的?这些问题也成为国内研究者们探究的焦点问题。王旭峰的《库切与自由主义》是这方面的突出成果,作者颇为犀利地指出:"库切文学创作的基本出发点是以非种族的个人主义和普遍的人道主义为特征的自由主义。这种思想可追溯至作家的少年时代。在自由主义思想的影响下,库切的文学创作呈现出鲜明的'解构的诗学'特征,即其文学文本具有解构与自我解构的双重趋向。在南非种族隔离政治的制约下,库切的自由主义思想是残缺的,这使库切的作品存在大量'弱者'形象和'强者'叙事被压抑的现象。"① 库切的这种以个人主义为底色的自由主义立场虽然使他从殖民思想中摆脱出来,但是就解放政治而言,因为缺乏"普遍的面向"而具有局限性。邵凌在其论文《库切的政治观与文学创作》中,则将库切的政治观概括为"无政府主义"、"无为"和"悲观主义"。文章继而从"权力与权力的解构、弱者形象与边缘书写、弱肉强食的自然生存法则与体现人性价值的新伦理的呼唤三个方面,解析其政治观与文学创作之间的天然有机的联系",并进一步提出"库切的政治观影响了其作品的艺术形态,另一方面,文学创作又暴露了他思想上的矛盾性,在一定程度上修正了他的政治观点"。② 该文章对于理解库切的思想根源提供了另一种阐释。

库切是一个实验意识很强的作家,他不愿意重复别人,也不愿意重复自己,每一部作品除了要表达自己独到而深邃的思想之外,还要追求叙述形式上的革新。其实,在一些作品里,叙述形式的设置本身就与库切要表达的思想浑然一体。总体上来说,迄今为止,国内研究的主要关注点是在库切的思想及其作品的表现内容方面,但是近些年来,越来越多的学者尝试着运用叙述学的相关理论对库切的小说进行技术层面的分析。段枫在这方面成果突出。早在 2004 年,她便与卢丽安共同发表了论文《一个解构性的镶嵌混成:〈仇敌〉与笛福小说》,显示了从叙述学角度走近库切的研究思路。该篇文章试图论证:"《仇敌》从故事情节、叙述手法两个层面,对以笛福为代表的 18 世纪英国现实主义小说做了一个镶嵌混成。通过这样的镶嵌混成,库切对此类小说的现实性提出了质疑。"③ 通过细致

---

① 王旭峰:《库切与自由主义》,《外国文学评论》,2009 年第 2 期。
② 邵凌:《库切的政治观与文学创作》,《外国文学》,2010 年第 6 期。
③ 段枫、卢丽安:《一个解构性的镶嵌混成:〈仇敌〉与笛福小说》,《当代外国文学》,2004 年第 4 期。

的文本分析,作者进一步指出:"尽管《仇敌》开始于对性别、种族压迫的批判,却以对写作、历史的反思结束,而最终定格在对话语、对语言的审视之中。"此后,段枫先后发表的《聚焦和反聚焦——〈耻〉中的视角、对话和叙述距离》(《外国文学评论》,2008 年第 3 期)、《〈福〉中的第一人称叙述》(《外国文学评论》,2010 年第 3 期)等论文都是对库切作品的叙述学分析,颇有独到之处。此外,郭秀娟的《孤独者的狂欢——库切小说的叙述形式研究》(《湖北广播电视大学学报》,2008 年第 6 期)等文章试图对库切的小说叙事形式进行总体研究。黄晖的《叙事主体的衰落与置换——库切小说〈福〉的后现代、后殖民解读》(《四川外语学院学报》,2006 年第 4 期)、汪正平和张旭春的《库切小说〈福〉的叙事策略分析》(《求索》,2010 年第 10 期)等文章试图对《福》的叙述形式进行细致的解剖。何卫华的《〈耻〉:历史叙事中的时空冲突》(《外国文学研究》,2009 年第 5 期)等文章着力于《耻》的叙述形式分析。王敬慧的《J.M. 库切的新作〈灾年日记〉——兼音乐叙述结构分析》(《外国文学动态》,2008 年第 2 期)、汪正平的《评库切〈凶年纪事〉的多重叙事视角》(《长春理工大学学报》(社会科学版),2010 年第 6 期)、庄华萍的《〈凶年纪事〉的叙事形式与"作者时空体"》(《当代外国文学》,2011 年第 1 期)是对库切新作《凶年纪事》(也译作《灾年日记》)所做的叙述技术分析。

  与叙述形式密切相关的是库切在文类方面的思索与试验。作为一个学者型作家,库切掌握了众多的关于小说的理论,这些理论性的知识没有成为他写作时的束缚,反而成了他突破旧的框架的勇气之源。从文类的角度去考量,库切的几乎每一部作品都有其对传统文类定性的出离之处,对读者的阅读习惯发起挑战,因而引起研究界的热议。尽管这种后现代主义解构式的实验对于小说的命运意味着什么,一时之间好坏难以定论。但是,库切敢于突破一切束缚,在文学的世界里自由探索、站在前人肩膀上进行自己文学事业的态度,还是值得人们尊重的,说到底,革新向来就来自勇于探索的朝气。迄今未止,对库切文类意识的研究主要集中于对《青春》《男孩》《夏日》等自传(自传体小说作品)和《凶年纪事》上面。对于《青春》、《男孩》《夏日》这三部作品的文类归属,在中外学界都颇有争议,有人说是自传,有人坚持是自传体小说,之所以出现如此争议主要是因为库切独特的真相观念。赵白生的《库切的三个背景》(《欧美文学论丛》,2005)称《青春》和《男孩》为"特殊的自传",并对这两部自传的家庭背景、社会背景、国际背景进行解析,从而得出结论,库切的这两部自传的独特之处是"擅长背景写法"。高文惠的《库切的自传观和自传写作》也将《青春》和《男孩》的文类归于自传,该论文从对库切的历史观念和关于真相的观念入手,提出库切的自传观可以表述为"一切自传都是故事叙述","自传即他传"。论文又继而从库切的自传观入手,对《青春》和《男孩》这两部自传的独特之处进行归纳,认为在这两部作品中,"库切采用第三人称叙述视角、一般现在时态、非连续状态的历史场景等手法,表达了自传即他传的自传观念。同时,他的自传还具有精神分析传记的特点,对自我真相的探索是精神分析的核心。对真相的质疑,恰恰表现出了库切对真实的执着追求"①。姜礼福的《以"他传"的自传写作方式探究自我真相——库切新作〈夏日〉评介》(《外国文学动态》,2010 年第 1 期)虽然将《青春》、《男孩》、《夏日》称为"自传体小说",但是同时也认为库切的这些作品是以他传的形

---

① 高文惠:《库切的自传观和自传写作》,《外国文学评论》,2009 年第 2 期。

式写自传,出发点和围绕的话题是对自我真相的探索,并以此去研究库切的新作《夏日》。赵白生的《"一切作品皆自传"——非洲作家自传个案研究》则是对访谈录《重谈录》(Doubling the Point: Essays and Interviews)的文类研究,作者从访谈录的作者和编者为什么要把这部访谈录称为"自传文本"的问题入手,"运用文类的并置效应这一概念来说明,作者和编者通过把文章与访谈并置,给文章铺设了自我语境,力图使文章自传化"①。2007年,库切出版了新作《凶年纪事》,这部排版新异的作品一出现,立即引起了国内外学界的热议。的确,《凶年纪事》令读者在内容和形式的期待上遭遇新的挑战。该书的前5章分为两栏,自第6章起分为三栏。上面一栏是一位声名卓著的老作家关于社会关怀方面的一些短论,如论马基雅维里、论无政府主义、论基地组织、论自杀性袭击等等。下面两栏是一个中篇爱情故事。老作家在洗衣房里见到一位叫安雅的少妇,产生爱意,遂聘请她为自己打印手稿。爱情故事由老作家和安雅两个当事人分头讲述。这部著作一方面表达了库切在当代社会民主进程中经历的深刻忧患;另一方面对小说文类的界定形成了强烈的冲击。陆建德在《碎片中的政治与性情——读库切新作〈凶年纪事〉》(《书城》,2008年第10期)中,对该部作品的方方面面进行了分析,谈到其文体形式时,他指出,该部作品之所以采用如此独特的排版,与多谈敏感的政治话题有关,是一种自我保护手段,还与库切习惯于在文本中将自己与文本中的人物拉开距离的做法相一致,是为了能够冷静观察自己、反省自己。许志强在论文《老年C先生与"小故事"写作——读库切新作〈凶年纪事〉》中谈及作品的排版形式时,提

---

① 赵白生:《"一切作品皆自传"——非洲作家自传个案研究》,《国外文学》,2008年第2期。

出:"从文本的阅读来看,这恐怕还是出于传达反思的互文性考虑,包括形式上某种诗化效应的关注。例如,叙述部分的处理比传统的意识流独白更为简切;分割线省略了交代,单位页面上的排字量减小,也使安雅篇幅不长的故事伸展开来,加大句子和细节的分辨度,获取诗歌那种分行转折的同等效应。安雅的故事进入到两个人物的独白,由两栏变成三栏,有时跳出空白栏,造成并置、跨行和慢读,这些处理可以让人感觉到现代艺术的兴趣,标明其人工制品的实验意味……"①

作为当代世界文学中大师级的小说家,库切的小说在艺术形式方面必然有其特质,国内学者在这方面也多有研究。目前的研究成果主要集中在对其小说的复调性和互文性的研究上。焦红燕的《浅析库切〈伊丽莎白·科斯塔洛:八堂课〉的复调性》(《安徽文学》(下半月),2009年第4期)、韩小梅的《复调的复调——解读库切的〈彼得堡的大师〉》(《名作欣赏》,2009年第22期)、汪正平的《论库切〈凶年纪事〉中的音乐结构和复调艺术》(《淮北师范大学学报》(哲学社会科学版),2011年第1期)等论文聚焦于不同作品的复调性。而对于库切作品的互文性特征,目前国内的研究成果主要集中于《福》这篇作品,仲冲和高文惠的《经典的反话语:〈福〉对〈鲁滨逊漂流记〉的后殖民重写》(《乐山师范学院学报》,2009年第3期)、任海燕的《探索殖民语境中再现与权力的关系——库切小说〈福〉对鲁滨逊神话的改写》(《外国文学》,2009年第3期)、张辉和刘本英的《话语的颠覆与重构:〈福〉的后殖民研究》(《学术交流》,2010年第3期)、张勇的《殖民文学经典与经典改写——析库切小说〈福〉对〈鲁滨逊〉的后殖民改写》(《国外

---

① 许志强:《老年C先生与"小故事"写作——读库切新作〈凶年纪事〉》,《中国图书评论》,2009年第3期。

文学》,2011年第1期)等论文都从不同角度研究库切与笛福、《福》与《鲁宾逊漂流记》之间的对话。

国内还有一些学者尝试着以比较的视野进入库切。王敬慧的《易卜生与库切:在自我流散中昭扬孤独的内在力量》(《周口师范学院学报》,2007年第4期)认为,易卜生和库切的作品中共同存在着对从众的必要性的质疑和对孤独的昭扬,作者继而提出这种共鸣来自两位作家的自我流散经历。张勇的《反抗的艺术:从"死亡意识"到"沉默哲学"——试析卡夫卡与当代南非作家J.M.库切小说的写作策略》(《潍坊学院学报》,2008年第5期)将卡夫卡的"死亡意识"与库切的"沉默哲学"进行比较,提出二者"都是在极限境遇下沉思人类生存状况的一种思考方式,在否定中肯定了人的存在意义,具备了典型的否定美学的特征"。沈艳燕的《青春在何处——解读库切的〈青春〉和戈迪默的〈伯格的女儿〉》(《时代文学》(下半月),2010年第2期)提出,共同的生活环境和文化环境导致自我认同成为库切和戈迪默这两个南非白人作家共同的困惑,对家园的寻找因而成为《青春》和《伯格的女儿》的共同主题,使得两位表面上差异极大的作家具有了共通性。在库切进入中国读书界不久,就有学者指出库切与鲁迅的相似,石杰在2010年先后发表《鲁迅与库切小说中的他者化比较》〔《渤海大学学报》(哲学社会科学版),2010年第4期〕、《鲁迅与库切小说的批判精神之比较》〔《海南师范大学学报》(社会科学版),2010年第4期〕、《鲁迅与库切小说的文体比较》〔《贵州大学学报》(社会科学版),2010年第4期〕三篇文章,从不同角度对不同时代、不同地域的两位作家的相通性进行全面比较。

随着库切研究的深入,综合性的研究成果也逐渐出现,迄今为止,国内共出现8部库切的研究专著。它们是高文惠的《后殖民文化语境中的库切》(中国社会科学出版社,2008)、王敬慧的《永远的流散者:库切评传》(北京大学出版社,2010)、吴冶平的《他者的思考:库切研究》(黑龙江教育出版社,2010)、段枫的《历史话语的挑战者:库切四部开放性和对话性的小说研究》(复旦大学出版社,2011)、蔡圣勤的《孤岛意识:帝国流散群知识分子的书写状况》(外语教学与研究出版社,2011)、石云龙的《库切小说"他者"多维度研究》(南京大学出版社,2013)、钟再强的《关爱生命 悲天怜人:从后殖民生态批评视阈解读库切的生态观》(苏州大学出版社,2015)、钟再强著邵凌的《库切作品与后现代文化景观》(高等教育出版社,2016)。其中,具有代表性的是《后殖民文化语境中的库切》《永远的流散者:库切评传》《历史话语的挑战者:库切四部开放性和对话性的小说研究》这三部专著。作为国内第一部研究库切的专著,高文惠的《后殖民文化语境中的库切》将库切放置于后殖民文化语境之中,考察其创作的后殖民文化特征。作者提出,文本的游戏形式和严肃的政治对抗姿态的结合使得库切的创作呈现出一种"后现代主义影响下的后殖民文学形态"。具体论述时,作者从混杂性文化身份、对主体性问题的思考、对历史权威的对抗和反话语的文学实践四个方面去展开论述,涉及了主体性问题、经典问题、大历史权威、普遍主义、文化霸权等论题。王敬慧的《永远的流散者:库切评传》是评论与传记的结合,作者试图以后殖民理论为指导,从流散的角度对库切的作品(包括他的文论在内)做出全面的论述,涉及了库切对历史的解构、对人类理性的批判、理想帝国的建构、对霸权的颠覆、无政府主义倾向和复调等作品中的形式特征等诸多论题。段枫的《历史话语的挑战者:库切四部开放性和对话性的小说研究》主要以叙述学为主要理论工具,从叙述时态、叙述人称、叙述视角、整体修辞结构等形式层面切入库切的四部小说(《等待野蛮人》《福》《耻》《伊丽莎白·科斯塔洛:八堂课》)。在具体论述时,作者融合叙事理论和巴赫金小说杂语及对话理论,并着重剖析了库切作品与历史现实和历史话语的复杂关系。《后殖民文化语境中的库切》《永远的流散者:库切评传》这两部专著着重于对库切及其作品在精神和话语层面体现出的后殖民、后现代特征及其伦理思想的研究。《历史话语的挑战者:库切四部开放性和对话性的小说研究》则以文本细读为基本方法,从形式层面切入,剖析库切的伦理思想。一定程度上可以说,这三部论著互相补充,可以代表目前国内库切研究的主要趋向。

虽然库切还是一个在世作家,他的创作还在继续,但他的创作中所体现出来的那种深邃入骨的理性审视、与野蛮历史的对抗、对新的历史伦理的呼唤、对被压抑的他者的同情、对各种权力话语的解构以及简洁凝练又富有实验性的叙事使得他的作品在文学日益被边缘化的浮躁的当代世界,重新焕发出直抵人心的文学力量,引发人们对人类精神的诸多思索。库切已跻身于当代文学大师行列,他的小说也已成为当代经典。近些年来,国内库切研究队伍日益壮大,2010年11月,由外国文学研究杂志社、湖北省外国文学学会主办,中南财经政法大学外国语学院承办的"库切研究与后殖民文学"国际学术研讨会顺利召开。这是中国(也是亚洲)第一次举行的关于库切的专题会议,这次大会共有来自9个国家及地区的150多个国内外学者参会,包括艾勒克·博埃默(Elleke Boehmer)、戴维·阿特维尔(David Attwell)、德瑞克·阿特里奇(Derek Attridge)等国际后殖民理论研究和库切研究方面的知名学者。会议期间,有90余位学者和研究生提交了论文,其中研究库切的论文有60

余篇,涉及了库切的15部作品(包括评论集),研究视角多样,是一次深入的中外学术对话。会后,会议论文已结集为《库切研究与后殖民文学》出版(武汉大学出版社,2011)。本次大会的举行,对于国内关于库切和后殖民文学的研究具有重要意义,恰如聂珍钊先生在大会开幕词中所说,"这次会议不仅有助于中国的库切研究,也有益于中国学术研究的新的模式的尝试"。

综上所述,经过近十年的译介和研究,国内库切研究已形成参与人员众多、研究视角多元的局面,许多相关成果可以与国际形成对话。当然,现有成果中也有研究相对薄弱的地方,随着库切创作的继续,新的论题不断抛出。相信未来国内的库切研究,会在继续关注库切的伦理思想、政治立场、身份焦虑、主体性困境及其创作的后殖民性、后现代性的同时,加大对作为学者和批评家的库切、作为实验家的库切、作为文学家的库切、作为澳大利亚移民的库切的研究。在对其作品中弥漫的理论色彩、文类互渗、语言运用、修辞技巧、叙事风格、对话意识和澳大利亚新身份对库切创作的影响等方面,取得更多具有突破意义的成果。

在澳大利亚,库切像一个隐士一样过着安静的生活,很少在公开场合露面,甚至两次布克奖他都没有去领取。他不苟言笑,寡言少语,南非作家里安·马兰(Rian Malan)曾经这样评价他眼中的库切:"库切严格自律,近乎僧侣。他不喝酒,不抽烟,不吃肉。他每一天都会骑行很长的路来锻炼身体,他每天早晨都会花至少一小时时间坐在书桌前写作。一位与他一起工作过10年多的同事说这么多年来,他只看见库切笑过一次。一位熟人参加过几次有库切参加的晚宴,在几次晚宴上,库切没有说过一句话。"①

库切还是一个动物保护主义者,他吃素食,近些年来,他一直在提倡动物权利运动,谴责践踏动物权利的行为。在他看来,动物的权利和人类的权利一样需要捍卫,只要人类还在屠杀动物,人文价值便无从谈起。他不愿意在公众场合露面,几乎拒绝参加一切自己作品的研讨会,但却积极参与动物权利保护运动。在2007年2月22日悉尼的一次有关自己的信仰的演讲中,库切谴责现代畜牧业工厂。这个演讲是为了"无声者"而做的,"无声者"是一家动物保护机构,是澳大利亚非盈利的动物保护组织,库切在2004年成为该组织的资助人之一。库切在多部小说中,关注动物处境和动物福利问题,如长篇小说《耻》、《动物的生命》(后收入《伊丽莎白·科斯塔洛:八堂课》及短篇小说《老人和猫》等作品)。

库切还是一位大学里教授语言学和文学的教授。学者身份对其创作产生着深刻的影响。对此,研究者伊安·格来恩(Ian Glenn)认为,"如果非要说库切与南非的某个阶级存在有机联系,或者说库切是某个阶级的代表人物的话,那么这个阶级一定是传统上说英语的大学里的职业学者"②。胡格安(Huggan)和瓦特森(Watson)也认为,"如果说库切(小说家库切)不存在的话,那么学术就应该是创造库切的东西"③。这些研究者都突出强调了库切的学者身份和作家身份的密切关系和小说创作与学术思想的交相渗透,伊安甚至认为作为批评家的库切已

---

① Cowley, Jason (25 October 1999). "The New Statesman Profile – J M Coetzee". New Statesman. Retrieved 12 January 2014.

② Glenn, Ian, "Nadine Gordimer, J.M Coetzee, and the Politics of Interpretation", in *South Atlantic Quarterly*, Vol.93 (Winter 1994), pp.11-32.

③ 转引自 Susan Vanzanten Gallagher, *A Story of South Africa: J. M. Coetzee's Fiction in Context*, Cambridge, Massachusetts, London: Harvard University Press, 1991, p.25.

经尝试着使他的作品成为批评的证据(Critic-proof),因此称库切为跨文化国际语境中的"作为作家的批评家的新类型"①中的一员。综观库切的整个创作,的确始终存在着一种理论化的倾向,虚构的小说往往指向某种学术思想和理论立场,因此关于库切小说创作的研究总是与当下学术热点话题的争论相伴随。理论探讨和创造性虚构的有机结合构成库切创作的一个重要特征。

阅读库切,是一种智力的考验。库切丰厚的学养使得他的创作充满理论自觉意识,任何模式化的理论都无法直接捕获库切的创作,阅读者的理论阐释受到极大的挑战。库切还是一个小说实验家,他的小说在形式上的变化层出不穷,经常在不同文体形式之间自由穿梭,令人颇费思量但又讶然于小说原来也可以这样写。在表面的文字游戏之下,仔细辨析,实则隐藏着一位严肃的怀疑主义者。他怀疑一切权威,包括政治权威、大历史权威、审查制度、普遍主义、主流文学观念等,他甚至怀疑作家自身的权威。库切从不承认作者的权威,他主张放弃作者特权,他的作品尽量避免全知全能的上帝视角,他还经常对自己的创作进行自我检查。这种自我检查在《伊丽莎白·科斯塔洛:八堂课》这部作品中表现得最为集中。主人公伊丽莎白有着自己热诚的信仰,为了捍卫信仰,即使为所有人所不解、抨击和冷落,她也在所不惜。但在卡夫卡式的审判场景中,伊丽莎白却意识到自己对作家职业的忠诚中存在着一个巨大的黑洞:那就是她无法保证她所记录的声音的合法性和真实性的问题。这个黑洞意味着她将无法抵达她的文学创作所追求的目标。"在大门口"一章是伊丽莎白对自己一生的写作进行

---

① Glenn, Ian, "Nadine Gordimer, J.M Coetzee, and the Politics of Interpretation", in *South Atlantic Quarterly*, Vol.93 (Winter 1994), pp.11-32.

的回顾,"目的是不再自欺欺人"。

伊丽莎白的反省也是作为作家的库切对自己的写作进行的一次阶段性的自我检查。库切以创作作为挣脱锁链,通达真理的媒介,但他又认识到"所有的自传是讲述故事,所有的写作是自传",写作的虚构和自传性质导致作家根本无法完全放弃作者的个人权威,从根本上依旧属于一种权力的强迫形式,一种主人的话语,所以写作最终根本无法敲开真理的大门。库切认识到写作在言说真理方面的徒劳无益,倾听和记录时代的真实的声音的使命在他看来,既是一种自欺,也是一种欺人。就像《彼得堡的大师》中的陀思妥耶夫斯基所意识到的那样,写作就意味着背叛,背叛自己,也背叛周围所有的人,写作需要作家付出人性的代价。无法通过对作家信仰的自我审判的伊丽莎白其实就是库切的一个自我写照,在对创作的追根究底的自我审查中,库切最终否定了创作自身。然而,这种否定并非是出自玩世不恭的虚无主义和游戏一切的不负责任,而是恰恰出自他对作家这个职业的极度负责的精神和对真理的执着求索。在真理的问题上,库切是严肃的、认真的、诚实的,或许有些过于较真儿,不容许有丝毫的自欺欺人的成分逃过他审视的目光,诺贝尔文学奖受奖词称他为"有道德原则的怀疑论者"是非常合适的。

然而,就在笔者因看到《伊丽莎白·科斯塔洛:八堂课》等作品中表达的作家权威的颠覆而担心库切是否会放弃写作时,库切又不断抛出新作,而且还做了许多新的尝试,涉及一些新的题材领域。未来的库切是否还会有新作问世,他又将会给我们呈现什么样的作品,实在是一个难以预料的事情,让我们拭目以待。

第九章 奥尔罕·帕慕克研究

费里特·奥尔罕·帕慕克（Ferit Orhan Pamuk）1952年6月7日出生，是2006年获得诺贝尔文学奖的土耳其作家。授奖词中称他"在追求他故乡忧郁的灵魂时发现了文明之间的冲突和交错的新象征"。

早年帕慕克热衷于绘画，22岁那年，他对着家人宣布自己不再画画了，他要成为一名作家。至今已经过去40余年了，这期间帕慕克早已从一个无名作家成为名满天下的大作家了，这一辉煌的顶点应该就是2006年获得诺贝尔文学奖。在莫言获得诺贝尔文学奖前，中国评论界一直对诺贝尔文学奖怀有独特而复杂的感情，凡获此殊荣的作家均会受到中国评论界的热烈关注，尤其是获奖者来自同样是发展中国家的土耳其，于是随着获奖，帕慕克的作品迅速被译介到中国，帕慕克这个名字也开始逐渐进入公众的视野。

帕慕克的文学创作开始于20世纪70年代，那个时候帕慕克已经开始了他的小说创作，经过将近十年的努力，他完成了自己的第一部小说《杰夫代特先生》，该小说于1982年正式出版。这部小说获得了《土耳其日报》小说首奖以及奥尔罕·凯马尔小说奖。小说的同名主人公杰夫代特先生是一名成功的灯具商人，娶了一位没落的帕夏的女儿尼甘为妻，一心向往西化生活的杰夫代特婚后发现其实自己的日常生活与其他土耳其人无异。杰夫代特与尼甘育有三个孩子：奥斯曼、雷菲克和阿依谢，他们生活均不如意，杰夫代特经营的产业在第二代手中逐渐没落，这个大家族几乎四分五裂。等到第三代阿赫麦特长大后从父亲手中继承的只有家族公寓楼顶层的一个小阁楼了,阿赫麦特就像是帕慕克的分身,希望借艺术重振家族,但此时还未看出任何光明的希望。

第二年,帕慕克又发表了第二部小说《寂静的房子》(1983),这部作品获得1991年欧洲发现奖。该作品讲述医生塞拉哈亭婚后与妻子法蒂玛搬到天堂堡垒居住,塞拉哈亭宣扬西化,把自己一生的全部精力、财力都投入编撰一部《伊斯兰百科全书》,希望以此启蒙东方,但可惜终其一生也没有完成。他的第二代理想破灭早早去世,孙辈法鲁克、倪尔君、哈桑、麦廷是小说的主要人物,但他们都怀有深深的自我厌弃心理,无法找到生活的意义。同时,书中的所有主人公,一代人和下一代人之间,包括兄弟姐妹之间都没有真正的交流。小说就是由五个孤独的独白者在述说,这意味着在一个没有意义的世界里,每个人都是如此孤独和失落,小说反映了帕慕克对20世纪70年代末土耳其政治和文化的幻灭。

1985年发表的小说《白色城堡》,好评如潮。1990年《白色城堡》获得了美国外国小说独立奖,这是一部真正让帕慕克获得国际声誉的作品,从此,帕慕克被称赞为一颗新星正在东方升起。小说描写了一个被捕获的意大利奴隶和一位奥斯曼霍加竟然长得完全一样。霍加收留了意大利奴隶,希望向他学习西方科学知识,但最终还是不能达到自己的目标。于是,霍加希望与意大利人互换人生,亲身到西方去体验西方文化,小说表达了帕慕克对东西方文化的深度思考。

1990年出版的《黑书》应该说是帕慕克最重要的一部作品。这部作品既深受读者喜爱,同时又饱受争议。该作品的法文版获得了法兰西文化奖。1992年,帕慕克又根据《黑书》中"雪夜的爱情故事"一节完成电影剧本《隐蔽的脸》,该剧本由土耳其导演奥末·卡孚尔拍成电影并获安卡拉国际电影奖。《黑书》讲述了律师卡利普在妻子如梦失踪后,沿着如梦留下的蛛丝马迹,将中国、印度、波斯留下的故事拼贴进小说,探索了"自我"在他者中的迷失,这是帕慕克最为复杂的一部小说,或者说是一部无法完成的作品。

1995年帕慕克发表了自己的第五部小说《新人生》。小说一发表即在土耳其引起轰动,成为土耳其历史上销售最快的图书。《新人生》表达的主题与《黑书》相类似,一天奥斯曼读了一本书,从此人生被改变了,同一天他还爱上了一个叫嘉娜(土耳其语天使的意思)的女孩,可惜女孩不爱他,而是爱着穆罕默德。为了追寻女孩,奥斯曼踏上了长途汽车之旅,从一辆车换到另一辆车想借此找寻天使,也找寻爱情,最后奥斯曼终于找到了嘉娜爱着的穆罕默德并杀了他,想要借此取代其在嘉娜心目中的地位,但嘉娜最终还是远嫁德国,奥斯曼也娶妻生子过上看似平静的生活,然而内心深处仍然渴望天使,终于在最后一次汽车旅行中命丧黄泉,死前他似乎看到了传说中的天使。

1998年帕慕克发表《我的名字叫红》,这部作品让帕慕克获得了无数大奖:2003年的都柏林文学奖、法国文艺奖以及意大利格林扎纳·卡佛文学奖等。该作品使帕慕克真正名满天下,奠定了他在国际文坛上的地位。小说主要内容:经过多年在外流浪,黑受到姨父大人召唤回到伊斯坦布尔,此时姨父大人所领导的画廊正经历一场改革,想要引进西方透视法的姨父大人与顽固派激烈角逐,最终姨父被杀,黑找到凶手,实现了娶姨父大人美丽女儿谢库瑞的愿望。

1999年出版文集《别样的色彩》,该文集主要是一些评论性文章。

2002年发表的《雪》被称为帕慕克唯一的"政治小说"。它讲述了一个追寻爱情的故事,卡独自一人来到了雪中的卡尔斯小城,没想到却遭遇了一场军事政变,最终被卷入其中,成为世俗势力与伊斯兰势力共同拉拢的对象。最终自己所爱的女孩也没能与他一同回到德国,而他本人也由于在卡尔斯的经历被人怀疑参与暗杀伊斯兰极端分子神蓝而被枪杀于法兰克福街头。

2003年帕慕克发表《伊斯坦布尔——一座城市的记忆》,这是一部自传性作品,该作品获得德国书业和平奖。这是一部非常特殊的作品,可以说是为作者所生活的城市伊斯坦布尔建立的一座博物馆。在作者的笔下,现实的伊斯坦布尔、西方版画家以及西方旅人笔下的伊斯坦布尔、土耳其本土作家笔下的伊斯坦布尔共同交织成了一幅有关伊斯坦布尔的立体画。

2008年,帕慕克新作《纯真的博物馆》完成并出版。该书被称为帕慕克最深情的小说,讲述了富家子弟凯末尔订婚前偶遇穷亲戚的女儿芙颂,迅速与芙颂发生性关系,之后芙颂消失。凯末尔发现芙颂才是自己的真爱,于是取消婚约,寻找芙颂,可是等来的却是芙颂已婚,但是凯末尔仍然决定继续等待,直到芙颂离婚,幸福似乎就在眼前了,可最终车祸带走了芙颂。为了纪念自己的爱人和自己的爱情,凯末尔为芙颂打造了一座纯真博物馆。

2014年最新作品《我脑袋里的怪东西》出版。讲述一个卖钵扎的小贩麦夫鲁特的故事,同时通过众人视角展现1969-2012年间伊斯坦布尔的生活画卷。在一次亲戚的婚礼上麦夫鲁特爱上了一位女孩,他花了三年时间给这位仅在婚礼上有过一面之缘的女孩写情书,可最后与他私奔的却不是自己爱着的那个女孩,而是该女孩的姐姐。为了家庭,麦夫鲁特做过各种各样的工作,他珍惜自己的家人和妻子,可工作失意、生活窘迫。但即使如此,他仍然夜复一夜,漫步在伊斯坦布尔街头,一边卖钵扎,思念自己的真爱;一边琢磨着脑袋里冒出的一个又一个怪怪的东西,这些念头让他自感与众不同。他,一个没钱没地位的钵扎贩子,既属于这个大都市,又在头脑中不停地寻找着另一种生活。

通过这一部部小说,帕慕克娓娓地为我们讲述着一个个忧伤("呼愁")的故事,这一个个"呼愁"的故事都有一个共同的灵魂,这就是伊斯坦布尔,这个造就了帕慕克的城市。帕慕克在伊斯坦布尔出生、成长,城市的灵魂影响着他,帕慕克又通过自己的作品烘托了城市的灵魂,使之有机会让全世界的读者理解伊斯坦布尔的"呼愁"。

第一节 "呼愁":帕慕克文学之根

伊斯坦布尔之于帕慕克就像伦敦之于伍尔夫、彼得堡之于陀思妥耶夫斯基、都柏林之于乔伊斯一样,城市造就了他们,他们同样赋予城市以更丰富的色彩。这些城市对于生活、创作于其中的作家来说,就是一个他向往的社会空间,同时他们个人也与这个社会空间之间保持着既统一又矛盾的关系。对于他们所生活的城市他们都是一个个"里面的局外人"(within outside)。这些作家对于自己对所处的社会空间具有既颠覆又建构的作用。帕慕克也是如此,在他看来"康拉德、纳博科夫、奈保尔——这些作家都因曾设法在语言、文化、国家、大洲甚至文明之间迁移而为人所知。离乡背井助长了他们的想象力,养分的汲取并非通过根部,而是通过无根性;我的想象力却要求我待在相同的城市、相同的街道、相同的房子,注视相同的景色。伊斯坦布尔的命运就是我的命运:我依附于这座城市,只因她造就了今天的我"①。

一、虚的空间:西方版画作品里的伊斯坦布尔

《伊斯坦布尔———一座城市的记忆》其实就是给帕慕克生于斯、长于斯的这座城市所做的传记,帕慕克给予这座城市的记录可以分为两个部分,首先是摄影师、版画画家和西方旅人眼中的伊斯坦布尔。因为帕慕克自幼生活的帕慕克公寓,用他自己的话来说其实就是一座半昏暗的、荒凉的博物馆,所以童年印象影响了帕慕克对于城市的认同。他一直喜欢黑白色调的伊斯坦布尔,这时的作家对于冬天的伊斯坦布尔更为喜欢,所以摄影师古勒有一幅作品特别吸引帕慕克,就是在冬天两个人裹着厚重的大衣并排走在鹅卵石子铺成的路面上,两边除了街灯空无一物。这幅摄影作品中表现的城市其实就是帕慕克记忆中的城市,因为"这幅摄影吸引我之处不只在于使我忆起童年的卵石子路,也不在于卵石路面、窗子的铁护栏或摇摇欲坠的空木屋,而是因为它暗示着,随着夜的降临,这两个走在回家路上、身后拖着细长影子的人,其实是在将夜幕披盖在城市上"②。除了古勒的摄影作品,还有一些当年土耳其拍摄的黑白电影,在其中帕慕克都可以看到一些现在已经消失了的

---

① [土耳其]奥尔罕·帕慕克:《伊斯坦布尔———一座城市的记忆》,何佩桦译,世纪出版集团(上海人民出版社),2007年,第5页。
② [土耳其]奥尔罕·帕慕克:《伊斯坦布尔———一座城市的记忆》,何佩桦译,世纪出版集团(上海人民出版社),2007年,第32页。

比如鹅卵石路、老花园、旧的街道、博斯普鲁斯的夜景,特别是其中一些原木宅邸。奥斯曼帝国时期,土耳其人居住的房子是木质结构的,在帕慕克看来这种房屋有一种特别的美感,特别是后来年久失修后呈现的断壁残垣的状态。帕慕克觉得这种状态特别迷人,但是后来土耳其共和国建立后,政府有一项规定就是如果木质房屋被烧毁了,主人可以在原地重建砖混结构的新房子,如果不被烧毁那么就要保持原样。为了改善住房条件,很多土耳其人半夜偷偷放火烧毁这些木质结构的房屋,城市迅速改变了模样,但帕慕克却因为它失去了原来的韵味而为它"呼愁"。

可悲的是现在的伊斯坦布尔不仅在现代化进程中失去了往日的模样,更重要的是在土耳其本国的文艺作品,无论是细密画,还是文学作品,比如古典诗人的作品里,古代伊斯坦布尔的样子究竟如何,根本没有记载。细密画不画现实中的事物,只画理念中的事物,那么城市也是这样了。他们只画安拉眼中的城市,而诗人们呢,他们歌颂城市时仅仅是把城市作为一个词,而不是一个真实的地方,其实与细密画异曲同工。整个波斯、奥斯曼艺术均非具象艺术,那么现代土耳其人想要了解自己的先人生活的城市只能到西方去寻找了。于是他们找到了西方的黑白版画,这些人以工笔的形式对伊斯坦布尔做了具体的描绘。这种描绘我们可以想象一下文艺复兴时期描摹城市的画作,基本可以看作像一个建筑设计图一样细腻、精准。当年这样的西方版画画家有很多,帕慕克独独推崇梅林。梅林所著的版画名为"君士坦丁堡与博斯普鲁斯海岸风景之旅",这个名字就吸引了帕慕克。因为梅林创作时君士坦丁堡早已不存在,奥斯曼人统治了这个昔日的西方中心城市,并且梅林创作之初还得到过奥斯曼公主的资助。梅林的画,在帕慕克看来象征一段"光辉的历史","我们这些受西方文艺和文学影响太深的人,的确经常屈服于此种大伊斯坦布尔主义",所以他就觉得"梅林的版画令人宽慰。但是在我让自己陶醉其中之时,我却深知,梅林的画之所以如此美丽,一部分是因为他知道画中所绘不复存在的悲伤。或许我观看这些画正因为它们使我悲伤"。① 也就是说,打动帕慕克的恰恰是因为梅林所画的伊斯坦布尔已经不同于今天的城市,历史上辉煌时期的伊斯坦布尔也只有在绘画中存在了,所以帕慕克看梅林的画是要在其中寻找那些在这座失去的天堂中残留的风景。作为一个伊斯坦布尔人,帕慕克的视角与别人不同,他要从梅林版画中找的是那些过去存在、现在还存在的东西。同样的反过来,当我们在现实的城市中游走,我们也可以重构那些梅林画中已经消失的美景。有了这些,就可以将版画中"虚"的城市与现实中"呼愁"的伊斯坦布尔联系在一起,或者是说将失去的天堂与现实生活相联系。

除了版画,西方人还为伊斯坦布尔留下的记录则是文字的。当时到过伊斯坦布尔的西方旅人很多,帕慕克主要举了奈瓦尔与戈蒂耶两位作家。关于伊斯坦布尔的论述,他们两位其实有一些共同性。按照萨义德的说法,这两位作家都是东方主义作家,他们是站在西方人的立场上描写伊斯坦布尔的异国情调,比如城市边缘田边的墓园,伊斯坦布尔的斋月、后宫、奴隶市场等等。甚至于两位作家都对伊斯坦布尔贫穷、落后的一面感兴趣:"伊斯坦布尔有着全世界最美丽的景致,它就像剧

---

① [土耳其]奥尔罕·帕慕克:《伊斯坦布尔——一座城市的记忆》,何佩桦译,世纪出版集团(上海人民出版社),2007年,第57页。

院,从观众席观赏最美,避开了舞台侧面贫困肮脏的街区。"①而戈蒂耶更是如此,他不仅关注舞台侧面的肮脏,而且他还认为贫民区和风景同样重要。而这些异国情调的场景在伊斯坦布尔现在已经不复存在。当然,你可以说作为旧时代的糟粕它们被扬弃了,但帕慕克却从文化的角度看待这个问题,把这些当成土耳其的传统文化来怀念。对比过去的伊斯坦布尔,也就是说只在西方人版画和文字记载中存在的"天堂"般的伊斯坦布尔和如今西化的伊斯坦布尔,帕慕克从中发现了"呼愁"不仅是伊斯坦布尔这座城市的性格,同时也是现代土耳其人自我认同的一个重要方面。

二、实的空间:"呼愁"是土耳其人的集体记忆

奥斯曼帝国是历史上最后一个伊斯兰帝国,也是最强大的一个伊斯兰帝国。帝国内部除了信仰伊斯兰教的突厥人外,还有很多信仰不同宗教的其他民族,这使得奥斯曼文化从一开始就具有多民族、多宗教的多元化特性。多元文化下的伊斯兰传统是奥斯曼帝国的最重要的传统,这一传统影响至今。当代土耳其虽然相对于奥斯曼帝国已经雄风不再,但它的地理位置仍处于欧亚大陆交界处,东西方两种文化依然在这里碰撞、交流,而其最重要的城市伊斯坦布尔,曾经叫君士坦丁堡,是拜占庭帝国的首都,中世纪地中海东部的政治、经济、文化中心,历史地位显赫。1453年,奥斯曼帝国攻陷君士坦丁堡,将其更名为伊斯坦布尔,并作为帝国的都城,伊斯坦布尔见证着几百年来奥斯曼帝国的辉煌与衰落。在本雅明看来,外来者看

---

① [土耳其]奥尔罕·帕慕克:《伊斯坦布尔——一座城市的记忆》,何佩桦译,世纪出版集团(上海人民出版社)2007年,第210页。

一座城市时,着眼点往往是异国情调或风景之美;可是对于当地人来说,一座城市与人的联系却掺杂着回忆。作为伊斯坦布尔人的帕慕克,其眼中的城市已是一个"废墟之城","充满帝国斜阳的忧伤"。

(一)"呼愁":伊斯坦布尔的灵魂、帕慕克的根

帕慕克出生于博斯普鲁斯海峡沿岸的帕慕克公寓,一生中的大部分时间均未离开那里。如果我们从文化传统根基上来区分,世界上大致有两类作家。一类是由于各种原因背井离乡,生活、创作于远离自己文化根基的异国他乡,从无根的土壤中汲取养分,长成参天大树;而另一类则无论如何故土难离,将根基深深扎在自己深厚的文化传统之中。无疑,帕慕克属于第二类作家。他的一生、他的创作灵感都来源于伊斯坦布尔,来源于自己眼前的博斯普鲁斯。

从童年到青年,帕慕克的足迹几乎踏遍了伊斯坦布尔的每个角落。城市在童年帕慕克的心中首先是火灾与废墟,一座座美丽的雅骊别墅被烧毁,在其原址上,人们兴建了新式公寓。每当忆起它们,帕慕克内心常常唤起哀愁。在作家的回忆中,城市留给他的就像一幅幅黑白照片:伊斯坦布尔在其现代化进程中一步步失去了传统的色彩,整个城市的街道、博斯普鲁斯、生活于其中的人们,甚至于令每个到过伊斯坦布尔的人印象深刻的一群群野狗,都好像变成了一幅幅黑白版画。这种混乱、朦胧的状态,因为失去其色彩而唤起了作家的忧伤之情。这种忧伤并非西方人所讲的着眼于个人情绪的"忧郁",而是土耳其人集体而非个人的"呼愁"。这种"呼愁"既是伊斯坦布尔城市的灵魂,也是帕慕克创作的"根"。

从个人感受的"呼愁"为起点,在帕慕克看来,生活在这座废墟之城的伊斯坦布尔人都充满忧伤;不仅如此,到过伊斯坦

布尔的西方人也同样可以感受到"呼愁"这一城市灵魂。在帕慕克之前,其最推崇的四位本土作家均是充满"呼愁"感的作家。他们分别是:诗人雅哈亚、历史学家科丘、《博斯普鲁斯记事》的作者萨希尔、小说家坦皮纳。这些作家正像帕慕克本人那样,都曾经被西方(尤其是法国)的艺术与文学所吸引,但在学习西方的同时,他们又力图保持"自己"。如何在两者之间找到平衡?这使他们备感苦恼。他们试图去看城市的过去,从过去的辉煌品味当下的忧伤,同时借用西方人的眼光观看伊斯坦布尔,以表达这种群体的忧伤——城市的灵魂。换句话说,就是"从废墟中唤回旧日的伊斯坦布尔"①。帕慕克熟读他们的作品,并在他们结束的地方继续开始自己的文学散步,加之纯熟的后现代手法的运用,以自己全部作品重塑伊斯坦布尔或者说土耳其的灵魂——"呼愁"。

(二) 何为"呼愁"

"呼愁",其实也就是土耳其语的"忧伤",这个词本身就有浓厚的伊斯兰传统:《古兰经》中出现过五次,两次写作"hüzn",三次写作"hazen"。先知穆罕默德将其妻哈蒂洁与伯父塔里涌过世的那一年称为"忧伤之年"(senetül hüzn),即由失落而带来的心痛和悲伤。但之后这个词在伊斯兰历史上形成了两种不同的传统:

一种是对现实生活投注太多,因为作为一个忠诚的伊斯兰教徒,不应该过多地在意世俗享乐及物质利益,这是相对正统的伊斯兰传统。

另一种传统与苏非神秘主义有关。他们认为,"呼愁"起源于人不够真正靠近安拉或在这世上为安拉做事太少而引发

---

① [土耳其]奥尔罕·帕慕克:《伊斯坦布尔——一座城市的记忆》,何佩桦译,世纪出版集团(上海人民出版社),2007年,第108页。

的精神苦闷。从这个意义上说,有"呼愁"感的人才是真正在心灵上靠近安拉的人。

这是一般从伊斯兰传统上对"呼愁"的理解。但是,帕慕克认为这些是远远不够的。在帕慕克出生前的一百年的时间里,土耳其人用音乐歌唱"呼愁"感,用诗歌表达"呼愁"感,用图画展示"呼愁"感,这些音乐、绘画、诗歌影响了一代代土耳其人,使"呼愁"成为各民族的一种文化传统,再加上奥斯曼帝国毁灭后的城市历史,使"呼愁"成为土耳其人一种共同记忆生命的方式。

可以说,西方文化的强势来袭,对于后发展中国家的本土文化均构成了一种强烈的冲击,再加上本身就处于东西方文化的夹缝中,土耳其在这场"西风东渐"中受到的冲击可想而知。土耳其共和国建立之后,其国父凯末尔一直致力于实现西方政策,应该说对于土耳其的现代化进程是有一定的积极意义的。但是,冷静的知识分子往往会有自己独到的见解,甚至是唱反调的人,当整个国家一直往西看时,他会看到西化本身也是有弊端的,不应该忘记传统;反之亦然。帕慕克正是这样的知识分子,当土耳其大步向西方的生产、生活方式迈进时,他一再从自己的小说中回望土耳其本土的传统,并为难以在两者之间找到平衡而"呼愁"着。

(三)"呼愁"是理解帕慕克作品的钥匙

在《伊斯坦布尔——一座城市的记忆》的扉页上印着阿麦特·拉西姆的诗"美景之美,在其忧伤"。其实,对帕慕克来说,更确切地应该说:小说之美,在其忧伤,或者说在其"呼愁"。因为帕慕克的每一部小说其实都在讲一个忧伤("呼愁")的故事。这里有家庭变迁给主人公带来的"呼愁",《杰夫代特先生》中第一代老杰夫代特虽然是一个成功的商人,但因为经商行为为传统穆斯林所不齿,而一直处于矛盾与孤独中,再加上他虽然向往西方文化,但却以不能像西方人那样生活而苦恼。第二代则更为西化,但却在土耳其的现实中找不到生活的目标,有些反而走向了西化的对立面——泛突厥主义。第三代则更为深刻地思考社会未来,但生活于土耳其动荡的20世纪五六十年代,对社会的思考只能徒增主人公的烦恼。帕慕克的第二部小说《寂静的房子》也是如此,塞拉哈亭本来是个医生,有光明的未来和幸福的家庭,但为了追求西化的理想,先是吓跑了所有病人,再加上编写《百科全书》耗尽了自己的所有财产,同妻子也是貌合神离,终于在贫困交加中去世,孙子辈们虽然追求各不相同,但都因生活中找不到出路而"呼愁"。同时还有描写奥斯曼的辉煌不再给整个土耳其国家和民族带来的"呼愁"。《白色城堡》中的苏丹、霍加都在为帝国的衰落而"呼愁"。这时一个作为科学家的意大利俘虏似乎给他们带来了振兴民族的希望,于是霍加将这个俘虏带回家中,如饥似渴地向他学习西方先进的科学知识,并且两人共同打造了一款貌似强大无比的巨型机器,然而这个怪物在攻打白色城堡时却未能发挥任何作用,白色城堡就像土耳其的西化——强国梦一样可望而不可即。

还有,面对即将失去的艺术传统,艺术家们充满"呼愁"。细密画是伊斯兰传统的艺术形式,但在十五六世纪受到欧洲透视画法的冲击,细密画慢慢从人们视野中消失,以致在当今的伊斯兰国家,细密画画家已经寥寥可数。帕慕克的小说《我的名字叫红》正是向这样一门即将失去的传统艺术致敬。小说讲述了一群细密画画家的故事,为了细密画的未来何去何从不惜杀人,但最终细密画画廊还是慢慢衰落了。

最后,面对伊斯兰传统,人们也同样充满"呼愁"。凯末尔改革其实是一场自上而下的去伊斯兰传统的改革,对于下层几百年来的信教传统是一个巨大的冲击,小说《雪》就是这样一个围绕着戴与不戴头巾的忧伤("呼愁")的故事。在当今世界的大部分地区宗教信仰自由已经深入人心,但在土耳其的卡尔斯却不同,世俗势力与宗教势力两派争执不下,女孩们谁都不能自由地选择自己戴上头巾或者摘下头巾,最终有些女孩为此自杀,成为宗教与政治冲突的牺牲品。

因为帕慕克的一部部小说在讲的都是一个个忧伤("呼愁")的故事,我们在其作品中很难找到一个快乐的人。《杰夫代特先生》中的三代杰夫代特,《寂静的房子》中的法鲁克、麦廷、倪儿君,无论成功与否,但都为人生的意义而"呼愁",他们都在用自己的方式努力探讨人为什么活着,但却找不到答案。这是典型的存在主义"呼愁",这与帕慕克早年深受存在主义文学的影响有关。

其后,《白色城堡》中的霍加,《黑书》中的卡利普,都在为自己的身份而"呼愁"。霍加一心向往西方的先进技术,在向意大利俘虏学习的过程中渐渐忘却了自我的身份,奔向西方;《黑书》中的卡利普则更加矛盾,他既想学习西方——做他人,又不想失去自我的身份,可最终还是在做自己和做他人之间徘徊。

因为身份之迷惑、徘徊,帕慕克小说中的人物踏上了自己的寻找之旅。《新人生》中的奥斯曼以为找到《新人生》这本书中的世界就会找到自己,《我的名字叫红》中的黑,《雪》中的卡,《黑书》中的卡利普,《纯真博物馆》中的凯末尔等,都以为找到自己心目中的恋人就能找到自己。但最终,黑得到谢库瑞的爱情时其实自己已俨然成为一个残疾人;卡利普寻找的结果是妻子如梦死去;卡最终也未能得到伊珮珂的爱;凯末尔在自以为短暂获得芙颂之爱后,芙颂很快死去,而其后的凯末尔只能在回忆中度过一生;奥斯曼为了找到书中的世界以及得到心目中的天使嘉娜的爱,不惜变为他人,但最终嘉娜还是远嫁另一个他人,奥斯曼也在接近"新人生"的世界时因车祸死去。

读完帕慕克的小说,掩卷沉思,往往越想越忧愁,会慢慢进入帕慕克为我们所营造的那个"呼愁"世界。因为帕慕克不愿煽情,读他的小说时常常只感受到一股淡淡的忧伤,但读完后沉思,这忧伤或"呼愁"会慢慢蔓延开来,无边无际,你会不自觉地跟着小说中这些不快乐的人"呼愁",会开始慢慢地以他们之眼,即忧伤之眼,观看他们所生活的城市:伊斯坦布尔也好,卡尔斯也好,都满布忧伤。

第二节 《我的名字叫红》中的"自我"

《我的名字叫红》可以说是帕慕克影响最大、流传最广、成就最大的一部作品。在这部作品中,帕慕克向流传于伊斯兰文化地区的细密画致敬。小说写了一群细密画画师在威尼斯肖像画影响之下的个人反应。画坊的画师高雅先生被杀,谁是凶手?《我的名字叫红》这部小说以侦探小说的"表"讲述了细密画的变迁历史及艺术特色的"里"。

所谓细密画是指公元13世纪到17世纪在波斯文化影响范围内的手抄本插图。我们知道伊斯兰教是反对具象艺术的,所以一般古兰经没有插图,当时的细密画画家画的多是波斯、印度和中国的寓言故事、英雄传记以及浪漫爱情故事。比如《我的名字叫红》中反复提到的奥斯陆与席琳的爱情故事,也是细密画画师非常喜欢表现的主题。细密画艺术流传时间较长、流传地区较广,因此产生了不同的画派,这在小说《我的名字叫红》中有所论及。

一、奥斯曼细密画空间与观念的"自我"

《我的名字叫红》为人们描述了一些经典的细密画展现的故事空间,通过对绘画这种视觉艺术的文字性描述,带领人们观察古代伟大的波斯细密画中的个人。

首先提到的是赫拉特画派①的奥斯陆与席琳故事中谋杀一场。这是凶手在杀害高雅先生后提到的一幅画,这幅画由著名的细密画大师贝赫扎德(也被称为毕扎德,是波斯绘画史上最有影响力的画家之一,毕扎德是波斯赫拉特画派的主要代表人物)绘制完成。贝赫扎德的画非常生动,以至使人仿佛看到了凶案现场:"在黑夜里醒来,听见窸窸窣窣的声响,发现黑暗的房间有一个陌生人是多么的可怕!想象一下,陌生人一手掐住您的脖子,一手挥舞着匕首。精雕细琢的墙壁、窗户、框棂,从勒紧喉咙中溢散的无声尖叫所染红的地毯上弯曲、圆形的图案;当凶手上前结束您的生命时他污秽的赤脚踩着的被单上所绣的无比精巧细腻、鲜艳狂放的黄色与紫色花朵;所有这些都是为了同一个目的:除了凸显绘画本身的华美,它们同

---

① 赫拉特(Herat)画派是波斯细密画派的主要代表,1485年前后,赫拉特画派达到繁盛阶段。赫拉特画派的杰出代表人物是毕扎德,他是波斯艺术发展史上的大师。他在15世纪末创立了一种独特的艺术风格,把波斯细密画提高到一个新水平。他把中国和拜占庭艺术的某种因素巧妙地同化于本民族艺术土壤中。毕扎德在构图上重视各种几何图形之间的平衡和谐调关系,通过方形、半圆形、菱形等图案的配合,造成节奏感。在色彩上讲究统一色调,既丰富又典雅,颇有韵律。他善于选用伊斯兰教艺术中书法和植物纹样,增强画面精微的装饰效果。他不讲究透视关系,利用平面的剖视角度,既表现室内场面,同时又表现室外景色,人物的比例相应缩小,但是脸部表情、服饰、动态刻画得十分精致、细腻、生动。

时提醒您,濒临死亡的您身处的这个房间、您将要告别的这个世界,是多么精致美丽。精美的绘画和美丽的世界对您的死漠不关心,尽管妻子就在身旁,但面对死亡时您还是孑然孤独,这才是当您看画时真正震撼您的意义所在。"①细密画空间内所表现的谋杀生动形象得如同人们亲历谋杀案现场。

象征黑与谢库瑞爱情的细密画是席琳在一个美丽的花园里,看见挂在树上的奥斯陆的英俊画像立刻坠入情网,这一经典的爱情场面让黑如此感动,以至他曾为谢库瑞画过一幅。因为爱情,他将自己所爱的女人和自己画进了作品,当然除了黑和谢库瑞,其他人是无法看出画中的爱情的,因为情人间的小秘密别人是不知道的,只有相恋的两个人才能发现彼此。黑的画中奥斯陆身着红衣,而席琳身着蓝衣,这正像二人开玩笑时常说的谢库瑞一身蓝衣,黑一身红衣,这种小小的"把戏"是千百年来细密画画家在画中偷偷加入"自我"时惯用的招数,这也使细密画画家在画面基本构图不能改变的情况下偷偷加入个性的色彩。

这一手法,帕慕克在书中另一处描写中为人们又做了说明,这是在讲述一个为了得到美丽公主的两位细密画画家比赛的故事时补充的。这场比赛使得细密画画家被迫陷入了悖论之中,因为如果真爱,那么恋人的样子常常在人们心中,必然就会表现在笔端,因此画中就会有一些跟别人不一样的地方。但是,如果细密画画家有了自己的风格,那么他的画就不是好画,就不能赢得比赛,也不能赢得美人。所以,最终没人能赢,美人只能生活于孤独中。这其实也是谢库瑞与黑的写照。当年黑爱上了谢库瑞(12岁),应该说谢库瑞对黑也是有爱的,只

---

① [土耳其]奥尔罕·帕慕克:《我的名字叫红》,世纪出版集团上海人民出版社,2006年,第20页。

是当时她年纪太小罢了,于是将一切告诉父亲,即姨父大人,没想到父亲强烈反对,硬是拆散了两人。后来,年岁长大的谢库瑞才明白,在父亲心中自己的丈夫是个连细密画中都找不到的完美男子,"如果留给父亲选择,我的丈夫将不仅是最伟大的学者,对绘画与艺术极具鉴赏力,有权有势,而且还会像《古兰经》里富有贵族的代表戈伦一样富有"①。就像那场绘画比赛,如果等父亲帮自己找丈夫,那么谢库瑞只能终身不嫁,于是长大后的谢库瑞自己选择嫁给了骑兵军官,后来丈夫在战场失踪后,她又自己做主离婚,最终嫁给了黑。

这些精美的细密画留给人们哪些艺术特色呢? 首先细密画不表现现实,只表现观念。细密画大师创作的《奥斯陆与席琳》只是观念中的奥斯陆与席琳,如果一位细密画画家将自己的签名或者自我投射到画中,那么观念的画就会在现实中发生。蝴蝶讲述的故事中,年老的国王娶了一位年轻的中国妻子,国王的儿子爱上了继母,儿子擅长细密画,每当年轻的中国妻子欣赏这些细密画时,总是遗憾儿子没有签名。终于有一天儿子禁不住诱惑在一个不起眼的地方签了自己的名字,国王看了,立刻感觉到这幅画有缺陷。这时,"老国王心中突然产生了一种恐慌,因为这就意味着自己读的这本书叙述的并不是某个故事或传说,反而是最不应该出现在书本中的东西,一种现实。当老人察觉到这一点时,充满了惊惧。就在这时,他的画家儿子就和画中人一样,从窗户爬了进来,没有朝父亲惊凸的眼珠看一眼,就把和画中大小一般的匕首刺入了父亲的胸

---

① [土耳其]奥尔罕·帕慕克:《我的名字叫红》,世纪出版集团上海人民出版社,2006年,第51页。

膛"①。所以,细密画画家不应该在画作中签名,一旦签名,这幅画就不再是观念中的画了,而是进入现实。进入现实,就破坏了细密画的永恒,也就不再能称为细密画了。

其次,只有观念的绘画才可能是完美的绘画,只有细密画画师才可以超越时间进入永恒。那么如何超越时间呢,除了不断提高自己的绘画技巧,没有别的途径。一旦偏离了观念的绘画,时间就会停止,死亡随之来临。就像鹳鸟讲述的一位老细密画画家的故事。这位老画家一生未娶,他在画中创作了无数的美女,有人认为他超越了时间,永远不会衰老。但可惜的是一百多岁时,他竟然爱上了一位少年,这位少年就像他笔下常常描摹的美少年,这现实的爱最终把他从古老传说中时间的永恒里拽了回来。他老了,一天午后从画坊台阶上摔下来,死了。人们如何抵抗时间的侵蚀呢,那就是停留在观念的美中,可观念的美只有通过具象的美才能表现,因此对抗时间的侵蚀其实是一个伪命题,每一个活着的人实际上都是无法对抗的。

最后一点是说只有失明者和孩子的眼才可以看到安拉创造的这个世界,而普通成年人的眼睛已经污浊,再也看不到安拉之眼中的世界了。"因为,安拉创造这个世界的首要目的,是为了让人们看到这个世界。之后,他才赐予我们文字,所以我们才能彼此分享、谈论我们所看见的事物。但我们错误地以为这些故事起源于文字,图画只是用来装饰故事而已。然而,绘画的用意在于寻求安拉的记忆,从他观看世界的角度来观看世界。"②

---

① [土耳其]奥尔罕·帕慕克:《我的名字叫红》,世纪出版集团上海人民出版社,2006年,第77页。
② [土耳其]奥尔罕·帕慕克:《我的名字叫红》,世纪出版集团上海人民出版社,2006年,第94页。

细密画空间表现的是观念的"自我",观念的"美",观念的"爱情",因为细密画只画记忆中的形象。当人绘画时,事物已经成为过去,人只能根据过去的一个故事形成的一个观念来画画。所以,人所画的"美人"、"花朵"都不是现实中的"美人"、"花朵",不是具体的"美人"、"花朵"。而是在所有女性中都找不到的美女,在所有花丛中都寻找不到的花。而这朵花其实就是我们细密画中所说的花。那么现实中呢,人们只能看到一朵朵具体的花,没有人可以看到那一朵在所有花萼中都找不到的花。为此,帕慕克为人们寻找到了一种观看现实"自我"的方式,那就是肖像画。

前面提到的这些历史上经典的细密画作家代表了古代波斯、奥斯曼时期艺术创作的高峰,他们与西方绘画有很大不同。当然,西方绘画也不是一成不变的,也有自己历史的演变,以及不同的流派、风格,但在《我的名字叫红》中帕慕克用来与细密画对照的仅仅是西方的肖像画。这大概是因为二者针锋相对,细密画反对具象,主张只画观念的人与物,而肖像画主张写实,只画现实中的人与物。

二、意大利肖像画的空间与现实的"自我"

姨父出访威尼斯时,详尽观察了意大利大师的绘画,发现与细密画截然不同,画坊的奥斯曼大师曾说过细密画画家在绘画时先要有故事,然后根据故事选取前辈画师作品中的人物、动物、植物在新的故事场景中再现这些东西。同样地,一位精深的细密画鉴赏家只要看到一个人物、一棵树、一条狗就知道它们该出现在哪个场景中。可是肖像画就不同了,肖像画没有故事,画的中心就是人物,"那张画里似乎是一个人,一个像我一样的人。当然,画中的人不像我们,而是一个异教徒。尽管如此,我越看他,就越觉得我和他很相像,虽然事实上他跟我长得一点也不像。他有一张圆圆的胖脸,没有骨头,一点颧骨也没有,除此之外,他也没有我这样坚挺的下巴"[①]。既然有着完全不同的面容,为什么姨父大人又会觉得越看越像自己呢?这是一幅肖像画,我们知道西方的肖像画并不像我们今天摄影中的人像,背后就是白墙或其他颜色的背景,当时的肖像画背景可能是一个农场、一片森林,或者是屋内的背景,可能会有一支笔、一幅地图、盒子或其他东西,总之会有一些跟肖像画主人生命相关的一些物品,背景是为了突出人物,比如我们看蒙娜丽莎,可能很多人根本说不上来背景是什么,吸引我们的是蒙娜丽莎的微笑,正如姨父在观赏肖像画时领悟到的"它所蕴含的故事便是他自己",绘画"不是哪一个故事的延伸",只是"为他本人而画的一幅作品"。[②] 这是细密画与肖像画最大的不同,细密画讲故事,而肖像画展示自我。

结合伊斯兰文化的传统人们可以知道,肖像画这种绘画形式,由于它的功利用途,在西方长期以来并未被当作高级的画种。但是在伊斯兰国家由于反对崇拜偶像,所以肖像画是从来不被允许的,也正因此姨父要将肖像画引入奥斯曼帝国,这对于伊斯兰世界来说不啻为一场地震。通常人们理解肖像画首先是从它的世俗性上,肖像画可以表现普通如你我的凡夫俗子,比如人们常常看到这样的标题"一个年轻女孩的肖像"、"男子头像"、"老妪",这时的人们可以在以下两种意义上来理

[①] [土耳其]奥尔罕·帕慕克:《我的名字叫红》,世纪出版集团上海人民出版社,2006年,第29页。

[②] [土耳其]奥尔罕·帕慕克:《我的名字叫红》,世纪出版集团上海人民出版社,2006年,第30页。

解肖像画:

1. 当肖像画让世俗身份占据优先地位,当它变成指涉参照和体貌特征的描述的时候(为了识别 La reconnaissance 的肖像画,并且在 reconnaissance 这个词的所有意义上,有着来自后代的辨认,人民的追认,家族的承认,甚至是时有发生的来自警察的确认),个人的身份处于绘画之外,而图像的身份就在遵从着另一个身份时丢失了。

2. 绘画自身是它专有的世俗身份:绘画担保着它专有的世俗性或者社会性,而这也许并不在别处,也许仅仅在绘画中且通过绘画,主体才进入一种主体间的关系,而非一种有特定身份的客体间的关系。用另一种方式说,问题的视域一点也不是唯我论的,相反,它是这样一个视域:在这个视域中,肖像总是他者的肖像,此外,作为他者意义(sens)的面孔,其价值只有在肖像画中(在艺术中)才真正地被给予出来。①

这两方面告诉人们,一是当人们说这是我的一幅肖像画,也就是说一幅肖像画呈现的面容就是我们"自我"的面容,或者说它仅仅是具有一种相似性的"自我",当人们面对自己的画像时,人们的"自我"其实不在画的空间中。那么在画的空间中的是什么?应该是列维纳斯在《他异性与超验》中所说的他者的面容,是他(进行)表意(signifier)的方式,也就是说,本来认为是表现自我的肖像画,其实也在同时表现他者。

也许我们每个人都像《我的名字叫红》中的谢库瑞那样同时具有两个方面的特质:"我的一生,暗地里渴望有人能为我画两幅画。这个心愿我从没向任何人提起:一、我自己的肖像。但我明白,不管苏丹的细密画家多么努力,他们还是会失败,因

---

① [法]让-吕克·南希:《肖像画的凝视》,漓江出版社,2015年,第14—16页。

为就算看见了我的美貌,很可惜,他们仍然坚信一个女人的眼睛和嘴巴非得画得像中国美女那样,才是美丽。假使他们根据赫拉特前辈大师的手法,把我画成一位中国美女,也许那些人能够从中国美女的容貌背后,辨别出我的脸。但后世的人,就算他们了解我其实不是凤眼,依旧分辨不出我的面孔到底是什么模样。如果今天,年华老去的我,我在孩子的陪伴下活到了老年,能有一张自己年轻时的肖像,该有多好!二、一幅幸福之画。诚如拉恩的诗人萨勒那辛在他的诗中所描述的东西。我非常清楚这幅画应该怎么画。想象这个画面:一个母亲与她的两个孩子,她怀里抱着年纪较小的那个,微笑着给他喂奶,孩子开心地吸吮她饱胀的乳房,也回以微笑;哥哥略微嫉妒的眼神,与母亲四目交投。我想成为这幅画中的母亲。我想要画面上天空中的鸟儿,好像在飞翔,但同时又喜悦而永恒地悬挂在半空,正如赫拉特前辈大师的风格,让时间停止。我知道这不容易。"[①] 是啊,既想要世俗的幸福、生命的喜悦,又希望能够让时间停止,幸福如同图画中那样永恒。当现代人走出宗教的束缚,个人的"自我"天性释放、张扬,人们其实也同时远离了古典的、永恒的美。

三、橄榄之路即土耳其的"自我"之路

自从《我的名字叫红》问世以来,小说中的人物"橄榄"就成为一个既备受争议又让人着迷的形象。小说中,"橄榄"是一个杀人凶手,他先是杀死了保守主义者高雅,然后又杀死了西化分子姨父大人,这样矛盾的做法让人怀疑橄榄的杀人动

[①] [土耳其]奥尔罕·帕慕克:《我的名字叫红》,世纪出版集团上海人民出版社,2006年,第499—500页。

机到底是什么？因为无法解释而让人觉得橄榄应该是个"典型的精神病人"[①]，只有精神病人做事才这样毫无逻辑；也有人干脆认为橄榄就是个"十足的坏蛋"[②]；还有人认为橄榄是一个体现帕慕克"文化杂合"理想的人物，他既反对极端伊斯兰主义，也反对绝对西化主义，他的最后死亡则"象征着土耳其文化杂合的不可能性，展现了伊斯兰文化在西方人本主义思潮冲击下不可扭转的失落命运"。从这个意义上，橄榄不仅不是一个冷血杀手，反而是一位高尚的艺术殉道者。[③]

笔者认为，以往这些结论有些根本是站不住脚的，有些则有失偏颇，有些则存在过度诠释之嫌。首先，橄榄绝不是一个十足的坏蛋，把橄榄想象成一个杀人狂魔显然是缺乏文本分析的。杀人狂魔杀人毫无原则，并且也不会为此内疚，而橄榄则不同，在杀死高雅之后，他以在伊斯坦布尔游荡消除内心的恐惧和内疚，并且认为"要是能够不用做掉任何人，便能解决这个意外而恐怖的难题，我一定愿意那么做……"[④] 其次将之称为"精神病人"也有失偏颇，虽然橄榄两次行凶都没有预谋，杀人的目的性也不明确，但橄榄对自己的行为分析得头头是道，不是一个精神病人似的疯癫。那么说他是为艺术而殉道吗？我们在小说中也没有找到他如此高尚的证据，所以这么说似乎也是对他评价有些过高。笔者认为，面对传统与西方的交锋与碰撞，橄榄一方面为西方先进的文化所吸引，另一方面又由于伊斯兰传统的禁锢而"缩手缩脚"，既想西化，又想保留自己的伊斯兰传统，这种做法既是近现代以来土耳其国内政

---

① 帕慕克、陈众议等著：《帕慕克在十字路口》，上海三联书店，2009年，第65页。
② 帕慕克、陈众议等著：《帕慕克在十字路口》，上海三联书店，2009年，第77页。
③ 张虎：《奥尔罕·帕慕克研究》，南开大学博士论文，2013年，第211页。
④ ［土耳其］奥尔罕·帕慕克：《我的名字叫红》，沈志兴译，穆宏燕注释，世纪出版集团（上海人民出版社），2007年，第144页。

策的写照,也是千千万万土耳其人曾经经历并且仍然在经历着的现代化历程。由此,笔者认为,橄榄其实就是土耳其的化身,他希望通过西化实现强国梦,当他要西化时,他要杀死所有阻挠自己西化的保守分子,橄榄杀掉高雅就是这个原因;但当他学习西方多年,发现自己的欧盟梦终究只能是个幻象时,他又想回归自己的伊斯兰传统,于是又要杀死那些仍然要西化的鼓吹者,因此这个时候的橄榄又对鼓吹西化的姨父举起了凶器。近代的土耳其就是这样像橄榄一样在西—土文化之间摇摆的迷惘者。

(一)高雅之死与西化梦

《我的名字叫红》的故事发生于1591年的伊斯坦布尔,如果我们进行一下真正的历史学意义的考证。故事发生时,正是奥斯曼帝国幕拉德三世(1574–1595)在位之时,当时的奥斯曼帝国虽然已经过了鼎盛期,但要说它衰落似乎还为时过早,只能说埋下了衰落的种子。小说发生前20年,即1571年在勒班陀海战中奥斯曼海军被击败,这是一个信号,奥斯曼土耳其开始衰落了,但其实当时的威尼斯并没有那么强大。在历史进程中,很多时候威尼斯常常自顾不暇,所以将之作为一个理念的"西方",并不符合历史学意义上的真实。但在元史学小说家帕慕克这里这些因素并不重要,历史只不过是其展现小说人物的一个场景。真实的历史对帕慕克来说不过是一个基础,在这个基础之上,他还可以设计小说意义上的历史,也许你会说他的设计违背了历史事实。但这种设计契合了小说的真实,在这个意义上,1591年也好,1571年也好,仅仅就是一个数字。帕慕克要写的其实就是某年某月,强大的奥斯曼帝国开始衰落了,落后就要挨打,这是中国近代历史给我们的教训,土耳其也是如此。为了不再挨打,那么自身一定要强大,这是强国梦,那如何强国呢？摆在落后国家面前的现成教科书就是打败我们的敌人。这个敌人是如此强大，因此向西方学习，成为西方那样强大的国家就是近代东方落后国家共同选择的一条道路，土耳其也不例外。小说中姨父就是这样一个锐意改革的西化分子，小说借绘画做隐喻，其实要讲的还是土耳其如何西化。

西化首先要变的就是观念，表现在绘画上，那就是透视法的引入，细密画是一种宗教意味强烈的书籍插画。细密画画家是模拟安拉之眼来看世界、来创作细密画。安拉眼中没有远近大小之区分，也没有人、树、马的具体差异性。在安拉眼中他们不是作为他们自身，而是作为人、树、马的意义而存在，细密画中人的五官都是差不多的，马也只有一种形象，树也是这样，所以细密画画家追求风格的极致就是没有风格。而西方绘画正好与此相反，现代西方绘画是由透视法的运用展开的，在这里我们暂不考虑今天的各种流派，比如后现代抽象主义画派，我们要考察的是现代西方绘画的起点，也就是写实主义的画风，这是与细密画抽象的画风正好相反的："眼睛不再是一模一样的圆孔，而是必须像我们自己的眼睛，像一面镜子那样反射光芒，会像一口深井那样吸收光线。嘴唇不再是平板如纸的脸上的一条裂缝，而必须是表情的表现要点，其红色各不相同，通过紧绷和放松来表现我们的欢乐、哀伤和内心世界。我们的鼻子也不再是分隔面孔的一道干巴巴的墙，而是一件体现我们活力与好奇心的工具。"① 所以一个透视法关乎的意义重大：是以神为中心还是以人为中心，这就不仅仅是绘画了，它掀起的应该是一个民族的改革，甚至是革命。

那么确定了要走西化之路，土耳其的西化之路又是一个

---

① ［土耳其］奥尔罕·帕慕克：《我的名字叫红》，沈志兴译，穆宏燕注释，世纪出版集团（上海人民出版社），2007年，第186页。

怎样的过程呢?土耳其是在其国父凯末尔的世俗化改革下走向现代化的,凯末尔可以说是土耳其现代化的总设计师。他对于土耳其如何西化、如何现代化有一整套政策,在他的政策指导下,改革自上而下进行,这种自上而下的改革给土耳其带来的冲击可想而知。首先土耳其是一个信奉伊斯兰教的国家,世俗化改革必然会带来对传统宗教信仰的挑战,这就像姨父大人在画廊搞的这次绘画改革一样。新的画风如何,画廊的技师都只知其一面,不知其全貌,因为姨父大人遮住了整幅画作,只留下每个人创作的那部分,也就是每个人都只能看到画稿的一小部分。这就像凯末尔的改革对当时的土耳其人那样,大家只能等着施政者抛出一部分而了解一部分,改革的全貌如何,未来如何,普通人难以知悉。但改革、变化的因子每个人都可以嗅出,画廊的这些画工也是这样,虽然看不到全貌,但是他们看到了自己画的部分中大小不同的人、马、树,已经感觉到了这应该是一幅违背了安拉意志的画。但到底哪些地方亵渎了神灵,因为看不到全貌,每个人又不知道这场改革究竟要走向何方,这必然会掀起混乱。

"你姨父故作神秘,好让高雅先察觉自己涉入了某项禁忌计划。他遮住了最后一幅画,只向每个人显露特定的一小部分,要我们在那里作画——他故意为这幅画营造神秘的气氛。对罪孽的恐惧根本就是姨父一手灌进去的。最先散布亵渎之罪的想法,造成众人躁动恐慌的人,是他,而不是那些一辈子没看过手抄绘本的埃尔祖鲁姆信徒。"[1]

(二)姨父之死与伊斯兰传统

姨父改革在画廊掀起的混乱就像当年凯末尔世俗化改革

---

[1] [土耳其]奥尔罕·帕慕克:《我的名字叫红》,沈志兴译,穆宏燕注释,世纪出版集团(上海人民出版社),2007年,第520页。

在土耳其引起的大震荡一样。在土耳其凯末尔是一个绝对意义上的英雄,凭借他的个人魅力,土耳其在建立共和国之后走上了世俗化的道路,政治体制的转变有时比人的意识形态、观念的转变要容易得多,因此这一场自上而下的改革给土耳其留下的问题很多。特别是凯末尔死后,世俗派与伊斯兰派冲突不断,并导致土耳其历史上多次军事政变,并且直到今天,在土耳其两派也仍然是水火难容。笔者曾到土耳其参加学术会议,在做完大会发言后,有很多学者,当然也有很多学生来找笔者交流,笔者惊异地发现有人对帕慕克爱之极,有人则对他恨之极,完全没有中庸者的位置。那些爱帕慕克的往往是接受西方文学思想、思维活跃的人,而恨帕慕克的往往是些比较传统的学者,当我问他们为什么讨厌帕慕克,他们说不需要原因,并且有人直接表示我才不看他的作品,他写的东西让土耳其混乱,从对帕慕克作品的态度也可以看出土耳其人如今对传统和现代截然不同的两种观点。

回到《我的名字叫红》中,姨父就像是一个凯末尔式的人物,他将威尼斯画风带入细密画画廊,他手下的画师高雅、蝴蝶可以说都是改革的反对派。除了画廊的画师,小说中还有一大批保守的穆斯林。他们追随埃尔祖鲁姆地区的努斯莱特教长,一心维护所谓的宗教信仰的纯洁性,甚至认为世俗欢乐也妨碍了宗教的纯洁,于是他们杀害了小说中的"说书人",还视咖啡为邪恶,砸碎了咖啡馆。被杀的镀金师高雅也是在听了那位教长一次次煽动仇恨的布道后对自己模仿欧洲画风的行为产生悔恨而想要告发姨父的,即使死后,高雅也仍然在提醒人们:"我提醒你们:我死亡的背后隐藏着一个骇人的阴谋,极可能瓦解我们的宗教、传统以及世俗观。"①

由于反对势力的强大,姨父画风的改革也只能在遮遮掩掩中进行。他一方面在施行改革完全西化,另一方面其实他自己也不是那么彻底的西化,内心也在犹豫,就像橄榄在被杀死之前说的那样:"你姨父被杀的原因,是因为他害怕了。"橄榄接着说:"就像你一样,他开始声称手边正在进行的最后一幅画,并没有违逆宗教或天经——刚好给埃尔祖鲁姆教徒一个好借口,长久以来,他们一直焦急地寻找一切违逆宗教的证明。"② 可见,姨父被杀其实于伊斯兰传统势力的回归有密不可分的原因,当姨父的改革触动了伊斯兰传统的根基,他的死就已经不可避免了。

(三)橄榄之路:从西化到民族主义

土耳其到底是向西还是向东,他们已经争论了也实践了近一个世纪,但仍然没有一个明确的结果。每一个土耳其人身居其中,都经历着这种挣扎,就像帕慕克提到的自己年轻时曾陪同国际笔会帮助当时被关进监狱的一些进步作家。1980年土耳其前总统凯南埃夫伦发动了被认为是历史上最血腥的军事政变,成千上万的人被投入监狱,首先遭殃的还是作家,这些作家或多或少都是由于争取西方自由民主国家所看重的自由而入狱的,然而二十多年过去了,帕慕克悲哀地发现:"现在这些人中有一半——或者大概有一半,我没有确切的数字——已加入了与西化和民主格格不入的民族主义同盟……"③

---

① [土耳其]奥尔罕·帕慕克:《我的名字叫红》,沈志兴译,穆宏燕注释,世纪出版集团(上海人民出版社),2007年,第4页。
② [土耳其]奥尔罕·帕慕克:《我的名字叫红》,沈志兴译,穆宏燕注释,世纪出版集团(上海人民出版社),2007年,第521页。
③ [土耳其]奥尔罕帕慕克:《别样的色彩》,世纪文景集团上海人民出版社,2007年,第209页。

这种现象其实并不孤立，土耳其这个国家乃至其国内的每一个人就在这两种文化的夹缝中挣扎了近一个世纪，开始大家热情洋溢地追随凯末尔西化，以为自己很快就能获得西方那样的民主与人权，并且加入欧盟。然而，随着加入欧盟一次次被拒，土耳其近年来又开始往伊斯兰传统之路上退却，由此我们就可以很好地理解橄榄之路了：先是希望自己能像法兰克画家那样有自己的风格，在此期间他是西化的，当然要杀死阻挠自己的保守主义者高雅。然而，当他在西化过程中意识到无论自己如何费尽力气，终究还是会失败，还是画不出一幅完美的自画像，并且还会受到西方的嘲讽时，他又开始担心放弃自己奥斯曼人的身份，亵渎自己的宗教信仰是否值得。这个时候他又希望守住自己的伊斯兰传统，那么一心要西化的姨父也就必死无疑了，所以整个土耳其就像橄榄一样在西化—传统之间徘徊。

那么，在东西之间挣扎、徘徊是否能找到自己的出路呢，帕慕克自己恐怕也没有明确的答案。但是他总是怀抱着"文化杂合"的信念，希望在追求他故乡忧郁的灵魂时发现文明之间的冲突和交错的新象征。他的信念在小说中借姨父之口说出"没有任何事物是纯正的"。姨父大人说："什么时候在插画中、在图画中创造出了神奇，什么时候在画坊里出现了一种令我欣喜得热泪盈眶、感动得背脊发冷的美妙？我就知道：两种之前从未接触的风格，在此融合，创造出了一种新的神奇。贝赫扎德与波斯的灿烂绘画，要归功于阿拉伯绘画艺术与蒙古—中国绘画艺术的结合。塔赫马斯普君王最优秀的画作，糅合了波斯的风格与土库曼的细腻。现今，人们一直在谈论着印度阿克巴汗的画坊，那是因为他鼓励他的细密画家们接纳法兰克大师的风格。真主统领东方和西方，愿真主保佑我们远离正统者和纯粹者的想法吧。"①

　　由此可见,在帕慕克认为,文化本来就是杂合的,当不同文化碰撞时才会产生创新的火花。西方文化中有东方文化的因子,东方文化中也有西方文化的元素,人类从来就没有停止过互相学习。只不过到了近代,帝国主义的侵略将这种人类自古就有的文化交流变得复杂了,一种文化——西方文化成了完全的强势文化。而另一种文化,也就是我们的东方文化完全成了弱势文化。但人们不应该忘记,每一种文化其实都有其所长,也都有其所短,就像《我的名字叫红》中的叙述者奥尔罕·帕慕克之名说的那样:"一方面,能停止时间的赫拉特画师绝对画不出我的模样;但另一方面,善于描绘母与子肖像的法兰克画师,则永远停不住时间。"② 文化本来就无优劣之分,尤其是在多元文化并存的今天。承认文化的多元化,取长补短,才是今天我们文化交流之道。

第三节　在东西文化的十字路口

　　对于一个作家来说写作究竟意味着什么？ 2006 年获得诺贝尔文学奖的奥尔罕·帕慕克说自己对文学的依赖,使自己就"像个半死之人"。"为了使自己高兴,我必须每天服用文学

---

　　① ［土耳其］奥尔罕·帕慕克:《我的名字叫红》,沈志兴译,穆宏燕注释,世纪出版集团(上海人民出版社),2007 年,第 215 页。
　　② ［土耳其］奥尔罕·帕慕克:《我的名字叫红》,沈志兴译,穆宏燕注释,世纪出版集团(上海人民出版社),2007 年,第 451 页。

这剂药丸。"① 无独有偶,2015 年诺贝尔文学奖获得者白俄罗斯女记者兼散文作家斯韦特兰娜·阿列克谢耶维奇(Svetlana Alexievich)谈写作的目的时说:"我不是为了获得诺贝尔奖而写作,我写作是因为我想知道我们是谁,我们的生活为什么是这个样子?为什么生活常常是丑陋的,而不是尽可能的好?我们一定要和人们谈论他们心中承载的是什么,这让我们更加接近真相。"② 此外还有很多作家也表达了类似的意思,比如女性主义作家埃莱娜·西苏说:"写作乃是一个生命与拯救的问题。写作像影子一样追着生命,延展着生命,铭记着生命。写作是一个人终人之一生一刻也不放弃对生命的关照的问题。这是一项无边无际的工作……"③ 这三位作家在谈到写作时,不约而同地触及了一个最基本的也是最深奥的问题:生命。

21 世纪的文学无疑是一个从中心走向边缘的过程。流散文学、少数族裔、后殖民主义、女性主义,关注点无疑不是边缘问题,而帕慕克的小说创作也同样是边缘的。这首先而且只是因为他是一位土耳其作家,并且他用土耳其语创作,所以经常会有人热心地问他:帕慕克先生,您用土耳其语创作,那么是不是您只为土耳其人写作呢?这其实是帕慕克最不愿意回答的问题,正像所有的边缘都试图走向中心一样,作为一个土耳其作家,也就是第三世界作家,帕慕克的理想是走向世界文学的中心位置。

同样地,还是因为帕慕克是一名土耳其作家,虽然他自己并不愿意认可,但他的作品仍然常常被套入弗雷德里克·詹姆

---

① [土耳其]奥尔罕·帕慕克:《别样的色彩》,宗笑飞、林边水译,世纪出版集团(上海人民出版社),2011 年,第 7 页。
② 《广州日报》,2015 年 12 月 28 日。
③ [法]埃莱娜·西苏:《从潜意识场景到历史场景》,见张景媛:《当代女性主义文学批评》,北京大学出版社,1992 年,第 219 页。

逊曾说过的"第三世界的文学可以起到民族寓言的作用"。不管愿意与否,帕慕克仍然是一位土耳其作家,而且是一位正逐步在国际上取得越来越高声誉的土耳其作家。每个人的独特身份必然会决定其独特的视角,每个人独特的身份也会令其面临独特的境遇,对于帕慕克也是如此。一位具有国际声誉的土耳其作家,这个特殊的身份使得土耳其国内一部分左翼作家及自由主义知识分子希望帕慕克利用自己的国际声望为土耳其争取更多民主自由。于是从20世纪90年代开始作为知识分子的帕慕克逐渐把一部分注意力转向人权、思想自由等方面,并公开发表一些相关言论。当然作为一名知识分子作家,帕慕克更希望通过文本来表达自己对土耳其传统、未来的思考及探索,因此多年来除了专栏写作、接受电视报纸采访,帕慕克一直笔耕不辍。但同时,他也意识到,报纸和电视等媒体可以比小说更快捷、更直接地表达自己的观念。因此,帕慕克也从不拒绝报纸和电视甚至网络的采访,多方面地表达自己关于政治、文化等的思考。

一、对良知的守候

苏珊·桑塔格在《河内之行》中对于自己接到去河内访问的邀请时说:"我既不是记者,也不是政治活动家(虽然我惯于在请愿书上留名并且参加反战游行),更不是亚洲问题专家,只是一个顽固的、术业无专攻的作家,迄今也未能通过小说或散文来表达自己演变中的激进的政治信仰,以及作为一个美帝国公民的道德存疑,我怀疑自己对这样一次行程的记述能否为已经足够响亮的反战言论添加什么新内容。"[①] 也许难题始自于此,桑塔格如此,帕慕克也是如此,他们不是政治家却时刻关心政治。但相对而言,作为身处两种文化夹缝间的帕慕克则处于更为复杂的政治环境之中。

2005年2月,帕慕克在接受瑞士一家周刊的采访时说:"三万库尔德人和一百万亚美尼亚人在土耳其被杀害,可除我之外,无人胆敢谈论此事。"这一犯忌言论引发了土耳其国内极端民族主义势力的怒火,五位烈属指控其言论伤及全民,并援引新刑法301条款"侮辱土耳其国格"的罪名,集体将他告上法庭。土耳其政府自此受到国际社会特别是欧盟的强大压力。2005年12月16日,帕慕克在伊斯坦布尔出庭受审,不过转年1月,法官以原告不能代表全民且其个人权利未受伤害为由裁定撤销此案。而比牢狱之灾更极端、更可怕的是帕慕克随时面临着像他的小说《雪》中的卡那样被人射杀于街头的命运,为此帕慕克必须小心提防,因为大街上随时会有某个少年举枪向他射击,就像一年前他们杀死亚美尼亚裔土耳其记者赫兰特·丁克(Hrant Dink)时那样。

除国内极端民族主义的威胁外,另外一种声音则是来自对帕慕克获得诺贝尔文学奖更多的是基于政治考虑而非文学本身因素的质疑。2007年12月22日出版的加拿大《环球邮报》书评版撰文《帕慕克:先知还是伪君子?》一文中挖苦性地将帕慕克称作"忧郁的自大狂",还再次非议了他所获荣誉的可信度。文章的作者为住在伊斯坦布尔的美国女作家克莱儿·伯林斯基,她回忆了帕慕克就亚美尼亚人问题所发表的争议性言论以及他为此遭到起诉的事件,暗示帕慕克有意利用

---

① [美]苏珊·桑塔格:《激进意志的样式》,何宁、周丽华、王磊译,上海译文出版社,2007年,第221页。

了上述争论,使之成为吸引诺贝尔委员会注意力的"捕鼠器"。伯林斯基女士甚至直接表示:虽然没有见过帕慕克本人,但她显然不喜欢他这样的男人,觉得他无趣,她认为帕慕克的抑郁,有很大一部分原因是出于要成为伟大作家的焦虑,这使他成了一个"可悲的伪君子"——装腔作势的人。国内学者也有人持类似论调,认为帕慕克是个媚俗的作家,获奖很大程度上取决于其政治性的言论。

其实,当我们看待一位作家或者说一位知识分子言论时,首先要看其言论是否合理或出于什么目的。帕慕克关于土耳其历史上对亚美尼亚人和库尔德人屠杀的指责完全是出于知识分子个人良知的守候。帕慕克本人在其言论受到不公正待遇时得到了其他知识分子作家的支持,犹如大江健三郎,后者也曾经因为在《冲绳札记》中揭露日本军队强制冲绳诸岛民众集体自杀的事件招致右派分子的起诉[1]。大江健三郎在与帕慕克对谈时对帕慕克在这个问题上的正当性表示了声援,他说:"帕慕克先生所提主张的正当性,在整个欧洲都得到了确切无误的认可,我想与帕慕克先生共享从审判中获得自由的喜悦。"[2]

二、对民主的追求

作为一名作家帕慕克无奈地卷入现实政治活动,但他的那些政治言论却让他声名狼藉。于是他开始在思考:既然自己在接受专栏采访时说过的一些话常常被人别有用心的利用,同时随着自己国际声望的提高国内同行又对帕慕克在政治上

---

[1] 帕慕克、陈众议等著:《帕慕克在十字路口》,上海三联书店,2009年,第229页。
[2] 帕慕克、陈众议等著:《帕慕克在十字路口》,上海三联书店,2009年,第230页。

的作用越来越重视,那究竟该如何表达自己对政治的思考呢?于是他想可以写一部政治小说,与现实政治拉开距离,站在一个合适的视角,借此可以暴露自己的精神困境——一个来自上层中产阶级家庭,觉得有责任要代表社会上的弱势群体,为那些不能为自己伸张正义的人言说。虽然作家自己置身于文本之外,但一切思想都可以在小说艺术中表达,这就是帕慕克最初创作《雪》的初衷。虽然不再参与实际的政治活动,但站在一个更高的视角对政治进行超越性的关怀。

在小说《雪》中,土耳其的一座小城卡尔斯发生了数起女孩因为戴头巾而被学校禁止入内引起的自杀性事件。为调查这一事件同时也为重寻自己往昔的爱情,卡来到了这个小镇。自杀事件疑云重重,各色人等自说自话,卡是唯一肯倾听所有人谈话的一个,但人们并不喜欢他。他深爱着的女子也因爱上了当地的宗教领袖"神蓝"而离他远去,最终卡一个人孤零零地回到法兰克福,直到有一天被不明身份的人射杀在法兰克福街头。

这是帕慕克唯一的一部政治小说《雪》的大概情节。小说的基调是忧伤的,这种忧伤来自帕慕克对当代土耳其的关注。土耳其自1923年建立共和国以来,其国父凯末尔积极推行西化政策,在政治上实行政教分离,在经济上推行资本主义经济,在语言上用拉丁字母取代阿拉伯字母,似乎一夜之间土耳其进入了西方。但问题在于无论任何决绝的西化都难以斩断传统文化的根,这是几乎所有"被现代化"民族、国家所面临的共同问题。这种巨变让人们无所适从,于是人们可能会向回看,从传统中找寻某种极端的东西来表达自己对"被现代化"的反抗,于是一部分土耳其妇女想到了戴上穆斯林妇女的标志——头巾。头巾成了一种政治势力的符号,或者说是被某股外部想利用所谓的头巾问题而让土耳其变得分裂的势力。因为阻止女孩子们戴头巾进入学校而被极端分子刺杀的校长,在死前与凶手谈及自己的女儿——这位不戴头巾的穆斯林女孩说:"亲爱的爸爸,如果一个班里大家都戴头巾,那我就不敢不戴头巾进这个班,我会很不情愿地戴上头巾。"①

民主并不仅仅意味着"民治和公权平等",纳博科夫在谈到民主时曾经特别强调"个体从民主中获得的特殊利益"。"就伦理而言,民主中的每位成员是平等的;就精神而言,每个人都有权利依其喜好与邻人不同。"② 从这个角度来说,帕慕克站在了土耳其所有派别之上的高度。他希望土耳其的民主可以给每个人自由选择的权利,头巾作为一个象征,世俗主义者不允许戴头巾的女孩进入学校不能代表民主。狂热的伊斯兰教徒希望人人戴上头巾同样不能代表民主,真正的民主应该是每一个女孩子都可以选择戴头巾或不戴头巾堂堂正正地走进学校、走进教室。

所以,小说出版后,土耳其没人喜欢。在当代土耳其有两种最主要的势力:一是世俗主义者;一是伊斯兰政教徒。土耳其的世俗论主义者大多来自军队,帕慕克小说中所表现的对土耳其政治偏激的批评,令世俗主义的军方不满。对于军队过多地卷入政治,帕慕克是持否定态度的。因为当代土耳其人的生活过于依赖于军事,这样的政权形式缺乏对文化的宽容度,动辄逮捕、折磨嫌犯、镇压。虽然他们在土耳其世俗化、积极申请加入欧盟方面有积极的作用,但军事民主不能等同于民主。世界历史的经验教训都证明政权军事化在民主社会是行不通

---

① [土耳其]奥尔罕·帕慕克:《雪》,北京世纪出版集团,2007年,第45页。
② 李小均:《自由与反讽——纳博科夫的思想与创作》,江西出版集团百花洲文艺出版社,2007年,第101页。

的,近期伊斯兰世界的风波其实也从另一个侧面证明了这一点。所以帕慕克说:土耳其越民主、越自由,我的观点就越能被接受。土耳其只能在这个意义上加入欧盟。

另一派则是穆斯林政教徒。帕慕克是一位土耳其人,但他生活在一个世俗化的家庭,所以帕慕克对自己的宗教问题这样言说:"我是一个来自伊斯兰文化的土耳其人。"正因为此,土耳其的伊斯兰教徒指责帕慕克不是伊斯兰教徒,不理解伊斯兰自己的表达方式,特别是其小说中写到的伊斯兰教徒的婚前性行为,这在伊斯兰世界引起了轩然大波。

小说所激起的反应,其实与卡在卡尔斯小城的遭遇惊人的相似,从这个意义上可以说《雪》就是对当代土耳其的言说。卡与小城中的每个当事者对话但却遭到他们的轻视,正如帕慕克在土耳其不被人理解是一样的,甚至于被人指责为西方的间谍,遭到追杀。一个社会、民族、文化如此的狭隘,真正的自由主义何以成长于其中?所以作为一名作家,帕慕克思考的其实并不在于土耳其是否应该加入欧盟这样一个简单的问题,而是土耳其应该在何种意义上加入欧盟。如果不能在真正的民主的基础上加入欧盟,那对土耳其来说,加入欧盟恐怕就仅仅剩下经济利益,而这不是帕慕克这样的民主知识分子的真正诉求,只有民主,真正的民主才能为土耳其在未来长时间内带来和谐。

如果不能走出自己狭隘的政治视角,就必然会导致土耳其在申请加入欧盟失败后出现的极端表现。这一点亨廷顿早就预言过:"在未来的某一刻,土耳其可能乐于放弃他像乞丐一样恳求加入西方的令人沮丧和屈辱的角色,恢复它作为伊斯兰世界与西方主演对话者和对抗者的令人印象深刻的、高雅的角色。"① 而这一预言却不幸被言中了,当代土耳其在加入欧盟失败后政治上确实有了要转回中东的迹象。

三、对民族性的认同

在成为作家后的30年时间里,帕慕克说自己被问得最多的问题就是:你为谁而写作?最初的时候母亲问他这个问题是关切的,因为作为一个作家如何养活自己?其后朋友们问他这个问题有时可能是讥讽的,因为在朋友看来没有人愿意读帕慕克这样的小说。当帕慕克成为知名作家获奖无数时,人们开始关注的是:"你用土耳其语写作,那么你仅仅是为土耳其人写作,还是现在也会顾及你译作所影响到的、更广泛的外国的读者群?"

其实,有很多移民海外的土耳其作家会选择用英语创作,包括中国的华裔文学也是这样,而帕慕克则是少数坚持母语创作的作家,并且当帕慕克作品准备译介到中国之前,帕慕克对出版社提出的最重要的要求是坚持译本一定要译自土耳其语。萨义德说:"每位知识分子都诞生在一种语言中,而且大多一辈子就活在那个语言中,那个语言成为他知识活动的主要媒介。语言当然一向具有民族性,如希腊文、法文、阿拉伯文、英文、德文等,虽然我在这里的主要论点之一是:知识分子应该使用一个民族的语言,不只是为了方便、熟悉这些明显的理由,也是因为个体的知识分子希望赋予那种语言一种特殊的声

---

① [美]塞缪尔·亨廷顿:《文明的冲突与世界秩序的重建》,周琪等译,新华出版社,2005年,第195页。

音、特别的腔调、一己的看法。"①

其实,作为一名作家,帕慕克自认为自己是一位"世界性"的作家,并且认为在文学上自己更是一个西方人,是个"刻意看其东方往昔的西方人"②,但是在日常生活中他更是一个东方人。帕慕克在接受中国社会科学院外国文学研究所东方室主任穆宏燕的电子邮件书面采访时说了这样一句话:"当我说桥上(指连接东西岸的博斯普鲁斯大桥)的风景更好时,我的意思是大桥不属于任何大陆。那里有不同的风景,你有一个距离,在那里你能将远方看得更加清晰。"③而对于作家帕慕克来说土耳其语、伊斯兰文化就成为其创作的一个"距离"。所以,帕慕克从来不会正面回答自己是为土耳其人创作还是为全世界的隐含读者创作,因为"所有的小说家,不论他是本土的,还是外国的,都在为理想的读者写作,首先想象着他们是存在着的,然后心存着他们而创作"④。

纠缠于东、西两种文化间的帕慕克,跨踏于土耳其大大小小的城市间,徘徊于伊斯坦布尔的大街小巷间。作为两种文化夹缝间的一名知识分子,帕慕克无疑是孤独的。但他孤独地坚守着一份知识分子的良知,敢于对现实和历史直言,期待发掘出土耳其最纯粹的文化,期待它在真正民主的基础上走向现代。虽然帕慕克在很多场合公开声称自己在文化上是更靠近西方的作家,但笔者认为这种靠近其实更多的是小说技巧方面,正如他在中国社会科学院的演讲中称:"在我看来,小说就像管弦乐和后文艺复兴时期的绘画,它是西方文明的基石之

---

① [美]爱德华·W.萨义德:《知识分子论》,单德兴译,生活·读书·新知三联书店,2002年,第29页。
② 帕慕克、陈众议等著:《帕慕克在十字路口》,上海三联书店,2009年,第241页。
③ 帕慕克、陈众议等著:《帕慕克在十字路口》,上海三联书店,2009年,第246页。
④ 帕慕克、陈众议等著:《帕慕克在十字路口》,上海三联书店,2009年,第31页。

一。我的小说都是关于这一切的。当然,每一个国家都有自己的史诗,这些史诗后来发展成了小说。中国就有像《红楼梦》这样伟大的小说。但让我们同时记得,伟大的俄国小说和拉丁美洲的小说都发源于欧洲文化。"① 作为一种艺术技巧可以说帕慕克是西方的,但文化的灵魂在土耳其、在伊斯坦布尔。他为土耳其在传统与现代(也就是东方与西方)之间的迷失而"呼愁"。只有母语才能表达一种文化的灵魂,很多移民作家选择外语进行创作其实都有自己的无奈。纳博科夫就是这样,否则他也不会旅居德国十几年而坚持不学德语。正是在这个意义上,母语应该是帕慕克对民族文化的一种最后的坚守。

四、尊重传统,吸收西方精华

现代土耳其在其国父凯末尔领导下一直试图走西化即世俗化道路,然而作为一个拥有 6000 万穆斯林的国家,在文化传统上根本不属于欧洲,在屡次申请加入欧盟被拒后,凯末尔主义在国内也出现认同危机,伊斯兰认同在国内开始复兴。当代土耳其站在一个十分尴尬的十字路口,往西是她几十年来梦想的欧盟,但欧洲的大门始终没有向她敞开,往东是传统的伊斯兰世界,但土耳其又是北约成员,并且多年来努力要把自己打造成一个西化国家,传统的伊斯兰世界也不喜欢她,就像亨廷顿说的横跨欧亚大陆的土耳其是历史上"最自我撕裂的国家"。如何处理东方与西方、传统和现代的关系不但是土耳其政府要面临的棘手的历史课题,也是土耳其文学家、哲学家、史学家等包括帕慕克这样的知识分子一再重复描述、表现的重

---

① 帕慕克、陈众议等著:《帕慕克在十字路口》,上海三联书店,2009 年,第 11 页。

要主题。

一是,土耳其的全盘西化。年轻时代的帕慕克也是积极的西化分子,他希望通过借鉴西方而迎来一个全新的、富裕的土耳其。但土耳其的这种全盘西化完全斩断了自己传统文化的根基,这是今天土耳其处于尴尬历史境地的一个重要的原因。对于土耳其的西化历史,帕慕克在自己的作品中有很多描述,概括起来说有下面几个方面:

开始是城市改建。帕慕克指出土耳其的西化历史,或者说"伊斯坦布尔的历史,就是火灾与废墟的历史"①。要西化,就是首先要建立一座西化的伊斯坦布尔,于是土耳其人烧毁自己几代居住的美丽的宅邸而建造新式公寓楼,其后在很短时间内,伊斯坦布尔彻底改变了模样。"你会看到下面的鳞次栉比的水泥军团,就像托尔斯泰《战争与和平》中的军队那样,一路掠劫所有宅邸、树木、花园,连动物也不放过,如此强硬、无法遏止;你会看到这支大军身后,留下的痕迹就是一条条沥青马路。而这马路一步步逼近你曾经居住的地方,比以往任何时候都近。而你曾在那里度过仿佛永恒的、天堂般的岁月。"② 土耳其之西化进程与新中国的城市改造虽然指导思想迥然不同,但殊途同归。结果都是把一个传统的旧城变成了一座"通属之城"③。于是,在这场城市西化进程中,在"过去一百五十年来",伊斯坦布尔变成了一个"谁都不觉得像家的地方"。④ 就像大

---

① [土耳其]奥尔罕·帕慕克:《别样的色彩》,宗笑飞、林边水译,北京世纪出版集团,2011年,第78页。
② [土耳其]奥尔罕·帕慕克:《别样的色彩》,宗笑飞、林边水译,北京世纪出版集团,2011年,第80页。
③ 李欧梵、季进:《李欧梵季进对话录》,苏州大学出版社,2003年,第49页。
④ [土耳其]奥尔罕·帕慕克:《伊斯坦布尔——一座城市的记忆》,何佩桦译,世纪出版集团上海出版社,2007年,第109页。

卫·哈维所说:"这不是对城市的重建,这是对城市的洗劫。"①

继而是宣扬西方生活方式。在那些时代,土耳其的报纸、电视、广播、学校到处都在宣扬西方的生活方式之优越性而贬低传统的土耳其穆斯林生活习惯。比如,要求伊斯坦布尔居民要像西方人一样穿戴服装,"跟西方人一样遵守交通规则"②,还有针对交通工具的改进提出"只因为是穷人讨生活的工具,我们看见马拖车进入本市最出色的地区——而伊斯坦布尔一点也不管——破坏他们无权眺望的景观"③。我们不也一样吗,我们眼看着黄色面孔如同蝗虫一般进入城市,然后又随着城市现代化的进程消失。当然,马车早就不允许进城市了,还有大货车、小卡车,它们已从城市人的眼里消失了。人们觉得正常,谁也没去细想城市化进程背后牺牲了多少人的利益。土耳其官方媒体甚至宣称"我们"与伊斯兰教徒是不同的,认为"迟早有一天他们的虔诚,会把我们这些人跟他们一起拖垮"④。

在强大的舆论面前,土耳其人的生活特别是年青一代的生活方式开始悄悄地西化了,他们开始吃西式的食品、喝咖啡,就像中国的"80后"、"90后"是吃着麦当劳、肯德基长大的一代。食物是关联着文化的,一个人到国外生活最大的水土不服是来自食物的。麦当劳一代恐怕在这一点上成了真正的世界人。

还有服装,当共和国刚刚成立之时,虽然土耳其政府要求

---

① [美]大卫·哈维:《后现代的状况—对文化变迁之源起的探究》,周宪等译,商务印书馆,2003年,第102页。
② [土耳其]奥尔罕·帕慕克:《伊斯坦布尔——一座城市的记忆》,何佩桦译,世纪出版集团上海出版社,2007年,第140页。
③ [土耳其]奥尔罕·帕慕克:《伊斯坦布尔——一座城市的记忆》,何佩桦译,世纪出版集团上海出版社,2007年,第138页。
④ [土耳其]奥尔罕·帕慕克:《伊斯坦布尔——一座城市的记忆》,何佩桦译,世纪出版集团上海出版社,2007年,第175页。

人们要像西方人那样穿戴,但是由于强大的奥斯曼传统,人们按照宗教条例穿戴的做法仍在延续。于是,土耳其政府一方面在1925年把公民穿西式服装纳入法律条文,另一方面借助强大的舆论优势宣传西式服装才是文明的,比如其总统在公开场合发言说"我在人群中遇见一个人在我面前,他头上戴着土耳其毡帽,毡帽上缠了一块绿色的头巾,穿着无领衬衫,还在外面套一件我穿的这种夹克。这是什么服装?一个文明人会打扮得如此古怪,让整个世界来嘲笑他吗?"①

这样,从食物到服装,最后到生活观念似乎不像欧洲人那样生活就是不文明的,于是西化被悄悄转换成了文明化,帕慕克说:"我从孩提时起,就常常在我那西化的中产阶级家庭里听到一句话:'他们在欧洲就是这么做的。'""无论你在做什么,大到国家起草法律,小到挑选个窗帘,只要有人这么说了,那所有有关方法、颜色、风格或内容的讨论戛然而止。"②西化分子读欧洲的书,看欧洲的电影,学着欧洲人那样生活,是为了从中"搜寻自己的将来,搜寻自己的欧洲梦"③。

二是,帕慕克的反思与对策。然而是梦总有醒来时。土耳其的历史并没有沿着西化者的梦想逐步走向民主、复兴。土耳其经济一直处于停滞、缓慢的发展状况,土耳其人的生活也没有越来越富裕。特别是西方——欧洲似乎早已忘记了对土耳其的允诺,随着土耳其申请加入欧盟一次次被拒,且欧盟的入盟"门槛"越来越高。土耳其人开始明白了欧洲人从来就没

---

① [土耳其]奥尔罕·帕慕克:《别样的色彩》,宗笑飞、林边水译,北京世纪出版集团,2011年,第246页。
② [土耳其]奥尔罕·帕慕克:《别样的色彩》,宗笑飞、林边水译,北京世纪出版集团,2011年,第222页。
③ [土耳其]奥尔罕·帕慕克:《别样的色彩》,宗笑飞、林边水译,北京世纪出版集团,2011年,第220页。

有真正向自己敞开大门,加入欧盟、做欧洲人真的就成了一个梦。于是越来越多的人开始从坚定的西化主义者变成了民族主义者,伊斯兰复兴的呼声越来越高,对此,作为一名土耳其知识分子,帕慕克以小说为武器对土耳其这场从全盘西化到伊斯兰复兴的运动进行了反思。如他的小说《雪》中所描写的女孩戴头巾的运动就是对这一形势的一种反映。对于土耳其这种似乎要向回转的趋势,帕慕克认为原因是多方面的:

一方面,土耳其的西化主义者其实和中国近代的"师夷长技以制夷"思想是一致的,"西化主义者梦想通过模仿西方来改变、丰富自己的国家和文化。因为他们最终的目标是创建一个更富裕、更幸福、更强大的国家,所以他们一般都是本土主义者,有很强的民族主义特点"①。从表面来看,他们批评国内的一切,看到的都是国人的缺点和不足,而西方在他们眼里似乎是完美的,但背后的目的就像鲁迅先生那样"哀其不幸,怒其不争"。

另一方面,尽管西化主义者是为了本土更美好的明天而汲取西方的长处,但在这个过程中特别是当面对某些西方中心分子的傲慢无理时他们心中会产生强烈的耻辱感。当一次次申请欧盟被拒、面对西方的"背信弃义"时,心中的耻感会很容易被点燃并蔓延,这种不冷静恐怕是西方国家难以理解的。耻辱的怒火一旦被点燃,它可以产生毁灭性的力量。

当"911"美国世贸大楼被炸后,邻居见到帕慕克时说:"奥尔罕先生,你看到了吗?他们轰炸了美国。"然后生气地加上一句"炸得好"。(当然之后这位邻居对自己的不冷静言论进行了反思)我们很容易理解这样一个常识:普通的伊斯兰世界

---

① [土耳其]奥尔罕·帕慕克:《别样的色彩》,宗笑飞、林边水译,北京世纪出版集团,2011年,第267页。

的民众绝对不是恐怖主义者,但是他们也会有一些过激言论,那么如何看待这种过激言论,"为什么数百万生活在贫穷、边缘国家的人们,会对美国如此愤怒?这些国家其实已经丧失了塑造自己历史的权利。要了解这些,是很重要的"。恐怖主义分子精心炮制出的基督徒和穆斯林之间的分歧实际并不存在。昨天美国轰炸伊拉克,今天西方轰炸利比亚,这么做无益于解决任何问题,"只会增加世界上数百万可怜的伊斯兰国家人民的愤怒和耻辱感,他们都反对这么一个自认为高高在上的西方国家。这些人民之所以支持恐怖分子,不是因为伊斯兰教的缘故,也不是因为贫穷。真正的原因是整个第三世界普遍感受到的极度耻辱感"①。

既然变成西方人已成了土耳其人的一个永不能实现的梦想,而返回到过去的伊斯兰也似乎没有可能,就像《雪》中的卡。在一定程度上卡有着与作者相似的人生经历和困惑,同样生长于中产阶级家庭,同样有海外留学和生活的经历,同样开始重新思考土耳其的伊斯兰传统。卡说:"我在伊斯坦布尔的尼尚坦石的上流社会中长大。我一直想像欧洲人一样。我认为信仰让妇女们穿着袍子蒙着脸的安拉和成为一个欧洲人是无法同时让人接受的,所以我一直远离宗教。到欧洲以后我觉得可能有完全不同的安拉存在,不是那些蓄着胡须、保守落后的边远地区的人所说的那种。"②这是卡的困惑,也是帕慕克的困惑,更远一点说,也是整个土耳其的困惑。

那么,土耳其何去何从?它站在一个极其尴尬的历史转折点上左右不是,而让土耳其全盘西化或者全面复归伊斯兰

---

① [土耳其]奥尔罕·帕慕克:《别样的色彩》,宗笑飞、林边水译,北京世纪出版集团,2011年,第255页。
② [土耳其]奥尔罕·帕慕克:《雪》,沈志兴译,上海人民出版社,2007年,第100页。

都不是一个真正知识分子的意愿。知识分子一定是一个思想者,他要不为权势左右,也不为世俗大众舆论左右,他要永远看去未来,而不仅仅是眼下的利益,在这个意义上讲帕慕克应该是一位真正的知识分子。他思考土耳其的未来,肯定土耳其西化的方向是对的,尊重传统也是应该的,批评一元论世界观,他认为:"土耳其不要因为有两种精神,属于两种不同文化,有两个灵魂而感到担忧。精神分裂症可以让人聪明。你可能失去和现实的联系——我是个小说家,我不认为这是多大的坏事,但是你不应该为自己的精神分裂症担心。如果你过于担心你身体的一部分会杀死另一部分,那么你只会剩下单一的精神,这会比精神分裂症还更糟糕。这就是我的理论。我试图在土耳其政界,在要求国家必须有统一灵魂的政客们之间宣传我的理论——我要指出他们的做法要么属于东方,要么属于西方,要么就是民族主义,我在批评一元论的世界观。"①

任何一种文化都有其长处,也有其所短,一元论往往忽视文化的多元性,这种绝对的单一论者很容易走极端,土耳其的西化主义者就是这样,当西化梦想受挫时很容易从全盘西化转向伊斯兰复兴。当年那些为了西化和民主梦想被关进监狱的人,"二十年过去了,当我看到现在这些人中有一半——或者大概有一半,我没有确切的数字——已加入了与西化和民主格格不入的民族主义同盟时,我当然会感到悲哀"②。知识分子应该是这样的人:当人们头脑发热,一会儿要往东、一会儿要往西时,他应该是那个最冷静的思考者。土耳其当代文化的出

---

① [土耳其]奥尔罕·帕慕克:《别样的色彩》,宗笑飞、林边水译,北京世纪出版集团,2011年,第70页。
② [土耳其]奥尔罕·帕慕克:《别样的色彩》,宗笑飞、林边水译,北京世纪出版集团,2011年,第209页。

路只能在东方与西方之间,也就是说既要尊重传统,同时也要吸收西方精华。

所谓尊重传统其实就是对土耳其本位的坚守。这个传统既是奥斯曼传统文化,也是伊斯兰文化。虽然帕慕克成长于不信教的家庭,但随着他阅历的增长,特别是随着他人生及创作世界性的加强,他身上的伊斯兰性不是在减弱而是在加强。他通读了伊斯兰的经典、苏菲主义的经典、寓言,并将之融入自己的小说。帕慕克在谈到《我的名字叫红》的创作动机时说:"想以此书向一度流行于伊斯兰世界的细密画传统中那些已被遗忘的传说和无数美丽的图画致敬。"① 第三部小说《白色城堡》的创作原型是苏菲神秘主义中的完人②。中国社会科学院的穆宏燕教授认为《黑书》的叙事结构模仿了波斯著名苏菲诗人阿塔尔的长篇叙事诗《百鸟朝凤》。此外,帕慕克的所有小说都有对《一千零一夜》的故事内容、叙事结构、叙事策略的借鉴与模仿。这种创作体现了帕慕克对传统文化的尊重,他希望借他的小说让土耳其人重新了解自己的传统文化,当然同时也让世界了解土耳其。

但尊重传统不等于墨守成规,任何一种文化形态都是不断变化和发展的,不存在一成不变的文化,因此在坚守自己文化本性的基础上借鉴外来文化。对当前土耳其和所有发展中国家来说就是吸收西方文化的精华也是必要的,帕慕克的小说就是这样一种结合的产物。它的内核是土耳其的,但小说的创作理念、创作手法完全是西方的。跟帕慕克在《伊斯坦布尔——一座城市的记忆》一书中所提到的胖子诗人雅哈亚一样,"雅哈亚待过巴黎十个年头,研究法国诗歌,而且像'西方人一

---

① 奥尔罕帕慕克访谈录:《我的名字叫红》,《世界文化》,2007 年第 1 期。
② 张虎:《帕慕克的小说创作与苏菲主义》,《当代外语研究》,2010 年第 9 期。

样思考',他渴望某种西方风格形象能让民族主义'看起来更美'"①。从青少年时代开始,帕慕克创作小说的老师就是福克纳、伍尔夫、普鲁斯特等,正是东西方的完美结合成就了帕慕克,因此诺贝尔授奖词称他为"在追求他故乡忧郁的灵魂时发现了文明之间的冲突和交错的新象征"。

未来土耳其的路既不在西方,也不在东方,在帕慕克的小说中,全盘西化和全面复兴伊斯兰都不能让土耳其真正走向民主、自由的现代化国家。帕慕克研究专家拉里·莫瑞说帕慕克写出的是"让博斯普鲁斯海峡两岸都不舒服的作品"。帕慕克主张不要太过区分东方与西方,过多地强调文明冲突只能导致战争,希望通过自己的作品更多地展现东方与西方之间的交汇。《白色城堡》就像这样一个寓言,东方的"我"和西方的"霍加"一相遇时充满了矛盾和冲突,然而逐渐地他们彼此接受了对方的文化。"我"走向威尼斯象征着我对西方文化的接受,"霍加"留在东方表明西方文化同样也要在东方吸收养分。二者并没有一条不可逾越的鸿沟似的界限,而是可以相互融合,甚至转化,最终在立足自己民族文化根基的基础上学习对方文化中的精华。对当代土耳其来说就是要"发明这样的一种本土文化:它是东方的过去和西方现在的结合,而不是模仿"。模仿是不平等的,你仰视西方必然容易产生耻辱感,而结合是平等的,是对话的,在与西方平等对话中找寻自己的土耳其性,这正是帕慕克这样的土耳其知识分子,或者扩大一点说是所有东方民族知识分子试图在做的事情。由此,帕慕克满怀希望地指出:"也许新一代的人会做到这一点,他们能加入欧盟,却不会破坏土耳其身份,相反能让它繁荣昌盛,并

---

① [土耳其]奥尔罕·帕慕克:《伊斯坦布尔——一座城市的记忆》,何佩桦译,世纪出版集团上海出版社,2007年,第236页。

给我们更多自由和自信来发明一种新的土耳其文化。"[1] 虽然帕慕克多次强调自己是个西化分子,但其实迎来一份全新的、未来的、现代化的土耳其文化才是他这样的知识分子最终和真实的目标。

第四节 帕慕克研究在中国

国内对帕慕克的关注始于 2005 年帕慕克角逐当年的诺贝尔文学奖。中国台湾对于帕慕克的研究,与大陆相比,时间差不多。2004 年台湾翻译出版了《帕慕克作品集》,他的三部长篇小说在 2005 年均翻译出版,当然也包括帕慕克的名作《我的名字叫红》。而大陆对帕慕克的介绍比台湾略微晚几年,最早我们可以查阅到的资料是 2006 年。也就是这一年,上海世纪文景公司首先出版了帕慕克的名作《我的名字叫红》(沈志兴译)。之后,世纪文景公司陆续将帕慕克其他作品引入中国:2006 年 12 月出版《白色城堡》(沈志兴译);在 2007 年仅一年时间里,先后出版了《伊斯坦布尔》(何佩桦译)、《雪》(沈志兴译)、《黑书》(李佳姗译)、《新人生》(蔡娟如译)、《寂静的房子》(沈志兴译)、《塞夫得特州长和他的儿子们》(陈竹冰译)六部作品。2008 年 8 月,帕慕克推出了获奖后的新作《纯真博物馆》,世纪文景公司于 2010 年 1 月翻译出版该书。同年,帕慕克的文集《别样的色彩》也翻译出版。

作为一名 20 世纪 90 年代就已经崭露头角的作家,中国学术界对他的关注却滞后到他进入诺贝尔奖提名之后。接着随

---

[1] [土耳其]奥尔罕·帕慕克:《别样的色彩》,宗笑飞、林边水译,北京世纪出版集团,2011 年,第 431 页。

着帕慕克获奖,他的作品译介、研究如井喷式涌现。这在外国作家在中国的传播史上恐怕是非常罕见的。由此必然带来国内学界对帕慕克的译介、研究的独特性。随着帕慕克获得诺贝尔文学奖,从2006-2010年帕慕克的全部作品包括八部小说、一部自传性作品、一部文集已全部出齐。速度之快实属罕见,由此也可侧面看出诺贝尔奖效应之大。由于对帕慕克的翻译介绍是以诺贝尔奖为中心的,这必然导致研究也大多集中于对其获奖作品的关注上。但不管怎样,随着帕慕克作品译介到中国,关于他的研究业已逐渐进入正轨。在此,笔者将分三个时期介绍国内帕慕克研究成果。

一、帕慕克访华前的译介

主要有:沈志兴:《奥尔罕·帕慕克——发现文明冲突和交错的新象征》(《南方人物周刊》,2006年第26期);齐楚编译《2006年度诺贝尔文学奖得主:奥尔罕·帕慕克》(《世界文化》,2006年第11期);程心:《土耳其作家奥尔罕·帕慕克荣获2006年诺贝尔文学奖》(《当代外国文学》,2006年第4期);杨中举:《2006年度诺贝尔文学奖得主帕慕克其人其作》(《外国文学动态》,2006年第6期);姚映然:《给读者一个理由爱上帕慕克》(《编辑学刊》,2007年第1期);张海榕:《帕慕克:伊斯坦布尔讲故事的人》(《中国图书评论》,2008年第1期);昝涛:《帕慕克:政治尴尬与文化依恋》(《世界知识》,2006年第2期);行者:《帕慕克拼盘》(《青年文学》,2007年第4期);周晓苹:《帕慕克:我的名字叫忧伤》(《新闻人物》,2007年第1期);止庵:《帕慕克与侦探小说》(《中国图书评论》,2007年第10期);张海榕、解华:《他的名字叫奥尔罕·帕慕克》(《当代文坛》,2007年第2

期）等。《译林》2007年第1期登载的朱景冬翻译的:《"最紧迫的是构建一愈来愈多样的社会"——奥尔罕·帕慕克访谈》;《世界文化》2007年第5期登载的杨振同翻译的:《奥尔罕·帕慕克访谈录:〈我的名字叫红〉》;《译林》2007年第2期登载的邓中良、成志珍译的:《奥尔罕·帕慕克和土耳其悖论——法兰克福书市帕慕克专访》;《世界文化》2007年第2期登载的刘辉译《帕慕克:审判前的陈述》。

　　这一段时期文章写作的目的是介绍,以便让国人了解帕慕克其人其作。除了期刊网上搜到的之外,还有很多散见于国内各大报纸杂志,甚至于网络。介绍面对的读者群之广令人惊叹,除了面对一般大众读者之外,2007年第9期《疯狂英语》以"奥尔罕·帕慕克——跨越东西方的桥梁"为题用中文、英文双语向中学生介绍了帕慕克。此外,2008年《军营文化天地》还在"好书伴我从军行"栏目下推出了帕慕克。

　　其次,虽然这一时期文章多较为简短,也不以学术研究为目的,但后来被学术文章反复论证的一些观点在这一时期已初露端倪,只不过未进行学术研究式的充分论证,仅仅点到为止而已。比如较早开始关注帕慕克的杨中举在2006年第6期《外国文学动态》上发表的文章《2006年度诺贝尔文学奖得主帕慕克其人其作》谈到《白色城堡》时就运用了文化冲突与文化杂合的观念。认为作品中意大利奴隶与奥斯曼霍加,本来是两个不同文明背景下的人,但是在小说中他们彼此互换身份,这象征着一种文化吃掉或战胜另一种文化的思想,一种文化比另一种文化优越的看法是站不住脚的。不同的文化、文明可以通过交流、借鉴、融合,不同文明之间没有那么大的差别,通过学习,一种文明甚至可以转换成另一种文明。大概是因为受帕慕克诺贝尔获奖词的影响,之后很多研究论文都集中在论述帕慕克如何体现了东西方文化交流的新象征。①帕慕克最早的中文译者沈志兴也在《南方人物周刊》2006年第26期撰文《奥尔罕·帕慕克——发现文明冲突和交错的新象征》,特别强调帕慕克小说的中心主题是东西方文明的冲突,这几乎贯穿整个帕慕克的小说创作,而借以表现东西方文明冲突的则是一系列小人物的命运。②

此外,止庵在《帕慕克与侦探小说》(《中国图书评论》,2007年第10期)指出《黑书》中译本表明其为侦探小说,但其实《黑书》并非传统意义上的侦探小说,它们都只是利用了侦探小说这一"文学体裁"。这样的小说有很多,博尔赫斯的《小径分叉的花园》和《死亡与指南针》,罗伯一格里耶的《橡皮》、埃科的《玫瑰之名》,以及帕慕克自己的《我的名字叫红》等都是利用了侦探小说的体裁而创作的小说,因为这些作家都不是传统意义上的侦探小说家,他们哪一个也不可能为我们写一部"传统意义上的侦探小说"③。

此外,还有一部分重要的资源就是随着帕慕克小说推出的同时,编译的一部分帕慕克的演讲及海外访谈,这让我们可以从另一个视角更全面地了解帕慕克,特别是其创作心得、创作手法。

二、帕慕克访华的对话

2008年5月21-31日,接受了中国社会科学院国际合作

---

① 杨中举:《2006年度诺贝尔文学奖得主帕慕克其人其作》,《外国文学动态》,2006年第6期。
② 沈志兴:《奥尔罕·帕慕克——发现文明冲突和交错的新象征》,《南方人物周刊》,2006年第26期。
③ 止庵:《帕慕克与侦探小说》,《中国图书评论》,2007年第10期。

局和外国文学研究所的联合邀请,帕慕克来中国访问,十天中,他游历了北京、绍兴、杭州、上海四个城市。很多中国的作家、学者以及编辑见识了真正的帕慕克,以前只闻其名,现在面对面交往,与作品中那个细腻、理性的大作家不完全一样,真实的帕慕克敏感,更多孩子气。当然,笔者自己未能亲身感受,但后来读到,同时也听一些学者谈起很多帕慕克的访华趣闻:

《我的名字叫红》中文版责任编辑姚映然说以前觉得帕慕克是一个羞涩的人,但见面后的感觉完全不同。"他是一个敏感的人。他写作精准,思辨逻辑力强,很有控制力,但对日常生活特别感性,一发现喜欢的东西,就会特别开心,像小孩一样。如果反感,就会一下子消沉,转身就走。他活在自己的世界里。"帕慕克满头花白头发,笑起来,一脸狡黠。他平时不喜欢应酬,也不爱出席派对,甚至没什么朋友。以正常成年人的标准看,他不世故不圆滑,开心与否全在脸上。有朋友说帕慕克"奇妙地结合了文学天才的智慧、孩子气的天真幼稚"。

中国社科院的学者穆宏燕谈道:22日下午,帕慕克在武英殿观看了"中国历代绘画艺术珍品展",听了故宫专家针对几幅画讲了中国南北画派各自的特征之后,帕慕克就能准确说出其他画是南派画法还是北派画法,并指着其中一幅说:"这幅图兼具南北画派特征。"让故宫专家连连称奇。然后在琉璃厂挑选了大量中国古典绘画图册,全都是沉甸甸的大厚本,其中有《故宫藏历代画像图鉴》、《台湾故宫博物院藏画》、《清代宫廷绘画》、《唐伯虎画集》、《中国山水通鉴》、《南京博物馆藏明清花鸟画集》、《南京博物馆藏明代山水画集》、《中国历代山水画》、《中国历代仕女画》、《石涛书画全集》、《明四家画集》、《南宋四家画集》、《五代宋元山水名画》、《元四家画集》等,共计71种,装了六个大纸箱,让书店给他邮运回伊斯坦布尔。随后在颐和园长廊刚看了没几幅画，帕慕克就说："这些画已经受到西方画法的侵袭。"让随行人员无不佩服其眼光。

但另外，帕慕克的孩子气又搞苦了负责接待的中国社科院的老师们。5月23日，为期一天的帕慕克作品学术研讨会在中国社科院举行。当年大江健三郎访华时，其作品研讨会也在这里举行。帕慕克和大江是朋友。但是，帕慕克在研讨会上的表现和大江健三郎完全不同。研讨会开始前，帕慕克就自己的写作经验做了20分钟发言。讲话结束前，他出人意料地说："对我的作品有很多不同的解读。我的作品里也有非常丰富的材料可以让大家进行不同的解读。每当我听到不同的解读时，我都觉得这些解读者在阅读我的思想，而这些思想是我想隐藏起来的。所以，当面听大家的解读，对我来说有点困难。"说完，帕慕克便离席而去。与会专家学者面面相觑。研讨会在帕慕克的缺席中进行，下午3点就提前结束。为此，有学者指责帕慕克"无礼"、"随便"。人们拿他和当年的大江健三郎相比："大江毕竟是苦孩子出身，随和。"也有学者为帕慕克辩解。中国社科院外文所副所长陆建德说："帕慕克本来就不想参加研讨会，我们尊重他的决定。钱锺书也不喜欢参加研讨，吃鸡蛋没必要认识下鸡蛋的母鸡。"副研究员侯玮红猜测，帕慕克的离席是"因为害羞"。在世界范围，帕慕克几乎从不出席自己的作品研讨会。在2007年6月由土耳其文化和旅游部举办的首届文学国际研讨会上，两天的会议中安排了半天讨论帕慕克的作品。帕慕克也没有出席。在北京，帕慕克客气地说："出席研讨会，我虽然不觉得尴尬，但觉得怪怪的。如35年前，有人告诉我，在中国举办一个关于我的作品的研讨会，我会觉得那是做梦。我并不想因为自己而打破这个神话。事实上，大家今天如果没有发现我在场，可能会更好。"

之后在2009年10月由上海三联书店结集出版《帕慕克在十字路口》,收录了帕慕克访华期间的演讲、访谈、座谈及相关研究文章,其中帕慕克演讲录4篇,与帕慕克的对话4篇,其余文章20篇,是迄今为止国内帕慕克研究的一项重大成果。其主要内容为:

首先,帕慕克演讲录。《我们究竟是谁?》(帕慕克在中国社会科学院的演讲)主要探讨了帕慕克所认为的小说中最核心的问题,即"他人"、"陌生人"或"敌人"的问题,或者说小说是这样一种形式:把自己的故事转化为别人的故事或是把别人的故事当作自己的故事来写,也就是寻找一种进入别人头脑的方式,"让自己穿上别人的鞋子,通过想象放下我们自己的身份,我们便将自己释放"①。并且揭示了小说的意义:"毫无疑问,小说的装备使它最能吸收世界上的一切。想象——将意义揭示给他人的能力——是人性最大的力量,许多世纪以来,其最真的表达是在小说里。"②

《我是一个书卷气的作家》(帕慕克在其作品研讨会上的发言)则强调了有两类不同的作家,一类作家完全是经验主义的,自己有什么经验,作品中就写些什么,而另一类作家写作是以经验和研究为基础的,而帕慕克认为自己属于第二种,除了人生经验、感悟以外,帕慕克的创作还基于对东方及西方经典的研究。在这次演讲中,他特别强调了自己对土耳其经典著作、波斯和奥斯曼的苏非经典的研究,并将之运用到自己的小说中去。

《隐含作者》(帕慕克在北大附中的演讲)及《你为谁而写作》(帕慕克在北京大学的演讲)则着重探讨了作家的身份和

---

① 帕慕克、陈众议等著:《帕慕克在十字路口》,上海三联书店,2009年,第6页。
② 帕慕克、陈众议等著:《帕慕克在十字路口》,上海三联书店,2009年,第12页。

责任,帕慕克渴望成为自己梦想之书的隐含作者,或者说他认为每一部小说都是作者用一种新的面具将自己包装成他人,因此帕慕克并不想参加自己的作品研讨会,而是渴望成为其作品研讨会上的隐身人,或者说是"幽灵",因为在他看来真正伟大的作家即使不是业已过世,也一定是生活在一个与普通人的世界不同的另一个世界,以供人们在"远处见证、惊叹着一个奇迹"。此外,关于作家的责任,帕慕克则认为:"在媒体全球化的时代,作家们已经不再是首先并且仅仅对着本国中资产阶级叙说的人了,而是能够并且迅速面对全世界的小说读者叙说的人。"①

其次,解读帕慕克。这一部分以帕慕克的作品为单元对帕慕克的小说做了一次全方位的解读,其中解读《我的名字叫红》和《伊斯坦布尔——一座城市的记忆》的文章最多,各有四篇,解读《雪》的有三篇,《寂静的房子》《白色城堡》《杰夫代特先生》《新人生》《黑》的文章各有一篇,另有三篇综论。除了一些知名学者外,特别值得一提的是还有部分作家参与其中。作家与学者不同,由于自己也从事文学创作,所以有时可能更能参透作品内部的奥秘。所以,他们所撰写的文章可以为我们理解帕慕克作品提供一些更新的角度和视角。

作家莫言在《好大一场雪——〈雪〉赏析》一文中,从叙事的迷宫、喧哗的众声、丰富的象征、生动的细节与新奇的比喻四个视角解读了帕慕克的小说《雪》。由于处于作家的敏锐,莫言特别强调帕慕克小说的结构之妙,他指出:"读者之所以能超出小说人物的视野并对他的行为进行居高临下的审视,我想这得力于小说中的叙事者奥尔罕的不断介入。这种原小说

---

① 帕慕克、陈众议等著:《帕慕克在十字路口》,上海三联书店,2009年,第30页。

技巧,既为作家提供了叙事的便利,也为读者的阅读制造了心理空间。"此外,他还特别强调了帕慕克小说的细节之妙:"他的准确,他的耐心,都通过这样的细节描写和精彩比喻显示出来,这样的能力,既是训练的结果,也是天才的禀赋。"[1]莫言在与帕慕克与基兰·德赛的会谈中也提到了一些对后来的研究者很有启发的问题,比如二人谈到他们共同的朋友大江健三郎对帕慕克与莫言叙事方法的喜爱,还有二人对象征主义文学与现实主义文学的看法。两位作家的对话碰撞出很多有意义的火花,值得今后做进一步的研究。

另一位作家阎连科在《从帕慕克到伊斯坦布尔和他的文学世界——在帕慕克先生作品讨论会上的发言》则像一位导游,一位文学作品的导游,带领我们遨游于帕慕克的小说世界。

当然,更多的还是中国社会科学院以及北大的部分学者们所撰写的解读帕慕克作品的文章。其中解读《我的名字叫红》的文章有四篇,分别为《意识形态的颜色》(陆建德)、《向死而生的写作》(陈晓明)、《对〈我的名字叫红〉的一点理解》(石海军)、《〈我的名字叫红〉:暴力美学的三重逻辑》(黄茜)分别从东西文化关系、写作技巧、暴力美学等角度解读这部帕慕克最有影响的作品。其中,陆建德教授的文章从红色和细密画之关联进行考证,揭示《我的名字叫红》由一场围绕细密画的谋杀而引起的土耳其顽固派与改革派的斗争,特别值得一提的是将土耳其世俗改革与十五六世纪意大利的状况放在一起对比描述,使人们了解到极端主义并不是伊斯兰社会的特产,"东方"与"西方"简单的二元对立模式也是不可取的,只有像谢库瑞那样摒弃这种极端主义的观念,个人才能得到救赎。

---

[1] 帕慕克、陈众议等著:《帕慕克在十字路口》,上海三联书店,2009年,第130、133页。

解读《伊斯坦布尔——一座城市的记忆》的文章有四篇：《法国文学——奥尔罕·帕慕克的呼愁之源》(吴岳添)、《伊斯坦布尔的游历,〈伊斯坦布尔〉的亲历》(余中先)、《忧伤的城市、忧伤的心灵》(钟志清)、《论帕慕克"呼愁"的实质》(宗笑飞)。尽管帕慕克的全部作品可以说都是关于土耳其的"呼愁"，但明确提出"呼愁"这个概念并将之贯穿于自己作品其中的只有《伊斯坦布尔：一座城市的记忆》。因此，解读这部作品的文章也不自觉地都抓住了"呼愁"这条主线。特别是吴岳添的文章还考察了帕慕克的"呼愁"与法国文学的联系，并分析其"呼愁"与西方作家的异同。

解读《雪》的文章有三篇，除了前文论及的莫言的《好大一场雪——〈雪〉赏析》之外，还有董小英的《雪的概念结构》，以及叶隽的《"失根忧伤"与"魂归何方"》，此文从作为思想史元命题的"一体二魂"出发，对比歌德《浮士德》的二元对立结构与《雪》中法泽尔的二分模式的异同，指出了在"文明的冲突"背景下，伊斯兰文化的整体范围也表现出各种思想混杂和民族性的"一体二魂"，由此层层递进体现出帕慕克小说的深层文化追问的基本线索。

此外，论及《寂静的房子》的有《我的名字叫红》的译者沈志兴的《19世纪中叶以来的土耳其文学及帕慕克的作品〈寂静的房子〉》，介绍了19世纪中叶以来土耳其文学的发展历程。解读《白色城堡》的文章《永远无法抵达的城堡》从个人与民族身份寻求的角度借帕慕克小说《白色城堡》分析一个国家应如何认识自己过去的历史、现在的处境和未来的命运。陈竹冰作为《杰夫代特先生》的中文译者向大家介绍了小说的创作及基本情节，并描述了自己与这本书之间的缘分。魏丽明等解读《新人生》的文章《〈新人生〉的多重解读》是在北大东方文学研究中心的研究生课程《东方文学专题》课程讨论的基础上对《新人生》所做的各种不同角度的解读,将《新人生》分别读作:两个自我的寓言、民族的寓言、土耳其命运的象征、民族追寻之旅、文化杂合思想的创作实践。

特别值得一提的是,中国社会科学院专攻波斯(伊朗)文学的穆宏燕教授所撰写的解读《黑书》的文章《在卡夫山上追寻自我》,从苏非神秘主义哲学的"我即凤凰"这一命题入手分析卡利普寻找如梦/耶拉的旅程其实就是一个成为"耶拉"的过程,由此说明了当代土耳其人"做他人"的角色追求,重新发现一个失落的伊斯坦布尔,这应该才是土耳其人真正目标所在,利用波斯语凤凰与三十只鸟是同一个词,《百鸟朝凤》中寻找凤凰的三十只鸟,最终发现"我即凤凰",那么当今在土耳其人寻找"做西方人"的追寻之旅中最终也应该发现重建自我,重建自己失落的文化传统才能真正找到自我、寻回自我的身份。

此外还有四篇综合性评论:陈众议教授替代序言的文章《帕慕克在十字路口——兼说怀旧》,前文已论及的阎连科的《从帕慕克到伊斯坦布尔和他的文学世界》,侯玮红的《谈帕慕克作品与当代俄罗斯小说》,杨卫东的《帕慕克的低声细语》。

最后,与帕慕克的对话。本书的第三部分收录的是帕慕克与大江健三郎及莫言的对话,以及在帕慕克访华前穆宏燕教授通过电子邮件对帕慕克所作的专访《身份认同与文化融合》以及帕慕克在上海外国语大学与上海的众学者、作家的座谈《东方文化与文学想象》。对话形式很多时候可以通过思想碰撞的火花了解到作家平时不轻易示人的一面,因此这些对话及座谈对于研究帕慕克的思想创作理念是很有帮助的。

因为帕慕克与大江健三郎都曾因为本国弱势群体直言而

遭到司法诉讼,因此二人对谈的一个基调就是作家的责任:即为了他者而直言,即使被置于困境,也要继续写作、继续发声。

穆宏燕对帕慕克的专访则是国内目前唯一一次真正与帕慕克的全面对话。从帕慕克的世俗主义立场、伊斯兰文化的影响、东西方文化交流以及关于帕慕克几部作品的探讨等几个层面与帕慕克展开对话,是我们了解帕慕克思想、创作的一份极其珍贵的资料。

三、帕慕克访华后的研究

2008年帕慕克访华后,帕慕克研究进入了暂时的高潮,从2008年直到今天关于帕慕克的研究文章一直不断,也有不少人选择帕慕克做硕士、博士论文,归纳起来讲,国内关于帕慕克的研究主要集中于以下几个方面:

首先,东西方文化交流。主要研究文章有:杨中举的《奥尔罕·帕慕克:追求文学创作、文化发展的混杂性》(《当代外国文学》,2007年第1期)、李卫华的《文化冲突与杂合:〈我的名字叫红〉中的情节结构隐喻》(《外国文学研究》,2008年第1期),桂天寅《文化失明的悲剧——帕慕克小说〈我的名字叫红〉主题探微》(《电影文学》,2007年第22期),梁晴的《奥尔罕·帕慕克的"帝国"悠思》(《名作欣赏》,2007年第15期)和《博斯普鲁斯大桥的两端——〈白色城堡〉的身份界定尝试》(《名作欣赏》,2008年第4期)等。相关的硕士论文有:2010年:东北师范大学赵沛林教授的学生窦波《奥尔罕的钟摆——帕慕克的小说艺术与文化认知发微》,陕西师范大学韦建国教授的学生刘思雨《东西方语境下奥尔罕·帕慕克研究》,暨南大学黄汉平教授的学生张可利《论帕慕克小说的文化混杂性》等。

土耳其地理位置特殊,横跨欧亚两大洲。作为一个生活于两大文明夹缝中的作家,东西文化交流与碰撞可以说是他身上一个最明显的特征,也是迄今为止他作品中反复诉说的一个永恒主题。正如他自己反复强调的自己作品中总有一场东西方的相会,所以这个主题理所当然也成为中国学者在研究帕慕克时首先被关注到的一个视角。

有学者强调如同塞缪尔·亨廷顿、爱德华·赛义德一样,帕慕克在自己的作品中强调文化冲突。但其实帕慕克从来不过分强调文化冲突,同时帕慕克也不赞成过分强调东西方的差异。因为差异、冲突只能导致仇视、战争,而帕慕克希望成为一座桥梁,一座沟通东西方文化的桥梁。帕慕克更认同于文化杂合,他希望通过自己的作品创造出一个东方的过去与西方的现在相结合的新文化。这种新文化是结合,而不是模仿,因为模仿是低的模仿高的,肯定是不平等的。要实现文化的结合最重要的是通过文化对话,而这正是帕慕克这样的土耳其知识分子或者扩大一点说是所有东方民族知识分子试图在做的事情。所以帕慕克满怀希望地指出:"也许新一代的人会做到这一点,他们能加入欧盟,却不会破坏土耳其身份,相反能让它繁荣昌盛,并给我们更多自由和自信来发明一种新的土耳其文化。"[①]

其次,"呼愁"研究。主要研究文章有:宗笑飞《帕慕克的忧伤》(《渤海大学学报》,2008年第5期),刘卓《帕慕克笔下故乡的"呼愁"》(《青年文学家》,2010年第5期),杨中举《呼愁:帕慕克小说创作的文化诗学风格》(《东方丛刊》,2009年第2期),张虎《〈伊斯坦布尔———一座城市的记忆〉:有一种忧

---

① [土耳其]奥尔罕·帕慕克:《别样的色彩》,宗笑飞、林边水译,世纪出版集团(上海人民出版社),2011年,第431页

伤叫"呼愁"》(《世界文学评论》,2008年第2期),相关的硕士论文有:西南大学肖伟胜老师的学生李佳《别样的忧伤——奥尔罕·帕慕克小说中的"呼愁"阐释》,湖南师范大学刘卓《帕慕克对伊斯坦布尔"呼愁"阐释》。"呼愁"可以说是贯穿帕慕克整个创作过程的一个美学风格。或者至少我们也可说是帕慕克作品一以贯之的风格,此外帕慕克还在自己的作品中详细考察了"呼愁"一词的来历,并赋予它更广泛的意义,也就是"呼愁"既含有人之忧伤,也含有景之忧伤,这深入奥斯曼的灵魂中。同时通过考察大家发现"呼愁"是一个独特的文化概念,有着对于历史权力丧失的深刻思考,它的形成有着深远的历史原因、现实环境、心理原因、文化渊源。

再次,小说的叙事学研究。关于帕慕克小说的叙事学研究相关论文并不多,有代表性的是《兰州学刊》,2007年第6期上邓先进的《〈我的名字叫红〉叙事视角分析》、《钦州学院学报》2008年2月上的《最后一秒钟思维告白的秘密——〈我的名字叫红〉叙事技巧分析》,詹春花的《论〈我的名字叫红〉叙事中的文化主题》;尹星的《"收藏式写作":帕慕克〈清白博物馆〉中的都市现代性叙事》(《外国文学研究》,2010年第4期)等。这些论文从不同的角度对帕慕克的叙事技巧做了分析。特别是尹星的论文运用可见的与不可见的理论分析了帕慕克的小说《纯真博物馆》)(尹星论文中译作《清白博物馆》)。其中一段刻骨铭心的爱情,此为可见的小说,呈现出20世纪七八十年代伊斯坦布尔城市的景观,此为不可见的小说。

又次,帕慕克作品的身份问题研究。相关硕士论文有:湖南师范大学张璐《奥尔罕·帕慕克作品中的"身份"问题》,华中师范大学裴蓓《论奥尔罕·帕慕克小说中的文化身份意识》,还有张虎发表在2009年第2期《当代外国文学》上的文章《论帕慕克小说〈白色城堡〉中的身份建构》等。帕慕克的小说抑或可以说帕慕克本人一直都在寻找其土耳其性,中国社会科学院的穆宏燕曾经说过当问及帕慕克你是西方的还是东方的时,他说"both of them"。但同时穆宏燕教授也指出"both of them"其实也就是"neither of them"。可见,文化冲突与身份悖谬一直都是土耳其面临的严峻问题之一。也许这本来就是一个无解的问题,还不如干脆认同土耳其本土的"双重身份",并在伊斯兰苏非神秘主义文化的基础上实现身份整合的理想。

最后,苏非神秘主义视角的研究。除前文已经论及的穆宏燕的文章《在卡夫山上追寻自我——对奥尔罕·帕慕克的〈黑书〉解读》,还有张虎的几篇论文均关注到了帕慕克小说中的苏非神秘主义视角:《帕慕克与苏非主义》(《外语教学》,2010年第6期)、《帕慕克的小说创作与苏非主义》(《当代外语研究》,2010年第9期)、《帕慕克的"完人"》(《宜宾学院学报》,2010年第11期)、《"恋之奴仆"与"纯粹之爱"——帕慕克爱情叙事的苏非神秘主义原型结构》(《外国文学研究》,2011年第1期)。

帕慕克的小说《白色城堡》、《新人生》、《黑书》中,均有苏非神秘主义思想"双重真理说"、"完人"、"纯粹之光"、"神爱论"等的生动展现。其中非常精彩的是其分析"完人"这一苏非神秘主义的最为核心概念如何在帕慕克小说中复活的。《白色城堡》中的霍加与"我"之合一成为理性哲学与宗教信仰结合的象征,《黑书》中卡利普在对"自我"的执着探索中成为一名永恒的自我沉思者。同时在帕慕克小说中的爱情故事,如《我的名字叫红》中黑与谢库瑞的爱情、《雪》中卡与伊佩珂的爱情等,都有一个深层的"人神之爱"的宗教叙事结构。

获得诺贝尔文学奖以后,帕慕克并没有停止自己的创作。

近年来他已经又有三部佳作问世:《纯真博物馆》《我脑袋里的怪东西》《红发女子》。他关于土耳其的传统与现代,关于东西方文化的冲突与交流的思考从来都没有停止。而同样地,中国关注帕慕克的研究者对他的思考也从未停止,相信未来必将走向更深入地研究。

总之,土耳其,一个横跨欧亚大陆的神秘国度,孕育了奥尔罕·帕慕克独特的文学特色。表现在政治上,帕慕克既不赞同完全西化,也不赞成保守主义,而是希望建构一个土耳其人能够接受的具有伊斯兰基础的民主化国家。表现在文化上,他不赞成过分强调文化冲突,同时也不赞成过分强调东西方的差异,因为差异、冲突只能导致仇视、战争,而帕慕克希望成为一座桥梁,一座沟通东西方文化的桥梁。帕慕克更认同于文化杂合,他希望通过自己的作品创造出一个东方的过去与西方的现在相结合的新文化。这种新文化是结合,而不是模仿,因为所谓模仿指的是低的一方模仿高的一方,肯定是不平等的。要实现文化的结合最重要的是通过文化对话,而这正是帕慕克这样的土耳其知识分子或者扩大一点说是所有东方民族知识分子试图在做的事情。所以,帕慕克满怀希望地指出:"也许新一代的人会做到这一点,他们能加入欧盟,却不会破坏土耳其身份,相反能让它繁荣昌盛,并给我们更多自由和自信来发明一种新的土耳其文化。"① 表现在文学创作上,帕慕克善于利用伊斯兰文化优秀的文学传统,借以后现代的手法予以表现,把伊斯坦布尔的灵魂———"呼愁"注入自己的全部文学创作中,并将之升华为自己文学作品的艺术风格,以自己的一部部作品为人们铺陈了一幅幅具有伊斯兰细密画风格的"呼愁"世界。

---

① [土耳其]奥尔罕·帕慕克:《别样的色彩》,宗笑飞、林边水译,世纪出版集团上海人民出版社,2011年,第431页。

第十章 莫言研究

诺贝尔文学奖获奖历史上,中国作家据说曾被提名,但从未获奖,直至莫言在2012年折桂。① 本文拟梳理、描述和评论莫言的创作过程,力求在"传统—西方"交互、融合的视野内,廓清莫言的文学思想,分析莫言的叙事艺术,以期对莫言的文学成就有一个较为客观和独特的把握。

第一节 "红高粱美学"

莫言登上文坛的时候,正值"文革"结束,"伤痕"、"知青"、"改革"文学处于全盛时期,他的写作资源与此背景无法形成共振,因此,无法迎合时代节奏。在写作上还是生手的莫言仿佛是个时代的弃儿,这使他有些莽撞和茫然,在一段时间内写得比较散乱,也没有成型的想法。② 在莫言关于自己写作的言说中,基本上是把"军艺"(解放军艺术学院的简称)期间的《透明的红萝卜》作为自己写作的起点,忽视了此前的"练笔"阶段。上"军艺"前,莫言并非"右派"和知青,从政治视角控诉"文革"

---

① 北京时间2012年10月11日19时(当地时间10月11日13时),瑞典诺贝尔委员会宣布2012年诺贝尔文学奖获得者为莫言。诺贝尔委员会给其的颁奖词为:莫言"将魔幻现实主义与民间故事、历史与当代社会融合在一起"。(The Nobel Prize in Literature 2012 was awarded to Mo Yan "who with hallucinatory realism merges folk tales, history and the contemporary".)

② 莫言在一次讲演中说,自己刚开始写作时,不喜欢当时流行的一些小说。《莫言文集·用耳朵阅读》,作家出版社,2012年,第276页。

的道路显然无法走通,因此,他不断探索着属于自己的题材,而在这些尝试中,逐步寻找到了他独特的空间和语言。在探索期内,莫言一方面写了一些跟风应时的作品,比如关于军营生活的,同时,也逐渐找到了自己擅长的方向,即对故乡和民间文化的书写。研究者通常对"军艺"前这些并非是莫言代表作的作品不是很关心,其实这批作品很有价值,因为,它们表现出莫言早期不断探索的轨迹,也酝酿了他此后大展拳脚的思路。

莫言的处女作《春夜雨霏霏》发表在1981年第6期《莲池》杂志,是河北保定一家地方刊物,现已停刊。因为跟莫言后来的创作几乎"不搭界",所以这篇小说后来很少被提及,但是,《春夜雨霏霏》绝不是可以忽略的练笔之作,而是隐藏着许多莫言独特的写作密码。《春夜雨霏霏》是书信体小说,以一个结婚两年的妻子给海岛军人丈夫的信的形式,表达了浓烈的情感。当时身份是军人的莫言,写作军旅题材的作品,当然正常,但是,以女性思夫的视角切入,就显得很别致,而他对女性口吻、心理的把握和驾驭,更是精微。书信体作品并不鲜见,多表达"隐含作者"观点,因此,莫言"模仿"女性的心声,应该是他对女性心理的认知和判断。在《春夜雨霏霏》中,莫言对女性心理的描摹表现了他此后写作中塑造"女性图腾"的趋势,还表达出他对个人与自然交汇产生的"原始生命力"的关注:"啊呀,老天爷,终于下雨了!我跳到院子里,仰起脸,张开口,让雨点尽情地抽打着,积聚在心头的烦恼一下子冲跑了。雨愈下愈急,天空中像有无数根银丝在摇曳。天墨黑墨黑,我偷偷地脱了衣服,享受着这天雨的沐浴,一直冲洗得全身滑腻时,我才回了房。擦干了身子后,我半点睡意也没有了,风吹着雨儿在天空中织着密密不定的网,一种惆怅交织着寂寞的心情,也像网一样罩住了我。"①《春夜雨霏霏》倾吐了一个年经女性在春天雨夜的"油然而生的情绪",这个雨夜赤裸的仪式炽热而大胆,在拥军爱国的背景下,隐藏着不可遏止的原始生命力的奔腾的声音。在当时,莫言的写作还处于自发状态,传承和追求都不够明显,但是,他对身体的重视和感触、理解已经露出端倪。《春夜雨霏霏》中隐藏着模糊的性意识被压抑的元素:"现在,大地正坦露着胸膛,吮吸着生命的源泉,而我,却一个人跪在这不停送来的清风与水点的窗棂前,羡慕着久盼甘霖而终于得到了甘霖的禾苗。"②莫言的文学趣味在《春夜雨霏霏》中得到了呈现,诉说模式、对原始生命力的关注等叙事方式和母题都像酵母一样存在于作品中。

莫言从过军,因此,他早期小说的题材很多是关于军营的,《丑兵》《黑沙滩》《岛上的风》写的都是军旅生活。正如那个时期登上文坛的很多作家一样,莫言使用的写作方法还是带有"典型化"和"三突出"的影响,喜欢塑造合乎规范的人物形象,而政治立场则是毫无疑问的正确。《丑兵》写了一个相貌丑陋的士兵一直被人嘲笑歧视,但是心里却温暖而美好,后来上了前线,不幸牺牲。《岛上的风》写海岛上的解放军战士遇到了极端台风,副班长李丹为了帮助战友牺牲了,司令的女儿冯琦琦也改正了自己"社会达尔文"主义的观念。《黑沙滩》写黑沙滩上属于解放军的麦子熟了,但是来不及收割,而老百姓却没有粮食度日,于是场长允许群众割麦,这件事后来被定为"黑沙滩哄抢事件",场长也被上级带走。类似制造一个概念化的冲突然后解决,并以此赞美小说主人公道德品质的写法,在莫言早期小说中出现过,后来就销声匿迹了。

---

① 莫言:《莫言文集·白狗秋千架》,作家出版社,2012年,第10页。
② 莫言:《莫言文集·白狗秋千架》,作家出版社,2012年,第11页。

《民间音乐》是莫言这个时期为数不多的军营题材之外的作品,写的是发生在一个民间卖艺的小瞎子和风韵犹存的老板娘花茉莉之间的故事,表现出莫言对民间文化的熟稔,同时,花茉莉充满母性光辉的成熟、包容也成为莫言此后作品中常见的女性形象的气质。花茉莉离婚后独居,不理睬世俗眼光,对卖艺的小瞎子情有独钟,大胆追求,她如此表白:"我天天找啊,寻啊,终于,你像个梦一样的来了,第一眼看到你,我就想,这就是我的男人,我的亲人,你是老天给我的宝贝……我早就想把一切都给了你,可是我又怕强扭的瓜不甜,我怕水浇多了反把小芽芽淹死,我等啊等啊,一点一点地爱着你,可你,竟是这般绝情……"① 花茉莉潮水一般汹涌的爱情和炽热的表白,洋溢在作品中,凸显出莫言作品充沛宏大的特征。《民间音乐》已经显露出些许"文化寻根"的因素:第一,故事题材远离流行政治模式。小说讲在小镇上发生的故事,朦胧淡远,结尾开放,暗含悲伤情绪,叙事者与故事保持一定距离,增加传奇色彩;第二,作品塑造了小瞎子形象,刻意展现他的高超音乐技艺和儒雅的个人魅力,而他不接受花茉莉的追求,执意离开,又显示出神秘一面;第三,花茉莉胆大泼辣,对小瞎子的崇拜和怜爱,也带有民间爱情恣肆、率性的一面。对比而言,花茉莉与各方面条件都很优越的前夫的离婚原因是,对方"像皇帝爱妃子一样爱着她",② 看似莫名其妙,却表现出花茉莉对高质量情感交流方式的追求。花茉莉要求的,不是施舍和俯视的爱,而是一种自己主动、热烈、发自心底的爱。《民间音乐》是莫言早年作品中较为出色的一篇,情感描写纤细入微,人物间关系处理具有戏剧张力。小说发表后,碰巧被孙犁看到,受到孙犁的赏识、赞

---

① 莫言:《莫言文集·白狗秋千架》,作家出版社,2012年,第143页。
② 莫言:《莫言文集·白狗秋千架》,作家出版社,2012年,第129页。

扬。① 后来,莫言拿这篇作品申请"军艺",虽然错过报名时期,但是还是被当时的招考人徐怀中相中,得以录取。

进入"军艺"后,莫言的眼界得到开阔,很快就有了不少独到的创作理念,并且找到了合适的题材和语言。

莫言第一部产生了较大影响的小说是发表在1985年《中国作家》上的《透明的红萝卜》。当期《中国作家》在作品前介绍说:"本篇是莫言的第一部中篇小说,写作上有新意,艺术上有追求,是值得一读的作品。"② 果如其言,《透明的红萝卜》显示出莫言许多独特的创作个性,其中,他小说中人物发达、夸张的感官能力超乎寻常,常常能够把作品带离现实语境,达到一种单纯的审美和炫技层面。在莫言写作《透明的红萝卜》时,当代文学史上还未有作家如此大张旗鼓、细腻入微地描写过人物的感官感受,因此,他的实践不仅仅是对题材的开拓,还带有艺术价值观的革命意味。这篇小说以一个叫"黑孩"的具有独特感知能力的小男孩为视角,叙述了他眼中的"文革"时期的农村。在这个几乎没有"故事"的小说中,莫言大规模地、喧宾夺主地描写了黑孩对外界的感知,以身体记忆的方式,书写了以往被遮蔽的农村。在这部小说中,莫言创造了一个著名的"透明的红萝卜"意象,表现出他出众的观察能力:"泛着青蓝幽幽光的铁砧子上,有一个金色的红萝卜。红萝卜的形状和大小都像一个大个的莱阳梨,还拖着一条长尾巴,尾巴上的根根须须像金色的羊毛。红萝卜晶莹透明,玲珑剔透。透明的外壳里包孕着活泼的银色液体。红萝卜的线条流畅优美,从美丽的弧线上泛出一圈金色的光芒。光芒有长有短,长的如麦芒,短

---

① 孙犁评价《民间音乐》说:"小说的气氛,还是不同一般的,小瞎子的形象,有些飘飘欲仙的空灵之感。"见《莫言文集·会唱歌的墙》,作家出版社,2012年,第40页。
② 《中国作家》,1985年第2期。

的如睫毛,全是金色。"① "红萝卜"是实体,但是在小说中带有了强烈的现代主义特征,意象奇崛新颖,令人过目不忘,同时,这篇小说也成为莫言小说中较早使用意象来统领全篇的作品。从基本写实的现实描摹到现代主义的夸张和变形,莫言实现了一次写作理念上的超越,这对他的写作道路影响很大。对于一个作家来说,寻找到属于自己的题材来源,从而能够稳定地获得写作材料,是创作道路上必须要解决的问题。莫言此前的选题资源并不确定,而在《透明的红萝卜》之后,他找到了自己的选题方式,以后的一个时期内,他都是通过意象来寻找小说的。在一次对话中,莫言表示,"红萝卜在阳光下闪烁着奇异的光彩。我觉得这个场面特别美,很像一段电影。那种色彩,那种神秘的情调,使我感到很振奋。其他的人物、情节都是由此生酵出来的。"② 此前的研究多惊叹这篇小说中的意象,但是没有注意到,莫言的写作也随着这篇小说发生了改变。先有一个奇异的意象,然后根据此,结撰出一个故事,就成为莫言这个时期主要的写作方法。

《透明的红萝卜》意象特别,常常是讨论焦点,这篇小说的内容反而被忽视了,但是,仔细阅读这篇小说,能够发现,莫言对农村生活的书写已经悄然发生了转变。莫言早期对农村的描写中,不乏《售粮大道》这样的作品,都是讲述农村中的"新人新事"的,还没有批判和反思的意识。对于自己的农村记忆,莫言还未找到合适的处理、表达方式。《透明的红萝卜》的背景是"文革"时期修水库,写到了民间政治的简单粗鄙和生活的艰难,用侧面和间接的方式,反讽了意识形态的宣传,而这,是莫言此前的作品中没有的。莫言说:"即使在'文革'期间的

---

① 莫言:《莫言文集·欢乐》,作家出版社,2012 年,第 35 页。
② 徐怀中、莫言等:《有追求才有特色》,《中国作家》,1985 年第 2 期。

农村,尽管生活很贫穷落后,但生活中还是有欢乐,一点欢乐也没有是不符合生活本身的;即使在温饱都没有保障的情况下,生活中也还是有理想的。当然,这种欢乐和理想都被当时的政治背景染上了奇特的色彩,我觉得应该把这些色彩表达出来。把那段生活写得带点神秘色彩、虚幻色彩,稍微有点感伤气息也就够了。"① 莫言谈及"文革"乡村的"奇特色彩",是他对自己写作资源的一次重新发现。在小说中,莫言将人物漫画化和反讽化,表现出独特的幽默效果:"队长披着夹袄,一手里拎着一块高粱面饼子,一手里捏着一颗剥皮的大葱,慢吞吞往钟下走。走到钟下时,手里的东西全没了,只有两个腮帮子像秋天里搬运粮草的老田鼠一样饱满地鼓着。"② 从人物的行动和肖像中,抽离出有趣的笑料,表达出反讽,这一写作方法在《透明的红萝卜》中得到了较多的使用,带有莫言独特的观察和表达方式。在此后的《牛》、《三十年前的一场长跑比赛》等小说中,莫言延续了《透明的红萝卜》的思路,他更多地摒弃了正面描写时代困窘、感伤,而是着重用幽默嘲弄的笔法描写当年的人和事,无意中带出些许时代的荒谬和人的无聊。在莫言的写作史中,淡化和换一个视角来看"文革",是他逐步找到自身独特性的一次重要变化。

处于20世纪80年代向西方文学学习的热潮中,阅读和思考扩大了莫言的视野,引领他走上自己的道路。莫言写作上的一个飞跃,是了解并获得了地域写作的重要性,开始建构属于自己的"高密东北乡文学共和国"。莫言建立纸上王国的灵感,来自1984年对福克纳的阅读,这一点,莫言经常提及。莫言在《说说福克纳老头》中说,读了福克纳的《喧哗与骚动》后,"我

---

① 徐怀中、莫言等:《有追求才有特色》,《中国作家》,1985年第2期。
② 莫言:《莫言文集·欢乐》,作家出版社,2012年,第1页。

立即明白了我应该高举起'高密东北乡'这面大旗,把那里的土地、河流、树木、庄稼、痴男浪女、地痞流氓、刁民泼妇、英雄好汉……统统写进我的小说,创造一个文学的共和国。当然我就是这个共和国的开国皇帝,这里的一切都由我来主宰"①。福克纳对自己故乡约克镇那"邮票"大的地方,充满眷恋,不断书写,创立了一个虚构的文学世界,这种写法给了莫言很大的启发,促使他思考,并决定如法炮制。在此之后,莫言开始将自己大部分故事的发生地点放在"高密东北乡",并且在不断地对"高密东北乡"的阐释中,莫言逐步形成了独特的对地域与文学关系的理解。福克纳的写作方法对新时期很多作家产生了影响,但莫言的理解、坚持和变创更为突出。在获得诺贝尔文学奖后的一次访谈中,莫言说,与福克纳笔下的约克镇的极少变化不同,他的"高密东北乡"日新月异,应和着中国近30年来的巨大变迁。②当代文学史上,也有不少作家意识到了地域书写的重要性,并且积极建构属于自己的文学王国,但是,都不如莫言成功。莫言之所以将"高密东北乡"的品牌推向了世界,在于他不仅书写了地域,还赋予地域以独特的文化,而正是后者,承载着更多、更大的信息。

莫言在《红高粱》中,确定了写作的坐标原点,找到了自己写作的"魂",建立了属于自己的"红高粱生命美学"。《红高粱》描写了抗战时期,"我爷爷"和"我奶奶"为了给惨死的罗汉大爷报仇,率领一群土匪伏击日军的故事。故事在小说中仅是一个背景,莫言花费大量笔墨,动情书写了"高密东北乡"的高粱地里散发出的原始、粗犷的生命气息。从题材的角度说,《红

---

① 莫言:《莫言文集·会唱歌的墙》,作家出版社,2012年,第102页。
② 《把"高密东北乡"安放在世界文学的版图上——莫言先生文学访谈录》,《东岳论丛》,2012年第10期。

高粱》对革命史进行了"改写",将"我爷爷"这样的土匪作为小说的主角,并且大力颂扬了他的抗战事迹,因此,后来被列为"新历史主义"的代表作。莫言在《红高粱》中并未顾忌抗日行动的领导权等既定叙事,而是从民间立场出发,用"原生态"的视角叙述了这个故事,发掘出被既定历史书写忽略的内容。在此前对《红高粱》的研究中,"红高粱"意象的文化意义被反复阐释,而故事的细节中隐含的颠覆历史的叙述却很少被提及,更没有将其置放于改写历史的框架内予以解读。小说的结尾部分写到,余占鳌等土匪击毙了日军少将中岗尼高,仅获得了机关枪等一些战利品,而这个功劳却被算在了国军冷支队长的账上。为这次伏击而牺牲的"弟兄",奏响了一曲生命张扬的壮歌,但注定无缘被历史记载。《红高粱》中还写到,余占鳌部队中的于副官深明大义,从严治军,坚决要求枪毙强奸民女的余大牙,被怀疑为共产党,但是,他却死于一次意外的擦枪走火。在《红高粱》中,革命史中的敏感内容被安排到一个次要的地位,并且显得游离和滑稽,仅仅是这场荡气回肠的伏击战的点缀。莫言以《红高粱》的故事为中心,建构了一个"红高粱家族",《高粱酒》《狗道》《高粱殡》《奇死》和《红高粱》一起,组成人物、叙事互文的系列,也是当代小说史中的独创。"三部曲"作品并不鲜见,基本模式是按照时间跨度来安排人物命运,但是"红高粱"却组成一个回环、互涉,相互补充的网状叙事结构。比如,《红高粱》中只写到了"我奶奶"过门三天后回娘家,但是,回去后具体情况,却付之阙如,而在《高粱酒》中,却进行了详细的铺陈交代。《高粱酒》并不是衍生出来的背景介绍,或者对《红高粱》的局部放大,而在细节和塑造人物方面对《红高粱》进行了补充和提升。在《高粱酒》中,"我奶奶"不卑不亢、处变不惊和敢作敢为的性格得到了有力的揭示,支持和丰富了《红高粱》中对人物形象的塑造。当然,其他几部作品是莫言在《红高粱》后意犹未尽之作,比起《红高粱》艺术高度或许稍逊一筹,但是绝非可有可无。此前的研究者只关注"红高粱家族"中领衔的《红高粱》,不能从"小说族群"的角度阐释这一现象,是一种盲视,其实,莫言的独特美学大厦的构筑,正是通过这一系列作品的反复强调,方逐步成型,并且最终得到认可的。

作为莫言最具影响力的作品之一,《红高粱》用"红高粱"的意象,建立了一种张扬、释放生命力的"红高粱生命美学"。类似的生命美学,不仅莫言此前从未涉及,就是放在中国小说史中,也有开创性的意义。新时期以降,"寻根"思潮扑面而来,裹挟着作家思考和书写此前被遮蔽的民间的、非政治化的文化形态,因此,原始和复古的因素被凸显。广袤和苍凉的地域意象在文艺作品中频频出现,《黄土地》《北方的河》《小鲍庄》《老井》等同时期的作品中,都从地域意象中汲取了象征意义。虽然"寻根"的大旗打出,但是"根"在何方,如何去寻,却人言人殊。阿城、韩少功等人"寻根"的路径,并不一致。在此背景下,莫言的《红高粱》的眼光深入民间,关注了未被文明驯化的原始生命力,并且演绎放大,形成独特的看取人性的视角,而小说中对"种的退化"的批判,则在其他作家那里找不到,这是莫言的独特思考和表现。如果追溯现代作家的话,沈从文作品中提出的文明的"阉寺性"和用雄强的生命力来拯救的想法,或可算作莫言"红高粱生命美学"的先声,但是,沈从文并未将这个思路上升到美学的层面。在此前的乡土小说中,虽然也有对高粱的描写,但直至莫言,才将红高粱设定为一个核心意象,并且将其升华为反抗、张扬、散发生命尊严的精神气质。莫言在小说中,多次对高粱地进行特写,渲染一种大气磅礴的风景,而基于此,产生出一种悲壮的气氛。小说中这样的描述比比皆是:"站在河堤上,抬眼就能见到堤南无垠的高粱平整如砥的穗面。它们都纹丝不动。每穗高粱都是一个深红的成熟的面孔。"并且,高粱参与到了人物的情感之中:"奶奶听到了宇宙的声音,那声音来自一株株红高粱。奶奶注视着红高粱,在她朦胧的眼里,高粱们奇谲瑰丽,奇形怪状。它们呻吟着,扭曲着,呼号着,缠绕着,时而像魔鬼,时而像亲人,它们在奶奶眼里盘结成蛇样的一团,又呼啦啦地伸展开来,奶奶无法说出它们的光彩了。它们红红绿绿,白白黑黑,蓝蓝绿绿,它们哈哈大笑,它们号啕大哭,哭出的眼泪像雨点一样打在奶奶心中那一片苍凉的沙滩上。高粱缝隙里,镶着一块块的蓝天,天是那么高又是那么低。奶奶觉得天与地、与人、与高粱交织在一起,一切都在一个硕大无朋的罩子里罩着。"① 腥甜的红高粱地里,孕育着莫可名状的、冲突的原始生命力,与大地声息相通。传统儒家文化要求"克己复礼",温柔敦厚,不主张突出个人性格和宣泄私人情感,但,在《红高粱》中的"高密东北乡",莫言虚构了一种以生命力的爆发为中心的"异质"性的文化,并通过"土匪"这样边缘的人物表现出来。莫言毫不掩饰对这种文化的崇拜:"谨以此书召唤那些游荡在我的故乡无边无际的通红的红高粱地里的英魂和冤魂。我是你们的不肖子孙。我愿扒出我的被酱油腌透了的心,切碎,放在三个碗里,摆在高粱地里。伏惟尚飨!尚飨!"② 在莫言看来,故乡土地上曾经激荡着英雄主义和悲壮气息,而他只能采取招魂的方式缅怀先祖的壮举。"可怜的、孱弱的、猜忌的、偏执的、被毒酒迷幻了灵魂的孩子,你到墨水河里去浸泡三天三夜——记住,一天也不能多,一天

---

① 莫言:《莫言文集·红高粱家族》,作家出版社,2012年,第65页。
② 莫言:《莫言文集·红高粱家族》,作家出版社,2012年,第1页。

也不能少,洗净了你的肉体和灵魂,你就回到你的世界里去。在白马山之阳,墨水河之阴,还有一株纯种的红高粱,你要不惜一切努力找到它。你高举着它去闯荡你的荆棘丛生、虎狼横行的世界,它是你的护身符,也是我们家族的光荣的图腾和我们高密东北乡传统精神的象征!"① 先设置一个业已消逝的理想化的图腾和传统,然后批判和反思当代,在愧疚中重温和夸大往昔的辉煌,借此,莫言笔下的被理想化了的"红高粱生命美学"具有了招魂和挽歌的性质,形成了完整的、可以自圆其说的理论体系。

莫言研究中,不乏从不同角度对"红高粱生命美学"的阐释,丰富和提升了这个意象的价值。雷达从个人感受的角度,发现了《红高粱》带来的冲击:"读《红高粱》(载《人民文学》1986年第3期),我体验着一种从未有过的震悚和惊异:震悚于流溢全篇的淋漓的鲜血,那一直渗沥到筋肉里的感觉;惊异于作者莫言想象力的奇诡丰赡,在他笔下战栗着、号叫着的半个世纪前的中华儿女,不仅是活脱脱的生灵,而且是不灭的魂灵。面对小说里的人物,我们仿佛透过沉实秾丽的红高粱,突然窥见了祖宗的真容,就像哈姆雷特在城堡忽然看见了云雾中的亡父般惊呼起来。"② 从雷达的表述可以看出,他对《红高粱》带来的创新质素非常敏感,并且用"震悚"和"惊异"来描述自己的感觉,这绝非随意夸张,因为莫言《红高粱》确实给文学批评带来了挑战,逼迫他们用新的话语体系来阐释。诸多学者都对《红高粱》及"红高粱家族"进行了解读,但是所用理论和路向却并不相同,这正说明作品具有巨大而丰富的空间。周英雄主张:"《红高粱家族》无论是在内涵或在形式上都相当奇特,

---

① 莫言:《莫言文集·红高粱家族》,作家出版社,2012年,第351页。
② 雷达:《游魂的复活——评〈红高粱〉》,《文艺学习》,1986年第1期。

令人耳目一新。可是要了解其中的真谛,我们不妨从历史演义的观点,看这部小说如何处理过去与现在的关联,如何用意念的对比来描写人与历史的关系。"① 周英雄将"红高粱家族"置放在历史演义的范畴内,固然抓住了莫言对"高密东北乡"中人物的铺陈特色,但是,却对莫言"红高粱"所指代的美学特征分析不够,而这无疑是莫言最重要的思考和创新。陈炎则说:"过去,我们喜欢用'典型环境中的典型人物'来作为评价艺术作品的常用概念,事实上,若仅就环境与人物的关系而言,恐怕很少有哪部作品能够像《红高粱家族》这样达到如此深透的彼此交融,用尼采的观点来看,生命意志不仅是人类的意志,而且是宇宙的意志,是众生万物求生存、求发展、求增殖的意志。正是在这一意义上,莫言笔下的万事万物无不表现出一种生命的感觉和生命的欲望,在这里,人物和环境共同构成了一个富于活力、充满生命的艺术境界。"② 从生命能量的释放和生命欲望的发挥角度解读"红高粱"系列,显然说中了作品的关键,但是,用尼采的"生命哲学"去理解莫言,又对其原创性肯定不足。吴炫说:"莫言对民族历史既有一种惭愧心理和崇敬心理,也有一颗悲怆得像狗一样嗷嗷嚎叫的欲碎的心。莫言是用一颗激奋而孤苦的心灵去寻找那些已逝去的高密东北乡充满了野性的温馨的梦,寻找民族的那个血迹斑斑的灵魂。"③ 吴炫从"寻根"的角度,肯定了莫言的追求,而明确将其视为一种"美学"模式,则是莫言研究中较早提出的。总之,莫言在"红高粱"系列中,用"招魂"的方式建立了一种独异的生命美学,

---

① 周英雄:《红高粱家族演义》,《当代作家评论》,1989年第4期。
② 陈炎:《生命意志的张扬酒神精神的赞美》,《南京社联学刊》,1989年第1期。
③ 吴炫:《高粱地里的美学——重读莫言的〈红高粱〉系列》,《文科月刊》,1988年第11期。

但是,这种美学却是理想的和乌托邦的,是莫言想象的产物。

莫言凭借《红高粱》系列小说获得了认同,也找到了自己的"红高粱生命美学",但是,他并没有故步自封,局限自己,而是果断转向,推出了"食草家族"系列小说。莫言依然以"高密东北乡"为故事地点,叙事内容同样是历史演义,不过,莫言这次关注的却是家族中"生璞的祖先"们,写他们仿佛存在基因中的、无法摆脱的丑陋。毕竟,《红高粱》中的杀人越货是生命极端体验,而日常生活才更为普通,也更为难耐。此前的研究更看重对"红高粱家族"的阐释,忽略了"食草家族",但是,从美学来说,二者结合,才是一个完整的、互相转化的审美结构。莫言在"红高粱"系列中赞美了雄强的生命力,但是,当这种力量找不到"抗日"那样的孔道来发泄出来时,或者,找不到一个高潮时刻的话,体现出的,就会是另一种快感。"食草家族"中的生命快感不是来自政治的,而是来自身体的,尤其是集中于排泄、恶心等生理反应。莫言在《食草家族》中对自己的转向这样阐述:"这本书是我 1987–1989 年间陆续完成的。书中表达了我渴望通过吃草净化灵魂的强烈愿望,表达了我对大自然的敬畏与膜拜,表达了我对璞膜的恐惧,表达了我对性爱与暴力的看法,表达了我对传说和神化的理解。当然也表达了我的爱与恨,当然也袒露了我的灵魂,丑的和美的,光明的和阴毒的,浮在水面的冰和潜在水下的冰,梦境与现实。"① 莫言的口气很宏大,似乎想创造出一个包容一切的世界,这反映出他心中有"根",而"根"就来自他对"高密东北乡"日常生活的理解。从"食草家族"中,仍然能够看到莫言对祖先们的演绎,但是这次不同,这些祖先们不再有恣意释放蓬勃的生命力的

---

① 莫言:《莫言文集·食草家族》,作家出版社,2012 年,第 1 页。

机会,而是退回到自己的身体。在《红蝗》中,莫言描写了祖先们的日常生活,在当代文学史无前例地描写了"大便",并将其升华为一种美学。莫言如此描述:"我有充分的必要说明、也有充分的理由证明,高密东北乡人食物粗糙,大便量多纤维丰富,味道与干燥的青草相仿佛,因此高密东北乡人大便时一般都能体验到的摩擦黏膜的幸福感——这也是我久久难以忘却这块地方的一个重要原因。高密东北乡人大便过后脸上都带着轻松疲惫的幸福表情。当年,我们大便后都感到生活美好,宛若鲜花盛开。"① 从新时期文学发展史的角度谈,莫言将排便的感受升华为美学,可谓创新,但是,这种描写分明冒犯了雅正的美学传统。不过,莫言的创作和思考已经逼迫他"胆大包天",他和他笔下的人物都在无所顾忌地宣泄中认识和完成了自己,并且,没有这种无所顾忌,就没有莫言的美学。现代主义作家更关注"恶之花",那些散发着反传统美学气息的意象,常常成为他们笔下的宠儿,但是,莫言所做的,不仅仅是将以前不上"台面"的内容展示出来,还赋予它们新的功能。小说中这样写:"我们家族有表达感情的独特方式,我们美丽的语言被人骂成:粗俗、污秽、不堪入目、不堪入耳,我们很委屈。我们歌颂大便,歌颂大便时的幸福,肛门里积满锈垢的人骂我们肮脏、下流,我们更委屈。我们的大便像贴着商标的进口香蕉一样美丽为什么不能歌颂,我们大便时往往联想到爱情的最高形式、甚至升华成一种宗教为什么不能歌颂?"② 对所谓文明的既定的规范,莫言以来自民间的朴实和无畏,予以批判,并且强烈地张扬这种无畏。在莫言看来,来自"高密东北乡"的家族中的具有一种贴近自然的、违背规训的思想和行动自由,他无比热爱

---

① 莫言:《莫言文集·食草家族》,作家出版社,2012年,第23页。
② 莫言:《莫言文集·食草家族》,作家出版社,2012年,第27页。

和赞美这种自由。莫言针对的，仍然是一种压抑的人格，一种无法真正面对自己、打开自己的所谓传统。他在《红蝗》中，嘲笑城里的教授"不吃青草"，"乡亲们一定对他们嗤之以鼻，表面上也许敬畏他们，但内心里绝对瞧不起他们"。① 在这里，"他们"代表的是一种科学的傲慢，而莫言则以更为傲慢态度，否定了"他们"的命名权。莫言的强大的自信，建立在对民间生活的熟悉，以及这种民间生活带来的对书面文化的蔑视和否定，更有文学史上的对这种民间生活的肯定。实际上，莫言的独异就表现在他的自信，他的观察和思考使他确定，来自"高密东北乡"的生活经验和民间哲学能够让他的文学呈现出不同于其他作家的质素，这些质素足够让他不断书写和探索。莫言作品中的百无禁忌，从《红高粱》里那泡让高粱酒变得更加醇香的尿开始，就不断重复比比皆是，而且，大俗和大雅经常并行不悖，甚至是同一事物。如《酒国》当中，用公驴、母驴生殖器做成的菜肴被称为"龙凤呈祥"，而在《欢乐》中，呕吐出豌豆面面条一样的蛔虫。

携带着激烈美学冲突的《红蝗》发表之后，引起了批评家的争论，焦点集中在如何认识"丑"。有的批评家认为莫言的写作不够节制，过量书写了不洁的事物，过于宣泄，是"丑的堆砌"。莫言的《红蝗》观念先行，超过了自己此前所有作品的尺度，大胆书写被传统美学摒弃的事物，且表现出津津乐道和把玩欣赏，乃至存心故意。站在美学嬗变的角度，丁帆则对《红蝗》美学中表现出的新意给予肯定，认为其意义"在于打破了这种传统的审美定式，企图以一种亵渎的姿态，来促使人们审美心理的演变递嬗"②。《红蝗》表现出一种美学的先锋性，故意亵渎

---

① 莫言：《莫言文集·食草家族》，作家出版社，2012年，第28页。
② 丁帆：《亵渎的神话：〈红蝗〉的意义》，《文学评论》，1989年第1期。

了"美",大肆审丑,甚至以丑为美,冲击了文学理论的固有观点,不过,这应该算是莫言的一次恶作剧,虽然他后来的作品仍然并不避讳"丑",但是如此大规模的写"丑"的形象,并未再出现。

莫言"红高粱"美学是一种推崇原始生命力的象征美学,其核心基于民族文化传统批判,试图用生命本源的雄强的"力比多"来刺激和反省近代以来中国文化人格的孱弱。莫言带着原始强力的粗暴的、反对精致化的美学形式,裹挟着百无禁忌的书写,像土匪一样,借助红高粱这一意象,对现代文学史"五四"传统的美学规范形成了巨大的冲击,并且,与其他艺术家一起,推动、促成20世纪80年代中国文化界完成了一次现代美学的嬗变。

第二节 "感官魔幻主义"

"红高粱家族"系列和"食草家族"系列为莫言带来了声誉和争论,同样,也让他坚定了信心。对于西方文学艺术大师,莫言一方面学习和模仿,另一方面,也对其进行了自己方式的改造。虽然"洋为中用"是一个近代以来就有的思路,但是,像新时期那样学习西方文学的氛围,是绝无仅有的,当然,这与"文革"期间对西方文化屏蔽,20世纪80年代一下子开放的背景有关。在写"红高粱家族"和"食草家族"同期的一次访谈中,莫言说道:"我特别喜欢后印象主义梵·高的作品。梵·高的作品极度痛苦极度疯狂;相比之下,我更喜欢高更的东西,它有一种原始的神秘感。小说能够达到这样的境界才是高境界。我现在知道如何走向高更了。"①从字里行间,可以看到莫言思考的过程,并且能够看到,他将小说的境界分得很清楚。"红高粱"系列展现他"梵·高"的一面,宣泄而无节制,但是,他分明要重新规划自己,走向高更那样的"原始神秘感"。莫言虽然是拿高更为例来说的,但是,来自西方文化的"魔幻现实主义"对他的影响,到此已经昭然若揭了。他自己坦然承认,20世纪80年代后期看了很多西方的东西,"大家拼命阅读,耳目一新,感觉到小说表现的天地一下子宽广了许多。许多作家在阅读当中被激活了灵感","在这种冲动下写出来的东西,肯定会带有借鉴甚至模仿的痕迹","我早期的中篇《金发婴儿》、《球状闪电》,就带有明显的魔幻现实主义色彩"。②莫言最早模仿西方文学,是20世纪80年代整个氛围中的普遍现象,而他如何能够消化和改造,将其变成自己的资源,从而加强自己作品的厚重度,则是莫言提升自己文学境界的一次转型。

魔幻现实主义的命名来自1982获得诺贝尔文学奖的哥伦比亚作家加西亚·马尔克斯,他的代表作是《百年孤独》。莫言曾经这样谈到马尔克斯对自己的影响:"它最初使我震惊的是那些颠倒时空顺序、交叉生命世界、极度渲染夸张的艺术手法,但经过认真思索之后,才发现,艺术上的东西,总是表层。《百年孤独》提供给我的、值得借鉴的、给我的视野以拓展的,是加西亚·马尔克斯的哲学思想,是他独特的认识世界、认识人类的方式。"③莫言最早关注的,是《百年孤独》的艺术手法,并且,经过自己的思考,运用到了创作实践中。在《球状闪电》中,莫言

---

① 莫言、陈薇、温金海:《与莫言一席谈》,《文艺报》,1987年1月10日、17日。
② 莫言、王尧:《从〈红高粱〉到〈檀香刑〉》,《当代作家评论》,2002年第1期。
③ 莫言:《两座灼热的高炉——加西亚·马尔克斯和福克纳》,《世界文学》,1986年第3期。

叙述了一个改革开放初期的乡村故事,这是他极少涉足的历史时段,而在叙事上,则放手大胆地使用了魔幻手法。小说中,故事的人物和场景并非按照传统现实主义的方式展现,而是片段化和扭曲变形,明显受到马尔克斯艺术手法的影响。《球状闪电》的结尾,莫言是这样写的:"青年小说家蹲下身,问:小妹妹,你们的鞋子是怎么搞的?女孩看着他卡腰葫芦一样饱满光滑的额头和某种森林之兽一样的眼睛,突然笑着唱起来:别打我……我要飞……别打我……我要飞……青年小说家大惑不解地站起来,看着女孩像鸟儿一样飞去了——蝈蝈托着一块秒表,聚精会神,连大气都不敢出;毛艳端着一架照相机,聚精会神,嘴里吹出鸟的叫声。"女孩子突然变成鸟和蝈蝈、毛艳的反应都是反日常化的,而且具有非理性的特征。小说不强调逻辑的推演和现实主义的真实性,而是着重追求和营造一种神秘的氛围。小说的背景并不复杂,而且缺乏历史的纵深,尤其是,主题容量偏小,因此,《球状闪电》中的魔幻多少显得有些故意为之,表现出一定的模仿色彩。《金发婴儿》的叙述者不断变换,但犹豫和不稳定的腔调不变,记忆、叙述的碎片纷纷扬扬,组成了小说的结构,而故事核则是一个老套的偷情故事。从《球状闪电》《金发婴儿》看,莫言与当时的其他先锋作家并无不同,自觉接受了西方现代主义文学观,就对"魔幻"手法的运用来说,已经非常熟练。类似的魔幻手法,因为借助一个非日常化和环境和空间,而人物又都带有抽象的特征,因此,可以被概括为"情境魔幻"。"情境魔幻"大多变形,类似达利现代主义画作中对环境的描摹,而且通常带有梦魇的恍惚、飘移、捉摸不定的特征。

魔幻现实主义的精髓,是将"魔幻"、"现实"结合起来,呈现出此前无法看到的景观。经过魔幻处理的现实,往往因变形而奇异,从而令人注目、震惊。不过,能否处理好二者间的关系,达到效果,还要看作者的能力。

综观莫言的创作,他很少从第三人称的角度直接描写现实,即便有,效果也不好。观察和分析现实时,需要强大的逻辑推演能力,而具有丰沛想象力和发达感受力的莫言,并不擅长深刻、节制。《天堂蒜薹之歌》是一部带有相当强烈现实批判性的作品,也是莫言较为少见的"贴着生活"写的小说。小说的背景是天堂县的一群蒜农反抗县政府不作为,结果起而攻之,打砸、焚烧了县政府机关。写到如此紧张的政府和群众间的关系,在当代文学史中是很罕见的,这说明莫言对农村现实的关注。不过,莫言显然还没有想好用怎样的方式来书写,因此,《天堂蒜薹之歌》虽然矛盾尖锐,但是故事却并不好看。小说中另一个线索是写高马和金菊一对青年男女相爱,但是金菊已经"换亲",因此,他们只好私奔,结果被金菊家人抓回。金菊家里要高马拿出一笔钱来换走金菊,高马也同意了;高马参与了打砸活动被追捕,怀孕的金菊自杀了。小说的结尾,是法庭的庭审,一位为父亲辩护的青年军官说:"'天堂蒜薹案'为我们党敲响了警钟,一个党,一个政府如果不为人民谋利益,人民就可以推翻它!而且必须推翻它!"① 除此之外,小说中对农民生活艰难的描述和基层政府机关的问题,都有细致的描写和深刻的揭示。天堂县蒜农的反抗,原因在于走投无路,他们基本相当于被逼上梁山。小说中激烈抨击的现象并没有得到好转,天堂县的县长虽然被免职,但是又到另一县去任职了。小说仍然使用了莫言喜欢的文本拼贴手法,在每一章的开头,都安排了一段民间艺人"瞎子张扣"的歌谣,叙述故事的进程。

---

① 莫言:《莫言文集·天堂蒜薹之歌》,作家出版社,2012年,第343页。

第十六章,冲击和打砸县府案发后,他的歌谣是:"你要抓你就抓/俺听人念过《刑法》/瞎眼人有罪不重罚/进了监牢俺也不会闭住嘴巴。"接下来,作者注释说:"'你不闭嘴巴,俺给你封住嘴巴!'一位白衣警察怒气冲冲地说着,把手中二尺长的电警棍举起来。电警棍头上'啦啦'地喷着绿色的火花、'俺用电封住你的嘴巴!'警察把电棍戳在张扣嘴上。这是1987年5月29日,发生在县府拐角小胡同里的事情。"① 老舍、赵树理等喜爱民间文艺的作家,都有在作品中夹杂快板、唱词、鼓书等文学形式的实践,比如《龙须沟》《李有才板话》等,往往起到承上启下、点明主旨的作用,莫言在《天堂蒜薹之歌》中,沿用和发展了这一形式。小说最后是《群众日报》对天堂蒜薹案的报道,戏仿了报纸通行的文体和话语方式,带有强烈的反讽意味。

《怀抱鲜花的女人》是一部概念性很强的作品,基本上可以说是莫言对魔幻的练笔和应用。在这篇小说中,莫言强调魔幻有点过头,变成为魔幻而魔幻,不能跟现实产生衔接。《怀抱鲜花的女人》讲的是一个叫作王四的主人公回乡准备结婚,在车站见到了一个怀抱鲜花、带着黑狗的充满魅力的女性,于是吻了她,结果,这个不发一言的女性一路跟着他,无法摆脱。从故事的设计来看,莫言放弃了构筑现实合理性的努力,随便给主人公取名叫"王四"就可以说明,莫言不打算塑造人物形象。小说写得鬼影幢幢,怀抱鲜花的女人来历不明,而且从来不说话,根本就不是生活中的人物:"女人脸上挂着两行蓝色的泪珠,鲜花灿烂,鲜花枝叶灿烂,仿佛用金箔、银片、贝壳镶嵌拼贴而成。狗是一匹黑色的玻璃狗。"② 莫言的这个设计,明显带有魔幻的意味,虽然他此前就不断写类似人物,比如《透明的红

① 莫言:《莫言文集·天堂蒜薹之歌》,作家出版社,2012年,第277页。
② 莫言:《莫言文集·怀抱鲜花的女人》,作家出版社,2012年,第116页。

萝卜》中的黑孩等,但是,整篇小说都用第一人称来铺陈感官的感受,还比较少见。在小说的结尾,回乡结婚的王四被退了婚约,与怀抱鲜花的女人搂在一起死去。小说中充斥着魔幻意味的意象,比如女人的灿烂的微笑、怀中的鲜花、黑狗,还有无处不在的非理性的氛围,共同构筑了"情理"层面的魔幻。《怀抱鲜花的女人》的独特的地方是,莫言一边设置了一个魔幻的境遇,又一边在反对和质疑,形成了复调的叙述。小说中,王四不断逃跑,而女人则如影随形,无法摆脱。王四终于确定,女人是一只红毛狐狸。"他看清了狐狸那优美的线条,那狭长的鼻梁和弯曲在身后的扫帚尾巴。他尤其感到狐狸的眼神与女人的眼神完全一致。他感到自己一天来的狼狈逃窜是一场虚惊。"① 狐狸是蒲松龄《聊斋志异》中经常出现的形象,而蒲松龄的家乡与高密临近,莫言小时候就听过很多狐仙的故事。《怀抱鲜花的女人》中,莫言对魔幻的设置集中在人物身上,而且,加入了"狐狸"这样的中国元素。当然,有意识地在写作中汲取传统文化资源是很正常的,莫言对狐狸的使用也不是小说的重点,但是,从中能够看出莫言的返归传统的指向。越到创作后期,莫言对传统文化的借鉴和使用就越多,也越得心应手。《梦境和现实》也是莫言使用魔幻手法的作品,小说写"我"有神奇的功能,"我"的梦往往就是现实预言:"睡梦中我看到院子里的水缸无声无息地碎了,缸里的水四处奔流,缸中养着的两只绿毛大螃蟹随水涌出,在潮湿的泥土中爬动,也是在缸中养着的那两条青背鲫鱼在泥巴中弹跳,一只红色的公鸡耷着羽毛,歪着头,啄鲫鱼的眼睛。"② 用梦境直接跟魔幻对接,是一种比较省力的方式,可以迅速切入魔幻场景并退出,但相对而

---

① 莫言:《莫言文集·怀抱鲜花的女人》,作家出版社,2012年,第117页。
② 莫言:《莫言文集·怀抱鲜花的女人》,作家出版社,2012年,第392页。

言,比较简单,缺乏《百年孤独》那样潮水一样的,一浪高过一浪的冲击力度。

《酒国》是莫言离开"高密东北乡",尝试建立一个新的、文学的海市蜃楼的行动。莫言转战到自己以前不熟悉的战场,依靠想象力,虚构了一个"酒国"。在酒国,顾名思义,酒和酒文化是意识形态的核心。与以前的实体的高密东北乡不同,酒国是非现实主义的国度,因此,可以尽情发挥想象,安插虚拟的细节,当然,同时借此对现实进行反讽。在文学史中,除了书写桃花源之类的乌托邦,还有不少作品写了虚拟的国度,大多变形夸张,展示一种非常态的形态。中国古典和现代小说中,对这一形式运用的例子很多,比如《西游记》(吴承恩)、《镜花缘》(李汝珍)、《猫城记》(老舍)、《阿丽思中国游记》(沈从文)这样的作品,都是按照主人公的游历为线索,写奇国异闻,趣味之外,夸张了某些不合理的现象,因此带有强烈的批判性。"虚构国度"小说中,现实中的各种不合理现象被扭曲重现,获得了合法性,而其中的讽刺意味也正是从中得到彰显,不过,此类小说也有戏谑成分过多而显得浅薄的状况,更多应用于儿童文学创作领域。莫言将《酒国》作为选题,看似延续了"红高粱"系列对地域的关注,但是难度却显然加大。在此之间,虽然也有奥威尔《1984》等对想象性空间描写的作品,但是,中国作家在严肃文学的还未对此有过尝试。莫言在《酒国》中,按照自己的想法,对异域书写传统进行了加工改造,让作品更富有理念上的冲击力。

莫言把对酒国的叙述分成两个线索,一是办案人员丁钩儿到酒国去调查吃小孩的案件,一是酒国的文学爱好者、酒博士李一斗与作家莫言的通信。在第一条线索中,丁钩儿遭遇到了诸多荒诞的事件,如跟汽车女司机发生情感纠葛,而他们的心理转折等交代几乎都被略去,人物的行动木偶化。作为带领读者去酒国,承担冒险和叙述双重任务的丁钩儿,他的奇遇应该是小说的主要线索,但是,莫言故意将这个人物弄得面目模糊,没有思考力,更缺乏驾驭故事的能力。丁钩儿办案时,参加了吃"肉孩"的宴席,在餐桌上,他看到孩子被做成菜品"麒麟送子",便拔出枪来,却说了一大通"谁也听不清楚的胡言乱语",然后,"嘴角上挂着白沫,慢吞吞的,如一堵老朽的墙壁瘫在地上。被他的胳膊和手枪扫下来的酒杯砸在他身上,啤酒白酒葡萄酒撒湿了他的衣服他的脸,他趴在地上,像一具从酒缸里捞出来的死尸"。① 如此这般的人物,显然跟传统冒险小说的叙事视角完全跟着主人公的模式不同,也使《酒国》中"酒国"的呈现并不是依靠"被看"。丁钩儿看到是"吃小孩"究竟是否为真?莫言故意模糊了这个答案,因此,《酒国》的第一条线索表面上是细节写实,却陷入逻辑上的荒诞无稽。从小说中看,酒国吃文化发达,甚至还有酿造大学烹饪学院,博士的岳母还在课堂上大讲如何吃"人形的小兽",因此,吃婴孩被纳入科研课题。整体上说,丁钩儿这一板块比较薄弱,主要功能是借助探案,带来"酒国"的现实,而他无法自证,更加有力地推动了小说对真实的颠覆性。在小说的末尾,丁钩儿的意识产生了恍惚,大叫着"我抗议",掉进了露天的大茅坑里被淹死。莫言显然想通过丁钩儿来加强现实批判的力度,比如在小说的开端就列出了丁钩儿的"墓志铭":"在混乱和腐败的年代里,弟兄们,不要审判自己的亲兄弟。"在"审判自己的亲兄弟"的判断中,带有强烈的自省味道,而这种社会批判,是莫言此前的作品中并不多见的。《酒国》作为莫言第一部介入生活现场的作

---

① 莫言:《莫言文集·酒国》,作家出版社,2012年,第87页。

品，具有强烈的批判性，其中，对"吃人"的叙述和对鲁迅《药》的仿写，就显现出莫言压抑不住的对人性黑暗的暴露。不过，小说的象征性又冲淡和减弱了批判的力度，莫言的叙事始终在真实和夸张间徘徊，事实与想象界限模糊。第二条线索中，李一斗的来信是整篇小说的亮点，他煞有介事地介绍酒国，真假难辨，正是通过他狂欢般的叙述，莫言的真实想法夹杂在语言瀑布中展现出来。在《酒国》中，莫言尝试了文本拼贴的方法，把来往信件和李一斗的小说从整体叙述中独立出来，使小说呈现出灵活多变、散点透视的景观。李一斗是酒博士，业余却喜欢文学，因此，与"莫言"（小说中虚拟的作家）不断讨论写作，还拿自己的小说给"莫言"，希望被推荐发表在《国民文学》。李一斗和"莫言"犹如相声中的逗哏和捧哏，信马由缰、煞有介事、真假莫辨、口无遮拦地研讨、挞伐了文学、道德、食、色等诸多问题。莫言对书信体作品情有独钟，经常在作品中使用，他的处女作《春雨夜霏霏》就是书信体小说，后来的《蛙》，依然沿用了叙事文本中夹杂书信的手法。书信体纳入叙事的特点是可以随时随地进入和跳出文本，带来较为广阔的叙事空间，而且能够提供不同的视角，在第一、第二和第三人称之外，增加了新的选择。

莫言吸收和运用魔幻现实主义的写作手法，将《酒国》打造成了散发着光怪陆离气息的国度，既同现实保持着联系，同时充满奇特的想象和夸张，二者结合，形成莫言对魔幻的独特理解。在《透明的红萝卜》中，莫言就表现出了对身体感官叙述的变形能力，比如说黑孩拿着钻子，"听到手里'刺刺啦啦'地响，像握着一只知了。鼻子里也嗅到炒猪肉的味道。"身体感官忽而极为敏锐，忽而极为迟钝的黑孩，正显示出莫言对感官叙述的重视，而黑孩的形象，也正是通过感官的方式，建立起来的。在文学史中,注重身体感受,大张旗鼓进行身体描写的,并不是很多,而莫言应该算是其中的佼佼者。莫言在《酒国》中,完全放纵、挥霍着自己的想象力,展示了形形色色的欲望奇观,采用魔幻的方式,整合了叙事。酒,既是触媒,又是平台,莫言充分发挥人的感官在酒后发生变化的特点,大肆夸张,建立了"感官魔幻"的手法。在人物感觉描写方面,莫言仍然发挥了他的长处,但是,其中增加了魔幻的因素,比如写到丁钩儿喝酒:"他的头盖骨上开了天窗,意识化成妖蝴蝶,如团扇般大,在灯光下旋舞","他看到自己的手大如蒲团,生着密密麻麻的指头,伸向那酒瓶,酒瓶小得如一枚铁钉,如一根绣花针,又忽然放大若干倍,如铁桶、如棒槌。灯光变幻,蝴蝶翻飞。只有那抽动的腮肉看得真切。喝! 酒浆如蜂蜜般润滑。舌头和食道的感觉美妙无比,难以用言语表达。喝! 他迫不及待地把酒吸进去。他看到清明的液体顺着曲折的褐色的食道汩汩下流,感觉好极了。他感觉沿着墙壁飞翔"。① 在上述引文中,莫言将头盖骨、手、脸、舌头、食道、眼睛等感官全部调动起来,像电影中的特写镜头一样逐一展示,铺陈变形后的感受,淋漓尽致地书写了人醉酒后的状态。

《丰乳肥臀》是莫言写作的阶段性总结,标志着莫言的创作经过学习、模仿之后,逐步形成自己独特风格的作品,表明莫言的创作步入成熟阶段。莫言的小说此前以叙述"场景"、"情境"为主,多为中短篇小说,因此,很少涉及社会政治思想层面的讨论。莫言虽然勤奋读书,但是谈论哲学毕竟不是他的强项,这一点很容易理解。不过,在《丰乳肥臀》中,莫言整合了此前"红高粱"家族和"食草"家族的观点,形成了礼赞顽强的生命

---

① 莫言:《莫言文集·酒国》,作家出版社,2012年,第179–180页。

力的思想,并且将故事置于中国现当代历史范畴,展示了他书写历史的独特视角。虽然《丰乳肥臀》涉及的时代跨越大半个20世纪,但是,莫言避开了他不擅长的思想史,而是脱离意识形态,讲述了生生不息的生命欲望。

莫言在《丰乳肥臀》中,依然关注和弘扬了顽强的生命力,尤其是,在剥离了所有的外界附着后,将生命视为唯一、本质的力量。现当代中国作家的写作经常在"政治标准"和"艺术标准"二元对立的场域中徘徊,却经常忽略人本身最原始的欲望,即便提及,也常常觉得低下污秽,给予批判,这是20世纪"启蒙"文学框架的副作用。莫言写作的意义,很大程度上来自对这种传统的背离和挑战。莫言在《红高粱》中就高举来自生命本体的欲望旗帜,到了《丰乳肥臀》,更是爆发,形成以"乳房"为图腾的女性崇拜。在《丰乳肥臀》的开端,莫言就用一卷(全书共七卷)的篇幅描写了上官鲁氏生育的场景,显然,莫言不惜冒结构被指摘的风险,将此场景的重要性提高到前所未有的高度,就是要宣告他的旨趣。上官鲁氏在战乱年代的生育带有很强的隐喻色彩,因为接生者先是一个本村兽医,他对难产的孕妇无能为力,结果还是由日军的军医官接生成功,也就是说,这次生育是一个纯然的生殖事件,人畜之间、民族之间的对立被打破。比起其他,第一卷的篇幅并不长,但是莫言将其独立出来,就是为了说明"生育最大"。最能够体现莫言意思的,当然就是"丰乳肥臀"这个意象。小说在《大家》杂志发表后,引来很多批判的声音,不少就是针对这个色情的书名,认为莫言是在哗众取宠。其实,这种观点是对莫言的误解,莫言使用的"丰乳肥臀",完全是在女性生育特征的基础上使用的,是一种美学修辞,也基于他创作理念的延续。在作品中,莫言建立了对女性"乳房"的崇拜,用大量的篇幅来赞美乳房的魅力和伟大,实际上,还是对生育的崇拜。莫言在小说的结尾如此描写:"那些飞乳逐渐聚合在一起,膨胀成一只巨大的乳房,膨胀膨胀不休止地膨胀,矗立在天地间成为世界第一高峰,乳头上挂着皑皑白雪,太阳和月亮围绕着它团团旋转,宛若两只明亮的小甲虫。"① 类似的不遗余力地对乳房的描写,充斥在《丰乳肥臀》中,建构出一种强劲的女性崇拜审美指向。

在莫言看来,作为生育主体的女性,身体内部蕴含着的生殖潜力是一种超越的美。在他的小说中,女性人物外表上有相似之处,大多是高眉大眼、丰乳肥臀的类型,具有鲜明的女性性征,很少那种惹人怜爱、病恹恹的柔弱女子。莫言笔下的女性充满蓬勃生命力和母爱光辉,相对而言,男性则孱弱、猥琐,反而是女性照顾的对象,因此,形成了独特的"女强男弱"模式。在《透明的红萝卜》中,黑孩沉默寡言,孤苦伶仃,菊子姑娘却不顾众人闲话,关心、关照他。在《民间音乐》中,离异老板娘花茉莉喜欢上了卖唱的小瞎子,大胆表露心迹。在《红高粱》中,"我奶奶"敢作敢为,与"我爷爷"高粱地野合,默许"我爷爷"杀掉了单家父子,自己做了酿酒坊女掌柜。"我爷爷"虽然是带领土匪袭击日军的头领,但是,真正的幕后主使却是"我奶奶",最后,"我奶奶"在送饭途中被日军打死。类似的"女强男弱"模式,在莫言的小说中屡屡出现,不胜枚举。莫言作品中的女性崇拜不是个别的,因此,是一种结构性的现象。与那种端庄威严的"女神"崇拜不同,莫言笔下的女性崇拜是发源于生育能力的原始本能,带有草根性和母性。在中国传统文化中,对女性的要求是贤良淑德,相夫教子,故而,她们总是隐藏在男性中心体系之中,踪迹难觅,很少成为作品主人公,如果有

---

① 莫言:《莫言文集·丰乳肥臀》,作家出版社,2012年,第654页。

反面形象,则是十恶不赦的祸水淫妇。虽然也有"妈祖"、"奶奶"等女性形象,但是并未派生出以旺盛生命力为核心的女性图腾。从女性意识的角度说,莫言的女性崇拜在中国文学史是一种开拓,他所写的一系列女性,丰富、发展了这一类并不发达的女性形象。

上官鲁氏是文学史上独异的母亲形象,是莫言对母亲形象的贡献。在她身上,洋溢着动物般的本能,这跟她不识字、没文化有关,但是,这种剥离恰好显示出生命的本质。文学史中,慈祥、隐忍、散发着母爱精神的母亲形象很多,她们都是圣洁光辉的化身;恶毒、阴鸷的母亲形象也有,她们是脸谱化的恶母,但是,整个母亲形象中,缺乏一种来自生命底层的、超越善恶的力量。上官鲁氏身上,有一股不灭的生活之火。上官鲁氏嫁给上官寿喜后,一直没有孩子,她只好四处"借种",又遭遇强暴,生下了八个女儿一个儿子。她顽强地生存,养大了所有的孩子。在上官鲁氏的心目中,没有什么民族、国家的概念,甚至没有礼教和羞耻,她也没有什么理论和说法,她唯一的诉求是生存,然后是全家人的生存。正如她所说:"我变了,也没变。这十几年里,上官家的人,像韭菜一样,一茬茬的死,一茬茬的发,有生就有死,死容易,活难,越难越要活。""活着"是生命的最低要求,但是又是一种宗教,这个问题虽然重大,但是往往被忽略,而强加在活着之上的各种主义、思想,只不过是一件可以随时脱掉的外套。在一次讲演中,莫言谈到过《丰乳肥臀》的写作缘起:他有次看到一位来自农村的、枯瘦的母亲坐在城市地铁站的出口,露出乳房,哺育着两个又黑又瘦的孩子,这个场景使他想到自己的母亲,于是,开始思考酝酿这部作品。①

---

① 莫言:《莫言文集·用耳朵阅读》,作家出版社,2012年,第29页。

莫言的立场，出自对母亲与生命的尊重，单纯有力。在当代文学史背景中，上官鲁氏对"活着"的态度是一种回归，更是一种疾进，因为，看似粗陋、简单的坚持背后，却蕴含着来自生活的经验。莫言并不追求思想的深刻性，但是，恰是在这里，他提出的"活着"比任何天花乱坠的理论都更有说服力和本质性。

《丰乳肥臀》是一曲"铿锵玫瑰"，一部女性轰轰烈烈的历史。上官鲁氏生了八个女儿，各个不同凡响，在继承了她生命力顽强的特征同时，还拥有她身上较少呈现的生命激情。从家族小说的角度说，用一个家族中不同儿女的命运来展开对较长时段社会历史的叙述，是一种常见模式。在安排儿女们命运的时候，作家一般都会选择"对立"，用异质化的道路来呈现自己的思考。《丰乳肥臀》中，八个女儿的命运却表现出一种"重复"的倾向，她们总是奋不顾身地、激情四射地投入，演绎出不走寻常路的人生，这一点，从她们都是非正常死亡就可以看出。大姐上官来弟因为失手打死碰到她偷情的丈夫而死；二姐上官招弟在与独立纵队打仗时中弹而死；三姐上官领弟因为练习飞翔摔死；四姐上官想弟做过妓女，因为性病而死；五姐上官盼弟在"文化大革命"中自杀；六姐上官念弟与美国飞行员丈夫一同死去；七姐上官求弟因暴食生豆饼而被撑死；八姐上官玉女投河自尽。让一个家族中的八个女儿全部以非正常的方式死去，是以往家族小说中没有的，而如此众多的死亡，也绝非为了"凑数"，肯定表现出莫言的诉求。在《红高粱》中，"我奶奶"意气风发，最后死在日军枪下，将她绚丽狂放的人生乐章奏响了最强音。《丰乳肥臀》延续的，仍然是女性的高亢悲壮的牺牲。上官家女儿的牺牲，并不具有传统小说中常有的现代性意义，更多的是对这种牺牲的反讽。

相对于女性的风生水起，《丰乳肥臀》中的男性却萎缩、胆怯,是身体孱弱的精神侏儒。《丰乳肥臀》中,上官福禄和上官寿喜并不像他们的名字一样幸运吉祥,而是在小说开端就横死日军手下,此后,整个家族中男性缺席。莫言笔下的男性极少血性,尤其是父亲形象,不是缺失,就是无能。"女强男弱",是莫言心理结构的特点,也体现在他许多作品中。上官金童是上官家的唯一男性,应该寄托着希望,却被莫言写成一个恋乳癖。莫言将上官金童设定为小说的叙述人,用他的视角完成对家族历史的叙述,但他却心理发育不健全。上官金童并没有掌握叙述主动权,因此,小说在全知和限知之间来回摇摆,想必莫言也对此无能为力。上官金童在母亲的荫蔽下,性格残缺,见到乳房就无法自持,连姐姐也不放过,后来成为设计乳罩的专家。《丰乳肥臀》因此显现出一种美学错位,小说刚健有力的部分,由女性来完成,而男性,却软弱乏力。为何莫言小说中会出现男性孱弱的上官金童形象,或可用《聊斋志异》解释。莫言受"聊斋"影响,而"聊斋"爱情模式中,女性狐仙都是主动者,男性书生则被动承受。此说并无确切根据,聊备一格。另有一种说法,认为上官金童是当代知识分子的代表,"他的血缘、性格与弱点表明,他是一个文化冲突与杂交的产物,而他的命运,则更逼近地表明了知识分子在这个世纪里的坎坷与磨难"[1]。按照此说,莫言在小说中对上官金童的描写就带有隐喻色彩,他迷恋乳房,正如知识分子对乌托邦的感情,出自本能,却无力驾驭。如果将上官金童的经历看作当代知识分子的命运,并无不可,而他丑角一般的表现,可能更符合"文革"中成长的一代人对知识分子的预判。王蒙在《活动变人形》中塑造的倪吾诚形象,就是典型低能知识分子,这说明,"反智主义"或知识

---

[1] 张清华:《叙述的极限——论莫言》,《当代作家评论》,2003年第2期。

分子的自贬,在20世纪80年代以来的文学中一直存在,只不过,到《丰乳肥臀》,变成上官金童这样年龄和性等基本问题上都存疑的状况。此外,小说中男性的衰落是莫言对男性中心世界扭转的结果,这一点很少被研究者提及。通常的男性中心小说,关注政治和历史等宏大叙事,爱情、生育只不过是其中点缀,《丰乳肥臀》却相反,家族中女性的生活场景成为中心,社会政治的变化成为背景,这一点,倒是与《红楼梦》相似。男性世界的核心是权力和政治,这一点《丰乳肥臀》也有涉及,但是,女性世界核心的生殖、繁衍等非政治化的因素,冲淡了前者的浓烈气味。上官家的女儿们走出家门,参与到弱肉强食的游戏中,如果失败,母亲就是她们最后的依靠。上官金童拒绝长大,依恋母亲的乳房,原因是害怕外部世界的风险。《大家》杂志首发了《丰乳肥臀》,并且加了"编者按",如此评价:"作家极为清醒明确地对长篇小说的意义所在进行了一次冷静深入的阐释,无论从小说的思想内涵、历史跨度、故事内容、时空容量等都进行了匠心独运的架构,使这部具有史诗品格的作品终于与读者见面了。"① 虽以史诗品格称谓,但《丰乳肥臀》与传统史诗型作品有所不同,因为,莫言叙述的历史并非按照既定的历史理性发展,而是以母亲为核心,表现生生不息、前赴后继的生存意志。政治、权力等史诗作品中常见的经典元素,在《丰乳肥臀》中仅作为背景出现,而正确或错误的二元对立价值观,也被消弭。家族小说一般以男性为中心,醉心于叙述家国传奇,但《丰乳肥臀》反其道而行,以生育和身体代替了政治、权力,开辟了家族小说故事的新指向。

在《丰乳肥臀》中,莫言建立了一种新的、根植于民间的价

---

① 《丰乳肥臀》编者按:《大家》,1995年第6期。

值尺度。他用生存第一、张扬生命的观点,代替了"主义"等意识形态之争,让人物的活动回归到原初的动机。莫言的价值尺度发源于弘扬生命力的人格美学,经过发酵和整合,逐渐成为莫言独有的人物观。上官鲁氏和八个女儿虽然是普通百姓,但是勇敢坚韧,活出了自己的精彩,她们的生命意义并非由现代性等话语建构,而是基于传统的民间观念。尽管这种民间带有想象成分,但超越了国族、阶级,以纯然性别和生存的方式显现,形成了对旧有框架的冲击。《丰乳肥臀》借助女性群像,否定了男性价值观(以权力和政治为中心),不仅是文学史上的独创作品,也具有思想史意义。

第三节　民间文化

莫言找到了民间文化[①],如鱼得水,不用刻意紧跟20世纪建立起来的庞大启蒙话语,而是回到自己的经验,畅游于江湖。他意识到,这是自己的富矿,不用担心题材枯竭。从现代文学史上"文艺大众化"运动开始,民间文化就受到重视,在赵树理、周立波等作家的创作中得到展现,但囿于革命文学的框架,很多方面受到局限。1980年的"寻根"思潮进一步激活这一传统,出现了汪曾祺等关注民间文化的作家,但心态大多为文人猎奇、欣赏,并没有发现其中粗鄙化背后的自洽性。莫言笔下

---

① 关于"民间",有各种不同的定义。莫言在《中国小说传统——从我的三部长篇小说谈起》中认为,"所谓'民间',并不仅仅指穷乡僻壤,荒山野岭,并不仅仅指乡村,它应该包含了社会底层生活的全部内容。上海的里弄,北京的胡同,酒吧间,都是'民间'构成部分"。(莫言:《莫言文集·用耳朵读书》,作家出版社,2012年,第154页。)

的民间文化是独立的,是跟20世纪以来知识分子文化并行不悖的,这使他能够再次"发现"民间文化。可以说,当代作家中,具有乡土经验的并不稀少,而唯有莫言,将其放大夸张,形成了能对抗、反讽启蒙文化的文化形态。

具有很强反思和探索能力的莫言,一直在寻求自己的出路,而他的写作重心,也在不断变化。莫言在20世纪90年代初期的一段话,展示了他创作的转折:"我在80年代中期觉悟到小说应该天马行空、无拘无束,于是有了《红高粱家族》等热血澎湃的小说。但这种热情很快便消失了,我自己认为这是进步而不是退步。"① 莫言在所谓的《红高粱家族》时期,极力张扬蓬勃燃烧的生命意志,但"热情"消失之后,遇到了进一步发展的问题,此时,莫言开始重视传统,着重从中发掘写作资源。莫言在《童年读书》中,讲到三类书,一类是《封神演义》、《三国演义》、《水浒传》、《儒林外史》,一类是《青春之歌》、《三家巷》,一类是《钢铁是怎样炼成的》,都对他影响很大。② 对处于"文革"期间的莫言而言,这已经是他全部阅读经历。20世纪80年代的阅读经历,彻底改变了莫言的精神空间。他在谈及福克纳时说:"我首先读了该书译者李文俊先生长达两万字的前言。读完了前言,我感到读不读《喧哗与骚动》已经无所谓了。李先生在前言里说,福克纳不断地写他家乡那块邮票般大小的地方,终于创造出一块自己的天地。我立刻感受到了巨大的鼓舞,跳起来,在房子里转圈,跃跃欲试,恨不得立即也去开创一块属于我自己的新天地。"③ 对西方文学的接受和直接模仿,是莫言创作的开端,莫言对此并不隐讳。释放

---

① 莫言:《好谈鬼怪神魔》,《作家》1993年第8期。
② 莫言:《莫言文集·会唱歌的墙》,作家出版社,2012年,第106页。
③ 莫言:《莫言文集·会唱歌的墙》,作家出版社,2012年,第192页。

完西方能量,写到一定程度,就需要清理和认识自己的资源,而此时,民间文化的影响就浮出水面。

《聊斋志异》是莫言较多提及的一部书,因为作者蒲松龄的故乡淄川是莫言家乡的隔壁县,但是,莫言究竟从蒲松龄那里获得多少滋养,还需分辨。莫言曾言:"我想文学假如能够伴随人类走到末日的话,就必须使文学具有超出现世生活的品格。文学应使人类感到自己的无知、软弱,文学中应该有人类知识所永远不能理解的另一种生活,这生活由若干不可思议的现象构成。拉丁美洲的马尔克斯早就意识到这一点,所以他成功了。我们无法去步马尔克斯后尘,但向老祖宗蒲松龄学点什么却是可以的也是可能的。"① 在莫言看来,《聊斋志异》中的超现实主义是文学的重要特征,并且以此对比马尔克斯,但是,如何继承"老祖宗"遗产,莫言却语焉不详。莫言此时写过一组作品《神聊》,多写一些鬼怪神魔传说,算是对蒲松龄的致敬,但是毕竟体制短小,内容也无法超越以前同类作品。实际上,莫言此前的作品中,已经有各种鬼怪神魔的元素,这使他的小说一直具有超现实的特点,即便是在《丰乳肥臀》这样现实主义成分居多的作品中,他也多次安插了明显受聊斋文化影响的细节。小说写三姐上官领弟自称"鸟仙","在高密东北乡短暂的历史上,曾有五个因为恋爱受阻、婚姻不睦的女性,顶着狐狸、刺猬、黄鼠狼、花面獾、猞猁的神位,度过了她们神秘的,令人敬畏的一生。而如今,一个鸟仙出现在我家,母亲满心里都是阴森森、黏腻腻的感觉,却不敢说半个不字"②。总体而言,莫言创作中,传统的民间文化仅是一点调味剂,不可能,也不是底色。

---

① 莫言:《好谈鬼怪神魔》,《作家》,1993年第8期。
② 莫言:《莫言文集·丰乳肥臀》,作家出版社,2012年,第120–121页。

莫言知道,他的生活经验中,乡村经验占据了大部分份额,如何激活,是关系到他能够走多远的问题。莫言的少年时代(11岁到15岁),是以放牛娃的身份孤独地度过的,陪伴他的只有牛、植物和无边无际的寂寞和想象,因此,他后来写农村,多从这个视角。在早期的《透明的红萝卜》中,莫言已经使用少年视角来观察农村,那些社会政治内容影影绰绰,而自己的身体感受却刻骨铭心。有论者关注了莫言创作中的视角,并认为他"用儿童般不同凡响的色彩,纯朴天真的幻象,屡屡被伤害的幼小心灵所具有的特殊的感觉,几近荒诞的任意表现,表现出儿童对生活的神秘感和某种程度上的畏惧心理"①。不过,按照叙述者的年龄和智力发展水平,"儿童视角"并不确切,"少年视角"更为合适。当然,论者这个结论是从莫言早期作品得出,而此后,莫言继续以此视角写乡村,表现出了另外面貌。如果说莫言前期乡村生活多关注个人内心,写了自闭、忧郁的少年与自然之间关系的话,那么,后来的作品则更注重故事,写少年视角中农村(尤其是"文革"时期)不正常的生活状况引发的荒谬感。莫言并没有直接书写"文革",而是用少年视角讲故事,批判和反讽了"文革"时期的乡村政治,表现出狂欢、变形的特点。莫言积累起来的"文革"时期的乡村经验,通过少年视角得以释放,巧妙避开了直接书写,反而透出幽默搞笑的色彩,自成一格,发展出独特的"少年思维"。

少年视角是一种描述方法,而莫言写"文革"农村题材的作品,则是一种"少年思维"。少年思维里,重要的事实和看待事实的观点都跟成人完全不同,因此,更有陌生化效果。莫言的独创在于,他用少年思维写"文革",不同于以往政治视角,

---

① 程德培:《被记忆缠绕的世界——莫言创作中的童年视角》,《上海文学》,1986年第4期。

很多沉淀在乡村底层的、被忽略的有趣生活细节(成人视角看不出)被打捞起来,焕发出苦难年代欢乐、戏谑、狂欢的一面。对付苦难,民间从来不缺少方法,甚至形成一种文化。《三十年前的一次长跑比赛》写了"文革"时期农村小学中的一次运动会,用少年思维看待了这次狂欢。小说以一次长跑比赛为中心,但是却写得很松散,基本是对"文革"时期农村生活的介绍。小说中,有大量篇幅描写右派,跟传统伤痕、反思文学大不一样。右派在农村少年的心中,具有传奇色彩:"我爹说,你以为怎么的,没有点真本事能划右派?""那时候小小的胶河农场真可谓人才荟萃,全省的本事人基本上都到这里来了。这些人,没有一盏省油的灯,如果不是被划成右派,我们这些乡下的孩子,要想见到他们,基本上是比登天还难。"① 右派中什么职业都有,给乡村带来了趣味和活力,这种看法,只能出自少年视角。政治词汇中的右派,被忽略不计,而他们的来临,在乡村少年看来,变成了一次狂欢节游戏。小说中写到,为了准备运动会,全村总动员,热情高涨,把全县的炉渣子都拉来垫操场,孩子们拉着石磙子在操场环圈,人欢马叫如闹春耕。莫言多次荡开笔触,讲述了右派打乒乓球、抓兔子、游泳等趣事,将以往右派痛苦不堪的经历,用漫画的方式表现出来。小说写右派游泳时,跟乡村少年不一样,都穿着裤头,而男右派和女右派的裤头又不一样,于是,少年们把女右派的裤头称为"连奶裤头"。莫言并未回避"文革"政治,而是通过少年视角,将其变形,进行了反讽。"文革"中的政治元素,本来尖锐而刺目,带有严肃性,但是在少年看来,却相当滑稽。地革委的秦主任前来出席运动会,莫言这样描写场面:"我们一齐欢呼:欢迎欢迎,热烈欢迎!

---

① 莫言:《莫言文集·师傅越来越幽默》,作家出版社,2012年,第132页。

一边喊我们还一边挥舞小纸旗。十几个长得五官端正的女生腰里扎着红绸子,脸上抹着红颜色,在我们前面边扭边唱。四个男生憋足了劲、鼓着腮帮子吹军号。他们刚练了不久,还吹不出个调,哞哞哞,哞哞哞,跟牛叫差不多。"①用"不到位"的表演来颠覆欢迎仪式,使场面体现出喜剧色彩,从而用民间的狂欢反讽了政治。少年们当然意识不到他们所处的环境,顽皮的天性让他们在任何年代都能找到乐趣。推而广之,民间文化的精髓正在于此,面对波诡云谲的政治风云,老百姓总能寻找到乐趣,寻找到不变的、能够度过任何艰难岁月的精神资源。

少年思维虽然简单,但是依据常识、真诚,故而直指问题核心,也最易发现虚伪欺骗。借助少年思维,莫言反讽了时代的荒谬,尤其是理论与实践的脱节。《三十年前的一次长跑比赛》中,还写到一场轰轰烈烈的"捡鸡屎运动",把严肃的革命工作弄成了民间喜闻乐见的闹剧。在校总务主任钱满囤的建议下,经校长同意,全校展开了捡鸡屎运动,因为,钱满囤"不知从什么报纸"看到,鸡屎中富含各种矿物质,是天下最好的肥料和饲料,还能提炼出让居里夫人闻名天下的镭和造原子弹的铀,并且,"猪场做了实验,说那些猪吃起鸡屎来就像小学生吃水饺似的"。"校长给各年级下了指标,年级给各班级分了任务。班主任又把任务分解到各个学习小组,小组又把任务分配给每个学生。当时我在三年级二班四组学习,分配到我名下的任务是在一个月内,必须交给学校鸡屎三十斤。"②活动展开后,才暴露出荒谬感:1. 由于全校学生都要捡鸡屎,所以,村里的鸡屎明显不足,出现了为抢鸡屎打破脑袋的情况;2. 听说鸡屎能卖钱,村民也开始蜂起捡鸡屎;3. 鸡屎不足,学生中出现了

---

① 莫言:《莫言文集·师傅越来越幽默》,作家出版社,2012年,第151页。
② 莫言:《莫言文集·师傅越来越幽默》,作家出版社,2012年,第153页。

掺牛屎、猪屎等弄虚作假的情况。直到鸡屎能卖钱的说法最后被养猪场否定,这场闹剧才结束。从理论论证到实际展开,捡鸡屎运动都显出荒谬一面,影射了类似运动。对于一部作品来说,少年视角可以造成半遮半露的效果,少年看到的仅是事物的一部分,而另一部分则如水面下的冰山,但是,仅从显露出的部分,读者就能推测和想象背后的内容。小说中,警察在长跑比赛快结束时来到了运动会,参加比赛的朱老师等几人都认为是来抓自己,纷纷自首。在少年看来,滑稽有趣,但小说对恶劣、严酷气氛的反讽也通过这样的方式表现了出来。《三十年前的一次长跑比赛》之所以是严肃文学,就是因为在少年视角下,还透露出更多内容。

《牛》《我们的七叔》是莫言20世纪90年代末期技巧和思想都很成熟的中篇小说,建立起了他对"文革"期间民间文化的理解和表现方式,这正是他熟悉的生活,但是长期以来蒙尘,并未被发现。同样是用少年视角写"文革"农村的故事,却避开了以往选题中的凌厉尖锐,代之以风趣幽默,而故事内蕴却相当丰富。可以说,此时莫言已经掌握了以少胜多的写作方法,他只写故事的一部分,而没写出的,更为重要。莫言这个时期"文革"农村题材的作品都追求场面的滑稽,写出乡间俚俗的一面,而政治背景时隐时现。莫言的小说中,人物行为或传奇有趣,或乖张可笑,这些特点都出自人性本身,与时代无关。乡间粗鄙的玩笑、拿别人缺点取乐不仅是日常生活中普通的事件,也是未被改变的传统之一。《牛》写的是"我"为队里放牛,照顾一只阉割后的牛的故事。小说结构松散,对"文革"时期的乡村生活进行了多角度的描写,犹如民间风俗画。小说写人物时,有时粗略勾勒,有时细致描绘。比如写"我"心仪的杜五花:"现在,我的前未婚妻杜五花挑着两桶水像一个老鹚子似的从河堤上飞下来了。她什么都大。大头,大脸,大嘴,大眼,大手大脚。她的确能一巴掌将我扇得满地摸草。她的确能一脚将我踢出两丈远。我要娶她做老婆,弄不好会被她打死。但我心里对她的处处都大的身体充满了感情","她还有一个外号叫'三大',当然不是指大鸣、大放、大字报,据说是指她的大头、大腚、大妈妈。我不喜欢她这个外号,我知道她也很反感这个外号。她与小木匠订婚后,我在河边遇到她时,曾恶狠狠地喊了一声'三大'。她举着扁担追了我足有三里路。幸亏我从小爬树上房,练出了两条兔子腿,才没被她追上。我知道,那天我要被她追上,基本上是性命难保"①。漫画化的手法,诙谐地写出两个人之间富于喜剧色彩的关系。可以说,正是类似的喜剧,基于琐事的嬉笑怒骂,伴随着农民的日常生活,他们的精神生活,根本不像启蒙知识分子描述得那么漆黑麻木。民间文化中有一种狂欢精神,始终存在,不管出于什么时代。莫言从小浸淫其中,善于捕捉到笑料,并且绘声绘色,写起类似细节得心应手:"麻叔骑着一辆自行车,身体板得像纸壳人一样。他骑车的技术很不熟练,我隔着老远就认出了他,一认出他我就大声喊叫,一听到我喊叫他就开始计划下车,但是一直等车子越过了我十几米他才下来,而且是很不光彩地连人带车倒在地上后从车下钻出来的。"② 莫言对民间文化的理解和表现,不局限于说说唱唱等艺术形式,更多的是写日常生活中的一些笑话,这些笑话通常不高级,也很少隐喻,主要是对人某种缺陷、缺点的嘲笑。其实,这类民间取乐模式一直存在。鲁迅在《阿Q正传》中,写阿Q头上有癞疮疤被王胡等闲人取笑,就是这种"嘲笑缺点"模式的表现。

---

① 莫言:《莫言文集·师傅越来越幽默》,作家出版社,2012年,第25页。
② 莫言:《莫言文集·师傅越来越幽默》,作家出版社,2012年,第63页。

《我们的七叔》中的七叔也是被嘲笑的对象,但是,这一嘲笑的深处,却是莫言对现实政治的反讽。七叔是村里的怪人,他自称参加过淮海战役,每到节日,都穿上自己的棉军衣游村,在"六一"、"七一"、"八一"这样的天气也不例外。"他头戴着那种我们在电影里经常看到、有两扇耳朵的棉军帽,上身棉袄,下身棉裤,都是又肥又大、鼓鼓囊囊,脚上是一双笨重的高腰翻毛牛皮靴子。我们光背赤脚,只穿一条裤头都浑身冒汗,他老人家又黑又瘦的长条脸上竟然没有一颗汗珠。问他热不热,他惊讶地反问我们:怎么?你们热?我怎么不觉得热?我觉得凉快得很哪!"① 他的这种做法,被称作"周期性发作的神圣疾病"。七叔一直以老革命自居,还写入党申请书,紧跟形势,相当进步。当"文革"结束,国民党军官纷纷释放并获得优待后,他说,老子们革命几十年,到头来还不如你,旧社会里你吃香的喝辣的,到了新社会吃香的喝辣的还是你,这事真他娘的不公道。七叔对自己的历史态度偏执,儿子偷他的军装和纪念章玩耍,他差点打死儿子,但他信奉的观念已经发生转变,自己却浑然不知。在历史转型时刻,七叔仍然沿袭此前的思维方式,难免会显得落伍可笑,犹如他的"神圣疾病",但是,他的不变和坚持却从侧面揭示和批判了当代思想的前后矛盾。小说中一个情节设计也很诡异,村里人"文革"期间斗七叔时,晚上押解他走夜路去公社,却发现灵异现象,认为他有鬼神护体,吓得一哄而散,领导回去后死掉。莫言显然是为七叔鸣不平,但是用了民间的方式,让对不起七叔的人获得惩戒。不过,很难说清莫言的态度,因为,在小说的结尾,七叔被车撞死,得不到赔偿,家属闹事被瓦解镇压,完全是对七叔一生信仰的反讽。

---

① 莫言:《莫言文集·师傅越来越幽默》,作家出版社,2012年,第80页。

莫言寻找风格的努力体现在《檀香刑》中,按照他自己的说法,"直到2000年写作《檀香刑》时,才感觉到具备了一些与西方文学分庭抗礼的能力"。[①] 莫言用来与西方文学分庭抗礼的资源,来自中国小说传统。在此前的一个时期内,他的写作模式受西方文学影响,但一直在考虑如何避开马尔克斯、福克纳"两座高炉",现在,他终于找到了"自以为是"的方法。莫言把自己的变化叫作回归:"我写《檀香刑》,提出向民间回归,从所谓的先锋位置上大踏步后退,最直接的原因是就是我对那种洋溢着翻译腔调的时髦文体的反感。"[②] 与其说是"回归",不如说是"进发"。莫言通过对写作现状的反思,果断转换方法,投身到中国小说传统中去,但是,莫言绝不是趋奉,而是带着西方文学经验,用自己的方式激活传统小说中值得借鉴的因素。

《檀香刑》的故事发生在1900年前后,德国人修建的铁路延伸到高密,被视为不祥之物,此外他们骄奢淫逸,欺男霸女,引发众怒,于是百姓起事反抗。领头的孙丙被袁世凯抓获,获死罪,被赵甲施以檀香刑。知县钱丁与孙丙女儿眉娘相好,受孙丙大义感染,杀死了赵甲、孙丙。莫言讲的故事,已经作为"猫腔"《檀香刑》,留传下来,而这次,莫言进行了重述。就孙丙、钱丁故事而言,颇具传奇性,是民间文化喜闻乐见的内容,但莫言并不着重讲故事,而是建构了一个展示民间文化的平台,填充、堆砌了大量内容,显得元气充沛,引发了研究者高度关注。有论者如此评价:"《丰乳肥臀》和《檀香刑》之后,莫言已不再是一个仅用某些文化或者美学的新词概念就能概括和描述的作家了,而成了一个异常多面和丰厚的,包含了复杂的人文、历

---

① 莫言:《莫言文集·用耳朵阅读》,作家出版社,2012年,第163页。
② 莫言:《莫言文集·用耳朵阅读》,作家出版社,2012年,第154页。

史、道德和艺术的广大领域中几乎所有命题的作家。"①

莫言借助民间文化，建立了一个众声喧哗、话语狂欢的文体，嘈杂而零乱，有效地解决了单纯讲述故事的结构简单的问题。莫言认识文体的重要性，他认为"好的作家，能够名垂青史的作家肯定都是文体家"，并且坦言自己不愿"四平八稳地讲一个故事"。②试想，如果《檀香刑》按照现实主义的方法讲述故事，虽然情节仍然很丰满，但是小说的面貌绝非如此"现代"。小说的结构为"凤头"、"猪肚"、"豹尾"三部分，前后呼应，显然是对传统结构方式的致敬。"凤头"和"豹尾"部分，分别由不同的人物讲述故事，其中，"凤头"是"眉娘浪语"、"赵甲狂言"、"小甲傻话"、"钱丁恨声"；"豹尾"是"赵甲道白"、"眉娘诉说"、"孙丙说戏"、"小甲放歌"、"知县绝唱"。每部分都是人物独白，因此，小说带有很强的戏剧特征，同时"猪肚"保留了小说的记叙本色。从文体的角度看，《檀香刑》有点四不像，大杂烩，跟传统小说不同，带有很强的实验色彩。

在《檀香刑》中，莫言自信、大胆地借鉴、使用了许多民间结构形式、语言和材料，挥洒自如地展现了中华民国时期的高密东北乡。莫言在《檀香刑》中最引人注目的是引入了"猫腔"，叙事上依托了民间文化形式。据他在小说的后记中说，"猫腔"是一种已经式微了的地方小戏，旦角的唱腔尤其悲凉。莫言受"猫腔"影响很大，小的时候还参加过"猫腔"戏的演出，扮演过跑龙套角色，而《檀香刑》这个故事就有同名"猫腔戏"。"猫腔"的语言具有可辨识度，莫言在小说开端的题记中就引用了一段孙眉娘的《大悲调》："太阳一出红彤彤，（好似大火烧天东）胶州湾发来了德国的兵。（都是红毛绿眼睛）庄稼地里修铁道，

---

① 张清华：《叙述的极限——论莫言》，《当代作家评论》，2003年第2期。
② 莫言、王尧：《从〈红高粱〉到〈檀香刑〉》，《当代作家评论》，2002年第2期。

扒了俺祖先的老坟茔。(真真把人气杀也!)俺爹领人去抗德,咕咚咚的大炮放连声。(震得耳朵聋)但只见,仇人相见眼睛红,刀砍斧劈叉子捅。血仗打了一天整,遍地的死人数不清。(吓杀奴家也!)到后来,俺亲爹给他上了檀香刑。(俺的个亲爹呀!)"①莫言喜欢在长篇小说的每章开端使用题记,以便与正文参照,产生对比互文的效果,《酒国》就是一个例子。《檀香刑》的题记都是引自"猫腔"《檀香刑》,让读者了解故事,适应语言风格。在《檀香刑》中,莫言的语言发生了很大改变,模仿了"猫腔"的语言,让故事中的不同人物出来叙述,类似的写法比比皆是:"一阵乱梆子,敲得黎明到。俺起身下了炕,穿上新衣服,打水净了面,官粉搽了脸,胭脂擦了腮,头上抹了桂花油。俺从锅里捞出一条煮得稀烂的狗腿,用一摞荷叶包了,塞进竹篮。提着竹篮俺出了门,迎着西下的月亮,沿着青石板道,去县衙探监。"②小说的探索包含着语言探索。莫言在作品中使用"猫腔"影响下的语言,不断让读者产生"跳脱"感,淡化了故事,强调了地方味道。类似做法,赵树理在《李有才板话》等作品中也曾使用,增加了小说的民间色彩,因为,快板文化流行于底层民众。同样,《檀香刑》借鉴"猫腔",在形式上树立了小说的民间的风格。此后的评论在关注《檀香刑》时,对"猫腔"元素有诸多阐述,说明这种写法引人注目,而且有阐释空间。莫言在小说语言和"猫腔"之间转换,制造了含混的叙事空间。莫言在叙述过程中,甚至混淆"猫腔"和小说的界限,把二者拼贴在一起。小说写孙丙为惨死的妻儿复仇,打死了德国技师,为了不连累乡亲,准备流落他乡。此时,乡亲们来开导他,莫言引用了"猫腔",并且用仿宋体加以标明。"众人凑了一点儿盘缠,

---

① 莫言:《莫言文集·檀香刑》,作家出版社,2012年,第3页。
② 莫言:《莫言文集·檀香刑》,作家出版社,2012年,第8-9页。

连夜送孙丙上路。孙丙眼里夹着眼泪唱到:乡亲们哪,美莫美过家乡水,亲莫亲过故乡情。俺孙丙没齿不忘大恩德。搬不来救兵俺就不回程。众人唱到:此一去山高水远你多保重。此一去您的头脑清楚要机灵。乡亲们都在翘首将你等,盼望着你带着天兵天将早回程。"①在这段引述中,小说和戏剧,原创和引用的边界已经模糊。莫言的本义不在讲述故事,似乎是在叙述上进行试验,看这个故事能够被丰富到什么程度。

刑术在《檀香刑》中,被大力铺陈,乃成"刑术文化"。中国传统文化中,刑术源远流长,春秋战国时期就有墨、劓、刖、宫、大辟等对人身体进行伤害的酷刑,此后,车裂、腰斩、"人彘"、请君入瓮、凌迟、"满清十大酷刑"等传说和真实的刑罚层出不穷。当代作家中,余华的《往事与刑罚》也是以刑术为中心,写了一个刑罚专家的故事,除此之外,刑术在文学中并不多见。在《红高粱》中,莫言已经演绎了"剥皮",有这样的细节:"罗汉大爷的脸皮被剥掉后,不成形状的嘴里还呜噜呜噜地响着,一串一串鲜红的小血珠从他的酱色的头皮上往下流","罗汉大爷被剥成一个肉核后,肚子里的肠子蠢蠢欲动,一群群碧绿的苍蝇漫天飞舞"。②莫言不避暴力恶心,将刑罚写到如此细致,表现出挑战文学史的努力。到了《檀香刑》,莫言延续了对刑术的兴趣,把小说写成了刑术的盛宴,凌迟、杀头等各种杀人方式,尤其是残忍的檀香刑,都被细致地展现。檀香刑是一种残酷的刑罚,行刑时,刽子手用檀香做的木棍从受刑者下体捅入,逐渐敲击,从脑部出来,受刑者生不如死,非常痛苦。如此行刑,惩罚功能倒在其次,更主要的是震慑作用,因此,行刑场面就是一次众人共同参与的公共活动。历来,权力对异端都是采取严厉的镇压

---

① 莫言:《莫言文集·檀香刑》,作家出版社,2012年,第209页。
② 莫言:《莫言文集·红高粱家族》,作家出版社,2012年,第33页。

态度,而且用身体惩戒的方式,显示自身的权威。关于行刑者、受刑者和民众的关系,鲁迅已经发现,而且在《药》中做了深刻揭露。有论者如此评论《檀香刑》:"莫言之所以狂热地钟情于对各种刑术进行津津乐道的叙述,固然有他自身对残酷美的特殊爱好和痴迷(他的很多小说都是通过残酷的方式烘托出人性内在的强悍美),但也绝不能忽视中国传统刑术内在的种种近乎荒诞的文化内涵","这些刑术,已经远远超出了法律的惩戒意义,失去了皇权正常发挥的历史作用,沦为统治阶级以生命取乐的重要手段,也成为民众激活贫乏生活的一种特殊庆典。它们所体现出来的真实意图,既是对法律本身的嘲讽和消解,也是对某种人性变异后所产生出来的文化痼疾的尖锐反诘"①。刑术本来是严肃的行为,在民间,却成为一种"庆典";刑术越是残忍,受刑者越痛苦,看客感受到的愉悦越强烈,而权力也在其中完成了惩戒,因此,行刑就演变为节日。严刑之下,催生出生命的狂欢,残酷和荒谬共生互补。莫言追求的生命本能的激情和放纵,在此表现出来。在《红高粱》中,罗汉大爷被剥皮,"人群里的女人们全都跪倒地上,哭声震野",透出悲壮气息,带有惊悚和崇高交加的意味。到《檀香刑》,莫言施展笔墨,大肆渲染,受刑者、行刑者、观众不知不觉、共同上演了一出"大戏",而这,正是民间文化恣意狂欢的一面。

　　孙丙被抓,将被处死,引来众人围观,他觉得,这是自己的节日:"囚车行进在大街之上,路边的看客熙熙攘攘。演戏的最盼人气兴旺;人生悲壮,莫过于乘车赴刑场。俺孙丙演戏三十载,只有今日最辉煌","一场大戏,隆重开场"②。孙丙沉浸在自己的想象中,即便看到人群中的女儿,也保持镇静,"好男儿流

---

① 洪治纲:《刑场背后的历史——论〈檀香刑〉》,《南方文坛》,2001年第6期。
② 莫言:《莫言文集·檀香刑》,作家出版社,2012年,第433页。

血不流泪,是大英雄怎能儿女情长"。莫言对孙丙的心理剖析显然带有夸张成分,他显然想让这次行刑变得更为轰动,因此,孙丙的结局就是民间文化最常见的"好汉就义",其实,这个戏码也正是"猫腔"《檀香刑》能够留传的重要原因。行刑者赵甲是孙丙的亲家,也是受过慈禧和皇上召见的刽子手,他把行刑当作一门自豪的艺术:"有咱家这样的乡党,算你们有福气。要知道天下的戏,没有比杀人更精彩的;全中国能执檀香刑的刽子手,除了咱家还有何人?因为有了咱家这样的乡党,你们才能看到这全世界从来没有过今后也不会再有的好戏了。这不是福气是什么?让你们自己说,这不是福气是什么?"①赵甲的思路,放在现实主义的视野中,是极为荒谬的,但是置于民间文化中,却很容易被理解。民间文化正是需要一些简单和夸张的人物和思想,展示一种戏剧场面,满足看客需要,其他都是次要。孙丙受刑时,唱起了"猫腔",看客一起学起了猫叫,"千万人的声音合在了一起",接着,来了一个演唱水平高超的"义猫","义猫的翻花演唱精彩绝伦,这样的演唱完全可以登上大雅之堂"②。目击者钱丁说:"余看到衙役们,包括办事机警、头脑清醒的刘朴,进入了痴迷的状态,他们一个个眼睛发亮,嘴唇半张,已经忘了身在何处。余知道用不了多会他们就会与那些猫们咪呜大叫,很可能还会遍地打滚、有可能就会爬墙上树,这杀气腾腾的刑场就会变成群猫嚎叫、百兽率舞的天堂。"③在受刑者、行刑者和观众都沉浸在节日狂欢气氛中的场景中,启蒙以来建立的知识分子书写立场消失,而民间朴素的义气成为人物的核心思想。县令钱丁被情人孙眉娘的情和弟弟钱雄飞的

---

① 莫言:《莫言文集·檀香刑》,作家出版社,2012年,第358页。
② 莫言:《莫言文集·檀香刑》,作家出版社,2012年,第494页。
③ 莫言:《莫言文集·檀香刑》,作家出版社,2012年,第495页。

义所激发,愤然而起,杀死了孙丙(不让他继续受折磨)、赵甲和赵小甲,将这出大戏推向了高潮。《檀香刑》故事发生于晚清,留传于民间,因此,与"五四"以来占据统治地位的启蒙逻辑不符,带有强烈的"前五四"特征,保留有未受启蒙影响的民间故事基本面貌。

长篇小说《四十一炮》在当时很大程度上有集莫言大成的意味,少年视角、"文革"乡村经验、反讽叙述、生命美学等,莫言拿手的元素都在其中出现。故事的叙事者叫罗小通,是个半大不小的少年,观察力强,具有一定思维能力,经常自以为是却并不成熟,善于言说。罗小通与《牛》、《三十年前的一次长跑比赛》的叙事者一致,属同一系列,这使小说呈现出少年好奇探索成年世界的味道,而他们偶尔稚气未脱的孩子气语言,也使小说妙趣横生。

《四十一炮》中,莫言对身体的关注集中在"饿"上,展现了政治内容的同时,将感官描写推向了极致。莫言此前的写作中,对感官的描写就是重点,他喜欢、善于炫技式地把味觉、听觉、触觉等身体感受淋漓尽致地书写出来,形成了当代文学史上独特的风格。莫言对感官的重视,同他的身体哲学联系在一起。莫言张扬的恣意挥洒的生命力的"红高粱"美学,建立在人身体本能的基础上,因此,他颂扬的女性大多丰乳肥臀,性征突出,而他贬抑的男性则萎缩变态,没有男性气概。在"前现代",健壮的身体是生存能力的标志和不受理性约束的自由的保证,因此,也是民间审美的规范,这种状况直到近代才发生转变,智力逐渐占据竞争优势。综观莫言的作品,很少出现智者一类的人物,这表明他基本不考虑终极问题,不需要此类人代言。他笔下的芸芸众生大多依靠本能和民间伦理生存,将吃、性和生育作为大事,身体感官发达,体现出"前现代"的特征。

莫言熟悉的民间,并非完整的未经启蒙的"传统"和"古代",而是被"文革"话语侵袭,发生了变化,但是并未发生实质变迁的"前现代"社会。在莫言的描述中,虽然"新的思想"("文革"等)不断撞击他笔下的"前现代",但是,并未起到多大作用,民间的价值观基本没有得到改变,这也是莫言对当代中国思想状况的基本判断。

莫言对乡土文学重大的贡献是,反对知识分子为某个中心意思(主要是启蒙思想)对民间经验挑拣、整合,他发现和表达了民间纯天然的一面,释放了被压抑的活力和幽默感。《四十一炮》中,莫言调动起所有的修辞手段,书写了活泼生动,未被过滤的民间经验。在此前的乡土文学中,民间经验多数时候被置放于既定的叙事框架,充当某个机器的部件,非意识形态化的原生内容没有机会得到裸露。莫言依据自己的感受,激活了人与自然间的相互依存的关系,他不是以文人审美的眼光去看待自然,而是回归到人的本性。莫言的比喻脱离知识分子文雅化,多用农村中习见事物,朴拙简单。比如:"红红的太阳像一个红脸膛的铁匠从东边的麦田升起来"[1],"那些以庙为家的蝙蝠们在空中盘旋着,仿佛是一颗颗闪光的金豆子"[2],"平日里摇个三五次,老掉牙的柴油机就会不情愿地叫起来,吭哧吭哧,像一匹得了气管炎的老山羊。今天它就是不叫了,它发誓不叫了"[3]。

在当代作家中,很难找到像莫言这样密集使用乡村事物来打比方的。他对动物的描写多用拟人,比如:"几头年轻的牛屁眼里往外蹿屎,几头老牛看样子还很镇静,但我知道它们是

---

[1] 莫言:《莫言文集·四十一炮》,作家出版社,2012年,第34页。
[2] 莫言:《莫言文集·四十一炮》,作家出版社,2012年,第40页。
[3] 莫言:《莫言文集·四十一炮》,作家出版社,2012年,第51页。

强做出的镇静,因为我看到了它们的尾巴紧紧地缩了进去,极力控制着不拉稀,但它们大腿上的肌肉在颤抖,就像微风从平静的水面吹过去一样。"①从这段随机抽出的描写可以看出,莫言不避俚俗,摒弃知识分子的夸饰和矫情,用"平视"乃至调侃的眼光看待农村日常生活经验,而这,正是他对"作为老百姓写作"理论的践行。在莫言看来,"从鲁迅他们开始,虽然写的也是乡土,但使用的是知识分子的视角。鲁迅是启蒙者,之后扮演启蒙者的人越来越多。大家都在争先恐后地谴责落后,揭示国民性中的病态,这是一种典型的居高临下。其实,那些启蒙者身上的黑暗面,一点也不比别人少。所谓的民间写作,就要求你丢掉你的知识分子立场,你要用老百姓的思维来思维"。②莫言的提法,看似降低了写作者的地位,实则为写作者寻找到一个新的视角,即,放弃自己的思维模式,用其他的视角来看待事物。莫言对叙事视角有深刻体会,他的处女作《春夜雨霏霏》就使用了一个女性视角,《红高粱》中"我爷爷"、"我奶奶"的视角更让他自鸣得意,《牛》、《我们的七叔》的讲述者是少年,《檀香刑》更是用多人视角分别叙述。其实,"作为老百姓"不需要强调,因为作家本来就是老百姓;但拿起笔写作,必然又不同一般不写作的老百姓,这里,莫言提供的是一个"反智"视角。莫言在叙述中,总是隐藏起自己的身份和学识,让自己的视角与民间百姓无异,在模仿中,取得一种滑稽效果。莫言的"反智"视角与《喧哗与骚动》、《尘埃落定》等作品使用的"弱智"视角不同,"反智"视角是"假装",因此反讽意味浓厚,而"弱者"视角则是作者故意扮作智力残缺。

现实与魔幻之间的关系,一直是莫言关注和处理的重点,

---

① 莫言:《莫言文集·四十一炮》,作家出版社,2012年,第30页。
② 莫言:《莫言文集·用耳朵阅读》,作家出版社,2012年,第70页。

到了《四十一炮》,莫言的手法更为巧妙。莫言在作品中添加魔幻因素时,多采用幻觉的方法,这种处理的好处是可以随意进入和跳出,因此,即便是在非常写实的作品中,也可以使用。在《三十年前的一次长跑比赛》的结尾,"我"从院墙外面向朱老师家偷窥,看到皮秀英,"她的屁股后面拖着一条蓬松的大尾巴,像一团燃烧的火。我刚想惊呼,她的尾巴就不见了"①。究竟有没有尾巴?无从猜测,莫言也无须给出答案。制造魔幻效果时,莫言还经常使用空缺的办法,让故事本身呈现出"未完成"状态,造成理解上的困境。《师傅越来越幽默》中,下岗的丁师傅办了林间小屋,给男女休闲用。一对男女进去后,再也没有出来,他只好找来警察,却发现小屋中空无一人,只好说"那是两个鬼魂"。在《四十一炮》中,走投无路的罗小通找到了四十一发炮弹,于是向着自己的仇家老兰开了四十一炮。莫言在小说中详细介绍了四十一发炮弹的发射状况和命中的位置,每次都瞄准老兰,但都擦肩而过。在介绍中,一个个隐喻当代中国的现实的场景出现:姚七家、理发室、宴会厅、注水车间、侯镇长办公室、母亲坟墓前、伙房、老兰秘密卧室、温泉……老兰是权力的象征,他为所欲为,却得不到惩罚。罗小通的想象和现实发生了重叠,他发射的炮弹是诅咒的变形,而对老兰来说毫发无伤。莫言在这里大胆使用了魔幻手法,文学作品中,情节重复的情况并不鲜见,三打祝家庄、三气周瑜、七擒孟获都是著名例子,而莫言却用四十一个并列,打破了审美惯例,成为一种美学的冒犯。每发炮弹都伴随着一次诉说,桩桩件件,老兰的劣迹与当代现实的痼疾被触目惊心地揭示出来。莫言制造魔幻的方法非常巧妙,整个设计并未违

---

① 莫言:《莫言文集·三十年前的一次长跑比赛》,作家出版社,2012年,第178页。

反逻辑（罗小通收购迫击炮是伏笔），但细节真切，前后照应，现实感很强。当代现实生活的魔幻状态不易把握和书写，矛盾、悖论虽层出不穷，但产生非现实的因素，比较困难。莫言在《第四十一炮》中制造的是"局部魔幻"，因为小说整体上写实，而杂以梦魇、臆想和独白，形成了非理性的氛围，因此，魔幻因素也就并非不能接受。

在《四十一炮》中，莫言展示了强大的语言制造功能，瀑布一般的、不加节制的语言形成了独特的叙事景观。莫言在小说叙述中，通过独语、比喻、拟人等方式，以及并置各种民间艺术文本，穷形尽相地描摹了人物的心理、动作和景物。相比起新时期以来的其他作家，莫言语言具有芜杂和泥沙俱下的特征。《四十一炮》中的罗小通是个"炮孩子"（方言，特别能说的意思），他有天赋的表达能力和压抑不住的表达欲望，因此，契合了莫言恣意走笔的特长。莫言在《四十一炮》中，自由松弛，随心所欲，在雅俗之间毫无障碍地转换，形成了自己独有的丰富、芜杂的气场。莫言借助罗小通，使语言不仅完成了信息载体的功能，还独立为审美内容，体现出文学的力量。小说开篇就是第一人称"我"的对大和尚"诉说"，然后，不断、不停地诉说，如同滔滔不绝的语言之流。有论者说："题目'四十一炮'既是四十一个谎言，又是真正的四十一发炮弹。作家借此传达出一种隐喻，即语言就是'炮弹'。他用语言'复仇'，用语言进行自我想象和自我满足，也用语言进行自我拯救。"① 罗小通倾诉狂一样的语境中，故事被扭曲，细节被夸饰，小说从现实中升腾起来，进入象征世界。莫言总结说，《四十一炮》是"诉说式叙述"，"没有历史跨度，就是一个小孩跟大和尚唠唠叨叨说话，在说话

---

① 吴义勤：《有一种叙述叫"莫言叙述"——评长篇小说〈四十一炮〉》，《文艺报》，2003年7月22日。

当中回忆历史,回忆自己的童年,回忆和叙说当中实际在编造童年,虚构自己的历史。在虚构编造过程当中,继续描述他眼前看到的事物,实际就是一个孩子坐在那个地方讲述、回忆、虚构、观察、诉说等这么一个状态。所以我在后期可以说——诉说就是一切"①。综观莫言的小说,"诉说"是一种根本的结构和表达状态,甚至可以概括说,莫言的小说大多是"独白",因此,他作品总是选择第一人称"我"。莫言所做的,就是模仿、变换各种腔调讲故事。他极少使用全知视角,总是选择一个特殊身份的"我"来讲述故事,因此,莫言小说中的叙事者总是引人关注,并且,莫言在一部小说中,总要变换几个腔调。关于小说的本质,说法很多,莫言将小说定义为"诉说",既是来自自己创作经历的提炼,也是对小说理论的丰富,而他运用娴熟的"分角色讲述故事",使他的小说带有很强的戏剧化色彩。

第四节　中国式生命哲学

　　莫言的《生死疲劳》标志着他的写作进入成熟期,因为这部小说处理的问题更为宏阔,艺术技巧更为圆熟,而且,在继承古典小说传统的基础上,吸收西方经验,中西结合,将20世纪文学史上不断提出的口号落到了实处。《生死疲劳》体现出莫言整合中西文化精神的努力,更显示出当代作家对这个问题的把握和处理能力。

　　《生死疲劳》讲述的故事绵延数十年,从1950年土改到改

---

① 张清华、莫言:《小说的伦理、结构与戏剧性及其他》,《西部》,2008年第9期。

革开放,涉及了当代中国历史的重大事件,是莫言作品中时间跨度较大的作品(另一部大跨度作品是《丰乳肥臀》)。莫言小说往往集中于一个时间焦点,以横向展开为主,不做纵向的人物历史命运的铺陈。莫言的小说侧重书写启蒙前的民间状态,描写居多,而较少涉及历史和历史观。莫言一向不忌讳表现自己对历史事实问题的忽视和对历史观的无感,尽管他是所谓"新历史主义"思潮的重要参与者。有论者曾将莫言的《红高粱》视为当代文学史上"新历史主义"的滥觞,并认为,《丰乳肥臀》"这种表面看来有点荒诞和戏剧化的叙事同以往线性的主流历史叙事,以及近年来具有过重的'寓言'化倾向的虚拟和个人体验化的历史叙述相比,不但更为新鲜逼真,而且更加大气磅礴、富有表现力。从一定意义来说,《丰乳肥臀》是一个具有总结和典范意义的新历史小说文本"①。论者将"新历史主义"与莫言的创作结合,认为莫言对此思潮很有贡献,但,莫言却对此回应说,"这真让我感到惶惶不安起来,其实事情真的没有那么复杂和深刻"②。莫言很谦虚,因为他觉得自己的创作并不是以表达历史观见长,不过,莫言的回应也说明,他确实在创作《红高粱》《丰乳肥臀》时,没有将历史观问题作为自己的主要表达方向。莫言对历史的叙述属于歪打正着,他不是总览全局,而是故意避开一览众山小的感觉,从民间小人物视角出发,反而能够看到宏大历史视角失察的内容,形成对正史的解构。

在《生死疲劳》中,莫言虽写到了土改、"文革"、改革开放等当代中国历史重大事件,但都没有正面叙述,而是通过人物命运侧面表现。小说中,蓝脸的经历颇为奇特,他本来是西门闹家的长工,解放后,娶了西门闹的小老婆迎春,但是,面对随

① 张清华:《十年新历史主义文学思潮回顾》,《钟山》,1998年第4期。
② 莫言:《莫言文集·用耳朵读书》,作家出版社,2012年,第5页。

之而来的合作化运动,却坚决抵制,成为县里独有的单干户。任凭怎样劝说威胁,他就是不肯入合作社。关于入社问题,是"十七年"时期乡土叙事的主要题材,《创业史》《三里湾》等经典作品都讲的是如何入社的故事。尽管梁三老汉等人开始不情愿,但入社显然是不可阻挡的历史潮流,因此最后都参加了合作社。合作化运动看似是生产资料的重新配置,但背后却是公有制经济吞没私有制的背景,关系到当时政策方针问题,所以关于入社,当时不可能出现有其他结果的选择。莫言重新叙述入社故事时,没有沿袭旧有的模式,而是用民间历史观,讲述了跟以前不一样的故事。《生死疲劳》中的蓝脸拒绝入社,当村干部洪泰岳跟他谈话时,他说:"我不入社,我也不会跪在地上求你","政府章程是'入社自愿,退社自由',你不能强迫我!"①洪泰岳与蓝脸间的矛盾,出自个人恩怨,因此,洪岳泰并非像"十七年"作品中的干部一样,站在宣讲政策的立场说服群众,而是蛮横嚣张、以权压人,同时,蓝脸心中不服,倔强偏执,偏唱对台戏。蓝脸是当代文学中少见的农村异见者,他在毛泽东去世后也没有流泪,而是在磨镰刀。受到质疑后,蓝脸说:"他死了,我还要活下去。地里的谷子该收割了。"②蓝脸是《生死疲劳》带给当代文学的一个典型人物,他倔强独立,不为政治运动裹挟,此前,当代文学中还没有出现过类似农民形象。作为农村中的反抗者(不是地主搞破坏那样的角色),蓝脸出现在《生死疲劳》中,并不奇怪,因为莫言笔下的当代史是对以前叙述的"反写"。以前经典的模式,全被颠覆。莫言关注的,是既定历史观所忽略的异质性因素,此前这些因素被观念整合抹平,呈现出"历史趋势"。莫言对"批斗"的书写同样如

---

① 莫言:《莫言文集·生死疲劳》,作家出版社,2012年,第25页。
② 莫言:《莫言文集·生死疲劳》,作家出版社,2012年,第333页。

此。在以前的伤痕、反思文学中,经常出现"批斗"场面,作者通过细节描写,呈现"文革""左"的错误带来的严重后果,批判"文革"。《生死疲劳》中也出现了"批斗"场面,不过,表现出的却是对经典叙事的反讽,把严肃的事件写成了民间节日。小说这样写:"大喇叭发出震天动地的声响,使一个年轻的农妇受惊流产,使一头猪受惊头撞土墙而昏厥,还使许多只正在草窝里产卵的母鸡惊飞起来,还使许多狗狂吠不止,累哑了喉咙。"① 高音喇叭带有强烈时代特征,通常与威严联系,而此时,却显示出滑稽的一面,于是,威严被解构。莫言用魔幻的手法,完全颠覆了文学作品中的"批斗",小说中出现这样的场景:"车上的红卫兵在'大叫驴'的率领下喊起了口号:打倒驴头县长陈光第!——打倒驴头县长陈光第!!——打倒奸驴犯陈光第!——打倒奸驴犯陈光第!!'大叫驴'的嗓门,经过高音喇叭的放大,成了声音的灾难,一群正在高空飞翔的大雁,像石头一样噼里啪啦地掉下来。大雁肉味清香,营养丰富,是难得的佳肴,在人民普遍营养不良的年代,天上掉下大雁,实是祸事降临。集上的人疯了,拥拥挤挤,尖声嘶叫着,比一群饿疯了的狗还可怕","这场混乱,变成了混战,变成了武斗。事后统计,被踩死的人有十七名,被挤伤的人不计其数"。② 如此混乱的场面,甚至出了人命,亵渎了事件的本原意义。讲述与宏大历史叙事矛盾、相反的事件,是"新历史主义"思潮的拿手好戏,而其中的代表人物莫言,当然深谙此道。莫言讲述的历史,根植于"民间思维",因此,无论带有怎样的意识形态,都会被解构,甚至,意识形态越强,被解构得越彻底。宏大叙事退出,"新历史主义"风靡,是新时期以来历史叙述的重要转变。莫言用《生

---

① 莫言:《莫言文集·生死疲劳》,作家出版社,2012年,第144页。
② 莫言:《莫言文集·生死疲劳》,作家出版社,2012年,第144–145页。

死疲劳》重新构建当代历史,就是这个潮流下的实践,而采取民间视角看取历史,则是莫言对当代文学的重要贡献。

"轮回"哲学观是《生死疲劳》最具冲击力的问题,从生命态度和叙事视角上都刷新了当代文学史。"六道轮回"是佛教说法,认为住在欲界的众生,因其作业而区分为六道,即天道、人间道、修罗道、畜生道、恶鬼道、地狱道。尽管民间有不少关于"轮回"的说法,比如"二十年后又是一条好汉"和"孟婆汤"之类,但是在严肃文学中,还未有作家触及这一人生观。五四以来的革命文学中,在马克思唯物主义烛照之下,"宿命论"等流行的传统观点式微,历史决定论占据了统治地位。有论者说:"轮回是一种东方想象,西方想象是地狱与天堂、拯救与救赎,是一条直线;而在东方想象中,世界和生灵是在一个原轮上,循环不息,这种想象曾是中国人基本的精神资源,在古典小说中比比皆是,但在现代小说中基本上被摒弃掉了,《生死疲劳》使这种古老的、陈旧的想象重新获得了力量。"① 莫言使用了"轮回"这一观念,写西门闹转世为驴、牛、猪、狗、大头儿蓝千岁,用文学书写的形式阐释了传统生命观。按照"六道轮回"的说法,如果此生作孽,轮回时就会受到惩罚,相反则得到奖赏。对于西门闹来说,并非如此,他一生行善,却在土改时惨遭枪毙。在阎王殿中,他怒不可遏:"冤枉!想我西门闹,在人间三十年,热爱劳动,勤俭持家,修桥补路,乐善好施。高密东北乡的每座庙里,都有我捐钱重塑的神像;高密东北乡的每个穷人,都吃过我施舍的善粮。我家粮囤里的每粒粮食上,都沾着我的汗水;我家钱柜里的每个铜板上,都浸透了我的心血。我是靠劳动致富,用智慧发家。我自信平生没有干过亏心事。可是——

---

① 莫言、李敬泽:《向中国古典小说致敬》,《当代作家评论》,2006年第2期。

我尖利地嘶叫着——像我这样一个善良的人,一个正直的人,一个大好人,竟被他们五花大绑着,推到桥头上,枪毙了!"① 在小说中,西门闹被枪毙是双重质疑:1. 对既定政治理论的质疑。土改时,按照财产划分阶级成分,而不考虑财产来源,这样固然可以调动贫穷民众积极性,但充满非理性暴力;2. 对既定民间理论的质疑。西门闹积德行善,本来应该多子多福,富贵延年,但他非但没有好报,反而罹难。西门闹因此不服,拒绝喝孟婆汤,坚定表示要记住痛苦和仇恨,重返人间,却不料转生为驴子。西门闹于是成为一个秩序的反对者,不断以牛、猪、狗等动物的身体返回人间,却最终无法讨回公道。《生死疲劳》写了通常被信任和信仰的信条不过是欺骗,在根源上否定了有一种终极价值观的存在,表现出对人生哲学观的调侃、反讽。莫言在小说结构上运用了"六道轮回"的外壳,却颠覆了"六道轮回"的理念。莫言在作品中从不坚守或贯彻什么,总是用来自民间的细节解构宣传和流行叙事中的"正确导向",使之暴露出荒谬可笑的一面。莫言具有彻底的解构态度,他不仅像顽童一样拿根竹竿将"高大"的事物从云端戳下,引起哄堂大笑,还勇于自嘲,对自己的行为实施自我批判。小说中设计了一个次要人物"作家莫言",不断受到叙述人的揶揄:"莫言从来就不是一个好农民,他身在农村,却思念城市;他出身卑贱,却渴望富贵;他相貌丑陋,却追求美女;他一知半解,却冒充博士。这样的人竟混成了作家,据说在北京城里天天吃饺子……"② 在小说中直接把自己的名字设置为作家,且挖苦嘲笑,颠覆了作品的叙述人,从叙事的角度,使作品呈现出非真实性,与整体的魔幻效果互相映衬。

---

① 莫言:《莫言文集·生死疲劳》,作家出版社,2012 年,第 4 页。
② 莫言:《莫言文集·生死疲劳》,作家出版社,2012 年,第 323 页。

《生死疲劳》制造了莫言式的魔幻:故事的细节叙述接近现实主义,且紧贴当代民间历史,但结构设计却故意显示出荒谬。此前莫言的小说,要么是全部建立在魔幻基础上的《酒国》,整体飘浮在现实之上;要么是现实的故事中加入荒诞因素,而《生死疲劳》寓现实于荒诞,是他对自己的超越。了解了西方魔幻现实主义并经过模仿阶段之后,莫言从民间文化中寻找到了灵感,将虚设的"六道轮回"写实,结合他擅长的乡村生活场景描写,形成了独特的魔幻效果。莫言说:"二十年来,当代作家或多或少地受到魔幻现实主义的影响,我们也写过很多类似的小说。但魔幻是西方的资源,佛教是东方的魔幻资源,六道轮回是东方的魔幻资源,我们应该写一部有中国特色的魔幻小说。"① 西门闹六次轮回,转生为驴、牛、狗等动物和大头儿蓝千岁,每次都保留了前世的记忆,不仅使讲述的人物命运衔接完整,而且每次都用不同视角,丰富了小说的叙事空间。为了向中国古典小说传统致敬,莫言在《生死疲劳》中还使用了"章回体",形式上也进行了回归。"章回体"被莫言拿来、运用得恰到好处,因为《生死疲劳》人物众多,视角不断变化,需要用章回的形式提示主要内容。论者认为,"《生死疲劳》是一部向我们伟大的古典小说传统致敬的作品。这不仅指它的形式、它对中国经验和中国精神的忠诚,也是指它想象世界的根本方式。在中国古典小说中,人的命运就是世界的命运,人物带动着他的整个世界","这一点过去很少有人注意到,这恰恰是古典小说的基本精神,现代小说已经遗忘了这样的志向,而《生死疲劳》让我们记起了那种宏大庄严的景象"②。莫言的《生死疲劳》展现了娴熟的对中国传统文化借用的方法,以此进入

---

① 莫言、李敬泽:《向中国古典小说致敬》,《当代作家评论》,2006年第2期。
② 莫言、李敬泽:《向中国古典小说致敬》,《当代作家评论》,2006年第2期。

和重新书写了当代历史,丰富了当代文学,并作为典范,成为西方了解熟悉中国的代表作。

《蛙》涉及了计划生育主题,反思了当代历史上对农村生活内容最具影响力的制度,延续了莫言在创作中对生命问题的思考。从大的视角来看,当代农村主要问题的变迁、传统文化中生育观念的延续和转型、生命与理念间的矛盾等重大问题都跟计划生育问题有关。计划生育被宣传为长期基本国策,因此,文学对此表现的空间狭小,长期忽视,并未出现具有力度的作品。

《蛙》写了两次关于未出生婴儿的选择,表现出莫言对生命的肯定。"我"的妻子王仁美已经生了一个女儿,又怀孕,因违反计划生育规定,被强制引产,结果死去。妻子和"我"都想要孩子,后者却因为是军人(怕被开除)而退缩,妻子离家,东躲西藏,终于被抓走。"我"五十多岁时,第二任妻子瞒着"我"找了代孕母亲,打算再生一个小孩,起初"我"坚决反对,后来同意了妻子的行为。两次冲突都涉及堕胎,通过"我"的思想转变,深入讨论了这一问题。小说写道:"我的眼睛里盈满了泪水,我听到了一个最神圣的声音的呼唤,我感受到了人类世界最庄严的感情,那就是对生命的热爱,与此相比较,别的爱都是庸俗的、低级的","我感到自己的灵魂受到了一次庄严的洗礼,我感到我过去的罪恶,终于得到了一次救赎的机会,无论是什么样的前因,无论是什么样的后果,我都要张开双臂,接住这个上天赐给我的赤子"。[①] 莫言对生命力的赞美和张扬,一以贯之地表现在他的作品中,其中就包括对生育能力的强调,循此轨迹,他对计划生育问题的关注也是题中应有之义。在《蛙》中,

---

① 莫言:《莫言文集·蛙》,作家出版社,2012年,第273页。

莫言虽未明确批评计生政策，但通过对乡村基层政府对超生妇女家庭的粗暴态度等描写，间接地表达了自己的观点。

姑姑是莫言带给当代文学的又一个典型人物形象。姑姑年轻的时候心高气傲，本来要嫁给一位飞行员，但飞行员叛逃，让她受到牵连，终身未嫁。身为医务工作者的她对事业忠诚，接生了很多孩子，同时，不遗余力，乃至残酷地执行计划生育政策。姑姑六亲不认，许多不符合计生规定的怀孕妇女被强行堕胎，还有的因此送命，而姑姑却以严格执行政策而自豪。"我"的妻子王仁美说："党让姑姑爬刀山，姑姑就去爬刀山；党让姑姑去跳火海，姑姑就去跳火海。"① 姑姑忠于职守，努力工作，但对自己奉献了全部生命的事业却没有深刻认识，至少，没有从生命的角度认识。莫言在《我们的七叔》中，塑造了一个沉浸在自己过去的、被自己放大的辉煌中，回避外界已经发生巨大变化的七叔，因此，显得不合时宜，充满笑料。《蛙》中的姑姑与七叔一样的地方是对党忠诚，绝对服从，但不同是，姑姑是行动家，具有强大的执行能力，而叔叔却更像远离时代的被抛弃者。《蛙》并没有将姑姑描写为性格简单、一直认为自己正确的"红色木头"（飞行员对她的评价），而是让她有所转变。莫言无法在小说中非议计划生育政策，但他用魔幻的笔法写了一个群蛙起义的场景。莫言并未在小说中点明"蛙"的含义，但"蛙"、"娃"谐音，再加上作者笔名"蝌蚪"，还是可以看出其中的隐喻。小说的末尾，姑姑走夜路时，遇到了一次青蛙的攻击："姑姑在奔跑中回头观看，那景象令她魂飞魄散：千万只青蛙组成了一只浩浩荡荡的大军，叫着，跳着，碰撞着，拥挤着，像一股浊流，快速地往前涌动。而且，路边还不时有青蛙跳出，有

---

① 莫言：《莫言文集·蛙》，作家出版社，2012年，第137页。

的在姑姑面前排成阵势,试图拦截姑姑的去路,有的则从路边的草丛中猛地跳起来,对姑姑发起突然袭击。"①从此姑姑改变了信念,还在家里为那些流产的婴儿塑了泥娃娃,每天上香供奉。莫言在《蛙》中以计生干部姑姑的经历为例,对那些因为政策而消失的"娃"报以同情,发展了自己对生命的崇拜的思想,宣扬了一种"生命第一"的观念。

莫言在《蛙》的结构上同样翻出新花样。除了按部就班地以第一人称"我"叙述故事,莫言还别出心裁地在每一部的开端附上致日本友人杉谷义人的信。信件讲述了故事的缘起,使叙述更为丰盈,补充了小说中没有的内容,与正文形成呼应、对照。比如,信件中说,"我不抱怨姑姑,我觉得她没有错,尽管她老人家近年来经常忏悔,说自己手上沾着鲜血"②,还说"在过去的二十多年里,中国人用一种极端的方式终于控制了人口暴增的局面。实事求是地说,这不仅仅是为了中国自身的发展,也是为全人类做出贡献。毕竟,我们都生活在这个小小的星球上。地球的资源就这么一点点,耗费了不可再生。从这点来说,西方人对中国计划生育的批评,是有失公允的"③。姑姑的自我忏悔和"我"对计划生育的看法,具有矛盾性,同时出现在信件中,呈现出"复调"效果。莫言还有更具想象力的做法:小说的最后一部分是"我"创作的剧本《蛙》。剧本的人物安排和戏剧冲突都跟小说相联系,互相指涉。用整个一个章节安排一个同名剧本,这种写法大胆新颖,是莫言打破单一视角的努力。《蛙》的结构安排也说明,莫言更愿意让更多人发言,造成众声喧哗的效果,而将自己的见解隐藏其中。

---

① 莫言:《莫言文集·蛙》,作家出版社,2012年,第222页。
② 莫言:《莫言文集·蛙》,作家出版社,2012年,第151页。
③ 莫言:《莫言文集·蛙》,作家出版社,2012年,第151–152页。

第五节　莫言的意义与影响

莫言是一个既有超高的文学天赋，又能不断思考进步的作家，自从登上文坛，一直备受关注。将莫言的写作置于中国20世纪文学史中，能够看出当代作家努力并取得成绩的三个原因：第一，对中国传统文化的熟悉和化用。莫言在对传统小说的形式和技术的化用方面，下过功夫，表现出良好的效果，尤其是对于西方读者而言有异域特色。莫言对中国民间文化的描写，走出了启蒙话语对国族问题关注的模式，走向更为广阔的境界，而其中的魔幻因素，则是传统宿命论中常见理解、解释世界的方式；第二，借鉴和改造西方文学经验。西方文学经验对20世纪中国作家的影响巨大，如何走出大师的阴影，寻找自己的道路，是当代作家面临的难题。莫言借鉴了西方文学的表现方法，通过实践，转化为中国化的内容；第三，在中国20世纪历史的领域内建构起具有自身特色的叙事内容和叙事方式。莫言立足于中国当代历史，尤其是自己"文革"期间的乡村经验，拿来传统和西方文学经验，表现出对中国文化的独特理解。

作家总是各有所擅，也各有软肋和缺失，莫言也不例外。即便莫言已成为国际级别的作家，但自身写作的弊病仍然存在。他的作品有时泥沙俱下，不加节制，表现出芜杂的一面。莫言写作时的奔放和恣意，造成他偏重感觉，思想体系不足。整体看来，莫言是靠回忆自身经验写作的作家，虽建立起高密东北乡，但支撑物是散乱的民间体验，而莫言对其提炼不够。莫言的作品侧重"讲述"，强调讲述的腔调和状态，以及自身的快感，但深刻性难以得到保证。莫言经常能够意识到问题，但他太关注讲述技巧,因此,不能持续拷问和追踪。或多或少受到时代因素的制约,莫言的写作才华并未完全发挥出来,因此,从他自身发展来看,在文学创作上仍有很大发展空间。

中国当代文学海外译介固然"步履蹒跚"①,不甚令人满意,但仍取得了一定成绩。到2015年,莫言作品在全世界已经有40种语言的译本印行。莫言作品的海外译介,"对于中国文学的海外传播,具有引领、开拓的作用"②。学界也有将莫言译介作为"模式"推广,旁及其他中国作家的观点。③ 莫言作品海外译介最早开始于1988年,当年,面向国外发行的《中国文学》杂志翻译了《民间音乐》,第一次把莫言作品介绍"出去"。《红高粱家族》是莫言最早引发国外读者关注的作品,1990年该书被翻译成法语,1993年被翻译成英语和德语,引起较大反响。莫言作品的英译主要由美国翻译家葛浩文完成。葛浩文的翻译理念、中西文学修养、执着的精神和严谨的态度,都在翻译家中较为突出。④ 他翻译过萧红等许多中国现当代作家的作品,其中,就有莫言的《酒国》《天堂蒜薹之歌》《红高粱》《丰乳肥臀》《生死疲劳》等代表作。葛浩文翻译对莫言海外传播的作用,已经被认识得比较清楚,值得借鉴。⑤ 在学术研究领域,葛浩文对莫言作品的翻译水准得到推崇,成为"跨文化"对话的典范。⑥ 在日本,莫言是"最著名、最有影响力的中国当代作

---

① 吴赟、顾忆青:《中国当代文学译介探讨》,《中国外语》,2012年第5期。
② 曹文刚:《莫言作品的海外译介与接受》,《语文学刊》,2015年第4期。
③ 鲍晓英:《中国文学走出去译介模式研究:以莫言英译作品译介为例》,中国海洋大学出版社,2015年。
④ 季进:《我译故我在——葛浩文访谈录》,《当代作家评论》,2009年第6期。
⑤ 曾景婷:《中国文学"走出去"译介模式研究——以葛浩文英译莫言作品为例》,《翻译论坛》,2015年第2期。
⑥ 贾燕芹:《文本的跨文化重生:葛浩文英译莫言小说研究》,中国社会科学出版社,2016年。

家","追溯探讨莫言的获奖历程,可发现日本文化界所发挥的重要的推动作用"[1]。在德国,"莫言是中国当代作家中最受德国读者喜爱的作家;而从篇幅看来,读者最钟爱莫言的长篇","批评家们一致肯定莫言的批评精神与勇气,赞扬作品的现实主义描写"[2]。研究者认为,"作家们都在利用地方和民族的特色,但莫言无疑是其中最为成功者之一。他以个人的才华、地方的生活、民族的情怀,有效地进入了世界的视野"[3]。

莫言作品曾获得过"联合文学奖"(台湾)、"华语文学传媒大奖·年度杰出成就奖"、法国"Laure Bataillin 外国文学奖"、"法兰西文化艺术骑士勋章"、意大利"NONINO 国际文学奖"、日本"福冈亚洲文化大奖"、香港浸会大学"世界华文长篇小说奖·红楼梦奖"、美国"纽曼华语文学奖"、第八届茅盾文学奖等。这表明他的创作已成为经典,并在世界文学宝库中占有了一席之地。

---

[1] 林敏洁:《莫言文学在日本的接受与传播——兼论其与获诺贝尔文学奖的关系》,《文学评论》,2015 年第 6 期。
[2] 崔涛涛:《莫言作品在德国的译介与接受》,《西安外国语大学学报》,2013 年第 1 期。
[3] 刘江凯:《本土性、民族性的世界写作——莫言的海外传播和接受》,《当代作家评论》,2011 年第 4 期。

后　记

　　关于"诺贝尔文学奖东方获奖作家研究"这个选题,在我的脑海里反复酝酿了近20个年头。最初诺贝尔文学奖得主多为西方作家。1901年以来,诺贝尔文学颁发了110余次,东方作家不足十分之一。21世纪以来,又有3位东方作家获奖,这给东方文学研究者几多的希望。2006年老友苏永旭教授主编出版了一部《诺贝尔文学奖西方获奖群研究》的著作,使我进一步坚定了要出版一部东方获奖作家研究著作的决心。因为西方获奖作家多,他的那部书只是一部选本,而东方获奖作家数量少,我们这部书当然就可以把全部东方获奖作家一并入选了。尤其是2012年中国作家莫言的获奖,加速了出这部10位东方获奖作家研究专著的进程,为近年来正在崛起的中国东方学研究增加几许光亮。常言道"三十年河东,三十年河西",这10位作家的人生磨砺、思想追求、创作探索就是百余年来东方世界的文学发展变化的一个缩影。现在看来,在繁星丽天的世界文学星空,文学家们的光彩,在呼唤着人们的追求与梦想,照耀着文学工作者的希冀和努力。

　　三年前,我邀请了当时东方学界站在学术前沿,学有专攻,思想新锐的9位学者、评论家。大家经过反复的论证讨论,分工负责,"对号入座",选择自己最熟悉的获奖者进行研究。

他们都不愧是该领域杰出的博士、教授,尤其是周阅、刘卫东等更可谓是该获奖者优秀的研究专家。在这几年中,大家本着"竭泽而渔"的原则,几易其稿,尽善尽美地完成了初稿的写作。在得知该项目要申报"十三五"国家重点图书出版规划和重大出版工程时,又将2016年底和2017年初的最新研究动态和研究成果补充进去,使得这部皇皇50余万字的书稿,具有了最新的内容。本书最突出的特点是每章都有该作家在中国的研究及影响一节,作者本着自觉的学术意识,关注这些作家与中国时代发展和民族精神文化建设的关系,难能可贵。

《诺贝尔文学奖东方获奖作家研究》一书共分为10章,每位获奖作家一章,按该作家得奖时间顺序排列。具体撰稿分工如下:

第一章 泰戈尔研究、绪论、后记:孟昭毅;第二章 阿格农研究:许相全;第三章 川端康成研究:周阅;第四章 沃莱·索因卡研究:陈梦;第五章 纳吉布·马哈福兹研究:秦鹏举;第六章:纳丁·戈迪默研究:唐蕾;第七章 大江健三郎研究:高永;第八章 库切研究:高文惠;第九章 奥尔罕·帕慕克研究:仇红;第十章 莫言研究:刘卫东。

这部书凝聚了包括我在内的10位撰写者的学术坚守与汗水,是我们在该领域学习、研究成果的升华与结晶。其中唐蕾副教授在撰写书稿的同时,还负责帮助联系其余作者,付出的辛苦尤其令人感动,从书稿的具体要求,到文件的相互往来,花费了不少的时间和精力,我们大家对她表示深深的谢意。另外,我们还要感谢本书编辑李春艳为此书的出版所付出的辛勤劳动。也感谢我的同事吕超教授、甄蕾副教授,在最后组稿成书阶段为此书编辑做出的贡献。

最初我们还有一个设想,那就是在这部书的基础上,对这

10位东方获奖作家再进行深一步的拓展性研究,即将每位获奖作家的研究扩写成一部对该作家的评传,但愿我们的理想能够实现,为中国正在崛起的东方学研究再添风采。正如东方学研究在中国的发展一样,诺贝尔文学奖东方获奖作家的整体研究才刚刚开始,许多涉及作家思想史、精神文化史的深层奥秘还有待于人们进一步去开掘。此书实为引玉之砖,不足之处还请方家、读者指正。

又记,此书稿修改于多事之秋的庚子年。

孟昭毅
丁酉年春 于天津师范大学学者公寓

《东方文化集成》已出版丛书目录

季羡林主编

书　名	作　者
《文化交流的轨迹——中华蔗糖史》	季羡林
《东西文化议论集》(上、下册)	季羡林、张光璘
《新诗格律与语言的诗化》	林　庚
《古犹太文化史》	朱维之、韩可胜
《现代伊斯兰主义》	陈嘉厚　等
《阿拉伯史纲》	郭应德
《中阿关系史》	江淳、郭应德
《当代中国伦理与道德》	魏英敏
《阿拉伯伊斯兰文化史纲》	孙承熙
《中国评书艺术论》	汪景寿、曾惠杰　等
《当代中国经济学》	宋光华
《世界四大文化与东南亚文学》	梁立基、李谋
《战后东南亚华人社会变化研究》	梁英明
《日本文学思潮史》	叶渭渠
《伊朗通史》(上、下册)	叶奕良(译)

《印度古代史纲》	林承节
《蒙古国现代文学》	史习成
《佛法与宇宙》	池田大作〔日本〕
《诸神流窜——论日本古事记》	梅原猛〔日本〕
《日本文化论》	加藤周一〔日本〕 叶渭渠 等（译）
《汉代丝绸之路的咽喉——河西路》	王宗维
《中国—朝鲜·韩国关系史》（上、下册）	杨昭全、何彤梅
《东方文学交流史》	孟昭毅
《东方戏剧美学》	孟昭毅
《同根生的民族——壮泰各族渊源与文化》	范宏贵
《中缅关系史》	余定邦
《敦煌文化》	颜廷亮
《亚洲汉文学》	王晓平
《日本天皇制及其精神结构》	王金林
《古代波斯医学与中国》	宋岘
《印度神话》	孙士海、王镛（译）
《布哈里圣训实录全集》①②③	康有玺（译）
《现代日本政治》	王新生
《中亚五国概论》	赵常庆 等
《简明伊斯兰史》	马明良
《新兴宗教与日本近现代社会》	张大柘
《印度苏非派及其历史作用》	唐孟生

《满汉全席源流考述》	赵荣光
《印度独立后的政治经济社会发展史》	林承节
《中印文学比较研究》	薛克翘
《唐代前期军事史略论稿》	王永兴
《儒释道背景下的唐代诗歌》	陈炎、李红春
《日本文学史》(近代卷、现代卷)	叶渭渠、唐月梅
《印度尼西亚文学史》(上、下册)	梁立基
《五四文学思想主流与基督教文化》	喻天舒
《波斯文学史》	张鸿年
《泰戈尔文学作品研究》	唐仁虎　等
《中国—朝鲜·韩国文化交流史》(1—4卷)	杨昭全
《日本文学史》(古代卷上、下)	叶渭渠、唐月梅
《日本文学史》(近古卷上、下)	叶渭渠、唐月梅
《道安评传》	方广锠
《朝鲜—韩国当代文学史》	金柄珉　等
《文史探真》	汪春泓
《日本起源考》	沈仁安
《阿拉伯现代文学史》	仲跻昆
《中亚五国与中国西部大开发》	赵常庆　等
《易学哲学史》(1—4卷)	朱伯崑
《近代中国与日本——互动与影响》	王晓秋
《吐火罗人起源研究》	徐文堪
《东南亚近现代史》(上、下册)	梁英明、梁志明　等

《印度的罗摩故事与东南亚文学》	张玉安、裴晓睿
《斯里兰卡的民族宗教与文化》	王　兰
《早期道教史》	汤一介
《蒙元驿站交通研究》	党宝海
《佛教与中国文化》	薛克翘
《印象：东方戏剧叙事》	孟昭毅　等
《从唐音到宋调——以北宋前期诗歌为中心》	曾祥波
《唐五代北宋前期词之研究——以诗词互动为中心》	董希平
《汉魏两晋南北朝佛教史》（增订本）	汤用彤
《佛经文学与古代小说母题比较研究》	王　立
《日本近现代经济简史》	周启乾
《赫梯条约研究》	李　政
《"升起来吧！像太阳一样"——解析苏美尔史诗〈恩美卡与阿拉塔之王〉》	拱玉书
《希伯来语圣经——来自考古和文本资料的信息（至公元前586年）》	陈贻绎
《尼泊尔——人民和文化》	王宏纬
《中国印度诗学比较》	郁龙余　等
《阿富汗文化和社会》	张　敏
《波斯拉施特〈史集·中国史〉研究与文本翻译》	王一丹
《新时代的日本经济》	张舒英
《古代东南亚历史与文化研究》	梁志明、李谋　等

《中国知识分子的形与神》	乐黛云
《东方民间文学概论》(1—4卷)	张玉安、陈岗龙 等
《中国楹联学概论》	谷向阳
《中国印度文化交流史》	薛克翘
《陶渊明集译注及研究》	孟二冬
《日本戏剧史》	唐月梅
《梵语诗学论著汇编》(上、下册)	黄宝生
《现代汉语话语情态研究》	徐晶凝
《缅甸语与汉藏语系比较研究》	汪大年
《厨川白村文艺思想研究》	李 强
《中国建筑与城市文化》	吴良镛
《隋唐审计史略》	李锦绣
《中国新诗格律问题》	丁 鲁
《战后日本出版文化研究》	诸葛蔚东
《中国哲学大纲》(上、下卷)	张岱年
《〈聊斋志异〉——中印文学溯源比较研究》	王立、刘卫英
《中世纪印度宗教文学》(上、下卷)	薛克翘、唐孟生 等
《日本近现代佛教史》	杨曾文 等
《马来古典文学史》(上、下卷)	廖裕芳〔新加坡〕张玉安 等(译)
《中国文学与阿拉伯文学比较研究》	林丰民 等
《海洋文化影响下的中国神话与小说》	王 青
《阿拉伯电影史》	陆孝修、陈冬云

《〈西游补〉校注》	李前程（校著）
《波斯古典诗学研究》	穆宏燕
《中国古代绘画理论要旨》	杨铸
《东方文学史论》	黎跃进
《大帆船贸易与跨太平洋文化交流》	吴杰伟
《日本古代史》	王海燕
《日本中世史》（上、下卷）	王金林
《中日经济关系史》（上、下卷）	郭蕴静、周启乾
《东方现代民族主义思潮研究》（上、下卷）	黎跃进 等
《波斯帝国史》	张鸿年
《"同文"的现代转换——日语借词中的思想与文学》	董炳月
《中亚五国新论》	赵常庆
《中国东方文学翻译史》（上、下卷）	孟昭毅 等
《日本古代诗学汇译》（上、下卷）	王向远（译）
《华夷译语》研究	黄宗鉴
《中庸与调和——儒家和阿拉伯伊斯兰思想的比较研究》	吴旻燕
《阿拉伯古代文学史》（上、下卷）	仲跻昆
《近代中日文化交流史人物研究》	王晓秋
《世界文明起源研究——历史与现状》	拱玉书 等
《古代近东教谕文学》（上、下卷）	李政 等
《东方文艺思潮研究》	孟昭毅

书名	作者
《蒙汉目连救母故事比较研究》	陈岗龙
《日本近世史》	李卓 等
《日本近现代文论》（上、下卷）	李强 等
《赫梯文明研究》	李政
《占婆文化史》	刘志强
《一个蕴含史诗美丽的中国民间故事》	刘守华
《三国演义》在东方（上中下）	张玉安 陈岗龙等
《中国与东北亚文化交流志》	严绍璗 刘勃
《东方文艺创作的他者化倾向》	林丰民
《红楼求真录》	陈熙中
《中日人物文化交流研究史》	王晓秋
《日本古典诗学汇译》（上下）	王向远
《日本诗歌史》	唐月梅
《蒙古秘史》文献版本考	白·特木尔巴根
《中国古籍中有关泰国资料汇编》	余定邦 等
《印度近20年的发展历程》	林承节
《印度近现代文学》（上下）	薛克翘 唐孟生
《伊利汗中国科技珍宝书》校注	时光
《喀尔喀历史地理研究》	那顺达来
《蒙古文〈索勒哈尔奈故事〉的文化背景研究》	宝花
《〈山海经〉在日本的传播和研究》	张西艳
《叙事学视域中的〈平家物语〉研究》	邵艳平
《宫崎市定史学方法论》	王广生

《俄国地理学会的中国边疆史地
　　考察与研究(迄于 1917 年)》　　张艳璐
《印度古典诗学》　　黄宝生
《印度作家阿格叶耶小说创作研究》　郭童
《诺贝尔文学奖东方获奖作家研究》　孟昭毅

《东方文化集成》拟出版丛书目录

《东南亚古代史史料汇编》	李谋
《东南亚古代文化:整体、多样与发展》	贺圣达
《菲律宾阿拉安芒扬人的神话、巫术和仪式研究》	史阳
《中国典籍中南亚史料汇编》	北京大学南亚研究所
《印度政治发展新格局——从国大党长期执政到联合政府》	林承节
《凤凰再生——伊朗现代新诗研究》	穆宏燕
《理想与现实之间——论纳吉布·马哈福兹的〈我们街区的孩子们〉》	蒋和平
《撒哈拉以南非洲文学》	魏丽明
《中华饮食文化》	赵荣光
《佛学概论》	姚卫群
《南海寄归内法传校注》	王邦维

第一届
《东方文化集成》编辑委员会

总主编 季羡林

名誉总顾问 谢慧如　泰国泰华文化教育基金会主席
　　　　　　　　　　　　北京大学东方文化研究所名誉所长

名誉顾问

纳吉布·迈哈福兹　埃及著名作家　诺贝尔文学奖获得者
柳存仁　澳大利亚国立大学　教授
杜德桥　英国牛津大学汉语研究所所长　教授
韩素音　英籍著名华人女作家
冉云华　加拿大麦克马斯特大学　教授
谢和耐　法国法兰西学院　院士　法国著名汉学家　教授
马汉茂　德国波鸿大学东亚研究系主任　教授
饶宗颐　香港中文大学　教授
郑子瑜　香港中文大学中国文化研究所　高级研究员　北京大学客座教授
夏希迪　伊朗德黑兰大学　教授　伊朗德胡达大百科全书编纂委员会主席
谭　中　印度尼赫鲁大学原汉语系主任　教授
池田大作　日本创价学会名誉会长　北京大学名誉教授
平山郁夫　日本东京艺术大学校长　教授　日中友好协会会长
中村元　日本东京大学名誉教授　日本比较思想学会名誉会长
梁披云　澳门归侨总会会长　福州华侨大学董事长
捷达连科　俄罗斯科学院远东研究所所长　教授

王庚武　新加坡东亚政治经济研究所所长　教授　香港大学前校长
金俊烨　韩国社会科学院院长
吴亨根　韩国东国大学佛学研究院院长
马悦然　瑞典皇家科学院院士　教授　诺贝尔奖瑞典文学院评审委员会委员
杜维明　美国哈佛大学　教授　哈佛燕京学社前主任

特别顾问　韩天石　张学书　麻子英

顾　问（按姓氏笔画为序）
王元化　马　曜(白族)　邓广铭　　任继愈
朱维之　汤一介　　纳　忠(回族)　启　功(满族)
林志纯　周一良　　张广达　　张岱年
张岂之　侯仁之　　钟敬文　　清格尔泰(蒙古族)
袁行霈

《东方文化集成》总编委会
主　编　季羡林
副主编　陈嘉厚　叶奕良　张殿英　王邦维　吴学林
　　　　初志英　梁忻滨

《东方文化集成》分编委会
东方文化综合编
主编　季羡林　编委　陈嘉厚　孟昭毅
中华文化编
主编　刘烜　王守常　编委　王邦维

日本文化编
主编 叶渭渠 编委 潘金生 王家骅 卞崇道 王新生
朝鲜、韩国、蒙古文化编
主编 陶炳蔚 编委 金柄珉 李昌旵 史习成
东南亚文化编
主编 梁立基 编委 梁英明 梁志明 李谋 裴晓睿
南亚文化编
主编 黄宝生 编委 王邦维 王镛 刘曙雄 葛维均
伊朗、阿富汗文化编
主编 叶奕良 编委 张鸿年 张敏
西亚、北非文化编
主编 郭应德 赵国忠 编委 杨灏城 孙承熙
中亚文化编
主编 赵常庆 编委 余太山 穆立立
古代东方文化编
主编 林志纯 编委 拱玉书

东方文化研究会编辑部
主任 张殿英 **副主任** 马克承 卢蔚秋 张光璘
编辑 李强 金景一 姚秉彦 唐孟生 傅增有

《东方文化集成》书籍设计 朱虹
丛书出版编辑监制 胡子清

第二届
《东方文化集成》编辑委员会

总主编 季羡林

名誉总顾问 谢慧如　泰国泰华文化教育基金会主席
　　　　　　　　　　　北京大学东方文化研究所名誉所长

名誉顾问

纳吉布·迈哈福兹　埃及著名作家　诺贝尔文学奖获得者
柳存仁　澳大利亚国立大学　教授
杜德桥　英国牛津大学汉语研究所所长　教授
韩素音　英籍著名华人女作家
冉云华　加拿大麦克马斯特大学　教授
谢和耐　法国法兰西学院　院士　法国著名汉学家　教授
马汉茂　德国波鸿大学东亚研究系主任　教授
饶宗颐　香港中文大学　教授
郑子瑜　香港中文大学中国文化研究所　高级研究员　北京大学客座教授
夏希迪　伊朗德黑兰大学　教授　伊朗德胡达大百科全书编纂委员会主席
谭　中　印度尼赫鲁大学原汉语系主任　教授
池田大作　日本创价学会名誉会长　北京大学名誉教授
平山郁夫　日本东京艺术大学校长　教授　日中友好协会会长
中村元　日本东京大学名誉教授　日本比较思想学会名誉会长
梁披云　澳门归侨总会会长　福州华侨大学董事长
捷达连科　俄罗斯科学院远东研究所所长　教授

王庚武　新加坡东亚政治经济研究所所长　教授　香港大学前校长
金俊烨　韩国社会科学院院长
吴亨根　韩国东国大学佛学研究院院长
马悦然　瑞典皇家科学院院士　教授　诺贝尔奖瑞典文学院评审委员会委员
杜维明　美国哈佛大学　教授　哈佛燕京学社前主任

特别顾问　韩天石　张学书　麻子英

顾　问（按姓氏笔画为序）
王元化　马　曜(白族)　邓广铭　　任继愈
朱维之　汤一介　　　　纳　忠(回族)　启　功(满族)
林志纯　周一良　　　　张广达　　张岱年
张岂之　侯仁之　　　　钟敬文　　清格尔泰(蒙古族)
袁行霈

《东方文化集成》总编委会
主　编　季羡林
副主编　陈嘉厚　叶奕良　张殿英　王邦维

《东方文化集成》分编委会
东方文化综合编
主编　季羡林　**编委**　陈嘉厚　孟昭毅
中华文化编
主编　吴同瑞　刘　烜　王守常　**编委**　王邦维

日本文化编
主编 叶渭渠 编委 潘金生 王家骅 卞崇道 王新生

朝鲜、韩国、蒙古文化编
主编 陶炳蔚 编委 金柄珉 金景一 史习成 陈岗龙

东南亚文化编
主编 梁立基 编委 梁英明 梁志明 李 谋 裴晓睿

南亚文化编
主编 黄宝生 编委 王邦维 王 镛 刘曙雄 葛维均

伊朗、阿富汗文化编
主编 叶奕良 编委 张鸿年 张 敏

西亚、北非文化编
主编 郭应德 赵国忠 编委 杨灏城 孙承熙

中亚文化编
主编 赵常庆 编委 余太山 王小甫

古代东方文化编
主编 林志纯 编委 拱玉书

《东方文化集成》编辑部
主任 张殿英 **副主任** 卢蔚秋 张玉安 马克承 张光璘
编辑 李 强 姚秉彦 唐孟生 傅增有

《东方文化集成》书籍设计 朱 虹
丛书编辑出版监制 张良村

第三届
《东方文化集成》编辑委员会

总主编 季羡林

名誉顾问 谢慧如 泰国泰华文化教育基金会主席
　　　　　　　　　　北京大学东方文化研究所名誉所长

名誉顾问

纳吉布·迈哈福兹　埃及著名作家　诺贝尔文学奖获得者
柳存仁　澳大利亚国立大学　教授
杜德桥　英国牛津大学汉语研究所所长　教授
韩素音　英籍著名华人女作家
冉云华　加拿大麦克马斯特大学　教授
谢和耐　法国法兰西学院　院士　法国著名汉学家　教授
马汉茂　德国波鸿大学东亚研究系主任　教授
饶宗颐　香港中文大学　教授
郑子瑜　香港中文大学中国文化研究所　高级研究员　北京大学客座教授
夏希迪　伊朗德黑兰大学　教授　伊朗德胡达大百科全书编纂委员会主席
谭　中　印度尼赫鲁大学原汉语系主任　教授
池田大作　日本创价学会名誉会长　北京大学名誉教授
平山郁夫　日本东京艺术大学校长　教授　日中友好协会会长
中村元　日本东京大学名誉教授　日本比较思想学会名誉会长
梁披云　澳门归侨总会会长　福州华侨大学董事长
捷达连科　俄罗斯科学院远东研究所所长　教授

王庚武　新加坡东亚政治经济研究所所长　教授　香港大学前校长
金俊烨　韩国社会科学院院长
吴亨根　韩国东国大学佛学研究院院长
马跃然　瑞典皇家科学院院士　教授　诺贝尔奖瑞典文学院评审委员会委员
杜维明　美国哈佛大学　教授　哈佛燕京学社前主任

顾问（按姓氏笔画为序）

王元化　　　　马　曜(白族)　　　任继愈　汤一介
纳　忠(回族)　林志纯　　　　　　张广达　张岂之
侯仁之　　　　清格尔泰(蒙古族)　袁行霈　麻子英
林建忠　　　　魏维贤(新加坡)

《东方文化集成》总编委会
主　编　季羡林
副主编　陈嘉厚　叶奕良　张殿英
　　　　王邦维　张玉安　唐孟生

《东方文化集成》分编委会
东方文化综合编
主编　孟昭毅　郁龙余　**编委**　张光璘　黎跃进
中华文化编
主编　吴同瑞　刘烜　**编委**　王邦维　张帆
日本文化编
主编　严绍璗　**副主编**　李　强

编委 潘金生 卞崇道 王新生

朝鲜、韩国、蒙古文化编
主编 陶炳蔚 编委 金柄珉 金景一 陈岗龙

东南亚文化编
主编 梁立基 副主编 裴晓睿
编委 梁英明 梁志明 李　谋

南亚文化编
主编 黄宝生 副主编 薛克翘
编委 王　镛 刘曙雄 姜景奎

伊朗、阿富汗文化编
主编 叶奕良 编委 张鸿年 张　敏 王一丹

西亚、北非文化编
主编 赵国忠 编委 孙承熙 仲跻昆 葛铁鹰 吴冰冰

中亚文化编
主编 赵常庆 编委 余太山 王小甫

古代东方文化编
主编 拱玉书 编委 李　政

《东方文化集成》编辑部
主任 张殿英 副主任 卢蔚秋 张玉安
编辑 李　强 姚秉彦 唐孟生 樊津芳

《东方文化集成》书籍设计 朱　虹
丛书编辑出版监制 张良村

作者简介

孟昭毅 天津师范大学突出贡献教授,博士生导师,曾任天津师范大学中文系主任、文学院院长,现任天津师范大学东方文化文学研究中心主任,北京大学东方文学研究中心学术委员会委员、研究员,《东方文化集成》综合研究编主编、中国东方文学学会常务副会长,中国印度文学研究会理事,全国考委文史组委员、全国五一劳动奖章获得者,享受国务院政府特殊津贴专家。七次获得省部级社会科学成果一二等奖。出版著作18部,发表论文200余篇。孟昭毅教授主要研究领域为比较文学、东方文学与文化。他在比较文学原理、东方戏剧美学、东方文学与文化交流和东方文学宏观整体研究方面成果显著,产生了广泛的社会影响。

内容简介

重新审视百年来,东方获得诺贝尔文学奖的这些作家的代表作,能够清楚地发现,这些处于社会从传统向现代转型时期的作家,他们在时代的大潮里苦苦地考问与思索,努力寻找自己的身份、民族、国家、文化、信仰等各种认同,并用形象思维的方式,书写了自己的真实体会。无论他们运用了西方何种样式的写作技巧与方法,本质上都是在表达传统文化给予他们内心深深的历史印迹。无论他们作品的外表与形式发生何种变化,他们都在作品深层内涵里展示自己那颗东方民族的赤诚之心。